FOLIO PLUS

# Jack Kerouac

# Sur la route

*Traduit de l'anglais*
*par Jacques Houbart*

Gallimard

*Titre original :*

ON THE ROAD

*Première partie*

# I

J'ai connu Dean peu de temps après qu'on ait rompu ma femme et moi. J'étais à peine remis d'une grave maladie dont je n'ai rien à dire sinon qu'elle n'a pas été étrangère à cette lamentable et déprimante rupture, à mon impression que tout était foutu. Avec l'arrivée de Dean Moriarty commença le chapitre de ma vie qu'on pourrait baptiser « ma vie sur la route ». Auparavant j'avais souvent rêvé d'aller dans l'Ouest pour voir le pays, formant toujours de vagues projets que je n'exécutais jamais. Pour la route Dean est le type parfait, car il y est né, sur la route, dans une bagnole, alors que ses parents traversaient Salt Lake City en 1926 pour gagner Los Angeles. Les premiers échos que j'ai eus de lui me vinrent de Chad King, qui me montra des lettres que Dean avait écrites dans une maison de correction du Nouveau-Mexique. Je fus prodigieusement intéressé par ces lettres dans lesquelles, avec tant de naïveté et de gentillesse, il demandait à Chad de tout lui apprendre sur Nietzsche et les autres choses merveilleuses que Chad connaissait. À l'occasion, Carlo et moi nous parlions de ces lettres : pourrions-nous jamais rencontrer l'étrange Dean Moriarty ? Tout cela remonte bien loin, à l'époque où Dean n'était pas encore le type qu'il est devenu, où il était un gosse en cage tout enveloppé de mystère. Puis la rumeur courut que Dean était sorti de sa maison de correction et qu'il venait à New York pour la première fois ; on disait aussi qu'il venait de se marier avec une fille nommée Marylou.

Un jour où je traînais sur le campus, Chad et Tim Gray me dirent que Dean s'était installé dans un meublé minable de East Harlem, le quartier espagnol d'Harlem. Dean était arrivé la nuit précédente, venant pour la première fois à New York, avec sa belle petite poule délurée, sa Marylou ; ils descendirent de l'autocar Greyhound[1] * à la Cinquantième rue et, se baladant dans le quartier à la recherche d'un endroit où manger, ils tombèrent sur la cafeteria d'Hector qui, depuis lors, est toujours restée un haut lieu de New York pour Dean. Ils se payèrent de belles pâtisseries glacées dans le sucre et des choux à la crème.

Tout ce temps, Dean tenait à Marylou des discours de ce genre : « Maintenant, chérie, nous voici à New York et bien que je ne t'aie pas vraiment dit tout ce qui me venait à l'esprit quand nous avons traversé le Missouri et en particulier quand nous sommes passés près du pénitencier de Booneville qui me rappelait mes petites affaires de prison, il nous faut absolument maintenant remettre à plus tard l'examen de ce que nous n'avons pas encore débrouillé de nos sentiments personnels et méditer pour commencer sur des plans précis de vie laborieuse... » et ainsi de suite, sur le ton qu'il prenait en ces temps héroïques.

J'allai jusqu'au meublé minable avec les copains et Dean vint nous ouvrir en caleçons. Marylou sortait du lit ; Dean avait expédié le locataire de l'apparte-

* Les notes appelées par chiffres ont été établies par Bernard Nouis et sont regroupées p. 481. Les notes en bas de page, appelées par astérisques, sont du traducteur.

ment à la cuisine, sans doute pour faire le café, tandis qu'il s'occupait une fois de plus à résoudre l'éternel problème de l'amour : pour lui le sexe était la seule et unique chose qui fût sainte et importante dans l'existence, bien qu'il eût à turbiner comme un damné pour gagner sa vie et tout ce qui s'ensuit. À sa manière d'opiner du bonnet, les yeux baissés, on aurait dit un poulain du ring à l'entraînement, qui veut vous persuader qu'il profite de chaque mot et débite par chapelets les « oui » et les « d'accord ». À la première impression, Dean me fit l'effet de Gene Autry[2] en jeune — coquet, les hanches étroites, les yeux bleus et le véritable accent de l'Oklahoma —, un héros à rouflaquettes sorti des neiges de l'Ouest. De fait il avait travaillé dans un ranch, chez Ed Wall, dans le Colorado, avant d'épouser Marylou et de partir pour l'Est. Marylou était une jolie blonde, avec de longues boucles de cheveux pareilles à des vagues d'or ; elle était assise sur le bord du lit, les bras ballant entre les jambes, et ses yeux couleur d'horizon brumeux regardaient droit devant elle d'un air égaré parce qu'elle se trouvait dans un de ces meublés new-yorkais ternes et de sinistre réputation dont on lui avait parlé dans l'Ouest, et elle attendait, ressemblant ainsi, longiforme et émaciée, à quelque femme surréaliste de Modigliani dans une vraie pièce. Pourtant, mis à part qu'elle était une mignonne petite fille, elle était totalement bouchée et capable des plus horribles vacheries. Cette nuit-là, nous la passâmes tous à boire de la bière, à blaguer, à discuter jusqu'à l'aube et, au matin, tandis que nous étions assis pêle-mêle, fumant en silence les mégots des cendriers sous la pâle lueur d'un jour triste, Dean se leva nerveusement, arpenta la pièce en méditant et décréta que la chose à faire, c'était pour Marylou de préparer le petit déjeuner et de balayer le plancher. « En d'autres termes, nous devons nous accrocher au terrain, chérie, comme je te le dis, autrement il y aura des fluctuations, nous serons dépourvus d'une intelligence réelle de la situation et nos projets ne se concrétiseront pas. » Là-dessus je m'en allai.

La semaine suivante, il confia à Chad King qu'il devait absolument apprendre à écrire ; Chad lui dit que j'étais écrivain et qu'il fallait aller me demander conseil. Entretemps, Dean avait trouvé du travail dans un parc à autos, s'était bagarré avec Marylou dans leur logement d'Hoboken — Dieu sait ce qu'ils étaient allés foutre là-bas —, et sa fureur, à elle, avait été telle, elle éprouvait un besoin si véhément de se venger qu'elle avait porté plainte à la police sous je ne sais quel prétexte mensonger, forgé dans l'hystérie et la démence, et Dean avait dû filer d'Hoboken. De la sorte il n'avait plus d'endroit où se loger. Il alla directement à Paterson[3], dans le New Jersey, où j'habitais avec ma tante, et une nuit, comme j'étais en train de travailler, on frappe un coup à la porte et voilà mon Dean qui fait des courbettes et se tortille obséquieusement dans l'ombre du vestibule, et qui me dit : « Salut, tu te souviens de moi... Dean Moriarty ? Je suis venu te demander de m'apprendre à écrire. »

— Où est Marylou ? lui demandai-je, et Dean répondit qu'elle avait apparemment putassé et gagné quelques dollars et qu'elle était repartie pour Denver « la putain » ! Puis nous sortîmes prendre un pot car nous ne pouvions pas parler à notre aise sous le nez de ma tante assise dans le salon en train de lire son journal. Elle jaugea Dean d'un regard et décréta que c'était un dingo.

Au bar, je dis à Dean : « Vingt dieux, mon pote, je

sais parfaitement que tu n'es pas uniquement venu me trouver pour apprendre l'art d'écrire et, après tout, la seule chose dont je sois sûr, c'est que tu montres dans cette affaire l'acharnement d'un toqué de la benzédrine[4]. » Il répondit : « Oui, bien sûr, je sais exactement ce que tu veux dire et, de fait, tous ces problèmes se sont présentés à mon esprit mais ce que je brigue c'est la concrétisation de ces facteurs qui dépendraient au premier chef de la dichotomie de Schopenhauer[5] pour une part intimement accompli... » Et cela continuait sur ce ton, des discours auxquels je ne comprenais rien et lui-même pas davantage. En ce temps-là, il ne savait vraiment pas ce qu'il racontait ; pour tout dire, c'était un gosse frais émoulu de la Centrale et tout surexcité par la possibilité merveilleuse de devenir un vrai intellectuel et il adoptait volontiers, mais d'une manière abracadabrante, le ton et les expressions qu'il tenait des « vrais intellectuels » ; dites-vous bien cependant qu'il n'était pas si naïf que ça pour les autres choses et qu'il lui suffit de quelques mois à peine de camaraderie avec Carlo Marx pour être dans le coup et se mettre au courant des termes et du jargon, et de tout. Néanmoins nous nous comprenions bien pour d'autres sortes de folies et je fus d'accord pour qu'il restât chez moi jusqu'à ce qu'il ait trouvé du travail et, de plus, on décida de partir pour l'Ouest un jour ou l'autre. C'était pendant l'hiver 1947.

Un soir où Dean dînait à la maison — il avait déjà un emploi dans un parking de New York —, il se pencha sur mon épaule pendant que je tapais en vitesse sur ma machine et dit : « Allons, mon pote, il ne faut pas faire attendre ces dames, dépêche-toi. »

— Attends une minute, dis-je, je suis à toi dès que j'ai fini ce chapitre — et c'était l'un des meilleurs chapitres du livre. Puis je m'habillai et l'on mit le cap sur New York pour rejoindre des filles. Dans l'autobus, comme nous roulions dans le gouffre surnaturel et phosphorescent du Lincoln Tunnel, appuyés l'un contre l'autre, nous agitions les mains, gueulant et discutant avec frénésie et la mouche de Dean commençait à me piquer. C'était un gosse furieusement excité par la vie et s'il était un truqueur, s'il roulait le monde, c'est seulement parce qu'il voulait vivre de toutes ses forces et se mêler aux autres qui, autrement, n'auraient fait aucun cas de lui. Il me roulait et je le savais (pour le vivre, le couvert, « l'art d'écrire », etc.) et il savait que je le savais (c'était le lien essentiel de notre complicité), mais je m'en foutais et nous nous entendions bien, sans faire d'histoires et sans nous marcher sur les pieds ; nous étions aux petits soins l'un pour l'autre, attendrissants comme des copains d'un jour. Il en vint à m'enseigner autant de choses que probablement je pouvais lui en apprendre. Pour tout ce qui touchait à mon travail, il disait : « Fonce, tout ce que tu fais est grand. » Il lorgnait par-dessus mon épaule pendant que j'écrivais et gueulait : « Mais oui ! Parfaitement ! Génial, mon pote ! » ou bien : « Pouah ! » et il s'essuyait la figure avec son mouchoir. « Vingt dieux, mon pote, il y a tant de choses à faire, tant de choses à écrire. Comment même commencer à tout coucher sur le papier, sans ces contraintes raffinées et toutes ces entraves, quoi, les tabous littéraires et les frayeurs grammaticales... »

— Ah ! oui, mon vieux. Voilà qui est parler.

Et je voyais jaillir de ses yeux une sorte de lueur sacrée sous l'effet de ses excitantes visions qu'il me décrivait d'une façon si torrentielle que, dans les autobus, les gens se retournaient pour voir « le loufoque surexcité ». Dans l'Ouest, il avait passé un tiers de son temps dans les salles de jeux, un tiers en prison et l'autre tiers dans les bibliothèques publiques. On l'avait vu s'élancer ardemment dans les rues hivernales, tête nue, avec ses livres qu'il emportait au billard, ou bien grimper aux arbres pour gagner les mansardes des copains où il passait ses journées à lire ou à se cacher de la police.

Nous allions à New York — j'ai oublié ce qui était en jeu, deux filles de couleur peut-être — mais ces filles n'étaient pas là ; elles étaient censées le rencontrer pour dîner et lui avaient posé un lapin. On alla à son parking où il avait différentes choses à faire, changer de vêtements dans l'appentis, faire un doigt de toilette devant un morceau de miroir, etc. ; ensuite, on mit les bouts. Et c'est cette nuit-là que Dean rencontra Carlo Marx. Ce fut un événement formidable que la rencontre de Dean et de Carlo Marx. Deux esprits aigus comme les leurs — ils se comprirent en un clin d'œil. Deux yeux perçants croisèrent deux yeux perçants — le truqueur génial et l'intellectuel brillant, le mélancolique et poétique truqueur et l'esprit ténébreux qu'est Carlo Marx. À partir de ce moment je vis fort peu Dean et j'en eus un peu de peine. Leurs deux forces s'étaient entre-choquées de plein fouet et je n'étais qu'un cave en comparaison, je ne pouvais pas rivaliser avec eux. Le tourbillon des événements démentiels qui se préparaient s'est déchaîné à ce moment-là ; il allait emporter tous mes amis et tout ce qui me restait de famille dans un grand nuage de poussière, au-dessus de la Nuit Américaine. Carlo lui parla de Old Bull Lee, d'Elmer Hassel, de Jane : de Lee qui faisait pousser de l'*herbe*[6] au Texas, de Hassel à Riker's Island, de Jane qui errait à Times Square dans un délire de benzédrine, avec sa gosse dans les bras et finissant à Bellevue. Mais Dean parla à Carlo de personnages ignorés à l'Est, tel que Tommy Snark, le caïd bancal de la salle de jeux, joueur de cartes aussi et curieux petit saint. Il lui parla de Roy Johnson, de Big Ed Dunkel, de ses compagnons d'adolescence, de ses compagnons de rue, de ses innombrables filles, et de ses partouses et de gravures pornographiques, de ses héros, de ses héroïnes, de toutes ses aventures. Côte à côte, ils s'élançaient dans les rues, savourant toute chose dans le style qui était alors celui de leur première amitié et qui, plus tard, devint tellement plus désolé, objectif, morne. Mais alors ils s'en allaient, dansant dans les rues comme des clochedingues, et je traînais derrière eux comme je l'ai fait toute ma vie derrière les gens qui m'intéressent, parce que les seules gens qui existent pour moi sont les déments, ceux qui ont la démence de vivre, la démence de discourir, la démence d'être sauvés, qui veulent jouir de tout dans un seul instant, ceux qui ne savent pas bâiller ni sortir un lieu commun mais qui brûlent, qui brûlent, pareils aux fabuleux feux jaunes des chandelles romaines explosant comme des poêles à frire à travers les étoiles et, au milieu, on voit éclater le bleu du pétard central et chacun fait : « Aaaah ! » Quel nom donnait-on à cette jeunesse-là dans l'Allemagne de Goethe ? Désirant passionnément apprendre à écrire comme Carlo — écrire : première entre toutes les choses, vous savez —, Dean lui livrait des assauts, usant de toutes les séductions amoureuses d'un vrai truqueur. « Maintenant, Carlo, laisse-*moi* parler... voici ce que je dis, *moi*... » Je les perdis de vue durant deux semaines environ ; pendant ce temps-là ils scellèrent leur liaison dans des discussions qui, de jour en jour, de nuit en nuit, prirent des proportions démoniaques.

Puis vint le printemps, la grande saison des voyages, et dans notre bande dispersée chacun se préparait à quelque virée. Je travaillais activement à mon roman et lorsque je fus à mi-chemin du but, après une descente dans le Sud en compagnie de ma tante pour aller voir mon frère Rocco, je préparai sérieusement cette fois mon premier voyage dans l'Ouest.

Dean déjà nous avait faussé compagnie. Carlo et moi avions assisté à son départ à la station des Greyhound de la trente-quatrième rue. À l'étage, il y avait un stand où on faisait des photos pour vingt cinq cents. Carlo enleva ses lunettes et prit un air sinistre. Dean se campa de profil, risquant autour de lui des regards timides. Moi, je pris un air naturel, et cela me donna la mine d'un Italien sur la trentaine prêt à tuer quiconque dirait du mal de sa mère. Cette photo, Carlo et Dean la coupèrent soigneusement par le milieu avec une lame de rasoir et chacun en rangea la moitié dans son portefeuille. Dean portait le costume sérieux d'un homme respectable de l'Ouest qui retourne à Denver ; sa première bordée à New York était tirée. Je dis sa première bordée, mais il n'avait fait que travailler comme une brute dans son parking. C'était le plus fabuleux garçon de parking du monde, lui qui pouvait faire reculer une voiture à quarante miles à l'heure en plein encombrement et l'arrêter pile au pied d'un mur, bondir du siège, galoper au milieu des pare-chocs, sauter dans une autre auto, la faire tourner à cinquante à l'heure dans les allées étroites, la diriger en marche arrière à toute vitesse vers un emplacement, une-deux, stopper la voiture au frein à main si sec qu'elle avait un sursaut au moment où il s'éjectait du siège, puis faire tout le chemin jusqu'à la cabine à tickets en sprintant comme un pistard d'élite, tendre un ticket, se jeter dans une bagnole qui venait d'arriver avant que le propriétaire en soit à moitié sorti, lui passer littéralement sous le nez au moment où il descendait, embrayer en claquant la porte et se ruer sur le prochain coin disponible, braquer, se glisser dans le trou, freiner, sortir, courir ; travaillant ainsi sans arrêt huit heures par nuit, avec les heures de pointe de la soirée et les heures de pointe après les spectacles, fringué d'un pantalon beige taché de cambouis, d'une canadienne effrangée et de brodequins à soupapes. Maintenant, pour retourner au pays, il portait un costume neuf, un costume bleu à fines rayures, avec gilet et tout, qu'il avait acheté onze dollars sur la Troisième Avenue en même temps qu'une montre et une chaîne de montre, et une machine à écrire portative qu'il destinait à ses débuts littéraires dans un meublé de Denver, dès qu'il aurait trouvé du boulot là-bas. En guise de repas d'adieu nous mangeâmes des saucisses aux haricots dans un Riker de la Septième Avenue, et puis Dean monta dans le car affiché Chicago qui disparut en grondant dans la nuit. C'est là qu'allait notre cow-boy. Je me promis à moi-même de prendre le même chemin quand le printemps resplendirait vraiment et s'épanouirait dans les champs.

Et c'est effectivement de la sorte que j'ai commencé à m'initier à tous les mystères de la route et les choses qui allaient se passer sont trop étonnantes pour qu'on les taise.

Parfaitement, et ce n'est pas seulement parce que j'étais un écrivain et que j'avais besoin de nouvelles expériences que je voulais mieux connaître Dean, ni parce que j'en avais fini avec un cycle de ma vie et qu'à glander sur le *campus* je commençais à tourner à vide, mais parce que, dans une certaine mesure, en dépit de nos différences de caractère, il me faisait penser à un frère que j'aurais perdu depuis longtemps ; la vue de son visage douloureux et anguleux aux longues rouflaquettes et de son cou musclé suant sous l'effort me rappelait mon adolescence dans les dépotoirs de peinture, dans les mares des environs de Paterson et sur les berges du Passaic. Ses vêtements de travail souillés lui collaient à la peau avec tant d'élégance qu'on n'aurait pu acheter un complet plus seyant chez un tailleur à la mode, mais seulement le recevoir du Grand Faiseur de la Nature, comme Dean, au milieu de ses difficultés. Dans sa façon passionnée de parler, je retrouvais la voix de mes anciens compagnons et frères que je rencontrais sous les ponts parmi leurs motocyclettes, le long des fils où séchaient les lessives du voisinage et sur les perrons assoupis de l'après-midi où les gars jouaient de la guitare pendant que leurs frères plus âgés travaillaient en usine. Tous mes autres amis étaient des « intellectuels », Chad le Nietzschéen anthropologue, Carlo Marx qui prononçait d'une voix basse et sérieuse des discours délirants, loufoques et surréalistes, Old Bull Lee à la voix traînarde et râleuse, ou bien des criminels manqués comme Elmer. Hassel dont le ricanement donnait le ton au clan ; ou encore Jane Lee, vautrée sur son couvre-pieds d'Orient, reniflant avec dégoût le *New Yorker*. Mais l'intelligence de Dean était en tout point aussi bien faite, aussi brillante et accomplie, tout en étant préservée d'un intellectualisme assommant. Quant à sa « criminalité », elle n'était pas de l'ordre de la bouderie et du ricanement ; elle s'affir-

mait comme une sauvage explosion de la joie américaine ; c'était l'Ouest, le vent de l'Ouest, un hymne
jailli des Plaines, quelque chose de neuf, depuis
longtemps prédit, depuis longtemps attendu (il
n'avait volé des autos que pour la joie de conduire).
D'ailleurs tous mes amis de New York s'en tenaient à
cette position négative, cauchemardesque, de mettre
à bas la société, et d'en fournir des justifications
éculées et pédantes, politiques ou psychanalytiques,
alors que Dean se contentait de parcourir au galop la
société, avide de pain et d'amour ; peu lui importait
de prendre tel chemin ou tel autre, « tant que je peux
avoir cette bonne petite poule avec ce petit quelque
chose là entre ses jambes, mon gars » et « pourvu
qu'on puisse manger, mon petit, tu m'entends ? J'ai
faim, je meurs de faim, mangeons tout de suite », et
vite nous courions manger ce qui, comme dit l'Ecclé-
siaste, « est notre ration sous le soleil ».

Un gars de l'Ouest, de la race solaire, tel était
Dean. Ma tante avait beau me mettre en garde
contre les histoires que j'aurais avec lui, j'allais
entendre l'appel d'une vie neuve, voir un horizon
neuf, me fier à tout ça en pleine jeunesse ; et si je
devais avoir quelques ennuis, si même Dean devait
ne plus vouloir de moi pour copain, et me laisser
tomber, comme il le ferait plus tard, crevant de faim
sur un trottoir ou sur un lit d'hôpital, qu'est-ce que
cela pouvait me foutre ? J'étais un jeune écrivain et
je me sentais des ailes.

Quelque part sur le chemin je savais qu'il y aurait
des filles, des visions, tout, quoi ; quelque part sur le
chemin on me tendrait la perle rare.

## II

Au mois de juillet 1947, ayant économisé quelque cinquante dollars sur ma pension d'ancien combattant, j'étais prêt à partir pour la Côte Ouest. Un ami, Rémi Boncœur, m'avait écrit de San Francisco pour me demander de m'embarquer avec lui sur un paquebot qui faisait le tour du monde. Il jurait qu'il pourrait me caser à la salle des machines. Dans ma réponse je lui dis que je me contenterais d'un vieux cargo, si je pouvais y faire quelques petites virées dans le Pacifique et rentrer ensuite avec assez d'argent pour subvenir à mes frais chez ma tante jusqu'à ce que j'aie fini mon livre. Il dit qu'il avait une bicoque à Mill City et que j'aurais tout le temps du monde pour travailler pendant les pourparlers qu'il nous faudrait mener pour dégotter un bateau. Il habitait avec une nommée Lee Ann ; il dit que c'était une cuisinière épatante et que ça allait sauter. Rémi était un vieux copain de lycée, un Français élevé à Paris et un vrai fou — j'ignorais alors à quel point. Bref, il comptait me voir arriver avant une dizaine de jours. Ma tante approuvait tout à fait mon voyage dans l'Ouest ; elle dit que cela me ferait du bien, que j'avais trop travaillé pendant tout l'hiver et trop vécu entre quatre murs ; elle ne trouva même pas à redire lorsque je lui avouai que je partais plutôt à la cloche. Tout ce qu'elle souhaitait, c'était que je ne revienne pas en morceaux. Bref, abandonnant mon gros manuscrit inachevé qui trônait sur mon bureau, refermant un matin pour la dernière fois mon lit douillet, je pris le large avec le sac de toile où j'avais serré quelques objets indispensables et je mis le cap sur l'océan Pacifique avec mes cinquante dollars en poche.

À Paterson j'avais potassé pendant des mois les cartes des États-Unis, j'avais même lu des livres sur les pionniers et savouré des noms de lieux comme Platte et Cimarron et d'autres, et, sur la carte routière, souvent regardé une longue ligne rouge, appelée Route n° 6, qui, depuis le sommet de Cape Cod, menait droit sur Ely, dans le Nevada, et plongeait de là sur Los Angeles. Je pris la décision de ne pas quitter la n° 6 jusqu'à Ely et, plein de confiance, je me mis en route. Pour rejoindre la n° 6, il me fallait grimper à Bear Mountain. Enivré par les hauts faits que j'allais accomplir à Chicago, à Denver, et, en fin de compte, à Frisco, je pris le métro de la Septième Avenue, jusqu'au terminus de la deux cent quarante-deuxième rue, et là je pris un trolley pour Yonkers ; je changeai dans le centre de Yonkers, et par un trolley de banlieue je gagnai les faubourgs de la ville, sur la rive est de l'Hudson. Supposez qu'on lâche une rose dans l'Hudson à sa source mystérieuse des Adirondacks, et imaginez tous les pays qu'elle traverse avant de se perdre dans la mer à tout jamais — imaginez cette admirable vallée de l'Hudson. Je me lançai en auto-stop à l'escalade de l'objectif. Cinq automobilistes se relayèrent pour me conduire par une route en zigzags jusqu'au point désiré, le pont de

Bear Mountain que franchit la route n° 6 venant de la Nouvelle-Angleterre. Il commença de pleuvoir à torrents quand je débarquai là. Un vrai paysage de montagne. La route n° 6 surplombait le fleuve, contournait un carrefour et disparaissait dans une région sauvage. Non seulement il n'y avait pas de circulation mais la pluie tombait à seaux et je ne pouvais m'abriter nulle part. Je courus me mettre sous une pinède ; cela ne changea rien ; je me mis à rugir et à jurer et à me taper sur le crâne en me traitant de parfait abruti. J'étais à quarante miles au nord de New York ; tout le long du chemin, ce qui m'avait tourmenté, c'était que le grand jour, le jour de « la belle », je l'avais uniquement consacré à faire route vers le nord et non vers l'ouest si passionnément désiré. Maintenant j'étais cloué sur mon perchoir septentrional. Je courus pendant un quart de mile jusqu'à un poste à essence abandonné, d'un style coquettement britannique, et me plantai sous les chéneaux dégoulinants. Là-haut, au-dessus de ma tête, Bear Mountain, imposante et hirsute, me bombardait de coups de tonnerre qui me remplissaient d'une terreur sacrée. Tout ce que je pouvais apercevoir, c'étaient des arbres brumeux, des solitudes lugubres qui montaient jusqu'au ciel. « Bon Dieu, qu'est-ce que je peux bien foutre sur ces hauteurs ? » fulminai-je, sanglotant du désir d'être à Chicago. « En ce moment même, ils sont tous en train de prendre du bon temps, oui, ils prennent du bon temps et je ne suis pas là, ah, quand donc serai-je là-bas ! », et d'autres discours du même genre. En fin de compte, une auto s'arrêta devant le poste sans essence ; l'homme et les deux femmes qui étaient dedans voulaient examiner une carte. J'allai droit à eux et leur fis des gestes sous la pluie ; ils se consultèrent ; j'avais l'air d'un dingue, bien sûr, avec mes cheveux ruisselants, mes souliers détrempés. Mes souliers, parfait abruti que j'étais, étaient des mocassins mexicains, des espèces de passoires en fibrane tout à fait déplacées sous la pluie de la noire Amérique, sur l'âpre route noire. Pourtant les gens me laissèrent monter et me ramenèrent, oui, à Newburgh, ce que j'acceptai plutôt que de rester enfermé dans le désert de Bear Mountain pendant toute une nuit. « D'ailleurs, dit l'homme, il n'y a pas de circulation sur la n° 6. Si vous voulez aller à Chicago, vous auriez mieux fait de passer par Holland Tunnel à New York et de vous diriger sur Pittsburgh », et je voyais bien qu'il avait raison... Tout cela parce que j'étais bouclé dans mon rêve, dans cette idée stupide de pantouflard qu'il serait merveilleux de suivre une grande ligne rouge à travers l'Amérique au lieu d'essayer toutes sortes de chemins et de routes.

À Newburgh, la pluie avait cessé. Je descendis jusqu'au fleuve ; et il me fallut rentrer à New York en car avec une escouade d'instituteurs qui venaient de passer un week-end en montagne — jacasserie et bla-bla-bla, et moi furieux pour tout ce temps et cet argent gaspillés et me disant que je voulais partir pour l'Ouest et que j'avais passé ici toute la journée et une partie de la nuit à monter et à descendre, du nord au sud, comme un machin qui n'arrive pas à démarrer. Et je fis le serment d'être le lendemain à Chicago, montant pour plus de sûreté dans un car pour Chicago, dépensant le plus clair de mon argent ; mais je m'en foutais pas mal, puisque le lendemain j'allais être à Chicago.

# III

Ce fut une randonnée ordinaire en autocar : gosses pleurnicheurs, soleil chaud, paysans qui, en Pennsylvanie, montent à une ville et descendent à la suivante, jusqu'au moment où nous avons atteint la plaine de l'Ohio et nous sommes mis vraiment à rouler, vers Ashtabula, puis, de nuit, à travers l'Indiana. J'arrivai à « Chi » assez tôt dans la matinée, pris une chambre dans le Y * et me mis au lit avec tout juste quelques dollars en poche. Je m'attaquai à Chicago après une bonne journée de sommeil.

Vent soufflant du lac Michigan, be-bop au Loop[7], longues marches du côté de South Halsted et de North Clark, longue promenade après minuit dans la jungle des bas quartiers où me suivit une bagnole de flics en maraude qui me trouvèrent l'air louche. À cette époque, en 1947, le be-bop déferlait comme un vent de folie sur toute l'Amérique. Au Loop, les gars se donnaient du mal, mais d'un air languissant, parce que le bop en était d'une certaine façon à sa période intermédiaire, entre le style Charlie Parker Ornithology[8] et celui de Miles Davis. Et, pendant

* *Ymen* : association de jeunesse chrétienne.

que j'étais assis à écouter ce chant de la nuit que le bop est devenu pour nous tous, je pensai à tous mes amis qui, d'un bout à l'autre du pays, étaient tous vraiment dans la même immense arrière-cour, aussi délirants et frénétiques. Puis, pour la première fois de ma vie, l'après-midi suivant, j'entrai dans l'Ouest. C'était une chaude et belle journée pour faire de l'auto-stop. Pour sortir de la circulation inextricable de Chicago, je pris un car pour Joliet, dans l'Illinois, longeai le parc de Joliet, m'arrêtai juste à la sortie de la ville, après avoir parcouru à pied les rues bordées d'arbres minables du faubourg, et me mis en position. De New York à la Joliet, j'avais dépensé plus de la moitié de mon argent.

Je montai d'abord sur un camion de dynamite avec un drapeau rouge, et roulai environ trente miles dans l'immensité verdoyante de l'Illinois, le chauffeur me montrant l'endroit où la Route n° 6, sur laquelle nous étions, croise la Route 66, avant que toutes deux ne s'enfoncent dans l'ouest à d'incroyables distances. Vers trois heures de l'après-midi, après m'être tapé une tarte aux pommes et une glace dans un stand au bord de la route, je vis une femme s'arrêter pour moi, au volant d'un petit coupé sport. J'eus un coup au cœur en courant derrière la voiture. Mais c'était une femme entre deux âges qui, pour tout dire, avait des fils de mon âge et cherchait quelqu'un pour la relayer au volant jusqu'en Iowa. J'étais tout désigné pour cette fonction. L'Iowa ! Ce n'était pas loin de Denver et, une fois à Denver, je pourrais souffler. Elle conduisit d'abord quelques heures, insista à un moment pour visiter je ne sais où une vieille église, comme si nous faisions du tourisme ; puis je m'installai au volant et, bien que je ne conduise pas très bien, je m'appuyai d'une traite le reste de l'Illinois jusqu'à Davenport, en Iowa, via Rock Island. Et là, pour la première fois de ma vie, je vis mon Mississippi adoré, comme tari sous la brume estivale, ses eaux basses entre les berges élevées qui exhalent l'odeur crue du corps même de l'Amérique — et c'est parce qu'il le baigne de tout son long. Rock Island, et ses voies de chemins de fer, ses bicoques, son petit quartier commerçant ; et, passé le pont, Davenport, ville du même genre, toute parfumée par une odeur de sciure sous le chaud soleil du Middle West. C'est là que la dame devait bifurquer vers chez elle, dans l'Iowa ; je la quittai.

Le soleil descendait. Je marchai, lesté de quelques demis bien frais, vers les faubourgs ; cela faisait un bout de chemin. Au volant, tous les hommes rentraient du travail coiffés de casquettes de la compagnie des chemins de fer, de casquettes de base-ball, de toutes espèces de coiffures, comme ceux qui rentrent du travail, dans n'importe quelle ville, n'importe où. L'un d'entre eux me mena en haut de la colline et me laissa à un carrefour désert à l'orée de la Prairie. C'était un bel endroit. Il ne roulait par là que des voitures de fermiers qui me lançaient des regards soupçonneux, passant dans un cliquetis de ferraille ; les vaches rentraient chez elles. Pas un camion. De voitures qui filaient, il n'y en avait guère. Un gosse, dans une tire déglinguée, passa, la cravate au vent. Le soleil avait maintenant atteint l'horizon. Je me tenais debout dans le soir empourpré. J'étais inquiet. Il n'y avait pas même de lumières aux alentours d'Iowa ; dans une minute personne ne pourrait plus m'apercevoir. Par chance, un type qui rentrait à Davenport me ramena en ville. C'était revenir exactement à mon point de départ.

J'allai m'asseoir à la gare d'autocars pour méditer

sur ma situation. Je mangeai encore une tarte aux pommes et une glace — pratiquement la seule nourriture que je pris durant toute la traversée du pays ; je savais que c'était fortifiant et c'était délicieux, bien sûr. Je me décidai à tenter ma chance. Je pris un autocar dans le centre de Davenport, après avoir passé une demi-heure à lorgner une serveuse au buffet de la gare, et gagnai la sortie de la ville mais, cette fois, du côté des postes à essence. Il y avait par là de gros camions qui grondaient, mugissaient ; au bout de deux minutes, l'un d'entre eux serra les freins pour me cueillir. Je lui courus après, l'âme au septième ciel. Et quel chauffeur ! un grand, gros, terrible chauffeur de camion, avec des yeux saillants et une voix rauque et râpeuse, qui ne faisait que tonner et rouspéter à tout propos ; il mit son engin en marche sans guère m'accorder d'attention. Comme ça, je pouvais délasser un peu mon âme épuisée, car c'est un des maux les plus redoutables de l'auto-stop que de devoir converser avec des gens innombrables, leur faire sentir qu'ils ne se sont pas trompés en vous cueillant, quasiment même les amuser, toutes choses qui demandent un grand effort quand vous vous tapez un voyage sans jamais descendre à l'hôtel. Le type se contentait de gueuler dans le grondement du moteur et tout ce que j'avais à faire c'était de gueuler de mon côté, puis nous nous reposions. Il poussait sa machine droit sur Iowa City et gueulait à mon intention les histoires les plus drôles sur la façon dont il tournait la loi dans toutes les villes où la limitation de vitesse est inacceptable, proclamant et répétant : « Ces salauds de flics n'arrivent pas à me coller un motif au cul. » Juste au moment où nous entrions dans Iowa City, il aperçut un autre camion qui venait derrière nous et, comme il devait bifurquer à Iowa, il fit papilloter ses feux arrière à l'intention de l'autre gars et ralentit pour me laisser sauter, ce que je fis sans oublier mon sac, tandis que l'autre camion, acceptant cet échange, s'arrêtait pour me prendre ; et une fois de plus, en moins de rien, je me trouvais dans une cabine large et haute, paré pour faire des centaines de miles à travers la nuit, et comme j'étais heureux ! Le nouveau chauffeur était aussi fou que le précédent et poussait des rugissements comparables, et tout ce que j'avais à faire c'était de me caler les reins et de laisser rouler. Maintenant je voyais Denver surgir dans le lointain comme la Terre Promise, tout là-bas sous les étoiles, au-delà de la Prairie du Iowa et des plaines du Nebraska, et, plus loin encore, le spectacle plus majestueux de San Francisco pareil à des joyaux dans la nuit. Tout en conduisant, il me raconta des histoires pendant une paire d'heures, puis, dans une ville du Iowa où des années plus tard Dean et moi fûmes arrêtés comme suspects dans une Cadillac qui avait tout l'air d'être volée, il dormit sur la banquette. Je dormis aussi, puis je fis une petite promenade le long des murs de brique déserts à la lueur d'un lampadaire, avec la prairie tapie au bout de chaque petite rue et l'odeur du maïs comme une rosée nocturne.

Il s'éveilla en sursaut au lever du soleil. Nous décampâmes en rugissant et, une heure plus tard, les fumées de la ville de Des Moines apparurent devant nous au-dessus des champs de maïs verdoyants. Il lui fallait maintenant son petit déjeuner et il voulait prendre ses aises, si bien que je fis mon entrée à Des Moines, distante de quatre miles environ, en stoppant deux gars qui revenaient de l'Université de Iowa ; et ça me faisait drôle d'être assis dans leur confortable voiture, toute flambant neuf, et de les entendre parler d'examens, dans un vrombissement douillet, pendant qu'on entrait dans la ville. Maintenant j'avais envie de dormir une journée entière. Aussi allai-je à l'Y pour avoir une chambre ; ils n'en avaient pas et, d'instinct, je descendis en flânant du côté des voies de triage — il y en a une tapée à Des Moines —, et j'échouai dans une vieille gargote ténébreuse, près de la rotonde des locomotives, et passai toute une journée à dormir sur un grand lit blanc, bien propre et bien dur, avec des graffiti obscènes gravés sur le mur, près de mon oreiller, et de foutus rideaux jaunes tirés sur le spectacle fuligineux des rails. Je m'éveillai quand le soleil se mit à rougeoyer ; et ce fut la seule fois de ma vie qu'aussi nettement, moment étrange entre tous, je ne sus plus qui j'étais — j'étais loin de chez moi, obsédé et épuisé par le voyage, dans une chambre d'hôtel minable que je n'avais jamais vue, écoutant le chuintement de la vapeur au-dehors, et les grincements des vieilles boiseries de l'hôtel, et des pas au-dessus de ma tête, et toutes sortes de bruits sinistres ; je regardai le haut plafond craquelé et réellement je ne sus plus qui j'étais pendant près de quinze étranges secondes. Je n'étais pas épouvanté ; j'étais simplement quelqu'un d'autre, un étranger, et ma vie entière était une vie magique, la vie d'un spectre. J'étais à mi-chemin de la traversée de l'Amérique, sur la ligne de partage entre l'Est de ma jeunesse et l'Ouest de mon avenir, et c'est peut-être pourquoi cela m'est arrivé justement en cet endroit et à cet instant, par cet étrange après-midi rougeoyant.

Mais il me fallait me mettre en route et cesser de gémir ; je ramassai donc mon sac, dis adieu au vieil hôtelier qui siégeait près de son crachoir, et allai manger. Je mangeai une tarte aux pommes et une glace — cela s'améliorait à mesure que je m'enfonçais dans l'Iowa, la tarte était plus grosse et la glace plus abondante. Il y avait des essaims de belles filles partout où je portais les yeux cet après-midi-là à Des Moines — elles rentraient chez elles après le lycée —, mais je n'avais pas de temps alors pour des pensées de ce genre et je me promis bien de m'en donner à cœur joie, une fois à Denver. Carlo Marx était déjà à Denver ; il y avait Dean aussi ; Chad King et Tim Gray qui étaient là chez eux ; il y avait Marylou ; et l'on parlait d'une puissante bande dont faisaient partie Ray Rawlins et sa jolie blonde de sœur, Babe Rawlins ; deux serveuses que Dean connaissait, les sœurs Bettencourt ; et même Roland Major, mon vieux copain de collège, était là-bas. Je caressais toutes les filles du regard avec un sentiment de joie et d'anticipation. Ainsi, dans mon élan, je passais près des jolies filles sans m'arrêter, et pourtant c'est à Des Moines que l'on voit les plus chouettes filles du monde.

Un type avec une espèce de cabane à outils juchée sur roues, un camion plein d'outils qu'il conduisait debout comme un laitier d'avant-garde, me mena en haut d'une longue côte, où je tombai immédiatement sur un fermier et son fils qui se dirigeaient vers Adel, en Iowa. Dans cette ville, sous un gros orme proche d'une pompe à essence, je fis la connaissance d'un autre trimardeur, un New-Yorkais typique, un Irlandais qui avait conduit un camion postal durant la plupart de ses années de labeur et qui rejoignait maintenant une fille à Denver et une vie nouvelle. Je pense qu'il avait quelque chose à fuir à New York, vraisemblablement les rigueurs de la loi. C'était un jeune et parfait ivrogne à nez rouge, d'une trentaine d'années, et il m'aurait rasé dans des circonstances ordinaires, mais j'étais alors très sensible à n'importe quelle présence humaine. Il était vêtu d'un vieux sweater et d'un froc en tuyau et il n'avait rien comme bagage, juste une brosse à dents et des mouchoirs. Il dit qu'on devait se mettre ensemble pour faire le stop. J'aurais dû refuser, car il avait plutôt sale allure sur la route. Je me mis pourtant en ménage avec lui et on fit la touche d'un type taciturne qui allait à Stuart, en Iowa, bled où l'on resta vraiment sur le sable. Plantés devant la baraque du chemin de fer de Stuart, on guetta les voitures qui allaient vers l'ouest, jusqu'au coucher du soleil, pendant cinq bonnes heures, tuant le temps d'abord à raconter notre vie ; puis il se lança dans les histoires sales ; puis il ne nous resta qu'à shooter dans des cailloux et à faire des bruits idiots sur différentes gammes. On commençait à crever d'ennui. Je pris la décision de claquer un dollar de bière ; on alla dans un vieux bistrot de Stuart où l'on s'envoya quelques godets. Là il piqua la plus belle cuite qu'il eût jamais ramenée le soir dans sa piaule de la Neuvième avenue, et se mit à me gueuler joyeusement dans l'oreille tous les rêves sordides de son existence. D'un côté je l'aimais bien, pas parce qu'il était un brave type, comme il le prouva ensuite, mais parce qu'il réagissait aux choses avec enthousiasme. Nous retournâmes sur la route en pleine nuit et, naturellement, personne ne s'arrêta et l'on ne vit pas filer grand monde. Cela dura jusqu'à trois heures du matin. Nous passâmes un peu de temps à essayer de dormir sur un banc du bureau de la gare mais le télégraphe cliqueta toute la nuit, et nous ne pûmes fermer l'œil. En outre, de gros wagons de marchandises se tamponnaient tout autour de nous. Nous ne savions pas lequel nous aurait convenu ; nous n'avions jamais fait ça avant ; nous ne savions pas s'ils roulaient vers l'est ou vers l'ouest, comment les repérer, ni quels fourgons, quelles plates-formes, quels wagons non frigorifiques il fallait choisir, etc. Si bien que lorsque le car d'Omaha passa par là juste avant l'aube, nous sautâmes dedans et nous joignîmes aux passagers endormis ; je payai son billet et le mien. Il s'appelait Eddie. Il me faisait penser au cousin que j'avais dans le Bronx. C'est pour ça que je m'étais mis avec lui. C'est comme si j'avais eu un vieux copain à mes côtés, un brave pote souriant qui glanderait avec moi le long de la route.

Nous arrivâmes à Council Bluffs au lever du soleil ; je regardai le paysage. Tout l'hiver j'avais lu l'histoire des grands rassemblements de chariots en cet endroit où l'on tenait conseil avant de s'engager sur les pistes de l'Oregon et de Santa Fé ; et naturellement maintenant il n'y avait, dans l'aube morne et grise, que de coquets pavillons de banlieue illustrant toutes les variétés de l'ignominie. Puis ce fut Omaha et, bon dieu, le premier cow-boy que j'aie jamais vu, marchant le long des murs déserts des abattoirs, avec un vrai chapeau de cow-boy sur la tête et des bottes du Texas ; et qui, le costume mis à part, me paraissait ne pas différer d'un fanatique du jazz que j'aurais vu au petit matin, dans l'Est, sous nos murs de briques. On descendit du car, on marcha jusqu'au haut de la colline, la grande colline amassée au cours des millénaires par le puissant Missouri, le long duquel Omaha est bâtie ; puis en rase campagne, nous voici de nouveau les pouces en l'air. On fait un petit bout de route avec un riche *rancher* coiffé d'un chapeau de cow-boy, qui raconte que la vallée du Platte est aussi vaste que celle du Nil en

Égypte, et, pendant qu'il dit cela, je vois au loin la ligne des grands arbres serpentant le long du fleuve et, de chaque côté de celui-ci, les vastes champs verdoyants, et je suis presque de son avis. Puis, alors que nous sommes postés à un croisement de routes et que le temps commence à s'assombrir, un autre cow-boy, celui-ci mesurant six pieds de haut et coiffé d'un modeste chapeau d'une contenance ordinaire, nous interpelle pour savoir si l'un de nous sait conduire. Naturellement Eddie savait conduire ; il avait un permis et moi pas. Le cow-boy avait deux autos qu'il ramenait à Montana. Sa femme était à Grand-Island et il attendait de nous que nous y conduisions une des autos ; là, sa femme prendrait la relève. Ensuite il remontait au nord et il ne pouvait donc nous mener plus loin que Grand-Island. Mais cela représentait bien une centaine de miles à travers le Nebraska et naturellement nous sautâmes sur l'occasion. Eddie conduisait seul, le cow-boy et moi-même à sa suite. À peine en dehors de la ville, Eddie se mit à foncer à quatre-vingt-dix miles à l'heure par pure exubérance. « Nom de Dieu, qu'est-ce qu'il lui prend ! » cria le cow-boy et il se lança à sa poursuite. Cela commençait à prendre l'allure d'une course. Pendant une minute, je crus qu'Eddie essayait de mettre les bouts avec la bagnole — et autant que je sache c'est bien ce qu'il voulait faire. Mais le cow-boy se colla derrière, le rattrapa et se mit à klaxonner. Eddie ralentit. Le cow-boy lui klaxonna d'arrêter. « Bon dieu, mon garçon, vous allez faire éclater vos pneus à rouler à cette vitesse. Ne pouvez-vous pas conduire un peu plus lentement ? »

— Bien sûr, mais, bon sang, est-ce que je roulais vraiment à 90 ? dit Eddie. Je ne m'en rendais pas compte tant cette route est moelleuse.

— Allez-y doucement si vous voulez que nous arrivions entiers à Grand-Island.

— Certainement. — Et nous poursuivîmes notre voyage. Eddie s'était calmé et probablement même assoupi. Nous parcourûmes ainsi une centaine de miles à travers le Nebraska, côtoyant le Platte sinueux au milieu des champs verdoyants.

— Pendant la crise, me dit le cow-boy, j'avais l'habitude de faire le dur au moins une fois par mois. À cette époque on voyait des centaines de types voyager sur les plates-formes ou dans les fourgons, et ce n'étaient pas de simples clochards, c'étaient toutes espèces de gens sans travail, qui naviguaient d'un endroit à l'autre, et les vagabonds n'étaient qu'une minorité. C'était comme ça dans tout l'Ouest. Les serre-freins ne vous cherchaient jamais des crosses en ce temps-là. Je ne sais pas où ça en est aujourd'hui. Le Nebraska, j'ai rien à en foutre. Dans les années trente, il n'y avait ici rien d'autre qu'un énorme nuage de poussière aussi loin que la vue pouvait porter. Pas question de respirer. Le sol était noir. Je vivais ici en ce temps-là. Ils peuvent rendre le Nebraska aux Indiens, pour ce que j'ai à en foutre. Je déteste ce damné pays plus qu'aucun autre au monde. Maintenant j'habite dans le Montana, à Missoula. Un jour ou l'autre, allez faire une virée par là, et vous verrez le paradis. » Plus tard dans l'après-midi, quand il en eut assez de parler, je m'endormis ; c'était un causeur intéressant.

Arrêt au bord de la route pour manger un morceau. Le cow-boy s'en va faire réparer une roue de secours et Eddie et moi nous installons dans un *diner*[9] tout ce qu'il y a d'ordinaire. J'entends un grand rire, le rire le plus énorme du monde ; c'était un de ces fermiers du Nebraska, de la bonne époque, au cuir cru, qui s'amenait avec une tapée d'autres types ; on pouvait entendre ses cris râpeux jusqu'au fond des plaines, du monde gris des plaines. Tous les autres riaient avec lui. Il n'avait pas le moindre souci au monde mais il donnait à tout un chacun une attention colossale. Hum, me dis-je, écoute cet homme rire. Ça c'est l'Ouest ; me voici dans l'Ouest. Il arriva comme le tonnerre dans le *diner*, appelant Maw, « la Maw qui fait les tartes aux cerises les plus délicieuses du Nebraska » (et j'en avais une portion devant moi avec une montagne de crème glacée dessus). « Maw, aboule-moi le casse-graine avant que je me mette à me bouffer moi-même tout cru », ou quelque autre idiotie de la sorte. Et il se jeta sur un tabouret et se mit à pousser des hi-han, hi-han, hi-han, hi-han. « Et n'oublie pas les fayots dans le programme. » C'était l'esprit de l'Ouest qui siégeait juste à côté de moi. J'aurais voulu tout connaître de sa vie âpre et ce qu'il avait bien pu foutre durant tant d'années à part rigoler et gueuler de cette façon. Ooo, disais-je en mon âme, mais le cow-boy revint et nous partîmes pour Grand-Island.

En trois tours de roues nous y fûmes. Il alla chercher sa femme et partit vers le destin qui l'attendait, pendant qu'Eddie et moi reprenions la route. Deux jeunes gars, des tendrons, des péquenots, nous prirent dans leur voiture — un engin construit de pièces et de morceaux, puis nous lâchèrent un peu plus loin sur la route sous un petit crachin. Puis un vieux qui ne disait rien, et Dieu sait pourquoi il nous avait ramassés, nous amena à Shelton. Là Eddie se planta avec un air désespéré au milieu de la route, sous les regards fixes d'un groupe d'Indiens Omaha, petits, trapus, qui n'avaient nulle part où aller ni rien à faire. En travers de la route passait la voie de chemin de fer et la citerne indiquait : SHELTON. « Putain, fit Eddie avec stupeur, j'ai déjà été dans cette ville. Il y a des années de ça, pendant la guerre, une nuit, tard dans la nuit quand tout le monde dormait. Je suis sorti sur le quai pour fumer et nous étions au milieu du néant, dans une obscurité d'enfer, et j'ai levé les yeux et j'ai vu ce nom de Shelton écrit sur la citerne. Emballés pour le Pacifique, tous en train de ronfler, rien que de la bleusaille stupide ! On n'est restés que quelques minutes, pour charger ou je ne sais quoi, et on a mis les bouts. Foutu Shelton ! Depuis, je déteste ce bled. » Nous étions coincés à Shelton. Comme à Davenport, en Iowa, on ne voyait guère que des bagnoles de fermiers ; à un moment passa, ce qui est pire, une auto de tourisme, où il y avait de vieux bonshommes avec leurs femmes qui repéraient les curiosités ou méditaient sur les cartes, et qui, assises à l'arrière, inspectaient tout d'un regard soupçonneux.

Le crachin s'épaissit et Eddie eut froid ; il était fort légèrement habillé. Je pêchai une chemise écossaise en laine dans mon sac de toile et il la mit. Il se sentit un peu mieux. J'étais enrhumé. J'achetai des pastilles pectorales dans une sorte de boutique d'Indiens branlante. J'allai à la petite cahute postale et écrivis à ma tante une carte postale d'un penny. Nous retournâmes sur la route grise. Là, devant nous, Shelton était écrit sur la citerne. Le rapide de Rock Island passa en trombe. Nous vîmes les visages des voyageurs de pullman disparaître dans un brouillard. Le train hurlait à travers la plaine en direction de nos désirs. Il se mit à pleuvoir plus dru.

Un grand type sec, coiffé à la cow-boy, arrêta sa voiture du mauvais côté de la route et se dirigea vers nous ; il avait l'air d'un shérif. Nous préparons mentalement notre boniment. Il prend son temps pour nous aborder. « Vous êtes des gars qui allez quelque part ou qui vous baladez simplement ? » Nous ne comprenons pas sa question — qui est salement bien combinée.

— Pourquoi ? demandons-nous.

— Eh bien, je suis forain et j'ai planté ma tente à quelques miles de la route ; je cherche de braves potes qui veulent travailler et se faire un peu de pognon. J'ai une concession de roulette et une concession d'anneaux, vous savez, ces anneaux qu'on lance sur des poupées — on tente sa chance, quoi ! Alors, les gars, travaillez avec moi, et vous aurez trente pour cent de la recette.

— Le vivre et le couvert ?

— Vous pouvez avoir un lit mais pour la nourriture, non. Vous devrez manger en ville. Nous voyageons un peu. » Nous réfléchissons. « C'est une bonne occase », ajoute-t-il et il attend patiemment notre décision. Nous nous sentions idiots et ne savions pas quoi dire ; quant à moi, je ne voulais pas m'attacher à un forain. J'étais bien trop pressé de rejoindre la bande à Denver.

Je dis : « Je ne sais pas, j'avance aussi vite que possible, et je ne pense pas que j'aie le temps. » Eddie dit la même chose et le vieux fit un salut de la main et, sans se presser, d'un air très désinvolte, il retourna à sa voiture et se tailla. C'était joué. Cette proposition nous fit rire un bout de temps ; nous imaginions ce qui aurait pu nous arriver. Je me voyais quelque part dans la plaine par une soirée sombre et poussiéreuse, au milieu des gens du Nebraska se promenant en famille, avec leurs enfants roses sidérés par tout ce qu'ils regardaient. Et je sais que je me serais pris pour le diable en personne à les rouler avec ces trucs de foire à quatre sous. Et la grande roue gravitant au-dessus de la place obscure et, Dieu tout-puissant, la sinistre musique du manège et moi avec ce désir d'arriver à mon but — et dormant dans quelque roulotte enluminée sur un lit de grosse toile.

Eddie devenait un copain de route plutôt distrait. Un drôle de vieil engin s'avança, conduit par un vieil homme ; c'était taillé dans une espèce d'aluminium, carré comme une caisse — une roulotte apparemment, mais une roulotte surnaturelle, loufoque et construite de bric et de broc dans quelque ferme du Nebraska. Il roulait très doucement et s'arrêta. On se rua dessus ; il dit qu'il ne pouvait prendre qu'un seul passager ; sans un mot Eddie sauta dedans et, dans un cliquetis de ferraille, disparut lentement de ma vue, portant toujours ma chemise écossaise. Allons, mauvaise journée, j'envoyai à ma chemise un baiser d'adieu ; je n'y attachais en tout cas qu'une valeur sentimentale. J'attendis dans ce sacré Shelton un long, très long moment, plusieurs heures, et j'évitais de penser à la nuit qui viendrait ; ce n'était encore que le début de l'après-midi, mais il faisait sombre. Denver, Denver, comment pourrais-je jamais gagner Denver ? J'étais justement sur le point d'y renoncer, me proposant d'aller m'asseoir devant un café, quand une assez chouette auto stoppa, avec un jeune type au volant. Je courus comme un fou.

— Où vous allez ?

— Denver.

— Bon, je peux vous faire une centaine de miles dans la direction.

— Épatant, épatant, vous me sauvez la vie.

— J'ai fait pas mal de stop moi-même, c'est pourquoi je ramasse toujours les gars.

— J'en ferais autant si j'avais une bagnole. — Et ainsi nous nous mîmes à discuter et il me raconta sa vie, qui n'était pas très intéressante, et je me mis à faire un somme et m'éveillai juste à la sortie de la ville de Gothenburg, où il me laissa.

# IV

La plus belle course de ma vie était sur le point de commencer : un camion, avec une plate-forme arrière, avec environ six ou sept gars vautrés dessus et les conducteurs, deux jeunes fermiers blonds du Minnesota, qui ramassaient toute âme solitaire qu'ils trouvaient sur la route — le plus jovial, le plus serein couple de péquenots bien balancés qu'on puisse jamais espérer voir, tous deux vêtus d'une chemise en coton et d'une combinaison, et rien d'autre ; solides du poignet, et sérieux, accueillant avec de larges sourires, comment ça va mon gars, tout ce qui se présentait sur leur chemin. J'accourus : « Il y a de la place ? » Ils dirent : « Bien sûr, monte, y a de la place pour tout le monde. »

Je n'étais pas sur la plate-forme que déjà le camion rugissant démarrait ; je titubai, un passager m'empoigna et je me retrouvai sur les fesses. Quelqu'un me passa une bouteille de tord-boyau, un fond de bouteille. Je lampai un grand coup — fouetté de plein vent par la brise âpre, lyrique, par la bruine du Nebraska. « Et va que je te roule ! » gueula un gosse en casquette de base-ball. Et ils poussèrent jusqu'à soixante-dix miles à l'heure, dépassant tout ce qu'ils rencontraient sur la route. « Quel bordel ! c'est comme ça depuis Des Moines. Ces types ne s'arrêtent jamais. De temps en temps on doit gueuler pour pisser, autrement il faut pisser en l'air et alors cramponne-toi, mon pote, cramponne-toi. »

J'examinai la compagnie. Il y avait deux jeunes garçons de ferme du Dakota du Nord en casquettes de base-ball rouges, ce qui est la coiffure standard des garçons de ferme du Dakota du Nord ; ils allaient faire les moissons ; leurs vieux leur avaient permis de tâter de la route pour un été. Il y avait deux jeunes citadins de Colombus, en Ohio, des footballeurs universitaires, mâchant le chewing-gum, s'exprimant par clins d'œil, chantant au vent, et qui dirent qu'ils passaient l'été à faire le tour des États-Unis en stop. « Nous allons à Los Angeles ! » gueulèrent-ils.

— Qu'est-ce que vous allez faire là-bas ?

— Bon Dieu, on ne sait pas. Qu'est-ce qu'on a à en foutre ?

Il y avait aussi un grand type mince à l'air sournois. « D'où viens-tu ? » demandai-je. J'étais couché à côté de lui sur le plateau ; on ne pouvait pas rester assis sans se faire dangereusement secouer, il n'y avait pas de ridelles. Il se tourna donc lentement vers moi, ouvrit la bouche et dit : « Mon-ta-na. »

Enfin il y avait Mississippi Gene et son protégé. Mississippi Gene était un petit type basané qui naviguait en train de marchandises dans tout le pays, un trimardeur d'une trentaine d'années mais assez jeune d'allure pour qu'il soit difficile de dire exactement son âge. Et il restait assis en tailleur sur les planches, les yeux perdus dans le paysage, sans dire un mot durant des miles et des miles. Enfin, à un moment donné, il se tourna vers moi et me dit : « Et toi, où tu vas ? »

Je dis Denver.

« J'avais une sœur là-bas mais je ne l'ai pas vue depuis pas mal d'années. » Il s'exprimait d'une façon mélodieuse et lente. C'était un homme patient. Son protégé était un grand gosse blond de seize ans, lui aussi nippé en clochard ; autant dire qu'ils portaient de vieilles frusques noircies par la suie des trains et la crasse des fourgons et les nuits à même le sol. Le gosse blond était calme lui aussi et il avait l'air de fuir quelque chose, les rigueurs de la loi si j'en juge par sa façon de regarder droit devant lui et de se passer la langue sur les lèvres d'un air préoccupé. Slim, le type du Montana, leur parlait de temps à autre avec un sourire sardonique et mystérieux. Ils ne faisaient pas attention à lui. Slim était tout en insinuation. J'avais peur de son grand rire niais qu'il vous grimaçait juste sous le nez, restant dans cette posture comme un demi-fou.

— As-tu de l'argent ? me dit-il.

— Foutre non, assez peut-être pour une pinte de whisky avant d'arriver à Denver. Et toi ?

— Je sais où je peux en avoir.

— Où ?

— N'importe où. On peut toujours s'en prendre à un type dans une ruelle, pas vrai ?

— Sans doute on peut toujours.

— J'hésite pas à le faire quand j'ai vraiment besoin de pognon. J'ai poussé jusqu'à Montana voir mon père. Il faut que je descende de cet engin à Cheyenne et que je poursuive par d'autres moyens. Ces dingos vont à Los Angeles.

— Directement ?

— Jusqu'au bout — si tu veux aller à L.A. tu es tombé sur les gens qu'il te faut.

Cela donnait à réfléchir ; l'idée de gazer toute la

nuit à travers le Nebraska, le Wyoming, le désert de l'Utah au matin et, très probablement, l'après-midi à travers le désert du Nevada, et d'arriver en fait à Los Angeles dans un délai prévisible me fit presque changer mes plans. Pourtant je devais aller à Denver. Il me fallait donc aussi descendre à Cheyenne et faire en stop quatre-vingt-dix miles vers le sud, jusqu'à Denver.

Je fus content quand les deux garçons de ferme du Minnesota, propriétaires du camion, décidèrent de s'arrêter à North Platte et de manger ; je voulais les observer. Ils sortirent de la cabine et nous gratifièrent d'un sourire général. « C'est le moment de pisser ! » dit l'un. « De manger ! » dit l'autre. Mais ils étaient les seuls de la compagnie à avoir de l'argent pour acheter de la nourriture. Traînant les pieds nous les suivîmes dans un restaurant exploité par des femmes et nous nous assîmes devant des hamburgers et du café pendant qu'ils avalaient d'énormes plats tout comme s'ils étaient de retour dans la cuisine maternelle. C'étaient deux frères ; ils transportaient du matériel agricole de Los Angeles au Minnesota et faisaient ainsi pas mal d'argent. Allant à vide vers la côte, ils piquaient tout le monde sur la route. Ils avaient déjà fait cinq aller et retour. Ils se payaient du bon temps. Tout leur plaisait. Ils ne s'arrêtaient jamais de sourire. J'essayai de leur parler — tentative idiote de ma part pour témoigner de l'amitié aux capitaines de notre navire —, mais pour toute réponse ils m'offrirent le sourire lumineux aux belles dents blanches des gens qui se nourrissent de maïs.

Tout le monde les avait rejoints au restaurant, sauf les deux jeunes clochards, Gene et son gars. Quand nous fûmes tous de retour, ils étaient encore assis dans le camion, mornes et désolés. Maintenant la nuit tombait. Les chauffeurs se mirent à fumer ; je sautai sur l'occasion pour aller acheter une bouteille de whisky qui me tiendrait chaud sous les coups de vent froids de la nuit. Ils sourirent quand je le leur dis. « Vas-y, dépêche-toi. »

— Vous pourrez boire un coup tous les deux, dis-je pour les rassurer.

— Oh non, nous ne buvons jamais, vas-y.

Montana Slim et les deux étudiants flânèrent dans les rues de North Platte avec moi jusqu'à ce que j'aie trouvé une bouteille de whisky. Les gars se cotisèrent, Slim y alla de sa part et j'en achetai un litre. De grands types sinistres nous regardaient déambuler derrière les grilles des immeubles ; la rue principale était bordée de maisons cubiques. Les rues mornes se terminaient toutes par d'immenses trouées sur la Plaine. Je ressentais quelque chose d'étrange dans l'atmosphère de North Platte, je ne savais pas quoi. Cinq minutes plus tard, je le savais. Nous revînmes au camion et démarrâmes. Il fit sombre rapidement. Nous avions tous bu un coup et soudain je m'aperçus que les cultures verdoyantes du Platte commençaient à disparaître et, à leur place, si loin qu'on ne pouvait en voir la fin, apparaissaient de grands déserts plats de sable et d'armoises. J'en fus stupéfait.

— Bon Dieu, qu'est-ce que c'est que ça ? criai-je à Slim.

— C'est le début des grandes landes, mon gars. File-moi encore à boire.

— Ououpi ! gueulèrent les étudiants. Adieu Colombus ! Qu'est-ce que diraient Sparkie et les gars, s'ils étaient là. Hou !

À l'avant, le volant avait changé de mains. Celui

des frères qui avait pris la relève écrasait le champignon au plancher. La route avait changé aussi : bombée au milieu, molle sur les bas-côtés et flanquée de part et d'autre d'un fossé profond de quatre pieds, si bien que le camion cahotait et basculait d'un bord à l'autre — par miracle, seulement lorsqu'il ne venait pas d'auto en sens inverse — ; et je me disais que nous allions tous faire la culbute. Mais ils conduisaient admirablement. Avec quel appétit le camion s'envoyait la bosse du Nebraska — cette bosse qui dans le Colorado devient montagne. Et bientôt je me rendis compte que vraiment j'étais dans le Colorado, pas officiellement toutefois, mais Denver se trouvait à environ cent miles au sud-ouest. Je hurlai de joie. On fit circuler la bouteille. Les grands astres scintillants apparurent, les collines de sable s'obscurcirent à perte de vue. Je me sentais filer comme une flèche vers le but.

Et soudain Mississippi Gene, toujours accroupi, se tourna vers moi, du fond de sa patiente rêverie, et il ouvrit la bouche, se pencha vers moi et dit : « Ces plaines me rappellent le Texas. »

— Vous êtes du Texas ?

— Non, m'sieur, j'suis de Green-vell, dans le Muzzsippy *.

C'était sa manière de prononcer.

— Et le gosse, d'où est-il ?

— Il a eu des ennuis, là-bas, dans le Mississippi, et je lui ai proposé de l'aider à s'en tirer. Le pauvre, il ne s'en serait jamais tiré tout seul. Je prends soin de lui le mieux que je peux, ce n'est qu'un enfant. — Bien que Gene fût blanc, il y avait quelque chose en lui de la sagesse lasse d'un vieux nègre et quelque

* Greenville, dans le Mississippi.

46

chose qui l'apparentait fort à Elmer Hassel, le drogué de New York, mais un Hassel chemineau, un Hassel qui aurait fait des randonnées épiques, traversant le pays en tous sens chaque année, vivant dans le sud en hiver et dans le nord en été, et seulement parce qu'il ne pouvait demeurer nulle part sans être bientôt dégoûté et qu'il n'avait nulle part où aller sinon partout ; qui continuait à rouler sous les étoiles, de préférence les étoiles de l'Ouest.

— J'ai été à Og-den une paire de fois. Si vous voulez pousser jusqu'à Og-den, j'ai là quelques amis chez qui on pourrait se planquer.

— Je vais à Denver, par Cheyenne.

— Bon Dieu, continuez donc directo, on ne trouve pas tous les jours une occase comme ça.

C'était encore une proposition séduisante. Qu'y avait-il à Ogden ?

— Qu'est ce que c'est Ogden ? dis-je.

— C'est l'endroit où passent la plupart des gars et où ils se rencontrent toujours ; on peut s'attendre à voir là n'importe qui.

Autrefois j'avais connu sur une plage un grand type décharné de la Louisiane appelé Big Slim Hazard, William Holmes Hazard, qui était clochard par vocation. Petit garçon il avait vu monter un clochard pour demander à sa mère un morceau de tarte, et elle le lui avait donné, et quand le clochard était redescendu dans la rue le petit garçon avait dit : « M'man, qui est ce type ? » « Voyons, c'est un clochard. » « M'man, je veux être clochard un jour. » « Veux-tu te taire, ce n'est pas le genre des Hazard. » Pourtant il n'oublia jamais ce jour et, quand il fut grand, après avoir joué quelque temps dans une équipe de football universitaire, il se fit clochard. Big Slim et moi nous avons passé plusieurs nuits à nous raconter des histoires et à cracher du jus de tabac dans des récipients en papier. Il y avait indéniablement quelque chose de si évocateur de Big Slim Hazard dans le comportement de Mississippi Gene que je dis : « Vous est-il arrivé de rencontrer quelque part un gars nommé Big Slim Hazard ? »

Et il dit : « Vous parlez d'un grand type avec un gros rire ? »

— Oui, ça lui ressemble. Il était de Ruston, en Louisiane.

— C'est exact. On l'appelle parfois Louisiana Slim. Oui, m'sieur, je l'ai rencontré, Big Slim, sûrement.

— Et il lui arrivait de travailler dans les champs de pétrole du Texas de l'Est ?

— Dans le Texas de l'Est, c'est exact. Et maintenant il mène des troupeaux de bestiaux.

Et c'était parfaitement exact ; et je ne pouvais encore croire que Gene ait pu réellement connaître Slim, que je cherchais plus ou moins depuis des années.

— Et il a travaillé sur les remorqueurs à New York ?

— Tiens, je ne suis pas au courant de ça.

— J'imagine que vous l'avez seulement connu dans l'Ouest ?

— Oui. Je ne suis jamais allé à New York.

— Bon Dieu, c'est formidable que vous le connaissiez. Ce pays est de taille. Pourtant je savais que vous deviez l'avoir connu.

— Oui, m'sieur, je connais Big Slim assez bien. Toujours généreux de son argent quand il en avait. Un type humble, dur aussi ; je l'ai vu aplatir un flic dans les dépôts de Cheyenne, d'un bon coup droit.

C'était Big Slim tout craché ; il était toujours en

train d'exercer son coup droit dans l'atmosphère ; il ressemblait à Jack Dempsey, mais à un Jack Dempsey jeune et qui aurait bu.

« Bon Dieu ! » Je gueulai dans le vent et je bus un coup ; maintenant je commençais à me sentir plutôt bien. Chaque rasade, le vent qui soufflait sur le camion découvert la balayait ; le mauvais effet passait et le bon me restait au fond de l'estomac. « Cheyenne, me voici ! » Je chantai. « Denver, attention, j'arrive ! »

Montana Slim se tourna vers moi, montra mes chaussures et dit : « Tu penses que si tu mettais ces trucs-là dans la terre il pousserait quelque chose ? » — sans un sourire, bien entendu, et les autres l'entendirent et rigolèrent. Et c'était bien les godasses les plus saugrenues d'Amérique ; je les avais emportées pour cette raison précise que je voulais épargner à mes pieds la transpiration sur la route chaude et, excepté l'averse de Bear Mountain, elles avaient prouvé qu'elles étaient les meilleures chaussures possibles pour mon voyage. Je ris donc avec eux. Maintenant les godasses étaient plutôt en lambeaux, les pièces de cuir clair se redressaient comme des tranches d'ananas frais et mes orteils passaient au travers. Bon, on but encore un coup et on rigola. Comme en rêve, nous gazions à travers de petites villes-carrefours qui s'amenaient en coup de vent dans l'obscurité et nous passions de longues files de moissonneurs nonchalants et de cow-boys dans la nuit. Nous suivant des yeux, ils nous regardaient filer et, la petite ville passée, de nouveau dans l'obscurité, nous les voyions se claquer les cuisses ; notre bande avait une drôle d'allure.

Il y avait des tas de types dans le pays à cette époque de l'année ; c'était le moment de la moisson. Les gars du Dakota ne tenaient plus en place. « Je crois que nous allons mettre les bouts au prochain arrêt-pissoir ; il semble qu'il y a pas mal de turbin dans le coin. »

— Tout ce que vous avez à faire c'est de remonter au Nord quand ça sera fini ici, conseilla Montana Slim ; y a qu'à suivre la moisson jusqu'au Canada. » Les garçons opinèrent vaguement ; ils n'accordèrent guère d'attention à son avis.

Cependant le jeune et blond fugitif n'avait pas bougé ; de temps à autre, Gene descendait de son extase bouddhique dans l'obscurité galopante des plaines pour dire quelque chose d'affectueux à l'oreille du garçon. Le garçon hochait la tête. Gene se préoccupait de lui, de ses sentiments et de ses craintes. Je me demandais où ils pouvaient bien aller et ce qu'ils feraient. Ils n'avaient pas de cigarettes. Je claquai mon paquet avec eux, je les aimais bien. Ils étaient reconnaissants et affables. Ils ne demandaient jamais, je veillais à en offrir. Montana Slim en avait mais il ne faisait jamais passer le paquet. On fonça à travers une autre ville-carrefour, on doubla une autre file de grands types efflanqués en blue-jeans assemblés dans la lumière pâle comme des mites dans le désert et on plongea de nouveau dans d'énormes ténèbres ; les étoiles au-dessus de nos têtes étaient nettes et scintillantes, du fait de la raréfaction croissante de l'air à mesure que nous gravissions le haut plateau occidental, qui s'élève d'un pied par mile, à ce qu'ils disent, et nul arbre nulle part ne dissimule les étoiles proches de l'horizon. À un moment je vis une vache maussade à tête blanche au milieu des sauges qui bordaient la route où nous volions. C'était comme de rouler dans un train ; exactement aussi régulier et aussi direct.

Bientôt nous arrivons dans une ville, nous ralentissons et Montana Slim dit : « Ah, c'est le moment de pisser », mais les Minnesotins ne s'arrêtent pas et traversent la ville. « Bon Dieu, faut que j'y aille », dit Slim.

— Vas-y par-dessus bord, dit quelqu'un.

— Oui, j'y vais », dit-il et doucement, sous nos regards à tous, il recule jusqu'à l'arrière du plateau, rampant sur la hanche et se cramponnant le mieux qu'il peut, puis laisse pendre ses jambes dans le vide. Quelqu'un frappe à la vitre de la cabine pour attirer l'attention des frères. Ils se retournent, souriant largement. Et juste au moment où Slim va passer à l'action, dans une posture déjà précaire, ils se mettent à faire zigzaguer le camion à soixante-dix miles à l'heure. Un instant, il se rejette en arrière ; nous voyons dans l'air une giclée de baleine ; il s'agrippe pour reprendre la position assise. Ils font danser le camion. Hop, le voilà qui pisse sur le flanc, et s'asperge de la tête aux pieds. Dans le grondement du moteur nous pouvons l'entendre jurer faiblement ; c'est comme une plainte humaine venue du fin fond des collines. « Bon Dieu... bon Dieu... » Il ne se doute pas un instant qu'on lui a fait ça exprès ; il lutte simplement, obstiné comme Job. Quand il en a fini, il est comme un linge mouillé que l'on pourrait tordre et il lui faut maintenant revenir à sa place en se faufilant et se contorsionnant, l'air absolument désespéré ; et tout le monde rit, sauf le blond mélancolique et les Minnesotins qui carburent dans leur cabine. Je lui tends la bouteille en guise de compensation.

— Les salauds, dit-il. Est-ce qu'ils l'ont fait exprès ?

— Bien sûr.

— Eh bien, bon Dieu, je ne me doutais pas de ça. Je me souvenais d'avoir essayé le même truc dans le Nebraska, mais je n'ai pas eu la moitié moins de mal.

On entra soudain dans la ville d'Ogallala, et voilà les types de la cabine qui nous appellent : « On pisse ! » et cela d'un air de parfaite jubilation. Slim se tenait la mine maussade près du camion, regrettant une occasion perdue. Les deux gars du Dakota dirent au revoir à chacun, comptant attaquer la moisson dans ce coin-là. Nous les regardâmes disparaître dans la nuit en direction des baraques du bout de la ville où des lumières étaient allumées, et où, d'après un veilleur de nuit en blue-jeans, se trouvaient les gens de l'embauche. Il fallait que j'achète des cigarettes. Gene et le blond me suivirent pour se dégourdir les jambes. J'entrai dans un endroit que je ne m'attendais pas le moins du monde à trouver là, une sorte de buvette isolée, un bistrot de la Plaine où l'on ne sert que des boissons non alcoolisées, destiné aux J3 de la localité. Ils étaient en train de danser, quelques-uns d'entre eux du moins, sur la musique d'un juke-box. Il y avait comme une pause quand nous entrâmes. Gene et le blondin restaient plantés là, sans regarder personne ; tout ce qu'ils voulaient c'était des cigarettes. Il y avait d'assez jolies filles aussi. Et l'une d'elles fit de l'œil au blondin qui n'y vit que du feu ; s'il l'avait remarqué, il ne s'en serait pas soucié, il était trop triste, trop fatigué.

J'achetai un paquet pour chacun d'eux ; ils me remercièrent. Le camion était prêt à partir. Il était à peu près minuit maintenant et le froid venait. Gene, qui avait fait tant de virées dans le pays qu'il n'aurait pu les compter sur ses doigts et ses orteils, dit que la meilleure chose à faire maintenant, si l'on ne voulait pas geler, était de se fourrer tous sous la grosse bâche. Installés de la sorte, et avec le reste de la bouteille, nous nous tenions chaud malgré l'air glacé qui nous fouettait les oreilles. Les étoiles semblaient prendre encore plus d'éclat à mesure que nous escaladions les Hautes Plaines. Nous étions maintenant dans le Wyoming. Étendu sur le dos, je contemplais au zénith le firmament somptueux, tout fier de filer à cette allure, d'avoir, après tout, laissé si loin derrière moi la sinistre Bear Mountain, et tout excité à l'idée de ce qui m'attendait à Denver, quoi que ce fût, oui, quoi que ce fût. Et Mississippi Gene se mit à chanter une chanson. Il la chantait d'une voix mélodieuse, paisible, avec l'accent du Mississippi, et c'était, naïve et juste : « J'avais une jolie petite, dans la fleur de ses seize ans, c'est la plus jolie qu'on ait jamais vue » ; il recommençait sur d'autres paroles, disant toutes qu'il était loin, qu'il aimerait pouvoir revenir auprès de celle qu'il avait perdue.

Je dis : « Gene, c'est une très belle chanson.

— C'est la plus gentille que je connaisse, dit-il avec un sourire.

— Je vous souhaite de bien arriver là où vous allez et d'y être heureux.

— Je repars toujours pour aller ici ou là. »

Montana Slim dormait. Il s'éveilla et me dit : « Alors, Blackie, ça te dirait qu'on explore ensemble Cheyenne ce soir, avant que tu ailles à Denver ?

— D'accord. » J'étais assez saoul pour accepter n'importe quoi.

Quand le camion atteignit les faubourgs de Cheyenne, nous vîmes dans le ciel les feux rouges de la station de radio et, soudain, tout ragaillardis, nous plongeâmes dans une immense foule qui s'écoulait de part et d'autre sur les trottoirs. « Nom de Dieu, dit

Slim, c'est la Semaine du Grand Ouest. » Des foules de bourgeois, de gras bourgeois avec bottes et chapeaux de cow-boy, accompagnés de leurs pesantes épouses attifées en vachères, se bousculaient et braillaient sur les trottoirs de bois du vieux Cheyenne ; plus loin brillaient les longues guirlandes de lumières le long du boulevard de la nouvelle ville, mais c'était dans la vieille ville que la fête battait son plein. On tirait à blanc. Les saloons dégorgeaient sur les trottoirs. J'étais ébahi et, dans le même temps, je sentais que c'était ridicule : à ma première virée dans l'Ouest, j'avais le spectacle de la comédie stupide à laquelle on s'abaisse pour entretenir sa fière tradition. Il nous fallut sauter du camion et faire nos adieux ; les Minnesotins n'étaient pas d'humeur à baguenauder. C'était triste de les voir partir ; je savais que je ne verrais plus aucun d'eux, mais c'était comme ça.

— Vous vous êtes gelé le cul toute la nuit, leur dis-je, et demain après-midi, vous vous le ferez rôtir dans le désert.

— Pour moi, tout est bien du moment qu'on est sortis de cette nuit glaciale, dit Gene.

Et le camion démarra, louvoyant au milieu de la foule, sans que personne fasse attention à ces étranges gosses blottis sous la bâche, qui lorgnaient la ville comme des mouflets sous un couvre-pieds. Je regardai le camion s'enfoncer dans la nuit.

# V

Montana Slim et moi, on se mit à courir les bars. Sur les sept dollars environ que je possédais, j'en ai stupidement gaspillés cinq cette nuit-là. D'abord on tourna en rond au milieu des touristes déguisés en cow-boys, des mecs du pétrole, des ranchers, dans les bars, sous les portails, sur les trottoirs ; puis, un bout de temps, je plaquai Slim, qui déambulait dans la rue d'un air un peu paumé, comme étourdi par le whisky et la bière qu'il avait bus : voilà le genre de buveur qu'il était ; ses yeux devenaient vitreux et, au bout d'une minute, il se révélait parfaitement étranger au monde. J'entrai dans un cabaret chilien ; et la serveuse était mexicaine et belle. Je mangeai, et puis je lui écrivis un petit mot d'amour au dos de la note. Le cabaret était désert ; tout le monde était ailleurs, à boire. Je lui dis de retourner la note. Elle lut et se mit à rire. C'était un petit poème où je lui disais combien j'aurais été heureux qu'elle vienne avec moi voir la nuit.

— J'aurais aimé, chiquito, mais j'ai rendez-vous avec mon ami.

— Vous ne pouvez pas le plaquer ?

— Non, non, je ne peux pas, dit-elle tristement. Sa façon de dire ça me plaisait beaucoup.

— Je reviendrai un de ces jours, dis-je, et elle :
« N'importe quand, mon gosse. » Je m'attardais,
juste pour la regarder ; je pris une autre tasse de
café. Son ami entra, l'air renfrogné, pour savoir
quand elle sortait. Elle s'affaira pour fermer l'endroit
en vitesse. Il fallait que je parte. Je lui fis un sourire
en sortant. Dehors la pagaïe continuait bon train ;
les gros types, plus saouls encore, rotaient de plus
belle et beuglaient encore plus fort. C'était marrant.
Il y avait des chefs indiens qui se baladaient avec
leurs grands chapeaux à plumes, tout à fait solennel-
lement, parmi les trognes empourprées par l'alcool.
J'aperçus Slim qui allait en titubant et le rejoignis.

Il dit : « Je viens d'écrire une carte postale à mon
vieux à Montana. Tu penses qu'on peut trouver une
boîte aux lettres et la mettre dedans ? » Étrange
question ; il me donna la carte et poussa en titubant
la porte battante d'un saloon. Je pris la carte, allai à
la boîte et jetai un coup d'œil sur sa prose. « Cher
papa, je serai à la maison mercredi. Tout va bien
pour moi et j'espère qu'il en est de même pour toi.
Richard. » Cela me donna une autre idée de lui, cette
politesse affectueuse qu'il témoignait à son père.
J'entrai dans le bar pour le rejoindre. Nous dégot-
tâmes deux filles, une blonde assez jeune et une
brune opulente. Elles étaient ennuyeuses et stupides
mais on voulait se les payer. Nous les emmenâmes
dans un night-club délabré qui était déjà en train de
fermer et là, tout ce qui me restait, à l'exception de
deux dollars, je le dépensai en scotchs pour elles et
en bière pour nous. Je me saoulais et je m'en foutais ; tout était chouette. Tout mon être, tout mon
désir était tendu vers la petite blonde. J'avais envie
de la prendre de toute ma force. La serrant contre
moi, j'avais envie de le lui dire. La boîte ferma et

nous sortîmes tous nous balader dans des ruelles poussiéreuses et minables. Je levai les yeux vers le ciel ; les étoiles pures, magnifiques, étaient toujours là, flamboyantes. Les filles voulurent aller à la station de cars, ce que nous fîmes tous, mais elles voulaient apparemment rejoindre quelque marin qui était là à les attendre, un cousin de la grosse, et le marin avait des potes avec lui. Je dis à la blonde : « Qu'est-ce que ça veut dire ? » Elle dit qu'elle voulait aller chez elle, dans le Colorado, juste de l'autre côté de la frontière, au sud de Cheyenne.

— Je vous y mène en car, dis-je.

— Non, le car s'arrête sur la grand-route et il me faut ensuite traverser seule cette foutue prairie. Je passe tout l'après-midi à la regarder et je ne tiens pas à m'y balader la nuit.

— Écoutez, nous ferons une jolie promenade dans les fleurs de la prairie.

— Il n'y a pas de fleurs là-bas, dit-elle. J'ai envie d'aller à New York. J'en ai marre de ce bled. Il n'y a pas d'endroit où aller à part Cheyenne et il n'y a rien à Cheyenne.

— Il n'y a rien à New York.

— Rien à New York ! Et mon œil ! dit-elle en plissant les lèvres.

La gare d'autocars était bondée jusqu'aux portes. Toutes sortes de gens attendaient leur car ou restaient simplement plantés là ; il y avait une bande d'Indiens qui examinaient tout de leurs regards impassibles. La fille rompit la conversation et rejoignit le marin et les autres. Slim somnolait sur un banc. Je m'assis. Les planchers des gares d'autocars sont les mêmes dans tout le pays, toujours jonchés de mégots et de crachats, et il s'en dégage une impression de tristesse qui leur est propre. J'aurais pu d'abord avoir le sentiment de me trouver à New York si, au dehors, ne s'était ouverte l'immensité qui me plaisait tant. Je regrettais la façon dont j'avais rompu le charme pur de tout mon voyage, je regrettais de n'avoir pas économisé chacun de mes sous, d'avoir traînassé, sans vraiment m'amuser, pendu aux jupes de cette fille idiote, et d'avoir dépensé tout mon argent. Cela me rendait malade. Je n'avais pas dormi depuis si longtemps que j'étais trop fatigué pour m'engueuler moi-même et je décidai de dormir ; je me blottis en chien de fusil sur le banc, mon sac de toile en guise d'oreiller, et dormis jusqu'à huit heures du matin parmi les râles des rêveurs et les bruits de la gare où des centaines de gens circulaient.

Je m'éveillai avec un fort mal de tête. Slim était parti, à Montana, je pense. Je sortis. Et alors, dans le ciel bleu, je vis pour la première fois, dans le lointain, les hauts sommets neigeux des montagnes Rocheuses. Je me remplis un bon coup les poumons. Il fallait que je file à Denver immédiatement. Je me tapai d'abord un petit déjeuner, modestement composé d'un œuf, de toasts et de café, et puis je traversai la ville pour gagner la grand-route. La fête du Grand Ouest continuait toujours ; il y avait un rodéo et ils allaient se remettre de plus belle à s'agiter et à gueuler. Je tournai le dos à tout ça. Je voulais rejoindre mes copains de Denver. Je franchis sur une passerelle des voies ferrées et trouvai un nid de bicoques à l'embranchement de deux grandes routes menant l'une et l'autre à Denver. Je choisis celle qui côtoyait de plus près les montagnes, afin d'avoir du spectacle, et je m'y engageai. Tout de suite me prit à bord un jeune type du Connecticut qui circulait dans le pays en bagnole pour faire de la peinture ; c'était le fils d'un éditeur de l'Est. Il n'arrêtait pas de parler ; ce que j'avais bu et l'altitude me rendaient malade. À un moment, je fus sur le point de passer la tête par la portière. Mais, lorsqu'il me débarqua à Longmont, Colorado, j'avais repris mon assiette et même je m'étais mis à lui raconter mes propres histoires. Il me souhaita bonne chance.

C'était magnifique, Longmont. Sous un vieil arbre énorme, s'étendait un parterre de gazon vert attenant à un poste d'essence. Je demandai au pompiste si je pouvais dormir là et il dit que oui ; j'étendis donc une chemise de laine et posai ma tête à plat dessus, dans le creux du bras, lorgnant d'un œil les Rocheuses enneigées sous le soleil chaud, juste un instant. Je sombrai dans un délicieux sommeil de deux heures, que troublèrent seulement de temps à autre les fourmis du Colorado. Et j'y étais bien, dans le Colorado. Je caressais cette pensée avec allégresse. Bon dieu de bon dieu ! Ça y était enfin. Alors, après un somme réparateur, hanté par les images nauséeuses de ma vie antérieure dans l'Est, je me levai, me nettoyai aux toilettes des pompistes et m'en allai à grands pas, frais et pimpant comme un gardon, me taper au restoroute un lait de poule bien tassé afin de rafraîchir un peu mon estomac en flammes.

Entre parenthèses, ce fut une très belle môme du Colorado qui me secoua cette crème ; toute souriante en plus ; je lui en savais gré, ça compensait mes déboires de la nuit précédente. Miaou, me dis-je comme ça, à quoi ressemble donc Denver ? Je m'engageai sur cette route chaude et illico je montai dans une bagnole toute neuve conduite par un homme d'affaires de Denver de trente-cinq ans environ. Il roulait à soixante-dix miles à l'heure. J'étais tout bouillant d'impatience ; je comptais les minutes et soustrayais les miles. Juste devant, s'élevant au-dessus du paysage mouvant des champs de blé, tout dorés sous les neiges lointaines de l'Estes, je pus enfin contempler le vieux Denver. Je m'imaginais dans un bar de Denver, le soir même, avec toute la bande qui me trouverait quelque chose d'étranger et de loqueteux, quelque chose du Prophète qui a traversé le pays à pied pour porter l'obscure Parole ; et la seule Parole que j'apportais, c'était : « Miaou ! » Le type et moi, nous eûmes une longue et chaleureuse conversation sur nos conceptions de vie respectives et, avant que je m'en sois rendu compte, nous étions dans la halle aux fruits du faubourg de Denver ; il y avait des cheminées de locomotives, de la fumée, des voies de triage, des immeubles en brique rouge, et, au loin, ceux du centre en pierre grise. Et voilà, j'étais à Denver. Le type me débarqua à Larimer Street. Je m'avançai timidement, ricanant de la joie la plus perverse du monde, parmi toutes les vieilles cloches et les foutus cow-boys de Larimer Street.

# VI

À cette époque, je ne connaissais pas Dean aussi bien que maintenant et la première chose dont j'avais envie, c'était de passer chez Chad King, ce que je fis. Je téléphonai et parlai à sa mère, qui me dit : « Eh bien, Sal, que faites-vous à Denver ? » Chad était un type blond et mince, avec un curieux visage de guérisseur-sorcier qui colle avec son goût pour l'anthropologie et les Indiens précolombiens. Son nez se recourbe d'une façon molle et presque crémeuse sous l'or flambant de ses cheveux ; il a la beauté et la grâce d'un caïd de l'Ouest qui a dansé dans les auberges et joué un peu au football. C'est d'une voix nasillarde et chevrotante qu'il parle... « La seule chose qui m'a toujours plu, Sal, chez les Indiens des Plaines, c'est la façon dont ils étaient vachement gênés après avoir proclamé le nombre de leurs scalps. Dans *La vie au Far West*, de Ruxton [10], il y a un Peau-Rouge qui s'empourpre d'émotion à l'idée d'avoir tant de scalps, et qui court comme un fou dans la prairie pour se réjouir en cachette de ses hauts faits. Bon dieu, ça me chatouillait le cœur. »

Sa mère me dit qu'il ne pouvait, dans le Denver somnolent de l'après-midi, qu'étudier au musée local

les vanneries indiennes. Je lui passai un coup de fil ;
il vint me chercher dans son vieux coupé Ford dont
il se servait pour se balader en montagne, ou pour
aller chercher des objets indiens. Il entra dans la
gare d'autocars, arborant une paire de *jeans* et un
vaste sourire. J'étais assis sur mon sac et parlais à ce
même marin que j'avais rencontré à la gare de
Cheyenne, lui demandant ce qu'il était advenu de la
blonde. Il était si cafardeux qu'il laissa mes questions sans réponse. Chad et moi grimpâmes dans
son petit coupé. Il dut en premier lieu aller prendre
des cartes dans les bureaux du gouvernement local ;
puis voir un vieil instituteur et ainsi de suite, et tout
ce que je voulais, moi, c'était boire une bière. Et
dans le fond de mon esprit s'agitait une seule question : où est Dean et que fait-il en ce moment ? Chad
avait décidé de ne plus être l'ami de Dean, pour quelque raison bizarre, et il ne savait même pas où il
habitait.

— Carlo Marx est-il ici ?

— Oui.

Mais il ne lui parlait pas non plus. C'était à l'époque où Chad King amorçait son départ de notre
grande bande. J'allai piquer un roupillon chez lui cet
après-midi-là. Aux dernières nouvelles, Tim Gray
avait un appartement qui m'attendait au bout de
Colfax Avenue, Roland Major y habitait déjà et
attendait que je lui tienne compagnie. Je flairai quelque conspiration qui partageait le gang en deux frac-
tions : Chad King et Tim Gray et Roland Major, de
connivence avec les Rawlins, étaient convenus
d'ignorer Dean Moriarty et Carlo Marx. J'arrivais au
beau milieu de cette guerre passionnante.

Il y avait dans cette guerre comme un arrière-goût
de lutte de classes. Dean était le fils d'un ivrogne,

une des cloches les plus titubantes de Larimer Street, et Dean effectivement avait été élevé à Larimer Street et dans les rues adjacentes. Il avait plaidé au tribunal dès l'âge de six ans pour faire relaxer son père. Il avait mendié dans les ruelles de Larimer, rapportant le pognon en douce à son père qui l'attendait au milieu des bouteilles vides en compagnie d'un vieux copain. Puis, lorsque Dean avait pris de l'âge, il s'était mis à glander dans les tripots de Glenarm ; il pulvérisa le record de la fauche des autos pour Denver et partit en maison de correction. De onze à dix-sept ans, il y passa le plus clair de son temps. Sa spécialité, c'était de piquer des autos, de soulever revolver au poing les filles qui, l'après-midi, sortaient du lycée, de les conduire en montagne, de se les envoyer et de revenir dormir en ville dans la première chambre-salle-de-bains qui se trouvait disponible. Son père, un étameur jadis respectable et besogneux, s'était mis à se saouler au vin, ce qui est plus mauvais que de se saouler au whisky, et en était réduit à courir les voies ferrées, l'hiver jusqu'au Texas, retour à Denver pour l'été. Dean avait des frères du côté de sa mère qu'il avait perdue quand il était petit, mais ils le détestaient. Les seuls copains de Dean, c'étaient les types des tripots. Dean, qui possédait la furieuse énergie d'une nouvelle espèce, américaine, de saint, et Carlo étaient les monstres des bas-fonds de cette saison à Denver, tous deux de mèche avec le gang des jeux, et, symbole des plus magnifiques, Carlo avait une piaule dans un sous-sol de Grant Street où nous passâmes bien des nuits jusqu'au lever du jour, Carlo, Dean, moi-même, Tom Snark, Ed Dunkel et Roy Johnson. Et bien d'autres depuis.

Pour mon premier après-midi à Denver, je dormis

dans la chambre de Chad King, tandis que sa mère continuait à vaquer au ménage à l'étage au-dessous et que Chad travaillait à la bibliothèque. C'était une de ces chaudes après-midi de juillet comme il y en a sur les hautes plaines. Je n'aurais pas pu dormir, n'eût été une invention du père de Chad King. Le père de Chad King, homme fin et bon, avait dans les soixante-dix ans ; vieux et sans force, mince et filiforme, il racontait des histoires en les savourant lentement, lentement ; de bonnes histoires d'ailleurs, sur sa jeunesse dans les plaines du North Dakota, autour des années 80, lorsqu'il s'amusait à chevaucher des poneys à poil et à chasser les coyotes au gourdin. Il devint ensuite instituteur de village dans l'enclave d'Oklahoma et en fin de compte businessman fort dégourdi à Denver. Il avait encore son ancien bureau au-dessus d'un garage au bout de la rue ; le pupitre à cylindre était toujours là, sous un amas poussiéreux de paperasses, vestiges d'un commerce vivace et lucratif. Il avait inventé un appareil spécial pour l'air conditionné. Il plaçait un ventilateur ordinaire dans un châssis de fenêtre et amenait l'eau froide par une sorte de serpentin devant les pales vrombissantes. Le résultat était parfait — jusqu'à quatre pieds du ventilateur — et l'eau, apparemment, se changeait en vapeur à l'extérieur tandis qu'à l'étage inférieur de la maison il faisait aussi chaud que de coutume. Quant à moi, je dormais juste au-dessous du ventilateur sur le lit de Chad, avec un grand buste de Goethe pour me contempler, et je m'étais assoupi fort agréablement, hélas pour me réveiller vingt minutes après saisi d'un froid mortel. Je pris une couverture, mais j'avais encore froid. Enfin il se mit à faire si froid qu'il me fut impossible de dormir et que je descendis l'escalier.

Le vieux monsieur me demanda comment son invention fonctionnait. Je lui dis qu'elle fonctionnait foutrement bien et je m'exprimais avec modération. Cet homme me plaisait. Il se nourrissait de souvenirs. « J'ai fabriqué jadis un détachant qui a été copié depuis par de grosses firmes de l'Est. J'essaye de faire valoir mes droits là-dessus depuis pas mal d'années. Si seulement j'avais assez d'argent pour dégotter un avocat convenable... » Mais il était trop tard pour dégotter un avocat convenable ; et il restait chez lui découragé. Le soir, sa mère nous prépara un magnifique diner, du chevreuil que l'oncle de Chad avait tiré en montagne. Mais où donc était Dean ?

# VII

Les 'dix journées qui suivirent furent, comme dit
W.C. Fields[11], « lourdes d'un péril éminent » — et
démentielles. J'emménageai avec Roland Major dans
l'appartement, huppé je ne vous dis que ça, des
parents de Tim Gray. Nous avions chacun une
chambre et il y avait une cuisinette avec une glacière
garnie de mangeaille et un salon colossal où Major,
drapé dans une robe de chambre en soie, travaillait à
sa dernière nouvelle de style hemingwayen — un
type irascible, rougeaud, ennemi rondouillard de
l'univers, dont le visage pouvait s'éclairer du sourire
le plus chaud et le plus charmeur du monde quand
la vraie vie l'affrontait gentiment dans la nuit. Il travaillait sans se biler à son bureau et je gambadais
autour sur le tapis épais et moelleux, n'ayant pour
tout vêtement que mon froc de gabardine. Il venait
d'écrire l'histoire d'un type qui arrive à Denver pour
la première fois. Son nom est Phil. Son compagnon
de route est un gars mystérieux et paisible appelé
Sam. Phil sort pour savourer Denver et se met à la
bourre avec des artistes à la gomme[12]. Il rentre à
l'hôtel. Lugubrement, il dit : « Sam, il y en a ici
aussi. » Et Sam est précisément en train de regarder

tristement par la fenêtre. « Oui, dit Sam, je sais. » Et le fait est que Sam n'avait pas besoin d'aller y voir pour le savoir. Des artistes à la gomme, il y en a partout en Amérique, et ils lui sucent le sang. Major et moi, on était de grands copains ; personne à son avis ne pouvait moins que moi ressembler à un artiste à la gomme. Major aimait les bons vins, tout à fait comme Hemingway. Il me raconta son récent voyage en France. « Ah, Sal, si tu pouvais t'asseoir avec moi en plein Pays Basque devant une bonne bouteille bien fraîche de Poignon Dix-neuf, alors tu saurais qu'il y a autre chose au monde que des fourgons à bestiaux.

— Je le sais. Seulement je les aime, ces wagons, et j'aime lire les noms qu'on inscrit dessus, tels que Missouri Pacific, Great Northern, Rock Island Line. Bon Dieu, Major, si je pouvais te dire tout ce qui m'est arrivé en me trimbalant jusqu'ici. »

Les Rawlins habitaient quelques blocs plus loin. C'était une famille délicieuse — mère encore jeune, co-propriétaire d'un hôtel décrépit, spectral, cinq fils et deux filles. Un maudit : Ray Rawlins, copain d'enfance de Tim Gray. Ray vint me chercher en bagnole et l'on s'entendit tout de suite. On alla boire au Colfax bar. L'une des sœurs de Ray était une belle blonde nommée Babe, type de la poupée de l'Ouest joueuse de tennis et aquaplaniste [13]. C'était la fille de Tim Gray. Et Major, qui était seulement de passage à Denver — ce qu'il faisait savoir par son allure, et avec beaucoup d'élégance, jusque dans l'appartement des Rawlins — sortait avec la sœur de Tim Gray, Betty. J'étais le seul à ne pas avoir de fille. Je demandais à chacun : « Où est Dean ? » Ils me faisaient en souriant des réponses négatives.

Puis enfin cela arriva. Le téléphone sonna, et

c'était Carlo Marx. Il me donna l'adresse de son sous-sol. Je dis : « Qu'est-ce que tu fous à Denver ? Je dis bien, qu'est-ce que tu fous ? Que se passe-t-il ?

— Attends, je te raconterai. »

Je fonçai le rejoindre. Il travaillait le soir dans un magasin May ; ce dingue de Ray Rawlins avait téléphoné d'un bar au magasin et jeté les concierges aux trousses de Carlo sous prétexte que quelqu'un était mort. Carlo avait aussitôt pensé que c'était moi qui étais mort. Et Rawlins avait dit au téléphone : « Sal est à Denver », et donné mon adresse et mon téléphone.

— Et où est Dean ?

— Dean est à Denver. Faut que je te raconte.

Et il me dit que Dean faisait l'amour à deux filles à la fois, l'une étant Marylou, sa première femme, qui l'attendait dans une chambre d'hôtel, et l'autre Camille, une nouvelle, qui l'attendait aussi dans une chambre d'hôtel.

— Entre les deux, il court me rejoindre pour nos affaires en cours.

— Et de quelles affaires s'agit-il ?

— Dean et moi, on s'est embarqués ensemble dans une aventure formidable. On s'efforce de communiquer de façon absolument sincère et absolument exhaustive tout ce qui nous vient à l'esprit. Il nous a fallu recourir à la benzédrine. On s'assied en tailleur sur le lit, l'un en face de l'autre. J'ai fini par apprendre à Dean qu'il pouvait faire tout ce qu'il voulait, devenir maire de Denver, épouser une millionnaire, ou devenir le plus grand poète depuis Rimbaud. Mais il continue de se précipiter aux courses d'autos miniatures. J'y vais avec lui. Il bondit et il gueule, tout excité. Tu sais, Sal, Dean, ça le handicape vraiment des trucs comme ça. » Marx fit : « Humm », à part soi et médita ses propres paroles.

— Quel est l'emploi du temps ? dis-je. — Il y avait toujours un emploi du temps dans la vie de Dean.

— L'emploi du temps ? Voici : j'ai quitté le travail il y a une demi-heure. C'est le moment où Dean se tape Marylou à l'hôtel, me laissant le temps de me changer et de m'habiller. À une heure du matin exactement il s'enfuit de chez Marylou pour rejoindre Camille — naturellement ni l'une ni l'autre ne sait ce qui se passe — et se l'envoie sur-le-champ, me laissant le temps de rappliquer à une heure trente. Alors il sort avec moi — au préalable il doit demander la permission à Camille qui commence déjà à me détester — et nous venons ici pour discuter jusqu'à six heures du matin. D'ordinaire ça dure plus longtemps, mais les choses deviennent terriblement compliquées et à six heures il retourne auprès de Marylou — ce qui n'empêche pas qu'il va passer toute la journée de demain à circuler pour obtenir les papiers nécessaires à leur divorce. Marylou est tout à fait d'accord mais elle tient à profiter de la chose pendant l'intérim. Elle dit qu'elle l'aime — Camille aussi d'ailleurs.

Puis il me raconta comment Dean avait connu Camille. Roy Johnson, le type de la salle de jeux, l'avait dégottée dans un bar et emmenée à l'hôtel ; la vanité prenant la relève de la volupté, il invita toute la bande à monter la voir. Tout le monde s'assit pour discuter avec Camille. Dean ne fit rien d'autre que de regarder par la fenêtre. Puis, au moment où tout le monde partait, Dean regarda simplement Camille, montra sa montre-bracelet, fit de la main le signe « quatre » (ce qui voulait dire qu'il serait de retour à quatre heures) et sortit. À trois heures, la porte était bouclée pour Roy Johnson. À quatre, elle s'ouvrait devant Dean. J'avais envie d'aller le rejoindre tout de suite, le démon. Il faut dire qu'il avait promis de me caser ; il connaissait toutes les mômes à Denver.

Carlo et moi, on traîna par les rues borgnes dans la nuit de Denver. L'air était doux, les étoiles si belles, si grandes les promesses de chaque ruelle caillouteuse, que je croyais rêver. Nous arrivâmes à la pension où Dean s'empoignait avec Camille. C'était un vieil immeuble en briques rouges, entouré de garages en bois et de vieux arbres qui se dressaient derrière une palissade. Nous montâmes un escalier recouvert d'un tapis. Carlo frappa ; puis il se recula vivement pour se cacher ; il ne voulait pas être vu par Camille. J'étais planté devant la porte. Dean ouvrit, complètement à poil. J'aperçus une brunette sur le lit, et sa belle cuisse veloutée et voilée de dentelle noire, qui relevait la tête avec un étonnement charmant.

— Eh bien, Sa-a-al ! fit Dean. Eh bien, bon, ah, ah, oui, naturellement, tu es arrivé, vieil enfant de putain, va, tu te l'es envoyée finalement, cette vieille route. Eh bien, bon, voyons un peu — nous devons —, oui, oui, immédiatement — nous devons, nous devons vraiment. Écoute, Camille... » Et il tourbillonna vers elle. « Sal est ici, c'est un vieux pote de New Yor-r-k, c'est sa première nuit à Denver et je dois absolument sortir avec lui et le caser avec une môme.

— Mais quand est-ce que tu reviendras ?

— Il est maintenant (regardant sa montre) exactement une heure quatorze. Je serai de retour exactement à trois heures quatorze, pour notre heure de rêverie intime, de rêverie absolument tendre, chérie, et puis, comme tu sais, comme je te l'ai dit et comme nous en sommes convenus, il faut que j'aille voir l'avocat unijambiste à propos de ces papiers — au milieu de la nuit, aussi étrange que cela paraisse et comme je te l'ai parfaitement expliqué. (C'était un alibi pour son rencart avec Carlo, qui était toujours caché.) Maintenant donc, à cette exacte minute, je dois m'habiller, enfiler mon froc, revenir à la vie, c'est-à-dire à la vie du dehors, aux rues et à dieu sait quoi, comme nous en sommes convenus ; il est maintenant une heure quinze et c'est le moment de cavaler, de cavaler...

— D'accord, Dean, mais je t'en prie, sois régulier, rentre à trois heures.

— Exactement comme je l'ai dit, chérie, et souviens-toi que ce n'est pas trois heures mais trois heures quatorze. Ne sommes-nous point loyaux au plus profond, aux plus merveilleuses profondeurs de notre âme, chère chérie ? — Il alla vers elle et l'embrassa plusieurs fois. Au mur, il y avait un dessin de Dean nu, avec une queue géante et le reste, œuvre d'art de Camille. J'étais ébahi. Tout était si fou.

On se rua dans la nuit ; Carlo nous rattrapa dans une ruelle. Et on s'enfonça dans une petite rue, la plus étroite, la plus bizarre et la plus tortueuse que j'eusse jamais vue dans une ville, en plein cœur du quartier mexicain de Denver. Nous élevions la voix dans le silence assoupi. « Sal, fit Dean, j'ai justement une fille qui t'attend à la minute même... si elle a fini son service (consultant sa montre). Une serveuse, Rita Bettencourt, une chouette poule, légèrement entravée par quelques difficultés sexuelles que j'ai essayé de corriger et que, je pense, tu sauras éliminer, bon papa comme tu es. Nous y allons de ce pas — on devrait apporter de la bière, non, elles en auront bien, bon dieu, dit-il en se claquant les paumes. Il faut justement que je baise sa sœur Mary cette nuit.

— Quoi ? dit Carlo. Je pensais que nous allions discuter.

— Oui, oui, après.

— Ah, les Idées Noires à Denver ! cria Carlo au ciel.

— N'est-il pas le plus chouette, le plus délicieux copain du monde ? fit Dean, en me foutant son poing dans les côtes. Regarde-le. Regarde-le donc !

Et Carlo commença sa danse du singe dans les rues de la ville comme je l'avais vu faire tant de fois un peu partout à New York.

Et je ne trouvai rien d'autre à dire que :

— Qu'est-ce que nous foutons à Denver ?

— Demain, Sal, je connais un endroit où je peux te trouver un boulot, dit Dean, redevenant pratique. Je t'appellerai donc, dès que je pourrai me libérer une heure de Marylou, je me ramène dans votre appartement, je salue Major et t'enlève en tramway (je n'ai pas d'auto, merde), jusqu'au marché de Camargo où tu pourras commencer à travailler immédiatement et toucher un bulletin de paye vendredi prochain. Vraiment, tous que nous sommes, on est complètement raides. Je n'ai pas eu le temps de travailler depuis des semaines. Vendredi soir, sans doute possible, nous trois — le vieux trio, Carlo, Dean et Sal — il faut aller aux courses d'autos-miniatures et, pour ça, je peux nous trouver la bagnole d'un type du centre que je connais... Et ainsi de suite toute la nuit.

On rappliqua à la maison où les sœurs serveuses habitaient. La mienne travaillait encore ; la sœur que Dean voulait était là. On s'assit sur son divan. À cette heure-là, mon emploi du temps prévoyait que je téléphone à Ray Rawlins. Ce que je fis. Il se ramena aussitôt. Dès qu'il eut passé la porte, il enleva sa chemise et son maillot de corps et se mit à peloter cette fille qui lui était inconnue, Mary Bettencourt. Des bouteilles roulèrent sur le plancher. Il fut bientôt trois heures du matin. Dean se précipita à son heure de rêverie avec Camille. Il fut de retour conformément à l'horaire. L'autre sœur se radina. On avait tous besoin d'une auto maintenant et on faisait trop de bruit. Ray Rawlins téléphona à un pote motorisé. Il vint. On s'entassa dedans ; sur le siège arrière, Carlo s'efforçait d'amener la discussion avec Dean prévue par l'horaire, mais il y avait beaucoup trop de chahut. « Allons tous dans mon appartement ! » criai-je. On le fit ; au moment où l'auto stoppait devant, je bondis dehors et atterris la tête dans le gazon. Toutes mes clés dégringolèrent ; pas moyen de les retrouver. Courant, criant, on entra dans l'immeuble. Roland Major était planté en travers du chemin, drapé dans sa robe de chambre en soie.

— Je ne tolérerai pas un bordel comme ça dans l'appartement de Tim Gray.

— Quoi ? — Tout le monde se mit à gueuler. La situation était confuse. Rawlins se roulait sur l'herbe avec une des serveuses. Major nous interdisait d'entrer. On le menaça de téléphoner à Tim Gray pour obtenir son accord et aussi pour l'inviter à la partie. Au lieu de quoi, on retourna à toute pompe dans les bouges du centre de Denver. Tout à coup je me trouvai seul dans la rue, sans un sou. Mon dernier dollar avait pris l'air.

Je me tapai cinq miles pour rentrer à Colfax dans le lit douillet de l'appartement. Major dut m'ouvrir. Je me demandai si Dean et Carlo étaient en train de s'offrir leur heure de vérité. Je le saurais plus tard. Les nuits sont fraîches à Denver et je dormis comme une souche.

# VIII

Puis tous, on se mit à organiser une formidable expédition en montagne. Cela démarra le matin, avec en plus un coup de téléphone qui compliqua les choses ; c'était mon vieux copain de route, Eddie, qui, à tout hasard, appelait ; il se souvenait de quelques-uns des noms que j'avais prononcés. Maintenant, j'avais l'occasion de récupérer ma chemise écossaise. Eddie logeait avec sa copine près de Colfax. Il voulait savoir si je savais où trouver du travail et je lui dis de rappliquer, jugeant que Dean saurait. Dean arriva, très pressé, tandis que Major et moi expédiions en vitesse le petit déjeuner. Dean ne consentit même pas à s'asseoir. « J'ai mille choses à faire, c'est à peine si j'ai le temps de vous conduire à Camargo. Allons, partons tout de même.

— Attends mon copain de route Eddie. »

Major trouva notre précipitation fort déplaisante. Il était venu à Denver pour écrire tranquillement. Il traita Dean avec une extrême déférence. Dean n'en fit aucun cas. Major parla à Dean en ces termes : « Moriarty, qu'ai-je donc appris à votre sujet, que vous couchiez avec trois filles à la fois ? » Et Dean traînant les pieds sur le tapis : « Oui, oui, c'est comme ça que ça se passe », et il consulta sa montre et Major moucha son nez. Je n'étais pas fier en me taillant avec Dean — Major en remettait, le traitant d'anormal et de pitre. Naturellement c'était faux et je voulais le démontrer à tout le monde, d'une manière ou d'une autre.

Eddie arriva. Dean ne s'intéressa pas davantage à lui et nous nous embarquâmes en tramway, dans le midi chaud de Denver, pour chercher du boulot. Cela me déplaisait souverainement. Eddie bavardait sans arrêt selon son habitude. Nous trouvâmes un type aux halles qui accepta de nous embaucher tous les deux ; le travail commençait à quatre heures du matin et se terminait à six heures de l'après-midi. « J'aime les gars qui aiment travailler, dit le type.

— Je suis votre homme », dit Eddie ; pour moi je n'étais pas si sûr. « Je ne veux pas être condamné au sommeil », voilà ce que je décidai. Il y avait tant d'autres choses à faire.

Eddie rappliqua le lendemain matin ; sans moi. J'avais un lit et Major achetait la bouffe dont il remplissait le frigidaire ; en échange de quoi je faisais la cuisine et lavais la vaisselle. En attendant, j'étais à fond dans tous les coups. Une grande réunion eut lieu chez les Rawlins un soir. M$^{me}$ Rawlins mère était partie en voyage. Ray Rawlins téléphona à tous ceux qu'il connaissait et dit d'apporter du whisky ; puis il piocha son carnet d'adresses pour les filles. Il me fit faire tous les frais de la conversation. Toute une bande de filles avait rappliqué. Je téléphonai à Carlo pour savoir ce que Dean était en train de faire. Dean avait rendez-vous chez Carlo à trois heures du matin. J'y allai après la soirée.

Le sous-sol de Carlo était à Grant Street dans un vieux meublé en brique rouge, près d'une église. Il fallait suivre une ruelle, descendre quelques marches, pousser une vieille porte mal équarrie et traverser une espèce de cave avant d'atteindre sa porte de planches. On aurait dit le gîte d'un saint russe : un lit, une bougie allumée, la pierre des murs suintant d'humidité et une espèce d'icône loufoque qu'il avait fabriquée lui-même. Il me lut sa poésie. C'était intitulé : « *Les Idées Noires de Denver* ». Carlo, s'éveillant le matin, entendait les « pigeons triviaux » bavarder dans la rue le long de sa cave ; il voyait les « lugubres rossignols » se balancer sur les branches, ils le faisaient songer à sa mère. Un linceul gris tombait sur la ville. Les montagnes, ces splendides Rocheuses que l'on peut voir à l'ouest de tous les coins de la ville, étaient en « papier mâché * ». L'univers entier était loufoque et loucheux et bizarre extrêmement. Il parlait de Dean comme d'un « enfant de l'arc-en-ciel » qui portait la croix d'un priapisme agonique. Il se donnait à lui-même le nom d'« Œdipe Eddie », et il se représentait comme devant « râcler des bulles de chewing-gum sur les vitres ». Il couvait dans sa cave un journal énorme sur lequel il tenait le registre de ce qui se passait quotidiennement, de toutes les paroles et de tous les actes de Dean.

Dean arriva conformément à l'horaire. « Tout est en ordre, annonça-t-il. Je divorce de Marylou et j'épouse Camille et je vais vivre avec elle à San Francisco. Mais ceci uniquement après que toi et moi, cher Carlo, soyions allés au Texas, savourer un peu Old Bull Lee, cette vieille rosse que je ne connais pas et dont vous m'avez tant parlé tous les deux, et puis je m'en vais à San Fran. »

* En français dans le texte.

Puis ils se mirent à l'ouvrage. Ils s'assirent en tailleur sur le lit et se fixèrent droit dans les yeux. J'allai me vautrer près d'eux sur une chaise et assistai à toute la scène. Ils préludèrent sur une pensée abstraite qu'ils mirent en discussion ; ils se remirent l'un l'autre en mémoire tel autre détail abstrait emporté par le flot des événements ; Dean présenta des excuses mais garantit qu'il pourrait y revenir et l'élucider parfaitement en produisant ses preuves.

— Juste au moment où nous avons traversé Wazee, dit Carlo, je voulais te faire connaître mon sentiment sur ta passion frénétique pour les autos miniatures et c'est juste à ce moment, tu te souviens, que tu m'as montré cette vieille cloche avec un froc en tuyau et que tu as dit qu'il avait tout à fait l'air de ton père ?

— Oui, oui, naturellement, je me souviens ; et pas seulement de ça, mais d'une théorie que j'avais amorcée de mon côté, quelque chose de vraiment fou que j'avais à te dire, j'ai oublié quoi, maintenant précisément tu me le remets en esprit... » Et deux nouveaux points venaient sur le tapis. Ils les mirent en charpie. Puis Carlo demanda à Dean s'il était véridique et particulièrement s'il était véridique envers lui-même au plus profond de son âme.

— Pourquoi soulèves-tu encore cette question ?

— Il y a une dernière chose que je veux savoir...

— Mais, cher Sal, tu entends, tu es assis là, interrogeons Sal. Qu'est-ce qu'il dirait ?

Et je dis :

— Cette dernière chose est celle que tu ne peux pas obtenir, Carlo. Personne ne peut aller jusqu'à cette dernière chose. Nous passons notre vie dans l'espoir de la saisir une fois pour toutes.

— Non, non, non, cette idée est de la merde absolue et du chichi romantique à la Virginia Wolf, dit Carlo.

— Je ne voulais pas du tout dire ça, fit Dean, mais il faut laisser à Sal la liberté de son opinion et, de fait, ne penses-tu pas, Carlo, qu'il y a une sorte de dignité dans la façon dont il est assis là à nous étudier, ce vieux dingue qui a parcouru pour nous rejoindre tout le pays... Ce vieux Sal ne veut pas parler, il ne veut pas parler, ce vieux Sal.

— Ce n'est pas que je ne veux pas parler, protestai-je. Je ne sais strictement pas où vous voulez en venir, où vous voulez essayer d'en venir. Je sais que c'est trop pour n'importe qui.

— Tout ce que tu dis est négatif.

— Alors, qu'est-ce que vous essayez de faire ?

— Dis-lui.

— Non, dis-lui, toi.

— Il n'y a rien à dire », fis-je en riant. J'avais sur la tête le chapeau de Carlo. Je le rabattis sur mes yeux. « J'ai envie de dormir », ajoutai-je.

— Le pauvre Sal a toujours envie de dormir. » Je me tins coi. Ils prirent un nouveau départ. « Quand tu m'as emprunté cette pièce pour compléter l'addition des parts de poulet rôti... »

— Non, vieux, des chilis. Souviens-toi, au Texas Star ?

— Je confondais avec mardi. Quand tu m'as emprunté cette pièce, tu as dit, écoute maintenant, tu as dit : « Carlo, c'est la dernière fois que je te roule », comme si, vraiment, tu voulais dire que, d'accord avec toi, je me refuse désormais à être roulé.

— Non, non, non, ce n'est pas ce que je voulais dire... Écoute-moi maintenant, si tu veux bien, mon pote, et pense à cette nuit où Marylou pleurait dans

78

la chambre et où, m'adressant à toi et témoignant par la sincérité surfaite du ton, qui, nous le savions tous les deux, était feinte mais pas sans intention, c'est-à-dire que, par le fait que je jouais la comédie, je signifiais que... Mais attends, ce n'est pas ça.

— Naturellement que ce n'est pas ça. Parce que tu oublies que... Mais je ne t'accuse plus. Oui, c'est oui que je disais... » Et ainsi de suite, toute la nuit, ils discutèrent de la sorte. À l'aube, je levai la tête. Ils en finissaient avec le dernier des thèmes du matin. « Quand je t'ai dit que je devais aller me coucher à cause de Marylou, ou plutôt parce que j'ai rendez-vous avec elle ce matin à dix heures, je n'ai pas usé de mon accent péremptoire pour contredire ce que tu venais de déclarer à propos de l'inutilité du sommeil mais uniquement, uniquement, dis-toi bien, à cause de ce fait que je dois absolument, simplement, candidement et sans aucune réserve, aller me coucher maintenant, je veux dire, mon vieux, que mes yeux se ferment, qu'ils sont enflammés, endoloris, crevés, foutus... »

— Ah, enfant, dit Carlo.

— Nous devons maintenant aller nous coucher. Arrêtons la machine.

— Tu ne peux pas arrêter la machine ! » gueula Carlo de sa voix la plus aiguë. Les premiers oiseaux gazouillaient.

— Désormais, dès que je lèverai la main, fit Dean, nous cesserons de parler, nous comprendrons tous les deux et sans aucun baratin qu'il s'agit simplement de s'arrêter de parler et d'aller se coucher.

— Tu ne peux pas arrêter la machine comme ça.

— Arrêter la machine », dis-je. Ils me regardèrent.

— Il est resté tout le temps éveillé, à écouter. À quoi pensais-tu, Sal ? — Je leur dis que je pensais qu'ils étaient des maniaques très étonnants et que j'avais passé toute la nuit à les écouter comme on observerait le mécanisme d'une montre aussi grosse qu'une montagne, et pourtant composée d'aussi petits rouages que la montre la plus délicate du monde. Ils sourirent. Je pointai mon doigt vers eux et dis : « Si vous continuez ce petit jeu, vous allez tous les deux devenir dingues, mais tenez-moi au courant aussi longtemps que vous continuerez. »

Je sortis et pris le tramway jusqu'à l'appartement, et les montagnes en papier mâché de Carlo Marx s'empourpraient tandis que le soleil immense surgissait des plaines de l'Est.

## IX

Le soir, je fus embrigadé dans cette équipée en montagne et je ne vis pas Dean ni Carlo durant cinq jours. Babe Rawlins pouvait se servir de l'auto de son patron pendant le week-end. Nous emportâmes les costards et les pendîmes aux fenêtres de l'auto et mîmes le cap sur Central City, Ray Rawlins au volant, Tim Gray affalé à l'arrière et Babe devant. C'était ma première visite à l'intérieur des Rocheuses. Central City est une vieille ville minière, qu'on appelait jadis « le plus riche mile carré du monde », où un véritable haut plateau d'argent avait été découvert par les vieux rapaces qui écumaient la montagne. Ils s'enrichirent du jour au lendemain et firent construire un beau petit opéra au milieu de leurs baraques, sur la pente escarpée. Lilian Russel y est venue et des étoiles d'opéra du continent. Puis Central City est devenue une ville morte jusqu'au moment où des types énergiques de la Chambre de Commerce du nouvel Ouest ont décidé de ressusciter l'endroit. Ils firent remettre à neuf l'opéra et, chaque été, des vedettes du Metropolitan vinrent jouer. C'est devenu un endroit où tout le monde passe les grandes vacances. Des touristes viennent de partout, même des stars d'Hollywood. Une fois là-haut, nous trouvâmes les rues étroites bondées de touristes à chichis. Je pensais au Sam de la nouvelle de Major, et Major avait raison. Major lui-même était là, déclenchant à chaque rencontre son grand sourire mondain, avec des oh et des ah les plus sincères à propos de tout. « Sal, cria-t-il en me saisissant le bras, regarde donc cette vieille ville. Pense à ce que c'était il y a un siècle, que dis-je, il y a seulement quatre-vingts, soixante ans ; ils avaient un opéra ! »

— Ouais, dis-je, imitant un de ses personnages, mais *eux, ils* sont là.

— Les salauds ! rugit-il.

Il s'en alla tout de même rigoler, Betty Gray à son bras.

Babe Rawlins était une blonde entreprenante. Elle avait entendu parler d'une vieille maison de mineur dans le faubourg de la ville où nous, les garçons, on pourrait coucher pendant le week-end ; la nettoyer, c'est tout ce qu'on avait à faire. On pourrait aussi donner là-dedans de grandes réceptions. C'était une espèce de vieille baraque, recouverte à l'intérieur par un centimètre de poussière ; il y avait une véranda et un puits derrière. Tim Gray et Ray Rawlins retroussèrent leurs manches et se mirent à nettoyer, un foutu boulot qui leur prit tout l'après-midi et une partie de la nuit. Mais ils avaient un seau de bouteilles de bière et la vie était belle.

Quant à moi, d'après l'emploi du temps, j'étais invité à l'opéra de cet après-midi-là, où je devais accompagner Babe. Je portai un complet de Tim. Il y avait seulement quelques jours, j'étais arrivé à Denver en clochard ; maintenant, j'étais tiré à quatre épingles, avec au bras une belle blonde bien fringuée, saluant les notables et devisant sous les lustres du foyer. Je me demandai ce que Mississippi Gene aurait dit s'il avait pu me voir.

On jouait *Fidelio*. « Quelle tristesse ! » s'écrie le baryton, sortant du cachot en soulevant une dalle grinçante. J'en pleurais. C'est aussi comme ça que je vois la vie. J'étais tellement passionné par l'opéra que, pendant un moment, j'oubliai l'absurdité de ma vie et me perdis dans la musique grandiose et funèbre de Beethoven et l'opulence chatoyante de ce thème à la Rembrandt.

— Eh bien, Sal, qu'est-ce que vous pensez du spectacle cette année ? me demanda fièrement Denver D. Doll quand nous fûmes dans la rue. Il était associé à la direction de l'opéra.

— Quelle tristesse, quelle tristesse, dis-je. C'est absolument grand.

— Ce qu'il vous faut faire maintenant, c'est aller saluer les membres de la troupe, poursuivit-il de son ton protocolaire, mais heureusement il n'y pensa bientôt plus tant il avait à faire et il disparut.

Babe et moi, on retourna à la baraque du mineur. J'enlevai mes fringues et me joignis à l'équipe de nettoiement. C'était un énorme boulot. Roland Major était assis au milieu de la pièce du devant qui avait déjà été nettoyée et se refusait à donner un coup de main. Sur une petite table devant lui, il y avait sa bouteille de bière et son verre. Comme nous nous agitions alentour avec des seaux d'eau et des balais, il racontait ses souvenirs. « Ah, si seulement vous m'accompagniez un de ces jours pour boire du Cinzano et entendre les musiciens de Bandol, alors vous sauriez ce que c'est que la vie. Et il y a les étés en Normandie, les sabots, le bon vieux calvados. Allons, Sam, disait-il à son copain imaginaire, tire la bouteille du seau et voyons si elle s'est rafraîchie pendant que nous étions à la pêche. » Ce qui sortait tout droit d'Hemingway.

On interpellait les filles qui passaient dans la rue. « Venez nous aider à astiquer la taule. Tout le monde est invité ce soir. » Elles se joignaient à nous. Toute une troupe qui travaillait pour nous. Finalement, les choristes de l'opéra, des gosses pour la plupart, se radinèrent pour se mettre au boulot. Le soleil se coucha.

Après notre journée de travail, Tim, Rawlins et moi, on décida de se faire une beauté en prévision de la grande nuit. On traversa la ville jusqu'à la pension où les vedettes de l'opéra habitaient. On entendait dans la nuit le prélude de la soirée. « Juste au bon moment, dit Rawlins. Y a qu'à piquer des rasoirs et des serviettes et on sera un peu beaux. » On prit aussi des brosses à dents, de l'eau de Cologne, des lotions pour la barbe et on alla avec tout ça dans la salle de bains. On se mit tous à se baigner et à chanter. « C'est pas grandiose ? ne cessait de dire Tim Gray. Se servir de la salle de bains des vedettes de l'opéra, et de leurs serviettes, et de leurs lotions pour la barbe et de leurs rasoirs électriques ? »

C'était une nuit merveilleuse. Central City est à deux miles d'altitude ; d'abord l'altitude vous saoule, puis la fatigue vient et c'est comme une fièvre de l'âme. Nous nous approchâmes de l'opéra illuminé en suivant la rue étroite et obscure ; puis, à droite toute, on fit une descente dans des vieux *saloons* aux portes battantes. La plupart des touristes étaient à l'opéra. On démarra avec quelques bouteilles de bière grand modèle. Il y avait un piano mécanique. Par la porte de derrière on voyait le versant de la montagne sous la lune. Je laissai échapper un cri d'enthousiasme. La nuit était commencée.

On retourna à toute allure à notre baraque de mineur. Tout se préparait pour la grande réception. Les filles, Babe et Betty, fricotaient une collation de saucisses aux haricots. On se mit à danser et à boire de plus belle de la bière. Après l'opéra, des masses de jeunes filles vinrent s'entasser dans notre local. Rawlins, Tim et moi, nous nous léchions les babines. On se saisit des filles et on les fit danser. Il n'y avait pas de musique, uniquement de la danse. Le local était plein à craquer. Des gens se mirent à ramener des bouteilles. Nous faisions des descentes-éclair dans les bars et rappliquions en vitesse. La nuit devenait de plus en plus frénétique. J'avais envie que Dean et Carlo soient là, puis je me dis qu'ils n'auraient pas été à leur place et malheureux. Ils étaient comme le type avec sa dalle de cachot et ses ténèbres, surgissant du souterrain, les épaves des bas-fonds de l'Amérique, une nouvelle génération foutue que j'étais en train de rallier à petits pas.

Les gosses de la chorale firent leur entrée. Ils se mirent à chanter « Douce Adeline [14] ». Ils phrasaient aussi des paroles telles que « passe-moi la bière » et « qu'est-ce que t'attends, gueule d'ahuri ? » et poussaient de grands hurlements prolongés de barytons : « Fi-de-lio ! » Moi, je chantais : « Ah, quelle tristesse ! » Les filles étaient terribles. Elles sortaient dans l'arrière-cour et on se pelotait. Il y avait des lits dans les autres pièces, celles qu'on n'avait pas nettoyées ; j'avais une fille assise sur un de ceux-là et je discutais avec elle, quand soudain il y eut une grande ruée de jeunes ouvreurs de l'opéra qui tout bonnement attrapaient les filles et les bécotaient sans souci des préliminaires. Des gamins bourrés, échevelés, en rut... Ils coulèrent notre soirée. En l'espace de cinq minutes, toutes les filles seules s'étaient taillées et un bordel géant du style « fraternité[15] » se mit en branle à coups de bouteilles de bière et de vociférations.

Ray, Tim et moi, on décida de courir les bars. Major était parti, Babe et Betty étaient parties. Nous nous éloignâmes en titubant dans la nuit. La foule de l'opéra s'écrasait dans les bars, des murs jusqu'au comptoir. Major gueulait par-dessus les têtes. L'infatigable et binoclard Denver D. Doll serrait les mains de tout le monde en disant : « Joyeux après-midi, comment allez-vous ? » et quand minuit eut sonné, il disait toujours : « Joyeux après-midi, comment allez-vous ? » À un moment donné, je le vis partir quelque part avec un notable. Puis il revint avec une femme entre deux âges ; une minute après, il discutait avec deux jeunes ouvreurs dans la rue. Une minute après, il me serrait la main sans me reconnaître et disait : « Bonne année, mon garçon. » Il n'était pas saoul d'alcool mais seulement d'une chose qu'il adorait : une foule grouillante de gens. Tout le monde le connaissait. « Bonne année », criait-il, et quelquefois : « Joyeux Noël ». Sans relâche. À Noël, il disait : Joyeuse Toussaint.

Il y avait un ténor au bar qui était hautement respecté par chacun ; Denver Doll avait insisté pour que je le salue et j'essayais d'éviter ça ; il s'appelait D'Annunzio ou quelque chose dans le genre. Sa femme était avec lui. Ils s'assirent à une table, l'air bêcheur. Il y avait aussi au bar une espèce de touriste argentin. Rawlins l'écarta d'un coup d'épaule pour faire de la place ; il se retourna en grognant. Rawlins me tendit son verre et d'un coup de poing envoya l'Argentin sur le zinc. Pour le moment, le type était K.-O. Il y eut des hurlements ; Tim et moi, on fit finir Rawlins. Il y avait une telle pagaïe que le sheriff ne pouvait même pas se frayer un chemin jusqu'à la victime. Personne ne put identifier Rawlins. On alla dans d'autres bars. Major titubait dans une rue noire. « Qu'est-ce qui se passe, bon Dieu ? De la bagarre ? Faut me prévenir. » De grands éclats de rire fusaient de tous côtés. Je me demandai ce que l'Esprit de la Montagne pouvait penser et je levai les yeux et je vis des pins sous la lune et des spectres de vieux mineurs et ça me posait des problèmes. Sur le sombre versant oriental du Divide[16], tout, cette nuit-là, était silence et murmure du vent, sauf ce ravin où nous rugissions ; et, sur l'autre versant du Divide, c'était la grande Dénivellation Occidentale et le vaste plateau qui s'étendait jusqu'à Steamboat Springs, s'effondrait et vous emportait jusqu'au désert du Colorado oriental et au désert de l'Utah ; tout cela plongé dans les ténèbres, tandis que nous ragions et gueulions dans notre trou de montagne, ivrognes et dingos d'Américains sur cette terre puissante. Nous étions sur le toit de l'Amérique et tout ce que nous savions faire, c'était beugler, semblait-il... Franchissant la nuit, par les plaines de l'Est, un vieil homme à cheveux blancs venait sans doute à nous avec la Parole, il arriverait d'une minute à l'autre et nous ferait taire.

Rawlins tenait absolument à retourner au bar où il s'était battu. Ça ne nous plaisait pas beaucoup, à Tim et à moi, mais nous le suivîmes. Il alla sur D'Annunzio, le ténor, et lui balança un verre de whisky dans le portrait. On le tira dehors. Un baryton du chœur se mit avec nous et on alla dans un bar populaire de Central City. Là, Ray traita la serveuse de putain. Une bande de types à l'air sombre étaient alignés le long du bar ; ils détestaient les touristes. L'un d'eux dit : « Vous, les gars, vous feriez mieux de vous tailler, le temps de compter jusqu'à dix. » C'est ce qu'on fit. On louvoya jusqu'à la baraque et on se coucha.

Le matin je me réveillai et me retournai ; un gros nuage de poussière s'éleva du matelas. Je tirai sur la fenêtre ; elle était clouée. Tim Gray était aussi au lit. On toussait et on éternuait. En guise de petit déjeuner, on eut de la bière éventée. Babe revint de son hôtel et on rassembla nos affaires pour partir.

On aurait dit une débâcle générale. En sortant pour monter dans l'auto, Babe glissa et tomba la tête en avant. La pauvre fille était claquée. Son frère, Tim et moi, nous l'aidâmes à monter. On s'embarqua dans l'auto ; Major et Betty nous rejoignirent. C'était maintenant le triste retour à Denver.

Soudain, comme on débouchait de la montagne, nos regards plongèrent dans l'immense plaine océanique de Denver ; la chaleur s'élevait comme d'un four. On se mit à chanter. Ça me démangeait de pousser jusqu'à San Francisco.

# X

Le soir de ce même jour je dénichai Carlo et, à mon étonnement, il me raconta qu'il avait été à Central City avec Dean.

— Qu'est-ce que vous avez fait ?

— Oh, nous avons fait les bars et puis Dean a fauché une auto et on a redescendu les lacets de la montagne à quatre-vingt-dix miles à l'heure.

— Je ne vous ai pas vus.

— On ne savait pas que tu y étais.

— Mon pote, je vais à San Francisco.

— Dean a retenu Rita pour toi cette nuit.

— Alors, je remets mon départ.

Je n'avais pas d'argent. J'écrivis à ma tante par avion pour lui demander cinquante dollars et lui dire que c'était le dernier argent que je réclamerais ; après quoi je lui en enverrais, dès que j'aurais trouvé ce bateau.

Puis j'allai chercher Rita Bettencourt et la ramenai à l'appartement. Je l'emmenai dans ma chambre après une longue conversation dans l'obscurité de la pièce du devant. C'était une gentille petite fille, simple et sincère, et affreusement épouvantée par le sexe. Je lui dis que le sexe, c'était magnifique. Je voulus lui en fournir la preuve. Elle m'autorisa à le prouver mais j'étais trop impatient et ne prouvai rien du tout. Elle soupira dans le noir. « Qu'attends-tu de la vie ? » demandai-je, car j'avais toujours l'habitude de demander ça aux filles.

— Je ne sais pas, dit-elle. Servir les clients simplement et continuer mon petit bonhomme de chemin. » Elle bâilla. Je lui mis la main sur la bouche et lui dis de ne pas bâiller. J'essayai de lui dire à quel point j'étais excité par la vie et toutes les choses que nous pourrions faire ensemble ; tout ça, alors que je projetais de quitter Denver dans les deux jours. Elle se détourna avec lassitude. On s'allongea sur le dos, regardant le plafond et nous demandant ce que Dieu avait bien pu fabriquer pour faire la vie si triste. On fit de vagues projets pour se retrouver à Frisco.

Mon temps à Denver tirait à sa fin, je le sentais bien en la raccompagnant chez elle à pied ; au retour je m'étendis sur la pelouse d'une vieille église avec une bande de clochards ; leur conversation me donna envie de reprendre la route. De temps en temps, l'un d'eux se levait et allait taper un passant. Ils parlaient des moissons qui remontaient vers le nord. Il faisait chaud et doux. J'avais envie d'aller rechercher Rita et de lui raconter des tas de trucs et, cette fois, de faire vraiment l'amour avec elle et d'apaiser sa crainte des hommes. Les garçons et les filles d'Amérique n'ont pas la vie heureuse ensemble ; une drôle de complication exige qu'on se soumette au sexe d'un seul coup sans les conversations préliminaires qui conviennent. Pas de cour, pas de vraies conversations loyales d'âme à âme, puisque la vie est sacrée et que chaque instant a son prix. J'entendis la locomotive du Denver-Rio Grande hurler dans la montagne. J'avais envie de poursuivre plus loin mon étoile.

90

Major et moi, on était assis à discuter tristement dans le milieu de la nuit. « Tu as lu *Vertes collines d'Afrique* ? C'est le meilleur Hemingway. » On se souhaita l'un l'autre bonne chance. On se verrait à Frisco. Je trouvai Rawlins sous un arbre noir, dans la rue. « Salut, Ray. Quand se reverra-t-on ? » J'allai à la recherche de Carlo et de Dean — introuvables. Tim Gray leva le bras en l'air et dit : « Donc, tu pars, Yo. » On s'appelait mutuellement Yo. « Ouais », fis-je. Les quelques jours suivants, je vadrouillai dans Denver. Il me semblait que chaque clochard de Larimer Street pouvait être le père de Dean Moriarty ; le vieux Dean Moriarty, comme ils l'appelaient, ou encore l'Étameur. J'entrai au Windsor Hotel, où père et fils avaient vécu et où, une nuit affreuse, Dean fut réveillé par le cul-de-jatte sur un plateau à roulettes qui partageait la chambre avec eux ; il traversa la pièce dans un bruit de tonnerre sur ses terribles roues pour violer le garçon. Je vis la petite marchande de journaux nabote, plantée sur ses courtes jambes au coin de la rue Curtis et de la Quinzième Rue. Je me baladais dans les coins mal famés, si tristes, des environs de Curtis Street ; gosses en *jeans* et en chemises rouges ; épluchures de cacahuètes, marquises au-dessus de l'entrée des cinémas, stands de tir. Au-delà de la rue scintillante, c'était la nuit et au-delà de la nuit, c'était l'Ouest. Il fallait que je parte.

À l'aube, je trouvai Carlo. Je lus une partie de son énorme journal, dormis là ; dans la matinée, pluvieuse et grise, le grand Ed Dunkel, long de six pieds, fit son entrée avec Roy Johnson, un beau gosse, et Tom Snark, le pied-bot qui régnait sur les salles de jeux. Ils s'installèrent et écoutèrent avec des sourires embarrassés Carlo Marx qui leur lisait sa poésie apocalyptique et loufoque. J'étais affalé sur ma chaise, épuisé. « Oh, oiseau de Denver ! » s'écriait Carlo. On sortit tous à la queue leu leu et on suivit une de ces ruelles caillouteuses, typiques de Denver, entre des incinérateurs qui fumaient paisiblement. « J'avais l'habitude de pousser mon cerceau dans cette ruelle », m'avait dit Chad King. J'aurais voulu le voir faire, voir Denver dix ans auparavant quand ils étaient tous des gamins et que, par une matinée ensoleillée, couleur de cerisier en fleur, du beau printemps des Rocheuses, ils faisaient rouler leurs cerceaux le long des ruelles pleines de promesse — oui, tous, toute la bande. Et Dean, en lambeaux et crasseux, rôdant solitaire, en proie à son obsession frénétique.

Roy Johnson et moi marchions sous le crachin ; j'allais chez la fille d'Eddie pour récupérer ma chemise de laine écossaise, la chemise de Shelton, dans le Nebraska. Elle était là, bien empaquetée, désespérante de tristesse, cette chemise.

Roy Johnson me dit qu'il me verrait à Frisco. Tout le monde allait à Frisco. En passant au bureau, je trouvai mon fric. Le soleil apparut et Tim Gray m'accompagna en tramway jusqu'à la station de cars. Je pris mon billet pour San Fran, claquant la moitié des cinquante dollars, et mis les bouts à deux heures de l'après-midi. Tim Gray faisait au revoir de la main. Le car quitta les rues légendaires et ardentes de Denver. « Bon dieu, faut que je revienne voir ce qui va encore se passer », me promis-je à moi-même. Par un coup de fil de dernière minute, Dean m'avait dit que lui et Carlo devaient me rejoindre sur la Côte ; je ruminai tout ça et me rendis compte que je n'avais pas parlé à Dean plus de cinq minutes pendant toute la durée de mon séjour.

## XI

Deux semaines plus tard je me trouvais avec Rémy Boncœur. Le voyage en car de Denver à Frisco se passa sans incident, si ce n'est que toute mon âme tressaillait à mesure qu'on se rapprochait de Frisco. De nouveau Cheyenne, l'après-midi cette fois, et puis cap à l'ouest, par la montagne ; traversée du Divide à minuit à Creston ; arrivée à Salt Lake City à l'aube, ville d'appareils d'arrosage, le dernier endroit où l'on imaginerait que Dean est né ; puis assaut du Nevada sous le soleil brûlant ; Reno à la tombée de la nuit et le clignotement de ses rues chinoises ; escalade de la Sierra Nevada, sapins, étoiles, chalets de montagne, refuges romanesques pour les amoureux de Frisco — une petite fille sur le siège arrière qui crie à sa mère : « Maman, quand est-ce qu'on rentre à Truckee ? » ; arrivée à Truckee, justement, le Truckee cher au cœur de fifille ; et puis descente dans les plaines de Sacramento. Je me rendis compte soudain que j'étais en Californie. Brise chaude, brise heureuse, que l'on peut baiser, et palmiers. On roule le long du Sacramento, fleuve légendaire, sur une superautostrade ; encore des collines ; montée, descente ; et soudain le vaste déploiement de la baie

(c'était juste avant l'aube) festonnée des lueurs som-
nolentes de Frisco. En passant le pont de la baie
d'Oakland, je dormais à poings fermés, pour la première fois depuis Denver ; c'est à l'arrêt de Market et
de la Quatrième Rue que je me réveillai brusquement, et pour penser que j'étais à trois mille deux
cents miles de chez ma tante, de Paterson, dans le
New-Jersey. Je descendis du car et j'errai comme un
spectre décharné, et voilà que c'était Frisco, ses
longues rues désertes où les *cable-cars* * se perdaient
dans un brouillard blanchâtre. D'un pas incertain, je
fis le tour de quelques pâtés de maisons. À l'aube,
des truands surnaturels, au coin de Mission et de la
Troisième Rue, me demandèrent la pièce. J'entendais de la musique quelque part. « Mon vieux,
comme je te vais savourer tout ça. Mais maintenant
il faut dégotter Rémi Boncœur. »

Mill City, où Rémi habitait, était un ramassis de
baraques dans une vallée, une cité ouvrière que l'on
avait bâtie pour les travailleurs de l'arsenal pendant
la guerre ; elle était située dans un canyon fort profond, aux pentes abondamment boisées. Il y avait
des boutiques destinées aux gens de la cité, des coif-
feurs, des tailleurs. C'était, à ce qu'on disait, la seule
communauté d'Amérique où les blancs et les nègres
vivaient ensemble de plein gré ; et c'était tel, jamais
je n'ai vu depuis d'endroit plus vivant et plus joyeux.
Sur la porte de sa bicoque, Rémi avait épinglé un billet trois semaines auparavant.

SAL PARADISE ! (en caractères énormes) *Si personne
n'est à la maison, entre par la fenêtre.*

Signé :
RÉMI BONCŒUR.

* Les célèbres tramways à crémaillères de San Francisco.

94

Le billet avait souffert des intempéries et il était gris maintenant.

J'entrai par la fenêtre et il était là, couché avec sa fille, Lee Ann, sur un lit qu'il avait piqué sur un navire marchand, comme il me le raconta plus tard ; imaginez un ingénieur de pont sur un navire marchand qui se glisse par-dessus le bastingage au milieu de la nuit avec un lit, qui traîne ce lit avec lui, et qui s'éreinte aux avirons jusqu'au rivage. C'est à peine si ça vous dépeint Rémi Boncœur.

Si je m'étends sur tous les événements que j'ai vécus à San Fran, c'est qu'ils sont très liés à tout ce que j'aurai d'autre à dire. Rémi Boncœur et moi nous étions connus à l'école primaire, des années auparavant ; mais ce qui nous unissait vraiment c'était mon ancienne femme. Rémi avait le premier mis la main dessus. Un soir il entra dans ma turne et dit : « Paradise, lève-toi, voici le vieux maestro qui vient te voir. » Je me levai et laissai choir quelques pièces sur le plancher pendant que j'enfilais mon froc. Il était quatre heures de l'après-midi ; j'avais l'habitude de dormir tout le temps à l'université : « Allons, allons, ne sème pas ton or dans tous les coins. J'ai mis la main sur la plus bath petite môme du monde et je file droit au Lion's Den passer la soirée avec elle. » Et il me traîna derrière lui pour me la présenter. Une semaine plus tard, elle filait avec moi. Rémi était un Français, grand, brun, bien foutu (il avait la dégaine d'une sorte de trafiquant marseillais d'une vingtaine d'années) ; parce qu'il était Français, il se croyait obligé de parler en américain jazz ; son anglais était parfait, son français était parfait. Il aimait se fringuer impeccablement, un peu à la manière des étudiants snobs, et sortir avec des blondes de luxe et dépenser des masses de fric. Ce n'est pas qu'il m'eût jamais reproché de lui avoir souflé sa fille ; cela avait simplement créé un lien entre nous, qui ne s'était jamais rompu ; ce type m'était fidèle et avait une réelle affection pour moi, et dieu sait pourquoi.

Quand je le retrouvai à Mill City ce matin-là, il était entré dans cette période vache et sinistre qui est le lot des jeunes types entre vingt et trente ans. Il poireautait dans l'attente d'un bateau et, pour gagner sa vie, il travaillait comme surveillant supplétif dans les baraquements du canyon. Sa fille, Lee Ann, avait une grande gueule et lui servait une salade par jour. Ils passaient toute la semaine à compter sou par sou et, le samedi, partaient claquer cinquante dollars en trois heures. Rémi se baladait en short autour de sa baraque, avec un drôle de calot de l'armée sur la tête. Lee Ann déambulait, les cheveux remontés par des épingles. Ainsi attifés, ils s'engueulaient pendant toute la semaine. De tous les jours de ma vie je n'ai jamais vu gens plus hargneux. Mais, le samedi soir, tout sourires l'un pour l'autre, ils prenaient des manières de vedettes hollywoodiennes et se taillaient en ville.

Rémi se réveilla et me vit passer par la fenêtre. Son rire puissant, un des plus puissants au monde, m'assourdit les oreilles. « Aaaaah Paradise, il passe par la fenêtre, il suit les instructions à la lettre. Où étais-tu ? Tu es deux semaines en retard ! » Il me donna une claque dans le dos, boxa les côtes de Lee Ann, s'adossa au mur et se mit à rire et à gueuler, il tapa si fort sur la table qu'on pouvait l'entendre aux quatre coins de Mill City, et son grand et prolongé « Aaaaah » se répercutait dans tout le canyon.

« Paradise ! » glapit-il. « Le seul et unique indispensable Paradise. »

J'avais simplement traversé le petit village de pêcheurs de Sausalito et la première chose que je dis, ce fut : « Il doit y avoir une tapée d'Italiens à Sausalito. »

— Il doit y avoir une tapée d'Italiens à Sausalito ! » gueula-t-il de toute la force de ses poumons. « Aaaaah ! » Il se donnait des coups, il se jetait sur le lit, il roulait presque par terre. « T'as entendu ce que dit Paradise ? Il doit y avoir une tapée d'Italiens à Sausalito ! Aaaaah ! ho ! oua ! hi ! » Il devint rouge comme une betterave, tellement il se tordait. « Oh, tu m'assassines, Paradise, il n'y a pas plus marrant que toi au monde, et tu te ramènes, tu te ramènes enfin, il est passé par la fenêtre, tu l'as vu, Lee Ann, il a suivi les instructions et il est passé par la fenêtre. Ah ! Ho ! »

La chose étrange, c'était qu'à la porte à côté de chez Rémi habitait un nègre, appelé M. Snow, dont le rire, j'en fais le serment sur la Bible, était vraiment, tout compte fait, le rire le plus puissant du monde entier. Ce M. Snow déclenchait son rire au milieu du souper à propos d'une réflexion banale de sa vieille épouse ; il se levait, suffoquant manifestement, s'appuyait au mur, levait les yeux au ciel, et ça commençait ; il passait la porte en titubant, s'accotait aux murs des voisins ; il était comme saoul, il traversait Mill City en chancelant dans les rues sombres, lançant son appel hululant, triomphant, à l'Esprit malin qui l'excitait de la sorte. Je ne sais pas s'il lui arriva jamais de terminer son souper. Il était possible que Rémi, sans le savoir, eût piqué ça à cet étonnant M. Snow. Et quoique Rémi eût des difficultés à gagner sa vie et une sale vie de ménage avec une langue de vipère, il avait du moins appris à rire plus magnifiquement, ou peu s'en fallait, que personne au monde, et je me dis qu'on allait se marrer à Frisco.

Voici comment on s'arrangea : Rémi dormait avec Lee Ann dans le lit au milieu de la pièce et je dormais sur un lit de camp près de la fenêtre. Il ne fallait pas que je touche à Lee Ann. Rémi m'avait fait d'emblée un discours à ce sujet. « Je ne veux pas vous trouver tous les deux à faire les malins quand vous penserez que je ne fais pas attention. On n'apprend pas au vieux merle à siffler. C'est un proverbe original de mon cru. » J'examinai Lee Ann. C'était un morceau aguichant, une créature au teint de miel, mais il y avait dans ses yeux de la haine contre nous deux. Son ambition était d'épouser un richard. Elle sortait d'un petit trou de l'Orégon. Elle maudissait le jour où elle avait pu se coller avec Rémi. À l'occasion d'une de ses grandes sorties ostentatoires de fin de semaine, il avait claqué pour elle une centaine de dollars et elle crut qu'elle avait déniché un héritier. Au lieu de quoi elle était coincée dans cette baraque et, faute de mieux, obligée d'y rester. Elle avait un boulot à Frisco ; il lui fallait prendre le car Greyhound au carrefour et y aller tous les jours. Elle ne pardonna jamais ça à Rémi.

Il était convenu que je resterais à la baraque pour écrire une histoire brillante d'originalité, à l'intention d'un studio d'Hollywood. Rémi s'envolerait sur un paquebot stratosphérique avec ce chef-d'œuvre sous le bras et nous ferait tous riches ; Lee Ann irait avec lui ; il la présenterait au père d'un copain, qui était un metteur en scène célèbre et un intime de W.C. Fields. Je passai donc la première semaine dans la baraque de Mill City, rédigeant furieusement une sorte de conte lugubre sur New York qui, selon moi, pouvait plaire à un metteur en scène d'Hollywood, mais l'ennui, c'est qu'il était trop triste. Rémi pouvait à peine le déchiffrer et il se contenterait donc de l'apporter à Hollywood quelques semaines plus tard. Mon histoire ennuyait trop Lee Ann et elle nous détestait trop pour se donner la peine de la lire. Je passai des heures de pluie innombrables à boire du café et à gribouiller. En fin de compte, je dis à Rémi que ça ne collait pas ; je voulais un boulot ; je leur coûtais même les cigarettes. Une ombre de déception plana sur le front de Rémi, il était toujours déçu par les choses les plus marrantes. Il avait un cœur d'or.

Il se débrouilla pour me trouver le même genre de boulot que lui, un poste de surveillant dans les baraquements. J'accomplis les formalités nécessaires et, à mon étonnement, les vaches, ils m'embauchèrent. Je prêtai serment devant le chef de la police locale, reçus un insigne, un bâton et voilà que j'étais agent de police supplétif. Je me demandais ce que Dean et Carlo et Old Bull Lee en auraient pensé. Il fallait que je porte des pantalons bleus de la marine pour aller avec ma veste noire et ma casquette de flic ; durant les deux premières semaines, je dus me contenter des pantalons de Rémi ; comme il était très grand et qu'il avait pris de la bedaine et que l'ennui le poussait à faire des repas pantagruéliques, je nageais là-dedans tel Charlie Chaplin, quand j'allai faire ma première nuit de service. Rémi me donna une lampe de poche et son 32 automatique.

— Où as-tu dégotté ce pistolet ? demandai-je.

— En allant à la Côte, l'été dernier ; j'ai sauté du train à North Platte, en Nebraska, pour me dégourdir les jambes et la seule chose que j'aie vue en vitrine, c'était cet unique petit revolver ; je l'ai acheté en vitesse et c'est à peine si j'ai eu le temps de grimper dans le train.

Alors j'essayai de lui raconter ce que North Platte représentait pour moi, le whisky que j'avais acheté avec les gars, et il me tapa dans le dos et dit que j'étais le type le plus marrant de la terre.

Avec la lampe de poche pour éclairer mon chemin, j'escaladais les pentes escarpées au sud du canyon, arrivais à la grand-route où roulait vers Frisco le flot nocturne des voitures, dégringolais de l'autre côté, manquant de tomber, et atterrissais au fond d'un ravin où se dressait une petite ferme près d'un ruisseau et où le même chien brailla après moi toutes les sacrées nuits que j'y passai. Puis je marchais rapidement le long d'une route argentée, poudreuse, sous des arbres de Californie noirs comme l'encre, une route comme dans « Le signe de Zorro » et comme toutes les routes qu'on peut voir dans les westerns catégorie B. Là je sortais mon revolver et jouais les cow-boys dans le noir. Puis je grimpais sur une autre colline et j'arrivais aux baraquements. C'étaient des baraquements destinés au cantonnement provisoire des ouvriers des chantiers navals d'outre-mer. Les types qui y venaient y habitaient en attendant de s'embarquer. La plupart d'entre eux étaient en partance pour Okinawa. La plupart d'entre eux fuyaient quelque chose, généralement la loi. Il y avait des durs de l'Alabama, des titis de New York, des mecs de tout poil d'un peu partout. Et, sachant fort bien quelle chose horrible ça serait de travailler une année entière à Okinawa, ils buvaient. Le turbin des supplétifs consistait à veiller à ce qu'ils ne foutent pas les baraquements en l'air. Nous avions notre quartier général dans la bâtisse principale, un truc en bois, tout simple, avec des boxes séparés par des panneaux. Là, nous nous installions autour d'un bureau à cylindre, décrochant le flingue de nos fesses et bâillant, pendant que les vieux flics racontaient des histoires.

C'était une équipe ignoble, des êtres humains avec des âmes de poulets, tous à part Rémi et moi. Rémi essayait seulement de gagner sa croûte, et moi de même, mais ces mecs-là rêvaient d'arrêter les gens et d'obtenir les congratulations du chef de la police locale. Ils disaient même que si on ne piquait pas un type dans son mois on se faisait saquer. Ma gorge se serrait à l'idée de faire une arrestation. Ce qui se passa en fait, c'est que, la nuit où le bordel se déchaîna dans les baraquements, j'étais aussi saoul que les types.

C'était une nuit où l'horaire était combiné de telle sorte que j'étais, tout seul pendant six heures, le seul flic en service ; et tout le monde dans les baraquements semblait avoir pris sa cuite cette nuit-là. Tout ça parce que leur bateau partait dans la matinée. Ils se cuitaient comme les marins, la nuit avant qu'on lève l'ancre. J'étais dans le bureau, les pieds sur la table, en train de lire un recueil d'aventures arrivées dans l'Orégon et le nord du pays, lorsque soudain je me rendis compte que la nuit, paisible d'ordinaire, bourdonnait d'une grande activité. Je sortis. Les lumières étaient allumées dans presque tous les foutus baraquements. Des types gueulaient, des bouteilles volaient en éclats. J'avais le couteau sur la gorge. Je pris ma lampe électrique, allai à la porte la plus bruyante et frappai. Quelqu'un l'entrouvrit de six pouces.

— Qu'est-ce que tu veux, toi ?

Je dis : « Je surveille ces baraquements pendant la

nuit et vous, les gars, vous êtes censés vous tenir tranquilles autant que possible », ou quelque réflexion aussi idiote. Ils me claquèrent la porte à la gueule. Je restai planté avec le bois de la porte sous le nez. C'était comme dans un western ; le moment était venu de me faire respecter. Je frappai de nouveau. Cette fois ils ouvrirent complètement la porte.

— Écoutez, dis-je, je n'ai pas envie de venir vous emmerder, les gars, mais je perdrai mon boulot si vous faites trop de bruit.

— Qui es-tu ?

— Je suis surveillant ici.

— On t'a encore jamais vu.

— Tiens, voilà mon insigne.

— Qu'est-ce que tu fous avec ce pistolet de foire sur le cul ?

— Ce n'est pas le mien, dis-je pour ma défense. Je l'ai emprunté.

— Prends un verre, putain de bon Dieu.

Ça ne tirait pas à conséquence. J'en pris deux.

Je dis : « Alors, les gars ? Vous allez vous tenir tranquilles, les gars ? Je serais emmerdé, vous savez.

— Ça colle, petit, dirent-ils. Va faire tes rondes. Ramène-toi prendre un autre verre, si ça te chante. »

Et j'allai frapper à toutes les portes de cette façon et, en très peu de temps, j'étais aussi saoul que n'importe qui. L'aube venue, mon service comportait l'envoi des couleurs américaines en haut d'un mât de soixante-dix pieds, et ce matin-là, je l'expédiai les étoiles à l'envers et j'allai me mettre au lit. Lorsque je revins le soir, les flics titulaires étaient assis en rond dans le bureau avec des airs sinistres.

— Dis donc, gars, qu'est-ce que c'est que tout ce bordel qu'il y a eu dans le secteur cette nuit ? Nous avons eu des plaintes des gens qui habitent dans le canyon.

— Je ne sais pas, dis-je. Ça a l'air plutôt tranquille pour le moment.

— Tout le contingent a mis les voiles. Tu étais censé maintenir l'ordre la nuit dernière ; le chef gueule après toi. Et un autre truc, est-ce que tu sais que tu risques la taule pour avoir envoyé le drapeau américain les étoiles à l'envers sur un mât du gouvernement ?

— Les étoiles à l'envers ?

J'étais horrifié ; naturellement je ne l'avais pas fait exprès. J'envoyais ça mécaniquement tous les matins.

— Ouais, m'sieur, dit un gros cogne qui avait passé vingt-deux ans comme garde-chiourme à Alcatraz. Tu risques la taule pour un truc de ce genre.

Les autres hochèrent sévèrement la tête. Ils passaient tout leur temps posés sur leur cul ; ils étaient fiers de leur profession. Ils tripotaient leurs pétards et papotaient à leur sujet. Ils grillaient d'envie de descendre un bonhomme. Rémi ou moi.

Le flic qui avait été garde-chiourme à Alcatraz était ventripotent et âgé de soixante ans environ, il était retraité mais ne pouvait se passer de l'atmosphère qui avait abreuvé son âme sèche durant toute sa vie. Tous les soirs il venait au travail au volant de sa Ford 35, pointait à l'heure exacte et s'installait devant le bureau à cylindre. Il s'acquittait péniblement des pures formalités qui nous incombaient à tous chaque nuit, les rondes, l'horaire, les incidents, etc. Puis il se calait les reins et racontait des histoires. « Fallait être là, il y a deux mois, quand moi et Sledge (c'était un autre flic, un blanc-bec qui voulait entrer dans la police montée du Texas et qui devait se contenter de son sort actuel), nous avons arrêté un ivrogne au baraquement G. Boy, fallait voir le sang pisser. Je vous y conduirai cette nuit pour vous montrer les taches sur le mur. On l'a fait dinguer d'un mur à l'autre. D'abord Sledge l'a cogné, et puis moi, et puis il s'est calmé et nous a suivis sans histoires. Ce mec a juré de nous tuer quand il sortirait de taule. Il a eu trente jours. Cela fait soixante jours et il n'a pas encore rappliqué. » C'était ça le morceau de bravoure. Ils lui avaient collé une telle trouille qu'il était trop dégonflé pour revenir et essayer de les descendre.

Le vieux flic poursuivait, évoquant tendrement les atrocités d'Alcatraz. « On avait l'habitude de les faire défiler au petit déjeuner comme une section d'infanterie. Tout le monde au pas. Ça fonctionnait comme un mouvement d'horlogerie. Fallait voir ça. J'ai été gardien là-bas pendant vingt-deux ans. Jamais d'ennuis. Ces gars-là savaient qu'on ne rigolait pas. Des tas de types s'attendrissent en gardant des prisonniers et ce sont ceux qui d'habitude ont des histoires. Vous autres, par exemple, d'après ce que j'ai observé, vous semblez un poil trop coulant avec les bonshommes. » Il leva sa pipe et me regarda sévèrement. « Ils en profitent, croyez-moi. »

Je le savais. Je lui dis que je n'étais pas taillé pour faire un flic.

— Oui, mais tu as fait une demande en bonne et due forme pour l'être, flic. Maintenant il faut que tu te fasses une raison d'une façon ou d'une autre ou tu n'arriveras jamais à rien. C'est ton devoir. Tu as prêté serment. Tu ne peux pas tricher avec des trucs comme ça. L'ordre et la loi doivent être maintenus.

Je ne savais pas quoi dire ; il avait raison ; mais tout ce que je voulais, c'était me débiner dans la nuit et disparaître quelque part et aller voir ce que les gens faisaient dans tout le pays.

L'autre flic, Sledge, était grand, musclé, avec des cheveux noirs coupés en brosse et un tic convulsif dans le cou, l'air d'un boxeur qui passe son temps à se cogner les poings l'un contre l'autre. Il s'attifait comme un cavalier monté du Texas de la belle époque. Il portait un revolver au bas du cul, avec la cartouchière, et trimbalait une sorte de petite cravache et des lambeaux de cuir qui lui pendaient un peu partout, une vraie chambre de torture ambulante ; des souliers étincelants, la veste basse, le chapeau crâneur, tout y était sauf les bottes. Il était toujours à me montrer des prises, m'attrapant en-dessous de l'entre-jambes et me soulevant en souplesse. Question de force, j'aurais pu le balancer jusqu'au plafond avec la même prise, et je la connaissais bien ; mais je ne lui ai jamais dit, de peur qu'il ne cherche un match de lutte. Un match de lutte avec un mec comme ça pouvait se terminer à coups de revolver. Je suis sûr qu'il visait mieux que moi ; je n'avais jamais tenu un revolver de ma vie. Ça m'effrayait rien que d'en charger un. Il cherchait désespérément à arrêter des types. Une nuit, nous étions seuls de service et il se ramena congestionné de rage.

— J'ai dit à des mecs du coin de se tenir tranquilles et ils font toujours du raffut. Je leur ai donné un second avertissement. Je donne toujours deux chances à un mec. Pas trois. Viens avec moi et je retourne là-bas les arrêter.

— Bon, laisse-moi leur donner une troisième chance, dis-je. Je vais leur parler.

— Non, monsieur, je n'ai jamais donné à un mec plus de deux chances.

Je soupirai. On y alla. On arriva à la chambrée coupable et Sledge ouvrit la porte et leur dit de sortir tous en file indienne. C'était gênant. Chacun de nous avait honte. C'est l'histoire de l'Amérique. Chacun fait ce qu'il pense être censé faire. Et qu'est-ce que ça peut foutre si une bande de types parle fort et boit la nuit ? Mais Sledge voulait démontrer quelque chose. Il s'assurait de mon concours pour le cas où ils lui auraient sauté dessus. Ils auraient pu le faire. Ils étaient tous frères, tous de l'Alabama. On rappliqua au poste, Sledge devant et moi derrière.

Un des gars me dit : « Dis à cette figure de cul de nous foutre la paix. Nous pouvons être grillés avec cette histoire et ne jamais partir à Okinawa.

— Je vais lui dire. »

Au poste, je dis à Sledge de passer l'éponge. Il répondit pour que tout le monde l'entende et tout congestionné :

— Je ne donne jamais à personne plus de deux chances.

— Merde, dit le type d'Alabama, qu'est-ce que ça peut foutre ? On risque de perdre notre boulot.

Sledge ne dit rien et rédigea les procès-verbaux. Il ne garda qu'un seul gars ; il appela l'auto qui patrouillait en ville. Ils vinrent et embarquèrent le type. Les autres frères s'en allèrent, l'air sinistre. Ils disaient : « Qu'est-ce que maman dira ? » L'un d'eux revint me trouver. « Tu diras à cet enfant de pute du Texas de mon cul que si mon frère n'est pas sorti de taule demain soir on va lui raboter les fesses. » Je le dis à Sledge, sans prendre parti, et il ne répondit rien. Le frère fut relâché facilement et rien ne se produisit. Le contingent prit le bateau ; une nouvelle bande de durs s'installa. Si ça n'avait pas été pour Rémi Boncœur, je n'aurais pas continué ce turbin plus de deux heures.

Mais bien des nuits Rémi Boncœur et moi étions tous deux seuls de service et alors ça valsait. Nous

106

faisions notre première ronde de la soirée d'une façon peinarde, Rémi manipulant toutes les portes pour voir si elles étaient fermées et dans l'espoir d'en trouver une ouverte. Il disait : « Depuis des années, j'ai l'idée de dresser un chien comme une sorte de super-voleur qui irait dans les piaules des types et piquerait les dollars dans leurs poches. Je l'entraînerais à ne faucher que les billets ; je lui en ferais flairer toute la journée. Si c'était humainement possible, je l'entraînerais à ne faucher que les billets de vingt dollars. » Rémi était bourré d'idées loufoques ; il parla de ce chien pendant des semaines. Une fois seulement il trouva une porte ouverte. Le truc ne me plaisait pas, aussi restai-je à traîner dans le vestibule. Rémi ouvrit furtivement la porte du haut. Il se trouva face à face avec le directeur du cantonnement. La tête du type ne revenait pas à Rémi. Il me demanda une fois : « Quel est le nom de cet auteur russe dont tu parles toujours, celui qui mettait des journaux dans ses godasses et se baladait avec un haut de forme qu'il avait trouvé dans une boîte à ordures ? » C'était une exagération de ce que j'avais raconté à Rémi de Dostoïevski. « Ah, c'est ça, tout à fait ça, Dostoïevski. Un type avec la gueule de ce directeur ne peut porter qu'un nom, c'est Dostoïevski. » La seule porte ouverte qu'il avait pu trouver était celle de Dostoïevski. D. dormait lorsqu'il entendit quelqu'un tripoter son bouton de porte. Il se leva en pyjama. Il alla à la porte avec une tête deux fois plus ignoble que d'ordinaire. Quand Rémi l'ouvrit, il vit un visage décomposé, suant la haine et la furie bestiale.

— Qu'est-ce que ça signifie ?

— J'essayais simplement cette porte. Je pensais que c'était, euh, le cabinet de débarras. Je cherchais un balai.

— Qu'est-ce que ça veut dire, vous cherchez un balai ?

— Eh bien, euh...

Je montai alors l'escalier et je dis :

— Un des types a vomi dans le hall à l'étage au-dessus. On doit le balayer.

— Ce n'est pas le cabinet de débarras. C'est ma chambre. Un autre incident de ce genre et je fais faire une enquête sur vous, mes gaillards, et je vous fais virer. Est-ce que vous me saisissez bien ?

— Un type a vomi là-haut, répétai-je.

— Le cabinet de débarras donne dans le vestibule. Là, en bas.

Il montra du doigt l'endroit et attendit qu'on aille chercher un balai, ce que nous fîmes, l'emportant comme des imbéciles à l'étage au-dessus.

Je dis : « Bon Dieu, Rémi, tu nous attires toujours des histoires. Pourquoi tu ne laisses pas tomber ? Qu'est-ce que c'est que cette manie continuelle de faucher ? »

— Le monde a quelques dettes envers moi, un point c'est tout. Tu ne vas pas apprendre au vieux merle à siffler. Si tu continues à me parler de cette façon, je vais me mettre à t'appeler Dostoïevski.

Rémi était un vrai môme. À quelque moment de son passé, à l'époque solitaire où il était écolier en France, il avait été frustré de tout ; ses beaux-parents l'avaient juste collé dans des pensions et laissé en rade ; il avait été maltraité et viré d'une école dans une autre ; il s'était baladé la nuit sur les routes de France, inventant des malédictions à partir de son stock puéril de mots. Il s'était mis en tête de récupérer tout ce qu'il avait perdu ; c'était une perte infinie que la sienne ; il traînerait ça le restant de ses jours.

La cafeteria du cantonnement était notre garde-

manger. Nous observions les abords pour nous assurer que personne ne nous regardait et pour voir en
particulier si aucun de nos amis les flics n'était planqué par là pour nous surveiller ; puis je m'accroupis-
sais et Rémi grimpait en mettant les pieds sur mes
épaules. Il poussait la fenêtre, qui n'était jamais fermée du fait que tous les soirs il veillait à ce qu'elle ne
le fût pas, l'escaladait et atterrissait sur la table à
farine. J'étais un peu plus agile et je n'avais qu'à sauter et à me glisser à l'intérieur. Puis nous allions à la
fontaine-soda. Là, réalisant un rêve que je faisais
depuis l'enfance, j'enlevais le couvercle de la glace au
chocolat et plongeais la main dedans jusqu'au poignet et ramenais une brochette de glaces que je
léchais. Puis on prenait des cartons de glaces et on
les garnissais, les arrosait de sirop de chocolat et
parfois aussi de fraise, puis on faisait le tour des cuisines, ouvrant les glacières, pour voir ce qu'on pouvait mettre dans nos poches pour la maison. J'arra-
chais souvent un morceau de rosbif et l'enveloppais
dans une serviette de table. « Tu sais ce que le président Truman a dit, déclarait Rémi. Nous devons
réduire le coût de la vie. »

Une nuit j'attendis un bon bout de temps pendant
qu'il remplissait une énorme boîte de produits d'épicerie. Mais on ne put pas la faire passer par la
fenêtre. Rémi dut tout déballer pour remettre
chaque chose à sa place. Plus tard dans la nuit, alors
qu'il venait de quitter son service et que j'étais tout
seul sur la base, il se passa une chose étrange. Je faisais une promenade le long du vieux canyon, dans
l'espoir de rencontrer un cerf (Rémi avait vu un cerf
dans le coin, ce pays étant encore sauvage en 1947),
quand j'entendis un bruit inquiétant dans l'obscurité. Cela haletait et soufflait. Je me dis que c'était

un rhinocéros qui, dans le noir, venait sur moi. Je saisis mon revolver. Une haute silhouette se profila, dans les ténèbres du canyon ; cela avait une tête énorme. Soudain je me rendis compte que c'était Rémi avec la grosse boîte d'épicerie sur l'épaule. Il grognait et gémissait sous le poids considérable. Il avait trouvé la clef de la cafeteria quelque part et avait sorti son épicerie par la porte de devant. Je dis : « Rémi, je pensais que tu étais à la maison ; qu'est-ce que tu fous donc ? »

Et il dit : « Paradise, je t'ai expliqué plusieurs fois que le président Truman avait dit : nous devons réduire le coût de la vie. » Et je l'entendis haleter et souffler dans la nuit. J'ai déjà décrit le sale trajet qu'il fallait se taper pour rentrer à notre baraque, escalader la colline et dégringoler dans le vallon. Il cacha l'épicerie dans les hautes herbes et revint me trouver. « Sal, je ne peux vraiment pas faire ça tout seul. Je vais partager le truc en deux boîtes et tu vas m'aider.

— Mais je suis de service.

— Je surveillerai à ta place pendant que tu seras parti... Ça devient dur dans ce coin. Il ne reste qu'à se tirer d'affaire le mieux possible et c'est tout. » Il s'épongea la figure. « Oh ! je t'ai répété des fois et des fois, Sal, qu'on était des copains et on est tous les deux dans le coup. Il n'y a absolument pas deux moyens en l'occurrence. Les Dostoïevski, les flics, les Lee Ann, tous les sinistres charognards du monde en veulent à notre peau. C'est à nous de veiller à ce que personne ne complote contre nous. Ils ont plus d'un tour dans leur sac. Souviens-toi de ça. On n'apprend pas au vieux merle à siffler. »

Je lui demandai en fin de compte : « Qu'est-ce que nous allons faire pour embarquer tout ça ? » Depuis

dix semaines on jouait à ce petit jeu. Je faisais cinquante dollars par semaine et j'envoyais à ma tante
l'un dans l'autre une quarantaine de dollars. J'avais
seulement passé une soirée à San Francisco pendant
toute cette période. Ma vie se confinait entièrement
à la baraque, aux batailles de Rémi avec Lee Ann, et,
dans le courant de la nuit, à la surveillance du cantonnement.

Rémi avait disparu dans la nuit pour chercher une
autre boîte. On en bava tous les deux sur cette vieille
route à la Zorro. On entassa haut comme ça d'épicerie sur la table de cuisine de Lee Ann. Elle s'éveilla et
se frotta les yeux.

— Tu sais ce que le président Truman a dit ?

Elle était ravie. Je commençais tout à coup à
comprendre que tout le monde en Amérique est
voleur de naissance. L'excitation me gagnait moi-
même. Je commençais même à regarder si les portes
étaient fermées à clef. Les autres flics se mettaient à
nous soupçonner. Ils voyaient dans nos yeux ; ils
pigeaient avec un instinct infaillible ce qui se passait
dans nos têtes. Des années d'expérience leur avaient
appris à juger nos pareils à Rémi et à moi.

Dans la journée, Rémi et moi on partit avec le
revolver pour essayer de descendre des cailles sur les
collines. Rémi s'approcha furtivement jusqu'à près
de trois pieds des oiseaux qui gloussaient et il lâcha
un coup de son 32 mm. Il les manqua. Son rire épouvantable roula sur les forêts de Californie et sur
toute l'Amérique. « Le temps est venu pour toi et moi
d'aller voir Banana King. »

C'était un samedi ; on se mit sur notre trente-et-un
et on descendit à l'arrêt des autocars du carrefour.
On se fit déposer à San Francisco et on traîna dans
les rues. L'énorme rire de Rémi résonnait partout où

nous allions. « Tu devrais écrire une nouvelle sur Banana King, me conseilla-t-il. Ne va pas jouer un tour au vieux merle et écrire autre chose. Banana King est un plat de choix. C'est là que se tient Banana King. » Banana King était un vieux qui vendait des bananes au coin d'une rue. Cela me barbait royalement. Mais Rémi me filait une grêle de coups de poing dans les côtes et me tirait même par le colback. « Si tu écris sur Banana King, tu traites ce qu'il y a d'humain dans la vie. » Je lui dis que pour moi Banana King c'était peau de balle. « Tant que tu ne seras pas arrivé à concevoir l'importance de Banana King, absolument rien de ce qui est humain au monde ne te sera familier », dit emphatiquement Rémi.

Il y avait un vieux cargo rouillé au milieu de la baie qui servait de balise. Rémi avait fort envie d'aller y faire une virée à la rame, si bien qu'un après-midi, Lee Ann prépara un casse-croûte, on loua un bateau et on y alla. Rémi avait emporté quelques outils. Lee Ann enleva toutes ses frusques et se coucha pour se dorer au soleil sur la passerelle volante. Je la lorgnais de la poupe. Rémi descendit tout au fond dans la chambre de chauffe, au milieu des rats qui galopaient dans tous les coins, et se mit à cogner du marteau et à tout pilonner en quête de garnitures de cuivre qui n'existaient pas. J'allai m'asseoir dans le carré délabré des officiers. C'était un vieux, vieux bateau et il avait été magnifiquement armé, orné de bois sculptés, équipé de coffres encastrés. C'était le spectre du San-Francisco de Jack London. J'imaginais la table du mess en plein soleil. Des rats couraient dans la dépense. Il y avait bien longtemps de cela, un capitaine au regard bleu[17] avait dîné là-dedans.

Je descendis rejoindre Rémi dans le ventre du bateau. Il arrachait tout ce qui tenait mal. « Peau de balle. Je pensais qu'il y aurait du cuivre, je pensais qu'il y aurait au moins un ou deux vieux serre-tube. Ce bateau a été nettoyé par une bande de voleurs. » Il était depuis des années au milieu de la baie. Le cuivre avait changé de main ou le marin de métier *.

Je dis à Rémi : « J'aimerais dormir une nuit dans ce vieux bateau, quand le brouillard arrive et que les choses grincent et qu'on entend les sirènes des balises. »

Rémi fut épaté ; son admiration pour moi redoubla. « Sal, je te donne cinq dollars si tu as le cran de faire ça. Tu ne vois donc pas que ce truc est peut-être hanté par les fantômes de vieux capitaines ? Je ne te filerai pas seulement cinq dollars, je te conduirai à la rame, et je te préparerai un casse-croûte et je te prêterai des couvertures et une bougie.

— D'accord ! » dis-je. Rémi courut le dire à Ann. J'avais envie de sauter d'un mât et d'atterrir droit sur elle mais je respectais ma promesse à Rémi. Je détournai les yeux. Cependant je commençais à aller plus souvent à Frisco ; j'essayais tout ce que la théorie enseigne pour se taper une fille. Je passai même toute une nuit avec une fille sur un banc de square sans aucun résultat. C'était une blonde du Minnesota. Il y avait plein de pédés. À plusieurs reprises j'allai à San Fran avec mon feu et quand un pédé s'approchait de moi dans un bar louche, je sortais mon feu et disais : « Alors, alors ? Qu'est-ce que tu en dis ? » Il trissait. Je ne sais vraiment pas pourquoi je faisais ça ; j'ai connu des pédés partout dans le pays. C'était seulement la solitude de San Francisco et le

---

* Jeu de mots sur *hand* : la main et le matelot.

fait que j'avais un feu. Il fallait que je le montre à quelqu'un. En me promenant le long d'une bijouterie, le désir me vint soudain de tirer dans la vitre, de faucher les bagues et les bracelets les plus chouettes et de courir les offrir à Lee Ann. Alors on aurait pu se tailler ensemble au Nevada. Le moment était venu pour moi de quitter Frisco, sinon je devenais dingo.

J'écrivis de longues lettres à Dean et à Carlo, qui étaient alors dans la bicoque de Old Bull dans les marais du Texas. Ils dirent qu'ils seraient prêts à venir me rejoindre à San Fran dès qu'ils en auraient fini avec ceci ou cela. En attendant tout commençait à se détraquer entre Rémi, Lee Ann et moi. Les pluies de septembre arrivèrent et en même temps les disputes. Rémi avait pris l'avion pour Hollywood avec elle, emportant mon sinistre et stupide scénario, et rien ne s'était produit. Le fameux metteur en scène était saoul et ne leur accorda aucune attention ; ils s'accrochèrent, rôdant dans son cottage de Malibu Beach, se mirent à se bagarrer en présence des autres invités et enfin revinrent par avion.

Le bouquet ce fut notre journée aux courses. Rémi économisa tout son fric, environ une centaine de dollars, me nippa avec quelques frusques à lui, offrit son bras à Lee Ann et nous allâmes au champ de courses de Golden Gate, près de Richmond, de l'autre côté de la baie. Pour dire quel était le bon cœur de ce type, il fourra la moitié de notre butin d'épicerie dans un énorme sac de papier et il le porta à une pauvre veuve qu'il connaissait dans un lotissement de Richmond très semblable au nôtre, la lessive flottant au soleil de Californie. On alla avec lui. Il y avait de malheureux gosses en haillons. La femme remercia Rémi. Elle était la sœur d'un marin qu'il avait vaguement connu. « C'est la moindre des choses, Mrs Carter, dit Rémi sur un ton d'exquise politesse, il y en a encore beaucoup plus à l'endroit d'où ça vient. »

On s'achemina vers le champ de courses. Il se mit à faire des paris inouïs à vingt dollars et avant la septième course il était raide. Et nos deux derniers dollars réservés à la bouffe, il les joua aussi, et perdit. Il nous fallait rentrer en stop à San Francisco. J'étais de nouveau sur la route. Un bourgeois nous prit dans une chouette voiture. Je m'assis devant avec lui. Rémi essayait de monter un bateau comme quoi il avait perdu son portefeuille aux courses derrière la tribune d'honneur. « La vérité, fis-je, est qu'on a perdu tout notre argent aux courses et, pour éviter qu'on revienne encore des courses en stop, on ira dorénavant chez un book, hein, Rémi ? » Rémi devint tout rouge. Le type avoua en fin de compte qu'il était un organisateur des courses de Golden Gate. Il nous débarqua à l'élégant Palace Hôtel ; on le vit disparaître sous les lustres, les poches pleines de fric, la tête haute.

— Ah ! Ho ! hurlait Rémi le soir dans les rues de Frisco. Paradise se fait conduire par un organisateur des courses et il prête serment qu'il s'adressera désormais aux books. Lee Ann, Lee Ann ! » Il la boxa et la pelota. « C'est positivement le type le plus marrant du monde. Il doit y avoir une tapée d'Italiens à Sausalito. Ah ! Ho ! » Il s'enroula autour d'un poteau tellement il riait.

Ce soir-là, il se mit à pleuvoir tandis que Lee Ann nous faisait la gueule à tous les deux. Pas un *cent* de reste à la maison. La pluie tambourinait sur le toit. « C'est parti pour durer une semaine », dit Rémi. Il avait ôté son beau costume ; il avait repris son short lamentable, son calot militaire et son maillot de corps. Ses grands yeux bruns et tristes restaient fixés sur le plancher. Le revolver traînait sur la table. On pouvait entendre Mr Snow rire comme un dingue quelque part dans la nuit pluvieuse.

— Je finis par en avoir marre de cet enfant de putain, explosa Lee Ann.

Elle se préparait à faire une scène. Elle se mit à exciter Rémi. Il était occupé à feuilleter son petit carnet noir dans lequel figuraient les noms des gens, surtout des marins, qui lui devaient de l'argent. À côté de leurs noms, il écrivait des injures à l'encre rouge. Je redoutais le jour où viendrait mon tour d'être inscrit dans ce carnet. Récemment j'avais envoyé tellement d'argent à ma tante que j'achetais seulement quatre ou cinq dollars d'épicerie par semaine. Compte tenu de la déclaration du président Truman, je n'ajoutais que quelques dollars en plus pour mon écot. Mais Rémi était d'avis que ça ne faisait pas le compte ; aussi avait-il entrepris d'accrocher les notes d'épicerie, les longues notes en ruban avec prix détaillés, sur le mur de la salle de bains, afin que je voie et comprenne. Lee Ann était convaincue que Rémi lui cachait de l'argent et que j'en faisais autant moi aussi ! Elle le menaça de le quitter.

Rémi fit la moue.

— Où penses-tu aller ?

— Jimmy.

— Jimmy ? Un caissier du champ de courses ? Tu entends ça, Sal, Lee Ann va aller mettre le grappin sur un caissier du champ de courses. N'oublie pas d'emporter ton balai, chérie, les chevaux vont se taper des masses d'avoine cette semaine avec mes cent dollars.

Les choses prenaient une tournure inquiétante ; la

pluie dégringolait avec fracas. C'est Lee Ann qui, à l'origine, habitait là, aussi dit-elle à Rémi de faire son sac et de mettre les bouts. Il se mit à faire son sac. Je m'imaginais tout seul dans cette baraque noyée sous la pluie avec cette mégère non apprivoisée. J'essayai de m'interposer. Rémi bouscula Lee Ann. Elle fit un bond pour prendre le revolver. Rémi me donna le revolver et me dit de le cacher ; il y avait un chargeur de huit cartouches dedans. Lee Ann se mit à pousser des cris perçants et finalement mit son imper et sortit dans la boue pour chercher un flic et quel flic, sinon notre vieil ami de l'Alcatraz. Par chance, il n'était pas chez lui. Elle revint toute trempée. Je me planquais dans mon coin, la tête entre les genoux. Bon Dieu, qu'est-ce que je foutais donc à trois miles de chez moi ? Pourquoi étais-je venu là ? Où était mon tranquille bateau pour la Chine ?

— Et une autre chose, espèce de salaud, gueula Lee Ann, ce soir c'est la dernière fois que je te cuisine ton ignoble cervelle aux œufs et ton ignoble agneau au cary, grâce à quoi tu remplis ton ignoble ventre et tu deviens gras et insolent juste sous mon nez.

— C'est parfait, dit tranquillement Rémi, c'est absolument parfait. Quand je me suis collé avec toi, je n'escomptais pas des roses et du clair de lune et je ne suis pas étonné aujourd'hui. Je me suis efforcé de faire certaines choses pour toi, je me suis efforcé de faire de mon mieux pour vous deux ; vous m'avez tous les deux laissé tomber. Je suis terriblement, terriblement déçu par vous deux, poursuivit-il avec une sincérité absolue. Je pensais que quelque chose pourrait sortir de nous trois, quelque chose de bon et de durable, j'ai essayé, j'ai foncé à Hollywood, j'ai trouvé un boulot à Sal, je t'ai acheté des belles fringues, j'ai essayé de t'introduire dans le meilleur monde de San Francisco. Tu as refusé, vous avez tous les deux refusé de suivre le moindre de mes désirs. Je ne demandais rien en retour. Maintenant je sollicite une dernière faveur et désormais je ne demanderai plus rien. Mon beau-père arrive à San Francisco samedi soir. Tout ce que je demande, c'est que vous veniez avec moi et que vous vous efforciez de faire comme si tout se passait de la façon que je lui ai décrite. Autrement dit, toi, Lee Ann, tu es ma fille, et toi, Sal, tu es mon ami. Je me suis arrangé pour emprunter une centaine de dollars en vue de samedi soir. Je veux que mon père passe un bon moment et qu'à son départ il n'ait pas la moindre raison du monde de s'inquiéter à mon sujet.

Cela m'étonna. Le beau-père de Rémi était un médecin distingué qui avait exercé à Vienne, à Paris et à Londres. Je dis : « Tu veux me raconter que tu vas dépenser une centaine de dollars pour ton beau-père ? Il a plus de fric que tu n'en auras jamais. Mon vieux, tu vas t'endetter !

— C'est exact, dit doucement Rémi, avec une sorte de défaite dans la voix. C'est la seule dernière chose que je vous demande, d'essayer au moins de donner l'impression que tout va bien et d'essayer de faire bon effet. J'aime mon beau-père et je le respecte. Il vient avec sa jeune femme. Nous devons lui témoigner une extrême courtoisie. » Il y avait des moments où Rémi agissait vraiment en grand monsieur. Lee Ann était impressionnée, elle espérait beaucoup de la rencontre avec son beau-père ; elle pensait que ce pouvait être un bon parti, si son fils n'en était pas un.

Vint le samedi soir, à coups de roulis. J'avais déjà plaqué mon boulot avec les flics, juste avant d'être

118

vidé pour n'avoir pas assez fait d'arrestations, et ce devait être mon dernier samedi soir. Rémi et Lee Ann allèrent les premiers voir le beau-père à sa chambre d'hôtel ; j'avais l'argent de mon voyage sur moi et je me saoulai au bar du rez-de-chaussée. Puis je montai les rejoindre avec un fichu retard. Son père ouvrit la porte, un grand type distingué avec un pince-nez. « Ah, dis-je en le voyant, monsieur Bon-cœur, enchanté ! *Je suis haut* \*, m'écriai-je, ce qui était censé signifier en français : Je suis rond \*\*, j'ai bu », mais ne voulait absolument rien dire en cette langue. Le docteur était perplexe. Du coup j'avais coulé Rémi. Il avait honte de moi.

On alla tous dans un restaurant chic, chez Alfred, à North Beach, où le pauvre Rémi claqua bien cinquante dollars pour nous cinq, avec les verres et tout. Et ce fut le coup dur. Qui donc pouvait être assis au bar de chez Alfred sinon mon vieil ami Roland Major ? Il débarquait à peine de Denver pour travailler dans un journal de San Francisco. Il était éméché lui aussi. Il n'était même pas rasé. Il se précipita et me colla une claque dans le dos au moment où je portais un grand verre de whisky à mes lèvres. Il se jeta dans le box à côté du docteur Boncœur et se pencha par-dessus le potage du type pour me parler. Rémi était rouge comme une betterave.

— Voudrais-tu me présenter ton ami, Sal ? dit-il avec un pâle sourire.

— Roland Major, de l'*Argus* de San Francisco, dis-je, m'efforçant de rester impassible. Lee Ann était furieuse après moi.

---

\* En français dans le texte.
\*\* *I am high*, dans le texte.

Major se mit à bavarder dans les oreilles du monsieur.

— Ça vous plaît d'enseigner le français ? gueula-t-il.

— Excusez-moi, mais je n'enseigne pas le français.

— Oh, je pensais que vous enseigniez le français.

Il faisait exprès d'être grossier. Je me souvenais de la nuit où il nous avait empêchés de faire la foire à Denver ; mais je lui pardonnais.

Je pardonnais à tout le monde, je laissais couler, je me cuitais. Je me mis à parler de clair de lune et de roses à la jeune femme du docteur. Je buvais si sec qu'il me fallait aller aux toilettes toutes les deux minutes et, à cette fin, enjamber les genoux du docteur Boncœur. Tout partait à la dérive. Mon séjour à San Francisco touchait à sa fin. Rémi désormais ne m'adressait plus la parole. C'était horrible parce que j'aimais sincèrement Rémi et j'étais vraiment une des rares personnes au monde qui sût quel type loyal et épatant il était. Il lui faudrait des années pour s'en remettre. Comme c'était désastreux tout ça, comparé à ce que je lui avais écrit de Paterson, quand je projetais de suivre ma ligne rouge, ma Route n° 6, à travers l'Amérique. Voici que j'étais au bout de l'Amérique, au bout de la terre, et maintenant il n'y avait nulle part où aller, sinon revenir. Je résolus du moins d'adopter un périple circulaire : sur le champ je décidai d'aller à Hollywood et de revenir par le Texas pour voir ma bande au bord de son bayou ; du reste je m'en foutais.

On vida Major de chez Alfred. Le dîner était quasiment fini, je le suivis donc ; c'est-à-dire, Rémi me suggéra de le faire et je partis avec Major pour picoler. On s'assit à une table du Iron Pot et Major dit :

« Sal, je n'aime pas cette tante au bar », à voix bien haute.

— Ouais, Jake, dis-je.

— Sal, dit-il, je pense que je vais me lever pour lui rectifier le portrait.

— Non, Jake, dis-je en continuant à parler à la manière de Hemingway, insulte-le sans bouger d'ici et tu vas voir ce qui va arriver. » On finit par aller vaciller au coin d'une rue.

Le matin, comme Rémi et Lee Ann dormaient et que je contemplais avec quelque tristesse le gros tas de linge que, d'après notre emploi du temps, nous devions, Rémi et moi, passer à la machine Bendix dans la baraque du fond (tâche que nous accomplissions toujours joyeusement, dans le soleil, avec des négresses et le rire à tue-tête de M. Snow), je pris la décision de partir. Je sortis sur le seuil. « Non, bon Dieu, me dis-je, je me suis juré de ne pas partir avant d'avoir escaladé cette montagne. » C'était le haut versant du canyon qui menait mystérieusement jusqu'à l'océan Pacifique.

Je restai donc un jour de plus. C'était dimanche. Une grande vague de chaleur déferla ; c'était une belle journée ; à trois heures le soleil vira au rouge. Je partis escalader la montagne et atteignis le sommet à quatre heures. Tous ces merveilleux peupliers et eucalyptus de Californie étendaient partout leurs ombrages. Près de la cime, il n'y avait plus d'arbres, uniquement des rochers et de l'herbe. Du bétail paissait au sommet de la falaise. Il y avait le Pacifique, quelques contreforts plus loin, bleu et immense, et au large, une haute muraille de blancheur qui arrivait du légendaire champ de patates où les brouillards de Frisco prennent naissance. Encore une heure, et il s'écoulerait par la Porte d'Or pour draper de blanc la cité romantique et un jeune type prendrait sa fille par la main et remonterait lentement un long trottoir blanc avec une bouteille de Tokay dans sa poche. C'était ça, Frisco ; et de belles femmes debout dans la blancheur des porches, attendant leurs types ; et Coit Tower et l'Embarcadero et Market Street et les onze collines grouillantes de gens.

Je tournai là-haut jusqu'à ce que je fusse pris de vertige ; je crus que j'allais choir en rêve en plein dans l'abîme. Oh, où est la fille que j'aime ? et je regardais partout, comme j'avais partout fouillé le petit monde en dessous. Et, devant moi, c'était l'immense panse sauvage et la masse brute de mon continent américain ; au loin, quelque part de l'autre côté, New York, sinistre, loufoque, vomissait son nuage de poussière et de vapeur brune. Il y a, dans l'Est, quelque chose de brun et de sacré ; mais la Californie est blanche comme la lessive sur la corde, et frivole — c'est du moins ce que je pensais alors.

## XII

Dans la matinée, Rémi et Lee Ann dormaient tandis que je faisais tranquillement mon bagage et me glissais par la fenêtre de la même manière que j'étais venu, repartant de Mill City avec mon sac de toile. Et je n'avais jamais passé cette nuit sur le vieux bateau fantôme, l'*Admiral Freebee*, c'était son nom, et Rémi et moi étions perdus l'un pour l'autre.

À Oakland, je pris une bière parmi les clochards d'un saloon dont l'enseigne était une roue de chariot et, de nouveau, je me trouvai sur la route. Je traversai tout Oakland à pied pour gagner la route de Fresno. En deux balades, je me fis conduire à Bakersfield, à quatre cent miles au sud. D'abord ce fut un fou, avec un gros gosse blond dans une bagnole fatiguée à l'extrême. « Tu vois cet orteil ? » dit-il, tout en lançant sa guimbarde à quatre-vingts miles à l'heure et en doublant tout le monde sur la route. « Regarde-le. » Il était emmailloté de bandages. « Je viens d'être amputé ce matin. Les fumiers voulaient me garder à l'hôpital. J'ai fait mon sac et je me suis taillé. Un orteil, qu'est-ce que j'en ai à foutre ? » En vérité, je me le demande, me dis-je, maintenant gaffe, et je me cramponnai. Impossible de trouver un chauffeur aussi dingue que celui-là. Il fit Tracy en moins que rien. Tracy est une ville ferroviaire ; des cheminots prennent des repas mornes dans des *diners* au bord des voies. Des trains s'en vont hurlant à travers la vallée. Le soleil se couche lentement, tout rouge. Tous les noms magiques de la vallée défilaient : Manteca, Madera, tout le reste. Bientôt ce fut l'obscurité, une obscurité de raisins, une obscurité pourprée sur les plantations de mandariniers et les champs de melons ; le soleil couleur de raisins écrasés, avec des balafres rouge bourgogne, les champs couleur de l'amour et des mystères hispaniques. Je passais ma tête par la fenêtre et aspirais à longs traits l'air embaumé. C'était les plus magnifiques de tous les instants. Le dingue était serre-freins à la Southern Pacific et habitait Fresno ; son père aussi était serre-freins. Il avait perdu son orteil au triage d'Oakland, en aiguillant, je n'ai pas bien compris comment. Il me conduisit dans Fresno vrombissante et me débarqua du côté sud de la ville. J'allai me taper un coca express dans une épicerie près des voies et voici qu'un jeune Arménien mélancolique passa le long des fourgons rouges, et juste à ce moment une locomotive hurla et je me dis, oui, oui, c'est la ville de Saroyan[18].

Il fallait gagner le sud ; je me mis sur la route. Un gars dans une camionnette flambant neuf me cueillit. Il était de Lubbock, dans le Texas, et faisait le commerce des remorques. « Tu veux acheter une roulotte ? me demanda-t-il. Quand tu veux, passe me voir. » Il me raconta des histoires sur son père à Lubbock. « Un soir, mon vieux père pose les recettes de la journée sur le haut du coffre-fort, et les oublie là. Qu'est-ce qui s'est passé ? Un voleur se ramène dans la nuit, torche à acétylène et tout, force le coffre, rafle tous les papiers, renverse quelques chaises, et se taille. Et les mille dollars qui étaient posés juste en haut du coffre, qu'est-ce que tu penses de ça ? »

Il me lâcha au sud de Bakersfield, et c'est là que mon aventure commence. Le temps se refroidissait. J'enfilai le mince imper militaire que j'avais acheté à Oakland pour trois dollars et je restai tout frissonnant sur la route. J'étais posté en face d'un motel de style espagnol clinquant qui étincelait comme un bijou. Les bagnoles passaient à toute allure, en direction de L.A. Je gesticulais comme un forcené. Il faisait vraiment trop froid. Je restai planté là jusqu'à minuit, deux heures de rang, et je lançais juron après juron. C'était exactement comme à Stuart, en Iowa, la même chose. Je n'avais pas d'autre solution que de dépenser un peu plus de deux dollars pour faire en car les quelques miles qui me séparaient encore de Los Angeles. Je remontai la grand-route à pied jusqu'à Bakersfield et allai à la station où je m'assis sur un banc.

J'avais acheté mon billet et attendais le car de L.A. quand soudain je vis une gentille petite Mexicaine en pantalon s'engager dans mon champ de tir. Elle était dans un des cars qui venaient de stopper dans la station avec des gros soupirs d'air comprimé ; il débarquait ses voyageurs pour la pause. Les seins de la môme pointaient droit, et ne le devaient qu'à eux-mêmes ; ses flancs charmants promettaient des délices ; ses cheveux étaient longs et d'un noir satiné ; et ses yeux, c'était du bleu immense où rôdaient des timidités. J'aurais voulu prendre la même voiture qu'elle. Une douleur me transperça le cœur, comme chaque fois que je voyais une fille que j'aimais s'engager dans la direction opposée à la mienne sur cette planète trop vaste. Le speaker appela le car de L.A. Je ramassai mon sac et montai dedans et qui je trouvai là, installée seule ? Ma petite Mexicaine bien sûr. Je m'assis juste en face d'elle et commençai aussitôt à faire mes plans. J'étais si seul, si triste, si claqué, si pantelant, si brisé, si foutu que je fis appel à tout mon courage, au courage qu'il faut pour raccrocher une inconnue, et je passai à l'action. Pendant cinq bonnes minutes je me battis tout de même les flancs sans rien trouver, tandis que le car dévalait la route. Tu dois y aller, tu dois, ou tu en crèveras. Foutu crétin, parle-lui. Qu'est-ce que tu as ? Tu n'es pas encore assez dégoûté de toi ? Et, sans savoir ce que je faisais, je me penchai vers elle (elle essayait de dormir sur la banquette) et dis : « Mademoiselle, vous voulez mon imper comme oreiller ? »

Elle leva les yeux en souriant et dit : « Non, merci beaucoup. »

Je m'adossai à nouveau, tremblant ; j'allumai un mégot. J'attendis qu'elle pose son regard sur moi, un amour de petit regard en coin, mélancolique, et je me dressai d'une pièce et me penchai sur elle.

— Je peux m'asseoir près de vous, mademoiselle ?

— Si vous voulez.

Ce que je fis.

— Vous allez où ?

— L.A. — Ça me plut, sa façon de dire L.A. ; j'aime la façon dont tous les gens disent L.A. sur la Côte ; c'est leur seule et unique « ville dorée * », tout bien pesé.

— Mais j'y vais aussi, m'écriai-je. Je suis très heureux que vous me laissiez m'asseoir près de vous, je

* L'expression *golden city*, la ville d'or, est le surnom de San Francisco.

suis très seul et j'ai énormément voyagé. — Et on se mit à se raconter nos histoires. Son histoire était celle-ci : elle avait un mari et un enfant. Le mari la battait, elle l'avait donc quitté, était retournée à Sabinal, au sud de Fresno, et allait maintenant à L.A. pour habiter un certain temps avec sa sœur. Elle avait laissé son petit garçon dans sa famille, des vendangeurs qui habitaient une bicoque dans les vignobles. Elle n'avait rien d'autre à faire que de broyer du noir à devenir folle. Je me sentais d'humeur à la prendre sur-le-champ dans mes bras. Nous n'arrêtions pas de parler. Elle dit qu'elle aimait parler avec moi. Bientôt elle me dit qu'elle aimerait pouvoir aller à New York, elle aussi. « Ça se pourrait », dis-je en riant. Le car gravit péniblement le col de Grapevine puis on descendit vers les grandes étendues lumineuses. Sans que ce fût particulièrement concerté, nos mains se joignirent et, de la même façon, il fut silencieusement et magnifiquement et limpidement décidé que, lorsque je prendrais ma chambre d'hôtel à L.A., elle viendrait avec moi. Elle me rendait complètement malade de désir ; j'inclinai ma tête sur ses beaux cheveux. Ses petites épaules m'affolaient ; je la pressais contre moi, je la serrais. Et elle aimait ça.

— J'aime l'amour, dit-elle en fermant les yeux. Je lui promis un amour magnifique. Je la dévorais des yeux. Nos histoires étaient racontées ; nous nous abandonnâmes au silence et à la douce vision de ce qui nous attendait. C'était aussi simple que ça. Ils pouvaient avoir toutes les Peach du monde, toutes les Betty, les Marylou et les Rita, toutes les Camille et les Inès ; elle, c'était ma fille et mon âme sœur à moi, et je lui dis. Elle avoua qu'elle m'avait vu la regarder à l'arrêt des autocars.

127

— Je me suis dit que vous étiez un gentil étudiant.

— Oh, étudiant, je le suis, affirmai-je. — Le car arriva à Hollywood. À l'aube grise et sale, l'aube de la rencontre de Joel McCrea et de Veronica Lake dans un *diner*, dans le film « Les voyages de Sullivan [19] », elle s'endormit sur mes genoux. Je regardais voluptueusement le paysage : des maisons en stuc et des palmiers et des *drive-in*, tout le bordel loufoque, la rude terre promise, les fantastiques confins de l'Amérique. Nous débarquâmes du car à Main Street, ce qui ne nous fit pas plus d'effet que de descendre d'un car à Kansas City ou à Chicago ou à Boston... De la brique rouge, de la saleté, des mecs qui maraudaient, des trolleys grinçants dans l'aube sans espoir, le relent putassier d'une grande ville.

Et c'est alors que je perdis la tête, je ne sais pourquoi. Je me pris à imaginer d'une façon démentielle et paranoïaque que Teresa ou Terry, comme elle s'appelait, n'était qu'une vulgaire petite entôleuse travaillant sur les cars, qui n'en voulait qu'au fric des gens, prenant des rendez-vous comme le nôtre à LA où elle menait d'abord son pigeon pour le petit déjeuner, dans une *cafeteria* où son maquereau l'attendait, puis à certain hôtel où il avait accès avec son feu ou je ne sais quoi. Je me gardai de lui confier ça. Nous prîmes le petit déjeuner et un mac ne cessait de nous lorgner ; j'imaginais que Terry lui faisait de l'œil en douce. J'étais claqué et j'avais l'impression d'être un étranger, perdu dans un lieu reculé, répugnant. Une terreur imbécile s'empara de moi et me fit me comporter d'une façon mesquine et lamentable.

— Tu connais ce type ? dis-je.

— De quel type tu parles, chou ? » Je laissai tomber. Elle avait des gestes lents et mesurés en toute occasion ; déjeuner lui prit un bon moment ; elle mâchait lentement et regardait dans le vide et fumait une cigarette et continuait de parler et j'étais comme une âme en peine, suspectant chacun de ses gestes, imaginant qu'elle me donnait le change pour gagner du temps. C'était typiquement maladif. J'étais en sueur quand nous descendîmes la rue, la main dans la main. Le premier hôtel sur lequel on tomba avait une chambre et, en moins de deux, j'avais bouclé la porte derrière moi et elle était déjà installée sur le lit, en train d'enlever ses chaussures. Je l'embrassai tendrement. Comme jamais cela ne lui était arrivé. Pour nous détendre les nerfs, je savais que nous avions besoin de whisky, moi particulièrement. Je partis en courant et circulai autour d'une douzaine de blocks, à toute allure, avant de trouver une bouteille de whisky à vendre dans un stand de journaux. Je rappliquai à fond de train. Terry était dans la salle de bains en train de se pomponner. Je servis une bonne dose dans un verre d'eau et on la but à petits coups. Oh, c'était doux et délicieux et donnait son prix à tout mon lugubre voyage. Je me tenais derrière elle en face de la glace et nous dansions ainsi au milieu de la salle de bains. Je me mis à lui parler de mes amis, là-bas dans l'Est.

Je dis :

— Il faut que tu rencontres une grande fille que je connais, qui s'appelle Dorie. C'est une rousse de six pieds de haut. Si tu viens à New York, elle te montrera où trouver du travail.

— Qu'est-ce que c'est que cette rousse de six pieds de haut ? demanda-t-elle d'un air soupçonneux. Pourquoi tu me parles d'elle ? — En son âme simple, elle ne pouvait pas comprendre l'espèce de joie nerveuse avec laquelle je parlais. Je laissai tomber. Elle commençait à se cuiter dans la salle de bains.

— Viens au lit, lui disais-je sans arrêt.

— Une rousse de six pieds de haut, hein ? Et moi qui croyais que tu étais un gentil étudiant, je t'avais vu dans ton joli sweater et je m'étais dit, il est gentil, non ? Eh bien, non et non ! tu dois être un sale maquereau comme tous les autres !

— Qu'est-ce que tu vas me dire là ?

— Ne reste pas planté là et ose dire que cette rousse de six pieds n'est pas une poule, parce que je sais dépister les poules quand on m'en parle, moi, et toi, tu n'es qu'un barbeau comme tous les autres que j'ai connus, tous des barbeaux !

— Écoute, Terry, je ne suis pas un barbeau. Je te jure sur la Bible que je ne suis pas un barbeau. Pourquoi serais-je un barbeau ? Tout ce que je veux, c'est toi.

— Pendant tout ce temps, je me disais que j'avais rencontré un gentil garçon. J'étais heureuse, je m'envoyais des fleurs et je me disais, hein, un gars vraiment gentil et pas un mac.

Je la suppliai de toute mon âme : « Terry, je te prie de m'écouter et de comprendre, je ne suis pas un mac. » Une heure auparavant, je me disais que c'était elle qui était une pute. Comme c'était sinistre. Nos esprits, avec leur bagage de folie, avaient pris des chemins contraires. Ô existence horrible, comme je me lamentais et comme je suppliais, et puis je devins furieux, je me rendis compte que je suppliais une petite mégère mexicaine stupide et je lui dis mon opinion ; et, aussi sec, je ramassai ses escarpins rouges et les balançai à la porte de la salle de bains en lui disant de se tailler. « Fous le camp. » Je voulais dormir et oublier ; j'avais ma vie à moi, ma vie sinistre et tordue à jamais. Il y eut un silence de mort dans la salle de bains. J'enlevai mes fringues et me mis au lit.

Terry sortit avec des larmes de repentir dans les yeux. Dans sa drôle de petite tête simple, l'évidence était apparue qu'un mac ne balance pas les chaussures d'une femme contre la porte et ne lui dit pas de se barrer. Dans un gentil silence plein de déférence et de douceur, elle se déshabilla complètement et glissa son corps menu dans les draps, à côté de moi. Il était couleur de muscat. Je vis son malheureux ventre balafré par une césarienne ; ses hanches étaient si étroites que pour avoir un enfant, elle avait dû passer au bistouri. Ses jambes étaient comme des baguettes. Elle ne mesurait que quatre pieds dix. Je lui fis l'amour dans la douceur lasse du matin. Puis, à la façon de deux anges épuisés, désespérément échoués sur un haut fond de Los Angeles, après avoir connu ensemble la chose la plus secrète et la plus voluptueuse de l'existence, nous nous abandonnâmes au sommeil jusqu'à une heure avancée de l'après-midi.

# XIII

Durant les quinze jours qui suivirent, nous fûmes unis pour le meilleur et pour le pire. En nous réveillant, nous décidâmes de gagner New York en stop ; là-bas, elle serait ma fille attitrée. J'avais comme une prémonition de furieuses complications avec Dean et Marylou et tous les autres, — d'une nouvelle époque dans mes relations avec eux. D'abord il fallait travailler pour gagner assez d'argent pour le voyage. Terry brûlait de partir immédiatement, avec les vingt dollars qui me restaient. Ça ne me plaisait pas. Et, imbécile que je suis, je passai deux jours à examiner la question, tandis que dans les *cafeterias* et les bars nous consultions les offres d'emplois d'extravagants canards de L.A. que je n'avais jamais vus de mon existence, cela jusqu'au moment où mes vingt dollars se réduisirent à tout juste un peu plus de dix. Nous étions très heureux dans notre petite chambre d'hôtel. Au milieu de la nuit, je me levais car je ne pouvais dormir, je tirais la couverture sur les brunes épaules nues de la môme et scrutais la nuit de L.A. Quelles nuits brutales, violentes c'étaient, et toutes remplies du gémissement des sirènes ! Le drame commençait juste de l'autre côté de la rue. Une vieille pension borgne, branlante, fut le théâtre d'une sorte de tragédie. La voiture de police s'était arrêtée en bas et les flics interrogeaient un vieux type aux cheveux gris. On sanglotait dans la maison. Je pouvais tout entendre, avec en plus le bourdonnement du néon de mon hôtel. De ma vie je ne me suis senti aussi triste. L.A. est la plus foisonnante en solitude et en brutalité des villes américaines ; New York a quelque chose de foutrement glacé en hiver mais on y sent comme une exaltation chaleureuse dans certaines rues. L.A. est une jungle.

South Main Street, où Terry et moi allions nous balader en mangeant des *hot-dogs*, était un fantastique carnaval de lumière et de sauvagerie. Des flics bottés fouillaient les gens presque à tous les coins de rues. La pègre la plus carabinée du pays grouillait sur les trottoirs — tout ça sous les étoiles pâles du Sud californien, noyées dans le halo brun du vaste campement désertique qu'est en fait Los Angeles. On pouvait humer le *thé*, l'*herbe*, j'entends la marijuana, qui surnageait dans l'air parmi des relents de chilis et de bière. Le flot magnifique, sauvage du bop s'exhalait des bistrots ; cela faisait un pot-pourri avec toutes les sortes de rythmes cow-boy et boogie-woogie de la nuit américaine. Ils avaient tous un air de famille avec Hassel. Des nègres extravagants avec des casquettes bop et des barbiches passaient en rigolant ; puis des épaves aux longs cheveux, à bout de fatigue, qui débarquaient droit de New York par la route 66 ; puis des vieux rats du désert, traînant leur ballot en quête d'un banc public à la Plaza ; puis des pasteurs méthodistes aux manches effilochées et, de temps en temps, un saint du genre « Fils de la Nature », portant la barbe et la sandale. J'avais envie de les connaître tous, de parler à chacun, mais Terry et moi étions trop occupés tous les deux à chercher du pognon.

On alla à Hollywood pour essayer de travailler au drugstore de Sunset and Vine. Quel bordel ! Des familles entières débarquaient en bagnole du fond de la cambrousse et restaient plantés sur le trottoir, bouche bée, pour lorgner quelque vedette de cinéma et la vedette de cinéma ne rappliquait jamais. Quand une limousine passait, ils s'élançaient pleins d'espoir au bord du trottoir et se baissaient pour regarder par la vitre : quelque cabot à lunettes noires siégeait là-dedans en compagnie d'une blonde à bijoux. « Don Ameche ! Don Ameche ! » « Non, Georges Murphy ! Georges Murphy ! » Ils grouillaient partout, se regardant les uns les autres. D'élégantes pédales, qui étaient venues à Hollywood pour les rôles de cow-boys, déambulaient, humectant leurs sourcils du bout de leurs doigts soignés. Les plus jolies petites poules du monde se trimbalaient en pantalon ; elles venaient avec l'espoir de devenir des starlets ; leur carrière se terminait dans des *drive-in*. Terry et moi, on essayait de trouver du travail dans les *drive-in*. Mais ça ne marchait nulle part. Un vaste flot frénétique d'automobiles hurlantes remplissait Holly-wood Boulevard ; il y avait au moins un accrochage par minute ; chacun s'élançait vers un destin glorieux, le plus glorieux, et ne découvrait que désert et néant. Les petits snobs d'Hollywood se tenaient devant les restaurants chics, discutant exactement de la même manière qu'à New York ceux de Broad-way, au Jacob's Beach, sauf que là-bas ils portaient des complets légers et étaient encore plus sottement prétentieux. Des prédicateurs, longs, cadavériques, passaient en frissonnant. De grosses rombières gla-pissantes traversaient le boulevard en courant pour prendre la queue aux quitte ou double. Je vis Jerry Colonna acheter une auto aux magasins Buick ; il était là, dans l'immense vitrine, en train de se caresser la moustache. Terry et moi, on mangea dans une *cafeteria* du centre qu'on avait décorée pour donner l'illusion d'une grotte, avec des nichons en métal jaillissant de partout et des grosses fesses anonymes en pierre, attributs de diverses divinités, et un douceureux Neptune. Les gens mangeaient des plats lugubres parmi les cascades, leurs visages verdoyant d'angoisse océanique. Tous les flics de L.A. avaient une dégaine d'élégants gigolos ; manifestement ils avaient rappliqué à L.A. pour faire du cinéma. Tout le monde y venait pour le cinéma, même moi. Terry et moi en fûmes réduits finalement à chercher du boulot vers South Main Street parmi les laveuses de vaisselle et les garçons de café désabusés qui ne faisaient pas tout un plat de leur débine, et même là, rien à faire. On avait encore dix dollars.

« Mon pote, je vais chercher mes fringues chez Sis et nous partons en stop à New York, dit Terry. Allons, mon pote. Faut faire ça. Si tu ne connais pas le boogie, je te montrerai le truc ! » La dernière phrase, c'était une chanson à elle qu'elle n'arrêtait pas de chanter. On fonça chez sa sœur, parmi les fragiles bicoques mexicaines, quelque part au-delà d'Alameda Avenue. J'attendis dans une ruelle obscure qui longeait les cuisines mexicaines, parce qu'il ne fallait pas que sa sœur me vît. Des chiens passaient au galop. De petites lampes éclairaient les petits sentiers à rats. Je pouvais entendre Terry et sa sœur qui discutaient dans la nuit chaude et ouatée. J'étais prêt à n'importe quoi.

Terry sortit et me mena par la main à la Central Avenue, qui est le quartier général des gens de couleur à L.A. Et quelle jungle, avec des cabanes à lapins tout justes assez grandes pour loger un juke-box et le juke-box ne claironne que des blues, du bop et du jump. On grimpa l'escalier sale d'un meublé pour arriver à la chambre de l'amie de Terry, Marga-rina, qui devait rendre à Terry une jupe et une paire de chaussures. Margarina était une charmante mulâtresse ; son mari était noir comme l'as de pique et fort aimable. Il sortit aussitôt acheter du whisky pour me recevoir convenablement. Je voulus payer mon écot mais il refusa. Ils avaient deux petits gosses. Les gosses bondissaient sur le lit ; c'était leur terrain de jeu. Ils m'enlacèrent et me regardèrent avec émerveillement. La nuit sauvage et grondante de Central Avenue — la nuit de Hamp dans « La débâcle de Central Avenue[20] » — continuait de hur-ler et de mugir au dehors. Ils chantaient dans les couloirs, ils chantaient à leurs fenêtres et merde pour les voisins. Terry récupéra ses vêtements et on dit au revoir. On descendit dans une cabane à lapins et on choisit des disques au juke-box. Un couple de nègres me proposa du *thé*[21] à l'oreille. Un dollar. Je dis okay, aboule. Le *contact* entra et me fit signe de descendre aux toilettes, où je restai planté stupide-ment pendant qu'il disait : « Ramasse, mon pote, ramasse.

— Ramasse quoi ? dis-je.

Il avait déjà mon dollar. Il avait peur de me mon-trer le plancher. Ce n'était pas un plancher, tout juste un soubassement. Il y avait quelque chose par terre qui avait l'aspect marron d'une petite merde. Le gars était plein d'une prudence idiote. « J'fais gaffe à ma pomme, ça chauffait la semaine der-nière. » Je ramassai l'étron, qui était une cigarette papier maïs, et retournai auprès de Terry et on fonça à la chambre d'hôtel pour se droguer. Il ne se passa rien. C'était du tabac, du Bull Durham. J'aurais pu être plus malin avec mon fric.

Il nous fallait à Terry et à moi décider une fois pour toutes ce que nous ferions. On résolut de gagner New York en stop avec l'argent qui nous restait. Elle avait tiré cinq dollars à sa sœur cette nuit-là. On avait dans les treize dollars ou moins. Avant donc que la nouvelle journée d'hôtel fût commencée, on fit le sac et on partit sur un car rouge pour Arcadia, en Californie, où se déroule la course de Santa Anita au pied des montagnes coiffées de neige. C'était la nuit. On mettait le cap sur le continent américain. En nous tenant par la main, nous suivîmes la route à pied pendant quelques miles afin de quitter le quartier populeux. C'était un samedi soir. Nous étions postés sous un pylône lumineux, le pouce en batterie, quand tout à coup des autos bondées de jeunes types passèrent à toute allure en faisant flotter des banderoles. « Yah ! Yah ! On a gagné ! On a gagné ! » criaient-ils tous. Puis ils nous huèrent et se marrèrent un bon coup au spectacle de ce type et de cette fille sur la route. Des douzaines de voitures passèrent avec le même genre de pèlerins, pleines de jeunes visages et de « jeunes voix gutturales », suivant la formule. Je les haïssais tous autant qu'ils étaient. Pour qui se prenaient-ils à casser les oreilles aux gens de la route pour cette seule raison qu'ils étaient des petits voyous d'étudiants et que leurs parents découpaient le rosbif le dimanche midi ? Pour qui se prenaient-ils à se payer la fiole d'une fille réduite à une triste situation en compagnie d'un homme assoiffé d'amour ? Nous, on ne s'occupait que de nos oignons... Aucune de ces sacrées voitures ne s'arrêta. On dut revenir en ville à pied et, qui pis est, on avait envie de café et on eut le malheur d'entrer dans le seul endroit de la ville qui fût ouvert, le bar à limonade d'une école, et tous les gosses étaient là et nous reconnurent. Maintenant ils pouvaient voir que Terry était une Mexicaine, une sauvageonne pachuco ; et que son gars était pire encore.

D'un petit air dégoûté, son joli nez au vent, elle quitta les lieux et nous allâmes tous deux errer dans l'obscurité le long des fossés de la grand-route. Je portais les bagages. La buée sortait de nos bouches dans l'air froid de la nuit. Je pris enfin la décision de dérober au monde une nuit encore avec elle, et au diable le lendemain matin. Nous entrâmes dans la cour d'un motel et louâmes un petit appartement confortable pour environ quatre dollars, avec douche, serviette de bain, radio murale, et tout. On se serra très fort l'un contre l'autre. On eut une longue et sérieuse conversation et on se baigna et on agita des problèmes avec la lumière allumée d'abord puis la lumière éteinte. Une question venait sur le tapis, je soutenais une opinion à laquelle elle se ralliait et nous concluions le pacte dans l'obscurité, haletants, puis heureux, comme de petits agneaux.

Au matin nous nous lançâmes hardiment dans l'exécution de notre nouveau plan. On allait prendre un car pour Bakersfield et faire les vendanges. Après quelques semaines de ce travail, on gagnerait normalement New York, par car. Ce fut un après-midi merveilleux que celui du trajet de Bakersfield en compagnie de Terry : les reins calés, détendus, devisant, nous regardions défiler le paysage et n'avions pas le moindre souci. Nous arrivâmes à Bakersfield tard dans l'après-midi. Le plan prévoyait de faire la tournée de tous les négociants en fruits de la ville.

Terry disait que nous pourrions vivre sous la tente pendant le boulot. L'idée de vivre sous la tente et de faire la vendange par les fraîches matinées de Californie m'allait droit au cœur. Mais, là-bas, il n'y avait pas de boulot, et pas mal de malentendus, des tas de gens nous refilant la pièce mais sans nous offrir de travail. Nous fîmes néanmoins un dîner chinois et repartîmes tout ragaillardis. Nous traversâmes les voies du s.p. [22] pour gagner la ville mexicaine. Terry baragouinait avec ses compatriotes pour leur demander du travail. Il faisait nuit maintenant et la petite rue du quartier mexicain était comme une ampoule incandescente de lumière : des porches de cinémas, des étalages de fruits, des salles de jeux, des prisunics et, parqués là, des centaines de camions déglingués et de bagnoles inondées de boue. Des familles mexicaines entières se baladaient en mangeant du maïs pilé, venues pour la cueillette des fruits. Terry parlait à tout le monde. Je commençais à désespérer. Ce qu'il me fallait, ce qu'il fallait aussi à Terry, c'était prendre un verre ; on acheta donc un litre de porto de Californie pour trente-cinq cents et on alla le boire près de la gare. On trouva un endroit où les clochards avaient amené des cageots pour s'installer autour d'un feu. On s'assit là et on but le vin. Il y avait à notre gauche les wagons de marchandises, tristes, d'un rouge fuligineux sous la lune ; juste devant, les lumières et les pylônes de l'aéroport de Bakersfield même ; à notre droite, un colossal entrepôt Quonset en aluminium. Ah, c'était une belle nuit, une nuit chaude, une nuit à boire du vin, une nuit lunaire et une nuit à serrer sa môme de près, à parler, à l'enfiler et à voir le septième ciel. C'est ce qu'on fit. Elle but comme une petite folle, au coude à coude avec moi d'abord, puis davantage et elle continua à parler jusqu'à minuit. On ne décrocha pas une seconde de ces cageots. De temps à autre, passaient des cloches, des matrones mexicaines avec des gosses, et le car vint marauder par là et le flic sortit pour pisser, mais la plupart du temps, nous étions seuls et confondions nos âmes tant et plus au point qu'il était terriblement dur de partir. À minuit nous nous levâmes et nous trimbalâmes jusqu'à la grand-route.

Terry eut une nouvelle idée. On gagnerait en stop Sabinal, la ville de sa famille, et on habiterait dans le garage de son frère. Tout me convenait à moi. Sur la route, je fis asseoir Terry sur mon sac pour lui donner l'air d'une femme en détresse et tout aussitôt un camion stoppa et on courut derrière, tout en gloussant de joie. Le type était un brave type ; son camion était misérable. Il fit gronder son moteur et on remonta péniblement la vallée. On arriva à Sabinal un petit peu avant l'aube. J'avais achevé le vin pendant que Terry dormait et j'étais proprement assommé. On descendit et vadrouilla sous les frondaisons de la place paisible de cette petite ville californienne — le s.p. s'y arrête l'instant d'un coup de sifflet. On alla trouver le copain de son frère pour qu'il nous dise où il était. Personne à la maison. Tandis que l'aube commençait à poindre, j'étais affalé sur le gazon de la place publique et je n'arrêtais pas de rabâcher : « Tu ne dirais pas ce qu'il a fait à Weed, hein ? qu'est-ce qu'il a fait à Weed ? Tu ne le dirais pas ? qu'est-ce qu'il a fait à Weed ? »

C'était tiré du film « Des souris et des hommes[23] », quand Burgess Meredith discute avec le régisseur du ranch. Terry se tordait. Tout ce que je faisais, elle le trouvait admirable. J'aurais pu rester vautré là et continuer sur cette lancée jusqu'à ce que les dames aillent à l'église, elle s'en serait foutu. Mais je jugeai finalement qu'il nous faudrait être bien en forme pour aller voir son frère et je la conduisis dans un vieil hôtel près des voies où on se coucha bourgeoisement dans des draps.

Aux premières heures radieuses du matin, Terry se leva et alla trouver son frère. Je dormis jusqu'à midi ; en regardant par la fenêtre, j'aperçus soudain un train de marchandises de la s.p. qui passait avec des centaines de vagabonds vautrés sur les plates-formes, voyageant gaillardement avec le sac pour oreiller et des journaux humoristiques sur le nez, certains mâchonnant du bon raisin de Californie qu'ils avaient vendangé sur les bas-côtés. « Bon dieu, gueulai-je, voici la terre promise ! » Ils rappliquaient tous de Frisco ; dans une semaine, ils prendraient le chemin du retour en aussi somptueux équipage.

Terry se ramena avec son frère, le copain de son frère, et son gosse. Son frère était un casseur mexicain fortement porté sur la boisson, un grand et brave gosse. Le copain était un gros Mexicain avachi qui parlait anglais sans trop d'accent d'une voix toni-truante et qui était énormément anxieux de plaire. Je voyais bien qu'il avait un gringue pour Terry. Son petit garçon s'appelait Johnny, avait sept ans, des yeux noirs et beaucoup de douceur. Eh bien, on y était et, de nouveau, une furieuse journée commença.

Le nom du frère était Rickey. Il avait une Chevrolet 38. On s'entassa dedans et on mit les voiles pour une destination inconnue. « Où on va ? » demandai-je. Le copain fournit l'explication ; il portait le nom de Ponzo, c'était du moins celui que tout le monde lui donnait. Il empestait. Je découvris pourquoi. Son boulot, c'était de vendre du fumier aux fer-

141

miers ; il avait un camion. Rickey avait toujours trois ou quatre dollars en poche et voyait les choses avec un solide optimisme. Il disait toujours : « C'est ça, mon pote. Vas-y, vas-y donc ! » Et il y allait. Il conduisait son tas de ferraille à soixante-dix miles à l'heure et on allait à Madera au-delà de Fresno pour voir quelques fermiers à propos du fumier.

Rickey avait une bouteille. « Aujourd'hui on boit, demain on travaille. Vas-y, mon pote, bois un coup. » Terry était assise derrière avec son gosse ; je me retournais pour la regarder et voyais la joie du retour qui lui montait aux joues. Le magnifique paysage verdoyant de l'octobre californien défilait à toute pompe. De nouveau j'en avais plein le ventre et j'étais prêt à tout

— Où est-ce qu'on va maintenant, mon pote ?

— On va voir un fermier ; y a du fumier qui traîne par là. Demain on retourne avec le camion et on le ramasse. On va faire du pognon, mon pote. Ne t'inquiète de rien.

— On est tous ensemble dans le coup ! gueula Ponzo. Je le voyais bien ; partout où j'allais, tout le monde était dans la même mélasse. On fonça dans les rues loufoques de Fresno et on suivit toute la vallée pour dénicher des fermiers dans les chemins de traverse. Ponzo sortait de l'auto et engageait d'obscures discussions avec de vieux fermiers mexicains ; rien, naturellement, ne sortit de tout ça.

— Ce qu'il nous faut, c'est prendre un verre, gueula Rickey et on fit cela dans un saloon à un croisement de routes. Les Américains sont toujours en train de picoler dans les saloons de carrefour le dimanche après-midi ; ils amènent leurs gosses ; ils jacassent et braillent tout en buvant de la bière ; tout est magnifique. À la tombée de la nuit, les gosses se mettent à chialer et les parents sont ronds. Ils reviennent en zigzags à la maison. Partout en Amérique, j'ai picolé dans les saloons de carrefours avec des familles entières. Les gosses mangent du maïs grillé, des chips et jouent dans l'arrière-salle. C'est ce qu'on fit. Rickey et moi et Ponzo et Terry étions attablés, buvant et gueulant avec la musique ; le petit gamin Johnny faisait l'idiot avec les autres gosses autour du juke-box. Le soleil commença à s'empourprer. Les affaires n'étaient pas du tout avancées. Quelles affaires pouvait-on avancer dans ce coin-là ? « *Mañana*, dit Rickey. *Ma ana*, mon pote, on y arrivera ; prends encore une bière, mon pote, vas-y, *vas-y* ! »

On sortit en titubant et on grimpa dans l'auto ; on partit pour un bar sur l'autoroute. Ponzo était un personnage énorme, tonitruant, vociférant, qui connaissait tout le monde à San Joaquin Valley. Seul avec lui, je quittai le bar en auto pour aller chercher un fermier ; au lieu de ça, on échoua dans le quartier mexicain de Madera, savourant les filles et essayant d'en ramasser quelques-unes pour lui et Rickey. Et puis, tandis que le soir pourpre descendait sur le vignoble, et que je restais assis en silence dans la voiture, il discuta avec un vieux Mexicain à la porte d'une cuisine, marchandant le prix d'un melon d'eau que le vieux avait fait pousser dans son jardinet. On réussit à avoir le melon d'eau ; on le mangea sur-le-champ et on jeta les pelures sur le trottoir dégueulasse du vieux. Toutes sortes de jolies mômes croisaient dans la rue obscure. Je dis : « Où sommes-nous, bon Dieu ?

— Te casse pas la tête, mon pote, dit le gros Ponzo. Demain on fait plein de fric ; ce soir on se bile pas. » On retourna et on ramassa Terry, son frère et le gosse et on gagna Fresno sous les lumières de l'autoroute. On délirait tous de faim. Bondissant sur les voies de chemin de fer de Fresno, on rappliqua dans les rues sauvages du quartier mexicain. D'étranges Chinois étaient aux fenêtres, reluquant dans la nuit les rues endimanchées ; des bandes de gonzesses mex se promenaient en pantalon d'un air conquérant ; le mambo hurlait dans les juke-boxes ; il y avait des guirlandes de lampes comme pour la Toussaint. On entra dans un restaurant mexicain et on mangea des tacos et de la purée de haricots roulée en tortillas ; c'était délicieux. Je cassai le dernier billet de cinq dollars encore vaillant qui me rattachait aux rivages du New-Jersey et payai pour Terry et moi. Je possédais maintenant quatre dollars. Terry et moi, on se regarda.

— Où est-ce qu'on dort cette nuit, mon chou ?

— Je ne sais pas.

Rickey était saoul ; tout ce qu'il pouvait dire maintenant, c'était : « Vas-y donc, mon pote... Vas-y donc », d'une voix tendre et lasse. Ça faisait une bonne journée. Pas un de nous ne savait où nous en étions ni quels étaient les desseins de Notre-Seigneur. Le pauvre petit Johnny s'était endormi sur mon bras. On retourna à Sabinal. En chemin, on s'arrêta brusquement devant une auberge de la route 99. Rickey voulait se taper une dernière bière. Sur le derrière, il y avait des roulottes et des tentes et quelques chambres minables, style motel. Je demandai le prix et c'était deux dollars. Je me concertai avec Terry et elle était d'accord parce que nous avions le gosse sur les bras maintenant et il fallait qu'il soit bien. Donc, après s'être tapé quelques bières au saloon, où des Okies[24] sinistres titubaient au son d'un orchestre cow-boy, Terry et moi et

144

Johnny, on alla dans une chambre de motel et on s'apprêta à se pieuter. Ponzo continuait à tourner en rond ; il n'avait pas d'endroit pour dormir. Rickey dormait chez son père dans la baraque du vignoble.

— Où tu habites, Ponzo ? demandai-je.

— Nulle part, mon pote. Je suis censé habiter avec Big Rosey mais elle m'a jeté dehors la nuit dernière. Je m'en vais aller au camion pour y roupiller cette nuit.

On entendait le son grêle des guitares. Terry et moi contemplions tous deux les étoiles et nous embrassions. « *Mañana*, dit-elle. Tout ira bien demain, tu ne crois pas, Sal chéri ?

— Bien sûr, bébé, *mañana*. »

C'était toujours *mañana*. Toute la semaine suivante, on m'en rebattit les oreilles, *mañana* un mot charmant et qui probablement est synonyme de paradis.

Le petit Johnny sauta sur le lit, tout habillé, et s'endormit ; du sable coulait de ses chaussures, du sable de Madera. On se leva au milieu de la nuit, Terry et moi, pour épousseter le sable des draps. Au matin je me levai, me lavai et fis une balade dans le coin. Nous étions à cinq miles de Sabinal, au milieu de champs de coton et de vignobles. Je demandai à la grande et grasse femme propriétaire du camp s'il y avait une tente libre. La moins chère, un dollar par jour, était libre. Je sortis un dollar et entrai dedans. Il y avait un lit, un fourneau et un miroir fêlé suspendu à un piquet ; c'était délicieux. Il me fallut me baisser pour entrer et, au même moment, arrivèrent ma môme et mon môme. On attendit que Rickey et Ponzo arrivent avec le camion. Ils arrivèrent avec des bouteilles de bière et se mirent à boire sous la tente.

— Quoi de neuf avec le fumier ?

— Trop tard aujourd'hui. Demain, mon pote, on va faire plein de fric ; aujourd'hui on se tape un peu de bière. Qu'est-ce que t'en dis, de la bière ? » On n'avait pas besoin de me pousser. « Vas-y donc ! » gueula Rickey. Je commençais à voir que notre projet de faire du fric avec le camion de fumier ne se réaliserait jamais. Le camion était stationné à côté de la tente. Il avait la même odeur que Ponzo.

Ce soir-là, Terry et moi, quand on se mit au lit, l'air de la nuit était doux sous notre tente humide de rosée. J'allais tout juste m'endormir, lorsqu'elle dit : « Tu veux qu'on fasse l'amour maintenant ? »

Je dis : « Et Johnny ?

— Il n'y voit rien. Il dort. » Mais Johnny ne dormait pas et ne dit mot.

Les gars revinrent le jour suivant avec le camion à fumier et partirent chercher du whisky ; ils rappliquèrent et passèrent un bon bout de temps sous la tente. Cette nuit-là, Ponzo dit qu'il faisait trop froid et dormit sur le sol dans notre tente, enveloppé dans une grande bâche qui sentait la bouse de vache. Terry le détestait ; elle disait qu'il tournait autour de son frère à seule fin de se rapprocher d'elle.

Il n'y avait rien en vue n'était la famine pour Terry et moi, si bien que le matin, je me trimbalais dans la campagne m'offrant à ramasser du coton. Tout le monde me dit de m'adresser à la ferme qui était de l'autre côté de la route, en face du camp. J'y allai et le fermier était dans la cuisine avec ses femmes. Il sortit, écouta mon histoire et m'avertit qu'il ne payait que trois dollars pour cent livres de coton ramassé. Je m'imaginais que je récolterais au moins trois cents livres par jour et pris le boulot. Il dénicha de longs sacs de toile dans la grange et me dit que le ramassage commençait à l'aube. Je fonçai retrouver Terry, tout content. En chemin, je vis un camion chargé de raisin qui, en passant sur un dos d'âne de la route, laissa choir de belles grappes sur le goudron chaud. Je les ramassai et les apportai au logis. Terry était heureuse. « Johnny et moi, on viendra avec toi pour t'aider.

— Pouah, dis-je. Jamais de la vie.

— Tu verras, tu verras, c'est très dur le ramassage du coton. Je te ferai voir. »

On mangea les raisins et, dans la soirée, Rickey rappliqua avec une miche de pain et une livre de viande hachée et on pique-niqua. Dans une plus grande tente à côté de la nôtre, habitait toute une famille de Okies ramasseurs de coton ; le grand-père était assis sur sa chaise tout au long du jour, il était trop vieux pour travailler ; le fils et la fille et leurs enfants traversaient à l'aube la grand-route pour aller travailler dans le champ de mon fermier. À l'aube du jour suivant, je partis avec eux. Ils disaient que le coton était plus lourd à l'aube à cause de la rosée et qu'on pouvait faire plus de fric que l'après-midi. Ils travaillaient néanmoins tout le jour, de l'aube au coucher du soleil. Le grand-père était venu du Nebraska pendant la grande catastrophe des années trente — exactement le même nuage de poussière dont m'avait parlé mon cow-boy de Montana —, emmenant toute sa famille dans un vieux camion. Ils étaient toujours restés en Californie depuis. Ils aimaient le travail. En dix ans, le fils du vieux avait porté sa progéniture à la quatrième unité, certains de ses enfants étant assez grands maintenant pour ramasser du coton. Et pendant ce temps, ils avaient évolué, dans les champs de Simon Legree, d'un état de pauvreté sordide vers une sorte de respectabilité souriante logée sous de meilleures tentes, ni plus ni moins. Ils étaient extraordinairement fiers de leur tente.

— Vous ne retournez jamais au Nebraska ?

— Pouah, rien à foutre là-bas. Tout ce qu'on désire c'est acheter une roulotte.

On se plia et on se mit à ramasser du coton. C'était magnifique. De l'autre côté du champ, il y avait les tentes et, au-delà, les champs de coton secs et bruns qui s'étendaient à perte de vue jusqu'aux contreforts bruns de l'arroyo, et au fond les Sierras coiffées de neige dans le bleu matinal de l'air. Ça valait beaucoup mieux que de laver la vaisselle à South Main Street. Mais je ne connaissais rien au ramassage du coton. Je perdais beaucoup trop de temps à dégager la balle blanche de son étui craquelé ; les autres faisaient ça d'une chiquenaude. Le pire c'est que le bout de mes doigts se mettait à saigner ; il m'aurait fallu des gants ou davantage de pratique. Il y avait un couple de vieux noirs dans le champ avec nous. Ils ramassaient le coton avec la même foutue patience que leurs aïeux avant la guerre de Sécession ; ils s'avançaient le long de leur rang, courbés et bleus sous le soleil, et leurs sacs prenaient du ventre. Mes reins commençaient à me faire mal. Mais c'était beau de s'agenouiller et de se blottir contre cette terre. Si j'avais envie de me reposer, je le faisais, la tête posée sur le coussin brun de terre moite. Les oiseaux jouaient l'accompagnement. Je me dis que j'avais trouvé le métier de ma vie. Johnny et Terry arrivèrent en me faisant des signes du bout du champ dans la chaleur assoupie de midi et ils se mirent avec moi à la besogne. Que je sois damné si le petit Johnny n'était pas plus rapide que moi ! et, naturellement, Terry allait deux fois plus vite. Ils tra-

148

vaillaient en avant de moi et me laissaient des tas de coton épluché pour ajouter à mon sac, Terry des tas de vrai travailleur et Johnny des petits tas d'enfant. Je les fourrais dans mon sac — mais non sans tristesse : quelle espèce de vieillard étais-je donc, pas même capable de traîner mon propre cul, sans parler des leurs ? Ils passèrent tout l'après-midi avec moi. Quand le soleil s'empourpra, on rentra tous en tirant la patte. Au bout du champ, je déchargeai mon fardeau sur une balance ; il pesait cinquante livres et je touchai un dollar et demi. J'empruntai alors une bicyclette à un des Okies et descendis la 99 jusqu'à l'épicerie d'un carrefour où j'achetai des boîtes de spaghettis préparés aux boulettes, du pain, du beurre, du café et du gâteau, et je revins avec le paquet sur le porte-bagages. Les bagnoles en direction de L.A. me croisaient à pleins gaz ; en direction de Frisco, elles me talonnaient. Je jurais tant et plus. Je levai les yeux vers le ciel noir et demandai à Dieu qu'il accorde aux petites gens que j'aimais une meilleure chance au départ et davantage de possibilités d'arriver à quelque chose dans la vie. Personne ne m'écoutait là-haut. J'aurais pu m'en douter. Ce fut Terry qui me ravigota l'âme ; elle fit chauffer le manger sur le fourneau de la tente et ce fut un des plus magnifiques repas de ma vie, tellement j'étais affamé et épuisé. Soupirant comme un vieux nègre ramasseur de coton, je m'étendis sur le lit et fumai une cigarette. Les chiens aboyaient dans la nuit fraîche. Rickey et Ponzo avaient renoncé à nous rendre visite le soir. J'en étais très satisfait. Terry se pelotonna près de moi, Johnny s'assit sur ma poitrine et ils dessinèrent des animaux sur mon carnet. La lueur de notre tente brûlait sur la plaine terrible. La guitare cow-boy vibrait à l'auberge et passait les champs, pleine de mélancolie. Tout gazait pour moi. J'embrassai ma môme et l'on éteignit la lumière.

Au matin, la rosée faisait ployer le toit ; je me levai avec ma serviette et ma brosse à dents et j'allai à la salle d'eau du motel pour me laver ; puis je revins, enfilai mon pantalon que j'avais tout déchiré à me traîner sur les genoux et que Terry avait raccommodé dans la soirée, je coiffai mon chapeau de paille en loques qui servait à l'origine de chapeau pour rire à Johnny et je traversai l'autoroute avec mon gros sac à coton en toile.

Chaque jour, je faisais approximativement un dollar et demi, juste assez pour aller le soir acheter de l'épicerie en bicyclette. Les jours passaient. J'avais tout oublié de l'Est et tout de Dean, de Carlo et de cette satanée route. Johnny et moi passions notre temps à jouer ; il adorait que je le jette en l'air et le laisse retomber sur le lit. Terry était assise à raccommoder des vêtements. J'étais un gars de la terre, précisément ce qu'à Paterson j'avais rêvé d'être. On raconta que le mari de Terry était de retour à Sabinal et qu'il me cherchait ; j'étais son homme. Une nuit, à l'auberge, les Okies furent pris de folie, ils attachèrent un type à un arbre et le réduisirent en compote à coups de bâtons. Je dormais à ce moment-là et ne le sus que par ce qu'on m'en dit. Après ça, j'emportais un gros bâton avec moi sous la tente au cas où l'idée leur serait venue que nous autres, Mexicains, on souillait leur camp. Ils pensaient que j'étais Mexicain, naturellement ; et, d'une certaine manière, j'en suis un.

Mais on arrivait en octobre et il faisait plus froid la nuit. La famille Okie avait un poêle à bois et projetait de rester pendant l'hiver. Nous n'avions rien et d'ailleurs, la location de la tente venait à échéance.

Terry et moi, nous prîmes l'amère décision de partir.
« Retourne dans ta famille, lui dis-je. Pour l'amour
de Dieu, tu ne peux pas traîner comme ça sous les
tentes avec un gosse comme Johnny ; il a froid, ce
pauvre gamin. » Terry se récria sous prétexte que je
mettais en cause ses instincts maternels ; ce n'était
pas du tout mon intention. Quand Ponzo vint dans
son camion, par une grise après-midi, on décida
d'exposer la situation à la famille. Mais je ne devais
pas me montrer et j'irais me cacher dans les vignes.
On partit pour Sabinal ; le camion tomba en panne
et, au même moment, il se mit à pleuvoir furieusement. On resta assis dans le vieux camion, à jurer.
Ponzo était sorti et suait sang et eau sous la pluie.
C'était un bon vieux pote après tout. On se promit
l'un l'autre une bonne beuverie de plus. On fila dans
un bar pouilleux du quartier mex de Sabinal où l'on
passa une heure à pomper de la bière. C'en était fini
du boulot dans les champs de coton. Je pouvais sentir ma vie à moi, qui me rappelait en arrière. J'expé
diai à ma tante une carte d'un penny à travers le
continent et lui demandai encore cinquante dollars.

On se rendit à la bicoque familiale de Terry. C'était
situé sur une vieille route qui court au milieu du
vignoble. Il faisait nuit quand on arriva. Ils me
débarquèrent à un quart de mile et continuèrent
jusqu'à la porte. La lumière inonda le seuil ; les six
autres frères de Terry étaient en train de jouer de la
guitare et de chanter. Le vieux buvait du vin. J'entendis les cris d'une discussion qui couvrait la musique.
Ils la traitaient de putain parce qu'elle avait quitté
son bon à rien de mari et qu'elle était partie à L.A. en
leur laissant Johnny. C'était le vieux qui gueulait.
Mais la grasse et brune et malheureuse mère
l'emporta, comme partout sur la terre cela se passe

dans les grands peuples de fellahs, et Terry fut auto-
risée à revenir à la maison. Les frères se mirent à
chanter de joyeuses chansons, très rapides. Je cour-
bais les épaules sous le vent froid et pluvieux, laissant errer mon regard sur les tristes vignobles
d'octobre qui couvraient la vallée. Dans ma tête
résonnait cette magnifique chanson, « Homme
d'amour », telle que Billie Holiday la chante ; c'était
mon concert à moi, en pleine cambrousse. « Un jour
on se trouvera et tu sécheras toutes mes larmes et tu
me murmureras de douces, de petites choses à
l'oreille, tu m'enlaceras et là m'embrasseras, ah, tu
me manques, homme d'amour, ah, où peux-tu
être... » Ce n'est pas tant les paroles que la mélodie,
magnifique, et la façon dont Billie chante ça, comme
une femme passe la main dans les cheveux de son
homme à la lueur tamisée d'une lampe. Les vents
hurlaient. J'avais froid.

Terry et Ponzo revinrent et on partit dans le fracas
du camion pour rejoindre Rickey. Rickey habitait
maintenant avec la femme de Ponzo, Big Rosey ; on
alla le klaxonner dans des ruelles misérables. Big
Rosey l'avait jeté dehors. Tout s'écroulait. Cette
nuit-là, on dormit dans le camion. Terry se serrait
fort contre moi, bien sûr, et me demandait de ne pas
la quitter. Elle dit qu'elle ferait la vendange et gagnerait assez d'argent pour nous deux ; pendant ce
temps, je pourrais habiter la grange de la ferme Heffelfinger, en bas de la route où habitent ses parents.
Je n'aurais rien d'autre à faire qu'à m'installer dans
l'herbe toute la journée et manger du raisin. « Ça te
plaît ? »

Dans la matinée, ses cousins vinrent nous prendre
dans un autre camion. Soudain je me rendis compte
que des milliers de Mexicains, partout dans la cam-

pagne, étaient au courant de notre affaire à Terry et à moi et que ce devait être pour eux un sujet de conversation savoureux et romantique. Les cousins étaient très courtois et vraiment charmants. J'étais debout sur le camion, souriant aux plaisanteries, parlant des endroits où nous nous étions trouvés pendant la guerre, et des moments où cela avait bardé. Il y avait cinq cousins en tout et chacun d'eux était gentil. Ils semblaient appartenir à la branche de la famille de Terry beaucoup moins tapageuse que celle du frère. Mais j'aimais ce dingue de Rickey. Il jurait qu'il allait venir à New York me retrouver. Je l'imaginais à New York, remettant toute chose à la *mañana*. Il passait sa cuite quelque part dans un champ ce jour-là.

Je débarquai du camion au carrefour et les cousins conduisirent Terry chez elle. Du devant de la maison ils me firent signe de venir ; le père et la mère n'étaient pas là, ils étaient allés vendanger. J'avais ainsi libre accès à la maison pour l'après-midi. C'était une bicoque de quatre pièces ; je ne pouvais pas imaginer comment toute la famille s'arrangeait pour habiter là-dedans. Des mouches volaient au-dessus de l'évier. Il n'y avait pas de moustiquaires, tout à fait comme dans la chanson : « La fenêtre, elle est cassée et la pluie, elle rentre dedans[25]. » Terry était chez elle maintenant et s'affairait autour des pots. Quant aux deux sœurs, ma présence les faisait glousser. Les gosses glapissaient sur la route.

Quand le soleil descendit en rougeoyant derrière les nuages de ma dernière après-midi dans la vallée, Terry me conduisit à la grange du fermier Heffelfinger. Le fermier Heffelfinger avait une exploitation prospère au bout du chemin. On disposa des cageots, elle apporta des couvertures de la maison et j'étais paré, n'eût été une grosse tarentule poilue qui nichait dans le coin le plus élevé du toit de la grange. Terry dit qu'elle ne me ferait pas de mal si je la laissais tranquille. Je me couchai sur le dos et ne la perdis pas de vue. Je fis une promenade jusqu'au cimetière et escaladai un arbre. Dans l'arbre, je chantai « Blue Skies[26] ». Terry et Johnny étaient assis dans l'herbe ; on mangeait du raisin. En Californie, on suce la pulpe du raisin et on crache la peau, un vrai luxe. La nuit tombait. Terry alla chez elle pour souper et arriva à la grange à neuf heures avec de délicieux tortillas et de la purée de haricots. J'allumai un feu de bois sur le sol en ciment de la grange pour éclairer. On fit l'amour sur les cageots. Terry se leva et retourna en vitesse à la bicoque. Son père gueulait après elle ; je pouvais l'entendre de la grange. Elle m'avait laissé une pèlerine pour me tenir chaud ; je la jetai sur mes épaules et allai rôder dans le vignoble éclairé par la lune pour me rendre compte de ce qui se passait. Je me dissimulai au bout d'un rang de vignes et m'agenouillai dans la boue tiède. Ses cinq frères chantaient en espagnol de mélodieuses chansons. Les étoiles se penchaient au-dessus du petit toit ; de la fumée s'échappait de la cheminée en tuyau de poêle. Je flairais la purée de haricots et les chilis. Le vieux grognait. Les frères gémissaient sans désemparer leurs mélodies. La mère était silencieuse. Johnny et les gosses rigolaient dans la chambre. Une famille de Californie ; j'étais planqué dans les vignes, ruminant tout ça. J'avais un moral d'un million de dollars ; j'explorais la folle nuit d'Amérique.

Terry sortit, claquant la porte derrière elle. Je l'accostai sur la route obscure. « Qu'est-ce qui se passe ?

— Oh, on se bagarre tout le temps. Il veut m'envoyer au boulot demain. Il dit qu'il ne veut pas me voir traîner. Sallie, je veux aller à New York avec toi.

— Mais comment ?

— Je ne sais pas, mon chou. Tu vas me manquer. Je t'aime.

— Mais je dois partir.

— Oui, oui. On couche encore une fois, puis tu pars. »

On retourna à la grange ; je lui fis l'amour, la tarentule au-dessus de nos têtes. Qu'est-ce que pouvait bien faire la tarentule ? On dormit un moment sur les cageots tandis que le feu s'éteignait. Elle repartit à minuit ; son père était saoul ; je pouvais l'entendre rugir ; puis, quand il s'endormit, ce fut le silence. Les étoiles bordaient la campagne assoupie.

Au matin, le fermier Heffelfinger passa sa tête par la porte charretière et dit : « Comment va, p'tit ?

— Bien. J'espère que ça ne vous gêne pas que je sois là.

— Pas du tout. T'es avec cette petite poule mexicaine ?

— C'est une très gentille fille.

— Très jolie aussi. Je crois que le taureau a sauté la barrière. Rapport à ses yeux bleus. » On parla de sa ferme.

Terry m'apporta le petit déjeuner. J'avais bouclé mon sac de toile et j'étais prêt à partir pour New York, le temps d'aller ramasser mon argent à Sabinal. Je savais qu'il m'y attendait déjà. Je dis à Terry que je partais. Elle avait pensé à ça toute la nuit et elle s'y était résignée. Sans émotion, elle m'embrassa dans la vigne et s'en alla en suivant le rang. Nous nous retournâmes au douzième pas, puisque l'amour est un duel, et on se regarda l'un l'autre pour la dernière fois.

— Je te vois à New York, Terry ?

Elle avait le projet de venir en bagnole à New York avec son frère un mois plus tard. Mais nous savions tous deux qu'elle ne le ferait pas. Une centaine de pieds plus loin, je me retournai pour la voir. Elle rentrait simplement à la bicoque, tenant à la main l'assiette de mon petit déjeuner. Je baissai la tête en l'observant. Et voilà, bon Dieu, j'étais de nouveau sur la route.

Je suivis la grand-route jusqu'à Sabinal, mangeant des noix noires que je cueillais sur l'arbre. Puis je montai sur les voies du S.P. où je marchais en équilibre sur les rails. Je dépassai un château d'eau et une usine... Quelque chose était fini... J'allai au bureau télégraphique de la gare pour toucher mon mandat de New York. C'était fermé. Je poussai un juron et m'assis sur les marches pour attendre. Le chef de bureau revint et me fit entrer. L'argent était là ; ma tante me sauvait les fesses une fois de plus. « Qui est-ce qui va gagner le Championnat du Monde l'an prochain ? » dit le vieil employé décharné. Je compris tout à coup que c'était cuit et que je rentrais à New York.

Je marchai le long des voies dans la vallée, à la lueur de cette interminable et sinistre journée d'octobre, dans l'espoir qu'un train de marchandises de la S.P. se ramènerait et que je pourrais me joindre aux clochards amateurs de raisins et lire des bandes dessinées avec eux. Rien ne venait. Je remontai sur la grand-route et tout de suite une voiture me prit. Ce fut la course la plus rapide, la plus frénétique de ma vie. Le chauffeur était violoniste dans un orchestre cow-boy de Californie. Il avait une bagnole toute neuve et conduisait à quatre-vingts miles à l'heure. « Je ne bois pas quand je conduis », dit-il et il me tendit le flacon. Je bus un coup et lui en offris un. « Merde », dit-il et il but. On fit Sabinal-L.A. dans le temps extraordinaire de quatre heures pile pour deux cent cinquante miles. Il me lâcha juste devant la firme Columbia à Hollywood ; j'arrivai tout juste pour entrer et récupérer mon manuscrit refusé, puis j'achetai un billet de car pour Pittsburgh. Je n'avais pas assez d'argent pour aller directement à New York. J'estimais ne devoir m'en inquiéter que lorsque je serais arrivé à Pittsburgh.

Avec le car qui partait à dix heures, j'avais quatre heures pour savourer Hollywood en solitaire. D'abord j'achetai une miche de pain et du salami et me fis dix sandwiches en vue de la traversée du pays. Il me restait un dollar. Je m'assis sur un petit mur de ciment derrière un parc à voitures d'Hollywood et confectionnai les sandwiches. Pendant que je m'acquittais de cette tâche idiote, les grands faisceaux lumineux d'une première hollywoodienne poignardèrent le ciel, ce ciel bourdonnant de la Côte Ouest. Tout autour de moi fredonnait la folle cité de la côte d'or et ainsi se terminait ma carrière hollywoodienne, c'était mon dernier soir à Hollywood et je le passais à tartiner de la moutarde sur mes genoux, derrière les cabinets d'un parc à voitures.

# XIV

À l'aube, mon car filait à travers le désert d'Arizona — par Indio, Blythe, Salome (où elle avait dansé), à travers les grandes étendues arides qui mènent au sud vers les montagnes du Mexique. Puis on se rabattit vers le nord, vers les montagnes de l'Arizona, Flagstaff, des villes escarpées. J'avais avec moi un livre que j'avais volé à un éventaire d'Hollywood, *Le Grand Meaulnes*, d'Alain-Fournier, mais je préférais lire le paysage américain que l'on côtoyait. Chaque protubérance, chaque côte, la moindre étendue de terrain intriguait mon désir. Par une nuit d'encre, nous traversâmes le Nouveau-Mexique à l'aube grise, Dalhart, dans le Texas ; pendant le morne après-midi du dimanche, ce furent, l'une après l'autre, les villes plates de l'Oklahoma ; à la tombée de la nuit, Kansas. Le car ronflait. Je rentrais chez moi en octobre. Tout le monde rentre chez soi en octobre.

On arriva à Saint-Louis à midi. Je descendis me promener le long du Mississippi et j'observai les bois de flottage qui naviguent depuis Montana au Nord, les magnifiques troncs odysséens de notre rêve continental. De vieux bateaux à vapeur, avec leurs

158

sculptures en volutes plus creusées encore et dessé-
chées par les ans, stagnaient dans la boue avec leur
peuple de rats. L'après-midi, de grands nuages
recouvrirent la vallée du Mississippi. Le car traversa
cette nuit-là à pleins gaz les champs de maïs de
l'Indiana ; la lune illuminait d'un éclat surnaturel les
épis en tas ; la Toussaint était proche. Je fis la
connaissance d'une fille et on se pelota tout le long
du chemin jusqu'à Indianapolis. Elle avait la vue
basse. Quand nous descendîmes manger, je dus la
mener par la main jusqu'au comptoir. Elle me paya
mon repas ; mes sandwiches étaient déjà loin. En
échange je lui racontai de longues histoires. Elle
venait de l'État de Washington où elle avait passé
l'été à ramasser des pommes. Elle habitait une ferme
dans le haut de l'État de New York. Elle m'invita à
lui rendre visite. De toute façon on se promit d'aller
ensemble dans un hôtel de New York. Elle débarqua
à Colombus, en Ohio, et je dormis tout le long du
chemin jusqu'à Pittsburgh. Je me sentais plus las
que je n'avais jamais été depuis des années et des
années. J'avais encore trois cent soixante-cinq miles
à faire en stop pour gagner New York, et un dime *
en poche. Je marchai pendant cinq miles pour sortir
de Pittsburgh, puis un camion de pommes d'abord,
un gros tracteur à remorque ensuite, m'emmenèrent
à Harrisburgh dans la tiède nuit pluvieuse d'un été
de la Saint-Martin. Je traversai la ville sans m'arrêter. J'avais envie de rentrer chez moi.

C'était la nuit du Spectre de la Susquehanna. Le
Spectre fut un petit vieux ratatiné avec une sacoche
en papier qui prétendait se diriger vers le
« Canady » **. Il marchait très vite, m'ordonnant de

* Un dixième de dollar.
** Le Canada.

159

le suivre, et disait qu'il y avait un pont droit devant nous qu'on pouvait traverser. Il avait environ soixante ans ; il parlait sans arrêt des repas qu'il avait faits, disant combien de beurre on lui avait donné pour les crêpes, combien de tartines en supplément, comment de vieux types devant la porte d'un asile du Maryland l'avaient appelé et invité à rester pour le week-end ; disant le bon bain tiède qu'il avait pris avant de partir ; sa découverte d'un chapeau flambant neuf sur le bord de la route en Virginie — et c'était celui qu'il avait sur la tête ; son habitude de faire une descente à la Croix Rouge dans toutes les villes et de montrer ses papiers de la Première Guerre mondiale ; qu'à Harrisburgh la Croix Rouge n'était pas digne du nom ; comment il se débrouillait dans ce monde coriace. Mais, autant que je pouvais en juger, c'était simplement une sorte de clochard fantassin, à peu près honorable, qui sillonnait pedibus la grande jungle de l'Est, demandant asile aux bureaux de Croix Rouge et, à l'occasion, glanant un dime aux carrefours des grand-rues. On faisait un duo de clochards. On suivit durant sept miles la lugubre Susquehanna. C'est une rivière épouvantable. Elle est encaissée entre deux à-pics broussailleux qui se penchent, tels des spectres chevelus, sur ses eaux ignorées. Là-dessus une nuit d'encre. Parfois surgit sur la voie ferrée qui traverse la rivière le puissant feu rouge d'une locomotive qui illumine les falaises effroyables. Le petit homme dit qu'il avait une belle ceinture dans son sac et on s'arrêta pour qu'il la sorte. « Je me suis trouvé une belle ceinture, voyons, là-bas — c'était Frederick, dans le Maryland. Nom de Dieu, est-ce que je l'aurais oubliée sur le comptoir à Fredericksburgh ?

— Tu veux dire à Frederick.

— Non, non, à Fredericksburgh, en Virginie ! » Il parlait toujours à la fois de Frederick, dans le Maryland, et de Fredericksburgh, en Virginie. Il marchait carrément sur la route à contre-courant de la circulation et manqua de se faire renverser à plusieurs reprises. Je cheminais péniblement dans le fossé. Je m'attendais à chaque instant à ce que le pauvre petit fou s'envolât dans la nuit, mort. On ne trouva jamais ce pont. Je quittai mon compagnon près d'un souterrain ferroviaire et, comme la marche m'avait mis en nage, je changeai de chemise et enfilai deux sweaters ; une auberge illumina ma sinistre route. Dans la nuit toute une famille passa, qui se baladait sur la route et se demanda ce que je pouvais bien être en train de faire. Le plus drôle de tout, un ténor soufflait de très beaux blues dans sa maison rustique de style pennsylvanien ; je l'écoutai en gémissant. Il se mit à pleuvoir dru. Un type me prit dans sa voiture pour me ramener à Harrisburgh et me dit que j'étais sur la mauvaise route. Je vis tout à coup le petit clochard planté sous un triste réverbère avec le pouce en batterie, pauvre abandonné, misérable vieil enfant perdu, spectre brisé d'une existence libre et folle. Je dis de quoi il retournait à mon automobiliste qui s'arrêta pour dire au vieux :

— Dis donc, mon pote, tu vas à l'Ouest par là, pas à l'Est.

— Hein ? dit le petit fantôme. Tu me diras pas que je sais pas me repérer dans le secteur. J'ai arpenté le bled pendant des années. Je me dirige sur le Canady.

— Mais c'est pas la route du Canada, c'est la route de Pittsburgh et de Chicago.

Ça l'indignait, le petit homme, il en eut bientôt marre de nous et se tailla. Ce que je vis en dernier de sa personne, ce fut son petit paquet blanc qui, se balançant, disparaissait dans la nuit des lugubres Alleghanys.

J'ai cru que toute la sauvagerie américaine se trouvait à l'Ouest jusqu'au moment de ma rencontre avec le Spectre de la Susquehanna. Non, il y a de la sauvagerie dans l'Est ; c'est la même sauvagerie que celle où Benjamin Franklin se débattait quand il était receveur des postes au temps des chars à bœufs, la même sauvagerie que du temps où George Washington était un caïd de la chasse à l'Indien, où Daniel Boone racontait ses histoires sous les lampes de Pennsylvanie et promettait de trouver le Gap *, où Bradford construisait sa route et où les gars faisaient la bringue dans leurs cabanes de troncs d'arbres. Il n'avait pas devant lui les espaces immenses de l'Arizona, le petit vieux, mais seulement la sauvagerie broussailleuse de l'Est pennsylvanien, du Maryland et de la Virginie, les chemins de traverse, le goudron noir des routes qui serpentent le long de rivières lugubres comme la Susquehanna, la Monongahela, le vieux Potomac et le Monocacy.

Cette nuit-là, à Harrisburgh, il me fallut dormir sur un banc de la gare ; à l'aube, les employés me jetèrent dehors. N'est-il pas vrai qu'au départ de la vie on est un petit enfant sage qui croit à tout ce qui se présente sous le toit paternel ? Puis vient le jour laodicéen[27] où l'on sait qu'on est pauvre et misérable et malheureux et aveugle et nu, et, avec le visage macabre et désolé d'un spectre, on traverse en frissonnant une vie de cauchemar. Hagard, je sortis tout trébuchant de la gare ; j'avais lâché les rênes. Tout ce qui m'était perceptible, ce matin-là, c'était une blan-

* Col dans les Alleghanys, situé à la limite du Tennessee et du Kentucky, par lequel passaient les pionniers en route vers l'Ouest.

cheur semblable à la blancheur de la tombe. Je mourais de faim. Tout ce qui me restait en guise de calories, c'était les dernières des pilules pour la toux que j'avais achetées à Shelton, au Nebraska, des mois auparavant ; je les suçais donc pour récupérer le sucre. Mendier ? Je ne savais pas m'y prendre. Je sortis de la ville en titubant avec juste assez de force pour atteindre les faubourgs. Je savais qu'on m'aurait mis en taule si j'avais passé une autre nuit à Harrisburgh. Foutue ville. Le type qui me prit à bord de sa bagnole était hâve et décharné, il croyait à l'action bienfaisante sur la santé d'une inanition contrôlée. Quand je lui dis, comme nous roulions vers l'Est, que je crevais de faim, il dit : « Parfait, parfait, rien de meilleur pour vous. Moi-même, je n'ai pas mangé depuis trois jours. Je suis en route pour vivre cent cinquante ans. » C'était un paquet d'os, un pantin flasque, une branche pourrie, un enragé. J'aurais pu tomber sur un gros type opulent qui m'aurait dit : « Arrêtons-nous à ce restaurant et tapez vous des côtelettes de porc aux haricots. » Non, il fallait que je tombe ce matin-là sur un dingo qui croyait à l'action bienfaisante sur la santé d'une inanition contrôlée. Au bout d'une centaine de miles, il se fit compréhensif et sortit de l'arrière de la voiture des sandwiches de pain beurré. Ils étaient enfouis au milieu de ses échantillons de représentant. Il prospectait la Pennsylvanie pour une affaire de plomberie. Je dévorai le pain beurré. Tout à coup je me mis à rire. J'étais seul dans l'auto à l'attendre, pendant qu'il faisait des visites d'affaires à Allentown, et je ne pouvais pas m'arrêter de rire. Bon Dieu, que j'en avais marre de vivre. Le dingue me conduisit pourtant chez moi à New York.

Tout à coup je me trouvai à Times Square. J'avais

parcouru huit mille miles à travers le continent américain et j'étais de retour à Times Square ; et même en plein dans une heure de pointe, contemplant avec mes yeux naïfs de routier la démence absolue et la fantastique fanfaronnade de New York avec ses millions et ses millions de types se chamaillant pour un dollar, le cauchemar démentiel : empoigner, prendre, céder, soupirer, mourir, tout cela pour finir dans les ignobles cités funéraires qui se trouvent derrière Long Island City. Les hautes tours de ce continent, de l'autre bout du continent, l'endroit où l'Amérique de la paperasse est née. J'étais planté à une bouche de métro, essayant d'avoir assez de cran pour ramasser un long et magnifique mégot, et, chaque fois que je me baissais, des masses de gens passaient en trombes et le dérobaient à ma vue, et on finit par l'écraser. Je n'avais pas d'argent pour rentrer chez moi en bus. Ça fait déjà plusieurs miles de Times Square à Paterson. M'imagine-t-on parcourant ces derniers miles à pied par le Lincoln tunnel ou le pont de Washington pour gagner le New-Jersey ? Il faisait nuit. Où était donc Hassel ? Je cherchai Hassel dans le quartier ; il n'était pas là, il était à Riker's Island, à faire les bars. Et Dean ? Où étaient-ils tous ? Où était la vie ? J'avais une maison où aller, un endroit où poser ma tête, où évaluer mes pertes et aussi les gains qui, je le savais, apparaîtraient malgré tout. Il me fallait mendier de quoi prendre le bus. Je raccrochai finalement un pasteur grec qui se trouvait à un coin de rue. Il me fila un *quarter* * en détournant craintivement les yeux. Je me précipitai aussitôt sur le bus.

* Quart de dollar.

En arrivant chez moi, je dévorai tout ce qu'il y avait dans la glacière. Ma tante se leva pour venir me voir. « Mon pauvre petit Salvatore », dit-elle en italien. « Que tu es maigre, que tu es maigre. Où étais-tu tout ce temps ? » J'avais sur le dos deux chemises et deux sweaters ; dans mon sac, le froc que j'avais déchiré dans le champ de coton et les reliques dépenaillées de mes chaussures mexicaines. Ma tante et moi, on décida d'acheter un réfrigérateur électrique neuf avec l'argent que je lui avais envoyé de Californie ; ce serait le premier qu'on aurait dans la famille. Elle alla se coucher mais moi, tard dans la nuit, je ne dormais pas encore, je fumais dans mon lit. Mon manuscrit à moitié rédigé était sur le bureau. Octobre, la maison et de nouveau le travail. Les premiers vents froids faisaient trembler les vitres et j'étais rentré à temps. Dean était venu chez moi, avait dormi quelques nuits là, à m'attendre ; avait passé des après-midi à faire la conversation à ma tante tandis qu'elle travaillait à un grand tapis de chiffons qu'elle tissait avec tous les vieux, vieux vêtements de famille et qui, terminé maintenant, recouvrait le plancher de ma chambre, aussi étoffé et aussi riche que la trame du temps elle-même ; et puis il était parti, deux jours avant mon arrivée, me croisant probablement quelque part en Pennsylvanie ou dans l'Ohio, pour gagner San Francisco. Il avait sa vie à lui là-bas ; Camille venait de dégotter un appartement. Je n'avais jamais songé à aller la voir quand j'étais à Mill City. Maintenant il était trop tard et j'avais également raté Dean.

*Deuxième partie*

I

Il se passa plus d'une année avant que je revoie
Dean. Je restai chez moi tout ce temps, terminai
mon livre et me mis à suivre les cours pour anciens
combattants. Pour Noël 1948, ma tante et moi, on
alla chez mon frère en Virginie, chargés de cadeaux.
Je correspondais avec Dean ; il dit qu'il allait revenir
dans l'Est et je lui écrivis que, dans ce cas, il me trouverait à Testament, en Virginie, entre Noël et le premier de l'an. Un jour que tous nos parents du Midi
étaient installés dans le salon, à Testament, hommes
et femmes farouches avec un reflet du vieux terroir
sudiste dans les yeux, et qu'ils parlaient à voix grave
et dolente du temps, de la récolte et — assommante
récapitulation — de qui avait eu un bébé, qui une
nouvelle maison, etc., une Hudson 49 aspergée de
boue se rangea devant la maison sur la route fan-
geuse. Je n'avais aucune idée de qui cela pouvait
être. Un jeune type claqué, musclé sous le maillot de
corps loqueteux, pas rasé, les yeux rougis, s'approcha de l'entrée et tira la sonnette. J'ouvris la porte et
compris soudain que c'était Dean. Il s'était tapé
toute la route depuis San Francisco jusqu'à la porte
de mon frère Rocco en Virginie, et à une vitesse

incroyable puisque je venais juste de lui écrire ma dernière lettre qui lui indiquait où je me trouvais. Dans l'auto, j'aperçus deux formes assoupies.

— Merde alors, Dean. Qui est dans la voiture ?

— Hello, hello, mon pote, c'est Marylou. Et Ed Dunkel. On pourrait avoir un coin pour se laver tout de suite ? on est éreintés.

— Mais comment as-tu rappliqué si vite ?

— Eh, mon pote, cette Hudson elle barde.

— Où l'as-tu dégottée ?

— Je l'ai achetée avec mes économies. J'ai travaillé au chemin de fer, à quatre cents dollars par mois.

Ce fut la plus totale confusion durant l'heure qui suivit. Mes parents sudistes n'avaient aucune idée de ce qui se passait, ni de ce que Dean, Marylou et Ed Dunkel pouvaient bien être ; ils les observaient sans dire mot. Ma tante et mon frère Rocky allèrent se consulter à la cuisine. Il y avait en tout onze personnes dans la petite maison du midi. De plus, comme mon frère avait justement décidé de déménager de cette maison, la moitié de son mobilier était parti ; il s'installait avec sa femme et le bébé plus près de la ville de Testament. Ils avaient acheté un salon neuf et le vieux devait aller chez ma tante à Paterson, mais nous ne savions pas encore par quel moyen. Quand Dean entendit ça, il nous offrit aussitôt de mettre son Hudson à notre service. Lui et moi, on emporterait le mobilier à Paterson en deux rapides voyages et on ramènerait ma tante au second tour. Cela devait nous épargner beaucoup de frais et de soucis. On accepta. Ma belle-sœur mit les petits plats dans les grands et les trois voyageurs exténués s'installèrent pour manger. Marylou n'avait pas dormi depuis Denver. Je me dis qu'elle paraissait plus âgée et plus belle maintenant.

J'appris que depuis l'automne de 1947 Dean avait vécu heureux avec Camille à San Francisco ; il avait trouvé un emploi dans les chemins de fer et gagné pas mal de fric. Il était devenu le père d'une gentille petite fille, Amy Moriarty. Puis un jour dans la rue, l'envie le prit soudain de tout envoyer promener. Il vit une Hudson 49 à vendre et bondit à la banque pour nettoyer son compte. Il acheta l'auto sur-le-champ. Ed Dunkel était dans le coup. Maintenant ils étaient fauchés. Dean apaisa les craintes de Camille et lui dit qu'il serait de retour dans un mois. « Je vais à New York et je ramène Sal. » Elle n'était pas trop enchantée à cette perspective.

— Mais qu'est-ce que ça veut dire ? Pourquoi est-ce que tu me fais ce coup-là ?

— Mais rien, mais rien, chérie, euh, hem, Sal m'implore et me supplie de venir le prendre, c'est absolument nécessaire pour moi de... mais nous n'allons pas entrer dans ces considérations... et je vais te dire pourquoi... Non, écoute, je vais te dire pourquoi.

Et il lui dit pourquoi et, naturellement, cela n'avait aucun sens.

Le gros et grand Ed Dunkel travaillait aussi aux chemins de fer. Lui et Dean venaient d'être mis à pied pour un laps de temps proportionnel à l'ancienneté à cause d'une réduction draconienne du personnel. Ed avait rencontré une fille nommée Galatea qui vivait à San Francisco de ses économies. Ces deux écervelés, ces mufles décidèrent d'emmener la fille dans l'Est et de lui faire banquer la note. Ed la cajola et la baratina ; elle ne voulait partir que mariée. Dans un tourbillon Ed Dunkel épousait Galatea quelques jours plus tard, Dean fonçant partout pour obtenir les papiers nécessaires et, peu avant Noël, ils

se taillaient de San Francisco à soixante-dix miles
heure, gagnaient L.A. et, prenant par le Sud, les
routes libres de neige. À L.A. dans une agence de
voyages, ils avaient ramassé un marin qu'ils embarquèrent en échange de quinze dollars d'essence. Il se
rendait dans l'Indiana. Ils avaient ramassé aussi une
femme et sa fille idiote au tarif de quatre dollars
d'essence pour l'Arizona. Dean fit asseoir l'idiote
devant à côté de lui et s'occupa d'elle, comme il me
dit, « tout le long du chemin, mon pote ! Quelle
douce petite âme perdue. Oh, nous parlions, nous
parlions d'incendies et le désert se changeait en
paradis et son perroquet jurait en espagnol ». Après
avoir lâché ces passagers, ils continuèrent sur Tucson. Tout le long du chemin, Galatea Dunkel, la nouvelle femme de Ed, ne cessait de gémir qu'elle était
fatiguée et voulait dormir dans un motel. À ce
train-là, ils auraient dépensé tout son argent bien
avant la Virginie. Deux nuits elle les obligea à s'arrêter et claqua des dizaines de dollars en motels.
Quand ils arrivèrent à Tucson, elle était fauchée.
Dean et Ed la plaquèrent dans le vestibule d'un hôtel
et continuèrent seuls le voyage, avec le marin, et
sans un remords.

Ed Dunkel était un grand type paisible, une tête
d'oiseau, toujours prêt, et en tout, à faire ce que
Dean lui demandait ; et à cette époque Dean était
trop occupé pour s'embarrasser de scrupules. Il traversait à fond de train Las Cruces, dans le Nouveau-
Mexique, lorsque soudain il eut le besoin explosif[28]
de revoir sa tendre première femme, Marylou. Elle
était à Denver. Il vira la bagnole cap au nord, en
dépit des faibles protestations du marin, et, à pleins
gaz, faisait son entrée à Denver dans la soirée. Il se
mit en chasse et trouva Marylou dans un hôtel. Ils se
payèrent dix heures de sauvages étreintes. Tout fut

reconsidéré : ils se mettraient ensemble. Marylou était la seule fille que Dean eût jamais vraiment aimée. Il fut malade de regret quand il revit son visage et, comme jadis, il la supplia et l'implora à deux genoux, au nom de la volupté d'être. Elle comprenait Dean ; elle lui passait la main dans les cheveux ; elle savait qu'il était fou. Pour calmer le marin, Dean lui arrangea un rendez-vous avec une fille dans une chambre d'hôtel au-dessus du bar où le vieux gang des jeux avait l'habitude de boire. Mais le marin refusa la fille et, de fait, se tailla dans la nuit et ils ne le revirent jamais ; il avait évidemment pris un car pour l'Indiana.

Dean, Marylou et Ed Dunkel foncèrent à l'Est, en longeant Colfax, et de là gagnèrent les plaines du Kansas. De grandes tempêtes de neige s'abattirent sur eux. Dans le Missouri, de nuit, Dean devait conduire en passant par la portière sa tête emmitouflée d'un cache-nez, avec des lunettes de neige qui lui donnaient l'air d'un moine en train de déchiffrer des manuscrits de neige, car le pare-brise était recouvert d'un pouce de givre. Il traversa le comté natal de ses aïeux sans y prendre garde. Au matin, l'auto dérapa sur une pente verglacée et versa dans un fossé. Un fermier se proposa pour les en tirer. Ils prirent du retard en ramassant un stoppeur qui leur avait promis un dollar s'ils voulaient le conduire à Memphis. À Memphis, il entra chez lui, chercha le dollar sans se presser, se saoula, et dit qu'il ne pouvait pas mettre la main dessus. Ils traversèrent ensuite le Tennessee ; les roulements étaient grillés depuis l'accident. Dean avait poussé la bagnole jusqu'à quatre-vingt-dix ; maintenant il devait se tenir à soixante-dix de plafond sinon toute la mécanique aurait été ronfler dans le ravin. Ils passèrent les

Great Smoky Moutains au cœur de l'hiver. Quand ils arrivèrent devant la porte de mon frère, ils n'avaient pas mangé depuis trente heures, à part des bonbons et des biscuits.

Ils mangèrent avec voracité tandis que Dean, le sandwich à la main, se trémoussait, penché sur le grand phono, en écoutant un furieux disque de bop, que je venais d'acheter, intitulé « La chasse », avec Dexter Gordon et Wardel Gray soufflant à tue-tête devant un public suraigu, ce qui donne à l'enregistrement une résonance fantastique de frénésie. Les gens du Sud se regardaient les uns les autres et hochaient la tête avec inquiétude. « Quel genre d'amis Sal a-t-il donc ? » dirent-ils à mon frère. Il resta le bec dans l'eau. Les gens du Sud n'aiment pas le moins du monde les cinglés, ni le genre de Dean. Il ne faisait absolument pas attention à eux. La folie de Dean s'était épanouie en fleur surnaturelle. Je ne m'en étais pas rendu compte avant que lui et moi et Marylou et Dunkel eussions quitté la maison pour une courte virée dans son Hudson, et que seuls pour la première fois il nous fut possible de parler de tout ce qu'on voulait. Dean empoigna le volant, passa en seconde, médita une minute tout en roulant, parut soudain prendre un parti et, comme pris d'une fureur délibérée, lança la voiture sur la route à toute vapeur.

« Maintenant ça colle, les enfants », dit-il, se frottant le nez, puis sans cesser de conduire, il se pencha pour vérifier le frein à main et sortit des cigarettes du vide-poches, le tout en se balançant d'arrière en avant. « Le temps est venu pour nous de décider ce que nous allons faire la semaine prochaine. Crucial, crucial, Ahem ! » Il évita d'un coup de volant une charrette à mulet ; dedans siégeait un vieux nègre,

174

cahin-caha. « Oui ! gueula Dean. Oui ! Savourez-le. Contemplez son âme en cet instant, arrêtons un moment et contemplons. » Et il ralentit pour qu'on puisse tous se retourner et regarder le vieux jazz-boy, qui traînait sa misère. « Oh, oui, savourez-le tendrement ; il passe en cet instant des pensées dans cette tête et je me ferais couper mon dernier bras pour les connaître, pour entrer dans sa caboche et savoir exactement ce que le pauvre diable rumine à propos du jambon et des navets de cette année. Sal, tu ne sais pas ça, mais j'ai vécu autrefois chez un fermier de l'Arkansas pendant toute une année, quand j'avais onze ans. Je faisais des besognes horribles, j'ai eu une fois un cheval mort à écorcher. Je ne suis pas retourné en Arkansas depuis Noël mil neuf cent quarante-trois, il y a cinq ans de ça, quand Ben Gavin et moi, on fut poursuivis revolver au poing par un type qui était le propriétaire de l'auto qu'on essayait de faucher ; je te dis tout ça pour te montrer que, pour ce qui est du Sud, je peux en parler. J'ai étudié tes lettres, (comprends bien, mon pote, que je potasse le Sud, je le connais sur le bout du doigt), j'ai potassé ce que tu m'as écrit sur le sujet. Oh oui, oh oui », dit-il, ralentissant et s'arrêtant tout à fait, puis tout à coup relançant la bagnole à soixante-dix et se couchant sur le volant. Il fixait opiniâtrement l'horizon. Marylou souriait avec sérénité. C'était le nouveau Dean, achevé, venu à maturité. Je me dis, bon Dieu, ce qu'il a changé. La fureur fulminait de ses yeux quand il parlait de choses qu'il haïssait ; puis venaient de grandes flammes de joie quand soudain il se sentait heureux ; de tous ses muscles crispés, on le sentait tendu vers la vie. « Oh, mon pote, les choses que je pourrais te dire, criait-il en me poussant du coude. Oh, mon pote, on doit absolument trouver le temps... Qu'est-ce qui est arrivé à Carlo ? On va tous voir Carlo, mes agneaux, c'est la première chose pour demain. Dis donc, Marylou, on va prendre du pain et de la viande et préparer un casse-croûte pour le voyage à New York. Combien as-tu d'argent, Sal ? On mettra tout sur le siège arrière, le mobilier de Mrs. P., et nous tous, on s'assoira devant, blottis et serrés les uns contre les autres, et on se racontera des histoires en fonçant à New York. Marylou aux cuisses de miel, tu t'assoiras à côté de moi, ensuite Sal, puis Ed près de la vitre, le gros Ed pour nous protéger des courants d'air, et de ce fait il aura droit de s'envelopper dans la housse de la bagnole. Et puis on s'en ira tous vers la douce vie, parce que le moment est venu et nous savons tous ce qu'il est, *le moment.* » Il se frotta furieusement la mâchoire, donna un coup de volant et passa trois camions ; il entra en fanfare dans le centre de Testament, regardant dans toutes les directions et voyant tout sur un arc de 180° autour de ses yeux sans bouger la tête. Vlan, il dénicha en moins de deux un endroit pour stationner et on était parqués. Il bondit hors de l'auto. Il se précipita furieusement à la gare ; on le suivait comme des moutons. Il acheta des cigarettes. Il était devenu absolument dingue dans ses mouvements ; on aurait dit qu'il faisait tout en même temps. C'était un hochement de tête, de haut en bas, de droite à gauche ; les gestes saccadés de ses mains vigoureuses ; sa façon de marcher vite, de s'asseoir, de croiser les jambes, de les décroiser, de se lever, de se frotter les mains, de se frotter la bra-guette, de remonter ses frocs, de lever les yeux et de dire « Am », et soudain de plisser ses yeux pour tout regarder ; et tout le temps il me prenait par la taille et parlait, parlait sans cesse.

Il faisait très froid à Testament ; il neigeait plus que de saison. Lui, il était là, dans la grand-rue, longue artère balayée par le vent qui longe la voie de chemin de fer, uniquement vêtu d'un maillot à col ouvert et d'un froc tombant avec la ceinture débouclée, comme s'il était à deux doigts de l'enlever. Il passa la tête à la portière pour parler à Marylou ; puis il marcha à reculons, faisant voltiger ses mains devant elle. « Oh oui, je sais. Je te connais, toi, je te connais, ma chérie. » Son rire était démentiel ; cela partait très bas et finissait à l'aigu, exactement comme le rire radiophonique d'un fou, mais plus rapide et plus gloussé. Puis il revenait au registre du langage d'affaires. Il n'y avait aucun but à notre promenade en ville mais il se chargea d'en trouver plusieurs. Il nous fit tous nous grouiller, Marylou pour acheter les provisions du casse-croûte, moi pour consulter dans un journal le bulletin météorologique, Ed pour se procurer des cigares. Dean aimait fumer des cigares. Il en fuma un, le nez dans le journal, et dit : « Ah, nos sacrés mâche-merde américains de Washington sont en train de planifier des difficultés ultérieures... hem !... Oho... hep ! hep ! » Et bondissant soudain, il se précipita pour regarder une fille de couleur qui juste à ce moment passait devant la gare. « Vise-la, dit-il, la désignant d'un doigt désabusé tout en se caressant la queue avec un sourire béat, cette adorable petite négresse. Ah ! hem ! » On grimpa dans l'auto et on se tailla chez mon frère.

J'avais passé un Noël paisible à la campagne, comme je pus en juger quand on revint à la maison et que je vis l'arbre de Noël, les cadeaux, et que je humai la dinde rôtie et entendis les conversations des parents, mais maintenant la mouche m'avait

piqué de nouveau et le nom de la mouche c'était
Dean Moriarty et j'étais bon pour un nouveau galop
sur la route.

## II

On emballa le mobilier de mon frère à l'arrière de la voiture et à la tombée de la nuit on démarra, promettant d'être de retour dans trente heures, trente heures pour un millier de miles aller et retour. Nord-Sud. Mais c'était ce que voulait Dean. Ce fut un rude voyage et aucun de nous n'y fit attention ; le chauffage ne marchait pas, faute de quoi le pare-brise se couvrait de buée et de glace ; Dean se penchait constamment au dehors, tout en roulant à soixante-dix miles, pour l'essuyer avec un chiffon et faire un trou pour voir la route. « Ah, trou sacré ! » Dans la spacieuse Hudson, nous avions largement la place d'être assis tous les quatre devant. Une couverture était posée sur nos genoux. La radio ne marchait pas. C'était une voiture toute neuve, sortie de chez le marchand cinq jours auparavant, et elle était déjà démolie. On avait seulement versé un acompte, à dire vrai. On partit, direction nord vers Washington, par la 301, une autoroute droite à deux pistes, sans beaucoup de circulation. Et Dean parlait, parlait tout seul. Il gesticulait furieusement, il se penchait par moments jusqu'à moi pour me faire ressortir un argument, par moments il ne touchait plus au

179

volant et pourtant la voiture volait droit comme une flèche, ne déviant pas une seule fois de la ligne blanche du milieu de la route qui se déroulait en frôlant notre pneu avant gauche.

C'était un concours de circonstances absolument dépourvu de signification qui avait déterminé l'arrivée de Dean et, aussi bien, je m'embarquais avec lui sans aucun motif. À New York, je suivais des cours à l'Université et flirtais avec une fille appelée Lucille, une belle môme italienne à cheveux couleur de miel que je désirais alors épouser. Pendant toutes ces années, je cherchais la femme avec qui me marier. Je ne pouvais pas rencontrer une fille sans me dire : quel genre de femme ferait-elle ? Je parlai de Lucille à Dean et à Marylou. Marylou fut très curieuse de tout ce qui concernait Lucille, elle voulut la connaître. On traversa à toute allure Richmond, Washington, Baltimore, de là gagnant Philadelphie par une route de campagne en lacets, le tout en discutant. « J'ai envie de me marier avec une fille, leur dis-je, afin de pouvoir reposer mon âme en sa compagnie jusqu'à ce qu'on soit vieux tous les deux. Ça ne peut pas durer toujours, toute cette frénésie et ces galopades. Il faut bien aller quelque part, trouver quelque chose.

— Ah, là-dessus, mon pote, fit Dean, je t'ai drôlement étudié depuis des années, question foyer et mariage et rapport à toutes ces choses épatantes et magnifiques qui intéressent ton âme. » C'était une nuit triste ; c'était aussi une joyeuse nuit. À Philadelphie, on alla dans un restoroute et on se tapa des hamburgers avec le dernier dollar consacré au ravitaillement. Le gérant — il était trois heures du matin — nous entendit parler d'argent et nous offrit les hamburgers, et en plus du café, à condition qu'on s'installe tous derrière à laver la vaisselle parce que son plongeur habituel n'avait pas rappliqué. On sauta sur l'occasion. Ed Dunkel dit qu'il était un vieux pêcheur de perles sur le retour et plongea ses longs bras dans la vaisselle ; Dean traînassait une serviette à la main, de même Marylou. En fin de compte, ils se mirent à se peloter au milieu des gamelles et des casseroles ; ils se retirèrent dans un coin noir de l'office. Le gérant avait son compte pourvu que Ed et moi on fît la vaisselle. Ce fut terminé en quinze minutes. Quand l'aube arriva, on filait à travers le New-Jersey, le grand nuage de la métropole new-yorkaise s'élevant devant nous dans le lointain neigeux. Dean avait un sweater noué autour des oreilles pour se tenir chaud. Il dit qu'on était une bande d'Arabes qui rappliquait pour faire sauter New York. On traversa le Lincoln Tunnel, les pneus crissant sur l'asphalte humide, et on gagna Times Square ; Marylou voulait voir ça.

« Ah, bon dieu, j'espère que je vais trouver Hassel. Regardez bien tous, voir si on peut le dénicher. » On se mit tous à inspecter les trottoirs. Brave vieux Hassel. Ah, il fallait le voir au Texas.

Ainsi donc Dean s'était tapé environ quatre mille miles depuis Frisco, avec l'Arizona et le crochet de Denver, le tout en quatre jours, entrelardés d'innombrables aventures, et ce n'était que le début.

## III

On alla chez moi à Paterson et on dormit. Je fus le premier à me réveiller, tard dans l'après-midi. Dean et Marylou dormaient dans mon lit, Ed et moi dans le lit de ma tante. La valise de Dean, défoncée et aux gonds arrachés, gisait sur le plancher, avec les chaussettes qui dépassaient. On m'appela au téléphone au drugstore du rez-de-chaussée. Je descendis en vitesse ; l'appel venait de la Nouvelle-Orléans. C'était Old Bull Lee, qui s'était installé à la Nouvelle-Orléans. Old Bull Lee de sa voix aiguë et geignarde me fit part de ses griefs. Il apparaissait qu'une fille du nom de Galatea Dunkel venait juste d'arriver chez lui en quête d'un type appelé Ed Dunkel ; Bull n'avait aucune idée de ce que ces gens pouvaient être. Galatea Dunkel était une pigeonne obstinée. Je dis à Bull de la rassurer en lui expliquant que Dunkel était avec Dean et moi et que, fort vraisemblablement, on la ramasserait à la Nouvelle-Orléans quand nous irions sur la côte. Puis la fille prit elle-même le téléphone. Elle voulait savoir comment Ed allait. Elle était tout inquiète de son bonheur.

— Comment êtes-vous allée de Tucson à la Nouvelle-Orléans ? demandai-je. Elle dit qu'elle avait

182

télégraphié chez elle pour avoir l'argent et pris un car. Elle était déterminée à rattraper Ed parce qu'elle l'aimait. Je montai l'escalier et mis au courant le gros Ed. Il était assis sur sa chaise d'un air soucieux — angélique, réellement.

« Maintenant ça colle, dit Dean en se réveillant d'un seul coup et en sautant du lit, ce qu'il faut, c'est manger, tout de suite. Marylou, grouille-toi de voir à la cuisine ce qu'il y a. Sal, toi et moi, on descend téléphoner à Carlo. Ed, tu vois ce que tu peux faire pour mettre la maison en ordre. » Je suivis Dean en dévalant l'escalier.

Le type qui tenait le drugstore dit : « Tu viens d'avoir un autre coup de fil, celui-là de San Francisco, pour un type appelé Dean Moriarty. J'ai dit qu'il n'y avait personne de ce nom-là. » C'était la très charmante Camille qui appelait Dean. Le gars du drugstore, Sam, un grand type tranquille qui était mon ami, me regarda et se gratta la tête. « Dis donc, de quoi es-tu le patron, d'un bordel international ? »

Dean gloussa nerveusement. « Tu piges, vieux. » Il sauta dans la cabine téléphonique et appela San Francisco, aux frais de la destinataire. Puis on téléphona à Carlo à Long Island et on lui dit de se ramener. Carlo arriva deux heures après. En attendant, Dean et moi nous préparâmes à retourner seuls en Virginie pour charger le reste du mobilier et reconduire ma tante. Carlo Marx arriva, de la poésie sous le bras, et s'installa sur un siège confortable, nous observant avec ses yeux en vrille. Durant la première demi-heure, il se refusa à dire quoi que ce fût ; en tout cas, il refusa de se compromettre. Il s'était assagi depuis l'époque des Idées Noires de Denver ; ceci, à cause des Idées Noires de Dakar. À Dakar, la barbe au menton, il avait traîné dans des ruelles avec des gamins qui l'avaient conduit auprès d'un sorcier, lequel lui dit la bonne aventure. Il avait des instantanés de rues étranges avec des huttes couvertes d'herbe dans les bas-fonds pouilleux de Dakar. Il dit qu'il avait failli, tel Hart Crane[29], se jeter du haut du bateau, pendant le trajet du retour. Dean était assis sur le plancher avec une boîte à musique et il écoutait, saisi d'une immense stupeur, la petite chose qui jouait « Une belle romance ». « Petites pirouettes de grelots grelottants. Ah ! écoutez ! Penchons-nous tous ensemble pour observer l'intérieur de la boîte à musique jusqu'à temps qu'on découvre les secrets des petits grelots grelottants, hi ! » Ed Dunkel était aussi assis sur le plancher ; il tenait mes baguettes de tambour ; soudain il se mit à scander une minuscule batterie, pour accompagner la boîte à musique, que l'on pouvait à peine entendre. Tout le monde retint son souffle pour écouter. « Tic... tac... tic-tic... tac-tac. » Dean mit la main en cornet à son oreille ; il était bouche bée ; il dit : « Ah ! Hi ! »

Carlo observait cette toquade loufoque les yeux mi-clos. Finalement il se claqua le genou et dit : « J'ai une déclaration à faire.

— Oui ? ah, oui ?

— Quelle est la signification de cette expédition à New York ? Quel genre d'affaire sordide mijotes-tu encore ? Je veux dire, mon pote, vers quel séjour diriges-tu tes pas ? Vers quel séjour diriges-tu tes pas, Amérique, en ton automobile étincelante dans la nuit ?

— Vers quel séjour diriges-tu tes pas ? », répéta Dean bouche bée. On était assis et on ne savait pas quoi dire ; il n'y avait rien à ajouter à ça. La seule chose à faire, c'était de diriger nos pas. Dean se leva d'un bond et dit que nous étions prêts à repartir pour la Virginie. Il prit une douche, je préparai une grosse plâtrée de riz avec tout ce qui restait à la maison, Marylou reprisa ses chaussettes, et on fut prêts à partir. Dean, Carlo et moi, nous fonçâmes à New York. On promit à Carlo de le revoir dans trente heures, à temps pour la nuit du Nouvel An. Il faisait nuit. On le laissa à Times Square et on retraversa ce tunnel hors de prix, on entra dans le New-Jersey et ce fut la route. En se relayant au volant, Dean et moi, on fit la Virginie en dix heures.

« Maintenant, c'est la première fois qu'on est seuls ensemble et en situation de discuter depuis des années », dit Dean. Et il parla pendant toute la nuit. Comme dans un rêve, on fonçait de nouveau à travers Washington assoupie et les forêts de Virginie, franchissant l'Appomatox à l'aube, bloquant les freins devant la porte de mon frère à huit heures du matin. Et, durant tout ce temps, Dean fut énormément excité par tout ce qu'il voyait, par tout ce dont il parlait, par chaque détail de chaque instant qui passait. Une réelle croyance lui faisait perdre la raison. « Et naturellement, maintenant personne ne peut nous dire qu'il n'y a pas de Dieu. Nous sommes passés par toutes les formes. Tu te souviens, Sal, quand je suis venu la première fois à New York et que je voulais que Chad King m'instruise sur Nietzsche. Tu vois combien de temps ça fait ? Tout est beau, Dieu existe, nous avons l'intuition du temps. Tout ce qui a été affirmé depuis les Grecs est faux. On ne rend compte de rien avec la géométrie et les systèmes géométriques de pensée. Tout est dans *ça*. » Il enfila son index droit dans son poing gauche ; l'auto rasait la ligne, suivant une parfaite trajectoire. « Et non seulement cela mais encore nous comprenons l'un et l'autre que je n'aurais pas le temps d'expliquer pourquoi je sais et tu sais que Dieu existe. » À un certain moment, je me plaignis des difficultés de la vie, de la pauvreté de ma famille, du grand désir que j'avais d'aider Lucille, qui était pauvre également et avait une fille. « Les difficultés, tu vois, c'est le terme générique qui désigne ce en quoi Dieu existe. L'essentiel c'est de ne pas se laisser coincer. Ma tête tinte ! », s'écria-t-il en la prenant à pleines mains. Il se rua hors de la voiture pour aller acheter des cigarettes, avec la même démarche furieuse que Groucho Marx, rasant le sol et la queue de l'habit au vent — mais il n'avait pas d'habit à queue. « Depuis Denver, Sal, combien de choses — oh, les choses ! — ai-je méditées et méditées. J'étais tout le temps en maison de correction, j'étais un jeune voyou, affirmant ma personnalité, car le vol de voitures était un mode d'expression psychologique de ma situation, une manière de me mettre en valeur. Pourquoi j'allais en prison, je le sais maintenant, tout cela s'est éclairci. Autant que je sache, je ne retournerai plus jamais en prison. Le reste n'est pas ma faute. » On dépassa un petit gosse qui jetait des pierres aux autos sur la route. « Pense à ça, dit Dean. Un jour il balancera une pierre dans le pare-brise d'un type et le type ira s'emboutir et claquera, tout ça à cause du petit gosse. Tu me suis bien ? Dieu existe sans aucun scrupule. Tandis que nous roulons sur cette route je suis positivement hors de doute que notre destin est entre de bonnes mains, que même avec toi, si tu prends le volant, avec ta crainte de la bagnole (je détestais conduire et conduisais avec circonspection), la chose marchera de soi-même et qu'on n'ira pas dans le décor et que je peux dormir. Au surplus nous connaissons l'Amérique, nous sommes chez nous ; je puis aller n'importe où en Amérique et avoir ce que je veux parce que c'est pareil dans tous les coins ; je connais les gens, je sais ce qu'ils font. Nous donnons et nous prenons et nous démenons de tous côtés dans une douceur zigzagante d'une incroyable complication. » Il n'y avait rien de clair dans ce qu'il disait mais ce qu'il cherchait à exprimer était d'une façon ou d'une autre pur et limpide. Il faisait du mot « pur » un usage abondant. Je n'avais jamais imaginé que Dean pût devenir un mystique. C'étaient les premiers temps de son mysticisme, qui devait l'amener plus tard jusqu'à une étrange sainteté déguenillée, à la W.C. Fields.

Même ma tante l'écoutait avec une certaine curiosité, d'une oreille, tandis que nous foncions de nouveau au Nord pour rejoindre New York cette même nuit, avec le mobilier derrière. Maintenant que ma tante était dans l'auto, Dean se mit à parler de son travail à San Francisco. On passa en revue les plus infimes détails du métier de serre-freins, avec démonstration chaque fois qu'on longeait un triage, et, à un moment donné, il sauta même de la voiture pour me montrer comment un serre-freins donne le signal du départ sur une voie de garage. Ma tante se retira sur le siège arrière et se mit à dormir. À quatre heures du matin à Washington, Dean appela de nouveau Camille à Frisco, à charge pour elle de payer la communication. Peu de temps après, tandis que nous quittions Washington, une auto de police nous doubla à coups de sirène et on eut une contredanse pour excès de vitesse nonobstant le fait que nous roulions à trente. C'était la plaque de Californie qui nous valait ça. « Vous croyez, les gars, que vous pouvez foncer par ici aussi vite que vous voulez sous prétexte que vous débarquez de Californie ? », dit le flic.

J'allai avec Dean au bureau du brigadier et on essaya d'expliquer à la police qu'on n'avait pas d'argent. Ils dirent que Dean devrait passer la nuit en prison si on n'aboulait pas l'argent. Naturellement ma tante l'avait, quinze dollars ; elle en avait vingt en tout et cela collait tout juste. De fait, tandis qu'on discutait avec les flics, l'un deux sortit pour jeter un coup d'œil sur ma tante emmitouflée à l'arrière de la voiture. Elle le vit.

« Ne vous tracassez pas, je suis pas une poule à gangsters. Si vous voulez fouiller l'auto, allez-y carrément. Je rentre chez moi avec mon neveu et, ce mobilier, on ne l'a pas volé ; il est à ma nièce, elle vient d'avoir un bébé et elle emménage dans sa nouvelle maison. » Sherlock en fut abasourdi et retourna au poste. Ma tante dut payer l'amende pour Dean, sans cela on aurait été coincés à Washington ; je n'avais pas de permis. Il promit de la rembourser et il le fit effectivement, exactement un an et demi plus tard, à l'heureux étonnement de ma tante. Ma tante — une respectable femme attardée dans ce triste monde, dans ce monde qu'elle connaissait bien. Elle nous raconta l'aventure avec le flic. « Il se cachait derrière un arbre, essayant de voir de quoi j'avais l'air. Je lui ai dit — je lui ai dit de fouiller l'auto s'il voulait. Il n'y a rien dont je doive avoir honte. » Elle savait bien qu'il y avait quelque chose dont Dean pouvait avoir honte et moi aussi, du fait que j'étais avec Dean, et Dean et moi acceptions cela tristement.

Ma tante dit une fois que le monde ne trouverait jamais la paix tant que les hommes ne se jetteraient pas aux pieds de leurs femmes pour leur demander pardon. Mais Dean savait cela ; il en avait fait mention à maintes reprises. « J'ai défendu et défendu devant Marylou ce principe d'un pur amour, tout d'intelligence pacifique et tendre, qui nous unirait à jamais et bannirait entre nous toutes disputes... elle comprend ; mais son esprit est tendu vers quelque chose d'autre... elle est tout le temps après moi ; elle ne veut pas comprendre à quel point je l'aime, elle tricote ma perte.

— La vérité en cette affaire, c'est que nous ne comprenons pas nos femmes ; nous les accusons et tout est de notre faute, dis-je.

— Oh, ce n'est pas si simple que cela, fit Dean d'un ton docte. La paix viendra soudain et nous ne comprendrons qu'elle est venue... tu me suis, mon pote ? » Opiniâtrement, tristement, il se frayait un chemin à travers le New Jersey ; à l'aube, c'est moi qui faisais l'entrée à Paterson, tandis qu'il dormait à l'arrière. On arriva à la maison à huit heures du matin pour trouver Marylou et Ed Dunkel installés dans des fauteuils et fumant les mégots des cendriers ; ils n'avaient pas mangé depuis que Dean et moi étions partis. Ma tante alla aux provisions et prépara un énorme petit déjeuner.

# IV

Le moment était venu pour le trio de l'Ouest de s'installer à Manhattan même. Carlo avait une piaule à York Avenue ; ils y emménagèrent ce soir-là. On dormit toute la journée, Dean et moi, et on s'éveilla tandis qu'une grande tempête de neige annonçait la nuit du Nouvel An 1948. Ed Dunkel était assis dans mon fauteuil et parlait des précédentes Saint-Sylvestre. « J'étais à Chicago. J'étais fauché. J'étais assis à la fenêtre de ma chambre d'hôtel de North Clark Street et le fumet le plus délicieux montait à mes narines de la boulangerie en dessous. Je n'avais pas un dime mais je descendis parler à la fille. Elle me fila à l'œil du pain et des petits gâteaux. Je retournai dans ma chambre et les mangeai. J'ai passé toute la nuit dans ma chambre. À Farmington, dans l'Utah, autrefois, où j'allais pour travailler avec Ed Wall, vous savez Ed Wall, le fils du rancher de Denver, j'étais dans mon lit et subitement j'ai vu ma défunte mère debout dans un coin et tout environnée de lumière. J'ai dit : "Mère." Elle a disparu. J'ai tout le temps des visions », dit Ed Dunkel en hochant la tête.

— Qu'est-ce que tu vas faire avec Galatea ?

— Oh, on verra. Quand on passera à la Nouvelle-Orléans. Tu ne penses pas, hein ? » Il commençait à me demander conseil à moi aussi ; un seul Dean ne lui suffisait pas. Mais il en pinçait déjà pour Galatea, il ruminait la question.

— Qu'est-ce que tu vas faire de ta peau, Ed ? demandai-je.

— Je ne sais pas, dit-il. Je suis mon bonhomme de chemin. Je savoure la vie. » Il répéta ça à la manière de Dean. Il n'avait pas de but. Assis, il se remémorait cette nuit à Chicago et les petits gâteaux chauds dans sa chambre solitaire.

La neige tournoyait au dehors. Le grand cirque se mettait en piste à New York ; on était tous dans le coup. Dean boucla sa valise déglinguée, la mit dans la bagnole et on partit tous pour la grande nuit. Ma tante était heureuse à la pensée que mon frère viendrait lui rendre visite la semaine suivante ; elle s'assit avec son journal pour attendre l'émission du Nouvel An diffusée à partir de Times Square. On fonça à New York, dérapant sur le verglas. Je n'avais jamais peur quand Dean conduisait ; il savait manier une bagnole en toutes circonstances. On avait ouvert la radio et maintenant on avait du bop sauvage pour nous exciter tout au long de la nuit. Je ne savais pas où tout ça nous menait ; je m'en foutais.

C'est exactement à ce moment qu'un sentiment étrange commença à me hanter. C'était ceci : j'avais oublié quelque chose. Il y avait une décision que j'étais sur le point de prendre avant que Dean rapplique et maintenant elle m'était sortie complètement de l'esprit mais elle me restait mentalement sur le bout de la langue. Je ne cessais pas de me mordre les doigts en essayant de m'en souvenir. Je fis même une allusion au problème. Et je ne pouvais même pas dire si c'était vraiment une décision ou simplement une pensée que j'avais oubliée. Cela me hantait et j'en étais ahuri et triste. Cela avait quelque chose à voir avec le Voyageur au Suaire. Carlo Marx et moi étions une fois assis tous les deux, genoux contre genoux, sur deux chaises, face à face, et je lui avais raconté le rêve que j'avais fait d'un Arabe étrange qui me poursuivait à travers le désert ; que je m'efforçais de fuir ; qui me rejoignait en fin de compte juste avant que j'atteigne la Cité du Salut. « Qui est-ce donc ? » dit Carlo. On étudia la question. Je suggérai que ce personnage n'était autre que moi-même, drapé d'un suaire. Ce n'était pas ça. Quelque chose, quelqu'un, quelque esprit devait poursuivre chacun de nous à travers le désert de la vie et il devait de toute nécessité nous saisir avant que nous atteignions le paradis. Naturellement, maintenant que je reviens sur cette énigme, il s'agit simplement de la mort : la mort nous rejoindra avant le paradis. La seule chose après laquelle nous languissons durant notre existence, qui nous fait soupirer et gémir et souffrir toutes sortes de doucereuses nausées, c'est le souvenir de quelque félicité perdue que l'on a sans doute éprouvée dans le sein maternel et qui ne saurait se reproduire (mais nous nous refusons à l'admettre) que dans la mort. Mais qui souhaite mourir ? Sous la ruée des événements, je ne cessais pas, au fond de mon esprit, de penser à cela. J'en fis part à Dean et il y reconnut aussitôt le pur et simple désir de la mort pour elle-même ; mais, puisque aucun de nous ne ressuscite jamais, lui, à juste titre, ne voulait pas avoir affaire à elle, et je me rangeai à son opinion.

On partit en quête de ma bande de copains new-yorkais. À New York aussi les fleurs loufoques s'épanouissent. On alla d'abord chez Tom Saybrook. Tom est un beau type triste, tendre, généreux et soumis ; de temps en temps seulement, il faisait des crises brutales de dépression et se taillait sans dire mot à personne. Ce soir-là, il nageait dans la joie. « Sal, où as-tu déniché ces gens absolument merveilleux ? Je n'ai jamais vu des types comme ça.

— Je les ai dénichés dans l'Ouest. »

Dean était en pleine forme ; il mit un disque de jazz, empoigna Marylou, la serra de près, et gesticula avec elle au rythme de la batterie. Elle prenait bien le rebond, en cadence. C'était une vraie danse d'amour. Ian MacArthur arriva avec toute une troupe. Le week-end du Nouvel An prenait le départ pour durer trois jours et trois nuits. Des escouades entières grimpaient dans l'Hudson et l'on dérapait dans les rues de New York enneigé de réception en réception. J'emmenai Lucille et sa sœur à la plus importante de toutes. Quand Lucille me vit avec Dean et Marylou son visage s'assombrit ; elle devinait quelle folie ils m'injectaient.

— Je ne t'aime pas quand tu es avec eux.

— Ah, c'est bath, c'est juste pour rigoler. On ne vit qu'une fois. Il faut bien s'en payer un peu.

— Non, c'est triste et je n'aime pas ça.

Puis Marylou se mit à flirter avec moi ; elle dit que Dean resterait avec Camille et elle voulait que je marche avec elle. « Rentre à San Francisco avec nous. On habitera ensemble. Je serai une bonne fille pour toi. » Mais je savais que Dean aimait Marylou et je savais aussi que Marylou faisait ça pour rendre Lucille jalouse et je ne voulais rien entendre. Malgré tout, je regardais avec gourmandise la succulente blonde. Quand Lucille vit que Marylou me poussait dans les coins et me faisait entrer dans son jeu et me forçait à accepter des baisers, elle accepta la balade en voiture que lui proposa Dean ; mais ils ne firent que discuter et boire de la gnole de Virginie que j'avais laissée dans le vide-poches. C'était la pagaïe générale et tout s'écroulait. Je compris que ma liaison avec Lucille ne traînerait pas très longtemps. Elle voulait que j'adopte son style. Elle était mariée à un docker qui la traitait mal ; je souhaitais l'épouser et me charger de sa petite fille et de tout si elle divorçait du mari ; mais il n'y avait pas assez d'argent pour obtenir le divorce et toute l'affaire était désespérée, sans compter que Lucille ne me comprendrait jamais parce que j'ai du goût pour trop de choses que je mélange, m'attardant à courir d'une étoile filante à une autre jusqu'à temps que je me casse la figure. Voilà ce que c'est que de vivre dans la nuit, voilà ce que ça fait de vous. Je n'avais rien à offrir à personne que ma propre confusion.

C'étaient des réunions énormes ; il y avait au moins une centaine de personnes dans un sous-sol du côté des West Nineties. Les gens refluaient dans les pièces de la cave jusqu'à la chaudière. Des choses se passaient dans tous les coins, sur chaque lit et chaque divan — pas une orgie, mais simplement une vraie réunion de Nouvel An avec des cris frénétiques et la musique sauvage de la radio. Il y avait même une Chinoise. Dean galopait tel Groucho Marx de groupe en groupe, savourant son monde. Par à-coups, on se ruait dehors en bagnole pour ramasser plus de gens. Damion arriva. Damion est le héros de mon gang new-yorkais, de même que Dean est le héros en titre de celui de l'Ouest. Aussitôt ils se prirent réciproquement en grippe. La fille de Damion subitement balança dans la mâchoire de Damion une droite de corps de garde. Il était planté

194

là, tout chancelant. Elle le ramena à la maison. Quelques journalistes loufoques de nos amis rappliquèrent de leur bureau avec des bouteilles. Il y avait dehors une tempête de neige effroyable et magnifique. Ed Dunkel fit connaissance de la sœur de Lucille et disparut avec elle ; j'ai oublié de dire que Ed Dunkel est un type très doux avec les femmes. Il mesure un mètre quatre-vingt-dix, il est conciliant, affable, agréable, débonnaire et délicieux. Il aide les femmes à enfiler leurs manteaux. C'est la bonne méthode. À cinq heures du matin, on se ruait tous dans la cour d'un immeuble pour escalader la fenêtre d'un appartement où se tenait une réunion géante. À l'aube, on était de retour chez Tom Saybrook. Des gens dessinaient et buvaient de la bière éventée. Je m'endormis sur un divan avec une fille appelée Mona dans les bras. De grandes bandes rappliquèrent du vieux bar de « Columbia Campus ». Toute notre vie, tous les visages de notre vie étaient entassés dans l'humidité du même local. Chez Ian MacArthur, la fête continuait. Ian MacArthur est un type merveilleux et tendre qui porte des lunettes et bigle au travers avec délice. Il avait entrepris de dire « oui ! » à tout, exactement comme Dean à cette époque, et il n'a pas cessé depuis. Aux accents sauvages de Dexter Gordon et Wardell Gray qui soufflaient « La Chasse », Dean et moi, on se lançait Marylou sur le divan, comme une balle, et c'était un beau brin de fille. Dean déambulait sans maillot de corps, juste en pantalon, pieds nus, tant qu'il ne fallait pas prendre la bagnole pour ramener des gens. Tout pouvait survenir. On trouva le sauvage, l'extatique Rollo Greb, et on passa une nuit chez lui à Long Island. Rollo habite une jolie maison avec sa tante ; à la mort de celle-ci, la maison sera toute à lui. En attendant, elle se refuse à satisfaire aucun de ses désirs et hait ses amis. Il récolta l'équipe déguenillée que nous formions, Dean, Marylou, Ed et moi, et une partie ronflante se mit en branle. La bonne femme rôdait à l'étage au-dessus ; elle menaça d'appeler la police. « Oh, la ferme, espèce de vieux sac ! », gueula Greb. Je me demandais comment il pouvait vivre avec elle dans ces conditions. Il possédait plus de livres que je n'en ai jamais vus de toute ma vie, deux bibliothèques, deux pièces garnies du plancher au plafond et sur les quatre murs, et des livres tel que le *Machinum Apocryphum* en dix volumes. Il jouait des opéras de Verdi et les mimait drapé dans son pyjama, avec une grande déchirure qui lui descendait dans le dos. Il se foutait royalement de tout. C'est un homme de grande érudition qui déambule en titubant le long des quais de New York avec des manuscrits originaux de musiciens du xviiᵉ siècle sous le bras, tout en gueulant. Il se traîne dans les rues comme une grosse araignée. Son excitation jaillissait de ses yeux par éclairs démoniaques. Il ployait sa nuque dans une extase spasmodique. Il zézayait, se tordait en convulsions, s'affalait, gémissait, hurlait, tombait à la renverse de désespoir. Il pouvait à peine placer un mot tellement ça l'excitait de vivre. Dean restait planté devant lui, opinant du chef et répétant sans arrêt : « Oui... Oui... Oui. » Il me prit dans un coin. « Ce Rollo Greb est grand, admirable entre tous. Voilà ce que j'ai essayé de t'expliquer, voilà ce que je veux être. Je veux être comme lui. Rien ne le freine, il va dans toutes les directions, à toute vitesse, il a l'intuition du temps, il n'a rien d'autre à faire qu'à se laisser ballotter d'avant en arrière. Mon pote, il est exemplaire. Vois-tu, si tu fais comme lui sans arrêt, tu finiras par atteindre ça.

— Atteindre quoi ?

— Ça. Ça. Je te dirai... pas le temps maintenant, nous n'avons pas le temps maintenant. » Dean se rua de nouveau auprès de Rollo Greb afin de l'étudier plus avant.

George Shearing[30], le grand pianiste de jazz, était, à ce que disait Dean, semblable en tout point à Rollo Greb. Dean et moi allâmes voir Shearing au « Birdland » au cours de ce long week-end délirant. L'endroit était vide, nous étions les premiers clients, il n'était que dix heures. Shearing apparut, aveugle, mené par la main jusqu'au clavier. C'était un Anglais d'aspect distingué, un col blanc, empesé, assez costaud, blond, d'une grâce très nuit d'été britannique qui perça dès les premières mesures d'une douceur ondoyante qu'il joua tandis que le contrebassiste s'inclinait respectueusement vers lui et pinçait la cadence. Le batteur, Denzil Best, était assis, immobile, à part ses poignets qui claquaient les balais. Et Shearing commença à se balancer — un sourire apparut sur son visage extatique — à se balancer sur le tabouret de piano, d'arrière en avant, lentement d'abord, puis le rythme s'accéléra et il se mit à se balancer rapidement, le pied gauche bondissant avec la batterie, à balancer son cou avec mille contorsions, couchant son visage jusque sur les touches, rejetant ses cheveux en arrière, ses cheveux dépeignés maintenant, et commença à transpirer. La musique s'emballa. Le contrebassiste faisait le dos rond et dérouillait son instrument de plus en plus vite, il semblait que ce fût de plus en plus vite, pas autre chose. Shearing commença à plaquer des accords ; c'était un déluge somptueux et majestueux qui déferlait du piano, on aurait dit que l'homme n'avait pas le temps de les mettre en ordre. Ils défer-

197

laient sans relâche comme un océan. Les types lui gueulaient : « *Go !* » Dean était en nage ; la sueur dégouttait de son col. « Le voilà, c'est lui ! Ce vieux Dieu ! Ce vieux Dieu Shearing ! Oui ! Oui ! Oui ! » Et Shearing savait qu'il avait ce dingue derrière lui, il pouvait entendre le moindre des hoquets et des imprécations de Dean, il pouvait le deviner bien qu'il ne pût le voir. « C'est ça ! fit Dean. Oui ! » Shearing sourit ; il se balançait. Shearing se leva du piano, ruisselant de transpiration ; c'était en 1949, à sa grande époque, avant qu'il ne devienne tiède et commercial. Quand il fut parti, Dean désigna du doigt le siège vide. « Le siège vide de Dieu », dit-il. Sur le piano était posé un cuivre ; son reflet d'or jouait étrangement sur la fresque d'une caravane dans le désert qui couvrait le mur derrière la batterie. Dieu n'était plus là ; on se recueillait dans le silence de son départ. C'était une nuit pluvieuse. C'était une nuit mythiquement pluvieuse. Dean terrifié roulait des yeux en billes de loto. Cette loufoquerie ne conduirait nulle part. Je ne savais pas ce qui m'arrivait et, soudain, je me rendis compte que c'était tout bonnement le *thé* qu'on était en train de fumer ; Dean s'en était procuré à New York. Cela me fit penser que tout pouvait arriver — j'étais dans cet état où l'on sait que tout est décidé à jamais.

# V

Je les laissai tous et allai chez moi me reposer. Ma tante me dit que je gaspillais mon temps à traîner avec Dean et sa bande. Je savais bien moi-même que j'avais tort. La vie est vie et la nature nature. Ce que je voulais, c'était faire encore un magnifique voyage sur la Côte Ouest et revenir à temps pour le semestre de printemps à l'université. Et quel voyage ce devait être. Je partais simplement pour profiter de la voiture de Dean, et pour voir ce qu'il allait encore fabriquer et enfin, sachant qu'il reprendrait Camille à Frisco, je voulais avoir une aventure avec Marylou. On se prépara à traverser de nouveau le continent gémissant. Je touchai mon chèque d'ancien combattant et donnai à Dean dix-huit dollars pour expédier à sa femme ; elle attendait qu'il rentre à la maison et elle était fauchée. Ce qui trottait dans la tête de Marylou, je l'ignore. Ed Dunkel, comme toujours, se contentait de suivre.

Il se passa de longues, de drôles de journées dans l'appartement de Carlo avant que nous partions. Il déambulait en peignoir de bain et tenait des discours mi-figue mi-raisin : « À présent, loin de moi l'intention de vous détourner de vos plaisirs douteux mais il me semble que le moment est venu de décider de ce que vous êtes et de ce que vous allez entreprendre. » Carlo travaillait comme dactylo dans un bureau. « Je voudrais savoir ce que ces assises domestiques que vous tenez à longueur de journées veulent bien signifier, où vous mène tout ce bavardage et ce que vous vous proposez de faire. Dean, pourquoi as-tu quitté Camille et repris Marylou ? » Point de réponse, des ricanements. « Marylou, pourquoi te trimbales-tu ainsi sur tout le territoire et ta féminité songe-t-elle au linceul ? » Même réponse. « Ed Dunkel, pourquoi as-tu délaissé ta récente épouse à Tucson et qu'est-ce que tu fous ici à trôner sur ton gros cul adipeux ? Où est ta maison ? Quel est ton travail ? » Ed Dunkel baissa la tête, sincèrement déconfit. « Sal... comment se fait-il que tu t'abandonnes à ce cycle fangeux et qu'as-tu fait avec Lucille ? » Il ajusta son peignoir de bain et s'assit en face de nous tous. « Les jours de colère vont pourtant arriver. Le ballon ne vous soutiendra plus bien longtemps. Et sans compter qu'il ne s'agit que d'un ballon abstrait. Vous vous envolerez tous vers la Côte Ouest et reviendrez, titubant, à la recherche de votre tombeau. »

À cette époque, Carlo avait mis au point un ton de voix qui, espérait-il, rendait un effet analogue à ce qu'il appelait la Voix du Roc ; toute l'idée était de frapper les gens de stupeur de manière à les amener à la compréhension du Roc. « Vous épinglez un dragon à votre chapeau, nous disait-il, et vous êtes au grenier avec les araignées qui vous courent au plafond. » Ses yeux fous nous lançaient des étincelles. Depuis les Idées Noires de Dakar, il était passé par une période terrible qu'il appelait les Sacrées Idées Noires, ou les Idées Noires de Harlem, tandis qu'il habitait Harlem dans le courant de l'été et qu'il s'éveillait la nuit dans sa chambre solitaire et entendait « la grande machine » descendre du ciel, ou encore, lorsqu'il marchait sur la Cent-vingt-cinquième Rue « en plongée » parmi tous les autres poissons. C'était une orgie d'idées radiantes qui finissaient par illuminer son cerveau. Il fit asseoir Marylou sur ses genoux et lui ordonna de la fermer. Il dit à Dean : « Pourquoi ne restes-tu pas simplement assis à te détendre ? Pourquoi est-ce que tu galopes tellement ? » Dean se démenait, mettait du sucre dans son café et disait : « Oui ! Oui ! Oui ! » La nuit venue, Ed Dunkel dormait par terre sur des coussins. Dean et Marylou vidaient Carlo de son lit et Carlo veillait dans la cuisine près de son ragoût de rognons, marmottant les prédictions du Roc. J'y allais le jour et j'observais tout.

Ed Dunkel me dit : « La nuit dernière, j'ai marché jusqu'à Times Square et juste comme j'arrivais, je me suis soudain rendu compte que j'étais un spectre, c'était mon spectre qui marchait sur le trottoir. » Il me dit cela sans commentaire, en secouant énergiquement la tête. Dix heures plus tard, au cours de je ne sais quelle autre conversation, Ed dit : « Ouais, c'était mon spectre qui marchait sur le trottoir. »

Soudain Dean se pencha vers moi et me dit d'un air très sérieux : « Sal, j'ai quelque chose à te demander... très important pour moi... je ne sais pas comment tu vas le prendre... on est des copains, non ?

— Bien sûr, Dean. » Il rougit presque. En fin de compte, il lâcha l'aveu ; il voulait que je baise Marylou. Je ne lui demandai pas pourquoi car je savais qu'il voulait voir comment serait Marylou avec un autre type. On était assis au Ritzy's Bar quand il lança l'idée ; on avait passé une heure à marcher dans Times Square, en quête de Hassel. Ritzy's Bar est le bar gouape du quartier de Times Square ; il change de nom tous les ans. On entre là-dedans et on ne voit pas une traître fille, même dans les boxes, simplement une grande foule de jeunes types fringués selon toutes les variantes du style gouape, depuis les chemises rouges jusqu'aux pantalons fuseaux. C'est aussi le bar de la retape pour les gars qui gagnent leur croûte aux frais des pauvres vieux homos des nuits de la Huitième Avenue.

Dean entra là-dedans le regard filtrant, prêt à les examiner tous en détail. Il y avait d'extravagantes tantes nègres, des mecs sinistres avec des pétards, des marins porteurs de couteaux, des drogués effflanqués et moroses et un détective de passage, bien fringué, entre deux âges, qui se donnait le genre d'un book et rôdait par là aussi bien pour le plaisir que pour le service. Pour Dean, c'était l'endroit typique pour déballer sa proposition. Toutes sortes de louches intrigues sont tramées au Ritzy's Bar, on sent ça dans l'air, et, par la même occasion, toutes sortes de perversions sexuelles se donnent libre cours. Le casseur de coffres-forts ne propose pas seulement à la gouape de cambrioler tel ou tel magasin de la Quatorzième Rue, mais aussi qu'ils couchent ensemble. Kinsey a passé un temps fou au Ritzy's Bar, à interviewer les gars ; j'étais là la nuit où son assistant est venu, en 1945. Hassel et Carlo furent interviewés.

Dean et moi, on revint en bagnole à la piaule et on trouva Marylou au lit. Dunkel baladait son spectre quelque part à New York. Dean lui dit ce qu'on avait décidé. Elle dit que ça lui plaisait. Je n'étais pas si sûr de moi. Il fallait prouver que j'étais capable de remplir mon rôle. Le lit avait été le lit de mort d'un gros mort et il formait un creux au milieu. Marylou était couchée là, avec Dean et moi-même de part et d'autre, en équilibre sur les deux côtés escarpés du matelas, ne sachant quoi dire. Je dis : « Ah, bon dieu, je ne peux pas faire ça.

— Vas-y, mon pote, tu l'as promis, dit Dean.

— Qu'est-ce qu'en pense Marylou ? dis-je. Allons, Marylou, qu'est-ce que t'en penses ?

— En avant », dit-elle.

Elle m'enlaça et je m'efforçai d'oublier que le vieux Dean était là. À tout instant, je me rendais compte qu'il était là dans le noir, écoutant chaque bruit et je ne pus rien faire d'autre que de me mettre à rire. C'était horrible.

— Il faut tous qu'on se relaxe, dit Dean.

— J'ai peur de ne pas y arriver. Pourquoi est-ce que tu ne vas pas à la cuisine une minute ?

Dean s'exécuta. Marylou était vraiment adorable, mais je murmurais : « Attends qu'on soit amants à San Francisco ; je n'ai pas le cœur à ça. » C'était vrai, elle pouvait en juger. C'étaient trois enfants dans la nuit de la terre qui voulaient affirmer leur liberté et les siècles passés, de tout leur poids, les écrasaient dans les ténèbres. Il y avait un étrange silence dans l'appartement. J'allai timidement frapper à la porte de Dean et lui dis de rejoindre Marylou ; et je me retirai sur le divan. Je pouvais entendre Dean, au comble de la jubilation, qui murmurait et se démenait frénétiquement. Seul un type qui a passé cinq années en prison peut se laisser aller à ces outrances de délire et de désolation ; implorant au seuil de la source de volupté, affolé par une lucidité absolument physique des origines de la béatitude vitale ; tendant aveuglément à reprendre le chemin d'où il vient. C'est le résultat d'années passées à regarder

203

des images érotiques derrière les barreaux ; à regarder les jambes et les poitrines des femmes dans les illustrés populaires ; à mettre en regard la dureté des chambres d'acier et le moelleux de la femme qui est absente. La prison est l'endroit où l'on se promet à soi-même le droit de vivre. Dean n'avait jamais vu le visage de sa mère. Toute nouvelle fille, toute nouvelle épouse, tout nouvel enfant accompagnaient sa sinistre déréliction. Qu'était devenu son père ?... cette vieille cloche de Dean Moriarty l'Étameur, qui voyageait en fraude dans les trains de marchandises, travaillait comme plongeur dans les cantines de cheminots, tout titubant, poivrot capotant dans les ruelles obscures, expirant sur des tas de charbon, semant une à une ses dents jaunies dans les caniveaux de l'Ouest. Dean avait tout le droit d'agoniser ses douces morts d'amour absolu avec sa Marylou. Je ne voulais pas m'en mêler, je voulais seulement suivre le train.

Carlo revint à l'aube et enfila son peignoir de bain. Il ne dormait plus durant cette période. « Oh ! » s'écria-t-il. Il était outré de voir tant de désordre ; confiture sur le plancher, pantalons, fringues balancées dans tous les coins, mégots, vaisselle sale, livres ouverts — c'était un étonnant forum que le nôtre. Chaque jour le mon gémissait d'avoir à tourner et nous nous livrions aux explorations effroyables de la nuit. Marylou était bleue et noire des suites d'une bagarre qu'elle avait eue avec Dean pour je ne sais quel motif ; son visage, à lui, était égratigné. Il était temps de partir.

On alla chez moi en bagnole, une vraie équipée à dix, pour chercher mon sac et appeler Old Bull Lee à la Nouvelle-Orléans au téléphone du bar où Dean et moi avions eu notre première conversation, des années auparavant, lorsqu'il était venu me trouver pour apprendre à écrire. On entendit la voix geignarde de Bull à dix-huit cents miles de distance. « Dites, qu'est-ce que vous attendez de moi, les gars, à propos de cette Galatea Dunkel ? Elle est ici depuis déjà deux semaines, s'est planquée dans sa chambre et refuse de parler aussi bien à Jane qu'à moi. Est-ce que ce personnage nommé Ed Dunkel est avec vous ? Amenez-le, bon Dieu, et débarrassez-moi d'elle. Elle couche dans notre meilleure chambre et est à court d'argent. C'est pas un hôtel. » On rendit courage à Bull à grand renfort de clameurs et de hurlements dans le téléphone ; il y avait Dean, Marylou, Carlo, Dunkel, moi, Ian MacArthur, sa femme, Tom Saybrook, Dieu sait encore qui, tous gueulant et buvant de la bière et lançant au téléphone des toasts à la santé de Bull abasourdi qui, par-dessus tout, déteste le désordre. « C'est bon, dit-il, vous vous ferez peut-être mieux comprendre quand vous rappliquerez ici, si vous rappliquez ici. » Je dis au revoir à ma tante et promis d'être de retour dans deux semaines et m'embarquai de nouveau pour la Californie.

# VI

Il y eut de la bruine et du mystère dès le début du voyage. Je me rendais compte que tout cela allait être une vaste épopée de brume. « Hou ! » gueula Dean. « En route ! » Et il se coucha sur le volant et écrasa le champignon ; il était de nouveau dans son élément, c'était visible. On était tous aux anges, on savait tous qu'on laissait derrière nous le désordre et l'absurdité et qu'on remplissait notre noble et unique fonction dans l'espace et dans le temps, j'entends le mouvement. Et quant à se mouvoir, on le faisait ! On passa dans un éclair, quelque part dans la nuit du New Jersey, les mystérieux symboles blancs qui indiquent : SUD (avec une flèche) et OUEST (avec une flèche) et on bifurqua au Sud. La Nouvelle-Orléans ! Elle flamboyait dans nos têtes. Quittant les neiges fangeuses de « New York, la pédale glaciale », comme l'appelait Dean, on roulait vers la végétation et le parfum fluvial de la vieille Nouvelle-Orléans aux confins délavés de l'Amérique ; ensuite ce serait l'Ouest. Ed était sur le siège arrière ; Marylou, Dean et moi étions assis devant et tenions les discussions les plus passionnées sur l'excellence et les charmes de la vie. Dean devint tendre tout à coup. « Eh bien, bon Dieu, tenez, tous autant que vous êtes, nous devons reconnaître que tout est beau et qu'il n'y a aucune nécessité en ce monde de se faire du souci et, de fait, nous devrions nous rendre compte de ce que signifierait pour nous la COMPRÉHENSION de ceci, que nous n'avons RÉELLEMENT AUCUN souci. N'ai-je pas raison ? » On était tous d'accord. « Allons-y, on est tous ensemble... Qu'est-ce qu'on a foutu à New York ? Passons l'éponge. » Nous avions laissé derrière nous toutes nos querelles. « Tout ça est dans notre dos, il suffit d'allonger les miles et descendre nos penchants naturels. Nous avons mis le cap sur la Nouvelle-Orléans pour savourer Old Bull Lee : ne sera-ce pas formidable, non ? et puis écoutez, voulez-vous, ce vieil alto crever le plafond — il fit si fort gueuler la radio que la bagnole en vibrait — et écoutez-le raconter son histoire, nous dire ce que c'est, le vrai repos et la pure connaissance. »

On était tous d'accord pour la musique et en pleine harmonie. La pureté de la route. La ligne blanche du milieu de l'autostrade se déroulait et léchait notre pneu avant gauche comme si elle avait collé à notre étrave. Dean ployait son cou musculeux, en maillot de corps par cette nuit d'hiver, et faisait beugler son moteur. Il insista pour que je conduise en traversant Baltimore afin de m'initier à la circulation ; c'était parfait, sauf que lui et Marylou tenaient absolument à me piloter tout en s'embrassant et en folâtrant sur la banquette. C'était loufoque ; la radio hurlait à plein tube. Dean faisait la batterie sur le tableau de bord, tant et si bien qu'il l'enfonça ; j'en faisais autant. La pauvre Hudson — ah, le paresseux bateau pour la Chine — recevait sa râclée.

« Oh, mon pote, quelle dynamite ! gueula Dean.

Maintenant, Marylou, écoute sérieusement, mon chou, tu sais que je suis un fameux sauteur capable de tout faire au même instant et que je possède une énergie illimitée... À San Francisco nous devons donc continuer à vivre ensemble. Je sais exactement la place qui t'est destinée... le maillon de liberté de ma chaîne conjugale... je te rejoindrai, à un poil près, tous les deux jours, et pour douze heures sans débrider, pas moins, et ma vieille, tu sais ce qu'on peut faire en douze heures, hein, chérie. Dans l'intervalle, je continuerai à vivre chez Camille exactement comme si de rien n'était, tu sais, elle n'en saura rien. On peut arranger ça, on l'a déjà fait avant. » Ça collait pour Marylou, elle voulait positivement la peau de Camille. Il avait été entendu que Marylou me reviendrait à Frisco mais maintenant je commençais à voir qu'ils se mettraient ensemble et qu'à l'autre bout du continent on me laisserait tomber comme une vieille chaussette. Mais pourquoi penser à ça quand toute la beauté de ce monde s'offre à vous et que toutes sortes d'événements imprévus sont en attente, qui vous surprendront et qui, du seul fait qu'ils se produiront, vous rendront heureux de vivre.

On arriva à Washington à l'aube. C'était le jour de l'inauguration* de Harry Truman à l'occasion de son second mandat. La Force Armée se déployait le long de l'avenue de Pennsylvanie tandis que nous défilions sur notre destroyer en déroute. Il y avait des B-29, des canots lance-torpilles, de l'artillerie, toutes sortes de matériel de guerre qui prenait des postures homicides dans l'herbe neigeuse ; la dernière chose n'était qu'un petit canot de sauvetage

---

* Cérémonie célébrée lors de l'installation d'un nouveau Président, le 4 mars, tous les quatre ans.

tout ce qu'il y a de courant et d'ordinaire qui avait un air pitoyable et ridicule. Dean ralentit pour l'examiner. Il hocha la tête à plusieurs reprises avec un respect mêlé de crainte. « Qu'est-ce que ces types nous préparent ? Harry * doit dormir, quelque part dans cette ville... Bon vieux Harry... Un gars du Missouri, comme moi... Ça doit être son bateau personnel. »

Dean alla dormir sur le siège arrière et Dunkel conduisit. On lui donna des instructions précises pour qu'il roule tranquillement. À peine commencions-nous à ronfler qu'il lança la voiture à quatre-vingts, avec les mauvais roulements et tout, et non content de ça il doubla en troisième position juste à l'endroit où un flic discutait avec un automobiliste — il était sur la quatrième piste d'un autostrade à quatre pistes, dans le mauvais sens. Naturellement le flic nous prit en course, faisant miauler sa sirène. Il fallut s'arrêter. Il nous dit de le suivre au poste. Il y avait là-dedans un sale cogne qui aussitôt se hérissa contre Dean ; il devait répandre autour de lui un relent de prison. Il fit sortir son acolyte pour nous interroger séparément, Marylou et moi. Ils demandèrent l'âge de Marylou, ils essayaient de nous coincer avec le *Mann Act* **. Mais elle avait son certificat de mariage. Puis ils me prirent seul, à l'écart, et me demandèrent qui couchait avec Marylou. « Son mari », dis-je bien simplement. Ils étaient curieux. Ils sentaient du louche. Ils jouaient au Sherlock amateur en posant les mêmes questions deux fois, dans l'espoir qu'on se couperait. Je dis : « Ces deux types retournent travailler au chemin de fer en Cali-

---

\* Harry Truman.
\*\* Qui interdit le passage d'une frontière d'État en compagnie d'une mineure.

fornie, elle, c'est la femme du petit et je suis un ami, en vacances pour deux semaines, un étudiant. »

Le flic sourit et dit : « Ouais ? Est-ce que c'est vraiment votre portefeuille ? »

En fin de compte, le salaud du bureau colla une amende de vingt-cinq dollars à Dean. On leur dit qu'on n'en avait que quarante pour faire toute la route jusqu'à la Côte ; ils dirent que pour eux ça ne changeait rien à la question. Quand Dean protesta, le salaud le menaça de le reconduire en Pennsylvanie et de lui coller un motif spécial.

— Quel motif ?

— T'occupe pas du motif. T'inquiète pas de ça, gros malin.

On dut leur donner les vingt-cinq dollars. Mais auparavant Ed Dunkel, le coupable, offrit d'aller en taule. Dean prit sa proposition au sérieux. Le flic entra en fureur ; il dit : « Si tu laisses ton pote aller en taule, je te ramène immédiatement en Pennsylvanie. Tu m'entends ? » Tout ce qu'on voulait c'était se tailler. « Encore une contredanse pour excès de vitesse en Virginie et tu paumes ta bagnole », dit le salaud pour la salve d'adieu. Dean avait le rouge au visage. On démarra sans un mot. C'était exactement nous inciter au vol que de nous piquer l'argent de notre voyage. Ils savaient que nous étions fauchés et n'avions pas de parents à taper sur la route ou par télégramme. La police américaine est engagée dans une guerre psychologique contre les Américains qui ne lui collent pas la frousse avec des papiers impressionnants et des menaces. C'est une police de style victorien ; elle guette derrière ses fenêtres puantes, elle enquête sur tout et n'importe quoi, et peut faire des crimes s'il n'y en a pas assez à son gré. « Neuf lignes de crime, une d'ennui », dit Louis-Ferdinand

Céline. Dean était si furieux qu'il voulait revenir en Virginie pour descendre le flic dès qu'il aurait un pétard.

— Pennsylvanie ! fit-il en ricanant. J'aurais bien voulu savoir le motif qu'il m'aurait collé ! Vagabondage, probablement ; me piquer tout mon fric et m'inculper de vagabondage. Ces gars-là ne sont foutrement pas gênés. Et si vous rouspétez ils dégainent et vous descendent.

Il n'y avait rien à faire que d'être de nouveau heureux entre nous et oublier ça. Quand on traversa Richmond, on commença à n'y plus penser et bientôt tout était au poil.

Maintenant on avait quinze dollars pour faire tout le chemin. On devrait ramasser des stoppeurs et leur extorquer leurs *quarters* de clochards pour l'essence. Dans la brousse de Virginie, on aperçut soudain un type qui marchait sur la route. Dean fit cabrer l'animal. Je me retournai et dis que ce n'était qu'un clochard et qu'il n'avait probablement pas un rond.

— On va seulement le ramasser pour le plaisir, fit Dean en riant.

Le type était un loufoque déguenillé, le nez chaussé de lunettes, qui faisait route tout en lisant un livre broché dégueulasse qu'il avait trouvé sur le bord du chemin dans un caniveau. Il grimpa dans l'auto et se remit aussitôt à lire ; il était incroyablement immonde et couvert de gale. Il dit que son nom était Hyman Salomon et qu'il parcourait à pied tous les U.S.A., frappant du poing et parfois du pied aux portes juives pour réclamer de l'argent : « Donnez-moi de l'argent pour manger, je suis un Juif. »

Il dit que son truc marchait très bien et qu'il y avait des rentrées. On lui demanda ce qu'il lisait. Il ne savait pas. Il ne s'était pas soucié du titre. Il regardait seulement les mots, comme s'il avait trouvé la vraie Torah là où elle a été écrite, dans le désert.

— Tu vois ? Tu vois ? Tu vois ? ricana Dean en m'asticotant les côtes. Je t'avais dit que c'était pour le plaisir. Chaque homme est formidable, mon pote !

On véhicula Salomon jusqu'à Testament. Mon frère était maintenant dans sa nouvelle maison, de l'autre côté de la ville. Voici qu'on était de retour dans la longue rue morne avec des rails au milieu, les Sudistes sombres et maussades traînant devant les quincailleries et les prisunics.

Salomon dit : « Je vois, mes amis, que vous avez besoin d'un peu d'argent pour continuer votre voyage. Attendez-moi et je vais rafler en vitesse quelques dollars dans une maison juive et je continue la route avec vous jusqu'à l'Alabama. » Dean était transporté de bonheur ; lui et moi on se rua pour acheter du pain et du fromage afin de casser la croûte dans la voiture. Marylou et Ed nous attendirent dans l'auto. On passa deux heures à Testament en attendant que Hyman Salomon rapplique ; il mendiait son pain quelque part en ville mais on ne l'apercevait pas. Le soleil devint rouge et baissa.

Salomon ne rappliquait toujours pas, si bien qu'on se tailla de Testament. « Maintenant, tu vois, Sal, que Dieu existe, car on n'arrête pas de se faire coincer dans cette ville, quoi qu'on fasse, et tu noteras l'étrange nom biblique qu'elle porte et l'étrangeté de ce personnage biblique qui nous a fait nous arrêter ici une fois de plus, et que toutes les choses sont universellement liées, de même que la pluie met tout en connection à la surface de la terre par effet magnétique... » Dean continua à dégoiser sur ce thème ; il ne se tenait plus de joie et d'exubérance. Lui et moi, on vit soudain tout le pays s'ouvrir pour nous comme une huître ; et la perle était là, la perle était là. On fonça vers le Sud. On ramassa un autre piéton. C'était un pauvre gosse qui nous dit qu'il avait une tante qui tenait une épicerie à Dunn, en Caroline du Nord, juste à côté de Fayetteville. « Quand on sera là, peux-tu lui tirer un dollar ? Ça colle ! Parfait ! En avant ! » On fut à Dunn au bout d'une heure, entre chien et loup. On alla à l'endroit où le gosse disait que sa tante avait une épicerie. C'était une triste petite rue, qui donnait en cul de sac sur un mur d'usine. Il y avait une épicerie mais il n'y avait pas de tante. On ne comprenait pas ce que le gosse voulait dire. On lui demanda jusqu'où il allait ; il ne savait pas. La feinte était grosse ; une fois, à l'occasion de quelque aventure dans une impasse perdue, il avait remarqué cette épicerie et ce fut la première histoire qui surgit dans son esprit fiévreux et détraqué. On lui acheta un hot-dog mais Dean dit qu'on ne pouvait pas l'emmener plus loin parce qu'on avait besoin de place pour dormir et loger des piétons qui pourraient payer un peu d'essence. C'était triste mais vrai. On le laissa à Dunn à la nuit tombée.

C'est moi qui étais au volant en Caroline du Sud et après Macon, en Géorgie ; Dean, Marylou et Ed dormaient. Tout seul dans la nuit, je m'abandonnais à mes pensées et maintenais l'auto le long de la ligne blanche de la route sacrée. Qu'est-ce que je faisais ? Où j'allais ? Je le découvrirais bientôt. J'étais claqué après Macon et je réveillai Dean pour qu'il me relaie. On sortit de l'auto pour prendre l'air et soudain on fut tous deux abasourdis de joie quand on se rendit compte que, dans l'obscurité autour de nous, s'étendaient de verts pâturages embaumés et montaient des relents de fumier frais et d'eaux tièdes. « On est dans le Sud ! On a grillé l'hiver ! » L'aube pâle illumina des arbustes verdoyants au bord de la route. Je gonflai d'air mes poumons ; une locomotive hurla dans l'obscurité, filant sur Mobile. Nous aussi, nous y filions. J'enlevai ma chemise, plein d'allégresse. Dix miles plus loin, Dean entra dans une station d'essence, les gaz coupés, vérifia que l'employé dormait à poings fermés sur le bureau, sortit d'un bond, remplit tranquillement le réservoir d'essence, prit garde que la sonnette ne tinte pas, et mit les voiles comme un Bédouin avec un réservoir plein de cinq dollars d'essence pour notre pèlerinage.

Je m'endormis et m'éveillai au bruit d'une musique loufoque et triomphante ; Dean et Marylou discutaient tandis que défilait l'immensité verdoyante. « Où on est ?

— On vient de traverser le bout de la Floride, mon pote... Flomaton, ça s'appelle. » La Floride ! On roulait vers la plaine côtière et Mobile ; droit devant nous, de grands nuages planaient sur le Golfe du Mexique. Il y avait seulement trente-deux heures qu'on avait quitté nos amis dans la neige du Nord. On s'arrêta à une station d'essence et là Dean et Marylou firent joujou autour des pompes tandis que Dunkel allait à l'intérieur et, sans coup férir, piquait trois paquets de cigarettes. On était parés. À l'entrée de Mobile, sur la longue route inondée aux grandes marées, on enleva toutes nos fringues d'hiver et on savoura la température du Sud. C'est alors que Dean se mit à raconter l'histoire de sa vie et qu'au-delà de Mobile, arrivant sur un encombrement d'automobiles qui se chamaillaient à un carrefour, au lieu de le contourner, il fonça en plein sur la piste d'une station d'essence et continua directement sans décrocher de son soixante-dix de croisière continentale. On laissa des visages bouche bée derrière nous. Il reprit aussitôt son récit. « C'est la vérité que je dis, j'ai commencé à neuf ans, avec une fille appelée Milly Mayfair derrière le garage Rod's à Grant Street, la rue même où Carlo habitait à Denver. C'était quand mon père travaillait encore un peu à la forge. Je me souviens que ma tante gueulait par la fenêtre : « Qu'est-ce que vous foutez là-bas derrière le garage ? » Oh, Marylou chérie, si seulement je t'avais connue alors. Oh, comme tu devais être douce à neuf ans. » Il eut un rire maniaque ; il enfonça son doigt dans la bouche de Marylou et le lécha ; il saisit la main de Marylou et la frotta contre lui. Elle était simplement assise là, souriant avec sérénité.

Le gros et grand Ed Dunkel était installé, l'œil au carreau, se parlant à lui-même. « Oui, monsieur, j'ai cru que j'étais un spectre cette nuit. » Il se demandait également ce que Galatea Dunkel lui dirait à la Nouvelle-Orléans.

Dean continua. « Une fois, j'ai voyagé en train de marchandises de New Mexico jusqu'à L.A... J'avais onze ans, perdu mon père sur une voie de garage, on vivait tous dans une jungle clochardesque, j'étais avec un type nommé Big Red, mon père était fin rond dans un fourgon... ça s'est mis à rouler... Big Red et moi, nous avons loupé le coche... je n'ai pas revu mon père durant des mois. J'ai fait tout le chemin jusqu'en Californie dans un long train de marchandises qui volait littéralement, des messageries de première classe, la fermeture-éclair du désert. J'ai fait tout le chemin sur les tampons... Vous pouvez imaginer comme c'était dangereux, je n'étais qu'un gosse, je ne savais pas... serrant une miche de pain sous un bras et l'autre accroché au levier de frein. Ce n'est pas du flan, c'est vrai. En arrivant à L.A., j'étais tellement affamé de lait et de crème que j'ai pris un boulot dans une crémerie et, la première chose que j'ai fait, ç'a été de me taper deux quarts de crème épaisse et je dégueulai.

— Pauvre Dean », dit Marylou et elle l'embrassa. Il regarda droit devant lui, fièrement. Il l'aimait.

On roula soudain le long des eaux bleues du golfe et, au même moment, un événement démentiellement capital se produisit à la radio ; le speaker de jazz de la Nouvelle-Orléans présentait l'émission Chicken Jumbo, rien que des disques de jazz fou, des disques *de couleur*, avec le présentateur qui disait : « Faut pas s'en faire ! » On vit la Nouvelle-Orléans dans la nuit devant nous, pleins de joie. Dean se frotta les mains au-dessus du volant. « C'est maintenant qu'on va s'en payer ! » Au crépuscule, on fit notre entrée dans les rues fredonnantes de la Nouvelle-Orléans. « Oh ! flaire le peuple ! », gueula Dean en passant la tête par la portière, reniflant. « Oh ! Dieu ! Oh ! Vie ! » Il évita un tramway d'un coup de volant. « Oui ! » Il éperonna la bagnole et reluqua les filles dans toutes les directions. « Celle-ci, visez-la ! » L'air était si doux à la Nouvelle-Orléans qu'il semblait être fait de foulards soyeux ; et on pouvait humer le fleuve et réellement humer les gens et la vase et la mélasse et toutes sortes d'effluves tropicaux, les narines dépaysées en débarquant des glaces arides de l'hiver nordique. On bondissait sur les sièges. « Et reluquez celle-là ! », gueula Dean en montrant une autre femme. « Oh, j'aime, j'aime, j'aime les femmes ! Je trouve les femmes admirables ! J'aime les femmes ! » Il cracha par la fenêtre ; il gémit ; il prit sa tête à deux mains. De grosses gouttes de sueur coulaient de son front par le seul effet de l'excitation et de l'épuisement.

La bagnole sauta d'un bond sur le ferry-boat d'Algiers et on se retrouva en train de traverser le Mississippi en bateau. « Maintenant on doit tous sortir et savourer le fleuve et les gens et flairer le monde », dit Dean, s'affairant pour trouver ses lunettes de soleil et les cigarettes, puis jaillissant de l'auto comme un diable de sa boîte. On suivit. On s'accouda au bastingage pour contempler les majestueux flots bruns du père des eaux qui déferlaient du cœur de l'Amérique tel un déluge d'âmes en déroute... charriant les trains de bois venus du Montana et les boues du Dakota et des vallées de l'Iowa, et les êtres qui s'étaient noyés aux Trois Fourches où le secret surgit de la glace. La brumeuse Nouvelle-Orléans s'éloignait d'un côté ; de l'autre, Algiers l'ancienne, l'assoupie, avec ses pentes de bois déjetés, heurta notre étrave. Des nègres travaillaient dans la chaleur de cette fin de journée, chargeant les foyers du ferry qui chauffaient si fort que nos pneus commençaient à sentir le caoutchouc brûlé. Dean savoura les gars qui se démenaient penchés, dressés dans la fournaise. Il courut sur le pont et escalada une échelle avec son pantalon flottant qui lui tombait presque du ventre. Soudain je l'aperçus sur la passerelle transporté d'ardeur. Je m'attendais à le voir s'envoler. J'entendis son rire démentiel qui déferlait sur le bateau. « Hi-hi-hi-hi-hi ! » Marylou était avec lui. Il emmagasina le spectacle en un clin d'œil, revint avec le reportage complet, bondit dans l'auto juste au moment où tout le monde klaxonnait pour le débarquement ; et on se dégagea en douce, doublant deux ou trois voitures dans un passage impraticable, pour se retrouver fonçant au milieu d'Algiers.

— Où va-t-on, où ? gueulait Dean.

On décida d'abord de se laver à une station d'essence et de se renseigner pour savoir où Bull habitait. Des gamins jouaient au bord du fleuve dans la lumière assoupie du soleil couchant ; des filles se baladaient avec des foulards et des chemisiers de coton et les jambes nues. Dean remonta la rue en courant pour tout voir. Il regardait partout ; il opinait du chef ; il se frottait le ventre. Le gros Ed était affalé dans l'auto avec son chapeau sur les yeux et souriait à Dean. J'étais assis sur le pare-chocs. Marylou était aux toilettes. Depuis les rivages broussailleux où des êtres minuscules dans le lointain pêchaient à la ligne, depuis les eaux dormantes du delta qui se prélassaient tout au long de la terre rougeoyante, le grand fleuve renflé en son centre, là où les flots bondissaient, venait se lover autour d'Algiers comme un serpent, avec un grondement confus. Algiers l'assoupie, la péninsulaire, avec toutes ses abeilles et ses masures, semblait attendre que les eaux l'emportent. Le soleil dardait de biais, des mouches voletaient, les eaux terribles ahanaient.

On alla chez Old Bull Lee qui habitait en dehors de la ville, près de la digue du fleuve. C'était au bord d'une route qui courait à travers un terrain marécageux. La maison était une vieille ruine en démolition, entourée de vérandas croulantes et d'un jardin planté de saules pleureurs ; l'herbe était haute d'un mètre, les vieilles palissades s'affaissaient, les vieilles granges s'effondraient. Il n'y avait personne en vue. On entra carrément dans le jardin et on vit des baignoires sous la véranda de derrière. Je descendis de voiture et allai jusqu'à la contre-porte. Jane Lee était là, s'abritant les yeux pour regarder le soleil. « Jane, dis-je, c'est moi. C'est nous. »

Elle s'en doutait. « Oui, je sais. Bull n'est pas ici

pour le moment. Il n'y a pas un incendie ou je ne sais quoi par là-bas ? » On regarda tous les deux en direction du soleil.

— Tu veux dire le soleil ?

— Naturellement je ne parle pas du soleil... J'ai entendu des sirènes de ce côté-ci. Tu ne remarques pas une drôle de lueur rouge ? » C'était en direction de la Nouvelle-Orléans ; les nuages étaient bizarres.

— Je ne vois rien.

Janc souffla du nez, dédaigneusement. « Toujours le même, ce vieux Paradise. »

C'est ainsi que nous nous retrouvions après quatre années ; Jane vivait alors avec ma femme et moi à New York. « Et Galatea Dunkel est-elle ici ? » demandai-je. Jane cherchait toujours son incendie ; en ce temps-là, elle s'enfilait trois tubes de benzédrine par jour. Son visage, jadis potelé et germanique et charmant, était devenu rocailleux et rouge et décharné. Elle avait attrapé la polio à la Nouvelle-Orléans et traînait un peu la jambe. Timidement, Dean et la bande sortirent de l'auto et s'invitèrent plus ou moins à la maison. Galatea Dunkel sortit de sa fière retraite au fond de la maison pour accueillir son tortionnaire. Galatea était une fille sérieuse. Elle était pâle et personnifiait le larmoiement. Le gros Ed lui passa sa main dans les cheveux et dit hello. Elle le regarda fixement.

« Où as-tu été ? Pourquoi m'as-tu fait ça ? » Et elle décocha à Dean un sale regard ; elle connaissait la question. Dean ne fit absolument pas attention à elle ; ce qu'il voulait maintenant c'était manger ; il demanda à Jane s'il y avait de quoi. C'est juste à ce moment que les choses s'embrouillèrent.

Le pauvre Bull arriva chez lui dans sa Chevrolet qu'il avait ramenée du Texas et trouva sa maison

envahie par des dingues ; il me salua pourtant gentiment avec une chaleur que je ne lui avais pas connue
depuis longtemps. Il avait acheté cette maison de la
Nouvelle-Orléans avec l'argent qu'il avait gagné en
faisant pousser des haricots à œil noir au Texas en
collaboration avec un vieux camarade de collège
dont le père, un parétique dingo, était mort en laissant une fortune. Bull lui-même ne touchait que cinquante dollars par semaine de sa propre famille, ce
qui n'eût pas été trop mal s'il n'avait pas dépensé à
peu près autant par semaine pour se droguer et sa
femme coûtait aussi cher, croquant approximativement dix dollars de benzédrine par semaine. Leur
note de nourriture était la plus insignifiante du
pays ; ils ne mangeaient pour ainsi dire jamais ; pas
plus que les enfants, dont ils ne paraissaient pas se
soucier. Ils avaient deux gosses merveilleux : Dodie,
âgée de huit ans ; et le petit Ray, un an. Ray folâtrait
tout nu dans le jardin, un blond petit gosse joli
comme un arc-en-ciel. Bull l'appelait « la Petite
Bête », selon l'expression de W.C. Fields. Bull entra
la voiture dans le jardin et s'en exhuma os par os et
s'approcha péniblement, lunettes au nez, chapeau de
feutre, costume élimé, grand, maigre, étrange et
laconique, disant : « Eh bien, Sal, tu es quand même
venu ; entrons à la maison et prenons un verre. »
    On passerait toute une nuit à parler de Old Bull
Lee ; pour le moment, disons seulement qu'il était
professeur et on peut affirmer qu'il était parfaitement fondé à enseigner car il passait tout son temps
à apprendre ; et les choses qu'il apprenait étaient ce
qu'il jugeait être et définissait comme « les faits de la
vie », dont il s'instruisait non seulement sous
l'empire de la nécessité mais parce que c'était son
goût. Il avait traîné son long corps maigre par tout le

territoire des États-Unis et, en son temps, dans la majeure partie de l'Europe et de l'Afrique du Nord, simplement pour voir ce qui se passait ; il avait épousé une comtesse russe blanche en Yougoslavie pour la faire échapper aux nazis dans les années trente ; il y a des photos de lui où on le voit au milieu du gang international de la cocaïne des années trente, des types aux chevelures extravagantes, appuyés les uns sur les autres ; sur d'autres photos, il est coiffé d'un panama, contemplant les rues d'Algiers ; il n'a jamais revu la comtesse blanche russe. Il a été dératisateur à Chicago, tenancier de bar à New York, huissier à Newark. À Paris il a siégé aux tables de café, examinant les visages maussades des Français qui passaient. À Athènes, il a observé de son *ouzo* ce qu'il appelle les gens les plus laids du monde. À Istambul, il s'est frayé un chemin dans la foule des opiomanes et des marchands de tapis, en quête de faits. Dans les hôtels anglais, il a lu Spengler et le marquis de Sade. À Chicago, il s'est proposé de dévaliser un bain turc, a hésité à peine deux minutes de trop tandis qu'il buvait un verre, a raflé seulement deux dollars, et été obligé de prendre le large. Toutes ces choses, il les avait accomplies pour le seul intérêt de l'expérimentation. Maintenant, pour finir, il étudiait la drogue. On le voyait désormais à la Nouvelle-Orléans se glisser dans les rues en compagnie de types louches et fréquenter des bars interlopes.

Une étrange histoire, qui remonte à l'époque où il était étudiant, illustre un autre aspect du personnage : il avait un après-midi des amis à un cocktail dans son confortable appartement lorsque soudain son furet familier s'échappa et mordit à la cheville un élégant salonard de pédé, et tout le monde de

passer la porte à toute vitesse et de pousser des hurlements. Old Bull bondit et saisit son feu et dit : « Il
sent encore ce vieux rat », et fit un trou dans le mur
assez gros pour livrer passage à cinquante rats. Au
mur pendait une gravure représentant une vieille et
laide maison du Cape Cod. Ses amis disaient :
« Pourquoi est-ce que tu as cette chose laide pendue
là ? » et Bull disait : « Je l'aime parce qu'elle est
laide. » Toute sa vie était dans ce style. Une fois, je
frappai à sa porte quand il habitait un taudis de la
Soixantième Rue à New York et il m'ouvrit vêtu d'un
chapeau melon, d'une veste avec rien dessous, et de
longs pantalons rayés genre mac ; à la main, il avait
une marmite, du millet dans la marmite et il essayait
d'écraser le millet pour en rouler des cigarettes. Il fit
aussi l'expérience de porter à ébullition du sirop de
codéine pour la toux jusqu'à obtention d'une bouillie
noire, ça ne marchait pas trop bien. Il passait de
longues heures avec Shakespeare, « l'Immortel
Barde » comme il disait, sur les genoux. À la Nouvelle-Orléans, il s'était mis à passer de longues
heures avec les Codex mayas sur les genoux et, bien
qu'il ne cessât point de parler, le livre ne cessait
point de rester ouvert. Je lui dis une fois : « Qu'est-ce
qui peut nous arriver quand on meurt ? » et il dit :
« Quand on meurt, on est juste mort, c'est tout. » Il
avait un assortiment de chaînes dans sa chambre qui
lui servait, disait-il, quand son psychanalyste venait
le voir ; ils expérimentaient par narco-analyse et
constataient que Old Bull possédait sept personnali-
tés distinctes qui se dégradaient progressivement
par déchéance hiérarchique pour aboutir, en fin de
compte, à celle d'un idiot divaguant qu'il fallait tenir
à la chaîne. L'échelon culminant était celui du lord
anglais, le plus bas celui de l'idiot. À mi-hauteur, il

était un vieux nègre qui faisait la queue, attendant avec tous les autres, et qui disait : « Y en a qui sont des salauds, y en a qui le sont pas, c'est ça la question. »

Bull avait une pointe de tendresse pour l'Amérique de jadis, particulièrement pour celle de 1910, quand on pouvait avoir de la morphine dans un drugstore sans ordonnance et que les Chinois fumaient de l'opium le soir à leur fenêtre et que le pays était sauvage et braillard et libre, et abondait en libertés de toutes sortes pour tout le monde. Il haïssait dans l'ordre, d'abord la bureaucratie de Washington, ensuite les gens de gauche, enfin les flics. Il passait tout son temps à parler et à instruire les autres. Jane était assise à ses pieds ; de même que moi ; de même que Dean ; et de même que naguère Carlo Marx. On avait tout appris de lui. C'était un type d'un genre indéfinissable, terne, qu'on n'aurait pas remarqué dans la rue, à moins de l'observer de près et de voir son masque dément, décharné, empreint d'une jeunesse insolite, un pasteur du Kansas couvant des ardeurs exotiques, prodigieuses, et des mystères. Il avait étudié la médecine à Vienne ; étudié l'anthropologie, tout lu ; et maintenant il s'attaquait à l'œuvre de sa vie, qui n'était autre que l'étude des choses elles-mêmes dans les rues de la vie et dans la nuit. Il était assis sur sa chaise ; Jane apportait à boire des martinis. Près de sa chaise, les stores étaient toujours tirés, nuit et jour ; c'était son coin dans la maison. Sur ses genoux, il y avait les Codex mayas et un revolver à air comprimé qu'il levait de temps à autre pour tirer des tubes de benzédrine au travers de la pièce. Je ne cessais de courir dans tous les coins pour en jucher d'autres. On se mit tous à picoler et à discuter. Bull était curieux de connaître le motif de notre voyage. Il nous dévisagea et souffla du nez, « thfump », comme s'il se mouchait dans un bidon vide.

— À présent, Dean, je voudrais que tu restes tranquillement assis une minute et que tu m'expliques ce que tu fous à sillonner le territoire de cette façon ?

Dean ne sut que rougir et dire :

— Eh bien, tu sais ce que c'est.

— Sal, qu'est-ce que tu vas faire sur la Côte ?

— C'est juste pour quelques jours. Je rentre pour mes études.

— De quoi s'agit-il avec cet Ed Dunkel ? Quel genre de type est-il ? À ce moment, Ed était en train de dédommager Galatea dans la chambre à coucher ; cela ne devait pas durer bien longtemps. On ne savait pas quoi dire à Bull au sujet d'Ed Dunkel. Constatant que nous ne savions rien de nos propres personnes, il sortit trois sèches de *thé* et nous dit de nous les taper, que le dîner serait bientôt prêt.

— Il n'y a rien de meilleur au monde pour vous mettre en appétit. J'ai mangé une fois dans une gargote un horrible bifteck haché en fumant du *thé* et il semblait que ce fût la chose la plus succulente du monde. La semaine dernière je suis revenu d'Houston, où j'avais été voir Dale à propos de nos haricots à œil noir. J'étais en train de dormir dans un motel, un matin, quand tout d'un coup je fus projeté au bas de mon lit. L'espèce d'abruti venait de descendre sa femme dans la chambre à côté de la mienne. Tous les gens étaient plantés là, en pleine panique, pendant que le type sautait simplement dans sa bagnole et se taillait, en laissant le fusil de chasse sur le plancher pour le shérif. Ils l'ont pincé en fin de compte à Houma, saoul comme un lord. Ce n'est pas prudent de se balader dans ce pays par les temps qui courent sans avoir un feu. » Il écarta sa veste et nous montra son revolver. Puis il amena un tiroir et nous montra le reste de son arsenal. À New York, il avait autrefois une mitraillette sous son lit. « J'ai trouvé quelque chose de mieux que ça maintenant, un Scheintoth allemand, un pétard à gaz asphyxiant ; admirez cette beauté ; mais je n'ai qu'un seul chargeur. Je pourrais descendre une centaine de bonshommes avec ce feu et avoir tout mon temps pour mettre les bouts. Un seul ennui, je n'ai qu'un seul chargeur.

— J'espère que je ne serai pas là quand tu l'essaieras, dit Jane de la cuisine. Comment peux-tu savoir que c'est un chargeur à gaz ? » Bull renifla ; il ne faisait jamais aucun cas de ses sorties mais il les entendait. Ses rapports avec sa femme étaient des plus étranges : ils bavardaient jusqu'à une heure avancée de la nuit ; Bull aimait tenir des discours, il en remettait sans arrêt de sa voix terne et monotone, elle essayait de l'interrompre, elle n'y arrivait jamais ; à l'aube il se fatiguait et alors Jane prenait la parole et il écoutait, reniflant et, thfump, soufflant du nez. Elle aimait cet homme follement mais d'une façon particulièrement délirante ; il n'était pas question de tourner autour du pot ni de faire des simagrées mais juste de parler et de partager une camaraderie très profonde qu'aucun de nous ne serait jamais capable de sonder. Il y avait bizarrement entre eux une sorte d'indifférence et de froideur, lesquelles étaient en fait une sorte d'humour qui servait de truchement au jeu intime de leurs subtils harmoniques. L'amour est tout ; Jane ne s'éloignait jamais à plus de dix pieds de Bull et jamais rien de ce qu'il disait ne lui échappait, encore qu'il parlât d'une voix très basse.

Dean et moi, nous réclamions à grands cris une

nuit grandiose à la Nouvelle-Orléans et que Bull nous fît les honneurs du secteur. Il doucha notre enthousiasme. « La Nouvelle-Orléans est une ville très triste. C'est contraire à la loi d'aller dans le quartier noir. Les bars sont intolérablement lugubres. »

Je dis : « Il doit y avoir des bars idéaux en ville.

— Le bar idéal n'existe pas en Amérique. Le bar idéal est une institution qui n'est plus dans nos possibilités. Vers 1910, un bar était un endroit où les hommes se rencontraient pendant ou après le travail et tout ce qu'on y voyait c'était un grand comptoir, des barres d'appui en laiton, des crachoirs, un piano mécanique, quelques glaces et des barils de whisky à dix cents le coup à côté des barils de bière à cinq cents la chope. Aujourd'hui on a droit aux chromes, aux femmes saoules, aux pédés, à des serveurs hargneux, à des tenanciers angoissés qui rôdent autour de la porte, inquiets pour leur sous-cul et terrifiés par la loi ; rien qu'un tas de mecs qui gueulent à contretemps et qui la bouclent à l'arrivée d'un inconnu. »

On n'était pas d'accord sur les bars. « C'est bon, dit-il, je vais vous emmener à la Nouvelle-Orléans cette nuit et vous démontrer mon point de vue. » Et il nous emmena délibérément dans les bars les plus sinistres. On laissa Jane avec les gosses ; le dîner était fini ; elle lisait les offres d'emploi du *Times-Picayune* de la Nouvelle-Orléans. Je lui demandai si elle cherchait un boulot ; elle dit seulement que c'était la rubrique la plus intéressante du journal. Bull nous accompagna en ville sans s'arrêter de parler. « Prends ton temps, Dean, on y arrivera bien, du moins j'espère ; ho ! voilà le ferry, tu ne vas pas nous traverser à la nage. » Il se cramponnait. L'état de Dean avait empiré, me confia-t-il. « Il me semble qu'il est emporté vers une idéalité fatale qui est fonction d'une nécessité psychotique corsée par une dose d'irresponsabilité psychopathique et de violence. » Il surveillait Dean du coin de l'œil. « Si tu vas en Californie avec ce dingue, tu n'y arriveras jamais. Pourquoi ne restes-tu pas à la Nouvelle-Orléans avec moi ? On ira jouer aux courses à Graetna et on se détendra dans mon jardin. J'ai une jolie collection de couteaux et je suis en train de monter une cible. Il y a aussi de savoureuses jolies mômes en ville, si ça colle actuellement avec ton programme. » Il renifla. On était sur le ferry et Dean avait sauté dehors pour se pencher sur le bastingage. Je le suivis mais Bull resta assis dans l'auto, à renifler, thfump. Le brouillard formait comme des apparitions surnaturelles sur les eaux brunes cette nuit-là, flottant au-dessus des troncs sombres à la dérive ; et, à la proue, la Nouvelle-Orléans rayonnait d'un éclat orangé, avec quelques navires obscurs à son flanc, des navires fantômes, ornés de balcons espagnols et de poupes ouvragées, qui faisaient penser à Benito Cereno[31], jusqu'au moment où, se rapprochant, on voyait que ce n'étaient que de vieux cargos suédois ou panaméens. Les feux du ferry rougeoyaient dans la nuit ; les mêmes nègres maniaient la pelle et chantaient. Ce vieux Big Slim Hazard avait jadis travaillé sur le ferry d'Algiers comme matelot de pont ; cela me fit penser aussi à Mississippi Gene ; et, tandis que le fleuve roulait ses flots sous les étoiles depuis le cœur de l'Amérique, je savais, je savais à la folie que tout ce que j'avais connu et connaîtrais jamais était Un. Chose étrange aussi, cette nuit-là où nous prîmes le ferry avec Bull Lee, une fille se jeta par-dessus le bastingage ; juste avant notre traversée ou juste après ; on vit ça dans le journal du lendemain.

On fit une descente dans tous les bars sinistres du quartier français avec Old Bull et on rentra à la maison à minuit. Cette nuit-là, Marylou manœuvra comme à l'exercice : elle se tapa du *thé*, un cocktail héroïne-coco, de la benzédrine, de l'alcool et même demanda à Old Bull une piqûre de morphine, ce que naturellement il lui refusa ; il lui fila un martini. Elle était à ce point saturée de trucs de toutes sortes qu'elle se retrouva au point mort et resta plantée sous la véranda en ma compagnie. C'était une étonnante véranda que celle de Bull. Elle faisait tout le tour de la maison ; au clair de lune, avec les saules, on aurait dit une vieille demeure sudiste qui eût connu des temps plus fortunés. Dans la maison, Jane, assise au salon, lisait les offres d'emploi ; Bull, dans la salle de bains, prenait sa dose, serrant à pleines dents sa vieille cravate noire qui lui servait de garrot et fichant l'aiguille dans son malheureux bras criblé de mille trous ; Ed Dunkel était vautré avec Galatea dans le lit conjugal et monumental qu'Old Bull et Jane n'utilisaient jamais ; Dean se roulait du *thé* ; et Marylou et moi, nous singions l'aristocratie sudiste.

— Vraiment, miss Lou, vous êtes adorable et des plus agaçantes, ce soir.

— Vraiment, merci à vous, Crawford, j'apprécie assurément les choses délicieuses que vous me déclarez.

Les portes restaient toujours ouvertes autour de la véranda et les acteurs de ce triste drame de la nuit américaine ne cessaient de faire leurs entrées et leurs sorties pour savoir où chacun se trouvait. En fin de compte, j'allai me promener seul jusqu'à la digue. Je voulais m'asseoir sur la berge limoneuse et savourer le fleuve Mississippi ; au lieu de quoi, il me

fallut le regarder le nez sur une clôture en fil de fer.
Si on se met à séparer le peuple de ses fleuves, où va-
t-on ? « Bureaucratie », dit Old Bull ; il est assis avec
Kafka sur les genoux, la lampe scintille au-dessus de
lui, il souffle, thfump. Sa vieille maison grince. Et les
troncs de Montana roulent sur le grand fleuve noir
de la nuit. « C'est rien d'autre que la bureaucratie. Et
les syndicats ! Particulièrement les syndicats ! » Mais
la sombre gaieté reviendrait.

## VII

Elle était là lorsque, de bon matin et bien en forme, je me réveillai et trouvai Old Bull et Dean dans le fond du jardin. Dean avait revêtu sa salopette de pompiste et donnait un coup de main à Bull. Bull avait trouvé une grande et grosse bille d'un bois épais et pourri et il arrachait désespérément au pied-de-biche de petits clous qui étaient fichés dedans. On regarda les clous ; il y en avait des millions ; ils grouillaient comme des vers.

« Quand j'aurai arraché tous ces clous, je vais me fabriquer une étagère qui durera un millier d'années ! » dit Bull, tous ses os frémissant d'excitation juvénile. « Voyons, Sal, te rends-tu compte que les étagères qu'ils fabriquent aujourd'hui se lézardent sous le poids des bibelots au bout de six mois et généralement s'effondrent ? La même chose avec les maisons, la même chose avec les vêtements. Ces cons ont inventé les plastiques avec lesquels ils pourraient bâtir des maisons éternelles. Et les pneus. Des Américains se tuent par millions chaque année à cause de la gomme défectueuse des pneus qui chauffent sur la route et éclatent. Ils pourraient fabriquer des pneus qui n'éclateraient jamais. La même chose avec le dentifrice. Il existe une certaine gomme qu'ils ont inventée et qu'ils se gardent bien de montrer à quiconque ; si tu en mastiquais étant môme, tu n'aurais pas de carie toute ta vie durant. La même chose avec les vêtements. Ils peuvent fabriquer des vêtements éternels. Ils préfèrent fabriquer de la camelote bon marché de façon que tout le monde aille bosser et passe au pointage et s'organise dans des syndicats sinistres et patauge dans la misère tandis que la foire d'empoigne continue à Washington et à Moscou. » Il souleva la grosse bille de bois pourri. « Tu ne penses pas que cela va faire une splendide étagère ? »

C'était de bon matin ; son énergie était à son apogée. Le pauvre gars se droguait si bien le système que, durant la majeure partie du jour, il pouvait tout juste moisir sur sa chaise avec la lampe allumée en plein midi, mais, le matin, il était magnifique. On se mit à lancer des couteaux sur la cible. Il dit qu'il avait vu un Arabe à Tunis qui pouvait suriner l'œil d'un type à quarante pieds. Cela lui donna l'occasion d'enchaîner sur sa tante qui avait visité la Casbah dans les années trente. « Elle était avec une bande de touristes pilotés par un guide. Elle avait une bague de diamant à son petit doigt. Elle s'était adossée à un mur pour se reposer une minute et un Arabe s'est précipité et s'est approprié son annulaire sans qu'elle eût le loisir de jeter un cri, mon cher. Tout à coup elle s'est aperçue qu'elle n'avait plus de petit doigt. Hi-hi-hi-hi-hi ! » Quand il riait, il serrait les lèvres et laissait monter le rire du plus profond de son ventre et se pliait en deux, pour s'appuyer sur ses genoux. Son rire dura un bon bout de temps. « Hé, Jane ! gueula-t-il au comble de la joie. Je viens juste de raconter à Dean et à Sal l'histoire de ma tante à la Casbah.

— J'ai entendu », répondit-elle depuis la porte de la cuisine, dans le matin délicieux et chaud du Golfe. De grands nuages somptueux flottaient au-dessus de nos têtes, des nuages venus par les vallées qui vous rendaient présente, de bouche en bouche et de bout en bout, l'immensité de la vieille et sainte Amérique menacée de ruine. Bull était tout émoustillé. « Dites, est-ce que je vous ai jamais parlé du père de Dale ? Vous n'avez jamais connu vieux plus marrant dans votre vie. Il était atteint de parésie, ça vous ronge la partie antérieure du cerveau et vous n'êtes plus responsable de ce qui vous passe par la tête. Il avait une maison au Texas où il faisait travailler vingt-quatre heures par jour des charpentiers pour ajouter des ailes. Il se lève d'un bond au milieu de la nuit et dit : « Je ne veux pas de cette putain d'aile ; mettez-la-moi là, de l'autre côté. » Il a fallu que les charpentiers abattent tout et recommencent à zéro. L'aube venue, on pouvait les voir démolir à coups de marteaux l'aile nouvelle. Puis le vieux en a eu marre et il a dit : « Foutre Dieu, j'ai envie d'aller dans le Maine. » Et il saute dans sa bagnole et se débine à cent miles à l'heure ; de grands nuages de plumes de poulets tourbillonnaient dans son sillage sur des centaines de miles. Il arrêta l'auto au plein milieu d'une ville du Texas, le temps de faire un saut pour acheter du whisky. Les bagnoles cornaient tout autour de la sienne, mais il sort en trombe de la boutique et se met à gueuler : « Chéchez che foutu bruit, bande de chalauds. » Il blésait ; quand on est atteint de parésie, on baise, je veux dire, on blèse. Une nuit, il vient chez moi à Cincinnati, m'appelle à coups de klaxon et dit : « Sors de là et allons voir Dale au Texas. » Il rappliquait du Maine. Il prétendait qu'il avait acheté une maison — oh, on avait écrit au collège une nouvelle sur lui où on assistait à un horrible naufrage et les gens dans l'eau se cramponnaient au bord du canot de sauvetage et le vieux est là avec une machette en train de leur hacher les doigts. « Foutez le camp, oui, bande de chalauds, lâchez che chacré bateau. » Oh, il était horrible. Je pourrais vous raconter des histoires sur lui pendant toute la journée. Dites, n'est-ce pas une journée délicieuse ? »

Et elle l'était assurément. La plus douce des brises soufflait de la digue ; cela valait tout le voyage. On suivit Bull dans la maison pour mesurer le mur de l'étagère. Il nous montra la table de salle à manger qu'il avait faite. C'était du bois de six pouces d'épaisseur. « Voici une table qui durera un millier d'années », dit Bull en inclinant vers nous son long visage maigre de maniaque. Il cogna un grand coup dessus.

Le soir, il siégeait à cette table, grignotant son dîner et jetant les os aux chats. Il avait sept chats. « J'aime les chats. J'adore particulièrement ceux qui couinent quand je les suspends au-dessus de la baignoire. » Il insista pour faire une démonstration ; mais il y avait quelqu'un dans la salle de bains. « Allons, dit-il, on ne peut pas faire ça maintenant. Dites, j'ai eu une histoire avec les voisins de la porte à côté. » Il nous parla de ses voisins ; ils étaient toute une bande avec des gosses insolents qui jetaient des pierres par-dessus la clôture en ruine contre Dodie et Ray et parfois contre Old Bull. Il leur dit de ne plus s'amuser à ça ; le vieux se précipita pour gueuler quelque chose en portugais. Bull alla chez lui et se ramena avec son fusil de chasse sur lequel il s'accouda d'un air indifférent, grimaçant un incroyable sourire sous son chapeau à larges bords, tout son corps sinueux se tortillant avec des airs de sainte-nitouche, tandis qu'il attendait — clown grotesque, efflanqué, esseulé sous les nuages. Le spectacle qu'il offrait, le Portugais dut le croire surgi d'un ancien et démoniaque cauchemar.

On battit le jardin en quête de travaux à faire. Il y avait une clôture redoutable que Bull avait mise en chantier pour tenir à l'écart ses odieux voisins ; elle ne serait jamais terminée, la tâche était trop considérable. Il la fit jouer d'arrière en avant pour montrer comme elle était solide. Soudain il se fatigua, devint tout tranquille et rentra à la maison où il disparut dans la salle de bains pour se taper sa dose d'avant le déjeuner. Il sortit de là lunettes au nez, calme, et s'assit sous sa lampe allumée. La lumière du soleil filtrait timidement derrière le store tiré. « Dites donc, les gars, pourquoi est-ce que vous n'essayez pas mon accumulateur à orgones * ? Filez-vous un coup de jus dans les os. Moi, ça me fait toujours dresser d'un bond et prendre la tangente à quatre-vingt-dix jusqu'au bordel le plus proche, hor-hor-hor ! » C'était son rire pour rire, quand il ne riait pas vraiment. L'accumulateur à orgones est une cabine ordinaire assez large pour qu'un homme y tienne assis sur une chaise : une couche de bois, une couche de métal et une autre couche de bois accumulent les orgones de l'atmosphère et les gardent assez longtemps captives pour que le corps humain en absorbe une ration plus importante que de nature. Selon Reich, les orgones sont les atomes du principe vital en vibration dans l'atmosphère. Les gens attrapent le cancer parce qu'ils sont carencés du point de vue orgonal. Old Bull pensait bonifier son accumulateur à orgones en usant d'un bois aussi organique que possible ; il avait donc arraché des

---

* Voir plus bas. Étrange mode et pratiques charlatanesques destinées, entre autres, à ravigoter les époux hébétés.

feuillages et des branches aux buissons du bayou pour les fixer sur son cabinet mystique. Ce cabinet se dressait dans la chaleur du terrain vague, engin exfolié, touffu et chamarré d'artifices démentiels. Old Bull enlevait ses vêtements et entrait là-dedans pour s'asseoir et rêvasser à son nombril. « Dis, Sal, après déjeuner on va toi ct moi jouer des chevaux chez les books de Graetna. » Il était superbe. Il fit un petit somme sur sa chaise après le déjeuner, le pistolet à air comprimé sur ses genoux et le petit Ray pendu à son cou, endormi. C'était un spectacle charmant, le père et le fils, un père qui certainement n'embêterait pas son fils quand le temps viendrait de passer aux actes et aux paroles. Il s'éveilla en sursaut et me regarda fixement. Il lui fallut une minute pour se rappeler qui j'étais. « Qu'est-ce que tu vas foutre sur la Côte, Sal ? » demanda-t-il et il se remit à dormir sur-le-champ.

Dans l'après-midi on alla à Graetna, Bull et moi, seuls. On prit sa vieille Chevrolet. L'Hudson de Dean était basse et onctueuse ; la Chevrolet de Bull haute et pétaradante. C'était juste comme en 1910. L'officine des books était située près des quais dans un grand bar bardé de chrome et de cuir, qui donnait derrière sur un immense hall où la liste des engagés et les numéros étaient affichés. Les mecs de la Louisiane déambulaient là-dedans en consultant le *Racing Form*. Bull et moi, on prit une bière et, à tout hasard, Bull s'approcha de l'appareil à sous et glissa une pièce d'un demi-dollar. Le compteur se mit à cliqueter, « jack-pot, jack-pot, jack-pot » et le dernier « jack-pot » hésita juste un instant et retomba sur « cherry * ». Il avait perdu cent dollars ou plus, à un

---

* Il faut obtenir la série des quatre *jack-pots* (gros lot) pour ramasser tout l'argent de l'appareil. Le *cherry* (cerise) ne donne que de la menue monnaie.

poil près. « Bon Dieu ! » gueula Bull.« Ces trucs sont bien combinés. Tu es témoin. J'avais le jack-pot et le mécanisme est revenu en arrière. Allons, qu'est-ce que tu veux faire ? » On étudia le *Racing Form*. Je n'avais pas joué aux courses depuis des années et je ne connaissais rien aux nouveaux noms. Un cheval appelé Big Pop me fit tomber un moment en extase, il me rappelait mon père qui avait coutume de choisir les chevaux avec moi. J'étais juste sur le point d'en faire part à Old Bull quand il dit : « Eh bien, je pense que je vais essayer cet Ebony Corsair, là, tu vois. »

Je me décidai alors à lui dire mon impression. « Big Pop me rappelle mon père. »

Il resta pensif à peine une seconde, ses clairs yeux bleus plongés dans les miens, comme en état d'hypnose, si bien que je n'aurais su dire ce qu'il pensait ni où il était. Puis il alla parier sur Ebony Corsair. Big Pop gagna, et à cinquante contre un.

— Bon Dieu ! fit Bull. J'aurais dû m'en douter, j'ai déjà fait une expérience de ce genre. Oh, quand aurons-nous fini d'apprendre ?

— Qu'est-ce que tu veux dire ?

— C'est de Big Pop que je parle. Tu as eu une vision, mon gars, une vision. Il n'y a que les pauvres cons qui ne fassent aucun cas des visions. Qui te dit que ton père, qui était un vieil habitué du pari mutuel, ne s'est pas justement branché sur toi l'espace d'un instant pour te dire que Big Pop allait gagner ? Le nom a servi de véhicule à l'intuition, il s'est servi du nom pour passer le message. C'est à ça que je réfléchissais quand tu m'as confié la chose. Mon cousin du Missouri a parié une fois sur un cheval dont le nom lui rappelait sa mère ; il arriva et rapporta gros. La même chose s'est produite cet

236

après-midi. » Il hocha la tête. « Ah, partons. C'est la dernière fois que je vais jouer des chevaux avec toi ; toutes ces visions me font perdre la tête. » Dans la voiture, tandis qu'on rentrait à sa vieille maison, il dit : « L'humanité se rendra compte un jour que nous sommes effectivement en circuit avec la mort et avec l'autre monde, d'une façon ou d'une autre ; à l'instant même, nous pourrions prédire, si seulement nous exercions suffisamment notre volonté psychique, tout ce qui va se passer dans les cent années à venir et nous pourrions prendre des mesures pour éviter toutes sortes de catastrophes. Quand un homme meurt, il subit une mutation cérébrale sur laquelle nous ne savons rien actuellement mais qui sera tout à fait élucidée un de ces jours si les savants ne faiblissent pas. Les salauds, à l'heure actuelle, ne s'intéressent qu'à une chose, savoir s'ils peuvent faire sauter la planète. »

On raconta l'événement à Jane. Elle renifla. « Ça m'a l'air complètement idiot. » Elle balayait la cuisine. Bull passa dans la salle de bains pour prendre sa dose de l'après-midi.

Dehors, sur la route, Dean et Ed Dunkel jouaient au basket-ball avec le ballon de Dodie et un seau cloué sur un poteau électrique. J'allai les rejoindre. Après, on se lança dans les prouesses athlétiques. Dean me stupéfia littéralement. Il nous fit présenter à Ed et à moi une barre de fer à hauteur de ceinture et, sans élan, il la passa d'un rappel du pied, les mains aux talons. « Allez, plus haut ! » On continua à la relever jusqu'au moment où elle fut à hauteur de poitrine. Cette fois encore il la sauta aisément. Puis il s'exerça au saut en longueur avec élan et franchit au moins vingt pieds et plus. Je le provoquai ensuite à la course le long de la route. Je parcours le cent en

10/5. Il me doubla en coup de vent. En pleine course, j'eus la vision délirante de Dean galopant tout le long de l'existence exactement de la même façon, son visage décharné projeté en avant, tendu vers la vie, les bras comme des bielles de locomotive, le front en sueur, avec un battement de jambes aussi rapide que celui de Groucho Marx, et gueulant : « Mais oui, mais oui, mon pote, rattrape-moi ! » Mais personne ne courait aussi vite que lui, j'en fais le serment. Puis Bull rappliqua avec une paire de couteaux et se mit à nous montrer comment on désarme éventuellement une gouape dans une ruelle obscure. Pour ma part, je lui enseignai une très bonne prise qui consiste à tomber sur le sol en face de l'adversaire, à l'agripper aux chevilles, à le faire basculer au-dessus de soi et retomber sur les mains, à lui saisir alors les poignets pour finir par une double prise de tête à terre. Il dit que ce n'était pas mal. Il fit quelques exhibitions de jiu-jitsu. La petite Dodie appela sa mère sous la véranda et dit : « Regarde les imbéciles. » C'était une petite si charmante et si impertinente que Dean ne pouvait pas la quitter des yeux.

— Ho ! Attendez qu'elle pousse, celle-là. Vous la voyez en train de croiser dans Canal Street avec ses yeux enjôleurs ? Ah ! Oh ! » Il siffla entre ses dents.

On passa une folle journée à la Nouvelle-Orléans à déambuler avec les Dunkel. Dean était tout à fait déchaîné ce jour-là. Quand il vit à la gare de triage des trains de marchandises de la T and NO *, il voulut aussitôt tout me montrer. « Tu seras serre-freins avant que j'aie fini. » Lui, moi et Ed Dunkel, on courut à travers les voies et on bondit sur un convoi, nous emparant de trois emplacements individuels ;

* De la Compagnie du Texas et du Nord-Ouest.

Marylou et Galatea attendaient dans l'auto. On se fit véhiculer pendant un demi-mile au milieu des quais, faisant des signaux aux aiguilleurs et aux porte-drapeau. Ils m'enseignèrent la bonne manière de descendre en marche d'un wagon ; d'abord le pied arrière, on s'écarte du train, puis on pivote, enfin l'autre pied. Ils me montrèrent les fourgons frigorifiques, les compartiments à glace, recommandés par une nuit d'hiver dans un convoi de voitures vides. « Tu te souviens de ce que je t'ai raconté sur mon voyage de New Mexico à L.A. ? me cria Dean. C'est comme ça que j'étais accroché... »

On revint trouver les filles au bout d'une heure et naturellement elles étaient furieuses. Ed et Galatea avaient décidé de prendre une chambre à la Nouvelle-Orléans, de rester là et de travailler. Cela arrangeait Bull qui commençait à en avoir marre de toute cette smala. L'invitation, primitivement, n'était destinée qu'à moi. Dans la pièce du devant où couchaient Dean et Marylou, il y avait de la confiture et des taches de café et des tubes vides de benzédrine partout sur le plancher ; qui pis est, c'était l'atelier de Bull et il ne pouvait pas travailler à ses étagères. Les bonds et les galops incessants de Dean rendaient folle la pauvre Jane. On attendait mon prochain virement de l'armée pour faire notre traversée ; ma tante devait le faire suivre. On partait tous les trois, Dean, Marylou et moi. Quand le mandat arriva, je détestais l'idée de quitter si vite la merveilleuse maison de Bull, mais Dean était tout feu tout flamme et prêt à partir.

Par un triste crépuscule rougeoyant, nous nous installâmes finalement dans l'auto et Jane, Dodie, le petit Ray, Bull, Ed et Galatea étaient réunis autour de nous dans l'herbe haute, tout souriants. C'était l'adieu. Au dernier moment, Dean et Bull s'étaient brouillés à propos d'argent ; Dean voulait emprunter ; Bull avait dit que c'était hors de question. La fêlure remontait au séjour dans le Texas. Dean l'escroc se mettait peu à peu les gens à dos. Il gloussa nerveusement ; il s'en foutait complètement ; il se frotta la braguette, souleva d'un doigt la robe de Marylou, lui lécha le genou, l'écume à la bouche, et dit : « Chérie, tu sais et je sais que tout est limpide entre nous jusqu'aux ultimes confins de la définition la plus abstraite en termes métaphysiques ou en tous autres termes que tu souhaiterais spécifier ou tendrement imposer ou aimerais ouïr... » et ainsi de suite ; et la bagnole vrombissait et on filait de nouveau vers la Californie.

# VIII

Quel est ce sentiment qui vous étreint quand vous quittez des gens en bagnole et que vous les voyez rapetisser dans la plaine jusqu'à, finalement, disparaître ? C'est le monde trop vaste qui nous pèse et c'est l'adieu. Pourtant nous allons tête baissée au-devant d'une nouvelle et folle aventure sous le ciel.

On passa par la vieille Algiers embrasée de lumière, puis ce fut de nouveau le ferry, de nouveau, sur le fleuve, les vieux bateaux boueux, bourrus, de nouveau Canal Street, puis la sortie de la ville, une autostrade à deux pistes jusqu'à Bâton Rouge dans l'obscurité empourprée, ensuite, quand nous eûmes bifurqué à l'Ouest, la traversée du Mississippi au lieu dit Port Allen. Port Allen, où le fleuve était tout pluie et roses dans les brumeuses ténèbres piquetées de lumières et où l'on vira autour d'un rond-point à la lueur jaune de l'anti-brouillard, apercevant soudain le grand corps noir sous un pont et traversant une fois encore l'éternité. Qu'est-ce que le Mississippi ? Une argile délavée dans la nuit pluvieuse, le bruit mat d'écroulements le long des berges inclinées du Missouri, un être qui se dissout, la chevauchée du mascaret remontant le lit du fleuve éternel, de

241

brunes écumes, un être naviguant sans fin par les vallons et les forêts et les digues, qui va, qui va, touchant Memphis, Greenville, Eudora, Vicksburg, Natchez, Port Allen et Port Orléans et le Port des deltas, par Potash, Venice, jusqu'au Grand Golfe de la Nuit, jusqu'au large.

Avec la radio branchée sur une émission policière et moi, le nez à la vitre, apercevant une pancarte qui recommandait : UTILISEZ LA PEINTURE DU TONNEAU et disant : « Je veux, et comment », on parcourut la nuit masquée des plaines de Louisiane, Lawtell, Eunice, Kinder et De Quincy, villes délabrées de plus en plus mêlées au marais du bayou à mesure qu'on s'approchait de la Sabine. À Old Opelousas, je descendis dans une épicerie pour acheter du pain et du fromage pendant que Dean s'occupait de l'essence et de l'huile. Ce n'était rien de plus qu'une cabane ; je pouvais entendre la famille qui dînait dans le fond. J'attendis une minute ; ils continuaient à discuter. Je pris du pain, du fromage et filai. On avait à peine assez d'argent pour faire Frisco. Pendant ce temps, Dean piqua une cartouche de cigarettes à la pompe à essence et on était parés pour la croisière, essence, huile, cigarettes et de quoi manger. Rien à apprendre des truands. Il braqua la bagnole au cœur de la route.

Quelque part aux abords de Starks, on vit une grande lueur rouge dans le ciel en face de nous ; on se demandait ce que c'était ; un instant après, on y était. Il y avait un incendie derrière les arbres ; de nombreuses voitures étaient arrêtées sur le bord de la route. Il devait y avoir eu un pique-nique ou je ne sais quoi. Le pays devenait étrange et sombre du côté de Deweyville. Soudain on fut au milieu des marais.

242

— Mon pote, tu t'imagines de quoi ça aurait l'air, un orchestre de jazz dans ces marais, avec de grands noirs balaises gémissant des blues à la guitare et buvant du tord-boyaux et nous faisant des signes ?

— Ah, oui !

On était tout entourés de mystères. L'auto roulait sur une route boueuse surélevée au milieu des marais qui s'étendaient des deux côtés, croupissant sous les lianes. On doubla un fantôme, un nègre en chemise blanche qui marchait le long de la route les bras dressés vers le ciel d'encre. Il devait être en train de prier ou de maudire. On le frôla à toute allure ; je regardai par la vitre arrière pour apercevoir ses yeux blancs. « Hou ! dit Dean. Faut faire gaffe. Vaut mieux pas stationner dans ce bled-là. » À un certain moment, hésitant à un croisement, on dut quand même s'arrêter. Dean éteignit les phares. On était environnés par une grande forêt reptilienne où l'on pouvait entendre les froufrous d'un million de trigonocéphales. La seule chose visible c'était la lampe rouge de contact au tableau de bord de l'Hudson. Marylou poussa des cris de frayeur. On se mit à ricaner comme des déments pour lui faire peur. Nous aussi, on avait peur. Il nous tardait d'être sortis du royaume des serpents, de ces ténèbres pleines de bourbiers et de fondrières, de rejoindre à pleins gaz le plancher familier de l'Amérique et les bourgades à vaches. Il y avait dans l'air un relent d'huile et d'eaux mortes. Voilà un exemplaire de la nuit que nous ne savions pas déchiffrer. Un hibou hulula. On prit au hasard une des routes boueuses et, assez vite, on franchissait la Sabine, cette vieille rivière maléfique qui commet tous ces marais. Avec étonnement, on aperçut de grandes architectures de lumière au-devant de nous. « Le Texas ! C'est le Texas ! Beaumont, la ville du pétrole ! » D'immenses citernes et des raffineries se profilaient comme des villes parmi les relents puants du pétrole.

— Je suis heureuse qu'on soit sortis de là, dit Marylou. Maintenant on peut continuer à écouter l'émission policière.

On fila à travers Beaumont, franchit le Trinity à Liberty et mit le cap droit sur Houston. Alors Dean commença à évoquer le temps qu'il avait passé à Houston en 1947. « Hassel ! Ce fou d'Hassel ! Je cours après partout où je vais et je ne le trouve jamais. Il nous a fait perdre pas mal de temps dans ce coin du Texas. On y allait en bagnole avec Bull pour se ravitailler et Hassel disparaissait. Il fallait le chercher dans tous les tripots de la ville. » On entra dans Houston. « La plupart du temps on devait lui courir après dans le quartier nègre de la ville. Mon pote, il mettait les voiles avec le premier mec venu. Une nuit, on l'a perdu et on a pris une chambre d'hôtel. On était censés rapporter de la glace à Jane parce que ses provisions s'abîmaient. On a mis deux jours à retrouver Hassel. Je me suis laissé coincer moi-même, je chassais les femmes qui faisaient leurs commissions l'après-midi, dans le centre, tiens, là exactement, aux *supermarkets*. » On les longea à toute allure dans la nuit déserte — « et j'avais trouvé une fille vraiment idiote, plus la tête à soi, et qui déambulait en essayant de piquer une orange. Elle était du Wyoming. La beauté de son corps ne pouvait être comparée qu'à la beauté de son esprit. Elle babillait un peu trop, je l'ai ramenée à la chambre. Bull s'est saoulé en essayant de saouler cette petite gonzesse mexicaine. Carlo écrivait un poème sur l'héroïne. Hassel n'a pas rappliqué à la *jeep* avant minuit. On l'a trouvé endormi sur le siège arrière. La glace était toute fondue. Hassel a dit qu'il avait pris environ cinq pilules de somnifère. Mon pote, si ma faculté de réminiscence pouvait seulement me rendre les mêmes services que ma faculté d'élaboration mentale, je te raconterais par le menu tout ce que nous avons fait. Ah, nous avons quand même le sens du temps. Tout s'arrange tout seul. Je pourrais fermer les yeux et cette brave bagnole prendrait soin d'elle-même ».

Dans les rues vides de Houston à quatre heures du matin, un gosse en motocyclette nous dépassa, roulant comme le tonnerre, tout pailleté et chamarré de boutons scintillants, avec visière et casaque de cuir noir, un poète de la nuit du Texas, une fille agrippée à son dos comme un bébé indien, les cheveux au vent, fonçant devant lui, chantant : « Houston, Austin, Fort Worth, Dallas..., et parfois Kansas City... et parfois le vieux Antone, ah-haaaaa ! » Ils s'envolèrent, gros comme des mouches. « Hou ! Savourez-moi cette pépée pendue à sa ceinture ! On y va tous en chœur ! » Dean essaya de les rattraper. « Allons, est-ce que ça ne serait pas chouette si on pouvait tous se mettre ensemble, former une vraie bande de potes, et tous seraient gentils, plaisants, mignons, sans plus de chicanes ni motifs puérils de contestation ni âcre vexation, ni maux du corps mal conceptualisés, ou quelque chose d'approchant ? Ah ! nous avons tout de même le sens du temps ! » Il se concentra là-dessus et cravacha la bagnole.

Après Houston, son énergie, aussi grande qu'elle fût, s'épuisa et je pris le volant. La pluie se mit à tomber juste à ce moment-là. Nous étions désormais dans la grande plaine du Texas et, comme disait Dean, « tu roules, et tu roules et tu seras encore au Texas demain soir ». La pluie tombait à verse. Je traversai une minable petite bourgade à vaches, avec une grand-rue boueuse, et me retrouvai au fond d'une impasse. « Aïe, qu'est-ce que je fous ? » Ils étaient tous deux endormis. Je fis demi-tour et retraversai lentement la ville. Il n'y avait pas une âme en vue ni la moindre lumière. Tout à coup un cavalier en imperméable apparut devant mes phares. C'était le sheriff. Il avait un chapeau de cow-boy dégoulinant sous l'averse. « Quel est le chemin pour Austin ? » Il me le dit poliment et je me taillai. Au-dehors de la ville, j'aperçus soudain deux phares braqués droit sur moi sous la pluie battante. Merde, je me dis que j'étais sur le mauvais côté de la route ; je serrai à droite et me retrouvai roulant dans la boue ; je remontai sur la route. Les phares m'arrivaient encore droit dessus. Ce fut au dernier moment que je compris que l'autre chauffeur était sur le mauvais côté de la route et ne s'en doutait pas. Je braquai à trente à l'heure dans la boue ; c'était plat, pas de fossé, Dieu merci. Le véhicule insolent s'arrêta sous l'averse. Quatre ouvriers agricoles maussades, qui, leur boulot fini, s'étaient égarés dans les vignes du Seigneur, tous en chemise blanche et les bras bronzés et sales, étaient assis dedans et me regardaient stupidement. Le chauffeur était aussi rond que le reste.

Il dit : « Quel chemin pour Houston ? » Je pointai mon pouce par-dessus mon épaule. Je fus atterré à l'idée qu'ils avaient fait ça seulement pour me demander leur route, tout comme un mendiant s'avance droit vers vous sur un trottoir pour vous barrer le passage. Ils fixaient d'un air lugubre le plancher de leur auto où des bouteilles vides roulaient et s'entrechoquaient. Je mis le moteur en marche ; on était enlisés d'un pied dans la boue. Je poussai un soupir dans la brousse pluvieuse du Texas.

— Dean, dis-je, réveille-toi.

— Quoi ?

— On est enlisés dans la boue.

— Qu'est-ce qui s'est passé ?

Je lui dis. Il lança des jurons aux quatre points cardinaux. On enfila de vieilles godasses et des sweaters et on sortit de l'auto sous l'averse. Je m'adossai au pare-chocs arrière, soulevant et poussant. Dean fixa des chaînes aux roues qui patinaient. En une minute, on fut couverts de boue. On éveilla Marylou à ces horreurs. On la fit appuyer sur le champignon pendant qu'on poussait. L'Hudson martyre tirait et tirait sur le collier. Soudain elle eut un soubresaut et alla déraper en travers de la route. Marylou la retint juste à temps et on sauta dedans. Ça y était, ça nous avait pris trente minutes et nous étions trempés et pitoyables.

Je m'endormis tout couvert d'une croûte de boue ; et le matin, quand je m'éveillai, la boue avait durci et dehors il neigeait. Nous étions près de Fredericksburg, sur les hauts plateaux. C'était un des plus sales hivers du Texas et de l'histoire de l'Ouest, les bestiaux crevaient comme des mouches dans d'immenses tempêtes et il neigeait à San Francisco et à L.A. On était tous dans un état lamentable. On aurait voulu être encore à la Nouvelle-Orléans avec Ed Dunkel. Marylou conduisait ; Dean dormait. Elle conduisait une main au volant et me pelotant de l'autre sur le siège arrière. Elle me roucoulait des promesses pour San Francisco. Comme un malheureux, j'en avais l'eau à la bouche. À dix heures je pris le volant — Dean fut hors de course pendant des heures —, et parcourus plusieurs centaines de mornes miles dans un paysage de brousse neigeuse et de collines rocailleuses couvertes d'armoises. Des vachers passaient coiffés de casquettes de base-ball et de passe-montagne, à la recherche de leurs vaches. De petites maisons confortables aux cheminées fumantes apparaissaient de temps à autre le long du chemin. J'aurais voulu pouvoir y aller pour m'envoyer du babeurre et des haricots devant la cheminée.

À Sonora, de nouveau je me servis à l'œil de pain et de fromage tandis que le patron papotait avec un gros rancher à l'autre coin de la boutique. Dean poussa des hourras quand il entendit ça ; il était affamé. On ne pouvait pas dépenser un cent pour la nourriture. « Ouais, ouais, fit Dean en examinant les ranchers qui se trimbalaient de long en large dans la grand-rue de Sonora, chacun de ces gars est un fumier de millionnaire, mille têtes de bétail, des ouvriers agricoles, des bâtiments, du pognon à la banque. Si j'habitais dans ce coin, je finirais par devenir l'idiot du village errant parmi les armoises, je finirais en lapin, je grignoterais les branches, je chasserais les jolies vachères... Hee-hee-hee-hee ! Bon Dieu de bon Dieu ! » Il se donna des coups. « Oui ! parfaitement ! Pauvre de moi ! » Nous ne savions plus de quoi il parlait. Il prit le volant et franchit d'une traite le reste de l'État du Texas, environ cinq cents miles jusqu'à El Paso où nous arrivâmes au crépuscule, ne nous étant arrêtés qu'une seule fois, près d'Ozona, où il enleva toutes ses fringues et courut, gueulant et bondissant, se rouler tout nu dans les armoises. Des bagnoles filèrent sans le voir. Il revint au galop dans l'auto et reprit la route. « Maintenant, Sal, maintenant, Marylou, je veux vous voir faire comme moi, vous voir enlever

248

toutes vos fringues — est-ce que cela a un sens de s'habiller ? Donc, je vous le dis, dorez au soleil vos jolis ventres en ma compagnie. Allons ! » On arrivait sous le soleil de l'Ouest ; il donnait sur le pare-brise. « Mettez-vous le ventre à l'air, et entrons dans le soleil. » Marylou s'exécuta ; tout gêné et confus, j'en fis autant. On était assis sur le siège avant tous les trois. Marylou sortit du cold-cream et nous l'appliqua à cause des coups de soleil. De temps à autre, un gros camion passait en rugissant ; le chauffeur, dans sa cabine surélevée, apercevait l'espace d'une seconde le spectacle de cette beauté blonde assise toute nue entre deux hommes nus : on pouvait les voir de notre vitre arrière zigzaguer un moment avant de disparaître. De grandes étendues d'armoises, sans aucune neige maintenant, continuaient de défiler. Bientôt on fut parmi les roches orangées du Canyon de Pecos. Des espaces bleus s'ouvraient dans le ciel. On sortit de l'auto pour examiner une vieille ruine indienne. Dean resta à poil. Marylou et moi enfilâmes nos pardessus. On déambula au milieu des vieilles pierres, hurlant et rugissant. Des touristes aperçurent Dean tout nu dans la plaine ; ils ne pouvaient en croire leurs yeux et passaient leur chemin, vacillants.

Dean et Marylou rangèrent l'auto près de Van Horn et firent l'amour pendant que je dormais. Je m'éveillai comme nous descendions la vallée du terrible Rio Grande par Clint et Ysleta jusqu'à El Paso. Marylou sauta sur le siège arrière, je sautai sur le siège avant, et on continua de rouler. Sur notre gauche au-delà des vastes espaces du Rio Grande, c'étaient les monts d'un rouge mauresque de la frontière du Mexique, la terre des Tarahumarca ; le crépuscule ouatait les pics. Juste en face brillaient les lointaines lumières d'El Paso et de Juarez, émaillant une immense vallée, si grande qu'on pouvait voir au même instant plusieurs trains haletant dans toutes les directions, comme si c'était la Vallée du Monde. On y descendit.

— Clint, Texas, dit Dean.

Il avait branché la radio sur le poste de Clint. Toutes les quinze minutes, ils donnaient un disque ; le reste du temps, c'était de la publicité pour des cours de lycée par correspondance. « Ce programme est radiodiffusé dans tout l'Ouest ! cria Dean au comble de l'excitation. Mon pote, j'avais l'habitude de l'écouter jour et nuit à la maison de correction et en prison. On suivait tous le truc par correspondance. Tu reçois le diplôme d'études secondaires par la poste, le fac-similé dudit, si tu réussis l'examen. Tous les petits cow-boys de l'Ouest, n'importe quel mec, à un moment ou à un autre, s'est inscrit à ces cours ; ils n'ont que ça à écouter ; tu branches la radio à Sterling, Colorado, Lusk, Wyoming, n'importe où, tu piques Clint, Texas, Clint, Texas. Et la musique c'est toujours du folklore cow-boy et mexicain, littéralement le plus sale programme de toute l'histoire des États-Unis, et personne n'y peut rien. Ils ont un émetteur d'une puissance terrifiante, qui brouille toutes les émissions dans le reste du pays. » On aperçut la grande antenne derrière les bicoques de Clint. « Oh, mon pote, les choses que je pourrais te raconter ! » cria Dean au bord des larmes. Les yeux fixés sur Frisco et la Côte, on fit notre entrée dans El Paso à la nuit, complètement fauchés. Il nous fallait absolument trouver de l'argent pour l'essence ou on n'y arriverait jamais.

On essaya tout. On alla bavarder au bureau de tourisme mais personne n'allait vers l'Ouest cette nuit-là. Dans les bureaux de tourisme on peut lever des gens disposés à partager le prix de l'essence, c'est légal dans l'Ouest. Des mecs louches attendaient avec des valoches cabossées. On alla à la station de cars Greyhound pour tenter de persuader quelqu'un de nous filer son fric au lieu de prendre un car pour la Côte. On était trop timides pour aborder qui que ce soit. On tournait autour lamentablement. Un collégien que le spectacle de la voluptueuse Marylou mettait dans tous ses états essayait de se donner des airs indifférents. Dean et moi nous étudiâmes la question ; la décision fut que nous n'étions pas des macs. Soudain un jeune type stupide et dingo, frais émoulu de la maison de correction, s'accrocha à nos basques, Dean et lui foncèrent prendre une bière. « Viens, mon pote, allons assommer un type et récolter son fric.

— Tu me plais, toi ! » gueula Dean. Ils filèrent. Je fus inquiet un moment ; mais Dean voulait seulement savourer les rues d'El Paso avec le gosse et s'en payer un peu. Marylou et moi, on attendit dans l'auto. Elle me prit dans ses bras.

Je dis : « Bon Dieu, Lou, attends qu'on soit à Frisco.

— Je m'en fous. Dean va me plaquer de toute façon.

— Quand retournes-tu à Denver ?

— Je ne sais pas. Je me fous de ce que je vais faire. Je peux pas revenir dans l'Est avec toi ?

— Faudra trouver l'argent à Frisco.

— Je sais où tu peux trouver un boulot, dans un restaurant comme garçon de bar, et moi je serai serveuse. Je connais un hôtel où on peut loger à crédit. On se mettra ensemble. Mon Dieu, je suis triste.

— Qu'est-ce qui te rend triste, mon chou ?

— Tout me rend triste. Oh, Bon Dieu, je voudrais que Dean ne soit pas si dingue.

Dean revint, clignant de l'œil et ricanant, et sauta dans l'auto.

— Quel drôle de loufoque que ce mec, hou ! Je l'avais reluqué. J'ai connu des milliers de types de ce genre, ils sont tous les mêmes, leurs cervelles travaillent comme un régiment de pendules, oh, les ramifications infinies, pas le temps, pas le temps... » Et il démarra en flèche, couché sur le volant, et fonça à pleins gaz hors d'El Paso. « Il n'y aura qu'à ramasser des piétons. Je suis sûr qu'on en trouvera. Oup ! Oup ! Et nous voici partis ! Fais gaffe ! » gueula-t-il à un motocycliste, et il l'évita d'un coup de volant et esquiva un camion et bondit hors de la ville. De l'autre côté du fleuve, on voyait les lumières de Juarez, comme dans un écrin, et la campagne aride et morne et, comme dans un écrin, les étoiles au-dessus de Chihuahua. Marylou observait Dean de la même façon qu'elle l'avait observé en traversant tout le pays aller et retour, du coin de l'œil, d'un air triste et sombre, comme si elle avait voulu lui couper la tête et la cacher dans un placard, éprise pour lui d'un amour lugubre et jaloux qui l'étonnait lui-même, toute de furie et de hargne, toute toquée, avec un sourire de tendresse gâteuse mais aussi un désir sinistre qui me terrifiait pour elle, un amour qui, elle le savait, ne porterait jamais de fruit puisque, lorsqu'elle observait ce visage maigre, la mâchoire pendante, verrouillé dans sa virilité et ses chimères, elle savait bien qu'il était fou. Dean était convaincu que Marylou était une putain ; il me confessa que c'était une mythomane pathologique. Pourtant, lorsqu'elle l'observait ainsi, c'était bien par amour ; et, chaque fois que Dean le remarquait, il la gratifiait de son grand sourire d'hypocrite enjôleur, avec battement de cils et éclat de dents nacrées, alors qu'un instant auparavant il rêvait de son éternité. Alors tous deux, Marylou et moi, nous éclations de rire, et Dean ne marquait aucun dépit, se contentant d'une bonne grimace hilare qui signifiait : « Alors, on ne peut plus rigoler, non ? » et c'était bien ce qu'on faisait.

À la sortie d'El Paso, dans le noir, on aperçut une sorte de bonhomme tout ramassé sur soi et le pouce en batterie. C'était le piéton annoncé. On freina et on recula jusqu'à lui. « Combien as-tu d'argent, le gosse ? » Le gosse n'avait pas d'argent ; il était âgé d'environ dix-sept ans, pâle, bizarre, avec une main atrophiée et sans valise. « N'est-il pas charmant ? dit Dean tourné vers moi, sous le coup d'une profonde émotion. Monte là-dedans, mon pote, on va te promener... » Le gosse vit qu'il avait la cote. Il dit qu'il avait une tante à Tulare, en Californie, qui tenait une épicerie, et que dès qu'on y serait, il aurait de l'argent pour nous. Dean se roula sur le plancher de la bagnole tellement il riait, tellement ça ressemblait au coup du gosse de la Caroline du Nord. « Mais oui ! C'est ça ! gueulait-il, nous avons tous des tantes ; allons-y ; allons voir les tantes et les oncles et les épiceries qu'on trouvera tout au long de cette route... » On avait donc un nouveau passager, qui d'ailleurs se révéla un gentil petit type. Il ne soufflait mot, il nous écoutait. Dès que Dean eut discouru une minute, il eut sans doute la conviction qu'il s'était embarqué sur un asile ambulant. Il dit qu'il allait en stop de l'Alabama en Oregon où il habitait. On lui demanda ce qu'il était allé faire en Alabama.

— Je suis allé voir mon oncle ; il disait qu'il aurait un boulot pour moi dans une scierie. Le tuyau a crevé, c'est pour ça que je rentre.

— Tu rentres, fit Dean, tu rentres, mais oui, je comprends, on t'emmènera chez toi, en tout cas jusqu'à Frisco.

On n'avait toujours pas d'argent. Il me vint alors à l'idée que je pourrais emprunter cinq dollars à mon vieux copain Hal Hingham de Tucson, dans l'Arizona. Aussitôt Dean dit que c'était tout vu et qu'on filait à Tucson. Ce que nous fîmes.

On passa à Las Cruces, au Nouveau-Mexique, dans la nuit et on atteignit l'Arizona à l'aube. Je m'éveillai d'un profond sommeil pour les voir tous endormis comme des agneaux et la bagnole arrêtée Dieu sait où — je ne pouvais rien voir à travers les vitres couvertes de buée. Je sortis de l'auto. On était dans les montagnes ; il y avait une merveille de soleil levant, des fraîcheurs mauves, des pentes rougeoyantes, l'émeraude des pâturages dans les vallées, la rosée et les changeants nuages d'or ; le sol était labouré par les rats du désert, hérissé de cactus et de bouteloues. C'était mon tour de conduire. Dean et le gosse se poussèrent pour me laisser le volant et je descendis la montagne en prise, les gaz coupés, afin d'économiser l'essence. J'arrivai ainsi jusqu'à Benson, en Arizona. Il me vint à l'idée que j'avais une montre à gousset que Rocco m'avait récemment donnée pour mon anniversaire, une montre de quatre dollars. À la pompe à essence, je demandai au type s'il connaissait une maison de prêt à Benson. C'était la porte juste à côté de la station. Je frappai, quelqu'un sortit de son lit et, une minute après, je touchai un dollar de la montre. Il coula dans le réservoir. Maintenant on avait assez d'essence pour Tucson. Mais soudain un gars de la police montée, flanqué de son revolver, apparut, juste comme j'allais démarrer, et demanda à voir mes papiers. « C'est le copain sur le siège arrière qui les a », dis-je. Dean et Marylou dormaient ensemble sous la couverture. Le flic dit à Dean de sortir. Il exhiba tout d'un coup son feu et gueula : « Haut les mains ! »

— M'sieur l'agent (c'était Dean que j'entendais répondre de la voix la plus mielleuse et la plus ridicule), m'sieur l'agent, j'boutonnais seulement ma braguette. » Le flic lui-même faillit sourire. Dean sortit, crasseux, déguenillé, en simple maillot de corps, se frottant le ventre, jurant, cherchant partout son permis et les papiers du véhicule. Le flic fourragea dans le coffre arrière. Tous les papiers étaient en règle.

— C'était seulement pour contrôler, dit-il en se fendant d'un sourire. Maintenant vous pouvez y aller. Vous verrez, Benson n'est pas un sale coin ; vous pourrez vous régaler si vous y prenez le petit déjeuner.

— Oui, oui, oui, dit Dean en ne faisant absolument pas attention à lui et en démarrant. On poussa tous un soupir de soulagement. Les policiers sont soupçonneux quand des équipes de jeunes types se trimbalent en voiture neuve sans un cent dans la poche et vont mettre leur montre au clou. « Oh, ils se mêlent toujours de ce qui ne les regarde pas, dit Dean, mais celui-là était un meilleur flic que le rat de Virginie. Ils essaient de décrocher la manchette dans les canards ; ils croient que chaque bagnole qui passe, c'est un gros gang de Chicago. Ils n'ont rien d'autre à foutre. » On fila jusqu'à Tucson.

Tucson est située dans une belle vallée fluviale où croît le bouteloue, que surplombe la chaîne neigeuse du Catalina. La ville n'était qu'un vaste chantier ; rien que des gens de passage, frénétiques, ambitieux, actifs, gais ; du linge sur les cordes, des autos à remorques ; les rues du centre pleines d'animation et tendues de banderoles ; le tout très californien. La route de Fort Lowell, près de laquelle Hingham habitait, serpentait agréablement le long des arbres de la rivière dans un désert plat. On aperçut Hingham lui-même qui rêvait dans son jardin. Écrivain, il était venu en Arizona pour travailler en paix à son livre. Il est grand, dégingandé, c'est un timide plein d'humour qui vous marmotte des choses en détournant la tête et c'est toujours marrant. Sa femme et son bébé étaient avec lui dans sa maison en torchis, une petite bicoque que son beau-père, un Indien, avait construite. Sa mère habitait au bout du jardin dans une maison à elle. C'est une Américaine du type enthousiaste qui aime la céramique, la verroterie et les livres. Hingham avait des amis à New York qui, dans leurs lettres, lui avaient parlé de Dean. On tomba sur lui comme la grêle, tous affamés, même Alfred, le stoppeur estropié. Hingham était vêtu d'un vieux sweater et fumait la pipe dans l'air vif du désert. Sa mère sortit et nous invita à manger à la cuisine. On fit cuire des nouilles dans une grande marmite.

Puis on alla tous en voiture dans un débit de boissons, situé à un carrefour, où Hingham toucha un chèque de cinq dollars et me fila l'argent.

On se fit de brefs adieux. « Ça m'a fait vraiment plaisir », dit Hingham, en nous regardant partir. Derrière un rideau d'arbres, au milieu des sables, la grande enseigne au néon d'une auberge rougeoyait. Hingham allait toujours là prendre une bière quand il en avait assez d'écrire. Il était très solitaire, il souhaitait revenir à New York. C'était triste de voir sa haute silhouette diminuer dans l'obscurité à mesure qu'on s'éloignait, exactement comme les autres silhouettes à New York et à la Nouvelle-Orléans : ils vacillent sous l'immensité étoilée et tout ce qu'ils sont est englouti. Où aller ? Que faire ? Dans quel but ?... Dormir. Mais cette équipe de déments était bandée vers l'avenir.

# IX

À la sortie de Tucson, nous vîmes un autre gars qui faisait de l'auto-stop sur la route obscure. C'était un Okie de Bakersfield, en Californie ; il déballa son histoire. « Bon Dieu, je suis parti de Bakersfield dans le car du bureau de tourisme et j'ai oublié ma guitare dans le coffre d'un autre car et le matériel n'est jamais arrivé, je veux dire la guitare et mes fringues de cow-boy ; je suis musicien, vous pigez, j'allais dans l'Arizona pour jouer avec les Sagebrush Boys de Johnny Mackaw. Eh bien, merde, me voilà en Arizona, complètement fauché, et ma guitare qu'y m'ont piquée. Ramenez-moi à Bakersfield, les gars, et mon frère me passera du fric. Combien vous voulez ? » Ce qu'on voulait, c'était juste assez d'essence pour se taper le chemin de Bakersfield à Frisco ; environ trois dollars. Maintenant on était cinq dans l'auto. Il dit : « 'Soir m'dame », en donnant un coup de chapeau à Marylou, et on mit les bouts.

Au milieu de la nuit, nous surplombâmes les lumières de Palm Springs qu'on apercevait d'une route de montagne. À l'aube, franchissant des cols enneigés, nous roulions avec peine vers la ville de Mojave qui ouvre l'accès du vaste col de Tehachapi.

Le Okie se réveilla et raconta des histoires marrantes ; le gentil petit Alfred souriait sur sa banquette. Le Okie expliqua qu'il avait connu un homme qui avait pardonné à sa femme de lui avoir tiré dessus et il l'avait sortie de prison, seulement pour le plaisir de se faire tirer dessus une fois de plus. Nous passions devant la prison des femmes quand il nous raconta ça. Droit devant nous, nous vîmes le col de Tehachapi commencer à se profiler. Dean prit le volant et nous enleva jusqu'au sommet du monde. Nous longeâmes une grande usine de ciment toute enveloppée de poussière dans le canyon. Et puis ce fut la descente. Dean coupa les gaz, se mit en prise, prenant au plus près les tournants en épingle à cheveux, doublant les voitures, accomplissant les prouesses les plus difficiles que les experts ont imaginées sans l'aide de l'accélérateur. Je me cramponnais. Parfois la route remontait sur une courte distance ; il se contentait de doubler les voitures, en silence, emporté par son seul élan. Il connaissait à fond la cadence et tous les soubresauts d'un col de première classe. Au moment où, dans un tournant, la route se lovait sur la gauche, le long d'un muretin de pierres qui dominait le fond du monde, il se laissait aller complètement à gauche, les mains au volant, les bras raidis, et conduisait dans cette position ; mais quand il fallait de nouveau tourner à droite, l'à-pic étant cette fois sur notre gauche, il s'abandonnait, à droite toute, et nous entraînait. Marylou et moi, dans le mouvement. C'est ainsi que nous descendîmes, voguant, ballottés, dans la vallée de San Joaquin. Celle-ci s'étendait un mile plus bas, rez-de-chaussée de la Californie en quelque sorte, qui nous apparaissait, verdoyante et fascinante, du haut de notre observatoire céleste. Nous avions fait trente miles sans brûler d'essence.

Brusquement nous fûmes tous excités. Dean voulut me dire tout ce qu'il savait sur Bakersfield au moment où nous atteignions l'entrée de la ville. Il me montra des meublés où il avait habité, des hôtels de gare, des salles de jeux, des *diners*, des voies de triage où, bondissant d'une machine, il allait voler du raisin, des restaurants chinois où il avait mangé, des bancs publics où il avait eu des rendez-vous et certains endroits où il n'avait rien fait d'autre que de s'asseoir et voir venir. La Californie de Dean, pays délirant et suant, pays d'importance capitale, c'était celui où les amants solitaires, exilés et bizarres, viennent se rassembler comme des oiseaux, le pays où tout le monde, d'une manière ou d'une autre, ressemble aux acteurs de cinéma détraqués, beaux et décadents. « Mon pote, j'ai passé des heures sur cette chaise-là, devant ce drugstore. » Il se souvenait de tout, de toutes ses parties de cartes, de toutes les femmes, de toutes ses nuits cafardeuses. Et tout à coup nous passâmes près du dépôt de chemin de fer où Terry et moi, nous étions restés assis, sous la lune, à boire du vin, sur de vieux cageots, en octobre 1947, et j'essayai de le dire à Dean. Mais il était trop excité. « C'est ici que Dunkel et moi nous avons passé toute une matinée à boire de la bière, on essayait de se faire une petite serveuse vraiment bath, elle était de Watsonville, non, de Tracy, oui, de Tracy, et elle s'appelait Esmeralda, enfin, mon pote, quelque chose comme ça. » Marylou réfléchissait à ce qu'elle ferait au moment où elle arriverait à Frisco. Alfred dit qu'à Tulare sa tante lui donnerait plein d'argent. Le Okie nous indiqua le chemin pour aller chez son frère dans les lotissements des faubourgs de la ville.

Nous nous arrêtâmes à midi devant une petite

bicoque peinte en rose ; le Okie entra et parla avec des femmes. On attendit un quart d'heure. « Je commence à croire que ce type n'a pas plus d'argent que moi, dit Dean. Nous voilà encore coincés. Il n'y a probablement personne dans la famille qui lui donnera un sou après cette virée idiote. » Le Okie sortit avec un air penaud et nous conduisit en ville.

« Bon Dieu, j'aimerais bien trouver mon frère. » Il alla aux renseignements. Il avait sans doute l'impression d'être notre otage. Finalement on aboutit à une grande boulangerie et le Okie sortit avec son frère qui portait des bleus de travail et était apparemment le mécanicien de l'affaire. Il parla avec son frère quelques minutes. On attendait dans l'auto. Le Okie parlait de ses relations, de ses aventures et de la perte de sa guitare. Il obtint tout de même l'argent et nous le donna et nous étions parés pour Frisco. On le remercia et on mit les bouts.

La prochaine étape était Tulare. On fonça à travers la vallée. Je gisais sur le siège arrière, épuisé, m'abandonnant complètement et au cours de l'après-midi, tandis que je somnolais, la boueuse Hudson dépassa le campement, près de Sabinal, où j'avais vécu et aimé et travaillé dans un passé spectral. Dean était penché, crispé sur le volant, le moteur cognait dur. Je dormais lorsque enfin nous arrivâmes à Tulare ; à mon réveil j'entendis des histoires folles. « Sal, réveille-toi. Alfred a trouvé l'épicerie de sa tante mais tu ne sais pas ce qui est arrivé ? Sa tante a descendu son mari et elle est en taule. La boutique est fermée. On n'a pas eu un sou. Tu te rends compte ! Le Okie nous a raconté le même genre d'histoire incroyable, les ennuis arrivent de tous les côtés, que de complications, nom de Dieu de nom de Dieu ! » Alfred était en train de se ronger les ongles. On quittait la route de l'Oregon à Madera et là nous fîmes nos adieux au petit Alfred. On lui souhaita bonne chance et bon voyage pour l'Oregon. Il dit que c'était la plus belle virée qu'il eût jamais faite.

Ce fut apparemment une question de minutes, on roula bientôt sur les contreforts qui précèdent Oakland et soudain, parvenus au sommet d'une crête, on vit se déployer devant nous la fabuleuse ville blanche de San Francisco sur ses onze collines mystiques et le Pacifique bleu, et au-delà son mur de brouillard comme au-dessus de champs de pommes de terre qui s'avançait, et la fumée et l'or répandu sur cette fin d'après-midi. « Voilà, elle souffle[32], gueula Dean. Nous y sommes ! On l'a ! Juste assez d'essence ! Donnez-moi de l'eau, il n'y a plus de terre ! Pas question d'aller plus loin, parce qu'il n'y a plus de terre ! Maintenant, Marylou, ma chérie, toi et Sal, allez immédiatement dans un hôtel et attendez, je vous ferai signe demain matin dès que j'aurai conclu certains arrangements précis avec Camille et téléphoné à Frenchman pour mon gardiennage au chemin de fer, et toi et Sal, une fois en ville, la première chose à acheter, c'est un journal pour les offres d'emploi et les plans de travail. »

Et il s'engagea sur le pont de la Baie d'Oakland et nous entrâmes dans la ville. Juste à ce moment les buildings commerciaux du centre s'embrasaient de feux étincelants ; cela faisait penser à Sam Spade[33]. Quand nous descendîmes de l'auto à O'Farrell Street, titubant, reniflant, étirant nos membres rouillés, on aurait dit que nous touchions terre après une longue traversée ; la rue en pente tanguait sous nos pieds ; de vagues relents de *chop sueys*, venus du quartier chinois de Frisco, flottaient dans l'air. On

262

sortit toutes nos affaires de la voiture et on les empila sur le trottoir.

Soudain Dean nous dit au revoir. Il brûlait de voir Camille et de savoir ce qui s'était passé en son absence. Marylou et moi, nous étions plantés dans la rue, abasourdis, et le regardions qui fichait le camp. « Tu vois quel genre de salaud il est ? dit Marylou. Dean vous laisse crever de froid dans la rue à la première occasion, si c'est son intérêt.

— Je sais », dis-je, et je pensai à mon chez moi, à l'Est, et soupirai. Nous n'avions pas d'argent. Dean n'avait pas fait allusion à l'argent. « Où allons-nous nous installer ? » Nous nous mîmes à rôder dans le quartier, traînant nos ballots loqueteux dans d'étroites rues romantiques. Tous les gens avaient l'air de figurants de cinéma fourbus, de starlets flétries — casse-cou désenchantés, coureurs de *midgets*[34]. Californiens angoissants avec leur mélancolie de bout du monde, beaux et décadents, Casanovas à la manque, blondes de motels aux yeux bouffis, agioteurs, marlous, putains, masseurs, grooms, une bande de ratés, et comment un homme peut-il gagner sa croûte dans une tribu de cette espèce ?

# X

Il se trouvait quand même que Marylou avait traîné dans ce milieu — et dans ce qu'il y avait de plus faisandé — et un commis d'hôtel au visage gris voulut bien nous laisser une chambre à crédit. Ce fut la première étape. Après il fallait manger et ce fut hors de question jusqu'à minuit, heure à laquelle nous découvrîmes une chanteuse de boîte de nuit dans sa chambre d'hôtel qui, sur son fer électrique retourné et coincé avec un cintre dans la corbeille à papiers, réchauffait une boîte de porc aux haricots. Je regardais par la fenêtre les clignotements du néon et je me demandais : Où est Dean et pourquoi ne s'occupe-t-il pas de nous ? J'ai perdu ma confiance en lui cette année-là. Je suis resté à San Francisco une semaine et j'y ai passé la plus sale période de ma vie. Marylou et moi faisions des miles et des miles pour chercher de quoi bouffer. Nous allâmes même chez des marins saouls dans un asile de Mission Street qu'elle connaissait ; ils nous offrirent du whisky.

À l'hôtel on vécut deux jours ensemble. J'avais compris que, maintenant que Dean n'était plus avec nous, Marylou ne s'intéressait pas vraiment à moi ;

elle essayait de rejoindre Dean à travers moi, son copain. Nous nous disputions dans la chambre. Nous passions aussi des nuits entières au lit et je lui racontais mes rêves. Je lui parlais du grand serpent du monde enroulé au centre de la terre comme un ver dans une pomme et qui ferait surgir un jour une colline qui, par la suite, serait nommée la Colline du Serpent, et il se déroulerait sur la plaine, long d'une centaine de miles pour dévorer ce qu'il trouverait sur son passage. Je lui dis que ce serpent c'était Satan. « Qu'est-ce qui va se passer ? » criait-elle d'une voix perçante ; pendant ce temps, elle se serrait contre moi.

— Un saint, appelé le docteur Sax, le tuera grâce à des herbes secrètes qu'il est en train de cuisiner en ce moment même, dans sa tanière souterraine, quel- que part en Amérique. On peut également révéler que le serpent n'est qu'une baudruche remplie de colombes ; quand le serpent mourra, de grands nuages de semences de colombes grises voltigeront dans l'air et porteront des nouvelles de paix au monde entier. » La faim et l'amertume me faisaient perdre les pédales.

Une nuit Marylou disparut avec le patron d'une boîte de nuit. Je l'attendais à un rendez-vous sous un porche de l'autre côté de la rue, à Larkin and Geary, affamé, lorsque soudain elle sortit du vestibule d'un immeuble de luxe avec une amie, le patron de boîte de nuit, et un vieux grisonnant qui tenait une liasse de billets. En principe elle était entrée simplement pour voir son amie. Je vis alors quelle putain elle était. Elle eut peur de me faire signe, bien qu'elle me vît sous le porche. Elle fit quelques pas, monta dans une Cadillac et ils partirent. Maintenant, je n'avais plus personne, plus rien.

Je me mis à marcher, ramassant des mégots dans la rue. Je passai devant une baraque de frites dans la rue du Marché, et soudain la femme qui était au comptoir me jeta un regard terrifié au moment où je passais ; c'était la tenancière, elle croyait visiblement que je venais là avec un feu pour dévaliser la boutique. Je fis encore quelques pas. Il me vint tout à coup à l'idée que c'était ma mère, il y avait peut-être deux siècles de cela en Angleterre et que j'étais son bandit de fils qui sortait de prison pour venir troubler son honnête travail dans la gargote. Je m'arrêtai, frissonnant d'extase sur le trottoir. Je regardai la rue du Marché. Je ne savais pas si c'était elle ou Canal Street à la Nouvelle-Orléans : elle menait jusqu'à l'eau, l'eau incertaine et infinie, exactement comme la Quarante-deuxième Rue à New York qui conduit à l'eau et vous ne savez jamais où vous êtes. Je pensais au fantôme d'Ed Dunkel à Times Square. Je délirais. Je voulais m'en retourner et lorgner, dans sa gargote, mon étrange mère que l'on aurait crue sortie d'un roman de Dickens. Je tremblais de la tête aux pieds. On aurait dit que toute une armée de souvenirs m'emportait dans le passé, dans l'Angleterre de 1750, et que maintenant à San Francisco je vivais seulement une autre vie dans un autre corps. « Non, semblait dire cette femme avec son regard terrifié, ne reviens pas pour tourmenter ton honnête mère qui travaille durement. Tu n'es plus rien pour moi et ton père non plus, mon premier mari. Depuis que ce bon Grec a pris pitié de moi. (Le tenancier était un Grec aux bras poilus.) Tu n'es pas bon, tu es porté sur la boisson, sur la bagarre et, en fin de compte, tu viens voler honteusement le fruit de mon humble travail dans la boutique. Ô mon fils ! ne t'es-tu jamais mis à genoux pour demander pardon de tous tes péchés et de toutes tes canailleries ? Enfant perdu ! Va-t'en ! Ne hante pas mon âme ; j'ai bien fait de t'oublier. Ne rouvre pas de vieilles plaies, fais comme si tu n'étais jamais revenu et que tu ne m'aies pas vue là-dedans, avec mon humble ouvrage et quelques pauvres sous, va, mangeur de pain volé, main trop leste, triste enfant sans amour, vile créature de ma chair. Mon fils ! Mon fils ! » Cela me rappelait ma vision de Big Pop à Graetna, avec le vieux Bull. Pendant un instant j'avais atteint ce degré d'extase que j'avais toujours convoité, qui était le franchissement total du temps mesurable jusqu'au règne des ombres intemporelles, le ravissement dans le désert de notre condition mortelle, l'impression que la mort me chassait devant elle à coups de pied, elle-même talonnée par un spectre, si bien que je ne trouvais mon salut que sur une planche où les anges, pour y voler, plongeaient dans l'abîme sacré du néant d'avant la création, et là, des rayons d'une force merveilleuse resplendissaient de l'éclat de l'Esprit Absolu, des champs de lotus innombrables s'ordonnaient sous le magique essaim des papillons célestes. Je pouvais entendre le grondement d'une effervescence indescriptible qui ne venait point de mon oreille mais de l'infini et qui n'avait aucun rapport avec des sons. Je compris que j'étais mort et revenu à la vie un nombre indéterminé de fois mais je ne pouvais précisément pas m'en souvenir pour cette raison essentielle que les transitions de la vie à la mort et le retour à la vie représentent spirituellement si peu de chose, une opération magique négligeable, comme de s'endormir et de s'éveiller à nouveau un million de fois, qu'on les subit dans l'indifférence totale et la plus profonde ignorance. Je compris que c'était uniquement à cause de la stabi-

lité de l'Esprit essentiel que se produisaient ces fluctuations de naissances et de morts, ainsi le vent ride
une nappe d'eau pure et paisible comme un miroir.
J'éprouvais une béatitude douce, vacillante, comme
si j'avais eu une bonne dose d'héroïne dans la veine ;
comme après une rasade de vin en fin d'après-midi,
et soudain vous frissonnez ; j'avais des fourmillements dans les pieds. Je me dis que j'allais mourir
dans un instant. Mais je ne mourus pas, et je fis
quatre miles à pied, ramassant dix beaux mégots
que je ramenai à la chambre de Marylou et grâce
auxquels je bourrai ma vieille pipe que j'allumai.
J'étais trop jeune pour comprendre ce qui s'était
passé. À la fenêtre je humai toutes les victuailles de
San Francisco. Il y avait tout près des restaurants de
fruits de mer où les petits pains étaient chauds, et
même les paniers me semblaient bons à manger ; où
les menus eux-mêmes étaient pleins de douceur
comestible, comme s'ils avaient mijoté dans du
bouillon chaud ou rôti sur le gril, et ils me semblaient bons à manger. On m'aurait montré l'écaille
du poisson bleu sur un menu de fruits de mer, que je
l'aurais mangée, pourvu qu'on m'ait laissé flairer le
beurre fondu et les pinces du homard. Il y avait des
endroits spécialisés dans le gros rosbif rouge, au jus,
ou dans le poulet rôti à la sauce au vin. Il y avait des
endroits où les hamburgers brasillaient sur le gril et
où le café ne coûtait que cinq cents. Et aussi, ah, ces
effluves de grillades panées qui montaient du quartier chinois jusqu'à ma chambre, rivalisant avec les
sauces de spaghetti de North Beach, avec le crabe à
tendre carapace qu'on servait au Fisherman's Wharf,
et surtout les côtelettes de Fillmore qu'on tournait à
la broche. Ajoutez les haricots rouges de Market
Street qui emportent la langue, les frites à la fran-

çaise dans la nuit au vin rouge de l'Embarcadero et les palourdes à l'étuvée de Sausalito de l'autre côté de la baie, voilà ce qui me faisait pâmer à San Francisco. Ajoutez le brouillard, le brouillard âpre qui affame, et les pulsations du néon dans la nuit douce, les talons hauts des femmes sur le trottoir, les colombes blanches dans la vitrine d'une épicerie chinoise...

# XI

Ce fut dans cet état que Dean me trouva quand il décida en fin de compte que je valais la peine d'être sauvé. Il m'accorda l'hospitalité chez Camille. « Où est Marylou, mon pote ?

— La putain s'est taillée. » Camille était reposante après Marylou ; une jeune femme bien élevée, polie, et qui n'ignorait pas ce fait que les dix-huit dollars que Dean lui avait expédiés venaient de moi. Mais où étais-tu, ô délicieuse Marylou ? Je me reposai quelques jours chez Camille. De la fenêtre du salon, dans son logement en bois de Liberty Street, on pouvait voir tout l'embrasement vert et rouge de San Francisco dans la nuit humide. Dean fit la chose la plus ridicule de sa carrière durant les quelques jours où je fus là. Il prit un boulot qui consistait à faire la démonstration d'une nouvelle cocotte-minute dans la cuisine des gens. Le marchand lui confia un tas d'échantillons et de prospectus. Le premier jour, Dean fut un ouragan d'énergie. Je circulais dans toute la ville avec lui tandis qu'il prenait des rendez-vous. Le truc était de se faire inviter dans les règles à un dîner et alors de se lever d'un bond pour expérimenter la cocotte. « Mon pote, s'écria Dean en plein délire, c'est encore plus loufoque que du temps où je travaillais pour Sinah. Sinah vendait des encyclopédies à Oakland. Personne ne pouvait lui résister. Il faisait de longs discours, il gambadait dans tous les coins, il rigolait, il gueulait. Une fois, on fit irruption dans une maison okie où tout le monde s'apprêtait à aller à l'enterrement. Sinah tomba à genoux et pria pour le salut du défunt. Tous les Okies se mirent à chialer. Il vendit un jeu complet d'encyclopédies. C'était le type le plus dingo du monde. Je me demande où il est. On avait l'habitude de rejoindre à la cuisine les filles de nos clients, quand elles étaient jolies, et de les peloter. D'ailleurs cet après-midi je me suis payé une ménagère modèle dans sa petite cuisine... l'enlaçant d'un bras tout en faisant la démonstration. Ah ! Hmm ! Hou !

— Continue, Dean, lui dis-je. Peut-être un jour seras-tu maire de San Francisco. » Il avait étudié à fond tout le baratin des cocottes ; il s'exerçait le soir sur Camille et moi.

Un matin, il se planta nu à la fenêtre, enveloppant du regard tout San Francisco. Il avait bien l'air ainsi de devoir un jour être le maire païen de San Francisco. Mais son énergie s'épuisa. Un pluvieux après-midi, le représentant se ramena pour voir ce que faisait Dean. Dean était vautré sur le divan.

— As-tu essayé d'en vendre ?

— Non, dit Dean. J'ai un autre boulot en vue.

— Alors, qu'est-ce que tu vas foutre de tous ces échantillons ?

— Je ne sais pas. » Dans un silence de mort, le représentant ramassa toutes ses tristes cocottes et partit. J'étais malade de tout, crevé, et Dean également.

Une nuit pourtant la folie nous reprit soudain tous

les deux ; on alla voir Slim Gaillard[35] dans une petite boîte de Frisco. Slim Gaillard est un grand nègre maigre avec de gros yeux tristes, qui parle toujours comme ça : « Ça colleorouni » et « Qu'est-ce que tu dis d'un verre de bourbonorouni ? » À Frisco de grandes foules passionnées de jeunes demi-intellectuels s'asseyaient à ses pieds pour l'entendre au piano, à la guitare et aux tambourins de bongo *. Quand il est chauffé à blanc, il enlève sa chemise et son maillot de corps et il y va pour de bon. Il fait et dit tout ce qui lui passe par la tête. Il peut chanter « Cement Mixer, Put-ti Put-ti » et soudain ralentir la cadence et rêver sur ses bongos en tapotant à peine la peau du bout des doigts, si bien que tout le monde se penche en avant, le souffle coupé, pour écouter ; on croit qu'il va faire ça une minute ou à peu près, mais il continue, au moins pendant une heure, produisant un imperceptible petit bruit avec le bout de ses ongles, de plus en plus doucement au point qu'on ne peut plus l'entendre, couvert qu'il est par les bruits de la circulation qui passent par la porte ouverte. Puis lentement il se lève et prend le micro et dit, fort lentement : « Grand-orouni... bel-ovauti... hello-orouni... bourbonorouni... tous-orouni... les gars du rang de devant ça va avec vos filles-orouni... orouni... vauti... orounirouni... » Il continue comme ça pendant un quart d'heure, sa voix devenant de plus en plus douce jusqu'au moment où on ne peut plus entendre. Ses grands yeux tristes scrutent l'assistance.

Dean est debout dans le fond, faisant : « Dieu ! Oui ! » et crispant ses doigts dans un geste de prière et transpirant. « Sal, Slim a le sens du temps, il a le

* Bois tropical.

272

sens du temps. » Slim est assis au piano et frappe deux notes, deux do, puis deux encore, puis un, puis deux, et soudain le gros gaillard de contrebassiste s'éveille d'un rêve et se rend compte que Slim est en train de jouer « Do-Jam Blues » et il fourrage la corde de son gros index et le bourdon balaize de la cadence commence et tout le monde se met à tanguer et Slim semble aussi triste que jamais, et ils se mettent à souffler du jazz pendant une demi-heure et puis Slim, comme furieux, se jette sur les bongos et joue des rythmes cubains d'une vélocité frénétique et gueule des trucs délirants en espagnol, en arabe, en dialecte péruvien, en égyptien, en toutes les langues qu'il connaît et il connaît des langues innombrables. En fin de compte, la manche se termine ; chaque manche dure deux heures. Slim Gaillard va se planter contre un pilier, regardant tristement par-dessus la tête des gens pendant qu'on vient lui parler. Un verre de bourbon lui arrive dans la main. « Bourbon-orouni... Merci-ovauti... » Personne ne sait où se trouve Slim Gaillard. Une fois, Dean fit un rêve où il était sur le point d'avoir un bébé et son ventre boursouflé tournait au bleu tandis qu'il gisait sur la pelouse d'un hôpital de Californie. Sous un arbre, avec un groupe d'hommes de couleur, était assis Slim Gaillard. Dean tournait vers lui des yeux désespérés de mère. Slim dit : « Et voilà-orouni. » Maintenant Dean était près de lui, il était près de son Dieu ; il pensait que Slim était Dieu ; il s'avança en traînant les pieds et s'inclina devant lui et lui demanda de se joindre à nous. « Ça colle-orouni », dit Slim ; il voulait bien aller avec n'importe qui mais ne pouvait pas garantir d'être présent en esprit. Dean prit une table, paya des verres, et s'assit tout raide en face de Slim. Slim rêvait par-dessus sa tête. Chaque fois que Slim disait : « Orouni », Dean disait : « Oui. » J'étais assis là avec ces deux dingues. Il ne se passa rien. Pour Slim Gaillard, le monde entier n'était qu'un vaste orouni.

Cette même nuit, j'allai me payer Lampshade au « Fillmore and Geary ». Lampshade est un gros noir qui se ramène dans les boîtes de Frisco avec manteau, chapeau et cravate et qui saute sur l'estrade de l'orchestre et se met à chanter ; les veines de son front gonflent à craquer ; il tire ça de ses profondeurs et, dans sa corne de brume, souffle un énorme blues de tous les muscles de son âme. Il gueule aux gens pendant son tour de chant : « Pas la peine de mourir pour aller au ciel, démarrez au *Doctor Pepper*[36] et terminez au whisky. » Sa voix grondante domine tout. Il grimace, il se tortille, il fait tout. Il s'approcha de notre table et se pencha sur nous et dit : « Oui ! » Et puis il sortit en titubant dans la rue pour faire une descente dans une autre boîte. Puis il y eut Connie Jordan, un dingo qui chante et secoue les bras et finit par asperger tout le monde de sueur en envoyant des coups de pieds dans le micro et en criant comme une femme ; et on peut le voir tard dans la nuit, épuisé, en train d'écouter des sérénades de jazz frénétique chez Jamson's Nook avec ses gros yeux ronds et ses épaules tombantes, regardant dans le vide d'un air idiot, et un verre en face de lui. Je n'ai jamais vu des musiciens aussi loufoques. Tout le monde soufflait à Frisco. C'était le bout du continent ; ils se foutaient de tout. Dean et moi, on se baguenauda de cette façon à San Francisco jusqu'à ce que j'aie reçu mon nouveau chèque de l'armée et que je fasse mon sac pour rentrer chez moi.

Quel est le résultat de mon voyage à Frisco, je l'ignore. Camille souhaitait que je parte ; pour Dean, que je parte ou que je reste, ça lui était égal. J'achetai une miche de pain et de la viande et me préparai dix sandwiches en vue de ma nouvelle traversée du territoire ; ils devaient tous pourrir dans mon sac, le temps que j'arrive au Dakota. La dernière nuit, Dean devint fou et trouva Marylou quelque part dans le centre et on grimpa dans l'auto et on se balada dans tout Richmond, de l'autre côté de la baie, chassant le jazz nègre dans des bouges graisseux. Comme Marylou allait s'asseoir, un type de couleur lui retira la chaise de dessous les fesses. Les filles la raccrochèrent aux waters pour lui faire des propositions. On me raccrocha aussi. Dean transpirait dans tous les coins. C'était le terminus ; j'avais envie de me tirer.

À l'aube, je pris mon car pour New York et dis adieu à Dean et à Marylou. Ils guignaient quelques-uns de mes sandwiches. Je leur dis non. Ce fut un sale moment. On pensait tous qu'on ne se reverrait plus jamais et on s'en foutait.

*Troisième partie*

# I

Au printemps de 1949, j'avais économisé quelques dollars sur ma bourse d'ancien G.I. et j'allai à Denver, avec l'idée de me caser là-bas. Je m'imaginais au cœur de l'Amérique, en vrai patriarche. Je m'y retrouvai tout seul. Personne n'était là, ni Babe Rawlins, ni Ray Rawlins, ni Tim Gray, ni Betty Gray, ni Roland Major, ni Dean Moriarty, ni Carlo Marx, ni Ed Dunkel, ni Roy Johnson, ni Tommy Snark, personne. J'allai traîner du côté de Curtis Street et de Larimer Street, travaillai un moment à la halle aux fruits où j'avais failli être embauché en 1947, le boulot le plus pénible de mon existence ; il y avait des moments où les gosses japonais et moi, on devait déplacer tout un fourgon sur une distance d'une centaine de pieds, ceci à la main avec une espèce de cric qui nous faisait gagner un quart de pouce à chaque secousse. Je véhiculais des cageots de melons d'eau sur le plancher glacé des frigos par un soleil flamboyant, en éternuant. Au nom de Dieu et des étoiles, dans quel dessein ?

Au crépuscule, j'allais me promener. Je me faisais l'effet d'être une moucheture à la surface de la triste terre rougeoyante. Je passais devant le Windsor

Hotel, où Dean Moriarty avait habité avec son père durant la crise des années trente, et, comme jadis, je cherchais partout le lamentable et fabuleux étameur de mon imagination. Ou bien vous trouvez quelqu'un qui vous rappelle votre père dans des endroits comme Montana, ou vous cherchez le père d'un ami dans un lieu où il n'est plus.

Un soir de lilas, je marchais, souffrant de tous mes muscles, parmi les lumières de la Vingt-septième Rue et de la Welton, dans le quartier noir de Denver, souhaitant être un nègre, avec le sentiment que ce qu'il y avait de mieux dans le monde blanc ne m'offrait pas assez d'extase, ni assez de vie, de joie, de frénésie, de ténèbres, de musique, pas assez de nuit. Je m'arrêtai devant une petite baraque où un homme vendait des poivrons tout chauds dans des cornets de papier ; j'en achetai et, tout en mangeant, je flânai dans les rues obscures et mystérieuses. J'avais envie d'être un Mexicain de Denver, ou même un pauvre Jap accablé de boulot, n'importe quoi sauf ce que j'étais si lugubrement, un « homme blanc » désabusé. Tout le long de ma vie, j'avais eu des ambitions de blanc ; c'était pour ça que j'avais abandonné une brave fille comme Terry dans la vallée de San Joaquin. Je passai le long des vérandas obscures de maisons mexicaines et nègres ; il y avait de douces voix, parfois le genou brun d'une môme de mystère et de volupté ; et les visages sombres des hommes derrière les rosiers grimpants. De petits enfants trônaient comme des sages dans de vieux rocking-chairs. Un groupe de femmes de couleur passa et l'une des plus jeunes se détacha de la bande des matrones et vint à moi, très vite... « Hello, Joe »... et soudain s'aperçut que ce n'était pas Joe et repartit en courant, toute confuse. J'avais envie d'être Joe.

J'étais seulement moi-même, Sal Paradise, sinistre, rôdant dans l'ombre violette, dans cette nuit intolérablement douce, souhaitant de pouvoir échanger tous les mondes contre le bonheur, la pureté de cœur, la nature extatique des nègres d'Amérique. Ces parages de misère me firent souvenir de Dean et de Marylou qui, dès l'enfance, connaissaient si bien ces rues. Comme j'aurais voulu les retrouver.

Plus bas, au carrefour de la Vingt-troisième Rue et de la Welton, une partie de softball[37] se déroulait sous les projecteurs qui illuminaient aussi le réservoir d'essence. Une grande foule passionnée saluait les coups par des clameurs. De jeunes champions de toutes les races, bizarre mélange de Blancs, de Noirs, de Mexicains, d'Indiens purs, tenaient le terrain, se mesurant avec une gravité bouleversante. De simples gamins de terrains vagues en tenue de sport. Jamais dans ma vie de sportif, il ne m'avait été donné de jouer ainsi en présence des familles et des copines et des mômes du voisinage, la nuit, sous les projecteurs ; il y avait toujours le côté universitaire, bêcheur, pondéré ; rien de comparable à cette chaleur juvénile, humaine. Maintenant il était trop tard. Près de moi, était assis un vieux nègre qui vraisemblablement regardait des parties tous les soirs. Auprès de lui, il y avait un vieux clochard blanc ; puis une famille mexicaine, puis des filles, des gars, toute l'humanité, en vrac. Oh, tristes lumières de cette nuit-là. Le jeune lanceur ressemblait tout à fait à Dean. Une jolie blonde du public ressemblait tout à fait à Marylou. C'était la Nuit de Denver ; je ne fis que mourir.

*Au fond de Denver, au fond de Denver*
*Je ne fis que mourir.*

Dans la rue, des familles de nègres étaient assises sur les perrons, bavardant et contemplant la nuit étoilée à travers les arbres et se reposant simplement en cette heure douce et regardant de temps en temps la partie. Cependant beaucoup d'autos passaient dans la rue et s'arrêtaient au coin quand le feu se mettait au rouge. Il y avait de l'animation dans l'air, la trépidation d'une vraie joie de vivre qui se fout du désenchantement et des « angoisses blanches » et de toute la séquelle. Le vieux nègre avait une canette de bière dans la poche de son veston qu'il se mit à déboucher ; et le vieux blanc reluqua avec envie la canette et fouilla dans sa poche pour voir s'il pourrait lui aussi se payer une canette. Comme je mourais ! Je me tirai de là.

J'allai voir une fille à fric que je connaissais. Le lendemain matin elle tira un billet de cent dollars de son bas de soie et dit : « Tu parlais de faire un tour à Frisco ; dans ce cas, prends ça et va te payer du bon temps. » Ainsi tous mes problèmes étaient résolus et j'allai dans un bureau de tourisme offrir onze dollars d'essence à un voyageur pour Frisco et m'envolai à pleins gaz.

Deux gars conduisaient cette bagnole ; ils se disaient maquereaux. Deux autres gars étaient passagers comme moi. Nous étions serrés les uns contre les autres, l'esprit tendu vers le but. On passa le col de Berthoud, on descendit sur le grand plateau par Tabernash, Troublesome, Kremling, on dévala le col des Rabbit Ears jusqu'à Steamboat Springs, et ce fut le large ; une déviation poussiéreuse de cinquante miles et ce fut Craig et le Grand Désert Américain. Comme nous passions la frontière qui sépare le Colorado de l'Utah, je vis Dieu dans le ciel sous les espèces de vastes nuages dorés par le soleil qui sur-plombaient le désert et semblaient pointer un doigt vers moi et dire : « Passe par ici et va de l'avant, tu es sur le chemin du ciel. » Ouais, malheureusement ce qui m'intéressait le plus, c'était des vieux wagons pourris et les billards installés en plein désert du Nevada près d'un stand Coca-cola et les cahutes aux enseignes déglinguées par les intempéries, toujours ballottées par le vent hallucinant du désert, disant : « Ici habita Bill le Serpent à Sonnettes » ou « Annie Gueule-Cassée crécha ici pendant des années ». Oui, du vent ! À Salt Lake City, les maquereaux allèrent contrôler leurs poules et on continua. Avant d'avoir pu m'en apercevoir, je contemplais une fois encore la fabuleuse cité de San Francisco qui se déployait sur la baie au cœur de la nuit. Je courus immédiate-ment chez Dean. Il avait une petite maison mainte-nant. Je grillais de savoir dans quelle disposition d'esprit il était et ce qu'il allait se passer maintenant, car je ne laissais rien derrière moi désormais, j'avais coupé tous les ponts et me foutais complètement de tout. Je cognai à sa porte à deux heures du matin.

## II

Il rappliqua à la porte complètement à poil, ça pouvait bien être le Président qui frappait pour ce qu'il en avait à foutre. Il recevait le monde entier dans le costume d'Adam. « Sal ! fit-il avec une stupeur non feinte. Je ne m'attendais vraiment pas à ça. En fin de compte, c'est vers moi que tu viens.

— Ouais, dis-je. Tout se détraque en moi. Comment ça va pour toi ?

— Pas trop bien, pas trop bien. Mais on a des millions de choses à se raconter. Sal, le temps est *finalement* venu pour nous de parler et de tirer les choses au clair. » On fut d'accord que le temps était venu et on entra. Mon arrivée prit l'allure plutôt insolite d'une apparition de l'ange maléfique au logis des blancs et purs agneaux lorsque, Dean et moi, nous mettant à discuter avec animation en bas, dans la cuisine, des sanglots éclatèrent à l'étage au-dessus. À tout ce que je disais, Dean répondait d'un « Oui ! » furieux, chuchoté, frémissant. Camille se doutait de ce qui allait arriver. Apparemment, Dean s'était tenu tranquille pendant quelques mois ; maintenant l'ange était arrivé et il retournait à sa folie. « Qu'est-ce qu'elle a ? » murmurai-je.

Il dit : « Elle devient de pire en pire, mon pote, elle crie et se fout en boule, ne veut pas me laisser sortir pour voir Slim Gaillard, devient folle chaque fois que je suis en retard, puis quand je suis à la maison, elle ne veut pas me parler et dit que je suis une brute. » Il courut en haut pour la calmer. J'entendis Camille gueuler : « Tu es un menteur ; tu es menteur, tu es un menteur ! » Je saisis l'occasion pour visiter la maison vraiment épatante qu'ils avaient. C'était un chalet en bois à deux étages, biscornu, miteux, au milieu d'un lotissement, juste en haut de la Colline Russe, avec vue sur la baie ; il y avait quatre pièces, trois en haut et une sorte d'immense cuisine au rez-de-chaussée. La porte de la cuisine donnait sur une cour herbue où on tendait le linge. Dans le fond de la cuisine, il y avait un dépotoir où je vis les vieilles godasses de Dean encore bottées par un pouce de boue du Texas depuis la nuit où l'Hudson s'était enlisée dans le Brazos River. Naturellement l'Hudson s'était envolée ; Dean avait été incapable de payer les traites suivantes. Il n'avait plus d'auto du tout maintenant. Leur second bébé était conçu par accident. C'était horrible d'entendre Camille sangloter de la sorte. On ne pouvait pas endurer ça et on sortit acheter de la bière qu'on rapporta à la cuisine. En fin de compte, Camille s'assoupit ou passa sa nuit les yeux écarquillés dans l'obscurité. Je ne me rendais pas vraiment compte de ce qui allait mal, sauf peut-être que Dean l'avait finalement rendue folle.

Après mon dernier départ de Frisco, il était devenu de nouveau complètement dingue de Marylou et avait passé des mois à rôder autour de son logement de Divisadero où, chaque nuit, elle recevait un marin différent, tandis qu'il la reluquait par le trou de sa boîte aux lettres de telle sorte qu'il pouvait la voir au lit. Là, il assistait aux grasses matinées de Marylou en galante compagnie. Il la pistait dans toute la ville. Il voulait la preuve absolue de sa putasserie. Il l'aimait, il en était malade. Finalement, il mit la main sur du *vert* de mauvaise qualité (le *vert*, c'est la marijuana fraîche), tout à fait par inadvertance et en fuma des doses trop fortes.

— Le premier jour, dit-il, j'étais raide comme une planche dans le lit et je ne pouvais pas remuer ni dire un mot ; je regardais simplement droit devant moi, les yeux grands ouverts. Je pouvais entendre ma tête bourdonner et voyais toutes sortes de merveilleuses visions en technicolor et me sentais merveilleusement bien. Le deuxième jour tout m'a été donné, TOUT ce que j'avais jamais fait ou su ou lu ou ouï-dire ou supposé m'est revenu à l'esprit et s'est recombiné dans ma tête selon une logique absolument neuve et, puisque je ne pouvais avoir autre chose à l'esprit que le souci intime de tenir et d'entretenir l'émerveillement et la gratitude que je ressentais, je disais sans cesse : « Oui, oui, oui, oui. » Pas fort. Juste « Oui », très doucement, et ces visions de *thé* vert durèrent deux jours. À la fin tout m'était devenu intelligible, ma vie entière était résolue, je savais que j'aimais Marylou, je savais qu'il me fallait trouver mon père où qu'il fût et le sauver, je savais que tu étais mon copain et tout le reste, je savais combien Carlo est grand. Je savais mille choses sur chacun en quelque lieu que ce fût. Puis le troisième jour, je commençai à avoir une terrible série de cauchemars éveillés et ils étaient si absolument horribles et monstrueux et marijuanesques que je restais simplement là, plié en deux, les mains aux genoux, en disant : « Oh, oh, oh, ah, oh... » Les voisins m'entendirent et envoyèrent chercher un docteur. Camille était partie avec le bébé rendre visite à ses parents. Tout le voisinage était inquiet. Ils sont entrés et m'ont trouvé gisant sur le lit, les bras déployés pour l'éternité. Sal, j'ai couru auprès de Marylou avec une provision de ce *thé*. Et sais-tu que la même chose est arrivée à cette petite tête de pioche ?... Les mêmes visions, la même logique, le même ultime verdict porté sur toute chose, l'intelligence de toutes les vérités en un seul bloc compact et douloureux qui l'a précipitée dans les cauchemars et la souffrance... Oh ! Alors j'ai compris, je l'aimais tellement que j'avais envie de la tuer. J'ai couru à la maison me frapper la tête contre le mur. J'ai couru chez Ed Dunkel ; il est de retour à Frisco avec Galatea ; je me suis renseigné sur un type que nous connaissons qui avait un feu, je suis allé trouver le type, j'ai pris le feu, j'ai couru chez Marylou, je me suis penché pour regarder par la fente de la boîte aux lettres, elle dormait avec un mec, j'ai battu en retraite, hésité, je suis revenu au bout d'une heure, j'ai foncé dans la porte, elle était seule... et je lui ai donné le feu et dit de me tuer. Elle a gardé le feu à la main un bon bout de temps. Je lui ai demandé de conclure un tendre pacte de mort. Elle n'a pas voulu. J'ai dit que l'un de nous devait mourir. Elle a dit que non. Je me suis frappé la tête contre le mur. Mon pote, je perdais la boule. Elle te le dira, elle a fini par me dissuader.

— Et puis qu'est-ce qui s'est passé ?

— Il y a des mois de ça, après que tu es parti. Elle a épousé en fin de compte un marchand de voitures d'occasion, un sale con qui a juré de me tuer s'il me trouve, si c'est nécessaire je devrai défendre ma vie et le tuer, et j'irai à San Quentin, parce que, Sal, encore une peccadille de n'importe quel ordre et je

287

vais à San Quentin pour la vie... C'en est fini de moi. Une main abîmée et tout. » Il me montra sa main. Je n'avais pas remarqué dans le feu de l'excitation qu'il avait subi un terrible accident à la main. « J'ai frappé Marylou à l'arcade sourcilière le vingt-six février à six heures du soir (en fait à six heures dix, car je me souviens que je devais prendre mon rapide de marchandises une heure vingt après), la dernière fois que nous nous sommes vus et la dernière fois que nous avons décidé de tout, et maintenant écoute ça : mon pouce avait seulement glissé sur son sourcil et elle n'a pas eu un bleu et d'ailleurs s'est mise à rire, mais mon pouce s'est brisé au-dessus du poignet et un infect docteur m'a fait une réduction de la fracture qui était délicate et trois plâtres successifs, vingt-trois heures dans l'ensemble à poireauter sur des bancs durs, et j'en passe, et le dernier plâtre comportait une aiguille enfilée par le bout de mon pouce, si bien qu'en avril, quand ils ont enlevé mon plâtre, l'aiguille avait infecté l'os et j'ai contracté une ostéomyélite qui est devenue chronique et, après une opération qui a loupé et un mois dans un plâtre, le résultat a été l'amputation d'un simple petit morceau du bout de ce foutu doigt. »

Il dénoua les bandages et me le montra. Il manquait sous l'ongle environ un demi-pouce de chair.

— Ça a été de pire en pire. Il fallait que j'entretienne Camille et Amy et que je travaille aussi vite que je pouvais chez Firestone comme mouleur à cuire des pneus rechapés et puis à hisser des gros pneus de cent cinquante livres jusqu'en haut des wagons (je pouvais seulement utiliser ma bonne main, mais à chaque instant, je me cognais la mauvaise), je l'ai cassée une fois de plus, ai dû la faire réduire une fois de plus et tout s'est mis à s'infecter et à enfler une fois de plus. Si bien que maintenant je m'occupe du bébé pendant que Camille travaille. Tu vois ? Avec ma poisse, je suis bon pour la réforme, Moriarty le mordu du jazz a bobo à son cul, sa femme lui fait des injections quotidiennes de pénicilline pour son pouce, ce qui lui donne de l'urticaire car il fait de l'allergie. Il doit se taper soixante mille unités par mois du jus de Fleming. Il doit se taper un comprimé toutes les quatre heures durant ce mois-ci pour juguler l'allergie déclenchée par ce jus. Il doit se taper de l'aspirine codéinée pour soulager les douleurs de son pouce. Il doit se faire charcuter la jambe à cause d'un kyste qui s'enflamme. Il doit se lever lundi prochain à six heures du matin pour se faire détartrer les dents. Il doit voir un pédicure deux fois par semaine pour se faire traiter. Il doit prendre du sirop pour la toux toutes les nuits. Il doit se coucher et renifler constamment pour dégager son nez dont l'arête s'est affaissée juste à l'endroit où des années auparavant une opération l'avait ramollie. Il a perdu le pouce de son bras de lanceur. Lui, le meilleur lanceur des soixante-dix yards * de la Maison de Correction de l'État de New Mexico. Et pourtant... et pourtant, je ne me suis jamais mieux trouvé, en situation plus magnifique ni plus euphorique d'être au monde et de voir d'adorables petits enfants s'ébattre au soleil et d'avoir le bonheur de te voir, Sal, mon pote beau et bon, et je sais, je *sais* que tout va merveilleusement coller. Tu la verras demain, ma terrifiante, chère et somptueuse fille qui, maintenant, peut tenir sur ses jambes par ses propres moyens durant un laps de trente secondes de temps, qui pèse vingt-deux livres,

* Au base-ball.

et mesure vingt-neuf pouces. J'ai exactement calculé qu'elle est trente-et-un-virgule-vingt-cinq pour cent anglaise, vingt-sept-virgule-cinq pour cent irlandaise, vingt-cinq pour cent allemande, huit-virgule-soixante-quinze pour cent hollandaise, sept-virgule-cinq pour cent écossaise, cent pour cent sensationnelle. » Il me félicita affectueusement pour le livre que j'avais terminé et qui était accepté maintenant par les éditeurs. « Nous connaissons la vie, Sal, nous nous faisons plus vieux l'un et l'autre, petit à petit, et nous en venons à connaître les choses. Ce que tu me dis sur ta vie, je le comprends bien, j'ai toujours étudié tes réactions et maintenant, de fait, tu es mûr pour te mettre en cheville avec une vraie fille magnifique si tu peux du moins la trouver et la former et que son esprit devienne ton âme comme je me suis efforcé si péniblement d'y atteindre avec les foutues femmes que j'ai eues. Merde ! merde ! et merde ! » se mit-il à gueuler.

Et, dans la matinée, Camille nous jetait dehors tous les deux, avec le bagage et tout le fourniment. On commença par téléphoner à Roy Johnson, ce vieux Roy de Denver, pour l'inviter à prendre une bière avec nous pendant que Dean surveillait le bébé et faisait la vaisselle et la lessive dans la cour — mais bousillait le boulot tant il était excité. Johnson était d'accord pour nous conduire à Mill City voir Rémi Boncœur. Camille rentra du cabinet médical où elle travaillait et nous jeta à tous le regard triste d'une femme accablée par la vie. J'essayai de prouver à cette femme persécutée que je ne nourrissais point de méchantes intentions contre sa vie de famille en lui disant hello et en lui parlant aussi chaleureusement que je le pus, mais elle comprit que c'était une feinte et que Dean me l'avait peut-être inspirée et elle

me gratifia seulement d'un sourire sec. Dans la matinée, il y eut une scène terrible : elle sanglotait étendue sur le lit, et, sur ces entrefaites, j'éprouvai le
besoin pressant d'aller dans la salle de bains et la
seule façon d'y aller c'était de traverser sa chambre.
« Dean, Dean, m'écriai-je, où est le bar le plus
proche ?

— Un bar ? » fit-il, surpris ; il se lavait les mains
au rez-de-chaussée dans l'évier de la cuisine. Il crut
que je voulais me saouler. Je lui confiai mon embarras et il dit : « Vas-y carrément, elle est tout le temps
comme ça. » Non, je ne pouvais pas faire ça. Je me
précipitai à la recherche d'un bar ; j'arpentai de haut
en bas la Colline Russe sur une distance de quatre
blocs et ne trouvai que des blanchisseries automa-
tiques, des teintureries, des fontaines-soda, des insti-
tuts de beauté. Je revins à la petite maison biscor-
nue. Ils étaient tous les deux en train de s'enguculer
quand je me faufilai avec un pâle sourire et m'enfer-
mai dans la salle de bains. Quelques instants plus
tard, Camille jetait les affaires de Dean sur le plancher du salon et lui disait de faire son sac. À mon
étonnement, j'aperçus un portrait à l'huile de Galatea Dunkel en pied au-dessus du sofa. Je compris
soudain que toutes ces femmes passaient ensemble
des mois de solitude et de féminité à bavarder sur la
folie de leurs hommes. J'entendis le ricanement
maniaque de Dean retentir dans la maison accompagnée par les vagissements de son bébé. Ensuite je le
vis faire des glissades dans toute la maison, tel Groucho Marx, avec son pouce cassé enveloppé d'un
énorme pansement blanc, dressé comme un phare
qui surplombe imperturbablement la furie des
vagues. Une fois de plus j'aperçus sa pitoyable et
énorme malle cabossée avec les chaussettes et le

maillot sale qui dépassaient ; il se pencha dessus, jetant en vrac tout ce qu'il pouvait trouver. Puis il prit sa valise, la valise la plus sinistre des U.S.A. Elle était en carton avec des dessins dessus pour faire simili-cuir et agrafée par des sortes de charnières. Le couvercle était largement déchiré ; Dean la lia avec une corde. Puis il s'empara de son sac de marin et enfourna des trucs dedans. Je pris mon propre sac, le bourrai et, tandis que Camille couchée sur le lit faisait : « Menteur ! Menteur ! Menteur ! », on bondit hors de la maison et on descendit lourdement la rue jusqu'au tramway le plus proche — hommes et bagages pêle-mêle et l'énorme pouce bandé qui se dressait en l'air.

Ce pouce devint le symbole chez Dean de la dernière étape de son évolution. Il ne se souciait plus de rien (comme auparavant), mais maintenant il se *souciait aussi de tout en principe* ; c'est-à-dire que tout était équivalent pour lui ; il appartenait au monde et il ne pouvait rien y faire. Il m'arrêta au milieu de la rue.

— Maintenant, mon pote, je sais que tu es selon toutes probabilités complètement à cran ; tu viens de débarquer en ville et on nous jette dehors le premier jour et tu te demandes ce que j'ai fait pour mériter ça, etc., le tout dans un effroyable contexte..., hi-hi-hi !... mais regarde-moi. Je t'en prie, Sal, regarde-moi. »

Je le regardai. Il portait un maillot, des pantalons déchirés qui lui tombaient du ventre, des godasses en loques ; il ne s'était pas rasé, ses cheveux étaient hirsutes et broussailleux, ses yeux injectés de sang, et ce pouce étonnamment bandé qui pointait, maintenu en l'air à la hauteur du cœur (il devait le garder dans cette position), et le rictus de son visage était le plus idiot et le plus béat que j'eusse jamais vu. Il tournait en rond, tout trébuchant, et regardait partout.

— Que distinguent mes pupilles ? Ah... le ciel bleu. Long-Fellow !

Il se balança et cligna des yeux. Il se frotta les yeux. « Et les fenêtres alors, as-tu jamais savouré les fenêtres ? Parlons donc des fenêtres. J'ai vu des fenêtres vraiment dingues qui me faisaient des grimaces et d'autres avec leurs stores tirés qui me clignaient de l'œil. » Dans son sac de marin il pêcha un exemplaire des *Mystères de Paris* d'Eugène Sue et, ajustant le devant de son maillot, il se mit à lire au coin de la rue d'un air pédant. « Maintenant, vraiment, Sal, il nous faut tout savourer en route. » Il oublia son livre au bout d'un instant et regarda autour de lui avec des yeux ahuris. J'étais heureux d'être venu, il avait besoin de moi maintenant.

— Pourquoi est-ce que Camille t'a jeté dehors ? Qu'est-ce que tu vas faire ?

— Eh ? dit-il, Eh ? Eh ?

On se tortura la cervelle pour savoir où on irait et ce qu'on ferait. Je compris que c'était à moi de jouer. Pauvre, pauvre Dean, le démon lui-même n'avait jamais roulé si bas ; complètement dément, avec le pouce infecté, au milieu des bagages cabossés de sa vie fiévreuse d'orphelin, ballottée de part et d'autre de l'Amérique un nombre infini de fois, un oiseau perdu. « Marchons vers New York, dit-il, et reluquons en chemin tout ce qui se présentera... ouais. » Je sortis mon fric et le comptai ; je lui fis voir.

— J'ai ici, dis-je, la somme de quatre-vingt-trois dollars et des poussières et, si tu veux venir avec moi, on va à New York et après ça, on va en Italie.

— En Italie ? fit-il. Ses yeux s'illuminèrent. En Italie, ouais... Comment est-ce qu'on ira, mon vieux Sal ?

Je réfléchis à la question.

— Je ferai de l'argent, j'aurai mille dollars des éditeurs. On ira savourer toutes les femmes loufoques de Rome, de Paris, de tous ces coins-là ; on s'installera dans des cafés sur les trottoirs ; on habitera dans des bordels. Pourquoi ne pas aller en Italie ?

— Pourquoi pas, oui, dit Dean et puis il se rendit compte que j'étais sérieux et, d'abord, il me regarda du coin de l'œil, car auparavant je ne m'étais jamais engagé à l'aider, et ce regard était celui d'un homme qui pèse ses chances au dernier instant avant le pari. Il y avait un air de triomphe et d'insolence dans ses yeux, un regard démoniaque, qui resta longtemps fixé sur moi. Je le regardai à mon tour et rougis.

Je dis : « Qu'est-ce qu'il y a ? » J'eus le sentiment d'être lamentable en disant ça. Il ne fit aucune réponse mais continua de me regarder avec le même regard en coin, soupçonneux et insolent.

Je m'efforçai de me souvenir de tout ce qu'il avait fait dans sa vie et s'il n'y avait pas quelque chose dans son passé qui lui fît redouter quelque chose de notre présent. Avec résolution et fermeté, je répétai ce que j'avais dit : « Viens à New York avec moi ; j'ai le fric. » Je le regardai ; mes yeux étaient humides de confusion et de vraies larmes. Ses yeux qui ne me quittaient pas étaient maintenant sans expression et passaient à travers moi. Ce fut probablement l'instant crucial de notre amitié ; il comprit que j'avais réellement passé des heures à penser à lui et à ses malheurs, et il essayait d'ordonner ça en fonction de ses catégories furieusement filandreuses et intellectuellement tourmentées. Quelque chose se déclencha entre nous deux. En moi, ce fut une sollicitude soudaine pour cet homme qui avait des années de moins que moi, cinq ans, et dont le destin s'était emmêlé au mien au cours des récentes années ; pour lui, je ne puis le déduire que de son comportement ultérieur. Il devint extrêmement joyeux et déclara que l'affaire était dans le sac. « Qu'est-ce que c'était que ce regard ? » demandai-je. Cela l'affligea de m'entendre dire ça. Il fronça les sourcils. Il était très rare que Dean fronçât les sourcils. Quelque chose nous laissait tous les deux perplexes et incertains. Debout au sommet d'une colline par un beau jour de soleil à San Francisco, nos ombres se découpaient sur le trottoir. Du logement contigu à celui de Camille sortirent onze Grecs, hommes et femmes, à la file indienne, qui instantanément s'alignèrent sur la chaussée ensoleillée tandis qu'un autre remontait la rue étroite à reculons et leur souriait derrière un kodak. On regardait bouche bée ces gens antiques qui célébraient les noces d'une de leurs filles, le millième maillon peut-être d'une lignée ininterrompue, basanée et souriant au soleil. Ils étaient bien habillés et ça leur donnait une allure étrange. Pour Dean et pour moi, tout ça valait un voyage à Chypre. Des mouettes volaient au-dessus de nos têtes dans l'air étincelant.

— Eh bien, dit Dean d'une voix très timide et très douce, on part ?

— Oui, dis-je, allons en Italie.

Là-dessus nous ramassâmes nos bagages, lui la malle avec son bras valide et moi le reste, et on alla en vacillant jusqu'à l'arrêt du tramway ; un instant plus tard, nous descendions la colline, assis sur la plate-forme, les jambes brimbalant au-dessus du trottoir, nous, les deux anges déchus de la nuit de l'Ouest.

## III

En premier lieu on alla dans un bar de Market Street et on décida tout : on se mettait ensemble et on était copains pour la vie. Dean était très calme et soucieux, examinant les vieux clochards du saloon qui lui rappelaient son père. « Je pense qu'il est à Denver... Cette fois, il faut absolument qu'on le trouve, il est peut-être à la prison du Comté, il est peut-être revenu du côté de Larimer Street, en tout cas on doit le trouver. D'accord ? »

Oui, c'était d'accord ; nous allions faire tout ce que nous n'avions jamais fait et que nous avions été assez sots pour négliger dans le passé. Puis nous nous promîmes deux jours de volupté à San Francisco avant de prendre le départ et, naturellement, il fut entendu qu'on s'adresserait aux bureaux du tourisme pour trouver des automobilistes désireux de partager le prix de l'essence et qu'on économiserait le plus d'argent possible. Dean proclama qu'il n'avait plus besoin de Marylou bien qu'il l'aimât encore. On fut tous les deux d'accord que ça lui passerait à New York.

Dean revêtit son costume à rayures et une chemise sport, on planqua notre attirail dans une consigne des Greyhound pour dix cents et on fila rejoindre Roy Johnson qui devait être notre chauffeur pour nos deux jours de festival à Frisco. Roy avait donné son accord téléphonique. Il arriva au coin de la Troisième Rue et de Market Street peu de temps après et nous ramassa. Roy habitait maintenant à Frisco, avait un travail dans un bureau et une jolie petite blonde de femme appelée Dorothy. Dean me confia que son nez était trop long (c'était le reproche essentiel qu'il lui adressait pour quelque obscure raison), mais son nez n'était pas trop long du tout. Roy Johnson est un gosse maigre, brun, élégant, avec un visage anguleux et des cheveux lissés qu'il rejette en arrière sur les côtés. Il a un abord extrêmement sérieux et un large sourire. Évidemment, sa femme, Dorothy, l'avait querellé sur ce projet de faire le chauffeur, et pourtant, déterminé à tenir bon en tant que maître de maison (ils habitaient une petite pièce), il n'en honora pas moins la parole qu'il nous avait donnée, en dépit des conséquences ; mais son dilemme intérieur le murait dans un silence amer. Il nous conduisit Dean et moi dans tout Frisco à toute heure du jour et de la nuit et ne prononça pas une parole ; il se contentait de griller les feux rouges et de prendre les virages sur deux roues, ceci pour nous signifier à quoi nous l'avions acculé. Il était entre deux lois, l'une étant invoquée par sa récente épouse et l'autre par son vieux caïd des tripots de Denver. Cela amusait Dean qui ne s'émut naturellement point de cette façon de conduire. On ne faisait absolument pas attention à Roy ; installés sur le siège arrière, nous discutions.

En second lieu, nous devions aller à Mill City pour voir si Rémi Boncœur s'y trouvait encore. J'avais remarqué avec un certain étonnement que le vieux bateau *Admiral Freebee* n'était plus dans la baie et, naturellement, Rémi n'était plus dans l'avant-dernière bicoque du canyon. Une jolie négresse ouvrit la porte à sa place ; Dean et moi lui parlâmes pendant un bon moment. Roy Johnson attendait dans l'auto en lisant *les Mystères de Paris* d'Eugène Sue. J'enveloppai d'un dernier regard Mill City et compris qu'il n'y avait aucun sens à débrouiller l'écheveau du passé ; changeant nos batteries, nous décidâmes d'aller voir Galatea Dunkel pour nous faire héberger. Ed l'avait quittée de nouveau, était à Denver et bon Dieu que je sois pendu si elle ne cherchait pas encore le moyen de le rattraper. On la trouva assise en tailleur sur le tapis d'Orient de son appartement de quatre pièces dans le haut de Mission en train de se tirer les cartes. Une bonne fille. J'aperçus de tristes vestiges du temps où Ed Dunkel avait habité là avant de s'en aller simplement par dégoût et manque d'affection.

« Il reviendra, dit Galatea. Ce type ne peut pas s'arranger sans moi. » Elle lança un regard furieux à Dean et à Roy Johnson. « C'est Tommy Snark qui a fait le coup cette fois. Tout le temps avant qu'il arrive, Ed était parfaitement heureux et travaillait et nous sortions et passions des moments merveilleux. Dean, tu le sais bien. Puis ils ont été s'asseoir dans la salle de bains pendant des heures, Ed dans la baignoire et Snark sur la lunette, et ils se sont mis à discuter et discuter et discuter, rien que des inepties. »

Dean éclata de rire. Durant des années, il avait été le prophète suprême de la bande et maintenant ils mettaient à profit sa technique. Tommy Snark s'était laissé pousser la barbe et ses grands yeux bleus mélancoliques étaient venus chercher Ed Dunkel à Frisco ; ce qui s'était passé (réellement et sans baratin), c'est que Tommy avait perdu son petit doigt dans un accident à Denver et ramassé une grosse somme d'argent. Sans le moindre prétexte, ils avaient décidé de fausser compagnie à Galatea et d'aller à Portland, dans le Maine, où apparemment Snark avait une tante. De sorte que maintenant ils étaient soit à Denver, de passage, soit déjà à Portland.

— Quand le fric de Tom sera claqué, Ed reviendra, dit Galatea en examinant ses cartes. Le pauvre con, il ne sait rien faire, et il n'a jamais su. Il lui reste seulement à savoir que je l'aime.

Galatea ressemblait à la fille des Grecs au kodak éclaboussé de soleil, assise ainsi sur le tapis, avec ses longs cheveux qui ruisselaient jusqu'au sol, en train de se tirer la bonne aventure. Elle commençait à me plaire. On décida même de sortir ce soir-là pour entendre du jazz et Dean emmènerait une blonde de six pieds qui habitait dans la rue, Marie.

Ce soir-là, donc, Galatea, Dean et moi, on alla chercher Marie. Cette fille avait un rez-de-chaussée, une petite fille et une vieille bagnole qui roulait à peine, et que Dean et moi, on dut pousser dans la rue pendant que les filles écrasaient le démarreur. On alla chez Galatea et là, tout le monde s'assit en rond, Marie, sa fille, Galatea, Roy Johnson, Dorothy sa femme, tous moroses dans du mobilier super-rembourré, tandis que je restais planté dans un coin, gardant ma neutralité sur les affaires de Frisco, et que Dean était au milieu de la pièce, tenant son pouce ballonné en l'air à hauteur de poitrine et ricanant. « Foutre dieu, dit-il, tout le monde perd ses doigts en ce moment... hao-hao-hao.

— Dean, pourquoi fais-tu l'idiot ? dit Galatea. Camille m'a téléphoné et m'a dit que tu l'avais quittée. Est-ce que tu te rends compte que tu as une fille ?

— Il ne l'a pas quittée, elle l'a foutu dehors ! » dis-je sortant de ma neutralité. Ils me lancèrent de sales regards ; Dean ricana. « Et avec ce pouce, qu'est-ce que tu veux qu'il fasse, ce malheureux ? » ajoutai-je. Tout le monde me regarda ; Dorothy Johnson en particulier me gratifia d'un coup d'œil méprisant. Ces dames étaient tout bonnement réunies comme pour une séance de couture, et au centre se dressait le coupable, Dean, probablement responsable de tout ce qui allait mal. Je regardai par la fenêtre la rue bourdonnante de nuit de Mission ; j'avais envie de partir en vadrouille et d'entendre le jazz magnifique de Frisco et, qu'on ne l'oublie pas, ce n'était que ma seconde nuit en ville.

— Je pense qu'il a été très, très raisonnable de la part de Marylou de te quitter, Dean, dit Galatea. Cela fait des années que tu n'as aucun sens de ta responsabilité à l'égard de qui que ce soit. Tu as accompli tant d'horribles choses que je ne sais vraiment quoi te dire.

Et elle mettait bien le doigt sur la plaie, et ils étaient tous assis en rond à regarder Dean d'un air haineux et méprisant, tandis qu'il restait planté sur le tapis au milieu d'eux et ricanait, se contentait de ricaner. Il fit une petite danse. Son pansement devenait de plus en plus dégoûtant ; il commença à dégringoler et à se dérouler. Je compris soudain que Dean, en vertu de la suite innombrable de ses péchés, était en passe de devenir l'Idiot, l'Imbécile, le Saint de la bande.

— Tu n'as absolument aucun égard pour personne sinon pour toi-même et pour tes sacrés plaisirs de cinglé. Tu ne penses à rien d'autre qu'à ce qui pend entre tes jambes et au fric ou à l'amusement que tu peux tirer des gens et puis tu les envoies paître. Sans compter que dans tout ça tu te conduis stupidement. Il ne t'est jamais venu à l'esprit que la vie est chose sérieuse et qu'il y a des gens qui s'efforcent d'en user honnêtement au lieu de glander à longueur de temps.

Voilà ce que Dean était, le GLANDEUR MYSTIQUE.

— Cette nuit, Camille pleure toutes les larmes de son corps mais ne va pas croire un instant qu'elle souhaite ton retour, elle a dit qu'elle ne voulait plus jamais te revoir et elle a dit que c'était définitif cette fois. Mais toi, tu es planté là à faire des grimaces stupides et je ne pense pas qu'il y ait la moindre inquiétude en ton cœur.

Cela n'était pas vrai ; je savais à quoi m'en tenir et j'aurais pu tout leur expliquer. Je jugeais dépourvu de sens d'essayer. J'avais envie de poser mon bras sur les épaules de Dean et de dire : « Écoutez-moi, vous tous, et souvenez-vous d'une chose, ce type aussi a ses drames, et autre chose, il ne se plaint jamais, et il vous a donné à tous un foutu bon temps en étant ce qu'il est, et si ça ne vous suffit pas, alors envoyez-le au peloton d'exécution, ce qui vous démange drôlement à ce que je vois... »

Malgré tout, Galatea Dunkel était la seule de la bande qui n'avait pas peur de Dean et qui pouvait être assise là tranquillement et l'engueuler entre quatre-z-yeux devant tout le monde. Il y eut un temps à Denver où Dean tenait tout son monde assis dans le noir avec les filles et se contentait de parler et de parler et de parler, d'une voix alors hypnotique et mystérieuse, et où il avait la réputation d'amener les filles où il voulait par l'absolue vertu de la suggestion et la solidité de sa dialectique. C'était quand il avait quinze, seize ans. Maintenant ses disciples étaient mariés et les femmes de ses disciples le tenaient sur la sellette pour qu'il rende compte de l'érotisme et de la vie qu'il avait contribué à éveiller. J'écoutai la suite.

— Maintenant, tu vas partir dans l'Est avec Sal, dit Galatea, et où crois-tu que cela va te mener ? Camille doit rester à la maison pour s'occuper du bébé maintenant que tu es parti (comment pourrait-elle garder son travail ?) et elle ne veut plus jamais te revoir, ce que je ne songe pas à lui reprocher. Si tu rencontres Ed sur ton chemin, dis-lui de revenir avec moi sinon je le tuerai.

Aussi sec. Ce fut la plus sinistre des nuits. J'avais l'impression de faire un rêve lamentable en compagnie de très étranges paroissiens et paroissiennes. Puis un silence absolu tomba sur l'assemblée ; dans une circonstance où, jadis, Dean eût plaidé son cas avec acharnement, lui-même maintenant était réduit au silence, se contentant de rester planté devant eux, loqueteux, démoli, stupide, juste sous la lumière du lustre, avec son visage osseux et fou couvert de sueur et les veines palpitantes, et disant : « Oui, oui, oui », comme si d'extraordinaires révélations affluaient en lui durant tout ce temps, et j'étais convaincu qu'il en était ainsi, et les autres qui ne l'étaient pas moins étaient terrifiés. Il était BATTU, ce qui est source de Béatitude, FOUTU, ce qui est essence de Félicité. Quel savoir était le sien ? Il s'efforçait de tout son pouvoir de me communiquer son intuition et les autres m'enviaient ce privilège, ma place auprès de lui, à le défendre et à me nourrir de lui comme ils avaient essayé jadis de le faire. Maintenant ils me regardaient. Qu'est-ce que je venais foutre sur la Côte Ouest, moi, un étranger, par une nuit pareille ? J'écartai l'idée avec horreur.

— Nous allons partir pour l'Italie », dis-je ; je me lavais les mains de toute cette affaire. Il y avait aussi à ce moment une étrange atmosphère de complaisance maternelle, car les filles regardaient vraiment Dean de la façon dont une mère regarde son enfant le plus cher et le plus égaré, et lui, avec son pauvre pouce et ses intuitions, le savait bien et c'est pourquoi il fut capable, dans le tic-tac des montres-bracelets, de sortir sans un mot de l'appartement et d'attendre en bas que nous nous résignions à *l'emploi du temps*. Telle était pour nous la signification de cette présence surnaturelle sur le trottoir. Je regardai par la fenêtre. Il était seul devant la porte, savourant la rue. Les rancunes, les récriminations, les bons conseils, la morale, la tristesse, tout était derrière lui et, au-devant de lui, c'était, déguenillée et extatique, la pure volupté d'être.

— Allons, Galatea, Marie, faisons une virée dans les boîtes de jazz et passons l'éponge. Dean sera mort un de ces jours. À ce moment-là qu'est-ce que vous pourrez lui dire ?

— Plus vite il sera mort, mieux cela vaudra, dit Galatea, et elle parlait au nom de presque tous les membres de l'assemblée.

— Alors, c'est parfait, dis-je, mais pour l'instant il est en vie et je te parie que tu as envie de savoir ce qu'il va faire encore, et ceci parce qu'il détient le secret que nous crevons tous de connaître et qu'il en a le crâne béant, et s'il devient fou, ne t'en fais pas, ce ne sera pas ta faute mais la faute de Dieu.

Ils ne furent pas d'accord là-dessus ; ils dirent que je ne connaissais pas réellement Dean ; ils dirent qu'il était la pire fripouille qui eût jamais vu le jour et que je m'en apercevrais un jour à mes dépens. Je m'amusais à les entendre pousser les hauts cris. Roy

Johnson se leva pour assurer la défense des dames et dit qu'il connaissait Dean mieux que personne et que Dean n'était en tout et pour tout qu'un très intéressant et très amusant truqueur. Je sortis retrouver Dean et nous eûmes une brève conversation sur cette séance.

— Ah, mon pote, ne t'en fais pas, tout est parfait et magnifique. » Il se frottait le ventre et se pourléchait les lèvres.

# IV

Les filles descendirent et on s'embarqua pour
notre nuit grandiose, poussant une fois de plus la
voiture en bas de la rue. « Hi ho ! Allons-y ! » cria
Dean et on sauta sur le siège arrière et on partit dans
un cliquetis de ferraille pour le petit Harlem de Folsom Street.

En sautant dehors, dans la nuit chaude, affolante,
on entendit un ténor-saxo sauvage qui beuglait
jusque dans la rue, on poussa des « I-AH ! I-AH !
I-AH ! », claquant la cadence avec les mains tandis
que les gens gueulaient : « Vas-y, va, va ! » Dean traversait déjà la rue en courant avec son pouce en l'air,
criant : « Souffle, mon pote, souffle ! » Une bande de
types de couleur en complet du samedi soir étaient
en train de pousser des hourras devant la porte.
C'était une petite boîte saupoudrée de sciure avec
une petite estrade où les gars de l'orchestre étaient
entassés, coiffés de leur chapeau, et soufflant par-
dessus la tête des gens, un endroit loufoque ; des
bonnes femmes avachies et loufoques déambulaient
de temps à autre dans le secteur en peignoir de bain,
les bouteilles s'entrechoquaient dans les ruelles.
Dans le fond de la boîte, dans un corridor obscur,

au-delà du marécage des waters, une masse d'hommes et de femmes, debout contre le mur, buvaient du vinspodiodi (c'est du vin au whisky) et crachaient aux étoiles. Le saxo en chapeau était en train de souffler à l'apogée d'une improvisation merveilleusement réussie une suite en crescendo et decrescendo qui allait du « I-ah ! » à un « I-di-li-ah ! » encore plus délirant, et qui cuivrait sur le roulement fracassant des tambours aux cicatrices de mégots, que matraquait une grande brute de nègre à cou de taureau qui se foutait de tout sauf de corriger ses caisses d'explosifs, boum, le cliquetis-ti-vlan, boum. Un tumulte de notes et le saxo piqua le *it* * et tout le monde comprit qu'il l'avait piqué. Dean se prenait la tête à deux mains dans la foule et c'était une foule en délire. Ils étaient tous en train d'exciter le saxo à tenir le *it* et à le garder avec des cris et des yeux furibonds et, accroupi, il se relevait et de nouveau fléchissait les cuisses avec son instrument, bouclant la boucle d'un cri limpide au-dessus de la mêlée. Une négresse de six pieds toute décharnée se mit à rouler ses os devant le saxophone du gars et il se contenta de lui en filer un bon coup, « i ! i ! i ! »

Tout le monde se balançait et beuglait. Galatea et Marie, une bière à la main, étaient debout sur leurs chaises, trépignantes et bondissantes. Des bandes de nègres arrivaient de la rue en se bousculant, jouant des coudes pour entrer là-dedans. « Cramponne le *it*, mon pote ! », beugla un gars d'une voix de corne de brume et il poussa un énorme rugissement que l'on dut entendre jusqu'au fond de Sacramento, ah-ha ! « Hou ! » ajouta Dean. Il se frottait la poitrine, le ventre ; la sueur lui dégoulinait du visage. Boom,

---

* Cela, la chose : désigne l'espèce de transe que recherchent les musiciens de jazz.

kick, ce batteur enfonçait ses tambours jusqu'à la cave et remontait quatre à quatre la cadence à coups de baguettes meurtrières, cliquetis-ti-boom. Un gros type gras faisait des bonds sur l'estrade, la faisant gondoler et craquer. « Iou ! » Le pianiste se contentait de pilonner les touches de ses doigts écartelés, plaquant des accords, par intervalle, quand le grand saxo reprenait son souffle avant d'éclater à nouveau, des accords chinois qui timbraient tous les bois du piano ; sons métalliques et chinetiques et bouing ! Le saxo sauta en bas de l'estrade et se posta au milieu de la foule, soufflant à tous vents ; son chapeau tombait sur ses yeux ; quelqu'un le remit en place pour lui. Il retint son souffle et frappa du pied et souffla un chant rauque, mugissant, puis reprit sa respiration et leva l'instrument et souffla l'aigu, immense, qui déchira l'air. Dean était exactement en face de lui, le visage penché sur la cloche du saxo, battant des mains, inondant de sueur les touches du gars, et le gars le remarqua et rigola dans son saxo un long rire frissonnant et fou et tout le monde rigola avec lui et ils se balançaient et se balançaient ; et finalement le ténor-saxo décida de souffler sa péroraison et s'accroupit et soutint un bon bout de temps le do aigu pendant que tout s'écroulait dans la salle et que les cris augmentaient et que je me disais que les flics allaient rappliquer comme des sauterelles du poste le plus proche. Dean était en transe. Les yeux du saxo étaient braqués en plein sur lui ; il tenait là un dingo qui non seulement pigeait mais avait le souci et la passion de piger plus et plus encore que ce qu'il y avait et ils se mirent à faire un vrai duo de dingos ; et toutes sortes de choses sortirent du saxo, non plus des phrases mais des cris, rien que des cris, « Baouf ! » et redescendant au « Bip ! » et remontant au « I-i-i ! » et dégringolant dans les graves et les cloisons répercutant l'écho des éclats du saxo. Il essaya tout, par en haut, par en bas, par les côtés sens dessus dessous, à l'horizontale, à trente degrés, à quarante degrés, et finalement tomba à la renverse dans les bras de la foule et se laissa aller et tout le monde se poussait autour et gueulait : « Oui ! Oui ! Il l'a soufflé, ce coup-là ! » Dean s'épongea avec son mouchoir.

Puis le ténor grimpa sur l'estrade et demanda une batterie lente et regarda tristement dehors par la porte ouverte au-dessus de la tête des gens et se mit à chanter *Ferme tes yeux*. Les choses s'apaisaient en une minute. Le ténor portait une veste de daim loqueteuse, une chemise pourpre, des godasses fendillées et un pantalon fuseau pas repassé ; il s'en foutait. Il ressemblait à Hassel en nègre. Ses grands yeux bruns s'abreuvaient de tristesse et il la psalmodiait à voix lente, avec de longues pauses pleines de recueillement. Mais, au second refrain, il s'excita et sauta en bas de l'estrade, le micro en main, sur lequel il se pencha. Pour tirer une note, il lui fallait toucher le bout de ses souliers et se redresser de tout son corps avant de la souffler et il la soufflait si fort qu'il titubait en contrecoup et ne reprenait son assiette que lorsque le moment était venu d'envoyer la longue et lente note suivante. « Mu-u-u-usique jou-ou-ou-ou-ou-oue ! » Il se renversa en arrière, la tête tournée vers le plafond et le micro sous la bouche. Il vacilla, se balança. Puis il se pencha, se laissant presque choir la tête sur le micro. « Fais-ais-ais-ais-nous du rê-ve pour dan-ser... », et il regarda dehors, dans la rue, avec aux lèvres une moue de dédain, un sourire cafardeux à la Billie Holiday... « tandis qu'on va imagin-n-n-nant »... il chancela de

droite et de gauche... « un a-a-a-mour de fê-ê-te »... il
secoua la tête, dégoûté et fatigué du monde entier...
« Ça fera l'effet d'être... » ça ferait l'effet de quoi ?
Tout le monde attendit ; il gémit : « ... au poil. » Le
pianiste plaqua un accord. « Allons, bébé, y a qu'à
fermer-er-er-er tes jolis petits y-y-y-y-yeux... » Ses
lèvres tremblèrent, il nous regarda, Dean et moi,
avec une expression qui semblait dire : alors quoi,
qu'est-ce qu'on est tous en train de foutre dans ce
monde triste et noir ?, et puis il en arriva à la fin de
sa chanson et des préliminaires raffinés s'imposaient
durant lesquels on aurait pu envoyer des télé-
grammes à tous les bouts du monde une douzaine
de fois et qu'est-ce qu'on en avait à foutre ?
Puisqu'on était là à tourner autour du pot et à cuire
dans le jus de notre pauvre vie foutue dans ces bon
dieu de rues humaines, comme il le disait et le chantait, « Ferme... tes... » et il souffla ça jusqu'au plafond et à travers les étoiles par tous les azimuts...
« Y-y-y-y-y-y-yeux... » et il quitta l'estrade en titubant
pour aller ressasser ça. Il s'assit dans le coin avec
une bande de types, sans s'occuper d'eux. Il baissa la
tête et se mit à pleurer. Il était le plus grand.

Dean et moi, on s'approcha pour lui parler. On
l'invita à venir jusqu'à l'auto. Dans l'auto, il se mit
soudain à gueuler : « Oui, y a rien que j'aime tant
que me marrer ! Où est-ce qu'on va ? » Dean bondit
dans tous les sens sur le siège, avec son ricanement
maniaque. « Un moment ! Un moment ! dit le ténor.
Y a mon fils qui va nous conduire jusque chez Jamson's Nook où je dois chanter. Mon pote, je vis pour
chanter. Fait deux semaines que je chante "Ferme
tes yeux", je veux chanter rien d'autre. Qu'est-ce que
vous fabriquez, les gars ? » On lui dit qu'on allait
partir pour New York d'ici deux jours. « Mon Dieu,

309

je n'ai jamais été là-bas et on dit que c'est une ville vraiment marrante mais je n'ai pas à me plaindre de l'endroit où je suis. Je suis marié, vous comprenez. »

— Ah oui ? fit Dean rayonnant. Et où est la chérie cette nuit ?

— Qu'est-ce que tu veux dire ? dit le ténor en le regardant du coin de l'œil. Je t'ai dit que j'étais marié avec elle, non ?

— Bien sûr, bien sûr, dit Dean. C'était juste pour savoir. Peut-être qu'elle a des amies ? Ou des sœurs ? Pour rigoler, tu comprends, juste pour rigoler.

— Ah, à quoi ça sert de rigoler, la vie est trop triste pour passer son temps à rigoler, dit le ténor en regardant la rue, les yeux baissés. Mierde ! dit-il. Je n'ai pas d'argent et je m'en fous ce soir.

On retourna passer un moment encore dans la boîte. Les filles étaient si dégoûtées de nous voir délirer et nous démener, Dean et moi, qu'elles étaient parties pour aller à pied chez Jamson's Nook ; n'importe comment l'auto ne voulait plus rien savoir. On vit au bar un horrible spectacle : une lamentable tapette blanche avait rappliqué en chemise hawaïenne et il demandait au gros batteur s'il pouvait prendre place dans l'orchestre. Les musiciens le regardèrent d'un air soupçonneux. « Est-ce que tu souffles[38] ? » Il dit qu'il faisait ça, en minaudant. Ils se regardèrent entre eux et dirent : « Oui, oui, on s'en douterait, mierde ! » La pédale s'installa donc devant les caisses et ils attaquèrent un rythme de jump et il se mit à peloter les timbres gentiment d'un balai désabusé, ondulant du cou, en proie à cette extase suffisante et psychanalytique qui ne correspond à rien sinon à des excès de *thé*, de pâtée de poulettes et de branlages de pisse-froid. Mais il s'en foutait. Il souriait béatement dans le vide et gardait

310

la cadence, mais très mollement, avec des subtilités de bop, un contrepoint de gloussements et de gazouillis pour les bons blues costauds et cornant la brume que les gars étaient en train de souffler sans s'occuper de lui. Le gros batteur nègre au cou de taureau était assis en attendant son tour. « Qu'est-ce que fout ce gars-là ? dit-il. Suis la musique ! Bon Dieu ! dit-il. Meeerde ! », et il détourna les yeux, dégoûté.

Le fils du ténor rappliqua ; c'était un petit nègre tiré à quatre épingles avec une grande et grosse Cadillac. On sauta tous dedans. Il se pencha sur le volant et lança la bagnole en coup de trompette à travers Frisco sans s'arrêter une fois, à soixante-dix miles heure, en pleine circulation, sans même que personne le remarque, tellement il était fameux. Dean était en extase. « Savoure ce type, mon pote ! savoure la façon dont il est assis là et ne remue pas un poil et cravache le matériel et peut parler toute la nuit pendant qu'il y va, mais voilà, il ne se fatigue pas à parler, ah, mon pote, les choses, les choses, les choses que je pourrais... que j'ai envie... oh, oui. Allons, ne nous arrêtons pas, maintenant on y va ! Oui ! » Et le gars braqua à un coin de rue et nous boula juste devant Jamson's Nook et on était parqués. Un taxi s'arrêta ; bondit de là un petit ecclésiastique nègre, maigre et desséché, qui jeta un dollar au chauffeur et gueula : « Souffle ! » et entra en courant dans le club et alla s'emboutir en plein dans le bar du rez-de-chaussée, gueulant : « Soufflesoufflesouffle ! » et grimpa tout trébuchant l'escalier, s'affalant presque la tête la première, et passa en coup de vent la porte ouverte et déboula dans la salle de jazz avec les mains en avant pour parer tout obstacle qu'il pourrait rencontrer, et il tomba juste sur

Lampshade qui travaillait comme garçon chez Jamson's Nook cette saison-là et la musique était là, cuivrant et cuivrant, violente, hurlante et il était planté, cloué au sol dans l'embrasure de la porte, criant : « Souffle pour moi, mon pote, souffle ! » Et le gars était un nègre de petite taille, muni d'un alto-saxo, qui, d'après Dean, était connu pour habiter avec sa grand-mère exactement comme Tom Snark, dormait tout le jour et soufflait toute la nuit, et qui devait souffler cent fois le même refrain avant d'être mûr pour le grand coup, et c'était ce qu'il faisait quand on entra.

— C'est Carlo Marx ! résonna la voix de Dean plus fort que toute la furie déchaînée.

Et c'était ça. Le petit gars de la grand-mère avec son alto rafistolé avait des yeux en vrille, étincelants ; de petits pieds tordus ; des mollets de coq ; et il sautait et gesticulait avec son cuivre et envoyait balader ses pieds de tous les côtés en gardant ses yeux fixés sur l'auditoire (qui se bornait à une douzaine de tables de clients en train de rigoler dans une pièce de trente pieds sur trente et basse de plafond) et il ne s'arrêtait jamais. Il était très simple dans ses improvisations. Ce qui lui plaisait c'était la surprise d'une variation nouvelle et simple sur un chorus. Il partait d'un « ta-tup-tader-rara... ta-tup-tader-rara », le répétant et sautillant là-dessus et faisant des baisers et des sourires à son alto, jusqu'au « ta-tup-ii-da-di-dera-RUP ! ta-tup-ii-da-di-dera-RUP ! » et c'était à chaque fois de grands moments de rigolade et de bonne intelligence entre lui et tous ceux qui l'écoutaient. Son timbre était clair comme une cloche, haut, pur, et il nous soufflait juste sous le nez à deux pieds de là. Dean était debout en face de lui, détaché de toute autre chose au monde, la tête penchée, les mains battant la mesure, tout son corps tressautant sur les talons, et la sueur, toujours la sueur, inondait et éclaboussait son malheureux col avant de former une vraie flaque à ses pieds. Galatea et Marie étaient là et on mit cinq bonnes minutes avant de s'en rendre compte. Hou ! les nuits de Frisco, le bout du continent et la fin de l'angoisse, toute cette angoisse morne et cette bouffonnerie, adieu. Lampshade circulait à toutes pompes avec ses plateaux de bière ; tout ce qu'il faisait était dans le rythme ; il gueulait à la serveuse avec la batterie : « Et maintenant, bébébébé, fais-moi de la place, fais-moi de la place, c'est Lampshade qui vient par là », et il la croisait à toute allure avec les bières en l'air et fonçait à travers les portes battantes de la cuisine et dansait avec les cuisinières et rappliquait tout en sueur. Le trompettiste était assis complètement immobile à un coin de table avec un verre intact devant lui, fixant béatement le vide, les mains tombant de chaque côté au point de toucher presque le sol, les pieds offerts comme des langues pendantes, tout son corps desséché par un dégoût absolu et un chagrin léthargique et tout ce qu'il avait sur la patate : c'était un gars qui se crevait tous les soirs et il laissait les autres lui donner le coup de grâce dans la nuit. Tout tournait autour de lui comme dans un nuage. Et le petit alto de la grand-mère, ce petit Carlo Marx, sautillait et se trémoussait comme un singe avec son cuivre magique et soufflait deux cents chorus de blues, tous plus frénétiques les uns que les autres, et sans donner le moindre signe d'épuisement ou d'empressement à voir le jour se lever. Toute la pièce en tremblait.

Au coin de la Quatrième Rue et de Folsom, une heure plus tard, j'étais là avec Ed Fournier, un alto de San Francisco, qui attendait avec moi pendant que Dean téléphonait dans un bar à Roy Johnson pour lui demander de nous ramasser. Rien d'anormal, on était juste en train de discuter, lorsque soudain nous eûmes une vision très étrange et insensée. C'était Dean. Il voulut donner à Roy Johnson l'adresse du bar si bien qu'il lui dit de garder le fil une minute et sortit au galop pour regarder et, à cet effet, il dut traverser à toute allure un long bar enchevêtré de buveurs braillards en bras de chemise blancs, gagner le milieu de la rue et examiner le poteau indicateur. Il accomplit cette performance les fesses au ras du sol tel Groucho Marx, ses pieds le propulsant hors du bar à une vitesse étonnante, comme un fantôme, avec son pouce ballonné dressé dans la nuit, et faisant un arrêt en vrille au milieu du chemin, cherchant partout au-dessus de sa tête des indications. Il était difficile de les voir dans l'obscurité et il virevolta une douzaine de fois sur le chemin, le pouce haut, dans un silence angoissant et fou — personnage aux cheveux fous et au pouce ballonnant planant comme une grosse oie dans le ciel, qui virevoltait et virevoltait dans l'obscurité, l'autre main négligemment glissée dans le pantalon. Ed Fournier était en train de dire : « Où que j'aille, je suis un souffleur du genre doux et si les gens n'aiment pas ça, j'en ai rien à foutre. Mais, dis donc, mon pote, ce copain que tu as est un drôle de cinglé, vise-le un peu... » et on regarda. Il y avait partout un immense silence pendant que Dean examinait les indications puis se ruait de nouveau dans le bar, passant quasiment entre les jambes de quelqu'un qui sortait et glissant si rapidement à travers le bar qu'on devait s'y prendre à deux fois pour l'apercevoir. Un moment après, Roy Johnson rappliqua à la même allure hallucinante. Dean fit une glissade à travers la rue jusqu'à l'auto où il entra, sans dire un mot. De nouveau, on y allait.

— Maintenant, Roy, je sais que tu es très emmerdé avec ta femme à cause de nous, mais nous devons absolument faire le carrefour Quarante-sixième Rue et Geary dans le délai incroyable de trois minutes ou tout est foutu. Hum ! Oui ! (la toux, la toux !) Au matin, Sal et moi, on part pour New York et c'est très exactement notre dernière nuit de rigolade et je sais que tu ne nous en voudras pas.

Non, Roy Johnson ne nous en voulait pas ; il se contentait de griller tous les feux rouges qu'il pouvait trouver et nous envoyait dinguer au gré de notre folie. À l'aube il rentra se mettre au lit. Dean et moi, on s'était abouchés, pour finir, avec un nègre appelé Walter qui commanda des verres au bar et les fit aligner et dit : « Du vin-spodiodi ! », ce qui correspondait à un coup de porto, un coup de whisky et encore un coup de porto. « Un joli veston bien moelleux pour ce sale whisky ! » gueulait il.

Il nous invita chez lui à boire une bouteille de bière. Il habitait dans un lotissement au fond de Howard. Sa femme dormait quand on arriva. La seule lumière de l'appartement, c'était la lampe au-dessus de son lit. On dut monter sur une chaise et dévisser l'ampoule tandis qu'elle était couchée là, toute souriante ; Dean s'en chargea, en lui faisant des battements de cils. Elle était environ de quinze ans plus âgée que Walter et la plus délicieuse femme du monde. Puis on dut brancher le fil de la rallonge par-dessus son lit et elle souriait et souriait. Elle ne demanda pas du tout à Walter où il avait été, quelle heure il était, rien. Enfin on s'installa dans la cuisine avec la rallonge et on s'assit autour de l'humble table pour boire de la bière et se raconter des histoires. L'aube. Ce fut le moment de partir et de ramasser la rallonge dans la chambre et de revisser l'ampoule. La femme de Walter souriait et souriait tandis que nous recommencions cette opération idiote d'un bout à l'autre. Elle ne prononça pas un traître mot.

Dehors, dans la rue matinale, Dean dit : « Tu vois, mon pote, voilà la vraie femme pour toi. Pas un mot dur, pas de plainte, pas d'allusion ; son brave mec rentre à n'importe quelle heure de la nuit avec n'importe qui et discute dans la cuisine et boit la bière et se taille n'importe quand. Voilà un homme et voilà son château *. » Il désigna du doigt le gourbi. On partit en titubant. Une voiture de police nous suivit le long de quelques blocs, d'un air méfiant. On acheta des pets de nonne tout chauds dans une boulangerie de la Troisième Rue et on les mangea dans la rue morne, misérable. Un grand type, lunettes au nez, bien fringué, se ramena en titubant avec un nègre en casquette de camionneur. Ils formaient un drôle de couple. Un gros camion passa par là et le nègre le montra du doigt, très excité, en essayant d'exprimer son sentiment. Le grand type blanc jetait des regards furtifs par-dessus son épaule et compta son fric. « C'est Old Bull Lee ! gloussa Dean. À compter son fric et à se faire du mauvais sang à tout bout de champ alors que l'autre gars ne cherche qu'une chose, discuter sur les camions et sur les trucs qu'il connaît. » On les suivit un bout de temps.

Des fleurs sacrées flottant dans l'air, tels étaient les visages épuisés dans l'aube de l'Amérique du Jazz.

Il fallait qu'on dorme ; chez Galatea Dunkel, c'était

* Allusion au dicton anglais : « Le foyer d'un homme, c'est son château. »

hors de question. Dean connaissait un cheminot, nommé Ernest Burke, qui habitait avec son père une chambre d'hôtel de la Troisième Rue. Primitivement il avait été en bons termes avec eux, mais plus tellement par la suite, et le programme était que j'essaye de les persuader de nous laisser dormir sur leur plancher. Ce fut horrible. Je dus téléphoner d'un *diner* qui servait le petit déjeuner. Le vieux répondit au téléphone avec méfiance. Il se souvenait de moi d'après ce que son fils lui avait raconté. À notre surprise il descendit dans le vestibule et nous fit entrer. Ce n'était qu'un triste et vieil hôtel de Frisco recevant les Noirs et les Blancs. On monta et le vieux fut assez bon pour nous laisser tout le lit. « Il faut que je me lève, n'importe comment », dit-il et il se retira dans la cuisinette pour passer le café. Il se mit à raconter des histoires sur l'époque où il travaillait dans les chemins de fer. Il me rappelait mon père. Je restais debout à écouter les histoires. Dean, sans prêter l'oreille, se lavait les dents et s'affairait dans tous les coins et répondait : « Oui, exactement », à tout ce qu'il disait. En fin de compte, on dormit ; et, dans la matinée, Ernest rentra d'un voyage sur le réseau de l'Ouest et prit le lit tandis que Dean et moi, nous nous levions. Alors le vieux Mr Burke se pomponna pour un rendez-vous qu'il avait avec une tendre amie entre deux âges. Il enfila un costume de tweed vert, une casquette de drap, également en tweed vert, et piqua une fleur à son revers.

— Ces vieux serre-freins romantiques et fourbus de Frisco mènent de tristes vies mais ardentes à leur façon, dis-je à Dean dans les waters. C'était gentil de sa part de nous laisser dormir ici.

— Ouais, ouais, fit Dean, sans écouter.

Il se précipita dehors pour dégotter une voiture au

bureau de tourisme. Pour moi, je devais foncer chez Galatea Dunkel pour les bagages. Elle était assise par terre devant son jeu de cartes.

— Eh bien, adieu, Galatea, et j'espère que tout va coller pour toi.

— Quand Ed reviendra, je vais l'emmener chez Jamson's Nook toutes les nuits et le laisserai faire son plein de loufoquerie. Est-ce que tu crois que ça marchera, Sal ? Je ne sais pas quoi faire.

— Que disent les cartes ?

— L'as de pique est très loin de lui. Les coeurs l'accompagnent fidèlement, la reine de cœur est toujours dans le coin. Tu vois ce valet de pique ? C'est Dean, il rôde toujours par là.

— Bon, on part pour New York dans une heure.

— Un de ces jours, Dean va partir pour un de ses voyages et il ne reviendra jamais.

Elle m'autorisa à prendre une douche et à me raser, et puis je lui dis adieu et descendis les bagages et hélai un de ces taxis à prix réduit de Frisco, lequel n'était qu'un taxi habituel qui suivait un itinéraire fixe et qu'on pouvait héler d'un coin de rues pour aller au coin de rues désiré en payant environ quinze cents, entassé avec d'autres voyageurs comme dans un bus, mais discutant et racontant des blagues comme dans une auto particulière. Mission Street, en ce dernier jour que je passais à Frisco, c'était un immense tumulte d'immeubles en construction, de gosses en train de jouer, de nègres braillards qui rentraient du travail, de poussière, d'excitation — c'était tout le bourdonnement géant et le brouhaha trépidant de cette ville qui est réellement la plus délirante d'Amérique —, avec, en haut, le ciel pur et bleu et l'allégresse de la mer embrumée qui, la nuit, ne cesse de déferler et d'affamer les gens de nourritures et de sensations plus fortes encore. Ça me faisait mal de partir ; mon séjour avait duré quelque soixante heures. Avec ce Dean frénétique, je fonçais à travers le monde sans avoir une chance de le voir. Dans l'après-midi, on filait vers Sacramento, vers l'Est de nouveau.

quelque jolie fille ou cet... Enuisait pas que quelque chanson. Si non, c'était ainsi. Dans cette voiture il n'avait pas autre chose à penser. Dean était tout occupé à...... dans le rétroviseur : l'État de...... nouveau.

## V

L'auto appartenait à un grand maigre de pédé qui rentrait chez lui au Kansas ; il portait des lunettes noires et conduisait avec une prudence extrême ; sa voiture était ce que Dean appelait une « Plymouth de pédé » ; elle n'avait pas de reprise, pas vraiment de puissance. « Une voiture efféminée », murmura Dean dans mon oreille. Il y avait deux autres passagers, un couple, du genre de ces touristes demi-sel qui ont envie de s'arrêter et de dormir dans tous les coins. La première étape devait être Sacramento, ce qui n'était même pas l'ombre du début du voyage pour Denver. Dean et moi, nous étions seuls assis sur le siège arrière ; nous nous en remettions à eux pour tout et discutions. « Eh bien, mon pote, cet alto-saxo de la nuit dernière avait le *it*, dès que ça a mordu, il l'a tenu bon ; je n'ai jamais trouvé un type qui le tenait si longtemps. » Je voulais savoir ce que c'était que le *it*. « Allons bon — Dean rigola —, voilà que tu m'interroges maintenant sur les choses impon-dé-ra-bles, hum. Voilà un gars et tout le monde autour, hein ? C'est à lui de mettre en forme ce qui est dans la tête de chacun. Il attaque le premier chorus puis il déroule ses idées, bonnes gens, bien sûr, bien sûr, mais tâchez de saisir, et alors il se hausse jusqu'à son destin et c'est à ce niveau qu'il doit souffler. Tout à coup, quelque part au milieu du chorus, il ferre le *it* ; tout le monde sursaute et comprend ; on écoute ; il le repique et s'en empare. Le temps s'arrête. Il remplit le vide de l'espace avec la substance de nos vies, avec des confessions jaillies de son ventre tendu, des pensées qui lui reviennent, et des resucées de ce qu'il a soufflé jadis. Il faut qu'il souffle à travers les clés, allant et revenant, explorant de toute son âme avec tant d'infinie sensibilité la mélodie du moment que chacun sait que ce n'est pas la mélodie qui compte mais le *it* en question... » Dean ne pouvait pas continuer ; il suait en faisant ce discours.

Alors je me mis à parler ; je n'avais jamais tant parlé de ma vie. Je dis à Dean que lorsque j'étais un gosse et que je roulais en auto, j'avais l'habitude d'imaginer que j'avais une grande faux à la main et que je coupais tous les arbres et tous les poteaux et même que je tranchais les collines qui volaient derrière la vitre. « Ah ! oui ! oui ! » gueula Dean, « j'avais la même habitude, sauf que j'avais une autre faux, et je dis pourquoi. En roulant à travers l'Ouest, parmi les étendues immenses, ma faux devait être d'une longueur immense et il fallait qu'elle débite des montagnes lointaines, qu'elle fauche leurs sommets, et elle devait avoir une autre envergure pour atteindre les montagnes lointaines et du même coup trancher tous les poteaux le long de la route, tous ces poteaux qui galopaient l'un derrière l'autre. Pour cette raison — ô mon pote, il faut que je te le dise, *maintenant* j'ai le *it* —, il faut que je te parle de cette époque où mon père et moi et une pauvre cloche de Larimer Street, nous avons fait un voyage au

321

Nebraska, en plein pendant la grande crise, pour vendre des tue-mouches. Comment nous les avons fabriqués, en achetant des pièces de vieux grillage ordinaire et du fil de fer que nous avons câblé en torsade et de petits bouts d'étoffe bleue et rouge pour coudre sur les bords, le tout pour une misère dans un monoprix, et comment nous avons fabriqué des milliers de tue-mouches, comment nous nous sommes embarqués dans la vieille bagnole de cette cloche pour écumer toutes les fermes du Nebraska et vendre la came pour un nickel pièce — et ces nickels on les donnait le plus souvent par charité, foutues tartes aux pommes dans le Ciel ! à ces deux cloches et à ce môme, et mon vieux à cette époque était toujours en train de chanter "Alléluia, je suis une cloche, une cloche toujours". Et maintenant écoute ça, mon pote, après avoir pendant deux semaines entières terriblement bossé, après s'être démenés dans tout le secteur, après avoir baratiné sous la chaleur pour vendre ces horribles ersatz de tue-mouches, ils se sont lancés dans une discussion sur la répartition des bénéfices et il y a eu un beau pugilat sur le côté de la route, et puis ils se sont raccommodés, ils ont acheté du vin et se sont mis à boire du vin, ceci sans interruption pendant cinq jours et cinq nuits pendant lesquels je restais blotti à chialer dans un coin, et quand ils ont eu fini, ils avaient dépensé jusqu'au dernier sou et nous sommes retournés à notre point de départ, à Larimer Street. Et mon vieux a été arrêté et il a fallu que je demande au tribunal qu'on le relâche, parce que c'était mon père et que je n'avais pas de mère. Sal, j'ai fait de grands discours pleins de maturité à l'âge de huit ans devant un auditoire de juristes pleins d'intérêt... » Nous avions chaud ; nous allions vers l'Est ; nous étions excités.

« Laisse-moi encore te dire, et seulement en marge de ce que tu es en train de raconter et pour conclure ce que je viens de rappeler. Quand j'étais gosse, couché dans la voiture de mon père sur la banquette arrière, je me voyais aussi chevauchant un cheval blanc qui franchissait les obstacles de toutes sortes qui se présentaient, c'est-à-dire qui évitait les poteaux, contournait à toute allure les maisons, et quelquefois sautait par-dessus quand j'avais regardé trop tard, qui courait sur les collines, faisait irruption sur des places encombrées où je devais pratiquer une incroyable acrobatie à travers la circulation...

— Ah oui, oui, oui ! haleta Dean en extase. La seule différence avec moi, c'est que je courais moi-même, je n'avais pas de cheval. Tu étais un gosse de l'Est et tu rêvais de chevaux ; naturellement nous n'allons pas affirmer des choses qui, nous le savons tous deux, ne sont vraiment que d'ignobles cogitations littéraires ; mais simplement dans ma schizophrénie peut-être plus folle que la tienne, je courais réellement de toutes mes jambes le long de l'auto et ceci à des vitesses incroyables, quelquefois à quatre-vingt-dix miles, franchissant chaque buisson, chaque palissade, chaque ferme et quelquefois lançant une attaque éclair jusqu'aux collines et me repliant sans avoir cédé un pouce de terrain... »

Nous discutions de tout ça et nous étions l'un et l'autre en sueur. Nous avions complètement oublié les gens de devant qui commençaient à se demander ce qui se passait sur le siège arrière. À un moment donné le chauffeur nous dit : « Bon Dieu, vous faites tanguer la barque derrière. » Et c'était exact ; l'auto se balançait en même temps que Dean et moi nous balancions, avec le rythme et le *it* de joie de notre excitation suprême, en exprimant et en vivant jusqu'à leur dernière transe ineffable les événements innombrables et tumultueusement séraphiques qui s'étaient tapis dans nos âmes tout au long de notre vie.

« Oh, mon pote, mon pote, mon pote ! gémit Dean. Et ce n'est même pas encore le début, et nous voici qui allons enfin ensemble vers l'Est, nous n'avons jamais été dans l'Est ensemble, Sal, songes-y, nous allons savourer Denver ensemble et voir ce qu'ils font tous, encore que ceci nous importe peu, l'essentiel étant que nous sachions ce qu'est le IT et que nous ayons le sens du TEMPS et que nous sachions que toute chose est réellement BELLE. » Puis il se mit à chuchoter, m'agrippant l'épaule, transpirant : « Tu n'as qu'à les reluquer un peu devant. Ils ont des soucis, ils comptent les miles, ils pensent à l'endroit où ils vont dormir cette nuit, au fric pour l'essence, au temps, ils se demandent comment ils arriveront à destination — et cela ne cessera pas jusqu'à ce qu'ils soient arrivés, tu piges. C'est qu'ils ont besoin de se tracasser, et de tromper le temps en croyant urgent ceci ou cela, ce sont tout bonnement des anxieux et des geignards, qui n'ont pas l'esprit tranquille tant qu'ils n'ont pas dégotté un souci avéré et bien établi et, quand ils l'ont trouvé, ils prennent les expressions faciales qui collent et conviennent à la chose, ce qui est, vois-tu, le malheur, et continuellement il galope à leurs côtés et ils le savent et cela *aussi* les tourmente sans fin. Écoute, écoute donc. Eh bien donc — il les singeait —, je ne sais pas, peut-être ne devrions-nous pas prendre de l'essence à cette station. J'ai lu récemment dans le *National Petroffious Petroleum News* que cette sorte d'essence avait une grande proportion d'octane d'ozone de merde et quelqu'un m'a dit une fois qu'elle avait une haute fréquence semi-officielle de mes couilles, mais je ne sais pas, allons, je ne me sens pas chaud de toute façon... ! Mon pote, tu piges tout ça. » Il me bourrait furieusement les côtes pour me faire comprendre. Je m'y efforçais le plus sauvagement que je pouvais. Bing, bang, et on entendait des chapelets de oui ! oui ! oui ! sur le siège arrière et les gens de devant s'épongeaient le front de terreur et se mordaient les doigts de nous avoir ramassés au bureau de tourisme. Ça ne faisait pourtant que commencer.

À Sacramento, ce gros malin de pédé loua une chambre d'hôtel et nous invita, Dean et moi, à monter prendre un verre, tandis que le couple allait dormir chez des parents et, dans la chambre, Dean manœuvra comme à l'exercice pour tirer du fric au pédé. Ce fut délirant. Le pédé commença par dire qu'il était très heureux qu'on se soit présentés car il aimait les jeunes gars comme nous, ce que nous croyions volontiers, et que par contre il n'aimait pas du tout les filles et qu'il avait récemment conclu une affaire avec un gars de Frisco dans laquelle il jouait le rôle de l'homme et le gars le rôle de la femme. Dean le harcelait de questions techniques et opinait passionnément. Le pédé dit que rien ne lui semblerait plus doux que de savoir ce que Dean pensait de tout ça. L'ayant d'abord averti du fait qu'il avait jadis fait la retape dans sa jeunesse, Dean lui demanda combien d'argent il avait. J'étais dans la salle de bains. Le pédé devint extrêmement maussade et soupçonna, je pense, Dean d'avoir des intentions cachées, il ne banqua pas et fit de vagues promesses pour Denver. Il n'arrêtait pas de compter son fric et d'inspecter son portefeuille. Dean leva les bras au ciel et abandonna la partie. « Tu vois, mon pote, il vaut mieux ne pas se faire de bile. Offre-leur ce qu'ils désirent secrètement et, bien entendu, ils sont aussitôt pris de panique. » Il avait pourtant assuré suffisamment son emprise sur le propriétaire de la Plymouth pour le relayer au volant sans qu'il fît de remontrance et alors on se mit à voyager pour de bon.

On quitta Sacramento à l'aube et à midi on roulait dans le désert du Nevada, après une traversée des Sierras à tombeau ouvert, le pédé et les touristes se cramponnant les uns aux autres sur le siège arrière. Nous, on était devant, on avait pris la relève. Dean était heureux de nouveau. Tout ce qu'il lui fallait, c'était une roue dans les mains et quatre sur la route. Il me dit quel mauvais chauffeur était Old Bull Lee et de faire la démonstration... « Chaque fois qu'un énorme poids lourd comme celui qui vient se dessinait à l'horizon, il fallait un temps infini à Bull pour le repérer, parce qu'il ne le voyait pas, mon pote, il est bigleux. » Il se frotta furieusement les yeux pour illustrer la chose. « Et je disais : "Héoh ! fais gaffe, Bull, un camion", et il disait : "Hein ? qu'est-ce que tu dis, Dean ?" "Le camion ! le camion !" et très exactement au dernier moment il fonçait droit sur le camion de cette façon... » Et Dean précipita la Plymouth en plein sur le camion qui venait sur nous en rugissant, zigzagua et hésita un moment en face de lui, tandis que le visage du chauffeur de camion verdissait sous nos yeux, que les gens du siège arrière s'affalaient en poussant des cris d'horreur, et l'évita d'un coup de volant au dernier instant. « De cette façon, vois-tu, exactement de cette façon, tellement il était nul. » Je n'étais pas effrayé du tout ; je connaissais Dean. Les gens du siège arrière en avaient le bec cloué. De fait, ils avaient peur de se plaindre : Dieu sait ce que Dean aurait fait, pensaient-ils, s'ils avaient osé se plaindre. Il fonça ainsi droit dans le désert, montrant les diverses pratiques qu'il convenait d'éviter au volant, la manière dont son père conduisait des guimbardes, la manière dont les grands chauffeurs prennent des virages, la manière dont les mauvais chauffeurs virent trop large au début d'un tournant et qui les oblige à se cramponner à la fin, et ainsi de suite. L'après-midi était chaud, ensoleillé. Reno, Battle Mountain, Elko, toutes les villes qui bordent la route du Nevada filaient l'une après l'autre et, au crépuscule, nous étions dans les marais de Salt Lake avec les lumières de Salt Lake City, infimes, qui vacillaient sur une centaine de miles dans le miroir des marais, double vision, au-dessus et au-dessous de la ligne d'horizon, l'une claire, l'autre voilée. Je dis à Dean que la chose qui nous unissait tous les deux dans ce monde était invisible et, pour étayer ça, je montrai du doigt les longues files de poteaux téléphoniques qui, sur une centaine de miles, s'infléchissaient à perte de vue dans les salines. Son pansement flasque, tout sale maintenant, frissonna dans l'air, son visage s'illumina. « Oh oui, mon pote, grand Dieu, oui, oui ! » Soudain il arrêta l'auto et s'effondra. Je tournai la tête et le vis blotti dans le coin de la banquette, en train de pleurer. Son visage était enfoui dans sa bonne main et la main bandée restait en l'air par automatisme et obligation.

Les gens du siège arrière soupirèrent de soulagement. J'entendis des murmures de mutinerie. « On ne peut pas continuer à le laisser conduire, il est complètement dingue, ils ont dû le laisser s'échapper d'un asile ou d'on ne sait où. »

Je pris la défense de Dean et me penchai derrière pour leur parler. « Il n'est pas dingue, il est tout à fait bien, et ne vous faites pas de bile pour sa conduite, c'est le meilleur chauffeur du monde.

— Je ne peux absolument pas supporter ça », dit la fille dans une sorte de murmure étouffé, hystérique. Je me calai les reins et savourai la tombée de la nuit dans le désert, en attendant que le pauvre gosse, que l'Ange Dean se réveille. Nous étions sur une colline qui surplombait le tracé lumineux, tiré au cordeau, de Salt Lake City et il ouvrit les yeux pour regarder dans ce monde spectral l'endroit où il était né, sans nom et sans toit, des années auparavant.

— Sal, Sal, vois, c'est là que je suis né, dis donc ! Les gens changent, ils prennent leurs repas, les années succédant aux années, et ils changent à chaque repas. Hi ! Regarde !

Il était si bouleversé qu'il me fit pleurer. Où tout cela nous mènerait-il ? Les touristes insistèrent pour conduire le reste du chemin qui nous séparait de Denver. D'accord, on s'en foutait. On s'assit derrière et on discuta. Mais ils en eurent marre dans la matinée et Dean prit le volant dans le désert du Colorado oriental, à Craig. On avait passé la majeure partie de la nuit à grimper, prudemment, le col de Strawberry, dans l'Utah, et perdu un temps énorme. Ils s'endormirent. Dean se jeta bille en tête contre la puissante muraille du Berthoud Pass qui se dressait à cent miles de là sur le toit du monde, hallucinant détroit de Gibraltar, drapé de nuages. Il passa le col du Berthoud comme un hanneton, de même que le Tehachapi, les gaz coupés et en vol plané, doublant tout le monde et ne cassant pas un seul instant la cadence que les montagnes elles-mêmes lui fixaient, jusqu'au moment où nous découvrîmes de nouveau la grande plaine brûlante de Denver — et Dean était chez lui.

Ce fut avec un grand et stupide soulagement que ces gens nous débarquèrent au coin de la Vingt-septième Rue et de la Federal. Nos bagages cabossés étaient de nouveau empilés sur le trottoir ; nous avions encore bien du chemin à faire. Mais qu'importait, la route, c'est la vie.

# VI

On eut alors toute une série de problèmes à résoudre à Denver et d'un tout autre ordre qu'en 1947. Nous pouvions raccrocher immédiatement un autre automobiliste au bureau de tourisme, ou bien rester quelques jours pour le plaisir et rechercher son père.

Nous étions tous deux épuisés et sales. Dans les waters d'un restaurant, m'étant installé devant un pissoir, je m'aperçus que je barrais à Dean l'accès du lavabo et je me retirai avant d'avoir fini et poursuivis dans un autre pissoir, et je dis :

— Joli coup, pas vrai ?

— Oui, mon pote, dit-il en lavant ses mains au lavabo, c'est un très joli coup mais déplorable pour tes reins et, comme à tout moment tu te fais un peu plus vieux, tu te prépares finalement en faisant ça des années de misère pour ta vieillesse, d'horribles misères de reins pour le temps où tu seras assis dans les jardins publics.

Cela me mit hors de moi.

— Qui est vieux ? Je ne suis pas beaucoup plus vieux que toi !

— Je ne voulais pas dire ça, mon pote !

330

— Allons, dis-je, tu m'envoies toujours des piques à propos de mon âge. Je ne suis pas un vieux pédé comme l'autre, tu n'as pas à me sermonner sur mes reins.

On revint s'attabler dans le box du restaurant et, juste au moment où la serveuse déposait les sandwiches de rosbif chaud — et d'ordinaire Dean se serait précipité pour les engloutir —, je dis pour couronner ma colère : « Et je ne veux plus entendre ce genre de salades. » Et soudain les yeux de Dean se remplirent de larmes et il se leva et laissa son repas qui fumait sur la table et sortit du restaurant. Je me demandai s'il n'était pas reparti à l'aventure, pour toujours. Je m'en foutais, j'étais trop en colère, j'avais été vexé sur le coup et j'avais reporté ça sur Dean. Mais la vue de son repas intact me fit une peine comme je n'en avais pas éprouvée depuis des années. Je n'aurais pas dû dire ça... Il aime trop manger... Il n'a encore jamais laissé sa nourriture de cette façon... Bon Dieu. Encore un truc qui est bien de lui, de toute manière.

Dean resta planté à la porte du restaurant pendant exactement cinq minutes et puis il revint s'asseoir. « Eh bien, dis-je, qu'est-ce que tu faisais dehors, à te tourner les pouces ? Tu pestais contre moi, tu inventais de nouvelles plaisanteries sur mes reins ? »

Dean secoua silencieusement la tête. « Non, mon pote, non, mon pote, tu te gourres complètement. Si tu veux savoir, eh bien...

— Vas-y, dis-le. » Je disais tout ça sans lever les yeux de mon assiette. J'avais le sentiment d'être une brute.

— Je pleurais, dit Dean.

— Allons donc, tu ne pleures jamais.

— Vraiment ? Qu'est-ce qui te fait croire que je ne pleure pas ?

— Tu ne meurs pas assez pour pleurer.

Chaque mot que je disais était une lame qui se retournait contre moi. Tout ce que j'avais pu accumuler secrètement contre mon prochain faisait irruption : à quel point j'étais hideux et ignoble, j'étais en train de le découvrir dans les fonds impurs de mon propre cœur.

Dean secouait la tête. « Non, mon pote, je pleurais.

— Allons, je parie que tu étais tellement furieux que tu es parti.

— Crois-moi, Sal, vraiment je te demande de me croire si tu as jamais cru quelque chose de moi. » Je compris qu'il disait la vérité et pourtant je ne voulais rien savoir de cette vérité et, quand je levai les yeux sur lui, je crois que je louchais à cause des coliques qui travaillaient mon horrible ventre. Je compris alors que j'avais tort.

— Ah, mon vieux Dean, je suis désolé, je ne m'étais jamais conduit comme ça avec toi. Écoute, tu me connais maintenant. Tu sais que je n'ai plus d'intimité avec personne, je ne sais pas comment m'y prendre. Je tiens les choses dans ma main comme de la merde et ne sais pas où les poser. Oublions ça. » Le saint truqueur se mit à manger. « Ce n'est pas ma faute ! Ce n'est pas ma faute ! », lui dis-je. « Rien n'est de ma faute dans ce sale monde, ne le vois-tu pas ? Je m'y refuse et ça ne peut être et ça ne sera pas.

— Oui, mon pote, oui, mon pote. Mais, je t'en prie, écoute-moi et crois-moi.

— Je te garantis que je te crois, vraiment. » Telle fut l'affligeante histoire de cet après-midi-là. Toutes sortes de complications délirantes surgirent le soir lorsque Dean et moi, on alla s'installer dans la famille des Okies.

Ils avaient été les voisins de ma solitude à Denver deux semaines auparavant. La mère était une merveilleuse femme en blue jeans qui conduisait des camions de charbon en plein hiver dans les montagnes pour nourrir ses gosses, quatre en tout, son mari l'ayant quittée des années auparavant du temps où ils voyageaient en roulotte dans tout le pays. Ils avaient écumé toute la route de l'Indiana à L.A. dans cette roulotte. Après s'être payé bien du bon temps et une grande beuverie de dimanche après-midi dans des bars de carrefours et de la rigolade et de la guitare dans la nuit, la grosse brute était partie à pied dans la nuit, à travers champs, et n'était jamais revenue. Les enfants étaient magnifiques. L'aîné était un garçon qui, cet été-là, était dans un camp de montagne ; puis venait une délicieuse fille de treize ans qui écrivait des poèmes et cueillait des fleurs dans les champs et voulait être actrice à Hollywood, on l'appelait Janet ; il y avait ensuite les petits, le petit Jimmy qu'on asseyait le soir près d'un feu de camp et qui criait pour avoir sa « tate aux punes » à moitié cuite et la petite Lucy qui apprivoisait des vers de terre, des crapauds cornus, des scarabées et tout ce qui rampait et elle leur donnait des noms et des maisons pour habiter. Ils avaient quatre chiens. Ils passaient leur misérable et joyeuse vie dans la petite rue d'un lotissement neuf où ils étaient en butte à la prétendue respectabilité et au sens des convenances de leurs voisins pour cette seule raison que le mari de la pauvre femme l'avait quittée et que les enfants salopaient le jardin. La nuit toutes les lumières de Denver déployaient comme une grande roue dans la plaine en dessous, car la maison était dans le quartier Ouest, du côté où les montagnes dévalent en contreforts vers la plaine et où, dans les premiers

333

âges, le Mississippi océanique a dû déposer de molles boues ondoyantes pour que se soient formés des tabourets si ronds et si parfaits au pied de monts comme l'Evans, le Pike ou le Longs. Dean débarqua là-bas et naturellement il fut tout feu tout flamme en les voyant, avec une préférence pour Janet, mais je lui dis de ne pas la toucher et c'était peut-être superflu. La femme était une femme à caïds et elle en pinça immédiatement pour Dean, mais elle était timide et il était timide. Elle dit que Dean lui rappelait son mari envolé. « Tout à fait le même, oh, c'était un loufoque, je vous le dis ! »

Le résultat, ce fut une beuverie tumultueuse dans le salon en pagaïe, un souper hurlant avec Lone Ranger * qui tonitruait à la radio. Les complications arrivèrent comme des nuages de papillons : la femme, Frankie comme tout le monde l'appelait, était finalement sur le point d'acheter une bagnole comme elle rêvait de le faire depuis des années et elle avait récupéré récemment quelques dollars à cette fin. Dean aussitôt prit la responsabilité de choisir la voiture et d'en discuter le prix, car il songeait, bien sûr, à l'utiliser lui-même comme jadis lorsqu'il enlevait les filles l'après-midi à la sortie du lycée et qu'il les embarquait dans les montagnes. L'infortunée et innocente Frankie consentait toujours à tout. Pourtant elle fut effrayée à l'idée de se départir de son argent quand ils furent sur le terrain et devant le marchand. Dean s'assit en plein dans la poussière d'Alameda Boulevard et se frappa la tête à coups de poing. « Pour cent billets, vous ne pouvez pas avoir mieux ! » Il menaça de ne plus jamais lui parler, il jura jusqu'à en avoir la figure violette, il était à deux

---

* Personnage de la radio, du genre Robin des bois, un cow-boy.

doigts de sauter dans la bagnole et de se tailler avec d'une façon ou d'une autre. « Oh, ces idiots, ces idiots, ces idiots de Okies, ils ne changeront jamais, complètement et incroyablement idiots, au moment où il s'agit de passer à l'action cette paralysie affolée, hystérique, rien ne leur colle plus la trouille que leurs propres désirs, c'est mon père, mon père, mon père tout craché ! »

Dean était très excité, ce soir-là, parce que son cousin Sam Brady devait nous rejoindre dans un bar. Il avait enfilé un maillot propre et était tout resplendissant. « Maintenant, écoute, Sal, il faut que je te parle de Sam, il est mon cousin.

— À propos, t'as recherché ton père ?

— Cet après-midi, mon pote, j'ai fait une descente au Jiggs' Buffet où il avait l'habitude de pinter de la bière à la pression et de prendre des cuites attendries, et de se faire engueuler par le patron et de s'en aller tout titubant ; rien, alors j'ai été dans le vieux salon de coiffure près de Windsor, rien non plus, un vieux mec m'a dit qu'il pensait qu'il était — imagine ! — en train de travailler dans une popote du chemin de fer ou je ne sais quel boxon de la compagnie Boston and Maine en Nouvelle-Angleterre ! Mais je ne le crois pas, pour quatre sous ils improvisent des contes larmoyants. Maintenant, écoute bien. Dans mon enfance, Sam Brady, mon proche cousin, était mon héros absolu. Il ramenait du whisky en contrebande des montagnes et, une fois, dans la cour, il a livré un combat effroyable à coups de poing, qui a duré deux heures, avec les femmes qui hurlaient terrifiées. On avait l'habitude de dormir ensemble. Le seul type de la famille qui s'est occupé de moi avec affection. Et cette nuit je vais le revoir pour la première fois depuis sept ans, il débarque juste du Missouri.

— Et pour quelle combine ?

— Pas de combine, mon pote, je veux seulement savoir ce qui est arrivé à la famille — j'ai une famille, n'oublie pas — et plus particulièrement, Sal, je veux qu'il me dise des choses que j'ai oubliées de mon enfance. Je veux me souvenir, me souvenir, je le veux ! » Je n'avais jamais vu Dean si joyeux et si ému. Tandis qu'on attendait son cousin, dans le bar, il discuta avec une bande d'épaves et de gigolos de la ville, ses cadets, et recensa les nouvelles bandes et les trafics. Puis il se renseigna sur Marylou, puisqu'elle avait passé récemment à Denver. « Sal, dans ma jeunesse, quand j'avais coutume de venir à ce coin de rue pour faucher de la monnaie au kiosque de journaux afin de me payer du ragoût de bœuf, ce mec patibulaire que tu vois debout, là dehors, ne rêvait que de meurtre, sortait d'une horrible rixe pour se jeter dans une autre, je me souviens même de ses cicatrices, et maintenant que des années et des a-n-n-é-e-s passées à rester planté au coin de la rue l'ont finalement adouci et cruellement mortifié, le voici devenu parfaitement charmant et empressé et patient avec chacun, il s'est figé dans le décor, tu vois comment va le monde ? »

Puis Sam arriva, un type de trente-cinq ans, sec, les cheveux frisés, avec des mains rugueuses de travailleur. Dean resta planté devant lui, plein de respect. « Non, dit Sam Brady, je ne bois plus.

— Vois-tu ? vois-tu ? murmura Dean à mon oreille. Il ne boit plus et il était en ville le champion du whisky ; il a de la religion maintenant, il me l'a dit au téléphone, savoure-le, savoure la métamorphose d'un homme... Mon héros est devenu si curieux. » Sam Brady regardait son jeune cousin d'un air méfiant. Il nous emmena faire un tour dans son vieux coupé ferraillant et aussitôt il expliqua clairement sa position vis-à-vis de Dean.

— Maintenant, Dean, dis-toi bien que je n'ai aucune confiance en toi ni dans ce que tu vas essayer de me dire. Je suis venu te voir cette nuit parce qu'il y a un papier que je voudrais que tu signes pour la famille. On ne fait plus allusion à ton père parmi nous et nous tenons absolument à ne plus avoir affaire à lui et, je suis désolé de le dire, à toi non plus.

Je regardai Dean. Son visage s'allongea et s'assombrit.

— Ouais, ouais, fit-il.

Le cousin continua de nous balader dans le secteur et nous paya même des esquimaux. En dépit de tout, Dean le harcela de questions innombrables sur le passé et le cousin lui fournit les réponses et, pendant un moment, Dean recommença presque à transpirer d'émotion. Oh, où était donc son loqueteux de père cette nuit-là ? Le cousin nous lâcha sous les tristes lumières d'une foire de l'Alameda Boulevard à Federal. Il prit rendez-vous avec Dean pour la signature du papier l'après-midi suivant et nous quitta. Je dis à Dean que j'étais désolé qu'il n'eût personne au monde pour croire en lui.

— Souviens-toi que je crois en toi. Je suis infiniment désolé pour le reproche idiot que je t'ai fait hier après-midi.

— Parfait, mon pote, c'est d'accord, fit Dean.

On écuma la foire tous les deux. Il y avait des manèges, des grandes roues, du maïs grillé, des roulettes, de la sciure, et des centaines de gosses de Denver en blue jeans qui baguenaudaient. La poussière montait jusqu'aux étoiles avec toutes ces musiques cafardeuses de la terre.

Dean portait des blue jeans rétrécis * et un maillot et il avait l'air soudain d'être redevenu un vrai mec de Denver. Il y avait des gosses en motocyclette portant visière et bacchantes et vestes décorées de perles qui se baladaient entre les câbles, derrière les tentes, avec de jolies filles en jeans et chemises roses. Il y avait aussi un tas de filles mexicaines et une étonnante petite môme de trois pieds de haut, une miniature, avec le visage le plus joli et le plus doux du monde, qui se tourna vers sa copine et dit : « Ma vieille, allons téléphoner à Gomez et taillons-nous. » Dean s'arrêta, brisé dans son élan, lorsqu'il la vit. Ce fut comme s'il avait reçu un coup de poignard au cœur des ténèbres. « Mon pote, je l'aime, oh, je l'aime... » Il fallut la suivre un bon bout de temps. En fin de compte, elle traversa la grand-route pour téléphoner dans la cabine d'un motel et Dean fit semblant de feuilleter les pages de l'annuaire mais en fait, il la lorgnait, remonté à bloc. Je m'efforçai d'entrer en conversation avec les copines de la délicieuse poupée mais elles ne firent aucun cas de nous. Gomez arriva dans un camion tout ferraillant et embarqua les filles. Dean resta planté sur la route, les mains crispées à la poitrine. « Oh, mon pote, je suis presque mort...

— Pourquoi ne pas lui avoir parlé, bon Dieu ?

— Je ne peux pas, je ne pouvais pas... » On décida d'acheter de la bière et de grimper chez Frankie la Okie et de jouer des disques. On se coltina la route avec un sac de cannettes de bière. La petite Janet, la fille de Frankie qui avait treize ans, était la plus jolie fille du monde et elle promettait d'être un beau brin de femme. Le mieux de tout, c'était ses longs doigts

* Enfilés tout humides.

fuselés, sensibles, dont elle jouait en parlant, comme Cleopatra Nile lorsqu'elle danse. Dean était assis dans le coin le plus éloigné de la pièce, l'observant les yeux mi-clos et disant : « Oui, oui, oui. » Elle était déjà en garde contre lui ; elle cherchait protection auprès de moi. Durant les premiers mois de ce même été, j'avais passé beaucoup de temps avec elle, à parler de livres et de petites choses qui l'intéressaient.

# VII

Il n'arriva rien cette nuit-là ; on dormit. Tout arriva le lendemain. Dans l'après-midi, Dean et moi, on alla dans le centre de Denver pour vaquer à nos occupations diverses et chercher une auto pour New York au bureau de tourisme. Tard dans l'après-midi on se mit en route pour rentrer chez Frankie la Okie, en remontant Broadway où Dean soudain entra nonchalamment dans un magasin d'articles de sport et piqua tranquillement une balle sur le comptoir et sortit en la faisant rebondir sur sa paume. Personne ne le remarqua ; personne ne remarque jamais ces choses-là. L'après-midi était chaude, étouffante. On joua à se lancer la balle tout en marchant. « On aura une voiture au bureau du tourisme demain sans faute. »

Une femme de mes amis m'avait donné une grande bouteille de bourbon Old Grand-dad. On l'entama chez Frankie. Derrière, de l'autre côté du champ de maïs, habitait une jolie môme à laquelle Dean s'était attaqué dès son arrivée. L'orage couvait. Il lança beaucoup trop de cailloux dans ses carreaux et il la terrorisa. Tandis qu'on buvait le bourbon dans la pagaïe du salon au milieu des chiens et des jouets éparpillés, tout en discutant tristement, Dean n'arrêtait pas de sortir au galop par la porte de derrière de la cuisine et de traverser le champ de maïs pour lancer des cailloux et des coups de sifflet. Janet sortit un moment pour jeter un coup d'œil. Soudain Dean revint tout pâle. « Mon vieux ! La mère de cette môme me cherche avec un fusil de chasse et en bas de la route elle a ameuté une bande de lycéens pour me dérouiller.

— Quoi ? Où sont-ils ?

— Derrière le champ de maïs, mon vieux. » Dean était saoul et s'en foutait. On sortit tous et on traversa le champ au clair de lune. J'aperçus des groupes dans l'obscurité, sur la route poussiéreuse.

— Les voilà ! entendis-je.

— Attendez une minute, dis-je. Qu'est-ce qui se passe, je vous prie ?

La mère était planquée dans le fond avec un grand fusil de chasse sur les bras. « Cette espèce d'acolyte que vous avez nous embête depuis assez longtemps. Je ne suis pas du genre à appeler les poulets. S'il revient ici une fois de plus, je lui en file un coup et un coup qui tue. » Les lycéens étaient attroupés, les poings serrés. J'étais tellement saoul que je m'en foutais aussi, mais je les calmai un peu quand même.

Je dis : « Il ne recommencera plus. Je le surveillerai ; c'est mon frère et il m'écoute. Je vous en prie, rangez ce fusil et ne vous cassez plus la tête.

— Encore une seule fois et j'y vais, lança-t-elle dans l'obscurité d'une voix sinistre. Quand mon mari rentrera, je l'enverrai s'occuper de vous.

— C'est inutile ; il ne viendra plus vous embêter, vous comprenez ? Maintenant restez tranquille et c'est parfait. » Derrière moi, Dean l'injuriait en sourdine. La fille observait de la fenêtre de sa chambre.

Je connaissais ces gens d'auparavant et ils avaient suffisamment confiance en moi pour se calmer un peu. Je pris Dean par le bras et l'on repartit dans les sillons de maïs lunaires.

— Hou-Hi ! gueula-t-il. Je suis complètement bourré cette nuit.

On revint auprès de Frankie et des gosses. Soudain Dean fit une crise en écoutant un disque que la petite Janet avait mis et il le cassa sur son genou : c'était un disque de *hillbillies* [39]. Il y avait à la maison un enregistrement ancien de Dizzy Gillespie dont il faisait grand cas, « Congo Blues », avec Max West à la batterie. Je l'avais donné à Janet précédemment et je lui dis, en la voyant pleurer, de prendre ce disque et de le casser sur la tête de Dean. Elle alla le chercher et fit ce que j'avais dit. Dean resta bouche bée comme un idiot, mais parfaitement lucide. On se mit tous à rire. Tout était réglé. Alors maman Frankie voulut sortir pour boire de la bière dans des auberges. « Allons-y ! gueula Dean. Maintenant, bon Dieu, si tu avais acheté cette voiture que je t'ai montrée mardi, on n'aurait pas à marcher.

— Je ne pouvais pas la blairer, cette bagnole ! », gueula Frankie. Hi, hi, les gosses se mirent à pleurer. Une éternité dense, aux ailes de phalènes, planait dans la pénombre délirante du salon, sur les sinistres papiers peints, la lampe rose, les visages excités. Le petit Jimmy avait peur ; je l'installai pour dormir sur le divan et lui posai le chien dessus. Frankie demanda un taxi au téléphone d'une voix saoule et soudain, pendant qu'on l'attendait, mon amie m'appela au bout du fil. Elle avait un cousin entre deux âges qui ne pouvait pas me voir en peinture et, au début de l'après-midi, j'avais écrit une lettre à Old Bull Lee, qui était alors à Mexico, où je racontais nos aventures à Dean et à moi et dans quelles conditions nous faisions un séjour à Denver. Je lui écrivais : « J'ai une amie qui me procure du whisky et de l'argent et de bons gueuletons. »

J'avais stupidement confié cette lettre à son cousin pour qu'il la poste, juste après m'être tapé chez elle un poulet rôti. Il l'ouvrit, la lut et lui porta immédiatement pour lui prouver que j'étais un truqueur. Et maintenant elle me téléphonait en larmes et disait qu'elle ne voulait plus jamais me revoir. Puis le cousin triomphant prit l'appareil et se mit à me traiter de salaud. Tandis que le taxi klaxonnait dehors et que les gosses chialaient et que les chiens aboyaient et que Dean dansait avec Frankie, je gueulais tous les jurons imaginables qui me venaient à l'esprit dans le téléphone et j'en rajoutais toutes sortes d'inédits et, dans ma saoulographie frénétique, je leur dis à tous deux au téléphone d'aller se faire foutre et je raccrochai d'un coup sec et sortis pour prendre une bonne cuite.

On sortit en se bousculant du taxi quand on fut à l'auberge, une auberge du genre campagnard près des collines, et on entra et on commanda des bières. Tout allait à vau-l'eau et pour ajouter à la situation encore davantage d'invraisemblable frénésie, il y avait au bar un type extatique et spasmodique qui jeta ses bras au cou de Dean et se mit à gémir sous son nez et Dean se déchaîna de nouveau tout transpirant et délirant et, pour corser encore l'intolérable désordre, Dean sortit au galop un instant après et piqua une bagnole juste à l'entrée et fit une fugue dans le centre de Denver et revint avec une nouvelle, en meilleur état. Tout à coup, dans le bar, levant les yeux, je vis des flics et des gens qui s'attroupaient à l'entrée dans les phares des voitures de la police et discutaient de l'auto volée. « Il y a ici quelqu'un qui a fauché des bagnoles à droite et à gauche ! », était en train de dire le flic. Dean était planté juste derrière lui, écoutant et disant : « Ah oui, ah oui. » Les flics partirent faire l'enquête. Dean entra dans le bar et se mit à se balancer d'avant en arrière avec le pauvre gosse spasmodique qui venait justement de se marier ce jour-là et qui prenait une effroyable cuite tandis que son épousée l'attendait quelque part. « Oh, mon pote, ce type est le plus grandiose du monde ! », gueula Dean. « Sal, Frankie, je vais faire une sortie et choisir une bagnole vraiment chouette cette fois et on s'embarquera tous et Tony aussi (l'ange spasmodique), et on fera une grande virée dans les montagnes ». Et il se précipita dehors. Au même moment un flic se précipita à l'intérieur et dit qu'une voiture volée dans le centre de Denver était stationnée à l'entrée. Des groupes se formèrent pour discuter. Par la fenêtre, je vis Dean bondir dans la voiture la plus proche et démarrer et personne ne le remarqua. Quelques minutes plus tard, il était de retour dans une bagnole tout à fait différente, une décapotable flambant neuf. « Celle-ci est une beauté ! », souffla-t-il à mon oreille. L'autre toussait beaucoup trop, je l'ai laissée au carrefour, vu cette merveille devant une ferme. Faisons un tour à Denver. Viens, mon pote, allons tous nous balader. » Toute l'amertume et toute la démence de son passé à Denver explosaient en éclairs fulgurants. Son visage était rouge, inondé de sueur, inquiétant.

— Non, je n'ai rien à foutre des bagnoles volées.

— Oh, viens, mon pote ! Tony viendra avec moi, hein, extraordinaire Tony chéri ? » Et Tony, un pauvre malheureux maigre, brun, aux yeux illuminés, tout gémissant et écumant, s'appuya sur Dean et se lamenta et se lamenta car il se sentait mal tout à coup, et puis, pour quelque raison obscure et intuitive, il prit peur devant Dean et leva les mains et s'éloigna le visage convulsé de terreur. Dean baissa la tête et transpira. Il sortit en courant et démarra. Frankie et moi trouvâmes un taxi à l'entrée et décidâmes de rentrer à la maison. Tandis que le taxi nous conduisait dans l'ombre épaisse d'Alameda Boulevard que j'avais arpenté comme une âme en peine pendant tant et tant de nuits au cours des mois précédents, chantant et gémissant et mangeant les étoiles et répandant les larmes de mon cœur goutte à goutte sur le goudron chaud, Dean soudain apparut derrière nous dans la décapotable volée et se mit à klaxonner et à klaxonner et à coincer le taxi en hurlant. Le visage du chauffeur pâlit.

— C'est simplement un ami à moi », dis-je. Dean en eut marre de nous et soudain fonça en avant à quatre-vingt-dix miles à l'heure, son tuyau d'échappement projetant comme un halo surnaturel. Puis il tourna dans la rue de Frankie et s'arrêta devant la maison ; tout aussi soudainement il repartit, d'un virage sur l'aile, et retourna en ville tandis que nous descendions du taxi et réglions la course. Quelques moments plus tard, tandis qu'on attendait anxieusement dans le jardin obscur, il rappliqua avec encore une autre voiture, un coupé cabossé, l'arrêta dans un nuage de poussière devant la maison et sortit tout chancelant et alla droit dans la chambre et s'affala ivre-mort sur le lit. Et on était là avec une bagnole volée juste devant le perron.

Il fallut que je le réveille ; j'étais incapable de mettre en route la bagnole pour aller la virer dans un coin. Il sortit du lit en vacillant avec juste ses caleçons et on monta tous les deux dans l'auto, tandis que les gosses gloussaient des petits rires aux fenêtres, et on s'élança, bondissant et volant, en plein dans le champ de luzerne en noyaux de pêches qu'il y avait au bout de la rue, boum-bada-boum, jusqu'à temps que la bagnole n'en puisse plus et s'arrête agonisante sous un vieux peuplier près du vieux moulin. « Peux pas aller plus loin », dit simplement Dean et il sortit et revint à pied à travers le champ de maïs, un demi-mile environ, en caleçons sous la lune. On rentra à la maison et il alla dormir. Tout était dans une horrible mélasse, tout Denver dans la mélasse, mon amie, les bagnoles, les gosses, la pauvre Frankie, le salon jonché de cannettes de bière et j'essayais de dormir. Un grillon me tint éveillé quelque temps. La nuit, dans cette région de l'Ouest, les étoiles, ainsi que je l'avais remarqué à Wyoming, sont aussi grosses que des chandelles romaines et aussi solitaires que le prince du Dharma[40] qui a perdu son bosquet ancestral et qui, essayant de le retrouver, voyage à travers l'espace en parcourant point par point les bras de la Grande Ourse. Elles tournèrent ainsi lentement dans la nuit et puis, longtemps avant que le soleil lui-même se lève, l'immense lueur rouge apparut dans le lointain du désert ténébreux vers l'ouest du Kansas et les oiseaux attaquèrent leur prélude frémissant au-dessus de Denver.

# VIII

Au matin, nous fûmes en proie à d'horribles nausées. La première chose que fit Dean, ce fut de traverser le champ de maïs pour voir si l'auto pourrait nous emmener vers l'Est. Je m'y opposai mais il y alla quand même. Il revint pâle. « Mon pote, c'est la voiture d'un inspecteur et tous les commissariats de la ville ont mes empreintes digitales depuis l'année où j'ai piqué cinq cents bagnoles. Tu vois ce que j'en fais, j'ai simplement besoin de rouler, mon pote ! Il faut que je circule ! Écoute, on va finir en taule si on ne se taille pas d'ici à l'instant même. »

— Tu as foutrement raison, dis-je et on se mit à faire nos sacs aussi vite que nos mains pouvaient aller. Cravates pendantes et pans de chemises au vent, on fit de rapides adieux à notre délicieuse petite famille et on gagna tout chancelants la route tutélaire où personne ne nous reconnaîtrait. La petite Janet pleurait à cause de nous, ou de moi, ou de je ne sais quoi qui s'en allait ; quant à Frankie, elle fut gentille et je l'embrassai et fis des excuses.

— Il est vraiment loufoque, pour sûr, dit-elle. Il me rappelle pour sûr le mari qui m'a quittée. Juste le même type exactement. J'espère bien que mon Mic-

347

key ne prendra pas ce chemin, comme ils font tous maintenant.

Et je dis adieu à la petite Lucy qui avait son scarabée apprivoisé à la main ; le petit Jimmy dormait. Tout ça en l'espace de quelques secondes, à l'aube d'un délicieux dimanche, et l'on partit tout chancelants avec nos lamentables bagages. On fonça. À chaque minute, nous nous attendions à voir apparaître une voiture de flics au détour du paysage en train de marauder à nos trousses.

— Si la femme au fusil de chasse découvre le pot aux roses, on est cuits, dit Dean. Il faut absolument prendre un taxi. Là on sera en sûreté. » On fut sur le point de réveiller une famille de fermiers pour utiliser leur téléphone mais le chien nous mit en fuite. À chaque minute, la situation devenait plus dangereuse ; l'épave du coupé pouvait être découverte dans le champ de maïs par un paysan matinal. Une charmante vieille dame nous laissa finalement téléphoner et on appela un taxi du centre de Denver mais il n'arriva pas et l'on reprit la route tout chancelants. La circulation du petit matin commençait, chaque voiture ayant l'air d'une voiture de police. Puis soudain on vit arriver la voiture de police et je sentis que c'était la fin de la vie que j'avais connue et le début d'une nouvelle et horrible période de prisons, de chaînes et de tourments. Mais ce que nous avions pris pour une voiture de police, c'était notre taxi et, dès ce moment, on vola vers l'Est.

Au bureau de tourisme, il y avait une proposition sensationnelle : il s'agissait de conduire à Chicago une Cadillac 47 limousine. Le propriétaire était remonté de Mexico avec sa famille et il en avait marre et les embarquait tous dans un train. Tout ce qu'il voulait, c'était la vérification de l'identité et la voiture à l'arrivée. Mes papiers lui montrèrent que tout irait comme sur des roulettes. Je lui dis de ne pas se faire de bile. Je dis à Dean : « Et cette voiture, ne va pas la faucher. » Dean bondissait dans tous les sens tellement il était excité par l'aubaine. Il fallut attendre une heure. On s'allongea sur la pelouse près de l'église où, en 1947, j'avais passé un moment avec des mendiants en revenant de chez Rita Bettencourt, et là, je m'écroulai de sommeil, absolument épuisé de frayeur, le visage offert aux oiseaux de l'après-midi. De fait, on jouait de l'orgue quelque part. Quant à Dean, il s'affairait dans toute la ville. Il leva une serveuse dans une petite gargote, lui donna rancart pour lui offrir une virée en Cadillac l'après-midi et revint m'éveiller avec les nouvelles. Maintenant je me sentais mieux. Je fis face aux nouvelles complications.

Quand la Cadillac arriva, Dean l'embarqua aussitôt « pour prendre l'essence », et le gars du bureau de tourisme me regarda et dit : « Quand revient-il ? Les passagers sont déjà prêts à partir. » Il me montra deux collégiens irlandais d'une pension de Jésuites de l'Est qui attendaient sur les bancs avec leurs valises.

— Il est juste allé faire l'essence. Il revient tout de suite.

Je fonçai au coin de la rue et aperçus Dean qui laissait tourner le moteur en attendant la serveuse qui avait été se changer dans sa chambre d'hôtel ; d'ailleurs je pouvais la voir d'où j'étais, devant sa glace, en train de s'attifer et d'attacher ses bas de soie, et j'aurais bien voulu faire la virée avec eux. Elle sortit en courant et sauta dans la Cadillac. Je revins à pas lents pour rassurer le patron du bureau de tourisme et les passagers. De l'endroit où je me tenais, devant la porte, je vis disparaître en un éclair la Cadillac à travers Cleveland Place avec Dean en maillot et tout joyeux, agitant les mains et baratinant la fille, couché sur le volant pour mieux foncer, tandis qu'elle trônait tristement et fièrement à côté de lui. Ils allèrent en plein jour s'installer dans un parking, planqués dans le fond près du mur en brique (un parking où Dean avait travaillé jadis) et là, devait-il me raconter, il lui fait ça à toute allure ; et de plus il la persuade de nous rejoindre dans l'Est dès qu'elle aura touché sa paye du vendredi, de rappliquer en car, et de nous retrouver à la piaule de Ian MacArthur, Lexington Avenue, New York. Elle était d'accord pour rappliquer ; elle s'appelait Beverly. La chose avait duré trente minutes ; Dean revint à pleins gaz, déposa la fille à son hôtel avec des baisers, des au-revoir, des promesses et fonça aussitôt au bureau de tourisme pour récolter l'équipe.

— Eh bien, il est temps ! dit le patron du bureau de tourisme de la Broadway Sam. Je pensais que tu t'étais taillé avec cette Cadillac.

— C'est moi qui suis responsable, dis-je, ne vous faites pas de bile.

Et je dis cela parce que Dean était si manifestement frénétique que tout le monde pouvait se douter de sa folie. Dean, montrant soudain beaucoup de sérieux et d'esprit pratique, aida les petits Jésuites à porter leurs bagages. Ils étaient à peine installés et j'avais à peine salué Denver d'un geste d'adieu qu'il fonçait déjà, le moteur ronronnant comme un énorme gros avion. Moins de deux miles après avoir quitté Denver, le compteur de vitesse lâcha parce que Dean dépassait largement les 110 miles à l'heure.

« Allons, plus de compteur de vitesse, je ne saurai

pas à quelle allure je vais. Y a qu'à propulser cet engin jusqu'à Chicago et calculer au temps. » On n'aurait même pas cru qu'on allait à soixante-dix mais toutes les voitures s'abattaient derrière nous comme des mouches le long de l'autostrade directe qui conduit à Greeley. « La raison pour laquelle nous allons au Nord-Est, Sal, c'est que nous devons absolument rendre visite à Ed Wall à Sterling, il faut le saluer et voir son ranch, et ce paquebot fonce si vite qu'on peut y aller sans que ça nous retarde et arriver à Chicago bien avant le train du type. » D'accord, ça m'allait. Il se mit à pleuvoir mais Dean ne ralentit pas. C'était une grande et magnifique voiture, la dernière des limousines vieux style, noire, avec un grand corps allongé et des pneus à parure blanche et probablement des vitres à l'épreuve des balles. Les petits Jésuites, de la confrérie de Saint Bonaventure, étaient assis à l'arrière, pleins de joie et d'allégresse d'être en route, et n'avaient aucune idée de la vitesse à laquelle nous allions. Ils essayèrent de parler mais Dean ne répondit pas et enleva son maillot et se mit à conduire torse nu. « Oh, cette Beverly est une délicieuse petite poule... elle va me rejoindre à New York... on va se marier aussitôt que j'obtiendrai les papiers de divorce de Camille... tout gaze, Sal, et on est en bonne voie. Oui ! » Plus vite on s'éloignait de Denver, mieux je me sentais, et on s'éloignait vraiment vite. Le temps s'assombrit quand on bifurqua de la grand-route à Junction pour s'engager sur une sale route qui nous menait, par les mornes plaines de l'est du Colorado, jusqu'au ranch d'Ed Wall au cœur du Coyote Nullepart. Mais il pleuvait toujours et la boue était glissante et Dean descendit à soixante-dix, mais je lui dis de ralentir encore davantage sans quoi nous allions déraper, et il dit : « Te fais pas de bile, mon pote, tu me connais.

— Pas maintenant, dis-je. Tu vas vraiment beaucoup trop vite. » Et il continuait à voler sur cette boue glissante et j'étais juste en train de dire ça lorsque la route vira brutalement à gauche et Dean se cramponna au volant pour braquer mais la grosse voiture dérapa dans la gadoue et zigzagua terriblement.

« Fais gaffe ! », gueula Dean qui s'en foutait et se colletait pour le moment avec son Ange, et ça se termina avec le cul dans le fossé et l'avant qui dépassait sur la route. Une grande paix descendit sur toute chose. On entendit la plainte du vent. On était au cœur de la plaine sauvage. Il y avait une ferme, un quart de mile plus loin sur la route. Je n'arrêtais pas de jurer, tellement j'étais furieux contre Dean et dégoûté de lui. Il ne dit rien et fila à la ferme sous la pluie, une veste sur les épaules, pour chercher de l'aide.

« C'est votre frère ? demandèrent les gars du siège arrière. C'est un démon avec les voitures, non ? Et, à l'en croire, ce doit être aussi un démon avec les femmes.

— Il est fou, dis-je, et c'est mon frère, oui. » Je vis Dean revenir avec le fermier sur son tracteur. Ils accrochèrent des chaînes et le fermier nous hala hors du fossé. La voiture était marron de boue, le pare-chocs était complètement aplati. Le fermier nous prit cinq dollars. Ses filles observaient sous la pluie. La plus jolie, la plus timide se planquait à l'autre bout du champ pour regarder et elle faisait bien car elle était absolument et tout compte fait la fille la plus belle que Dean et moi avions jamais vue de notre vie. Elle avait dans les seize ans et ce teint des Prairies âpre comme l'églantine et les yeux bleus, des cheveux adorables, et la pudeur et la vivacité d'une antilope de la brousse. À chacun de nos regards, elle tressaillait. Elle était debout dans les vents géants qui soufflaient directement du Saskatchewan et, tels leurs propres voiles, leurs boucles vivantes, bousculaient ses cheveux autour de son visage charmant. Elle rougissait et rougissait.

On termina notre affaire avec le fermier, on jeta un dernier regard à l'ange de la Prairie, et l'on partit, plus lentement cette fois, et on roula jusqu'à la tombée de la nuit, et Dean dit que le ranch d'Ed Wall était juste devant nous. « Oh, une fille comme ça me fait peur, dis-je. Je plaquerais tout pour me mettre à sa merci et, si elle ne voulait pas de moi, j'irais tout simplement me jeter par la fenêtre du monde. » Les petits Jésuites ricanaient. Ils abondaient en conneries et en propos de collège et n'avaient rien dans leurs crânes d'oiseaux qu'un brouet de Saint-Thomas d'Aquin mal digéré pour se farcir le grain de poivre. Dean et moi ne faisions absolument pas attention à eux. Tandis qu'on traversait les plaines boueuses, il parla du temps où il était cow-boy, nous montra la partie de la route qu'il avait parcourue à cheval, en une matinée, et dit l'endroit où il ferait réparer le pare-chocs dès qu'on serait arrivés à la propriété d'Ed Wall, qui était immense, et l'endroit où le vieux Wall, le père de Ed, venait faire du raffut sur le pré à la poursuite d'une génisse, en gueulant : « Attrape-la, attrape-la, sacré nom de Dieu ! » « Il lui fallait une voiture neuve tous les six mois, dit Dean. Et pas question d'épargner la mécanique. Quand une bête nous échappait, il la poursuivait en bagnole jusqu'au ruisseau, là tout près, et continuait à pied. Mais il comptait chaque sou qu'il pouvait gagner et le planquait dans une marmite. Un vieux fou de rancher. Je vous montrerai quelques-unes de ses vieilles

bagnoles déglinguées près de la maison des bûche-
rons. C'est là qu'on m'a mis en liberté surveillée
après ma dernière histoire dans un bouge. C'est là
que je vivais quand j'écrivais ces lettres à Chad King
que tu as lues. » On quitta la route et on bifurqua
dans un petit chemin qui traversait un pré d'hiver *.
Un troupeau morose de vaches à têtes blanches
grouilla tout à coup devant nos phares. « Les voilà !
Les vaches de Wall ! On n'arrivera jamais à passer à
travers. Il va falloir sortir pour les hucher. Hi-hi-hi. »
Mais on n'eut pas à le faire et on se contenta d'avancer pouce par pouce au milieu du troupeau, les
cognant gentiment de-ci, de-là tandis qu'elles se
bousculaient et beuglaient comme un océan le long
des portières de l'auto. Au loin, on vit la lumière du
ranch d'Ed Wall. Autour de cette lumière, s'étendaient les plaines sur des centaines de miles.

L'épaisseur des ténèbres qui tombent à la nuit sur
ces prairies-là ne peut être imaginée par un homme
de l'Est. Il n'y avait ni étoiles, ni lune, ni lumière
quelconque, n'eût été la lumière de la cuisine de
Mrs. Wall. Ce qui s'étendait au-delà des ombres de la
cour c'était le spectacle infini du monde, invisible
jusqu'à l'aube. Après avoir frappé à la porte et appelé
dans le noir Ed Wall qui tirait les vaches à l'étable, je
me risquai à faire une prudente petite promenade
dans ces ténèbres, sur une distance de vingt pieds
environ mais pas davantage. Je crus entendre des
coyotes. Wall dit que c'était probablement un des
chevaux sauvages de son père qui hennissait au loin.
Ed Wall était environ de notre âge, grand, effilé, les
dents pointues, laconique. Lui et Dean autrefois se
postaient aux carrefours de Curtis Street pour siffler

* Que l'on conserve près du ranch pour l'hiver.

354

les filles. Il nous introduisit donc aimablement dans son salon triste, brunâtre, qui ne servait jamais et chercha dans les coins jusqu'à ce qu'il trouve de mornes lampes ; il les alluma et dit à Dean : « Bon Dieu, qu'est-ce qui est arrivé à ton pouce ?

— J'ai cogné Marylou et ça s'est si bien infecté qu'ils ont dû l'amputer du bout.

— Bon Dieu, comment en es-tu arrivé là ? » Je voyais bien qu'il avait coutume de jouer le frère aîné avec Dean. Il hocha la tête ; la seille à traire était encore posée à ses pieds. « N'importe comment, tu as toujours été une tête brûlée d'enfant de pute. »

Pendant ce temps, sa jeune femme préparait un magnifique festin dans la grande cuisine du ranch. Elle s'excusa pour la glace à la pêche : « C'est seulement de la crème et des pêches congelées en même temps. » Ce fut naturellement la seule vraie glace que j'aie mangée de toute mon existence. Elle préluda avec une grande économie de moyens et fit donner tout l'orchestre pour l'apothéose ; tout le temps que nous mangions, de nouveaux plats apparaissaient sur la table. C'était une blonde bien charpentée mais, comme toutes les femmes qui vivent dans ces vastes espaces, elle se plaignait un peu de mener une vie ennuyeuse. Elle énuméra les programmes de radio qu'elle avait coutume d'écouter à cette heure de la soirée. Ed Wall était assis, se contentant de regarder ses mains. Dean mangea avec voracité. Il voulut m'entraîner à dire avec lui que j'étais très riche et le propriétaire de la Cadillac, et lui, mon ami et mon chauffeur. Cela ne produisit aucun effet sur Ed Wall. Chaque fois que les bestiaux faisaient du raffut dans l'étable, il levait la tête pour écouter.

« Eh bien, les gars, j'espère que vous réussirez à

vous tailler à New York. » Loin de croire à ce conte qui me dotait d'une Cadillac, il était convaincu que Dean l'avait volée. On passa environ une heure au ranch. Ed Wall avait perdu confiance en Dean, exactement comme Sam Brady ; il l'observait d'un air cauteleux, les rares fois où il levait les yeux. Il y avait eu jadis une époque tapageuse où ils avaient écumé tout titubants les rues de Laramie, au Wyoming, bras dessus bras dessous, quand les foins étaient terminés, mais tout ça était mort et révolu.

Dean s'agitait convulsivement sur sa chaise. « Eh bien oui, eh bien oui, et maintenant je pense qu'on ferait mieux de filer parce qu'on doit être à Chicago demain soir et on a déjà perdu pas mal d'heures. » Les collégiens remercièrent Wall avec grâce et on prit de nouveau la route. Je me retournai pour regarder la lumière de la cuisine s'éloigner dans l'océan de la nuit. Puis je baissai la tête.

# IX

En un rien de temps, on fut de nouveau sur la grand-route et, cette nuit-là, je vis tout l'État de Nebraska défiler devant mes yeux. D'un bout à l'autre, à cent dix miles à l'heure, une route rectiligne, des villes endormies, pas de circulation, et la locomotive fuselée de l'Union Pacific disparaissant derrière nous au clair de lune. Je n'avais pas peur du tout cette nuit-là ; c'était la chose la plus naturelle du monde que de rouler à cent dix et de discuter et de voir toutes les villes du Nebraska, Ogallala, Gothenburg, Kearney, Grand Island, Colombus, débouler comme dans un rêve tandis qu'on fonçait en avant et qu'on discutait. C'était une auto magnifique ; elle tenait la route comme un bateau tient la mer. Les courbes à grand rayon étaient son repos et son chant. « Ah, mon pote, quel bateau de rêve, soupira Dean. Imagine, si toi et moi, nous avions une auto comme ça, ce que nous pourrions faire. Sais-tu qu'il y a une route qui descend sur Mexico et tout du long jusqu'à Panama ?... et peut-être tout du long jusqu'au bout de l'Amérique du Sud, là où les Indiens ont sept pieds de haut et mangent de la cocaïne au flanc de la montagne ? Oui ! Toi et moi, Sal, on savourerait le monde entier avec une voiture comme ça, parce que, mon pote, la route doit en fin de compte mener dans le monde entier. Il n'y a pas un coin où elle ne puisse aller, hein ? Oh, et on va bientôt se balader dans le vieux Chi avec cet engin ! Songes-y, Sal, je n'ai jamais été à Chicago de toute ma vie, jamais je ne m'y suis arrêté.

— On va faire là-bas une entrée de gangsters avec cette Cadillac !

— Oui ! Et les filles ! On peut ramasser des filles, de fait, Sal, j'ai décidé d'adopter une vitesse ultra-spéciale afin qu'on ait une soirée entière à se trimballer dans cet engin. Laisse-toi faire et je propulse la merveille jusqu'au terminus.

— Dis donc, à combien on va maintenant ?

— Un cent dix miles de croisière, j'imagine... on ne peut pas se rendre compte. On a encore tout l'Iowa à faire dans la journée et puis on se tapera ce vieil Illinois en moins que rien. » Les collégiens s'endormirent et on ne cessa pas de parler durant toute la nuit.

L'étonnant était que Dean pût se comporter d'une façon aussi démentielle et embrayer soudain, l'âme en prise (laquelle, je pense, est dotée d'une auto rapide, avec une côte à atteindre et une femme au bout de la route), calmement et raisonnablement comme si rien ne s'était produit. « Voilà dans quel état je me mets à chaque fois que je vais à Denver... Je ne peux plus mettre les pieds dans cette ville. Merde et merde, Dean est un fantôme. Zoum ! » Je lui dis que j'avais déjà fait cette route du Nebraska en 47. Lui aussi l'avait faite. « Sal, quand je travaillais pour la Blanchisserie de l'Ère Nouvelle à Los Angeles, en 1944, trichant sur mon âge, j'ai fait une virée au Circuit de vitesse d'Indianapolis avec le but précis d'assister à la classique du Memorial Day, faisant du stop dans la journée et la nuit fauchant des voitures pour aller plus vite. Note que j'avais une Buick de vingt dollars en rade à L.A., ma première bagnole, elle aurait été recalée au contrôle des freins et des lumières, et j'ai donc décidé qu'il me fallait la plaque d'un autre État pour me servir de la bagnole sans être pincé, de sorte que j'ai rappliqué par ici pour obtenir le permis en question. Comme j'étais précisément en train de faire du stop dans un de ces bleds, avec les plaques de contrôle dissimulées sous ma veste, un shérif fouinard, qui pensait que j'étais bien jeune pour faire du stop, m'a accosté dans la rue principale. Il a trouvé les plaques et m'a jeté dans une taule à deux cellules avec un délinquant de comté qui aurait dû être à l'asile de vieillards puisqu'il ne pouvait pas se nourrir lui-même (c'était la femme du shérif qui le nourrissait) et qui passait la journée assis à radoter et à larmoyer. Après une enquête à la con qui consistait à me poser des colles à la papa suivies d'une volte-face brutale pour m'effrayer avec des menaces, d'un examen comparatif de mon écriture, *et caetera*, et après que j'eus prononcé le plus magnifique discours de mon existence pour me tirer de là, concluant par une confession où je déclarais avoir menti sur mon passé de voleur d'autos et en disant que je venais seulement trouver mon paternel qui était ouvrier agricole dans les environs, il m'a laissé partir. Naturellement j'avais loupé les courses. À l'automne suivant, j'ai fait de même pour voir le match Notre Dame-Californie à South Bend, dans l'Indiana ; pas d'ennui cette fois-là et, Sal, j'avais juste l'argent pour le billet d'entrée et pas un sou de rabiot et rien à manger à l'aller et au retour sauf ce que j'ai pu soutirer à toutes sortes de cinglés que j'ai rencontrés et en même temps je me tapais les filles. Le seul type des États-Unis d'Amérique qui ait affronté autant de difficultés pour voir un match de base-ball. »

Je l'interrogeai sur les circonstances de son séjour à L.A. en 1944. « J'ai été arrêté dans l'Arizona, la taule absolument la plus ignoble que j'aie jamais connue. J'ai dû m'évader et j'ai réussi l'évasion la plus grandiose de mon existence, parlant d'évasions, vois-tu, d'une manière générale. Dans les bois, comprends-tu, et en rampant, et dans les marais, et grimpant dans la montagne. Avec leurs matraques de caoutchouc et tous leurs engins et la mort dite accidentelle qui me guettaient, il a fallu que je me taille de ces bois par les lignes de crête de façon à éviter les pistes et les chemins et les routes. Ai dû me débarrasser de ma tenue de taulard et barboter le plus joliment du monde une chemise et un froc dans une station d'essence à la sortie de Flagstaff, débarquant à L.A. deux jours plus tard en tenue de pompiste pour me présenter à la première station que je vis et me faire embaucher et prendre une chambre et changer de nom (Lee Buliay) et passer une année passionnante à L.A., me faisant toute une bande de nouveaux amis et de filles vraiment épatantes, cette époque de ma vie se terminant, une nuit, sur une balade collective en bagnole à Hollywood Boulevard ; j'avais dit à mon copain de piloter la voiture tandis que j'embrassais ma fille (j'étais au volant, tu piges) et *il ne m'a pas entendu* et on est allés se jeter en plein sur un poteau mais à vingt à l'heure seulement et je me suis cassé le nez. Tu aurais dû voir mon nez avant — mon beau nez grec aujourd'hui de travers. Après ça, je suis allé à Denver et j'ai rencontré Marylou dans une fontaine-soda ce printemps-là. Oh, mon pote, elle n'avait que seize ans et portait des jeans et attendait précisément que quelqu'un la soulève. Trois jours, trois nuits de discussions au Ace Hôtel, troisième étage, chambre d'angle orientée au sud-est, chambre de sainte mémoire et théâtre sacré des jours heureux... elle était si charmante alors, si *jeune*, humm, ah ! Mais, dis donc, regarde en bas, là, dans le noir, hep, hep, une bande de vieux clochards autour d'un feu, près de la voie ferrée, bon Dieu ! » Il faillit ralentir. « Tu vois, je ne sais jamais si mon père est là ou ailleurs. » Il y avait quelques silhouettes près des rails chancelant devant un feu de bois. « Je ne sais jamais où demander, il peut être n'importe où. » On continua. Quelque part derrière nous ou devant nous dans la nuit immense, son père était couché avec sa cuite dans un taillis, cela du moins était certain — avec de la bave au menton, de l'urine sur son froc, de la mélasse aux oreilles, des croûtes dans le nez, peut-être du sang dans les cheveux, et la lune qui l'illuminait.

Je pris le bras de Dean. « Ah, mon pote, on rentre chez nous pour de bon maintenant. » New York serait son port d'attache pour la première fois. Il s'agitait dans tous les sens, à cette idée, il ne se tenait plus.

« Et songe, Sal, quand on va atteindre la Pennsylvanie, on va commencer à entendre ce vieux bop de l'Est à la radio. Bon dieu, roule, vieux bateau, roule ! » L'auto magnifique faisait rugir le vent ; elle faisait se déployer les plaines comme un rouleau de papier ; elle rejetait le goudron chaud avec noblesse, un navire impérial. J'ouvris les yeux à l'éventail de l'aube ; nous nous élancions vers elle. Le visage rude, opiniâtre de Dean était toujours penché sur la lampe du tableau de bord, anguleux, en proie à son intime dessein.

— À quoi penses-tu, papa ?

— Ah-ah, ah-ah, toujours à la même chose, t'sais, aux filles, aux filles, aux filles.

Je m'endormis et m'éveillai dans l'air sec et chaud d'un dimanche matin de juillet en Iowa et toujours Dean conduisait et conduisait, il n'avait pas ralenti l'allure ; dans les vallées de maïs de l'Iowa, il prenait les tournants à quatre-vingts miles au minimum et les lignes droites à cent dix comme d'habitude, sauf quand la circulation montante et descendante le forçait à se mettre en file et à se contenter d'un soixante rampant et lamentable. Dès qu'il en avait l'occasion, il fonçait en avant et doublait les voitures par demi-douzaines et les laissait derrière dans un nuage de poussière. Un cinglé dans une Buick toute neuve remarqua tout ce manège et décida de lutter de vitesse avec nous. Alors que Dean était juste sur le point de doubler un troupeau de voitures, le type nous grilla sans avertir et se mit à klaxonner et à faire clignoter ses feux arrière pour provoquer l'adversaire. On fondit à ses trousses comme un gros oiseau. « Maintenant attends, fit Dean en rigolant ; je vais asticoter cet enfant de putain pendant une douzaine de miles. Regarde un peu. » Il laissa la Buick mener le train et puis accéléra et la gratta fort impoliment. Le dingo de la Buick était fou furieux ; il grimpa à cent. On eut l'occasion de voir qui c'était. Il avait l'allure d'une sorte de gouape de Chicago en déplacement avec une femme assez âgée pour être (et c'était probablement le cas) sa mère. Dieu seul sait si elle se plaignait mais il fonçait. Ses cheveux étaient noirs et hirsutes, un Italien du vieux Chi ; il portait une chemise sport. Peut-être avait-il dans

362

l'idée que nous étions une nouvelle bande débarquant de L.A. pour envahir Chicago ; ou encore des gars de Mickey Cohen, car la limousine avait tout à fait le genre et les plaques d'immatriculation étaient de Californie. Mais c'était surtout l'excitation de la route. Il prit de terribles risques pour rester devant nous ; il doublait des autos dans des tournants et se rabattait juste dans la file lorsqu'un camion arrivait en tanguant et surgissait, énorme. Quatre-vingts miles d'Iowa se dévidèrent de cette façon et la course était si intéressante que je n'avais pas le temps d'avoir peur. Puis le loufoque se dégonfla, s'arrêta devant une pompe à essence, probablement sur ordre de la vieille dame, et, au moment où nous passions en rugissant, nous fit de joyeux signaux. On continua à tracer, Dean torse nu, moi les pieds sur le tableau de bord, et les collégiens endormis sur le siège arrière. On s'arrêta pour prendre le petit déjeuner dans un *diner* tenu par une dame à cheveux blancs qui nous servit d'énormes portions de pommes de terre tandis que les cloches sonnaient à l'église de la ville voisine. Puis de nouveau la route.

— Dean, ne conduis pas si vite pendant le jour.

— Te fais pas de bile, mon pote, je sais ce que je fais.

Je commençais à flancher. Dean remontait des files de voitures, tel l'Ange de Terreur. Il les éperonnait presque en cherchant l'ouverture. Il lutinait leurs pare-chocs, il ralentissait puis accélérait et tendait le cou pour voir le tournant et l'énorme voiture bondissait sous le fouet et doublait et il s'en fallait toujours d'un cheveu lorsqu'on se rabattait et que les voitures d'en face nous croisaient et j'en étais tout tremblant. Je ne pouvais plus endurer ça. Ce n'est pas souvent que l'on trouve en Iowa de longs trajets

rectilignes comme au Nebraska et, lorsque finalement on en trouvait un, Dean roulait à son cent dix
de croisière et j'apercevais des éclairs de paysage qui
me rappelaient 1947, un long ruban où Eddie et moi
avions glandé pendant deux heures. Toute cette
vieille route de jadis qui se dévidait d'une façon ver-
tigineuse comme si la coupe de la vie eût été renversée et que le monde fût devenu fou. Cauchemar en
plein jour ! Mes yeux me faisaient mal.

— Ah, bon dieu, Dean, je vais sur le siège arrière,
je ne peux plus endurer ça, je ne peux plus voir ça.

— Hi-hi-hi ! ricana Dean et il doubla une voiture
sur un pont étroit et fit une embardée dans la poussière et continua de foncer. Je sautai sur le siège
arrière et me pelotonnai pour dormir. Un des gars
sauta devant pour jouir du spectacle. Je fus pris de
grandes frayeurs à l'idée que nous allions nous écraser quelque part ce matin-là et me laissai glisser sur
le plancher et fermai les yeux et m'efforçai de dormir. Quand j'étais marin, j'avais coutume d'imaginer
les vagues qui déferlaient sous la coque du navire et
les fonds insondables par-dessous ; maintenant, je
sentais la route à quelque vingt pouces au-dessous
de moi, qui se déroulait et volait et chuintait à des
vitesses étonnantes au travers du continent gémissant avec au volant cet Achab en délire. En fermant
les yeux, tout ce que je voyais c'était la route qui se
dévidait en moi. En les ouvrant, je voyais passer des
ombres d'arbres qui chatoyaient sur le plancher de
la voiture. Il n'y avait pas d'issue. Je me résignais à
tout. Et Dean conduisait toujours, il ne songea pas à
dormir tant qu'on n'eut pas atteint Chicago. Dans
l'après-midi, on traversa de nouveau ce vieux Des
Moines. Là, naturellement, il fallut piaffer dans la
circulation et ralentir et je revins sur le siège avant.

Un accident bizarre et touchant se produisit alors. Un gros noir, devant nous, trimbalait toute sa famille dans une conduite intérieure ; sur le pare-chocs arrière était fixé un de ces sacs à eau en toile qu'on vend aux touristes dans le désert. Il freina sec, Dean parlait aux gars de derrière et ne fit pas attention, et on l'emboutit à cinq miles à l'heure en plein dans le sac à eau qui éclata comme une bouilloire et gicla en l'air. Sans autre dommage qu'un pare-chocs faussé. Dean et moi sortîmes pour parler au type. Pour finir on échangea nos adresses et on parla un peu, Dean ne quittant pas des yeux la femme du gars dont les beaux seins bruns étaient à peine vêtus d'un chemisier de coton complaisant. « Oui, oui. » On lui donna l'adresse du magnat de Chicago et on continua.

À la sortie de Des Moines, une auto de police nous poursuivit en faisant mugir sa sirène pour que nous nous rangions. « Qu'y a-t-il encore ? »

Le flic sortit. « Vous avez eu un accident à l'entrée de la ville ?

— Un accident ? On a crevé le sac à eau d'un gars à la bifurcation.

— Il dit qu'il a été accidenté avec délit de fuite par une bande de gars dans une voiture volée. » Ce fut une des rares occasions où Dean et moi vîmes un nègre se comporter comme un vieux fou méfiant. Cela nous surprit tellement qu'on éclata de rire. Il nous fallut suivre l'agent au poste et, là, passer une heure à attendre sur l'herbe tandis qu'ils téléphonaient à Chicago pour joindre le propriétaire de la Cadillac et vérifier notre situation de chauffeurs attitrés. M. Magnat dit, d'après le flic : « Oui, c'est mon auto mais je ne puis répondre en rien de ce que ces gars-là ont pu faire.

— Ils ont eu un accrochage ici, à Des Moines.

— Oui, vous me l'avez dit, je voulais dire que je ne peux répondre en rien de ce qu'ils ont pu faire dans le passé. »

Tout était réglé et on continua de foncer. Newton, Iowa, l'endroit où j'avais fait une promenade à l'aube en 1947. Dans l'après-midi, on traversa de nouveau le vieux Davenport assoupi et le Mississippi paressant dans son lit de sciures de bois ; puis Rock Island, quelques minutes d'encombrement, le soleil rougeoyant, et soudain le spectacle des jolis petits affluents qui ruisselaient paisiblement parmi les arbres magiques et la verdure de l'Illinois, en plein milieu de l'Amérique. Cela commençait à ressembler aux douces lignes molles des paysages de l'Est ; l'Ouest grandiose et sec était consommé et révolu. L'État d'Illinois se déploya sous mes yeux en un vaste mouvement qui ne dura que quelques heures tandis que Dean le traversait toujours à la même vitesse. Dans sa fatigue, il prenait de plus gros risques que jamais. Sur un pont étroit qui franchissait une de ces jolies petites rivières, il se précipita tête baissée dans une situation presque inextricable. Deux escargots de voitures passaient le pont devant nous, toutes cahotantes ; venait en face un énorme camion-remorque dont le chauffeur calculait exactement le temps qu'il faudrait aux deux escargots pour venir à bout du pont, et son estimation fut que, le temps qu'il rapplique, ce serait chose faite. Il n'y avait absolument aucune place, le camion étant sur le pont, pour tout autre véhicule arrivant en sens inverse. Derrière le camion, des bagnoles déboîtaient pour voir en douce s'il y avait une occasion de le passer. Devant les escargots, d'autres escargots allaient cahin-caha. La route grouillait et tout le monde brûlait de doubler. Dean fonça dans le tas à cent dix miles à l'heure et n'hésita pas une seconde. Il doubla les escargots, fit une embardée et frôla le parapet gauche du pont, se précipita dans l'ombre du camion qui ne ralentissait pas, se rabattit à droite de justesse, manqua de justesse la roue avant gauche du camion, faillit emboutir le premier escargot, déboîta pour doubler et comme une autre voiture surgissait de derrière le camion pour voir si la route était libre, dut se remettre en file, le tout en l'espace de deux secondes, filant comme l'éclair et ne laissant rien de plus qu'un nuage de poussière, alors que cela aurait pu être un horrible carambolage avec les voitures valsant dans toutes les directions et l'énorme camion faisant le gros dos dans la pourpre fatale de cet après-midi aux campagnes rêveuses. Je ne pouvais pas non plus écarter de mon esprit le souvenir de ce fameux clarinettiste de bop qui venait de mourir en Illinois dans un accident d'auto, probablement un jour comme celui-là. Je repartis sur le siège arrière.

Les collégiens aussi restaient derrière maintenant. Dean bandait tout son être pour faire Chicago avant la nuit. Près d'un embranchement rail-route, on ramassa deux clochards qui se cotisèrent entre eux d'un demi-dollar pour l'essence. Un moment auparavant, ils étaient installés sur des piles de traverses à nettoyer le fond d'un litre de rouge et ils se retrouvaient maintenant dans une Cadillac limousine crottée mais invaincue et splendide qui faisait Chicago au triple galop. De fait, le vieux type qui était assis devant à côté de Dean ne quitta pas la route des yeux et dit ses pauvres prières de clochard, je vous le garantis. « Ah bah, on aura pas cru qu'on ira à Chicaga si vite. » En traversant les villes de l'Illinois assoupi où les gens repèrent si bien les gangs de Chicago qui, tous les jours, circulent ainsi en limousine, on offrait un étrange spectacle : aucun de nous n'était rasé, un chauffeur torse nu, deux clochards, moi-même sur le siège arrière, le bras à la courroie de la portière et la tête abandonnée sur le coussin à contempler le paysage d'un œil impérial, tout à fait le style d'un nouveau gang de Californie qui venait disputer son butin à Chicago, une bande de desperados évadés des prisons de l'Utah lunaire. Quand on s'arrêta pour prendre du coca-cola et de l'essence à la station d'un petit bled, les gens sortirent pour nous observer mais ne dirent pas un mot et je pense qu'ils récapitulèrent mentalement nos signalements et nos gabarits pour le cas où l'on en aurait besoin plus tard. Pour négocier avec la fille qui tenait la pompe à essence, Dean se contenta de nouer son maillot autour du cou et fut sec et cassant comme d'habitude et remonta dans l'auto et l'on repartit. Peu de temps après, la lueur rouge tourna au pourpre, la dernière des rivières enchantées jeta ses feux au passage, et on vit au loin les fumées de Chicago, au bout de la route. On avait fait, de Denver à Chicago en passant par le ranch d'Ed Wall, 1 180 miles, en dix-sept heures exactement, décomptant deux heures dans le fossé et trois au ranch et deux avec la police à Newton, dans l'Iowa, soit une moyenne approximative de soixante-dix miles à l'heure, avec un seul chauffeur. Ce qui est une sorte de record loufoque.

Chicago la géante rougeoya devant nos yeux. On fut tout à coup à Madison Street parmi des hordes de clochards, certains vautrés dans la rue avec les pieds sur le bord du trottoir, d'autres par centaines grouillant aux entrées des bars et dans les ruelles. « Ouep ! Ouep ! Reluque pour voir si le vieux Dean Moriarty n'est pas dans le coin, il est peut-être à Chicago par hasard cette année. » On débarqua les clochards dans cette rue et l'on continua vers le centre de Chicago. Des tramways couinants, des vendeurs de journaux, des filles qui déambulaient, l'odeur de friture et de bière dans l'air, du néon clignotant... « On est dans la ville géante, Sal ! Hou ! » La première chose à faire était de parquer la Cadillac dans un coin bien sombre et de se laver et de se fringuer pour la nuit. Dans la rue de l'YMCA, on trouva un passage entre des immeubles de brique rouge où on planqua la Cadillac avec le mufle pointé sur la rue et prête à foncer, puis on suivit les collégiens jusqu'à l'YMCA où ils prirent une chambre qu'ils laissèrent à notre disposition pendant une heure. Dean et moi, on se rasa et on se doucha, je perdis mon portefeuille dans le hall, Dean le trouva et fut sur le point de le cacher sous sa chemise lorsqu'il se rendit compte que c'était le nôtre et fut bien déçu. Puis on dit adieu à ces gars, qui étaient heureux d'avoir fait le trajet en une traite et on partit manger dans une *cafeteria*. Dans le vieux Chicago bronzé avec de drôles de types mâtinés Est et Ouest, qui partaient au travail et crachaient par terre. Dean se planta dans la *cafeteria*, se frottant le ventre et observant tout. Il eut envie de parler à une étrange négresse entre deux âges qui était entrée dans la *cafeteria* en racontant qu'elle n'avait pas de fric mais qu'elle avait des petits pains et voulait qu'on lui donne du beurre. Elle entra en se trémoussant des hanches, se fit virer, et sortit en se dandinant du cul. « Hou ! dit Dean. Suivons-la dans la rue, emmenons-la dans c'te vieille Cadillac au fond du passage. On va se l'envoyer. » Mais on oublia ça et on fila droit sur North Clark Street, après avoir fait un tour au Loop, pour voir les boîtes de strip-tease et entendre du bop. Et quelle nuit ce fut. « Oh, mon pote, me dit Dean comme nous étions plantés devant un bar, savoure la rue de la vie, les Chinetoques qui se trimbalent à Chicago. Quelle vie surnaturelle... haou, et cette femme à la fenêtre là-haut, avec ses gros nichons qui sortent de sa chemise de nuit, ses gros yeux écarquillés. Hi ! Sal, il faut y aller et ne pas s'arrêter avant d'y être.

— Et où ça, mon pote ?

— Je ne sais pas, mais faut y aller. » Puis arriva une bande de jeunes musiciens bop qui déchargèrent les instruments de leurs bagnoles. Ils allèrent s'entasser dans un bar et on les suivit. Ils se perchèrent et commencèrent à souffler. On y était ! Le chef était un ténor fluet, languissant, bouclé, aux lèvres pincées, étroit d'épaules, drapé dans une chemise sport flottante, le sang froid dans la nuit chaude, le regard d'un sybarite, qui ramassa son saxo et l'emboucha d'un air renfrogné et souffla dans un style sûr et complexe, frappant du pied avec coquetterie pour se faire venir des idées et baissant la tête pour en esquiver d'autres, et qui disait : « Souffle », très paisiblement quand les autres gars commençaient des solos. Puis il y avait Prez, un costaud, un blond élégant, l'air d'un boxeur à taches de rousseur, méticuleusement entortillé dans son costume en karskine écossais avec veste tombante et col rabattu et cravate dénouée par souci d'élégance stricte mais désinvolte, qui transpirait et remontait le cordon du saxo et se trémoussait, avec un timbre tout à fait comparable à celui de Lester Young lui-même. « Tu vois, mon pote, Prez a les angoisses techniques d'un musicien commercial, il est le seul qui soit bien fringué, regarde-le s'emmerder quand il souffle les basses, mais le chef, ce mec frais comme une rose, lui dit de ne pas se biler et de souffler simplement et de souffler... le son pur et l'exubérance lucide de la musique, cela seul compte pour lui. C'est un artiste. Il est en train de former Prez le jeune boxeur. Pour les autres, ils savent ! » Le troisième saxo était un alto, un jeune collégien de dix-huit ans, flegmatique, contemplatif, l'air de Charlie Parker en nègre, avec une bouche largement fendue, plus grand que les autres, un gars grave. Il leva son saxo et souffla dedans paisiblement et pensivement et en sortit des phrases dans le style de l'Oiseau * et d'une logique architecturale à la Miles Davis. C'étaient les enfants des grands créateurs du bop.

Il y avait eu jadis Louis Armstrong qui, dans les

---

* *The Bird*, surnom de Charlie Parker.

limons de la Nouvelle-Orléans, soufflait de toute la force de ses poumons magnifiques ; avant lui, les musiciens fous qui faisaient la parade aux fêtes légales et qui décomposèrent en ragtime leurs marches de Sousa[41]. Puis ce fut le swing et Roy Eldridge, vigoureux et viril, qui tira du saxo tout ce qu'il pouvait donner en modulations puissantes, et logiques et subtiles, penché sur la besogne avec ses yeux étincelants et son beau sourire et semant à tous vents pour mettre en transes le monde du jazz. Puis vint Charlie Parker, le gosse que sa mère enfermait dans la resserre à bois, à Kansas City, soufflant dans son alto rafistolé au milieu des billes de bois, s'exerçant les jours de pluie, se débinant pour aller étudier le vieil orchestre swing de Basie et Benny Moten, qui comprenait Hot Lips Page et toute la bande ; Charlie Parker quittant sa famille pour venir à Harlem et rencontrant ce dingo de Thelonius Monk et Gillespie plus dingo encore ; Charlie Parker à l'époque héroïque où il était cinglé et marchait tout en rond pendant qu'il jouait. Un peu plus jeune que Lester Young, de Kansas City également, cette épave lugubre et sainte, en qui se résume toute l'histoire du jazz ; aussi bien, lorsqu'il tenait son cuivre bien haut et horizontal, soufflait-il de la plus noble façon ; et, quand ses cheveux s'allongèrent et qu'il devint plus paresseux et qu'il fut complètement drogué, son cuivre descendit de quarante-cinq degrés, jusqu'au moment où finalement il dégringola jusqu'en bas et, aujourd'hui, comme il porte des souliers à fortes semelles qui l'empêchent de sentir le trottoir de la vie, son cuivre pend mollement sur sa poitrine et il souffle des phrases distinguées et faciles à déballer. Puis venaient les enfants de la nuit bop d'Amérique.

Fleurs plus étranges encore — car tandis que l'alto

nègre plein de dignité méditait par-dessus la tête de tout le monde, le grand gosse fluet et blond de Curtis Street, de Denver, en jeans et ceinture à clous, suçait son anche en attendant que les autres aient fini ; et alors il attaqua et il fallait s'orienter pour découvrir d'où venait le solo, car il venait d'un sourire angélique posé sur l'anche et c'était un solo d'alto doux, tendre, de conte de fées. Solitaire comme l'Amérique, un son de crève-gorge dans la nuit.

Et les autres et tout le bataclan ? Il y avait le contrebassiste, un rouquin au poil raide et aux yeux furieux, qui se cognait les hanches sur l'instrument à chaque fois qu'il le fourrageait, avec sa mâchoire qui pendait aux occasions suprêmes comme s'il tombait en transes. « Mon pote, voilà un mec qui doit savoir faire se cabrer sa fille ! » Le batteur morose, comme notre tapette blanche de Folsom Street à Frisco, était complètement béat, les yeux dans le vide, mâchant du chewing-gum, écarquillé, ondulant du cou avec la jouissance extatique d'un maniaque de Reich *. Le pianiste, un grand gosse d'Italien, costaud comme un chauffeur de poids lourd, avec des mains charnues, une joie vigoureuse et réfléchie. Ils jouèrent pendant une heure. Personne ne les écoutait. De vieux clochards de North Clark s'affalaient au bar, des putains en colère hurlaient. Des Chinois énigmatiques passaient. On entendait des interférences de hootchy-kootchy[42]. Ils continuaient de plus belle. Dehors, sur le trottoir, il y eut une apparition, un gosse de seize ans barbichu, avec une boîte à trombone. D'une maigreur rachitique, le visage

* Le loufoque inventeur de l'accumulateur à « orgones » qui sont les atomes du principe vital en vibration dans l'atmosphère. Les gens attrapent le cancer parce qu'ils sont carencés du point de vue orgonal.

fou, il voulait se joindre à la bande et souffler avec eux. Ils le connaissaient et ne voulaient pas s'embarrasser de lui. Il se glissa dans le bar et subrepticement sortit son trombone et le porta à ses lèvres. Pas d'embauche. Personne ne le regardait. Ils terminèrent, emballèrent tout, et se taillèrent dans un autre bar. Il voulait du jump, le gosse squelettique de Chicago. D'une claque, il ajusta ses lunettes noires, porta le trombone à ses lèvres, tout seul au bar, et envoya un « Baouf ! » Puis il se précipita à leurs trousses. Ils ne voulaient pas le laisser jouer avec eux. C'était tout à fait comme le jour où j'avais vu l'équipe de base-ball des terrains vagues, derrière le bac à essence. « Tous ces types habitent avec leur grand-mère, exactement comme Tom Snark et notre Carlo Marx alto-saxo », dit Dean. On courut derrière toute la bande. Ils entrèrent chez Anita O'Day et là se mirent à déballer et jouèrent jusqu'à neuf heures du matin. Dean et moi, on était là devant des bières.

Pendant les pauses, on fonçait à la Cadillac et on sillonnait Chicago pour raccrocher des filles. Elles avaient peur de notre grosse voiture balafrée et prophétique. Dans sa folie frénétique, Dean recula en plein dans une bouche d'incendie et ricana comme un maniaque. À neuf heures, l'auto était une véritable épave ; les freins ne marchaient plus ; les pare-chocs étaient défoncés ; les bielles cognaient. Dean ne pouvait plus l'arrêter aux feux rouges, elle trépignait convulsivement sur la chaussée. C'était le prix de la nuit. C'était une botte boueuse et non plus un bateau étincelant. « Hi ! » Les gars soufflaient toujours chez Neets.

Soudain Dean regarda fixement un coin obscur, derrière l'estrade de l'orchestre et dit : « Sal, Dieu est arrivé. »

J'ouvris l'œil. *Georges Shearing.* Et, comme toujours, il appuyait sa tête aveugle sur sa main pâle, les oreilles grandes ouvertes comme des oreilles d'éléphant, attentif à ces bruits américains et s'en imprégnant pour son propre usage très nuit d'été britannique. Puis ils le pressèrent de monter et de jouer. Il s'exécuta. Il modula d'innombrables chorus sur des accords étonnants qu'il juchait de plus en plus haut si bien que la sueur se mit à éclabousser tout le piano et tout le monde à écouter saisi d'effroi et d'horreur sacrée. Ils le conduisirent au bas de l'estrade au bout d'une heure. Il retourna dans son coin noir, le vieux Dieu Shearing, et les gars dirent : « On n'a plus rien à ajouter après ça. »

Mais le chef fluet fronça les sourcils. « N'importe comment, on souffle. »

Quelque chose pourtant allait sortir de ça. Il y a toujours un palier à franchir, un au-delà imperceptible, cela ne finit jamais. Ils partirent à la recherche de phrases nouvelles après les explorations de Shearing ; ils se donnèrent du mal. Ils se tordaient et se contorsionnaient et ils soufflaient. De temps à autre, un cri d'une harmonie limpide inspirait l'espoir neuf d'une mélodie qui serait un jour la suprême mélodie au monde et ravirait de joie les âmes des hommes. Ils le trouvaient, ils le perdaient, ils se colletaient avec, ils le trouvaient de nouveau, ils riaient, ils gémissaient... et Dean suait à la table et leur disait d'y aller, d'y aller, d'y aller. À neuf heures du matin, tous, musiciens, filles en pantalons, barmen, et le petit trombone solitaire, squelettique et malheureux, sortirent en titubant du club dans le grand rugissement du plein jour de Chicago afin de dormir jusqu'à la prochaine nuit de furie et de bop.

Dean et moi, nous frissonnâmes dans nos guenilles. Il était temps maintenant de ramener la Cadillac au propriétaire qui habitait en dehors de la ville, sur la Lake Shore Drive, dans un logement luxueux avec un énorme garage souterrain, tenu par des nègres barbouillés d'huile. On y alla et on vira la guimbarde boueuse dans son boxe. Le mécanicien ne reconnut pas la Cadillac. On lui allongea les papiers. Il se gratta la tête devant le spectacle. Il valait mieux se tailler en vitesse. Ce qu'on fit. On revint en bus dans le centre de Chicago et c'était dans le sac. Et on n'entendit jamais parler de notre magnat de Chicago en dépit de l'état où l'on avait mis sa voiture et du fait qu'il avait nos adresses et pouvait porter plainte.

# XI

Il était temps de nous remettre en route. On prit
un car pour Detroit. On n'était plus bien riches
maintenant. On trimballa notre lamentable attirail à
travers la station. Maintenant le pansement de Dean
était presque aussi noir que du charbon et tout
déroulé. N'importe qui aurait eu l'air aussi misérable
que nous, après tout ce que nous avions fait. Épuisé,
Dean s'écroula de sommeil dans le car qui ronron-
nait à travers l'État de Michigan. J'engageai la
conversation avec une splendide paysanne en chemisier de coton décolleté qui laissait voir des seins
magnifiquement hâlés par le soleil. Elle était maussade. Elle parlait des veillées à la campagne pendant
lesquelles on grille le maïs sous la véranda. En
d'autres occasions cela m'aurait réjoui le cœur mais,
puisque son cœur n'était pas réjoui quand elle parlait de ça, je compris qu'il s'agissait seulement pour
elle de quelque chose que l'on doit faire. « Et
qu'est-ce que vous faites d'autre pour vous amuser ? » J'essayai de mettre sur le tapis le flirt et la
question sexe. Ses grands yeux sombres me contem-
plèrent du fond d'un néant où flottait une sorte de
chagrin qui remontait aux générations et aux géné-

rations qui n'ont pas accompli ce qui demandait avec force de l'être, quoi que ce fût, et chacun sait de quoi je parle. « Qu'attendez-vous de la vie ? » Je voulais l'empoigner et lui extorquer ça. Elle n'avait pas la moindre idée de ce qu'elle attendait. Elle marmottait des histoires de boulots, de cinéma, de séjour chez sa grand-mère en été, souhaitait se rendre à New York et aller au Roxy, parlait de la robe qu'elle porterait alors, un peu comme celle qu'elle avait aux dernières Pâques, en blanc béguin, avec des roses, des escarpins roses et une veste de gabardine lavande. « Qu'est-ce que vous faites les dimanches après-midi ? » demandai-je. Elle restait assise sous la véranda. Les garçons passaient à bicyclette et s'arrêtaient pour causer. Elle lisait les journaux humoristiques, elle se reposait sur le hamac. « Qu'est-ce que vous faites par une chaude nuit d'été ? » Elle restait assise sous la véranda, elle regardait passer les autos sur la route. Elle et sa mère grillaient le maïs. « Qu'est-ce que fait votre père par une nuit d'été ? » Il travaille, il est de l'équipe de nuit à la chaudronnerie, il a passé toute sa vie à entretenir une femme et ce qui en est sorti, sans conviction ni adoration. « Qu'est-ce que fait votre frère par une nuit d'été ? » Il fait un tour dans le coin à bicyclette, il glande devant la fontaine-soda. « Que brûle-t-il de faire ? Nous tous, que brûlons-nous de faire ? Que voulons-nous ? » Elle ne savait pas. Elle bâilla. Elle avait sommeil. C'était trop lui demander. Personne ne pouvait le dire. Personne ne le dirait jamais. Un point c'est tout. Elle était âgée de dix-huit ans et très charmante, mais foutue.

Et Dean et moi, lamentables et crasseux comme si nous avions vécu de criquets, descendîmes tout chancelants du car à Detroit. On décida de passer la nuit dans les cinémas permanents de Skid Row. Il faisait trop froid dans les jardins publics. Hassel avait écumé Skid Row à Detroit ; de son œil sombre il avait savouré toutes les salles de jeux et tous les cinémas de nuit et tous les bars hurlants, et cela bien souvent. Son spectre nous hantait. On ne le retrouverait jamais plus à Times Square. On se dit que peut-être, par hasard, le vieux Dean Moriarty était là aussi, mais il n'y était pas. Pour trente-cinq cents chacun, on entra dans un vieux cinéma sinistre et on s'assit au balcon jusqu'au matin où on nous vira en bas. Les gens qui étaient dans ce cinéma de nuit étaient au bout du rouleau. Des nègres en détresse qui rappliquaient de l'Alabama sur un on-dit pour travailler dans les usines d'automobiles ; de vieilles cloches blanches ; de jeunes épaves à longs cheveux qui étaient arrivées au bout de la route et se mettaient au vin ; des putains, des couples normaux et des ménagères qui n'avaient rien à faire, nulle part où aller, personne à qui se raccrocher. Si on avait passé tout Denver au panier à salade, on n'aurait pas récolté une quintessence de lie plus consistante et plus sinistre que dans ce cinéma. Au double programme il y avait un film de Eddie Dean le Cow-Boy Chantant avec Bloop son valeureux cheval blanc, en numéro un ; en numéro deux, George Raft, Sidney Greenstreet et Peter Lorre dans un film sur Istanbul[43]. On vit ces deux trucs six fois de suite durant la nuit. On les vit veiller, on les entendit dormir, on pressentit leurs rêves, on était complètement imprégnés de l'étrange Mythe Mélancolique de l'Ouest et du sombre et surnaturel Mythe de l'Est quand le matin arriva, et jusqu'à ce moment toutes mes réactions avaient été dictées automatiquement à mon subconscient par l'expérience de cette horrible osmose. J'entendis le gros Greenstreet ricaner une centaine de fois ; j'entendis Peter Lorre proférer son sinistre « Allons-y ! » ; je partageai les paniques paranoïaques de George Raft ; je chevauchai et chantai avec Eddie Dean et descendis des pirates de troupeaux à d'innombrables reprises... Les gens sifflaient des bouteilles et vadrouillaient et cherchaient partout dans la salle obscure quelque chose à faire, quelqu'un à qui parler. En son for intérieur, chacun avait le sentiment d'une coupable quiétude, nul ne disait mot. À l'aube grise, qui vint par bouffées fantomatiques des fenêtres de la salle et se coula au ras du toit, j'étais assoupi, la tête sur le bras en bois d'un fauteuil, tandis que convergeaient vers moi six employés du cinéma, poussant leur bilan nocturne de balayures d'immondices, énorme tas de poussière qui me montait sous le nez pendant que je ronflais la tête en bas, jusqu'au moment où ils faillirent me balayer moi aussi. Ceci me fut rapporté par Dean qui observait, une dizaine de fauteuils derrière moi. Tous les mégots de cigarettes, les bouteilles, les carnets d'allumettes, des ordures de toutes sortes, ils les jetaient d'un coup de balai sur ce tas. M'auraient-ils enfoui là-dedans que Dean ne m'aurait plus jamais revu. Il lui aurait fallu battre tout le territoire des États-Unis et fouiller tous les seaux d'ordures d'une côte à l'autre avant de me trouver tel un foetus blotti parmi les détritus de ma vie, de sa vie et de la vie de chacun, qu'il fût dans le coup ou pas. Qu'aurais-je pu lui dire du fond de ma matrice ordurière ? « T'en fais pas pour moi, mon pote, je suis heureux là où je suis. Tu m'as égaré une nuit à Detroit au mois d'août 1949. Qu'est-ce qui te permet de venir troubler ma rêverie dans tout ce dégueulis ? » En 1942, je fus la vedette d'un des drames les plus ignobles de tous les temps. J'étais marin et j'allai à l'Impérial Café de Scollay Square à Boston pour boire ; je bus soixante verres de bière et me retirai aux waters où je m'enroulai autour de la cuvette et sombrai dans le sommeil. Durant la nuit, au moins une centaine de marins et de civils de tous poils entrèrent et lâchèrent sur moi un trop plein bien senti, si bien que j'en étais gluant et méconnaissable. Qu'est-ce que ça peut faire après tout ? L'anonymat dans le monde des hommes vaut mieux que la renommée dans le ciel, car le ciel, qu'est-ce que c'est ? Qu'est-ce que la terre ? Question d'idée.

Tout bredouillants et chancelants, Dean et moi, nous sortîmes à l'aube de ce trou d'horreur et partîmes en quête d'une auto au bureau de tourisme. Après avoir passé une bonne partie de la matinée dans des bars nègres, chassant les filles et écoutant des disques de jazz aux juke-boxes, on se tapa cinq pénibles miles dans les autobus locaux avec tout notre attirail loufoque et on arriva chez un type qui était prêt à nous charger à raison de quatre dollars par personne jusqu'à New York. C'était un blond entre deux âges avec des lunettes, une femme et un gosse et une maison agréable. On attendit dans la cour tandis qu'il s'apprêtait. Sa charmante femme, vêtue d'une cotonnade d'intérieur, nous offrit du café mais nous étions trop absorbés par notre conversation. À ce moment, Dean était tellement épuisé et hors de lui que tout ce qu'il voyait faisait ses délices. Il accédait à un autre stade de pieuse frénésie. Il transpirait et transpirait. Quand on fut dans la Chrysler neuve, en route pour New York, le pauvre homme comprit qu'il avait traité avec deux dingos mais il en prit son parti et, de fait, dès qu'on eut passé le Briggs Stadium il s'était accoutumé à nous et nous parlait de la prochaine saison des Tigres de Detroit *.

Par une nuit brumeuse, on traversa Toledo et ensuite le vieil Ohio. Je commençais à avoir l'impression de traverser et de retraverser les villes d'Amérique comme un commis voyageur, voyages de misère, avec une sale marchandise, des fayots pourris au fond de mon sac à malices, et pas d'amateurs. Le gars en eut assez en approchant de la Pennsylvanie et Dean prit le volant et conduisit pendant tout le reste du chemin jusqu'à New York et on commença à entendre à la radio l'émission de Symphony Sid avec le bop le plus récent, et voilà que nous faisions notre entrée dans la grandiose cité terminus de l'Amérique. On y fut au petit matin. À Times Square des ouvriers défonçaient le macadam, car New York ne se repose jamais. On regarda machinalement si on ne voyait pas Hassel au passage.

Une heure après, Dean et moi, nous arrivions au nouvel appartement de ma tante à Long Island et elle était très occupée à discuter avec des peintres, qui étaient des amis de la famille, du prix de leur travail, lorsque, trébuchant dans les escaliers, nous arrivâmes de San Francisco. « Sal, dit ma tante, Dean peut rester ici quelques jours et, après ça, il faudra qu'il s'en aille, compris ? » La randonnée était terminée. Dean et moi, on alla faire une promenade cette nuit-là au milieu des réservoirs à essence et des ponts de chemin de fer et des phares à brume de Long Island. Je me souviens de lui, planté sous un réverbère.

« Juste comme nous passions près de l'autre réver-

---

* Club de base-ball.

bère, il y avait une chose que je me proposais de t'expliquer plus avant, Sal, mais pour le moment et en manière de parenthèse, je m'attache à une nouvelle pensée et, le temps que nous arrivions au réverbère suivant, je reviendrai à la question primitive ; d'accord ? » J'étais d'accord, bien sûr. On avait tellement l'habitude de voyager qu'il nous fallut traverser tout Long Island. Mais au bout, il n'y avait plus de terre, rien que l'océan Atlantique, et c'est ce qui nous arrêta. Nos mains s'étreignirent et on se promit d'être amis à jamais.

Moins de cinq nuits plus tard, on alla dans une réunion à New York et je vis une fille appelée Inez et lui dis que j'avais ami qu'il fallait qu'elle rencontre un de ces jours. J'étais saoul et lui dis qu'il était cow-boy. « Oh, j'ai toujours voulu rencontrer un cow-boy. »

« Dean ? » Je gueulai à travers toute la réunion (où se trouvaient Angel Luz Garcia, le poète ; Walter Evans ; Victor Villanueva le poète vénézuélien ; Jinny Jones, un ancien amour à moi ; Carlo Marx ; Gene Dexter ; et d'autres en foule) : « Viens par ici, mon pote ! » Dean rappliqua modestement. Une heure plus tard, dans l'ivresse et les chichis de la réunion (« C'est en honneur de la fin des vacances, bien sûr »), il était à genoux sur le plancher avec le menton sur son ventre et lui disait et lui promettait tout et transpirait. C'était une brune opulente, excitante, « un Degas tout craché », comme disait Garcia, avec, dans une perspective plus générale, l'allure d'une jolie femme de Paris. En l'espace de quelques jours, ils marchandèrent avec Camille, par coups de téléphone transcontinentaux à San Francisco, les papiers nécessaires au divorce, de façon à pouvoir se marier. Ajoutons que quelques mois plus tard,

Camille donnait le jour au second bébé de Dean, par suite de leurs quelques rapports nocturnes du début de l'année. Quelques mois encore et Inez eut un bébé. Si l'on compte un enfant illégitime quelque part dans l'Ouest, Dean avait alors quatre rejetons et pas un sou et il était tout aussi agité et extatique et véloce que jamais. Les choses étant ainsi, on n'alla pas en Italie.

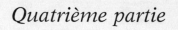

*Quatrième partie*

# I

Je tirai quelque argent de la vente de mon livre. Je libérai ma tante du souci de son loyer pour le reste de l'année. Chaque fois que le printemps vient sur New York, je ne puis résister aux appels de la terre qui viennent du New Jersey avec les brises du fleuve et il faut que je parte. Je partis donc. Pour la première fois de notre vie, je dis au revoir à Dean à New York et le laissai là. Il travaillait dans un parking au coin de la Quarantième Rue et de Madison Avenue. Comme aux plus beaux jours il se démenait dans le coin avec ses godasses en loques et son maillot et son froc qui lui tombait du ventre, canalisant à lui tout seul, à l'heure du déjeuner, d'immenses flots de voitures.

Quand d'ordinaire j'allais le voir, à la tombée de la nuit, il n'y avait rien à faire. Il était dans la baraque à compter les tickets et à se frotter le ventre. La radio donnait sans relâche. « Mon pote, as-tu savouré ce dingo de Marty Glickman dans ses reportages de basket-ball... jusqu'au milieu du terrain — rebondit — feinte — lancer à l'arrêt — marqué — deux points... Sans contestation, le reporter le plus grandiose que j'aie jamais entendu. » Il en était réduit à de simples plaisirs de ce genre. Il vivait avec Inez dans un meublé minable du côté de la Quatre-vingtième Rue, dans les quartiers de l'Est. Quand il rentrait la nuit à la maison, il enlevait toutes ses fringues et enfilait un caraco chinois tout en soie qui lui tombait sur les fesses et s'asseyait dans son fauteuil pour fumer un narguilé bourré de *thé*. Tels étaient ses plaisirs de retour au logis, sans oublier un jeu de cartes pornographiques. « Ces derniers temps, je me suis concentré sur ce deux de carreau. As-tu remarqué où est l'autre main de la femme ? Je parie que tu ne pourras pas le dire. Prends ton temps et essaye de voir. » Il tint à me passer le deux de carreau qui représentait un grand type funèbre avec une putain lascive et sinistre en train d'essayer sur un lit une position. « Tu peux y aller, mon pote, j'ai pratiqué ça plus d'une fois ! » Inez préparait le repas dans la cuisine et passait la tête en grimaçant un sourire. Tout allait bien avec elle. « Tu la vois ? Tu la vois, mon pote ? Voilà Inez. Tu vises, rien que ça, passer sa tête par la porte et sourire. Oh, j'ai discuté avec elle et nous avons tout réglé de la plus magnifique façon. On va aller s'installer dans une ferme de Pennsylvanie cet été, avec un break pour mes virées à New York, une belle et grande maison, et on aura toute une tapée de gosses dans les quelques années qui viennent. Hem ! Hourrah ! Morbleu ! » Il bondit du fauteuil et mit un disque de Willie Jackson, « Gator Tail ». Il était planté devant, claquant des mains et se balançant et ployant les genoux en cadence. « Hou ! Cet enfant de putain ! La première fois que je l'ai entendu, j'ai cru qu'il allait claquer la nuit d'après, mais il est toujours en vie. »

C'était exactement ainsi qu'il en avait usé avec Camille à Frisco de l'autre côté du continent. La même valise cabossée dépassait par-dessous le lit, prête au galop. Inez appelait Camille au téléphone à tout bout de champ et avait de longues conversations avec elle ; elles parlaient même de sa queue ou, du moins, Dean le prétendait-il. Elles échangeaient des lettres au sujet des excentricités de Dean. Naturellement il fallait qu'il envoie à Camille une partie de sa paye tous les mois pour l'aider, sinon il aurait échoué pour six mois dans une maison de correction. Pour compenser les pertes, il manigançait des combines au parking, orfèvre pour ce qui était de rendre la monnaie. Je le vis souhaiter le joyeux Noël à un type à pèze d'une façon si volubile que, tout en rendant la monnaie, il réussit à substituer un billet de cinq dollars à un billet de vingt. On alla dépenser ça au Birdland, le cabaret bop. Lester Young était sur l'estrade, l'éternité posée sur ses immenses paupières.

Une nuit, on eut une conversation au coin de la Quarante-septième Rue et de Madison à trois heures du matin. « Ah, Sal, bon Dieu, je voudrais que tu ne partes pas, vraiment je voudrais, ça sera la première fois que je serai à New York sans mon vieux copain. » Et il dit : « À New York, je suis en exil, c'est Frisco mon port d'attache. Tout le temps que je suis resté ici, je n'ai pas eu d'autre fille qu'Inez, y a vraiment qu'à New York que ça peut m'arriver ! Bon Dieu ! Pourtant la simple idée de traverser de nouveau cet horrible continent... Sal, on n'a pas discuté à fond depuis longtemps. » À New York, on cavalait toujours frénétiquement de beuveries en beuveries avec des foules d'amis. Ce n'était pas bien du goût de Dean, semblait-il. Il était davantage dans sa manière de courber l'échine sous un nuage de bruine glacée dans la nuit vide de Madison Avenue. « Inez m'aime ;

elle me l'a dit et elle m'a garanti que je peux faire ce que je veux et qu'il y aura le minimum d'ennuis. Tu vois, mon pote, on vieillit et les ennuis s'accumulent. Un jour, toi et moi, on sera en train de déambuler dans une ruelle, tous les deux, au coucher du soleil, et de fouiller les poubelles.

— Tu veux dire qu'on finira comme de vieux clochards ?

— Pourquoi pas, mon pote ? Naturellement, on y arrivera si on en a le désir, avec tout ce que ça comporte. Il n'y a rien de mal à finir de cette façon. Tu passes toute une vie sans t'occuper de ce que veulent les autres, y compris les politiciens et les richards, et personne ne se soucie de toi et tu te défiles et tu frayes ta propre route. » J'approuvai. Il en venait à la résolution taoïste par la voie la plus simple et la plus directe. « Quelle est ta route, mon pote ? C'est la route du saint, la route du fou, la route d'arc-en-ciel, la route idiote, n'importe quelle route. C'est une route de n'importe où pour n'importe qui n'importe comment. Où qui comment ? » Nous hochâmes la tête sous la pluie. « Merrrde, et il faut faire gaffe à sa pomme. Ce n'est pas un homme celui qui ne galope pas, écoute ce que dit le docteur. Je vais te dire, Sal, carrément, peu importe où j'habite, ma valoche dépasse toujours par-dessous le lit, je suis prêt à partir ou à me faire virer. J'ai décidé de laisser tout me filer entre les doigts. Tu m'as vu, toi, m'évertuer et me crever le cul pour réussir et tu sais, toi, que c'est sans importance et que nous avons le sens du temps, la façon de le ralentir et d'arpenter et de savourer et de se contenter des voluptés du nègre antique, et que sont les autres voluptés ? Nous autres, nous savons. » On soupirait sous la pluie. Elle tombait d'un bout à l'autre de la vallée de l'Hudson, cette nuit-là. Les grands quais internationaux le long du fleuve vaste comme la mer en étaient inondés, les vieux pontons des vapeurs de Poughkeepsie en étaient inondés, le vieux Lac des sources de Split Rock en était inondé, le mont Vanderwacker en était inondé.

— C'est ainsi, dit Dean, que je déambule dans l'existence, je la laisse me promener. Tu sais, j'ai écrit récemment à mon vieux à la prison de Seattle... J'ai reçu l'autre jour la première lettre de lui depuis des années.

— Ah bon ?

— Ouais, ouais. Il dit qu'il veut voir le « bébbé », écrit avec deux b, quand il pourra aller à Frisco. J'ai trouvé un meublé à treize dollars par mois du côté de la Quarantième Rue, dans le quartier Est ; si je peux lui envoyer l'argent, il viendra habiter New York, s'il rapplique. Je ne t'ai jamais beaucoup parlé de ma sœur mais, tu sais, j'ai une délicieuse petite môme de sœur ; j'aimerais la faire venir et qu'elle habite aussi près de moi.

— Où est-elle ?

— Eh bien, c'est le hic, je ne sais pas... Il va essayer de la trouver, le vieux, mais tu sais bien ce qu'il va faire en réalité.

— Alors, il est allé à Seattle ?

— Et directement dans l'ignoble prison.

— Où était-il ?

— Au Texas, au Texas... et tu vois, mon pote, mon âme, l'état des choses, ma situation... tu remarques que je deviens plus calme.

— Oui, c'est vrai.

Dean s'était calmé à New York. Il avait envie d'avoir une discussion. On gelait à crever sous la pluie glacée. On prit rendez-vous pour se rencontrer chez ma tante avant que je parte.

Il vint le dimanche suivant dans l'après-midi. J'avais un poste de télévision. On brancha un match de base-ball à la TV, un autre à la radio, et on n'arrêtait pas d'en manipuler un troisième et de suivre à la piste tout ce qui se passait à tout moment. « N'oublie pas, Sal, que Hodges est en seconde position à Brooklyn, aussi, tandis que le lanceur de relève vient prendre son tour pour les Phillies, on va se brancher sur Giants contre Boston et, simultanément, remarque là-bas que DiMaggio a un score de trois balles et le lanceur chipote le sac de résine *, de sorte que nous allons regarder en vitesse ce qui est arrivé à Bobby Thomson quand nous l'avons laissé voici trente secondes avec un homme en troisième position. Oui ! »

Plus tard dans l'après-midi, on sortit jouer au base-ball avec les gosses dans le champ fuligineux qui longe le triage de Long Island. On joua aussi au basket-ball d'une façon si frénétique que les jeunes gars dirent : « Allez-y mollo, faut pas vous tuer. » Ils bondissaient en souplesse tout autour de nous et nous battaient facilement. Dean et moi étions en sueur. À un moment donné, Dean tomba la tête la première sur le terrain en ciment. On haletait et on soufflait pour prendre le ballon aux gars ; ils nous feintaient et l'envoyaient dinguer d'une pichenette. D'autres rappliquaient au galop et envoyaient la balle en douceur par-dessus nos têtes. On bondissait au panier comme des loufoques et les gosses, au bon moment, levaient les bras et arrachaient le ballon de nos mains en sueur et partaient en dribblant. C'était comme si le Fou, le ténor nègre frénétique du jazz

---

* Où le batteur plonge les mains pour assurer sa prise sur la batte.

des bas-fonds américains, avait essayé de jouer au basket contre Stan Getz et Cool Charlie. Ils pensaient que nous étions dingos. Dean et moi, on revint à la maison en se renvoyant le ballon d'un trottoir à l'autre. On essaya des coups tout à fait spéciaux, plongeant par-dessus les buissons et frôlant les poteaux. Au moment où passa une auto, je la suivis à la course et passai le ballon à Dean au ras du pare-chocs arrière. Il fonça et l'attrapa et roula dans l'herbe et me la renvoya de l'autre côté d'un camion de boulanger à l'arrêt. Je la bloquai à point nommé du plat de la main et la relançai à Dean de telle façon qu'il devait pirouetter et repartir en sens contraire et qu'il s'affala sur le dos en travers de la haie. De retour à la maison, Dean prit son portefeuille, se raclant la gorge triomphalement, et tendit à ma tante les quinze dollars qu'il lui devait depuis le jour où nous avions eu une contravention pour excès de vitesse à Washington. Ce fut pour elle une surprise complète — et agréable. On fit un gros dîner. « Eh bien, Dean, dit ma tante, j'espère que vous serez capable de prendre soin du nouveau bébé que vous attendez et que vous resterez marié cette fois.

— Oui, ouais, oui.

— Vous ne pouvez pas continuer comme ça, à faire des bébés partout dans le pays. Ces pauvres petits êtres vont pousser sans personne. Vous devez leur offrir leur chance dans la vie. » Il regarda ses pieds et hocha la tête. Dans le crépuscule rouge vif, on se dit au revoir sur un pont qui franchissait une autoroute.

— J'espère que tu seras à New York quand je reviendrai, lui dis-je. Tout ce que je souhaite, c'est que nous puissions un jour habiter la même rue avec nos familles et former tous les deux un couple de vieux copains.

— T'as raison, mon pote, tu sais que je fais des prières pour que ça arrive, absolument préoccupé par les ennuis que nous avons eus tous les deux et par ceux qui se préparent, comme le sait bien ta tante et comme elle me le rappelle. Je ne voulais pas le nouveau bébé, Inez a insisté et on s'est bagarrés. Savais-tu que Marylou a épousé un marchand de voitures d'occasion de Frisco et qu'elle attend un gosse ?

— Oui. Nous y passons tous maintenant.

Des rides sur la coupe renversée du néant, aurais-je mieux fait de dire. L'or est au fond du monde et le monde est sens dessus dessous. Il sortit un instantané de Camille à Frisco avec la nouvelle petite fille. L'ombre d'un homme se profilait sur l'enfant au milieu de la chaussée ensoleillée, deux longues jambes de pantalon sur cette tristesse.

— Qui est-ce ?

— C'est seulement Ed Dunkel. Il s'est remis avec Galatea, ils sont partis à Denver maintenant. Ils ont passé une journée à prendre des photos.

Ed Dunkel, sa pitié que l'on ne remarque pas plus que celle des saints. Dean sortit d'autres photos. Je me dis que tous ces instantanés, nos enfants les regarderaient un jour avec émerveillement, pensant que leurs parents avaient vécu des vies calmes, bien ordonnées, stables comme sur les photos, et qu'ils se lèveraient le matin pour marcher fièrement sur les trottoirs de la vie, sans jamais imaginer la folie déguenillée ni le tumulte de nos vraies vies, de notre vraie nuit, l'enfer que c'était, le cauchemar insensé de la route. Tout cela dans un néant sans fin ni commencement. Formes pitoyables d'ignorance. « Au revoir, au revoir. » Dean s'en alla dans le lent crépuscule rouge. Des locomotives fumaient et tournoyaient au-dessus de lui. Son ombre le suivait, elle singeait sa démarche et ses pensées et son être le plus profond. Il se retourna et fit un petit geste timide. Puis il me fit le signal de départ du serre-frein, il bondit dans tous les sens, il gueula quelque chose que je ne saisis pas. Il parcourut un cercle au galop. Il se rapprochait peu à peu du coin en béton du pont de chemin de fer. Il fit un dernier signal. J'agitai la main. Soudain, comme si, tête baissée, il rentrait dans sa vie, il disparut rapidement hors de vue. Je restai bouche bée au milieu de mon propre désert. J'avais aussi une longue et horrible route à faire.

## II

À minuit, chantant cette petite chanson :

> *Chez soi à Missoula,*
> *Chez soi à Truckee,*
> *Chez soi à Opelousas,*
> *Pas de chez soi pour moi.*
> *Chez soi dans le vieux Medora,*
> *Chez soi à Wounded Knee,*
> *Chez soi à Ogallala,*
> *Chez moi ne serai jamais,*

je pris le car de Washington ; une fois là, perdis du temps à me balader ; me détournai de mon chemin pour voir les Monts Bleus, entendis l'oiseau de Shenandoah et visitai le tombeau de Stonewall Jackson ; au crépuscule me voici en train de cracher dans la rivière Kanawha puis c'est la nuit folklorique de Charleston, en Virginie de l'Ouest ; à minuit Ashland, au Kentucky, et une fille charmante sous la marquise d'un cinéma fermé. L'obscur et mystérieux Ohio et Cincinnati à l'aube. Puis de nouveau les champs de l'Indiana et Saint-Louis, comme toujours au milieu de ses grands nuages vallonnés de l'après-midi. Les galets boueux et les troncs d'arbres du Montana, les vapeurs démolis, les vestiges antiques ; les herbages et les filins le long du fleuve. Le poème incessant. De nuit, le Missouri, les champs du Kansas, les vaches nocturnes du Kansas dans de mystérieux espaces, des villes de boîtes de biscuits avec une mer au bout de chaque rue ; l'aube à Abilene. Les herbages du Kansas de l'Est cèdent la place aux prairies du Kansas de l'Ouest qui gravissent les pentes de la nuit occidentale.

Henry Glass faisait le trajet en car avec moi. Il était monté à Terre Haute, dans l'Indiana, et il était en train de me dire : « Je t'ai expliqué pourquoi je hais ce costard que je porte, il est pouilleux, mais ce n'est pas tout. » Il me montra des papiers. Il sortait tout juste du pénitencier fédéral de Terre Haute ; condamné pour avoir volé et vendu des autos à Cincinnati. Un gosse de vingt ans aux cheveux bouclés « Dès que je suis à Denver, je vends ce costard dans une maison de prêt et je me paye des jeans. Tu ne sais pas ce qu'ils m'ont fait dans cette prison ? Enfermé au secret avec une bible ; elle me servait de siège sur le sol en pierre ; quand ils se sont aperçus de ce que j'en faisais, ils m'ont enlevé la bible et ont rapporté un petit exemplaire de poche gros comme ça. Pouvais pas m'asseoir dessus, si bien que j'ai lu toute la bible et les testaments. Hé, hé... » Il m'asticota les côtes en mâchonnant son bonbon, il était toujours en train de manger des bonbons parce que son estomac avait été détraqué au pénitencier et ne pouvait rien tolérer d'autre. « Tu sais, il y a des trucs vraiment excitants dans cette bible. » Il me dit ce que signifiait l'expression « signifier ». « Quelqu'un qui va bientôt sortir de prison et qui se met à parler de sa date de libération, on considère qu'il « signifie » aux autres gars qui doivent rester. On le prend par le cou et on dit : « Gare à pas me signifier ! » Sale truc, signifier, tu piges ?

— Je ne cherche pas à signifier, Henry.

— Quand un mec me signifie, mes narines se dilatent, je deviens assez fou pour tuer. Tu sais pourquoi j'ai été en prison toute ma vie ? Parce que j'ai fait une colère quand j'avais l'âge de treize ans. J'étais au cinéma avec un gars et il a traité ma mère, tu sais ce vilain mot, et j'ai sorti mon canif et l'ai coupé à la gorge et je l'aurais zigouillé s'ils ne me l'avaient pas arraché. Le juge dit : « Est-ce que tu savais ce que tu faisais quand tu as attaqué ton ami ? » « Oui, m'sieur, Votre Honneur, je savais, je voulais tuer cet enfant de putain et le veux encore. » Ainsi je n'ai pas obtenu d'être libéré sous caution et je suis allé directement en maison de correction. J'ai attrapé des hémorroïdes à rester assis en cellule. Ne va jamais dans un pénitencier fédéral, ce sont les plus ignobles. Merde, je pourrais parler toute la nuit tellement il y a longtemps que j'ai pas parlé à quelqu'un. Tu ne peux pas savoir comme je me sens bien d'en être sorti. Tu étais juste assis dans ce car quand je suis monté, en train de te balader à Terre Haute, à quoi tu pensais ?

— J'étais juste assis là, à me balader.

— Moi, je chantais. Je me suis assis à côté de toi parce que j'ai peur de m'installer à côté de n'importe quelle fille par trouille de devenir dingo et de passer la main sous sa robe. Il faut que j'attende un moment.

— Encore un séjour en prison et tu es coffré pour la vie. Maintenant tu ferais mieux d'y aller doucement.

— C'est bien mon intention, le seul ennui c'est que mes narines se dilatent et je ne réponds plus de rien.

Il était en route pour aller vivre avec son frère et sa belle-sœur ; ils avaient un boulot pour lui au Colorado. Son billet avait été payé par la justice fédérale et il se rendait à destination sur parole. C'était un gosse semblable à ce que Dean avait été ; son sang bouillait trop fort pour qu'il le maîtrise ; ses narines se dilataient ; mais il n'avait pas cette native et étrange sainteté pour le garder de son destin de fer

— Sois un pote et fais gaffe que mes narines ne se dilatent pas à Denver, hein, Sal ? Peut-être que je réussirai à me planquer chez mon frère.

Quand on arriva à Denver, je le pris par le bras jusqu'à Larimer Street pour aller gager le costume pénitentiaire. Le vieux Juif comprit aussitôt ce que c'était avant que le paquet soit à moitié ouvert. « Je ne veux pas de ce foutu truc ici ; il en arrive tous les jours avec les gars de Canyon City. »

Tout Larimer Street était écumé par d'anciens taulards qui essayaient de vendre leurs costumes made in prison. Henry se retrouva avec la chose sous son bras dans un sac en papier, déambulant en jeans flambant neuf et chemise sport. On alla au vieux Glenarm bar de Dean (en chemin, Henry balança son costume dans une poubelle de cendres) et on passa un coup de fil à Tim Gray. C'était le soir maintenant.

— Toi ? gloussa Tim Gray. Je rapplique à l'instant.

Dix minutes après, il entrait au galop dans le bar en compagnie de Stan Shephard. Ils avaient tous deux fait un voyage en France et ils étaient terriblement dégoûtés de leur vie à Denver. Henry leur plut et ils lui payèrent des bières. Il se mit à claquer tout son pécule du pénitencier à gauche et à droite. De nouveau je me plongeai dans la nuit douce et secrète

de Denver aux ruelles sacrées et aux maisons loufoques. On se mit à écumer tous les bars de la ville,
les auberges de West Colfax aussi, les bars nègres de
Five Points, le grand jeu.

Stan Shephard attendait de me rencontrer depuis
des années et maintenant, pour la première fois, une
aventure nous guettait tous les deux. « Sal, depuis
que je suis revenu de France, je ne sais plus quoi
faire de ma peau. C'est vrai que tu vas au Mexique ?
Foutre dieu, est-ce que je pourrais aller avec toi ? Je
peux avoir une centaine de dollars et, dès que j'arrive
là-bas, je m'inscris comme ancien G.I. à l'Université
de Mexico. »

Parfait, affaire conclue, Stan viendrait avec moi.
C'était un gars de Denver, élancé, timide, aux cheveux ébouriffés, avec un grand sourire de truqueur
et des mouvements lents, désinvoltes, à la Gary Coo-
per. « Foutre dieu ! » dit-il et il passa ses pouces dans
sa ceinture et arpenta tranquillement la rue, avec un
mouvement de roulis mais au ralenti. Son grand-
père lui cherchait querelle. Il avait été hostile à son
voyage en France et maintenant il était hostile à son
idée d'aller au Mexique. Stan glandait dans tout
Denver comme un clochard à cause de sa querelle
avec le grand-père. Cette nuit-là, après avoir bu tout
notre saoul et empêché les narines de Henry de se
dilater au Hot Shoppe de Colfax, Stan alla se pager
dans la chambre d'hôtel de Henry à Glenarm. « Je ne
peux même pas rentrer tard à la maison, mon grand-
père se met à m'engueuler, puis il s'en prend à ma
mère. Je te dis, Sal, il faut que je me taille de Denver
en vitesse ou je vais devenir dingue. »

Donc, j'étais descendu chez Tim Gray et puis
ensuite Babe Rawlins m'arrangea un petit sous-sol
impeccable où l'on se réunit en bande pour achever

les nuits pendant toute une semaine. Henry se tailla chez son frère et jamais plus on ne l'a revu et jamais on ne saura si depuis quelqu'un a signifié avec lui, ou si on l'a coffré dans une maison de fer ou encore s'il vogue toutes voiles dehors dans la nuit de la liberté.

Tim Gray, Stan, Babe et moi, on passa les après-midi d'une semaine entière dans les bars charmants de Denver où les serveuses portent le pantalon et déambulent avec des regards timides, affectueux, pas du tout des serveuses endurcies mais des serveuses qui tombent amoureuses de la clientèle et ont des aventures explosives et qui soupirent et suent et souffrent d'un bar à l'autre ; et on passa les nuits de la même semaine à Five Points à écouter du jazz, à se cuiter dans des bars nègres démentiels et à jacter jusqu'à cinq heures du matin dans mon sous-sol. Midi d'ordinaire nous trouvait allongés chez Babe dans le fond du jardin parmi les petits gosses de Denver qui jouaient aux cow-boys et aux Indiens et nous tombaient dessus du haut des cerisiers en fleurs. Je vivais des moments merveilleux et le monde entier s'ouvrait devant moi parce que je ne faisais pas de rêves. Stan et moi complotions d'emmener Tim Gray avec nous mais Tim était coincé à Denver.

Je m'apprêtais à partir pour le Mexique quand soudain Doll de Denver me téléphona une nuit et dit : « Eh bien, Sal, devine qui rapplique à Denver ? » Je n'en avais aucune idée. « Il est déjà en route, c'est un tuyau que j'ai eu. Dean a acheté une bagnole et il est parti te rejoindre. » Soudain, comme dans une vision, je vis Dean, Ange de feu, frissonnant, effroyable, venir à moi tout palpitant sur la route, s'approcher comme un nuage, à une vitesse énorme, me poursuivre dans la plaine tel le Voyageur au Suaire, et fondre sur moi. Je vis son visage immense au-dessus des plaines avec son idée fixe démentielle et décharnée et ses yeux rayonnants ; je vis ses ailes ; je vis sa vieille guimbarde, son char d'où jaillissaient des milliers d'étincelles et de flammes ; je la vis qui embrasait tout sur son parcours, qui se frayait même sa propre route et passait à travers le maïs, les villes, anéantissait les ponts, asséchait les fleuves. Elle venait vers l'Ouest comme la colère. Je compris que Dean était de nouveau saisi de folie. Plus question qu'il expédie de l'argent à aucune de ses épouses s'il avait retiré toutes ses économies de la banque et acheté une auto. Tout était cuit, les carottes et le reste. Derrière lui, fumaient des ruines carbonisées. Il fonçait de nouveau vers l'Ouest à travers le continent gémissant et terrible et bientôt il allait arriver. On fit en hâte des préparatifs pour la venue de Dean. Le bruit courait qu'il venait pour me conduire au Mexique.

— Crois-tu qu'il me laissera venir ? demanda Stan, terrifié.

— Je lui parlerai, dis-je d'un air sinistre.

On ne savait à quoi il fallait s'attendre. « Où dormira-t-il ? Qu'est-ce qu'il va manger ? Y a-t-il des filles pour lui ? » C'était l'arrivée imminente de Gargantua ; des préparatifs s'imposaient pour élargir les caniveaux de Denver et aménager certaines lois de manière à les adapter à son énorme passion et à ses extases explosives.

# III

Ce fut comme un film de la belle époque quand Dean arriva. J'étais chez Babe par un après-midi doré. Un mot sur la maison. Sa mère était partie en Europe. La tante chaperon s'appelait Charity ; elle était âgée de soixante-quinze ans et pétulante comme une poulette. Dans la famille Rawlins, qui étendait ses rameaux sur l'Ouest tout entier, elle faisait continuellement la navette d'une maison à une autre et se rendait utile en toute occasion. Jadis elle avait eu des douzaines de fils. Ils étaient tous partis ; ils l'avaient tous abandonnée. Elle était vieille mais elle s'intéressait à tout ce qu'on faisait et disait. Elle secouait tristement la tête quand nous picolions du whisky dans le salon. « Allons, vous devriez sortir dans le jardin pour faire ça, jeune homme. » Au-dessus (c'était une sorte de pension de famille cet été-là) habitait un type appelé Tom qui était désespérément amoureux de Babe. Il venait de Vermont, d'une riche famille, disait-on, et il avait une carrière qui l'attendait là-bas et tout à gogo mais il préférait être là où se trouvait Babe. Le soir, il était assis dans le salon, le visage brûlant derrière un journal, et il entendait tout ce que nous disions mais ne se manifestait pas. Il rougissait particulièrement quand Babe disait quelque chose. Quand on le forçait à abaisser le journal, il nous regardait avec une expression insondable d'ennui et de résignation. « Eh ? Oh, oui, je suppose. » C'était tout ce qu'il avait coutume de dire.

Charity était assise dans son coin, en train de tricoter, nous observant tous de ses yeux d'oiseau. C'était sa besogne d'être chaperon, c'était son affaire de veiller à ce que personne ne jure. Babe, assise sur le divan, gloussait. Tim Gray, Stan Shephard et moi étions vautrés çà et là sur des chaises. Le pauvre Tom souffrait la torture. Il se levait, bâillait et disait : « Eh bien, autre jour, autre dollar, bonne nuit », et disparaissait en haut. En tant qu'amoureux, Babe ne pouvait pas le souffrir. Elle était éprise de Tim Gray ; il lui glissait entre les griffes comme une anguille. Installés de la sorte par un après-midi ensoleillé, nous attendions l'heure de dîner, lorsque Dean arrêta sa guimbarde devant la maison et bondit sur le trottoir en costume de tweed avec gilet et chaîne de montre.

— Hep ! hep ! entendis-je dehors, dans la rue. Il était avec Roy Johnson qui revenait juste de Frisco avec sa femme Dorothy et habitait de nouveau Denver. De même que Dunkel et Galatea Dunkel et Tom Snark. Tout le monde était de nouveau à Denver. J'allai jusqu'au porche. « Eh bien, l'ami, dit Dean en tendant sa grosse main, je vois que tout est pour le mieux de ce côté du manche. Hello, hello, hello, dit-il à la compagnie. Oh oui, Tim Gray, Stan Shephard, comment va ! » On le présenta à Charity. « Oh ouais, comment va. Voici mon pote Roy Johnson qui a été assez aimable pour m'accompagner, hurrah ! morbleu ! kaff ! kaff ! Major Hoople[44], monsieur, dit-il en collant sa main à Tom qui le regardait d'un œil fixe. Ouais, ouais. Eh bien, mon vieux Sal, qu'est-ce que tu racontes, quand est-ce qu'on se taille au Mexique ? Demain après-midi ? Parfait, parfait. Ahem ! Et maintenant, Sal, j'ai exactement seize minutes pour filer chez Ed Dunkel où je vais récupérer ma vieille montre du chemin de fer que je peux engager à Larimer Street avant la fermeture, et dans l'intervalle je vais, très vite et aussi minutieusement que le temps le permettra, me tuyauter, pour voir si mon vieux ne serait pas par hasard au Jigg's Bullet ou dans quelque autre bar, et puis j'ai un rendez-vous avec le coiffeur que Doll m'a toujours recommandé de favoriser et je n'ai pas varié au cours des années et continue cette politique... kaff ! kaff ! À six heures pile ! pile, tu entends ? Je veux que tu sois ici où je rappliquerai à toute allure pour t'emmener faire une virée éclair chez Roy Johnson, mettre des disques de Gillespie et du bop assorti, une heure de repos préalablement à toute soirée ultérieure que toi et Tim et Stan et Babe pouvez avoir prévue aujourd'hui indépendamment de mon arrivée qui incidemment remonte à quarante-cinq minutes exactement, au volant de ma vieille Ford 1937 que tu peux voir stationnée là dehors, voyage que j'ai interrompu par une longue pause à Kansas City pour voir mon cousin, non pas Sam Brady mais le plus jeune... » Et, disant tout ça, dans un coin du salon où on ne pouvait pas le voir, il se dépouillait diligemment de sa veste pour enfiler un maillot et transférait sa montre dans une autre paire de pantalons qu'il sortit de la même vieille valise cabossée.

— Et Inez, dis-je. Qu'est-ce qui s'est passé à New York ?

— Officiellement, Sal, ce voyage est entrepris en

vue d'un divorce mexicain, le meilleur marché et le plus rapide qui soit. J'ai enfin l'accord de Camille et tout est impeccable, tout est beau, tout est charmant et nous savons que maintenant nous n'avons pas à nous soucier de quoi que ce soit, n'est-ce pas, Sal ?

Eh bien, d'accord, je suis toujours prêt à suivre Dean, et tous on s'affaira pour s'adapter au nouveau programme et combiner une grande nuit et ce fut une nuit inoubliable. Il y eut une réunion chez le frère de Ed Dunkel. Deux de ses frères sont chauffeurs d'autobus. Ils étaient assis là, sidérés par tout ce qui se passait. Il y avait un merveilleux festin sur la table, des gâteaux et des boissons. Ed Dunkel avait l'air heureux et prospère.

— Eh bien, ça marche à fond avec Galatea maintenant ?

— Oui, m'sieur, dit Ed, je comprends que ça marche. Je vais aller à l'Université de Denver, tu sais, moi et Roy.

— Et qu'est-ce que tu vas prendre comme matière ?

— Oh, la sociologie et tout ce domaine, tu sais. Dis donc, Dean devient chaque année plus loufoque, non ?

— Bien sûr.

Galatea Dunkel était là. Elle essayait de discuter avec quelqu'un, mais Dean accaparait toute la conversation. Il était debout et faisait son numéro devant Shephard, Tim, Babe et moi-même qui étions tous assis les uns à côté des autres sur des chaises de cuisine le long du mur. Ed Dunkel se balançait nerveusement derrière lui. Son pauvre frère était relégué à l'arrière-plan. « Hep ! hep ! », disait Dean, tiraillant son maillot, frottant son ventre, bondissant à pieds joints. « Ouais, eh bien on est tous ensemble maintenant et les années se sont enfuies une à une derrière nous et vous voyez cependant qu'aucun de nous n'a vraiment changé, voilà la chose étonnante, la dura... la dura-bilité... de fait, pour démontrer ça, j'ai ici un jeu de cartes avec lesquelles je puis prédire toutes sortes de destinées exactes et véridiques. » C'était le jeu pornographique. Dorothy Johnson et Roy Johnson étaient assis, l'air guindé, dans un coin. C'était lugubre. Puis soudain Dean s'apaisa et s'assit sur une chaise de cuisine entre Stan et moi et regarda droit devant lui, de l'air mélancolique d'un chien qui rêve, et ne s'occupa plus de personne. Il ne faisait que s'éclipser un moment pour récupérer de l'énergie. Si on l'avait touché, il aurait oscillé tel un roc en équilibre sur un caillou à l'à-pic d'une falaise. Il pouvait venir s'écraser en bas ou simplement se balancer comme il l'eût fait en dansant. Puis le monolithe explosa en fleur et son visage s'éclaira d'un beau sourire et il regarda autour de lui comme un homme qui se réveille et dit : « Ah, regarde tous ces gens si gentils qui sont assis là avec moi. N'est-ce pas gentil ! Eh bien, Sal, comme je le disais à Min justement l'autre jour, eh bien, erp, ah, oui ! » Il se leva et traversa la pièce la main tendue à un des chauffeurs d'autobus de la réunion. « Comment va. Mon nom est Dean Moriarty. Oui, je me souviens très bien de vous. Est-ce que tout est pour le mieux ? Bien, bien. Regardez ce charmant gâteau. Oh, puis-je en avoir ? Même moi ? Le pauvre misérable ? » La sœur de Ed dit que oui. « Oh, comme c'est merveilleux. Les gens sont si gentils. Tous ces gâteaux et ces jolies choses disposées sur la table pour nos merveilleuses petites joies et voluptés. Hmm, ah, oui, délectable, splendide, hurrah, morbleu ! » Et il oscillait, debout au milieu de la pièce,

en mangeant son gâteau et en regardant religieuse-
ment chacun de nous. Il se retourna et examina ce
qui se passait derrière lui. Tout le stupéfiait, tout ce
qu'il voyait. On discutait par groupes dans la pièce et
il disait : « Oui ! C'est exact ! » Une gravure sur le
mur le fascina, pétrifié. Il s'approcha et examina de
plus près, il prit du recul, il sauta en l'air, il voulut
voir à tous les niveaux et sous tous les angles possibles, il déchira son maillot en s'exclamant : « Bon
Dieu ! » Il n'avait aucune idée de l'impression qu'il
produisait et c'était le dernier de ses soucis. Maintenant les gens se mettaient à regarder Dean avec une
tendresse maternelle ou paternelle qui illuminait
leurs visages. En fin de compte, c'était un Ange,
comme je l'avais toujours prévu ; mais, comme tout
Ange, il n'en avait pas moins des colères et des
fureurs et, cette nuit-là, quand on eut tous quitté la
réunion et que la grande bande hurlante eut rappliqué au Windsor Bar, Dean devint frénétiquement et
diaboliquement et séraphiquement ivre.

N'oublions pas que le Windsor, hôtel qui jadis
avait connu la grande Ruée vers l'or de Denver et qui
était à bien des égards digne d'intérêt — il y avait
encore dans le grand saloon du rez-de-chaussée des
murs troués de balles —, avait autrefois abrité Dean.
Il avait vécu là avec son père dans une des chambres
du haut. Il ne venait pas en touriste. Il buvait dans ce
saloon comme le fantôme de son père ; il ingurgitait
vin, bière, whisky comme il eût fait de l'eau. Sa
figure était rouge et suante et il se mit à vociférer et
à hurler au bar et à tituber sur la piste de danse, où
les casseurs de l'Ouest évoluaient avec leurs filles, et
à essayer de jouer du piano, et il enlaçait des repris
de justice et il criait avec eux au milieu du vacarme.
Pendant ce temps tous ceux de la bande étaient assis

autour de deux tables immenses mises bout à bout. Il y avait Denver D. Doll, Dorothy et Roy Johnson, une fille de Buffalo (Wyoming), qui était une amie de Dorothy, Stan, Tim Gray, Babe, moi, Ed Dunkel, Tom Snark et plusieurs autres, treize en tout. Doll s'amusait énormément : il avait posé un distributeur de cacahuètes sur la table devant lui et le bourrait de pièces de monnaie et mangeait des cacahuètes. Il suggéra que nous écrivions tous quelque chose sur une carte postale et que nous l'envoyions à Carlo Marx à New York. On écrivit des loufoqueries. Le son du violon résonnait dans la nuit de Larimer Street. « C'est pas marrant ? », gueulait Doll. Aux waters, Dean et moi, on boxa la porte et on essaya de la casser mais elle avait un pouce d'épaisseur. Je me fracturai un os du médius, et ne le remarquai que le lendemain. Nous tenions une furieuse cuite. Cinquante verres de bière trônèrent sur nos tables à un certain moment. Tout ce qu'il y avait à faire, c'était de galoper autour et de les siroter l'un après l'autre. Des repris de justice de Canyon City tournoyaient et bredouillaient avec nous. Dans une salle, à l'entrée du bar, de vieux chercheurs d'or rêvassaient attablés devant leurs cannettes sous la vieille pendule tictaquante. Cette fureur, ils l'avaient connue en des temps plus héroïques. Tout tournait. Il y avait des réunions un peu partout en ville. Il y en avait même une dans un château où on alla tous en bagnole, excepté Dean qui s'était débiné ailleurs, et, dans ce château, on s'installa devant une grande table dans le hall et on gueula. Dehors il y avait une piscine et des grottes. J'avais enfin trouvé le château où le grand serpent du monde allait surgir.

Puis, tard dans la nuit, restaient seulement dans une voiture Dean et moi et Stan Shephard et Tim

Gray et Ed Dunkel et Tommy Snark, l'univers s'ouvrait à nous. On alla au quartier mexicain, on alla à Five Points, on déambula tout titubants. Stan Shephard était délirant de joie. Il n'arrêtait pas de gueuler : « Enfant de putain ! Bon Dieu de bon Dieu ! » en piaillant d'une voix aiguë et en se claquant les genoux. Dean était fou de lui. Il répétait tout ce que Stan disait et soupirait et essuyait la sueur de son visage. « Qu'est-ce qu'on va se payer, Sal, en descendant au Mexique avec ce foutu Stan ! Oui ! » C'était notre dernière nuit dans la sainte Denver, on la fit grandiose et sauvage. Tout ça se termina dans le vin, au sous-sol, à la lueur des chandelles, avec Charity qui rôdait à pas de loup à l'étage au-dessus en chemise de nuit et armée d'une lampe de poche. On avait maintenant un type de couleur avec nous qui s'était présenté sous le nom de Gomez. Tout vacillant il allait à la dérive, du côté de Five Points, et se foutait de tout. Quand on le vit, Tommy Snark l'interpella : « Hé, tu t'appelles pas Johnny ? »

Gomez se contenta de faire marche arrière et nous dépassa une nouvelle fois et dit : « Vas-tu répéter maintenant ce que t'as dit ?

— J'ai dit, c'est pas toi qu'on appelle Johnny ? »

Gomez revint à la nage et recommença : « Est-ce que comme ça je lui ressemble un peu plus ? Parce que je fais de mon mieux pour être Johnny mais je ne trouve pas tout à fait l'truc.

— Eh bien, mon pote, viens avec nous ! » hurla Dean et Gomez sauta dans la voiture et on démarra. On murmurait frénétiquement dans le sous-sol de façon à ne pas déranger les voisins. À neuf heures du matin, tout le monde était parti sauf Dean et Shephard qui jacassaient encore comme des maniaques. Des gens se levèrent pour préparer le petit déjeuner et entendirent d'étranges voix d'outre-tombe qui disaient : « Oui ! Oui ! » Babe mit en route un petit déjeuner plantureux. Le moment approchait de se tailler au Mexique.

Dean conduisit l'auto à la station la plus proche et régla tout à bord. C'était une Ford 1937 conduite intérieure dont la porte droite était dégondée et attachée à la carcasse. Le siège avant droit était démoli également et on s'asseyait là le dos à la renverse et la figure tournée vers le plafond en loques. « Tout à fait comme Min et Bill *, dit Dean. Ça va tousser et cahoter pour descendre au Mexique ; ça va nous prendre des jours et des jours. » J'examinai la carte : plus d'un millier de miles au total jusqu'à Laredo, sur la frontière, la majeure partie à travers le Texas, et puis encore sept cent soixante-sept miles à travers tout le Mexique jusqu'à la grande cité proche de l'Isthme fêlé et des sommets de l'Oaxacan. Je n'arrivais pas à imaginer ce voyage. C'était le plus fabuleux de tous. Il n'était pas plus long que le trajet Est-Ouest, mais orienté magiquement au Sud. On se représentait l'hémisphère Ouest tout entier avec ses côtes en roc qui descendaient jusqu'à la Terre de Feu et on se voyait, nous, voler sur le ventre de la terre vers d'autres tropiques et d'autres mondes. « Mon pote, ce voyage-là va enfin nous mener au IT ! », dit Dean avec une foi absolue. Il tapota mon bras. « Tu n'as qu'à attendre et voir. Hou ! Whii ! »

J'accompagnai Shephard pour la dernière des courses qu'il avait à faire à Denver et je rencontrai son pauvre grand-père qui était debout à la porte de la maison, disant :

— Stan... Stan... Stan...

* Personnages de comiques.

— Qu'est-ce qu'y a, pépé ?

— N'y va pas.

— Oh, c'est décidé, il faut que je parte maintenant ; qu'est-ce que tu as à te mettre dans cet état ? » Le vieil homme avait des cheveux gris et de grands yeux en amande et un cou tendu, fou.

— Stan, dit-il simplement, n'y va pas. Ne fais pas pleurer ton vieux grand-père. Ne me laisse pas seul encore une fois. » Cela me brisait le cœur de voir tout ça.

— Dean, dit le vieillard en s'adressant à moi, ne m'enlève pas mon Stan. J'avais coutume de l'emmener au jardin public quand il était petit garçon et de lui expliquer les cygnes. Puis sa petite sœur s'est noyée dans le même lac. Je ne veux pas que tu m'enlèves mon garçon.

— Non, dit Stan, maintenant on part. Au revoir. » Il agrippa ses valises.

Son grand-père le saisit par le bras. « Stan, Stan, Stan, n'y va pas, n'y va pas, n'y va pas. »

On prit la fuite, la tête basse, et le vieillard était encore planté à l'entrée de son cottage qui donnait sur une petite rue de Denver, avec les rideaux de perles qui pendaient aux portes et les meubles tout rembourrés dans le salon. Il était blanc comme un linge. Il appelait encore Stan. Il était comme paralysé et il ne bougeait pas de l'entrée et il restait juste là à marmotter : « Stan », et « N'y va pas », et à nous regarder anxieusement passer le coin de la rue.

— Bon Dieu, Shep, je ne sais quoi dire.

— T'en fais pas ! gémit Stan. Il a toujours été comme ça.

On trouva la mère de Stan à la banque où elle retirait de l'argent pour lui. C'était une belle femme à cheveux blancs, encore très jeune d'allure. Elle et

412

son fils étaient debout sur les dalles en marbre de la banque, à murmurer des choses. Stan était vêtu d'un ensemble de toile, jeans, gilet et tout, et il avait bien l'air, sans doute possible, d'un gars qui part pour le Mexique. Ainsi, tendre et douillette était sa vie à Denver, et il s'embarquait avec ce sacré novice de Dean. Dean fit son apparition au coin de la rue, nous joignant à l'heure dite. Mrs. Shephard insista pour nous payer à tous une tasse de café.

— Prenez soin de mon Stan, dit-elle. Sans parler des choses qui peuvent se produire dans ce pays-là.

— On veillera tous les uns sur les autres », dis-je. Stan et sa mère flânaient devant et je marchais derrière avec ce dingo de Dean ; il me faisait un exposé comparatif sur les inscriptions gravées sur les murs des waters à l'Est et à l'Ouest.

— Elles sont totalement différentes ; dans l'Est, ils marquent des blagues et des mots idiots et des allusions cousues de fil blanc, avec des éléments d'information scatologique et croquis à l'appui ; dans l'Ouest, ils écrivent simplement leurs noms, Red O'Hara, Blufftown Montana, est passé par ici, à telle date, en toute solennité, comme qui dirait, si tu veux, Ed Dunkel, ceci étant le fait de l'énorme solitude qui, dès qu'on franchit le Mississippi, est partout la même à un quart de poil près. » En tout cas, il y avait une âme seule devant nous, car la mère de Shephard était une mère aimante et elle avait horreur de voir son fils partir mais savait bien qu'il le fallait. Je me dis qu'il cherchait à fuir son grand-père. Tel était notre trio, Dean cherchant son père, moi orphelin, Stan fuyant son grand-père, tous trois partant dans la nuit. Il embrassa sa mère dans les remous de la foule de la Dix-septième Rue et elle monta dans un taxi et nous fit des signes. Adieu, adieu.

On monta dans l'auto devant chez Babe et on lui fit nos adieux. Tim venait avec nous jusqu'à sa maison qui se trouve en dehors de la ville. Babe était belle ce jour-là ; ses cheveux étaient longs et blonds et suédois, ses taches de rousseur fleurissaient au soleil. Elle avait tout à fait l'air de la petite fille de jadis. Il y avait une brume dans son regard. Elle devait nous rejoindre peut-être plus tard avec Tim mais elle n'en fit rien. Adieu, adieu.

On démarra. On laissa Tim dans son jardin, dans les plaines qui bordent la ville, et je me retournai pour voir Tim peu à peu diminuer dans le lointain. Cet étrange type resta planté là pendant deux bonnes minutes à nous regarder partir et à méditer Dieu sait quel chagrin. Il devenait de plus en plus petit et demeurait immobile avec une main sur une corde à linge, tel un capitaine, et je me tordais le cou pour voir encore quelque chose de Tim Gray jusqu'au moment où il n'y eut plus qu'une absence grandissante dans l'espace et l'espace se déployait vers l'Est en direction du Kansas qui ouvrait la longue route du retour en ma demeure d'Atlantide.

Maintenant nous avions braqué notre groin ferraillant cap au sud et gagnions Castle Rock, au Colorado, tandis que le soleil rougeoyait et que le roc des montagnes, du côté Ouest, avait l'air d'une brasserie de Brooklyn dans les crépuscules de novembre. Là-haut, parmi les ombres pourpres de la montagne, il y avait quelqu'un qui marchait, qui marchait, mais nous ne pouvions pas voir ; peut-être ce vieillard aux cheveux blancs dont j'avais senti la présence, des années auparavant, là-haut, sur les pics. Le Géant des Zacatèques. Mais il se rapprochait de moi, si même il n'était pas juste dans mon dos. Et Denver s'éloignait derrière nous comme la cité de sel, avec ses fumées qui se dispersaient en l'air et disparaissaient de notre horizon.

# IV

On était en mai. Et comment se peut-il qu'un vulgaire après-midi du Colorado, avec ses fermes et ses fossés d'irrigation et ses combes ombragées où les gosses vont nager, donne le jour à un hanneton comme celui qui piqua Stan Shephard ? Il laissait pendre son bras par la portière brisée et était tout au voyage et aux joies de la discussion, quand soudain un hanneton s'engouffra dans son bras et lui enfonça un long dard qui le fit hurler. C'était le dard d'un après-midi américain. Il retira vivement son bras et lui donna des claques et extirpa le dard, mais en quelques minutes son bras se mit à enfler et à cuire. Dean et moi n'avions aucune idée de ce que ça pouvait être. Il n'y avait qu'à attendre pour voir si l'enflure diminuerait. Et voilà, nous cinglions vers les territoires inconnus du Sud et à trois miles à peine de la ville natale, cette bonne vieille ville de notre enfance, un étrange insecte exotique et malsain surgissait de secrètes putréfactions et dardait la peur dans nos cœurs. « Qu'est-ce que ça peut être ?

— Je n'ai jamais entendu parler d'un insecte qui peut faire enfler comme ça.

— Bon Dieu ! » Cela plaçait le voyage sous de

sinistres et funestes auspices. On continua. Le bras de Stan se gâtait. On s'arrêterait au premier hôpital pour lui faire injecter de la pénicilline. On passa par Castle Rock, atteignant Colorado Springs à la tombée de la nuit. L'immense ombre du Pike's Peak surgit sur notre droite. On débula la grand-route de Pueblo. « J'ai fait cette route en stop des milliers et des milliers de fois, dit Dean. J'étais caché là-bas, une nuit, exactement derrière cette clôture en fil de fer, quand soudain j'ai eu peur sans raison aucune. »

On décida tous de raconter nos histoires, mais à tour de rôle et en commençant par Stan. « Nous avons une longue route à faire, dit Dean en guise de préambule, aussi bien laisse-toi aller et traite de tous les détails dont tu peux te souvenir, et encore tout ne saurait-il être dit. Doucement, doucement, conseilla-t-il à Stan qui commençait à raconter son histoire, du calme aussi, c'est nécessaire. » Stan se lança dans l'histoire de sa vie en France mais, pour contourner les difficultés sans cesse croissantes qu'offrait son récit, il fit un retour dans le passé et partit des origines avec son enfance à Denver. Lui et Dean évoquaient les occasions où ils s'étaient rencontrés pédalant sur leurs bicyclettes. « Il y a une fois que tu as oubliée, je parie... le garage Arapahoe ? Tu te souviens ? J'ai fait rebondir une balle dans ta direction au coin de la rue et tu me l'as renvoyée d'un coup de poing et elle a filé dans l'égout. Du temps de l'école primaire. Tu te souviens maintenant ? » Stan était nerveux et fiévreux. Il voulait tout dire à Dean. Dean maintenant était l'arbitre, le patron, le juge, l'auditeur, le complice, l'opineur. « Oui, oui, poursuis, je t'en prie. » On brûla Walsenburg ; soudain on brûla Trinidad où Chad King était installé quelque part à l'écart de la route, devant un feu de camp, en compagnie peut-être d'une poignée d'anthropologistes, et, comme jadis, il racontait sa vie lui aussi sans imaginer que nous passions à ce moment précis sur la grand-route, cinglant vers Mexico et racontant nos propres histoires. Ô triste nuit d'Amérique ! Puis on arriva au Nouveau-Mexique et on longea les roches arrondies du Raton et on s'arrêta dans un *diner*, furieusement affamés de viande hachée ; on en roula une portion dans une serviette de table pour manger plus bas, au-delà de la frontière. « L'État vertical du Texas s'étend tout entier devant nous, Sal, dit Dean. Précédemment, nous l'avions parcouru à l'horizontale. Il est aussi long de chaque côté. Nous serons au Texas dans quelques minutes et n'en sortirons pas avant demain à la même heure et roulerons sans arrêt. Songez-y. »

On continua de rouler. Au milieu de l'immense plaine nocturne s'étendait la première ville du Texas, Dalhars, que j'avais traversée en 1947. Elle miroitait sur le plancher obscur de la terre, à cinquante miles de là. Ce n'était au clair de lune qu'une étendue de bouteloue et de désert. La lune était à l'horizon. Elle prit de l'embonpoint, elle devint immense et couleur de rouille, elle mûrit et gravita, jusqu'au moment où l'étoile du matin entra en lice et où la rosée souffla par les portières ; et nous roulions toujours. Après Dalhars — boîte de biscuits vide —, on débuta sur Amarillo qu'on atteignit dans la matinée, parmi les herbages balayés par les vents, qui, seulement quelques années auparavant, ondoyaient autour d'un campement de tentes de bison. Maintenant il y avait des stations d'essence et des juke-boxes 1950 dernier cri, avec d'énormes capots surchargés d'ornements et des fentes à dix cents et d'horribles chansons. Tout le long du chemin, d'Amarillo à Childress, Dean et moi, on bourra le crâne de Stan des intrigues des livres qu'on avait lus — cela sur sa demande : il voulait apprendre. À Childress, sous le soleil brûlant, on mit le cap directement au Sud en bifurquant sur une route secondaire et on s'élança à travers des déserts abyssaux en direction de Paducah, Guthrie et Abilene (Texas). Alors Dean eut besoin de dormir et Stan et moi, on s'assit sur le siège avant et on conduisit. La vieille bagnole chauffait et dansait le bop et s'accrochait opiniâtrement au terrain. De grands tourbillons de sable soufflaient sur nous du fond des espaces miroitants. Stan roulait droit devant lui en parlant de Monte-Carlo et de Cagnes-sur-Mer et de paysages azurés près de Menton où des gens au visage basané erraient entre des murs blancs.

Le Texas est irréfutable : le moteur bouillant, on entra lentement dans Abilene et on était tous les trois bien éveillés pour la voir. « Tu t'imagines vivant dans ce patelin à un millier de miles des grandes villes. Whoup, whoup, regardez là-bas, près de la voie ferrée, la vieille ville d'Abilene où ils embarquaient les vaches et asticotaient les flics à coups de pistolet et pintaient du whisky. Regardez-moi ça ! », gueula Dean, la tête hors de la voiture et la bouche tordue à la manière de W.C. Fields. Il se foutait du Texas comme de tout autre endroit. Les Texans au visage brique ne s'intéressaient pas à lui et se hâtaient le long des trottoirs brûlants. On s'arrêta pour manger sur la grand-route au sud de la ville. La tombée de la nuit semblait être à un million de miles de là quand on repartit pour Coleman et Brady, au cœur du Texas, seuls, dans une brousse désertique, avec de loin en loin une maison près d'un ruisseau desséché et cinquante miles de déviation sur une sale route et une chaleur sans issue. « Le vieux Mexique en torchis est bien loin d'ici, dit Dean tout ensommeillé sur le siège arrière, continuez donc à rouler, les gars, et on embrassera des señoritas à l'aube car cette vieille Ford peut rouler si vous savez comment lui parler et lui rendre la bride, sauf que le train arrière est sur le point de s'écrouler, mais ne vous inquiétez pas de ça tant qu'on n'est pas arrivés. » Et il s'endormit.

Je pris le volant et roulai vers Fredericksburg, et là, de nouveau mes fils s'entrecroisaient sur la vieille carte : nous arrivions à l'endroit où Marylou et moi nous étions tenus les mains par un matin neigeux en 1949, et où était donc Marylou maintenant ? « Souffle ! », gueula Dean dans son rêve et j'imagine qu'il rêvait du jazz de Frisco et peut-être du mambo mexicain qui se préparait. Stan parlait et parlait ; Dean l'avait remonté à bloc la nuit précédente et maintenant il n'était pas près de s'arrêter. Maintenant il était en Angleterre, relatant les péripéties de son voyage en auto-stop sur la route anglaise, de Londres à Liverpool, avec ses cheveux longs et ses frocs en loques, et d'étranges chauffeurs de camions britanniques qui l'embarquaient dans les ténèbres du néant européen. Tous nous avions les yeux rougis par le mistral du vieux Texas. Chacun de nous avait un roc dans le ventre et nous savions que nous arriverions là-bas, si lentement que ce fût. La bagnole montait à quarante en frissonnant sous l'effort. De Fredericksburg, on dévala les grands plateaux occidentaux. Des papillons commencèrent à s'écraser sur notre pare-brise. « On descend sur la contrée chaude maintenant, les gars, avec les rats du désert et les yuccas. Et c'est la première descente que je fais si loin au Sud dans le Texas, ajouta Dean avec ravissement. Foutre Dieu ! c'est par ici que mon vieux rapplique pour la saison d'hiver, ce vieux clochard rusé. »

On fut soudain dans une fournaise absolument tropicale, au pied d'une colline qui s'étendait sur cinq miles, et juste devant nous, on vit les lumières du vieux San Antonio. On avait l'impression d'être pour de bon en territoire mexicain. Les maisons le long de la route étaient différentes, les stations d'essence plus misérables, plus rares les réverbères. Dean prit voluptueusement le volant pour faire l'entrée à San Antonio. On arriva dans la ville à travers un désordre bien mexicain et bien méridional de cahutes boiteuses, sans aucun soubassement, avec de vieux fauteuils à bascule sous les vérandas. On s'arrêta à une station d'essence loufoque pour se faire donner un coup de graisseur. Des Mexicains faisaient le pied de grue sous la lumière crue des ampoules qui pendaient en l'air, noircies par les insectes de la vallée ; ils se baissaient pour fouiller dans une boîte de boissons non alcoolisées et ils sortaient des bouteilles de bière, et jetaient l'argent à l'employé. Des familles entières traînaient dans le coin pour en faire autant. Tout autour il y avait des cahutes et des arbres languissants et dans l'air une furieuse odeur de cannelle. De frénétiques petites Mexicaines de moins de vingt ans passaient avec des gars. « Hou ! gueula Dean. *Si ! Mañana !* » La musique arrivait de tous les côtés, et toutes sortes de musiques. Stan et moi, on but plusieurs bouteilles de bière et on se cuita. On était déjà presque sortis d'Amérique et cependant absolument dedans et en plein cœur, là où c'est le plus délirant. Des guimbardes passaient à toute allure. San Antonio, ah-haa !

« Maintenant, mes potes, écoutez-moi... on ferait aussi bien de glander un couple d'heures à San Antonio et ainsi on pourrait trouver un hôpital pour le bras de Stan et, toi et moi, Sal, on déambulerait et savourerait ces rues... Regardez ces maisons de l'autre côté de la rue, on plonge directement dans la pièce du devant et on peut reluquer toutes les jolies mômes allongées là, feuilletant l'*Amour vrai* *, whii ! Venez, allons-y ! »

On circula un moment dans le coin, au hasard, et on demanda aux gens l'hôpital le plus proche. C'était près du centre, où les choses avaient l'air plus reluisantes et plus américaines, avec plusieurs semi-gratte-ciel et force néons et grands drugstores, mais où les voitures surgissaient en rugissant de l'obscurité et parcouraient la ville sans aucun respect pour le code de la route. On parqua l'auto dans l'entrée de l'hôpital et j'allai avec Stan trouver un interne tandis que Dean restait dans l'auto pour se changer. La salle de l'hôpital était bondée de pauvres Mexicaines, les unes enceintes, les autres malades ou amenant leurs petits mômes malades. C'était sinistre. Je me souvins de la pauvre Terry et me demandai ce qu'elle pouvait faire maintenant. Stan dut attendre une heure entière avant qu'un interne arrive et examine son bras enflé. Il existait un nom pour l'infection dont il souffrait mais aucun de nous ne se souciait de le prononcer. Ils lui collèrent une dose de pénicilline.

Pendant ce temps, Dean et moi, on partit savourer les rues des quartiers mexicains de San Antonio. L'air était parfumé et doux, le plus doux que j'eusse jamais goûté, et ténébreux et mystérieux et trépi-

* Magazine.

422

dant. De soudaines silhouettes de filles en foulards blancs apparaissaient dans le brouhaha de la nuit. Dean se faufilait sans leur dire un mot. « Oh, c'est trop merveilleux pour qu'on fasse quoi que ce soit. Regarde ! Regarde ! Fameux, ce tripot de San Antonio. » On entra. Une douzaine de gars jouaient au billard à trois tables, tous Mexicains. Dean et moi, on se paya des coca-cola et on fourra des nickels dans le juke-boxe et on choisit du Wynonie Blues Harris et du Lionel Hampton et du Lucky Millinder et on se trémoussa. Cependant Dean me disait de regarder. « Vise maintenant, du coin de l'œil et tout en écoutant Wynonie souffler son histoire de pudding de bébé et, aussi bien, tout en humant la douceur de l'air comme tu dis, vise le gosse, le gosse infirme qui joue au billard à la première table, la tête de turc du tripot, tu vois, il a été la tête de turc toute sa vie. Les autres mecs sont impitoyables mais ils l'aiment. »

Le gosse infirme était une sorte de nain difforme, avec un grand et beau visage, beaucoup trop large, au milieu duquel d'énormes yeux bruns et humides rayonnaient. « N'as-tu pas l'impression, Sal, de voir Tom Snark en Mexicain de San Antonio, que c'est la même histoire sur toute la surface du globe. Tu vois, ils lui tapent le cul avec une queue ? Ha-ha-ha ! Entends-les rire. Tu vois, il veut gagner la partie, il a parié quatre cents. Attention ! Attention ! » On observa pendant que le jeune nain angélique cherchait son coup par la bande. Il le manqua. Les autres gars poussèrent des rugissements. « Ah, mon pote, dit Dean, et maintenant regarde. » Ils tenaient le petit gars par la peau du cou et le secouaient dans tous les sens, pour rigoler. Il couinait. Il partit à grandes enjambées dans la nuit mais avec un regard timide et tendre par-dessus l'épaule. « Ah, mon pote, j'aurais aimé connaître ce petit mec et ce qu'il pense et quel genre de filles il a... oh, mon pote, cet air me saoule ! » On partit déambuler et on tourna dans des rues mystérieuses. D'innombrables maisons se cachaient dans des jardins verdoyants, presque des jungles ; on apercevait des silhouettes de filles dans les pièces du devant, des filles sous les vérandas, des filles dans les buissons avec des gars. « Je ne connaissais pas cet affolant San Antonio ! Songe à ce que sera le Mexique ! Allons-y ! Allons-y ! » On revint à fond de train à l'hôpital. Stan était prêt et dit qu'il se sentait beaucoup mieux. On lui enlaça les épaules et on lui raconta tout ce qu'on avait fait.

Et maintenant nous étions d'attaque pour les derniers cent cinquante miles qui nous séparaient de la frontière magique. On sauta dans la bagnole et démarra. J'étais alors si épuisé que je dormis tout le long du chemin qui va par Dilley et Encinal, jusqu'à Laredo, et ne me réveillai qu'au moment où ils arrêtaient la voiture devant un restaurant à deux heures du matin. « Ah, soupira Dean, c'est le bout du Texas, le bout de l'Amérique, on n'en sait pas plus. » Il faisait furieusement chaud : on transpirait à seaux. Il n'y avait pas de rosée nocturne, pas un souffle d'air, rien que des billions d'insectes qui s'écrasaient partout sur les lampes électriques et l'odeur lourde, grasse, d'un fleuve capiteux, tout près de là dans la nuit, le Rio Grande, qui prend sa source dans les frais vallons des Montagnes Rocheuses et finit par creuser d'immenses vallées pour aller mêler ses ardeurs aux boues du Mississippi dans le Golfe immense.

Laredo était une ville sinistre, ce matin-là. Toutes sortes de chauffeurs de taxis et de petits voyous écumaient le secteur, en quête d'une bonne affaire. Elles ne couraient pas les rues ; la nuit était trop avancée. C'était le fond et la lie de l'Amérique où tous les traîtres de mélo viennent se décanter, où les gens déboussolés doivent aller pour se mettre à portée d'un lieu précis d'évasion où ils peuvent se faufiler subrepticement. La contrebande flottait dans l'air lourd et sirupeux. Les trognes des flics étaient toutes rouges et renfrognées et suantes et pas fières du tout. Les serveuses étaient sales et écœurées. Juste au-delà, on pouvait deviner la présence énorme de toute la masse du Mexique et presque sentir les billions de tortillas qui rissolaient et fumaient dans la nuit. On ne savait vraiment pas de quoi aurait l'air le Mexique. On était revenus au niveau de la mer et, quand on essaya de manger un casse-croûte, on put à peine l'avaler. Je l'enveloppai dans des serviettes pour le voyage, à toutes fins utiles. Nous étions angoissés et tristes. Mais tout changea quand on traversa le pont mystérieux au-dessus du fleuve et que nos roues roulèrent officiellement sur le sol mexicain, bien que ce ne fût que le chemin de douane. Juste de l'autre côté de la rue, le Mexique commençait. On regarda émerveillés. À notre étonnement, ça ressemblait exactement au Mexique. Il était trois heures du matin et des types en chapeaux de paille et pantalons blancs étaient adossés par douzaines à des façades de boutiques délabrées et pouilleuses.

« Reluque ces mecs ! murmura Dean, Oo, soupira-t-il doucement, attends, attends. » Les fonctionnaires mexicains sortirent, le sourire aux dents, et nous demandèrent de bien vouloir exhiber notre bagage. Ce qu'on fit. On ne pouvait pas détacher les yeux du trottoir d'en face. Nous brûlions de foncer là-dedans et de nous perdre dans ces mystérieuses rues espagnoles. Ce n'était que Nuevo Laredo mais il nous semblait que c'était Lhassa la Sainte. « Mon pote, ces types restent debout toute la nuit », souffla Dean. On se pressa de mettre nos papiers en règle. On nous conseilla de ne plus boire l'eau du robinet, maintenant que nous avions passé la frontière. Les Mexicains regardèrent nos bagages par-dessus la jambe. Ils n'avaient rien de bureaucratique. Ils étaient flemmards et affectueux. Dean les dévorait des yeux. Il se tourna vers moi. « Vise comment sont les flics dans ce pays. Je n'arrive pas à y croire ! » Il se frotta les yeux. « Je crois rêver. » Puis ce fut le moment de changer notre argent. On vit de grandes piles de pesos sur une table et on apprit qu'il en fallait huit pour faire un dollar américain, ou à peu près. On changea le plus clair de notre argent et on bourra nos poches de gros rouleaux avec délice.

# V

Puis on tourna vers le Mexique nos visages timides et émerveillés tandis que ces douzaines de mecs mexicains nous observaient par-dessous les bords mystérieux de leurs chapeaux, du fond de la nuit. Là-bas, il y avait de la musique et des restaurants de nuit avec la fumée qui s'exhalait par la porte. « Whii », souffla Dean très doucement.

« C'est tout ! » Le fonctionnaire mexicain grimaça un large sourire. « Vous êtes en règle, les gars. En avant. Bienvenue au Mexique. Marrez-vous bien. Attention à votre argent. Attention à la conduite. Je vous le dis entre nous, c'est moi Red, tout le monde m'appelle Red. N'avez qu'à demander Red. Mangez bien. Vous faites pas de bile. Tout est parfait. C'est pas difficile de s'en payer au Mexique.

— Oui ! » fit Dean tout frissonnant et on fila de l'autre côté de la rue, pénétrant au Mexique sur la pointe des pieds. On laissa l'auto en station et on déambula tous les trois de front dans la rue espagnole, sous les tristes lumières jaunâtres. Des vieux étaient assis sur des chaises dans le noir et avaient l'air de drogués et de mages d'Orient. Personne ne nous regardait vraiment, pourtant chacun voyait le moindre de nos gestes. On s'engouffra d'un seul coup sur notre gauche, dans le restaurant enfumé, et on plongea dans une musique de guitare gaucho qui sortait d'un juke-boxe américain des années trente. Des chauffeurs de taxi mexicains en manches courtes et des gouapes mexicaines en chapeau de paille étaient assis sur des tabourets, à dévorer des plats informes de tortillas, des haricots, des tacos, et autres trucs. On acheta trois bouteilles de bière fraîche, plus exactement de *cerveza*, au tarif de trente cents mexicains ou dix cents américains chacune. On acheta des paquets de cigarettes mexicaines à six *cents* pièce. On ne se lassait pas de caresser des yeux notre merveilleux argent mexicain — on irait loin avec — et on le manipulait et on reluquait l'assistance et on faisait des sourires à la ronde. Derrière nous, s'étalait toute l'Amérique et tout ce que Dean et moi avions auparavant appris de la vie, et de la vie sur la route. Nous avions enfin trouvé la terre magique au bout de la route et jamais nous n'avions imaginé le pouvoir de cette magie. « Songez que ces mecs ne ronflent pas de la nuit, murmura Dean, et songez à ce gros continent qui est devant nous avec ses énormes montagnes de la Sierra Madre qu'on a vues dans les films et les jungles tout le long du chemin et tout un plateau désertique aussi vaste que le nôtre, et qui s'étend jusqu'au Guatemala et Dieu sait où. Hou ! Qu'est-ce qu'on fait ? Qu'est-ce qu'on fait ? Il faut foncer ! » On sortit et on revint à la bagnole. Un dernier coup d'œil à l'Amérique au-delà des lumières crues du pont du Rio Grande et on lui tourna le dos et le pare-chocs et on démarra.

Aussitôt on déboucha dans le désert, cinquante miles de plat, sans lumière ni auto. Et juste à ce moment, l'aube apparaissait sur le Golfe du Mexique et on se mit à distinguer les formes spectrales des yuccas et des tuyaux d'orgues qui se dressaient de tous côtés. « Quel pays sauvage ! », glapis-je. Dean et moi étions tout réveillés alors qu'à Laredo, nous étions à moitié morts. Stan, qui avait déjà été à l'étranger, dormait paisiblement sur le siège arrière. Dean et moi avions le Mexique tout entier devant nous.

— Maintenant, Sal, nous laissons tout derrière nous et inaugurons une phase nouvelle et ignorée des choses. Toutes ces années de drames et de voluptés... et maintenant ça ! De sorte que nous pouvons sans crainte écarter toute autre pensée et simplement aller de l'avant la tête à la portière, de cette façon, tu vois, et comprendre le monde, réellement et authentiquement parlant, comme les autres Américains ne l'ont jamais fait avant nous... Ils sont venus là, non ? Pour la guerre du Mexique. Fonçant avec leurs canons.

— Cette route, lui dis-je, est aussi l'itinéraire des anciens hors-la-loi d'Amérique qui avaient coutume de sauter la frontière et de descendre jusqu'au vieux Monterrey, de sorte que si tu examines attentivement ce désert grisaillant et que tu imagines le fantôme d'un vieux bandit de Tombstone galopant dans l'inconnu son exil solitaire, tu verras alors...

— Voici le monde, dit Dean. Mon Dieu ! cria-t-il, claquant de ses mains le volant. Voici le monde ! Nous pouvons aller directement en Amérique du Sud, si la route y va. Songes-y ! Enfant de putain ! Foutre Dieu ! » Et on fonçait toujours. L'aube se déploya très vite et on commença à voir le sable blanc du désert et, de loin en loin, des cabanes à l'écart de la route. Dean ralentit pour les examiner. « De vraies cabanes de misère, mon pote, un style qu'on trouve seulement dans la Vallée de la Mort et en plus moche. Ces gens ne se soucient aucunement des apparences. » Devant nous, la première ville qui eût quelque importance sur la carte se nommait Sabinas Hidalgo. On avait sacrément hâte d'y arriver et de la voir. « Et la route ne diffère pas de la route américaine, s'écria Dean, à l'exception d'une chose unique et démentielle, comme tu peux le remarquer, ici à droite, les bornes milliaires ont des inscriptions en kilomètres et elles cliquettent la distance qui nous sépare de Mexico. Tu piges, c'est l'unique grande ville de tout le pays, tout converge dessus. » Il ne restait plus que sept cent soixante-sept miles jusqu'à cette métropole ; en kilomètres, le chiffre dépassait le millier. « Bon Dieu ! Faut que j'y arrive ! » s'écria Dean. Pendant un moment, je fermai les yeux, absolument épuisé, et j'entendais toujours Dean qui cognait le volant avec ses poings et disait : « Bon Dieu », et « Quelle jouissance ! » et « Oh, quel pays ! » et « Oui ! » On arriva à Sabinas Hidalgo, en plein désert, environ à sept heures du matin. On roula complètement au pas pour voir ça. On réveilla Stan à l'arrière. On se redressa, droits sur nos sièges, pour savourer. La rue principale était boueuse et pleine de trous. De chaque côté, c'étaient des façades sales, délabrées, décrépies. Des ânes marchaient dans la rue avec des paquets. Des femmes pieds nus nous observaient sous des porches obscurs. La rue était toute grouillante de piétons qui commençaient une nouvelle journée dans les campagnes du Mexique. Des vieux aux moustaches en guidon nous regardaient fixement. Le spectacle de trois jeunes Américains barbus et dépenaillés, si différents des touristes habituels bien fringués, leur paraissait d'un intérêt inhabituel. On suivait la grand-rue en cahotant à dix miles à l'heure, buvant tout comme du petit lait. Un groupe de filles arriva juste au-devant de nous. Comme on passait en cahotant, une d'elles dit : « Où tu vas, mon pote ? »

Je me tournai vers Dean, stupéfait. « T'as entendu ce qu'elle a dit ? »

Dean fut tellement étonné qu'il continua à rouler lentement, en disant : « Oui, j'ai entendu ce qu'elle a dit, bon Dieu oui et foutrement bien, oh moi, oh moi, je ne sais pas quoi faire tellement je suis excité et enamouré dans ce monde matinal. Nous sommes finalement arrivés au paradis. Ça ne pourrait être plus paisible, ça ne pourrait être plus grandiose, ça ne pourrait être autrement.

— Eh bien, retournons et embarquons-les ! dis-je.

— Oui », dit Dean et il continua à rouler droit devant lui à cinq miles à l'heure. Il était assommé, plus rien n'avait cours de ce qu'il avait coutume de faire en Amérique. « Il y en a des millions tout le long de la route ! », dit-il. Néanmoins il fit demi-tour et passa de nouveau près des filles. Elles partaient travailler dans les champs ; elles nous sourirent. Dean les fixa avec des yeux mourants. « Bon Dieu, dit-il à mi-voix. Oh ! C'est trop grandiose pour être vrai. Ces filles, ces filles. Et tout particulièrement maintenant, en cet état et condition où je suis, Sal, je savoure les intérieurs de ces maisons devant lesquelles nous passons, ces foutus porches, et tu reluques à l'intérieur et tu vois des paillasses et des petits mômes bruns qui dorment et gigotent en se réveillant, leurs pensées toutes figées dans le néant de leur tête ensommeillée, leurs petites personnes émergeant, et les mères en train de préparer le petit déjeuner dans des pots en fer, et savoure-moi ces jalousies qu'ils ont aux fenêtres, et les vieux, les vieux sont tellement paisibles et grandioses et sans aucune inquiétude. Il n'y a aucune suspicion ici, pas un soupçon. Chacun est en paix, chacun te regarde avec des yeux bruns si francs et ils ne disent mot, regardent juste, et dans ce regard toutes les qualités humaines sont tamisées et assourdies et toujours présentes. Imagine toutes les histoires idiotes qu'on lit sur le Mexique et le gringo assoupi et toute cette merde dont on emmerde les *graisseux* * et apparentés, alors qu'en vérité les gens d'ici sont droits et bons et ne feraient pas de mal à un chat. J'en suis stupéfait. » Formé à la rude école de la nuit de la route, Dean était venu au monde pour voir ça. Il se penchait sur le volant à droite et à gauche et roulait tout doucement. On s'arrêta pour l'essence de l'autre côté de Sabinas Hidalgo. Là, une assemblée de ranchers du cru avec chapeaux de paille et moustaches en guidon grommelaient et plaisantaient devant d'antiques pompes à essence. À travers champs, un vieil homme traînait la jambe, poussant un âne du bout de sa badine. Le soleil se levait pur au-dessus des pures et séculaires activités de la vie des hommes.

On reprit alors la route en direction de Monterrey. Les grandes montagnes s'élevèrent devant nous, coiffées de neige ; on se précipita sur elles. Une brèche s'entrouvrit et déploya un col et on suivit le mouvement. En quelques minutes, on fut sortis du désert de bouteloues et on grimpait dans l'air frais sur une route bordée d'un mur de pierre le long du précipice, avec des noms de présidents, de grandes inscriptions à la chaux sur les falaises : ALEMAN ! On ne rencontrait personne sur cette route monta-

---

* *Greasers* : expression du mépris yankee à l'égard des Hispano Américains.

gnarde. Elle serpenta au milieu des nuages et nous mena jusqu'au sommet, sur le grand plateau. Au milieu de ce plateau, la grande ville industrielle de Monterrey fumait dans les cieux bleus où les énormes nuages du Golfe flottaient sur la coupe du jour comme une toison. On entrait à Monterrey comme à Detroit, en longeant de grands murs d'usines, mais, devant, des ânes se chauffaient au soleil dans l'herbe et l'on voyait les faubourgs en torchis d'une ville fourmillante, des milliers de vagabonds roués qui erraient sur le pas des portes et des putains qui regardaient par les fenêtres et des boutiques où l'on devait pouvoir trouver n'importe quoi et des trottoirs étroits où grouillait l'humanité de Hong-Kong. « Aïaou ! gueula Dean. Et tout ça sous ce soleil. As-tu savouré ce soleil mexicain, Sal ? Il vous saoule. Hou ! J'ai envie de foncer et de foncer... cette route me conduit ! » On proposa de s'arrêter pour goûter aux plaisirs de Monterrey mais Dean voulait faire le trajet de Mexico dans un délai ultra-spécial et, en outre, il savait que la route deviendrait plus intéressante, tout particulièrement en avant, toujours en avant. Il conduisait comme un démon et ne se reposait jamais. Stan et moi étions complètement claqués ; on s'en remit à lui, morts de sommeil. Je levai les yeux à la sortie de Monterrey et vis deux énormes pics jumeaux et surnaturels au-delà du Vieux Monterrey, au-delà du refuge des hors-la-loi.

Montemorelos était devant nous, une descente qui nous ramena à une altitude où il faisait plus chaud. Tout devint excessivement chaud et étrange. Il fallut absolument que Dean me réveille pour voir ça. « Regarde, Sal, tu ne dois pas manquer ça. » Je regardai. On traversait des marais et, le long de la route, dans des éclaircies de broussailles, d'étranges

Mexicains vêtus de haillons en loques déambulaient avec la machette pendue à leur ceinture de corde, et quelques-uns d'entre eux tailladaient les taillis. Ils s'arrêtèrent tous pour nous observer flegmatiquement. Dans le fouillis de la brousse, on voyait de loin en loin des cabanes couvertes de chaume avec des parois en bambou très africaines, juste des huttes de branchages. D'étranges filles, sombres comme la lune, nous observaient dans l'encadrement mystérieux et verdoyant des portes. « Oh, mon pote, j'ai envie de m'arrêter pour me tourner les pouces avec les petites chéries, s'écria Dean, mais note que la vieille dame ou le vieux monsieur est toujours quelque part dans le secteur, d'ordinaire dans le fond de la hutte, parfois à une centaine de yards, ramassant des broutilles et du bois ou gardant les bestioles. Elles ne sont jamais seules. Personne n'est jamais seul dans ce pays. Pendant que tu dormais, j'ai savouré cette route et ce pays et si seulement je pouvais te dire toutes les pensées qui me sont venues, mon pote ! » Il était en nage. Ses yeux étaient injectés de sang et fous mais aussi pleins de douceur et de tendresse ; il avait trouvé un peuple à son image. On déboulait au quarante-cinq de croisière à travers les marais interminables. « Sal, je pense que le pays ne va pas changer pendant un bon bout de temps. Si tu veux conduire, je vais dormir maintenant. »

Je pris le volant et me promenai parmi les rêveries de mon cru, via Linares, la chaleur, le plat pays des marais, franchissant le Rio Soto la Marina tout vaporeux, près de Hidalgo, et toujours de l'avant. Une grande vallée de jungle verdoyante avec de longs champs de moissons vertes s'ouvrit devant moi. Des groupes d'hommes nous regardèrent passer sur un vieux pont étroit. La rivière chaude coulait. Puis on gagna de l'altitude jusqu'au moment où une sorte de désert apparut de nouveau. La ville de Gregoria était devant nous. Les gars dormaient et j'étais seul au volant de mon éternité et la route filait droit comme une flèche. Ce n'était pas comme si j'avais roulé en Caroline, ou au Texas, ou en Arizona ou en Illinois ; mais comme si j'avais parcouru le monde et les lieux où nous irons finalement quêter les leçons des Indiens Fellahs de l'univers, essentielle engeance de la primitivité fondamentale, humanité gémissante qui entoure d'une ceinture la bedaine équatoriale de la terre depuis la Malaisie (ongle effilé de la Chine) jusqu'à l'Inde, le sous-continent immense, à l'Arabie, au Maroc, aux déserts et aux jungles identiques du Mexique et, par-dessus les flots, jusqu'en Polynésie, au Siam mystique de la Robe Jaune et autour, tout autour, si bien que l'on entend la même lugubre lamentation le long des murs pourris de la Cadix d'Espagne qu'à douze mille miles de là dans les abîmes de Benares, la Capitale du Monde. Ces gens étaient indubitablement des Indiens et n'avaient rien de commun avec les Pedros et les Panchos du stupide folklore de l'Amérique civilisée ; ils avaient des pommettes saillantes et des yeux bridés et des manières fort douces ; ce n'étaient pas des pantins, ce n'étaient pas des clowns ; c'étaient des Indiens pleins de grandeur et de gravité, la source même de l'espèce humaine qu'ils avaient engendrée. Les migrations sont chinoises mais la terre est chose indienne. Essentiels, tels des rocs dans le désert, ils se dressent dans le désert de « l'histoire ». Et ils savaient cela tandis que nous passions, tels des Américains vaniteux et richards qui venaient apparemment faire la foire sur leurs terres ; ils savaient qui était le père et qui était le fils de l'antique vie sur cette terre et ils se gardaient de tout commentaire. Car, lorsque viendra le temps de l'anéantissement pour le monde de « l'histoire » et que l'Apocalypse des Fellahs luira de nouveau comme tant de fois auparavant, le peuple aura le même regard fixe au fond des cavernes du Mexique et le même regard au fond des cavernes de Bali où tout a commencé et où Adam fut allaité et initié à la connaissance. Tel était le cours de mes pensées tandis que je conduisais l'auto jusqu'à Gregoria, ville brûlante et cuite par le soleil.

Auparavant, quand on était à San Antonio, j'avais promis à Dean, en guise de plaisanterie, de lui trouver une fille. C'était un pari et un défi. Comme j'arrêtais l'auto devant une station d'essence, près de Gregoria la solaire, un jeune type traversa la route, les pieds en loques, chargé d'un énorme écran de pare-brise, et voulut savoir si j'en étais acquéreur. « Tu aimes ? Soixante pesos. *Habla español ? Sesenta pesos.* Mon nom est Victor.

— Non, dis-je en riant, j'achète une señorita.

— D'accord, d'accord ! s'écria-t-il très excité. Je trouve des filles quand tu veux. Trop chaud maintenant, ajouta-t-il d'un air de dégoût. Pas bon, les filles, pendant la chaleur. Attends ce soir. Tu aimes l'écran ? »

Je ne voulais pas de l'écran mais je voulais les filles. Je réveillai Dean. « Hé, mon pote, je t'ai dit au Texas que je te trouverais une fille, c'est dans le sac, étire tes os et réveille-toi, mon gars ; il y a des filles qui nous attendent.

— Quoi ? quoi ? s'écria-t-il, dans un soubresaut, hagard. Où ? où ?

— Ce gars, Victor, va nous montrer le chemin.

— Eh bien, allons-y, allons-y ! » Dean bondit hors

436

de l'auto et serra la main de Victor. Il y avait une bande d'autres gars qui rôdaient autour de la station et souriaient de toutes leurs dents, la moitié pieds nus, tous coiffés de chapeaux de paille avachis. « Mon pote, me dit Dean, n'est-ce pas une délicieuse façon de passer l'après-midi ? C'est tellement plus nature que les billards de Denver. Victor, tu as des filles ? Où ça ? *A donde ?* cria-t-il en espagnol. Savoure ça, Sal, je parle espagnol.

— Demande-lui si on peut avoir du *thé*. Hé, gars, tu as de la ma-ree-wa-na ? »

Le gars hocha la tête gravement. « Si, quand tu veux, mon pote. Viens avec moi.

— Hii ! Whii ! Hou ! », gueula Dean. Il était complètement réveillé et bondissait à pieds joints dans cette rue mexicaine assoupie. « Allons-y tous ! » J'étais en train de passer des Lucky Strike aux autres gars. Nous les amusions beaucoup et tout particulièrement Dean. Ils se tournaient les uns vers les autres, la main devant la bouche, et débitaient leurs impressions sur ce dingo d'Américain. « Savoure-les, Sal, en train de discuter de nous et de savourer. Oh, bonté divine, quel monde ! » Victor monta dans l'auto avec nous et on démarra en cahotant. Stan Shephard dormait à poings fermés et il se réveilla au milieu de cette folie.

On prit un chemin qui menait au désert, de l'autre côté de la ville, et on bifurqua sur une mauvaise route coupée d'ornières qui secouait l'auto comme elle ne l'avait jamais été. Au bout, c'était la maison de Victor. Elle se dressait au bord d'un champ de cactus, ombragée par quelques arbres, une simple boîte à biscuits en torchis, avec quelques types affalés dans la cour. « Qui c'est ? », s'écria Dean tout excité.

— Mes frères. Ma mère est là aussi. Ma sœur aussi. C'est ma famille. J'suis marié, j'habite en ville.

Dean fit la grimace. « Et ta mère alors ? Qu'est-ce qu'elle va dire pour la marijuana ?

— Oh, elle va la chercher pour moi. » Et tandis qu'on attendait dans l'auto, Victor descendit et se trimballa jusqu'à la maison et dit quelques mots à une vieille dame qui tourna vivement les talons et alla dans le fond du jardin et se mit à ramasser des feuilles sèches de marijuana qu'on avait arrachées du pied et laissé sécher au soleil du désert. Pendant ce temps, les frères de Victor souriaient de toutes leurs dents sous un arbre. Ils allaient venir à notre rencontre mais il leur fallait un bout de temps pour se lever et marcher jusque-là. Victor revint, souriant gentiment de toutes ses dents.

— Mon pote, dit Dean, ce Victor est le plus charmant, le plus chouette, le plus frénétique petit poney à queue coupée que j'aie jamais rencontré en toute ma vie. Regarde-le donc, regarde cette démarche sereine et lente. Il n'est absolument pas nécessaire de se presser dans ce coin-là. » La brise du désert incessante, obsédante, soufflait dans l'auto. Il faisait une chaleur étouffante.

— Tu vois, très chaud ? dit Victor en s'asseyant près de Dean et en montrant au-dessus de sa tête le toit brûlant de la Ford. Tu prends ma-ree-wana et plus chaud du tout. Tu attends.

— Oui, dit Dean en ajustant ses lunettes de soleil, j'attends. Bien sûr, mon p'tit Victor.

À ce moment arrivait le grand frère de Victor, d'un pas tranquille, avec un tas d'*herbe* sur une page de journal. Il déposa ça sur les genoux de Victor et se pencha négligemment à la portière de l'auto pour nous saluer d'un signe de tête et faire un sourire et dire : « Hallo. » Dean salua de la tête et lui fit un sourire charmant. Personne ne parlait ; c'était magnifique. Victor se mit à rouler le plus gros cigare qu'on ait jamais vu. Ce qu'il roulait (dans du papier brun d'emballage) prenait la dimension d'un délirant Corona bourré de *thé*. Il était énorme. Dean l'observait, les yeux écarquillés. Victor l'alluma avec désinvolture et le passa à la ronde. À tirer sur ce truc, on aurait dit qu'on respirait au-dessus d'une cheminée. Cela soufflait dans votre gorge une grande bouffée de chaleur. On retint notre souffle et on lâcha tous ensemble la fumée. En un rien de temps, on fut tous gris. La sueur se figea sur nos fronts et on était soudain sur la plage d'Acapulco. Je regardai par la vitre arrière de l'auto et vis un autre, et le plus étrange, des frères de Victor, un grand Péruvien d'Indien avec une écharpe sur l'épaule, qui était adossé à un poteau, souriant de toutes ses dents, trop timide pour venir serrer les mains. Il semblait que l'auto fût assiégée par les frères, car un autre apparut à côté de Dean. Alors se produisit le phénomène le plus étrange. Tout le monde devint si gris que toute étiquette d'usage devenait superflue et que toute chose d'intérêt immédiat s'imposait à la méditation, et c'était alors l'étrangeté de ces Américains et de ces Mexicains en train de souffler tous ensemble dans le désert et, plus encore, l'étrangeté de voir, si proches, les visages et les pores de la peau et les callosités des doigts et les pommettes aplaties d'un autre monde. Les frères indiens se mirent donc à parler de nous à voix basse et à commenter l'événement ; on les voyait observer et jauger et comparer leurs impressions réciproques ou les corriger ou les modifier, « Yeh, yeh », tandis que Dean et moi faisions nos commentaires sur eux en anglais.

— Veux-tu bien sa-vou-rer ce frère surnaturel der-rière l'auto qui n'a pas bougé de ce poteau et qui, à un poil près, n'a pas atténué l'intensité de la joyeuse et drôle timidité de son sourire ? Et celui qui est là, à ma gauche, le plus vieux, plus sûr de lui mais triste, une sorte de raté, peut-être même une sorte de clochard en ville, tandis que Victor est respectablement marié... il a foutrement l'air d'un roi d'Égypte, comme tu peux en juger. Ces types sont des vrais mecs. N'ai jamais rien vu de semblable. Et ils discutent et se posent des questions à notre sujet, tu vises ? Exactement comme nous faisons, mais à une différence près, s'intéressant probablement à la manière dont nous sommes habillés — tout à fait comme nous vraiment —, mais intrigués encore par les choses que nous avons dans la voiture et nos étranges manières de rire si différentes des leurs, et peut-être même par nos odeurs qu'ils comparent aux leurs. Néanmoins je donnerais mes dents de lait pour savoir ce qu'ils racontent sur nous. » Et Dean essaya de savoir. « Hé, Victor, mon pote... qu'est-ce que dit ton frère juste en ce moment ? »

Victor tourna ses yeux bruns, lugubres, chavirés, vers Dean.

— Ouais, ouais.

— Non, tu ne comprends pas ma question. De quoi parlez-vous, les gars ?

— Oh, dit Victor tout bouleversé, tu n'aimes pas cette ma-ré-wana ?

— Oh, si, si, merveilleuse ! Mais de quoi parlez-vous ?

— Parler ? Oui, on parle. Comment tu trouves Mexique ?

L'approche était délicate sans un langage commun. Et de nouveau tout le monde retrouva la paix et la sérénité et l'ivresse et se contenta de jouir de la brise du désert et de ruminer respectivement, eu égard à sa nation, à sa race et à sa personnalité, des pensées de haute éternité.

Vint le moment d'aller trouver les filles. Les frères retournèrent en souplesse s'installer sous leur arbre, la mère nous observa de sa porte ensoleillée et on revint en ville en cahotant doucement.

Mais maintenant les cahots n'étaient plus si désagréables ; c'était la balade la plus plaisante et la plus délicieusement houleuse du monde, comme sur une mer d'azur, et le visage de Dean était embrasé d'une ardeur hors nature, comme nimbé d'or, tandis qu'il nous disait comprendre pour la première fois maintenant les ressorts de la voiture et savourer la chevauchée. On cahotait du toit au plancher et Victor lui-même comprenait et riait. Puis il indiqua la gauche pour montrer le chemin qui conduisait aux filles et Dean, regardant sur la gauche avec un indescriptible ravissement et se penchant dans cette direction, tourna le volant et nous transporta doucement et sûrement vers le but tout en restant attentif aux efforts de Victor pour s'exprimer et déclarant avec pompe et grandiloquence : « Oui, naturellement ! Il ne subsiste aucun doute en mon esprit ! Vraiment, pouët, pouït, tu me dis les choses les plus adorables ! Naturellement ! Oui ! Je t'en prie, continue ! » À quoi Victor répondait avec gravité et une magnifique éloquence espagnole. Pendant un moment démentiel, j'eus l'impression que Dean comprenait tout ce qu'il disait sous le coup d'une pure et furieuse intuition et d'une révélation soudaine et géniale que lui avait extraordinairement inspirée sa béatitude rayonnante. En ce moment aussi, il ressemblait si exactement à Franklin Delano Roosevelt — hallucination de mes yeux flamboyants et de ma cervelle à la dérive —, que je me redressai sur mon siège, et que j'en eus le souffle coupé. Assailli par les myriades fourmillantes des phosphènes célestes, il me fallait lutter pour voir la silhouette de Dean et il ressemblait à Dieu. J'étais tellement ivre que je devais appuyer la tête sur le dossier ; les cahots de l'auto me fichaient des couteaux d'extase à travers le corps. Je reculais devant la simple idée de regarder par la vitre le Mexique — qui maintenant s'était métamorphosé dans mon esprit —, comme devant une cassette que l'on découvre scintillante de mystère, resplendissante, et que l'on a peur de regarder car, sous les yeux fascinés, les richesses et les trésors sont trop nombreux pour qu'on s'en empare d'un seul coup. Ma gorge se serrait. Je voyais des fleuves d'or qui traversaient le ciel et transperçaient complètement le toit déchiré de la pauvre vieille bagnole, et mes yeux de part en part, et m'en mettaient vraiment plein la vue ; tout était embrasé. Je regardai par la vitre les rues chaudes, brûlées par le soleil, et vis une femme sur le pas d'une porte et crus qu'elle écoutait chaque mot que nous disions et qu'elle opinait de son côté, hallucinations courantes de la paranoïa du *thé*. Mais le fleuve d'or continuait à couler. Pendant un long moment, en mon for intérieur, je perdis conscience de ce qu'on faisait et ne revins à moi qu'au bout d'un certain temps, remontant d'un abîme de feu et de silence comme on s'éveille au monde du fond du sommeil ou comme on passe du néant au rêve, et ils me dirent que nous étions arrêtés devant la maison de Victor et déjà il était à la portière de l'auto avec son petit garçon dans les bras, en train de nous le montrer.

— Vous voyez mon bébé ? Son nom est Pérez, il a six mois.

442

— Eh bien, dit Dean, le visage encore transfiguré, inondé de volupté suprême et presque de béatitude, c'est le plus bel enfant que j'aie jamais vu. Regardez ces yeux. Maintenant, Sal et Stan, dit-il en nous regardant d'un air grave et tendre, je veux que vous examiniez tout parti-cu-lière-ment les yeux de ce petit Mexicain qui est le fils de notre merveilleux ami Victor et que vous observiez comment il abordera l'âge viril avec son âme à lui, qui s'exprime par les fenêtres que sont ses yeux et des yeux aussi adorables assurément prophétisent et dénotent la plus adorable des âmes.

C'était un beau discours. Et c'était un beau bébé. Victor contemplait son ange d'un air de mélancolie funèbre. On avait tous envie d'avoir un petit garçon comme ça. On se concentrait si puissamment sur l'âme de l'enfant qu'il en éprouva quelque effet et commença par grimacer, puis versa des larmes amères, en proie à quelque chagrin inconnu qu'il nous était impossible d'apaiser car son origine remontait trop loin dans le temps et ses mystères innombrables. On essaya tout ; Victor le nicha dans son cou et le berça, Dean roucoula, je tendis la main pour caresser le petit bras du bébé. Il braillait de plus belle. « Ah, fit Dean, je suis affreusement désolé, Victor, que nous l'ayons rendu malheureux.

— Il est pas malheureux, bébé pleure. » Sur le pas de la porte, derrière Victor, trop timide pour sortir, il y avait sa petite femme aux pieds nus, qui attendait avec une tendresse anxieuse que l'on rende le bébé à ses bras si bruns et si doux. Après nous avoir présenté son enfant, Victor grimpa de nouveau dans l'auto et montra la droite d'un geste altier.

— Oui », dit Dean et il fit demi-tour et engagea l'auto dans d'étroites rues algériennes où des visages nous observaient de tous côtés avec un doux étonnement. On arriva au bordel. C'était un somptueux établissement en stuc sous le soleil d'or. Dans la rue, adossés aux rebords des fenêtres du bordel, il y avait deux flics, aux pantalons bosselés, crevant d'ennui, ensommeillés, dont les yeux s'allumèrent d'une brève lueur lorsqu'on entra et qui devaient rester là durant les trois heures que nous passâmes à faire des galipettes sous leur nez, jusqu'au moment où nous sortîmes, au crépuscule, pour leur donner, sur ordre de Victor, l'équivalent de vingt-quatre cents par personne, uniquement pour respecter les formes.

Et là-dedans on découvrit les filles. Les unes étaient allongées sur des divans au milieu de la piste de danse, d'autres se cuitaient devant le long bar, à droite. Au centre, une voûte menait à de petites cabines cloisonnées qui ressemblaient à ces édifices où l'on enfile son costume de bain sur les plages municipales. Ces cabines étaient en plein soleil dans la cour. Derrière le bar se tenait le patron, un jeune type qui sortit aussitôt en courant quand on lui dit qu'on voulait entendre du mambo et qui revint avec une pile de disques, la plupart de Pérez Prado, et les mit sur le pick-up. En un instant, toute la ville de Gregoria put entendre qu'on se donnait du bon temps à la Sala de Baile. Dans la salle elle-même, le vacarme de la musique (car c'est vraiment ainsi que doit gueuler un juke-boxe et c'est pour cela qu'on l'a fait) était si effroyable que Dean, Stan et moi, on en fut tout ébranlés, nous rendant compte que nous n'avions jamais osé faire hurler la musique comme nous l'aurions voulu et que c'était ce hurlement que nous voulions. Elle soufflait et frissonnait en plein sur nous. En quelques minutes, la moitié du quartier

fut aux fenêtres du bordel à regarder les *Americanos*
danser avec les poules. Ils étaient tous plantés côte à
côte, avec les flics, sur le trottoir sale, accoudés dans
des poses indifférentes et désinvoltes. « More
Mambo Jambo », « Chattanooga de Mambo »,
« Mambo Numero Ocho »... tous ces rythmes délirants retentissaient et se déchaînaient dans l'après-
midi d'or et de mystère, la musique même qu'on
imagine entendre au dernier jour du monde et à la
Résurrection. Les trompettes semblaient si
bruyantes que je me dis qu'on devait les entendre
jusque dans le désert, qui de toute façon est la patrie
des trompettes. Les tambours étaient fous. La batterie mambo est une batterie conga qui vient des rives
du Congo, fleuve d'Afrique et du monde ; c'est la
vraie batterie du monde. Oum-*ta*, ta-pou-*poum*-
oum-*ta*, ta-pou-*poum*. Les accords du piano nous
douchaient du haut du micro. Les cris du chef attrapaient l'air à pleines poignes. Les chorus finaux de la
trompette, qui venaient sur un crescendo de tambourins conga et bango (c'était le disque grandiose
et fou de Chattanooga), clouèrent un moment Dean
au sol au point de le faire frissonner et transpirer
puis, quand les trompettes mordirent l'air épais de
leurs échos palpitants, comme dans un souterrain
ou une caverne, ses yeux s'agrandirent et s'arrondirent comme s'il voyait le diable, puis il les ferma
de toutes ses forces. J'en fus moi-même secoué
comme un pantin ; les trompettes fauchaient la
lueur de mes jours et je tremblais dans mes bottes.
  Sur le rythme rapide du « Mambo Jambo », on se
mit à danser frénétiquement avec les filles. Au travers de notre délire, on commença à discerner leurs
diverses personnes. C'étaient des filles étonnantes.
Bizarrement, la plus sauvage était mi-indienne, mi-

blanche et venait du Venezuela et n'avait que dix-huit ans. Elle avait l'air de sortir d'une bonne famille. Ce qu'elle faisait à putasser au Mexique à cet âge et si délicate de joue et si pure d'aspect, Dieu seul le sait. Quelque malheur terrible avait dû la mener là. Elle buvait au-delà de toute mesure. Elle s'envoyait des verres alors qu'elle semblait toujours sur le point de vomir le dernier. Elle renversait des verres sans arrêt, dans l'idée aussi de nous faire dépenser le plus d'argent possible. Vêtue d'un léger peignoir en plein après-midi, elle dansait frénétiquement avec Dean et se cramponnait à son cou et lui demandait toutes les faveurs. Dean était tellement ivre qu'il ne savait à qui se donner, aux filles ou au mambo. Ils partirent au galop vers les cabines. J'étais aux mains d'une grosse sans intérêt, accompagnée d'un petit chiot, et qui commença à se fâcher après moi quand je pris son chien en grippe parce qu'il n'arrêtait pas d'essayer de me mordre. Elle trancha le différend en le conduisant dans l'arrière-salle, mais, le temps qu'elle revienne, j'avais été agrafé par une autre fille, de meilleur aspect mais non la mieux, qui se colla à mon cou comme une sangsue. Je m'efforçais de trouver l'ouverture pour rejoindre une fille de couleur, peut-être âgée de seize ans, qui était assise mélancoliquement au milieu de la salle, en train d'examiner son nombril par un trou de sa robe-chemise. Je ne pus y parvenir. Stan avait une fille de quinze ans au teint couleur d'amande, avec une robe qui était à moitié boutonnée en haut et à moitié en bas. C'était fou. Une bonne vingtaine de types étaient penchés à la fenêtre, à observer.

À un certain moment, la mère de la môme de couleur (pas noire mais très foncée) arriva pour tenir un

446

bref et morne conciliabule avec sa fille. Quand je vis ça, je fus trop confus pour faire des avances à la seule môme que je désirais vraiment. Je laissai la sangsue m'emmener dans le fond où, comme dans un rêve, dans le vacarme et le rugissement de nouveaux haut-parleurs, ceux de la cabine, on secoua le lit pendant une demi-heure. Ce n'était qu'une pièce carrée, toute en planches et sans plafond, une icône dans un coin, une cuvette dans un autre. De tous les bouts du couloir obscur, les filles demandaient : « *Agua, agua caliente !* », ce qui signifie « eau chaude ». Stan et Dean étaient également hors de vue. Ma fille me soulagea de trente pesos, soit environ trois dollars et demi, et mendia un supplément de dix pesos et me gratifia d'une longue histoire à propos de je ne sais quoi. Je ne connaissais pas la valeur de l'argent mexicain ; pour tout ce que j'en savais, je possédais un million de pesos. Je lui jetai l'argent. On retourna danser à toute allure. Une foule plus nombreuse était rassemblée dans la rue. Les flics avaient l'air aussi ennuyés que d'ordinaire. La jolie Vénézuélienne de Dean m'embarqua, poussa une porte et on fut dans un autre et étrange bar qui dépendait apparemment du bordel. Là, un jeune barman était en train de parler et d'essuyer des verres et un vieux aux moustaches en guidon était assis, discutant avec ardeur de je ne sais quoi. Et là aussi le mambo rugissait d'un autre haut-parleur. On aurait dit que le monde entier était branché dessus. Le Venezuela s'accrocha à mon cou et demanda à boire. Le barman ne voulut pas la servir. Elle implora et implora et, quand il lui eut donné un verre, elle le renversa et, cette fois, sans aucune intention, car je vis son dépit dans ses pauvres yeux éperdus et chavirés. « T'en fais pas, bébé », lui dis-je.

447

Il fallait que je la soutienne sur son tabouret ; elle glissait sans arrêt. Je n'ai jamais vu une femme plus saoule, et seulement à dix-huit ans. Elle s'accrochait à mon pantalon, implorant ma pitié. Je lui payai un autre verre. Elle le siffla d'un coup. Je n'avais pas le cœur de l'essayer. Ma propre poule avait une trentaine d'années et se tenait mieux. Tandis que le Venezuela se trémoussait et souffrait dans mes bras, j'avais envie de l'emmener dans l'arrière-salle et de la déshabiller et simplement de lui parler ; mais je le gardai pour moi. Je la désirais follement, elle et l'autre fille à la peau sombre.

Le pauvre Victor, durant tout ce temps, était debout sur le marchepied en laiton du bar, le dos au comptoir et il bondissait de joie en voyant les galipettes de ses trois amis américains. On lui payait des verres. Ses yeux luisaient de désir mais il ne voulait pas accepter de femme, étant fidèle à son épouse. Dean le força à prendre de l'argent. Dans ce tumulte délirant, j'avais l'occasion de voir de quoi Dean était capable. Il était tellement hors de lui qu'il ne savait pas qui j'étais quand je le regardais sous le nez. « Ouais, ouais ! », c'était tout ce qu'il disait. Il semblait que cela ne dût jamais finir. C'était comme un long rêve fantomatique d'Arabie dans l'après-midi d'une autre vie, Ali-Baba et les ruelles et les courtisanes. Une nouvelle fois, je me précipitai avec ma fille dans sa chambre ; Dean et Stan échangèrent les filles qu'ils avaient déjà eues ; et nous fûmes hors de vue pendant un moment et les assistants durent attendre que le spectacle reprenne. L'après-midi s'alanguissait et fraîchissait.

Bientôt il ferait mystérieusement nuit dans la bonne vieille Gregoria. Le mambo ne s'arrêtait pas un instant ; c'était affolant comme un voyage interminable dans la jungle. Je ne pouvais me lasser d'admirer la môme au teint sombre et la façon, royale, dont elle déambulait en ce lieu et s'acquittait même de serviles besognes auxquelles le barman maussade la réduisait, comme de nous servir des verres ou de balayer le fond de la salle. De toutes les filles qui étaient là-dedans, c'était celle qui avait le plus grand besoin d'argent ; peut-être sa mère était-elle venue lui demander de l'argent pour ses petites sœurs et ses petits frères en bas âge. Les Mexicains sont pauvres. Jamais, jamais je n'eus l'occasion de m'approcher simplement d'elle et de lui donner de l'argent. J'ai l'impression qu'elle l'aurait pris avec un certain mépris et le mépris d'une personne comme elle me fit reculer. Dans ma folie je fus réellement amoureux d'elle pendant les quelques heures que tout cela dura ; c'était, au fond de l'âme, le même élancement douloureux qui ne trompe pas, les mêmes symptômes, la même souffrance, et surtout la même répugnance et la même frayeur à s'approcher du but. Il était étrange que Dean et Stan eussent aussi flanché devant elle ; son irréprochable dignité était la raison de sa pauvreté dans ce vieux bordel délirant, aussi curieux que ce fût. À un moment, je vis Dean se pencher vers elle, dans une pose de statue, prêt à lui voler dans les plumes, et la honte lui monta au visage tandis qu'elle regardait dans sa direction, d'un air froid et auguste, et il arrêta de frotter son ventre et resta bouche bée et finalement baissa la tête. Car elle était la reine.

Et soudain Victor se cramponna furieusement à nos bras et nous fit des gestes frénétiques.

— Qu'est-ce qui se passe ?

Il essaya tout ce qu'il savait pour nous faire comprendre. Puis il courut au bar et arracha la note au barman, qui lui lança un sale regard, et nous l'apporta pour qu'on voie. L'addition dépassait trois cents pesos, soit trente-six dollars américains, ce qui représente pas mal de fric dans n'importe quel bordel. Pourtant nous n'arrivions pas à nous dégriser et ne voulions pas partir et, quoique nous fussions tous épuisés, nous voulions rester encore avec nos délicieuses filles dans cet étrange paradis d'Arabie que nous avions finalement découvert au bout de la rude, rude route. Mais la nuit venait et il fallait en finir ; et Dean comprit ça et il se mit à froncer les sourcils et à réfléchir et à essayer de se reprendre en main et, en fin de compte, je lançai l'idée de mettre les bouts une fois pour toutes. « Tellement de choses nous attendent, mon pote, qu'est-ce que ça peut foutre.

— C'est exact ! » s'écria Dean, les yeux vitreux, et il se tourna vers sa Vénézuélienne. Elle s'était trouvée mal en fin de compte et gisait sur un banc de bois avec ses jambes blanches qui émergeaient de la soie. Le public de la fenêtre profitait du spectacle ; derrière eux, des ombres rougeoyantes commençaient à se glisser et, quelque part, j'entendis un nouveau-né vagir dans une soudaine accalmie, me rappelant que j'étais au Mexique après tout et non point dans un rêve pornographique au paradis du haschisch.

On sortit tout titubants ; on avait oublié Stan ; on courut le rechercher et on le trouva en train de saluer galamment les nouvelles putains du soir qui venaient juste d'arriver pour prendre le service de nuit. Il voulait repartir à zéro. Quand il est saoul, il est aussi encombrant qu'un type de dix pieds de haut et, quand il est saoul, on ne peut pas l'arracher aux femmes. D'ailleurs les femmes se cramponnent à lui comme du lierre. Il insistait pour rester et mettre à l'essai quelques-unes de ces nouvelles señoritas plus singulières et plus expertes. Dean et moi, on le poussa dans le dos et on le tira dehors. Il prodigua des gestes d'adieu à tout un chacun, aux filles, aux flics, à la foule, aux enfants qui étaient dehors dans la rue ; il souffla des baisers dans toutes les directions sous les ovations de Gregoria et tituba fièrement au milieu des gens, s'efforçant de leur parler et de leur communiquer sa joie et son amour de toute la nature en ce bel après-midi de la vie. Tout le monde riait ; certains lui donnaient des claques dans le dos. Dean se précipita pour régler aux policiers les quatre pesos et leur serrer la main et leur sourire de toutes ses dents et échanger des courbettes avec eux. Puis il bondit dans l'auto et les filles que nous avions connues, même le Venezuela, que l'on réveilla pour les adieux, se rassemblèrent autour de l'auto, attifées de leurs nippes légères, et nous dirent au revoir et nous embrassèrent et le Venezuela se mit même à pleurer, quoique ce ne fût pas pour nous, on le savait, pas tout à fait pour nous, assez copieusement cependant et assez bien. Ma moricaude adorée avait disparu dans les ténèbres de la boîte. Tout était fini. On se tira et on les laissa tous derrière nous célébrer dans la joie les centaines de pesos gagnées, ça ne semblait pas être une mauvaise journée. Le mambo hallucinant nous accompagna le long de quelques pâtés de maisons. Tout était fini. « Adieu, Gregoria ! », s'écria Dean en lui envoyant un baiser.

Victor était fier de nous et fier de lui. « Maintenant, ça vous plaît, un bain ? » demanda-t-il. Oui, nous avions tous envie d'un merveilleux bain.

Et il nous conduisit vers la chose la plus étrange du monde : c'était une maison de bains ordinaire du type américain, à un mile de la ville, sur la grand-route, avec une foule de gosses qui barbotaient dans une piscine et des douches à l'intérieur d'un bâtiment en dur, la douche revenant à quelques centavos avec savon et serviette fournis par l'employé. À côté de l'établissement, il y avait aussi un triste jardin d'enfants avec des balançoires et un manège déglingué et, dans le rougeoiement du couchant, cela semblait tout à fait étrange et somptueux. Stan et moi, on prit des serviettes et on bondit à l'intérieur sous la douche glacée et on sortit de là frais et neufs. Dean se foutait pas mal d'une douche et on le vit au loin, dans le triste jardin, qui se baladait bras dessus bras dessous avec le bon Victor et devisait avec volubilité et affabilité et même qui se penchait vers lui tout excité pour faire ressortir un argument, se frappant la paume de la main. Puis ils reprenaient la position bras dessus bras dessous et se baladaient. Le moment approchait où il faudrait faire nos adieux à Victor, aussi Dean saisissait-il l'occasion de passer quelques instants seul avec lui et de visiter le jardin et d'élucider ses opinions sur les choses en général et de le savourer de part en part, comme Dean seul savait le faire.

Victor fut très triste quand on dut partir. « Vous revenir à Gregoria, me voir ?

— Bien sûr, mon pote ! », dit Dean. Il promit même de ramener Victor aux États-Unis s'il le désirait. Victor dit qu'il lui faudrait méditer la question.

— J'ai une femme et un gosse, pas un rond, vais voir.

Son aimable et doux sourire rougeoyait au soleil couchant tandis qu'on lui faisait des gestes d'adieu. À l'arrière-plan, il y avait le triste jardin et les enfants.

## VI

Dès la sortie de Gregoria, la route se mit à descendre, de grands arbres se dressèrent de part et d'autre et, dans les arbres, tandis que la nuit devenait plus épaisse, on entendit le tumulte de billions d'insectes qui ne formait qu'un seul cri perçant, ininterrompu. « Hou ! », dit Dean et il manipula ses phares et ils ne fonctionnaient pas. « Quoi ! Quoi ! Bon Dieu, qu'est-ce qu'y a encore ? » Et, s'emportant, il cogna sur le tableau de bord. « Oh, pauvre de moi, il va falloir rouler dans cette jungle sans lumière, si c'est pas horrible, le seul moment où je pourrai voir, ça sera quand une autre auto passera et justement il n'y en a pas, d'autos ! Et pas de lumières, naturellement ? Oh, qu'est-ce qu'on va faire, nom de Dieu ?

— Allons-y doucement. On devrait peut-être revenir quand même ?

— Non, jamais-jamais ! Continuons. Je peux vaguement voir la route. On y arrivera. » Et maintenant on fonçait dans une nuit d'encre, au milieu des cris aigus des insectes, et l'odeur géante, grasse, presque putride, nous enveloppa et on se souvint et on se rendit compte que la carte indiquait, juste au-dessous de Gregoria, la frontière du Tropique du Cancer. « Nous sommes sous un nouveau Tropique ! Pas étonnant que ça sente ! Humez-moi ça ! » Je passai la tête par la portière ; des insectes s'écrasèrent sur ma figure ; le hululement aigu devint plus fort tandis que je tendais l'oreille au vent. Soudain nos phares recommencèrent à fonctionner et fouillèrent la nuit devant nous, illuminant la route déserte qui courait entre deux solides murailles d'arbres aux troncs sinueux et penchés, au moins hauts de cent pieds.

— Enfant de putain ! gueula Stan sur le siège arrière. Foutre Dieu !

Il était encore complètement saoul. On comprit soudain qu'il était encore saoul et que la jungle et nos ennuis ne troublaient point son âme béate. Tous, on éclata de rire.

— Et merde ! On n'a qu'à foncer dans cette foutue jungle, on y dormira cette nuit, allons-y ! gueula Dean. Le vieux Stan est parfait ! Le vieux Stan s'en fout ! Tellement il s'est saoulé avec ces femmes et ce *thé* et ce loufoque et indigeste mambo d'un autre monde qui soufflait si fort que mes tambours auriculaires battent encore la cadence... whii ! — il est si saoulé qu'il a conscience de ce qu'il fait !

On enleva nos maillots et on fonça dans la jungle, le torse nu. Pas de villes, rien, une jungle perdue, des miles et puis des miles, toujours plus au Sud, la chaleur toujours plus forte, le chant des insectes toujours plus aigu, plus haute la végétation, plus forte et plus fétide l'odeur, si bien que l'on commença à s'y habituer et à aimer ça. « Tout ce que je veux, c'est me mettre à poil et me rouler et me rouler dans cette jungle, dit Dean. Bon Dieu, pas d'histoire, mon pote, c'est ce que je vais faire dès que je trouverai un bon coin. » Et soudain Limón apparut devant nous, une ville de la jungle, quelques lumières jaunâtres, de sombres halos, la voûte énorme du ciel, et des gens attroupés dans un déballage de bicoques en bois, un carrefour tropical.

On s'arrêta dans une douceur inimaginable. Il faisait aussi chaud que dans le four d'un boulanger par une nuit de juin à la Nouvelle-Orléans. De haut en bas de la rue, des familles entières étaient installées dans l'obscurité, à bavarder ; de temps à autre, des filles passaient, mais extrêmement jeunes et simplement curieuses de voir de quoi on avait l'air. Elles étaient pieds nus et sales. On s'adossa à la véranda en bois d'une épicerie délabrée, pleine de sacs de farine et d'ananas frais, couverts de mouches, qui pourrissaient sur le comptoir. Il n'y avait à l'intérieur qu'une seule lampe à huile et aussi quelques lumignons jaunâtres au dehors, et le reste tout noir, noir, noir. Maintenant, bien sûr nous étions tellement fatigués qu'il était urgent de dormir et on conduisit la voiture à quelques yards de là, sur une mauvaise route, derrière le pays. La chaleur était si étouffante qu'il était impossible de dormir. Aussi Dean prit-il une couverture qu'il étendit dehors, sur le sable doux et chaud de la route, et il s'écroula. Stan était affalé sur le siège avant de la Ford avec les deux portes ouvertes pour faire un courant d'air mais il n'y avait pas la moindre bouffée de vent. Moi, sur le siège arrière, je cuisais dans une mare de sueur. Je sortis de l'auto et restai planté tout chancelant dans le noir. D'un seul coup, toute la ville s'était mise au lit ; on n'entendait maintenant que les aboiements des chiens. Comment donc dormir ? Des milliers de moustiques nous avaient déjà piqué la poitrine et les bras et les chevilles. Alors me vint une idée lumineuse : je bondis sur le toit d'acier de la bagnole et m'étendis à plat sur le dos. Là non plus, il n'y avait pas de brise mais l'acier recélait quelque peu de fraîcheur et drainait la sueur de mon dos, caillait sur ma peau des milliers d'insectes en bouillie, et je compris que la jungle s'empare de l'homme et qu'il devient jungle lui-même. Être couché sur le toit de l'auto avec le visage tourné vers le ciel noir, cela revenait à être couché dans une malle fermée par une nuit d'été. Pour la première fois de ma vie, la température n'était plus ce qui m'effleurait, me caressait, me réfrigérait ou me mettait en sueur, elle devenait ma propre chair. Je ne faisais plus qu'un avec l'atmosphère. De douces nuées impondérables d'insectes microscopiques m'éventaient le visage tandis que je dormais et c'était extrêmement agréable et apaisant. Le ciel était vide d'étoiles, totalement invisible et pesant. Je pouvais rester couché là, tout au long de la nuit, le visage offert aux cieux, cela ne me ferait pas plus de mal que si j'étais bordé dans du velours. Les insectes écrasés se mêlaient à mon sang ; les moustiques vivants en transfusaient de nouvelles doses ; je commençais à avoir des fourmillements par tout le corps et à fleurer l'odeur forte, fétide et pourrie de la jungle, tout entier, des cheveux et du visage jusqu'aux pieds et aux orteils. Naturellement j'étais pieds nus. Pour mieux éponger la sueur, j'enfilai mon maillot barbouillé d'insectes et m'allongeai de nouveau sur le dos. Un amas obscur, sur la route plus noire encore, indiquait l'endroit où Dean dormait. Je pouvais l'entendre ronfler. Stan ronflait aussi.

De loin en loin, une pâle lueur s'allumait dans la ville et c'était le shérif qui faisait ses rondes avec une chétive lampe électrique et marmottait tout seul dans la nuit de la jungle. Puis je vis sa lumière qui venait vers nous cahin-caha et entendis ses pas approcher doucement sur le tapis de sable et de végétaux. Il s'arrêta et éclaira l'auto. Je me mis sur mon séant et le regardai. D'une voix tremblante, presque plaintive et extrêmement affectueuse, il dit : « *Dormiendo ?* » en désignant Dean sur la route. Je compris que cela voulait dire : « il dort ? »

— *Si, dormiendo.*

— *Bueno, bueno* », dit-il à part soi et, comme à contre-cœur et avec mélancolie, il repartit et reprit ses rondes solitaires. Des policiers aussi adorables, Dieu n'en a jamais fabriqué en Amérique. Pas de suspicion, ni d'embarras, ni de tracas : c'était le gardien de la ville endormie, un point c'est tout.

Je m'allongeai de nouveau sur mon lit d'acier et étendis mes bras en croix. Je ne savais même pas s'il y avait des branches ou le ciel ouvert au-dessus de ma tête et ça ne me faisait ni chaud ni froid. J'ouvris la bouche et respirai profondément l'atmosphère de la jungle. Ce n'était pas de l'air, en aucun cas de l'air, mais la vivante et palpable émanation des arbres et des marais. Je restai éveillé. Des coqs commencèrent à chanter l'aube quelque part dans les broussailles. Pas davantage d'air, ni de brise, ni de rosée, mais la même pesanteur du Tropique du Cancer qui nous clouait tous à terre, notre mère et notre démangeaison. Il n'y avait pas trace d'aurore dans les cieux. Soudain j'entendis les chiens aboyer furieusement dans l'obscurité et puis j'entendis le léger clic-clac des sabots d'un cheval. Cela se rapprochait de plus en plus. Quelle sorte de cavalier fou de la nuit ce pouvait donc être ? Je vis alors une apparition : un cheval sauvage, blanc comme un spectre, venait au trot sur la route, juste en direction de Dean. Derrière lui, les chiens jappaient et se disputaient. Je ne pouvais pas les voir, c'était de sales vieux chiens de la jungle, mais le cheval était blanc comme neige et géant et presque phosphorescent et facile à distinguer. Je n'éprouvai aucune frayeur pour Dean. Le cheval le vit et trotta près de sa tête, comme un bateau longea l'auto, eut un doux hennissement et continua son chemin à travers le pays, taquiné par les chiens, et, clic-clac, rejoignit la jungle de l'autre côté et je n'entendis plus que le claquement des sabots qui s'éloignaient dans les bois. Les chiens fermèrent leur gueule et s'assirent pour se lécher. Qu'est-ce que c'était que ce cheval ? Quel mythe et quel spectre, quel esprit ? Je racontai la chose à Dean quand il s'éveilla. Il estima que j'avais rêvé. Puis il se souvint vaguement avoir rêvé d'un cheval blanc, et je lui dis qu'il ne s'agissait aucunement d'un rêve. Stan Shephard lentement s'éveilla. Aux moindres mouvements, nous étions de nouveau inondés de sueur. Il faisait toujours noir comme poix. « Partons en bagnole et faisons du vent ! m'écriai-je. Je meurs de chaleur.

— Très juste ! » On fonça hors de la ville et, les cheveux au vent, on reprit la route folle. L'aube arriva rapidement dans une brume grise, dévoilant des marais touffus qui croupissaient de part et d'autre, avec de grands arbres désolés, chargés de lianes, qui penchaient et courbaient le faîte vers les fonds inextricables. On déboula le long des voies de chemin de fer pendant un bout de temps. L'étrange antenne de radio de Ciudad Mante apparut devant nous, comme si on avait été au Nebraska. On trouva une station d'essence et on remplit le réservoir juste au moment où les derniers insectes de la nuit de la jungle se ruaient comme une masse noire contre les

458

ampoules électriques et tombaient en voletant à nos pieds par gros paquets frétillants, certains d'entre eux avec des ailes qui mesuraient bien quatre pouces de long, d'autres ressemblant à d'effroyables libellules qui étaient de taille à manger un oiseau, sans compter des milliers de moustiques immenses, vrombissants, et d'innombrables insectes arachnéens de toutes sortes. Je sautillais dans tous les sens sur la chaussée tellement ils m'effrayaient ; je finis par m'installer dans l'auto, les pieds dans mes mains, regardant craintivement le sol où ils grouillaient autour de nos roues. « Taillons-nous ! » gueulai-je. Dean et Stan n'étaient pas troublés du tout par les insectes ; ils burent tranquillement un couple de bouteilles de Mission Orange et les envoyèrent dinguer à coups de pied, loin du réfrigérateur. Leurs chemises et leurs pantalons, comme les miens, étaient imbibés de sang et noirs de cadavres. On renifla nos vêtements à plein nez.

— Tu sais, je commence à aimer cette odeur, dit Stan. Je ne peux plus sentir ma propre odeur.

— C'est une étrange, une bonne odeur, dit Dean. Je ne vais pas changer de maillot jusqu'à Mexico, je veux toute l'emmagasiner et m'en garder le souvenir. » Là-dessus, on démarra de nouveau, chassant l'air sur nos visages, brûlants, maculés.

Puis les silhouettes des montagnes apparurent devant nous, toutes vertes. Après cette grimpée, on serait de nouveau sur le grand plateau central et prêts à rouler droit sur Mexico. En un rien de temps, nous planions à une altitude de cinq mille pieds, franchissant des cols embrumés qui surplombaient d'un mile un fleuve jaune et vaporeux. C'était le grand fleuve Moctezuma. Les Indiens, le long de la route, devenaient extrêmement étranges. C'était une véritable nation, celle des Indiens des montagnes, qui ignorait tout du reste du monde, à l'exception de la Grand-route Panaméricaine. Ils étaient petits et trapus et basanés, avec de mauvaises dents ; ils transportaient d'énormes fardeaux sur leur dos. Sur les pentes abruptes de gigantesques ravins luxuriants, on vit des cultures bigarrées. Ils arpentaient ces pentes de haut en bas pour travailler leurs champs. Dean conduisait à cinq miles à l'heure pour voir. « Houii, je n'aurais jamais cru que ça existait ! » En haut du plus haut pic, aussi élevé que n'importe quel pic des montagnes Rocheuses, on vit pousser des bananes. Dean sortit de l'auto pour nous montrer ça, pour se planter devant en se frottant le ventre. On était sur une corniche où une petite hutte couverte de chaume était suspendue au-dessus du précipice du monde. Le soleil formait des vapeurs dorées qui voilaient le Moctezuma, lequel coulait maintenant à plus d'un mile de profondeur.

Dans le jardin, sur le devant de la hutte, était plantée une petite Indienne de trois ans, avec son doigt dans la bouche, en train de nous examiner de ses grands yeux bruns. « Elle n'a probablement jamais vu personne stationner ici de toute son existence ! souffla Dean. Hello, petite fille. Comment va ? Est-ce qu'on te plaît ? » La petite fille détourna les yeux timidement et fit la lippe. On se mit à parler et elle nous observa de nouveau avec son doigt dans la bouche. « Dites donc, je voudrais avoir quelque chose à lui donner ! Songez-y, naître et vivre sur cette corniche, cette corniche représentant tout ce qu'elle connaît de la vie. Son père est probablement en train de descendre à tâtons dans le ravin avec une corde et de sortir ses ananas d'une caverne et de débiter du bois sur une pente à quatre-vingts degrés avec le précipice au-dessous. Jamais, jamais elle ne partira d'ici et ne connaîtra quoi que ce soit du monde extérieur. C'est une nation. Imaginez le chef sauvage qu'ils doivent avoir ! Sans doute, à l'écart de la route, par-delà ce versant, à des miles d'ici, doivent-ils être plus sauvages et plus étranges, ouais, parce que la Grand-route Panaméricaine civilise partiellement cette nation sur son passage. Remarquez la sueur qui perle sur son front, signala Dean avec une grimace de douleur. Ce n'est pas le même genre de sueur que la nôtre, c'est huileux et c'est *toujours là* parce qu'il fait *toujours chaud* d'un bout de l'année à l'autre et elle ne sait rien de la non-sueur, elle est née en sueur et mourra en sueur. » La sueur sur son petit front était lourde, inerte ; elle ne coulait pas ; elle restait figée là et luisait comme de l'huile d'olive fine. « Que de conséquences pour leurs âmes ! Comme ils doivent être différents de nous dans ce qui les intéresse par leurs évaluations et par leurs désirs ! » Dean reprit la route, bouche bée d'émotion, à dix miles à l'heure, avide de contempler tout ce qu'il pouvait y avoir d'humain sur le chemin. On grimpait et on grimpait.

Tandis que nous grimpions, l'air devenait plus frais et les Indiennes sur la route portaient des châles qui leur recouvraient la tête et les épaules. Elles nous hélaient désespérément ; on s'arrêta pour voir. Elles voulaient nous vendre des petits morceaux de cristal de roche. Leurs grands yeux bruns, candides, plongeaient dans les nôtres avec un tel élan de l'âme qu'aucun de nous n'éprouvait le moindre désir à leur endroit ; du reste, elles étaient très jeunes, certaines âgées de onze ans et paraissant presque la trentaine. « Regardez ces yeux ! », souffla Dean. C'était comme les yeux de la Vierge Mère quand elle était bébé. On y distinguait le tendre et miséricordieux regard de Jésus. Et ils fixaient les nôtres sans sourciller. Nous frottâmes nos yeux bleus papillotants et regardâmes de nouveau. Ils nous pénétraient toujours de leur lueur mélancolique et hypnotique. Quand elles parlaient, elles devenaient soudain frénétiques et presque niaises. Silencieuses, elles retrouvaient leur vraie nature. « C'est seulement depuis peu qu'elles ont appris à vendre ces cristaux, depuis la construction de la route qui remonte à une dizaine d'années... Jusqu'à cette époque, cette nation tout entière a dû être silencieuse ! »

Les filles jacassaient autour de l'auto. Une des plus remarquables de ces belles âmes agrippa le bras en sueur de Dean. Elle jacassa en indien. « Mais oui, mais oui, chérie », dit Dean tendrement et presque avec tristesse. Il sortit de l'auto et alla fouiller à l'arrière dans la valise cabossée, la même vieille valise de son chemin de croix américain, et pêcha une montre-bracelet. Il la montra à la gosse. Elle pleurnicha d'allégresse. Les autres s'attroupèrent, émerveillées. Puis Dean la fourra dans la main de la petite fille, en échange « du plus charmant et du plus pur et du plus petit cristal qu'elle ait personnellement ramassé pour lui dans la montagne ». Il en choisit un qui n'était pas plus gros qu'une groseille. Et il lui tendit la montre-bracelet toute pendouillante. Leurs bouches s'arrondirent comme les bouches des enfants d'une chorale. L'heureuse petite fille glissa l'objet dans son corsage déguenillé. Elles caressèrent Dean et le remercièrent. Il était debout au milieu d'elles avec son visage misérable tourné vers le ciel, en quête du prochain col, du plus haut, de l'ultime, et semblait être venu parmi elles, tel le

Prophète. Il remonta dans la voiture. Elles furent très malheureuses de nous voir partir. Le plus longtemps possible, tant que nous grimpions en ligne droite, elles nous faisaient des gestes et couraient derrière nous. On prit un tournant et on ne les revit jamais plus et elles couraient toujours derrière nous. « Ah, cela me brise le cœur ! s'écria Dean en se frappant la poitrine. Jusqu'où peuvent les entraîner leurs fidélités et leurs émerveillements ! Qu'est-ce qui va leur arriver ? Si nous roulions assez lentement, elles essayeraient de suivre la voiture tout le long du chemin jusqu'à Mexico ? Non ?

— Oui », dis-je, pour ce que j'en savais.

On s'enfonça dans les montagnes vertigineuses de la Sierra Madre orientale. Les bananiers avaient des reflets d'or dans la brume. De grands brouillards, de l'autre côté des murettes, béaient au fond du précipice. En bas, le Moctezuma n'était qu'un fil d'or ténu sur le tapis vert de la jungle. D'étranges villes-carrefours défilaient sur le toit du monde, avec des Indiens en châle qui nous observaient sous leurs grands chapeaux et leurs *rebozos*. La vie était dense, sombre, ancienne. Ils regardaient Dean, grave et fou à son volant lunatique, de leurs yeux de faucon. Tous tendaient la main. Ils étaient descendus du plus haut des montagnes pour mendier quelque chose qu'ils croyaient obtenir de la civilisation et n'imaginaient pas la tristesse ni la pauvre et sinistre illusion de cet espoir. Ils ne savaient pas qu'une bombe était née qui pouvait démolir tous nos ponts et toutes nos routes et les rejeter au chaos et que nous serions peut-être un jour aussi pauvres qu'eux, et les mains ouvertes, tout à fait de la même façon. Notre lamentable Ford, la vieille Ford grimpante de l'Amérique des années trente, passait au milieu d'eux en ferraillant et disparaissait dans la poussière.

Nous étions arrivés aux abords du dernier plateau. Maintenant le soleil était doré, le ciel d'un bleu aigu, et le désert, avec quelques rivières de loin en loin, n'était qu'une orgie d'espace sablonneux et chaud où se fichait soudain l'ombre d'un arbre biblique. Dean dormait maintenant et Stan conduisait. Les bergers apparaissaient, vêtus comme aux premiers âges, dans de longues robes flottantes, les femmes portaient des bottes de lin doré, les hommes des houlettes. Sous de grands arbres, dans le miroitement du désert, les bergers étaient assis et tenaient conseil et les moutons peinaient sous le soleil et soulevaient au loin des nuages de poussière. « Mon pote, mon pote, gueulai-je à Dean, réveille-toi et vois le monde doré d'où Jésus est sorti, tu peux dire que tu le vois de tes propres yeux ! »

Il souleva la tête du siège, embrassa tout ça d'un regard dans le rougeoiement du soleil couchant et retomba endormi. Quand il s'éveilla, il me décrivit le spectacle en détail et dit : « Oui, mon pote, je suis heureux que tu m'aies dit de regarder. Oh, Seigneur, que vais-je faire ? Où vais-je aller maintenant ? » Il frotta son ventre, il regarda le ciel avec des yeux rouges, il pleurait presque.

La fin de notre voyage approchait. De grands champs s'étendaient de part et d'autre de la route ; un vent sublime soufflait dans les futaies qui se dressaient, immenses, de loin en loin, et par-dessus les vieux bâtiments des missions * qui devenaient rose saumon sous les derniers rayons du soleil. Les nuages étaient proches et immenses et roses. « Mexico au crépuscule ! » On y était arrivés, dix-neuf cent miles au total, depuis l'après-midi dans les

* Édifiées par la colonisation espagnole.

jardins de Denver jusqu'à ces vastes et bibliques régions du monde et maintenant nous allions atteindre le bout de la route.

— Est-ce qu'on change les chemises aux insectes ?

— Non, portons-les en ville, Dieu de Dieu. » Et nous fîmes notre entrée à Mexico.

Le passage rapide d'un col nous conduisit soudain sur une éminence du haut de laquelle nous vîmes toute la ville de Mexico qui s'étalait dans son cratère volcanique et les fumées qu'elle vomissait et les premières lumières du crépuscule. On fondit dessus à toute allure, en descendant Insurgentes Boulevard, droit sur Reforma, au cœur de la ville. Des gosses jouaient au football dans d'énormes champs sinistres et soulevaient des nuages de poussière. Des chauffeurs de taxi nous rattrapèrent et voulurent savoir si on voulait des filles. Non, nous ne voulions pas de filles maintenant. Tout du long, des taudis misérables en torchis s'étalaient sur la plaine ; on vit des silhouettes solitaires dans des ruelles obscures. Bientôt ce serait la nuit. Puis la cité rugit et soudain nous étions en train de longer des cafés bondés et des théâtres et toutes sortes de lumières. Des vendeurs de journaux nous gueulaient leurs titres. Des mécaniciens se trimballaient, pieds nus, avec des clefs anglaises et des chiffons. De loufoques chauffeurs indiens, pieds nus, nous filaient sous le nez et nous assaillaient de toute part et klaxonnaient et s'adonnaient à une circulation frénétique. Le tumulte était incroyable. Il n'y a pas de silencieux sur les voitures mexicaines. On tambourine le klaxon dans une infatigable allégresse. « Houii ! gueula Dean. Regardez-moi ça ! » Il zigzaguait au milieu de la circulation et s'en donnait à cœur joie avec tout le monde. Il conduisait comme un Indien.

Il s'élança sur le rond-point d'une gloriette de Reforma Boulevard et tourna autour tandis que les bagnoles des huit avenues nous fonçaient dessus dans toutes les directions, à gauche, à droite, *izquierda*, nez à nez, et il gueulait et bondissait de joie. « Voilà la circulation dont j'ai toujours rêvé ! Tout le monde y va ! » Une ambulance arriva là-dedans comme un obus. Les ambulances américaines se précipitent et se faufilent à travers les encombrements en jouant de la sirène ; les grandes ambulances planétaires des Indiens Fellahs se contentent de foncer à quatre-vingts miles à l'heure dans les rues des villes et chacun n'a qu'à se tirer de leur trajectoire et elles ne s'arrêtent pour personne et en aucun cas et vous volent droit dans les plumes. On la vit disparaître en zigzaguant, dérapant de toutes ses roues au milieu du passage qui s'ouvrait dans les encombrements compacts du centre. C'étaient des chauffeurs indiens. Les gens, même les vieilles dames, couraient derrière les autobus qui ne s'arrêtaient jamais. Les jeunes hommes d'affaires de Mexico pariaient entre eux et couraient par équipes derrière les autobus et montaient en marche dans un style athlétique. Les conducteurs de bus étaient pieds nus, sarcastiques et démentiels, et ils étaient assis très bas et à croupetons, en maillot de corps, devant des volants bas et énormes. Des icônes brûlaient à côté d'eux. Les lumières des bus étaient jaunâtres et verdâtres et les visages sombres s'alignaient le long des banquettes en bois.

Dans le centre de Mexico, des milliers de vagabonds avec des chapeaux de paille avachis et des vestes à longs revers sur leurs poitrines nues arpentaient l'artère principale, certains vendant des crucifix et de l'*herbe* dans les ruelles, d'autres s'agenouillant dans de misérables chapelles près de baraques où se produisaient les burlesques mexicains. Certaines ruelles étaient empierrées de brocaille, avec des égouts béants, et de petites portes percées dans les murs en torchis qui donnaient sur des bars pas plus grands que des water-closets. On devait sauter par-dessus un fossé pour se payer son verre et, dans le fond du fossé, coulait l'antique lac des Aztèques. On sortait du bar le dos au mur et on se faufilait dans la rue. Ils servaient le café avec du rhum et de la noix de muscade. De partout retentissait le mambo. Des centaines de putains s'alignaient le long des rues sombres et étroites et leurs yeux tristes luisaient vers nous dans la nuit. On allait au hasard dans la frénésie et le rêve. On mangea des steaks magnifiques pour quarante-huit cents dans une étrange *cafeteria* mexicaine aux murs carrelés avec des générations de musiciens marimba debout devant un immense tambour marimba ; — il y avait aussi des guitaristes chanteurs ambulants et, dans les coins, de vieux types qui soufflaient dans des trompettes. On passait dans la puanteur aigre des débits de pulque ; on vous donnait là-dedans un verre à moutarde de jus de cactus pour deux cents. Ça ne s'arrêtait jamais ; les rues restaient animées toute la nuit. Des mendiants dormaient, emmitouflés dans des affiches de publicité arrachées aux palissades. Ils étaient assis par familles entières sur le trottoir, jouant sur de petites flûtes et gloussant dans la nuit. Leurs pieds nus dépassaient, leurs bougies anémiques luisaient, tout Mexico n'était qu'un vaste camp de Bohémiens. Aux coins des rues, des vieilles débitaient des têtes de vaches bouillies dont elles enveloppaient les morceaux dans des tortillas et servaient le tout à la sauce piquante sur des serviettes en papier journal. Telle était la ville grandiose et ultime et sauvage et sans inhibitions des naïfs Fellahs que nous nous attendions à trouver au bout de la route. Dean déambulait là-dedans, les bras le long du corps, pendants comme ceux d'un zombie, la bouche ouverte, les yeux étincelants et il conduisit notre pèlerinage désordonné jusqu'à l'aube qui nous surprit dans un champ avec un gars en chapeau de paille qui riait et bavardait avec nous et voulait jouer à la balle car rien ne finissait jamais.

Puis je fis de la fièvre et me mis à délirer et perdis conscience. Dysenterie. Je repris connaissance, émergeant des obscurs remous de mon esprit, et je sus que j'étais sur un lit à huit mille pieds au-dessus du niveau de la mer, sur le toit du monde, et je sus que j'avais vécu une vie entière et beaucoup d'autres dans ma pitoyable et atomistique gousse de chair et je fis toutes sortes de rêves. Et je vis Dean penché sur la table de cuisine. Plusieurs nuits avaient passé et il s'apprêtait déjà à quitter Mexico. « Qu'est-ce que tu fous, mon pote ? » dis-je en gémissant.

— Pauvre Sal, pauvre Sal, t'es tombé malade. Stan va prendre soin de toi. Écoute-moi bien maintenant si tu le peux dans l'état où tu es : je viens d'obtenir ici mon divorce avec Camille et je prends la route ce soir pour rejoindre Inez à New York, si la voiture tient le coup.

— Tu recommences tout ? m'écriai-je.

— Je recommence tout, mon vieux copain. Faut que je reprenne le fil de mon existence. Voudrais bien pouvoir rester avec toi. Espère pouvoir rentrer. » Mes mains se crispaient sur mon ventre et je gémissais. Quand je levai de nouveau les yeux, l'audacieux et noble Dean était debout avec sa vieille valise déglinguée et baissait les yeux vers moi. Je ne savais plus qui il était et il s'en rendit compte et il en eut de la compassion et tira la couverture sur mes épaules. « Oui, oui, oui, il faut que j'y aille maintenant. Vieux Sal fiévreux, adieu. » Et il était parti. Douze heures après, dans mon délire mélancolique, je pris enfin conscience de son départ. À ce moment, il rentrait seul, au milieu de ces montagnes de bananiers, de nuit cette fois.

Quand j'allai mieux, je compris quelle vache il était mais aussi je devais comprendre la complication impossible de sa vie, qu'il fallait bien qu'il me laisse là, malade, pour retrouver ses épouses et ses peines. « D'accord, vieux Dean, je ne dirai rien. »

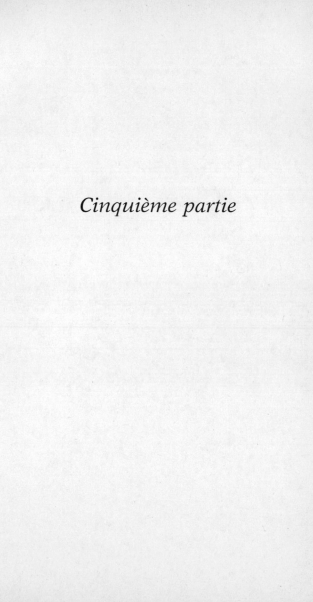

*Cinquième partie*

Dean quitta Mexico et revit Victor à Gregoria et poussa la vieille bagnole jusqu'à Lake Charles, en Louisiane, avant que le train arrière ne s'effondre finalement sur la route comme il avait toujours prévu que cela arriverait. Il télégraphia donc à Inez pour lui demander de l'argent et fit en avion le reste du voyage. Dès qu'il fut à New York, les papiers du divorce en main, Inez et lui allèrent immédiatement à Newark pour se marier ; et le soir même, lui ayant dit que tout allait bien et de ne pas s'inquiéter, ayant raisonné là où la logique n'avait que faire, dans le domaine d'une souffrance et d'une angoisse qui ne se discutent pas, il bondit dans un car et s'élança de nouveau à travers l'horrible continent vers San Francisco, afin de rejoindre Camille et ses deux petites filles. Ainsi donc, il s'était déjà marié trois fois, avait divorcé deux fois et vivait avec sa deuxième femme.

À l'automne, je quittai moi-même Mexico pour rentrer chez moi et, une nuit, juste au-delà du poste frontière de Laredo, à Dilley, dans le Texas, j'étais planté sur la route chaude au-dessous d'une lampe à arc où s'écrasaient les papillons quand j'entendis un bruit de pas au loin dans l'obscurité et voilà qu'un grand vieillard, avec des cheveux blancs qui lui tombaient dans le cou, passa en raclant les pieds avec un paquet sur le dos et, me voyant sur son chemin, il dit : « *Cherche l'homme en gémissant* », et il retourna en raclant les pieds à son obscurité. Est-ce que ceci signifiait que je devais, pour finir, continuer à pied mon pèlerinage sur les routes ténébreuses d'Amérique ? Luttant contre la tentation, je rentrai en vitesse à New York et, une nuit, planté dans une rue obscure de Manhattan, j'appelais devant la fenêtre d'un grenier où je pensais que mes amis s'étaient réunis quand une jolie fille passa sa tête par la fenêtre et dit : « Oui ? Qui est-ce ?

— Sal Paradise, fis-je et j'entendis mon nom résonner dans la rue triste et vide.

— Montez donc, proposa-t-elle. Je prépare un chocolat chaud. » Je montai donc et la fille était là, avec ces adorables yeux purs et candides que j'avais toujours recherchés et depuis si longtemps. On fut d'accord pour s'aimer tous deux à la folie. L'hiver venu, nous projetâmes d'émigrer à San Francisco en emportant tous nos meubles déglingués et nos effets foutus dans une vieille fourgonnette. J'écrivis à Dean pour le mettre au courant. Il me répondit une immense lettre de dix-huit mille mots, entièrement consacrée à ses jeunes années à Denver, et dit qu'il venait me chercher et choisir en personne le vieux camion et nous conduire chez nous. Il nous fallait six semaines pour économiser l'argent du camion et on se mit à travailler et à compter chaque cent. Et soudain, je ne sais pourquoi, Dean arriva cinq semaines et demie en avance et aucun de nous n'avait d'argent pour exécuter notre projet.

J'avais été me promener au milieu de la nuit et revenais auprès de ma môme pour lui dire à quoi j'avais pensé en me promenant. Elle était debout, au milieu de la petite piaule obscure, avec un étrange sourire. Je racontais un tas de choses quand soudain je remarquai le silence de la pièce et regardai autour de moi et aperçus un livre dépenaillé sur la radio. Je reconnus le Proust de Dean, destiné à ses hautes-éternités-de-l'après-midi. Comme dans un rêve, je le vis arriver du vestibule obscur sur la pointe des pieds et en chaussettes. Il ne pouvait plus parler. Il se mit à sautiller et à rire, il bredouilla et fit voltiger ses mains et dit : « Ah... ah... vous devez écouter pour entendre. » On écouta, tout oreilles. Mais il oublia ce qu'il voulait dire. « Vraiment, écoutez... ahem ! Voyez, cher Sal... délicieuse Laura... je suis venu... je suis parti... mais attendez... ah, oui. » Et il contempla les paumes de ses mains, l'air malheureux comme une pierre. « Sais plus parler... comprenez-vous ce que c'est... ou devrait être... Mais écoutez ! » On se mit tous à écouter. Il écoutait des bruits dans la nuit. « Oui, murmura-t-il avec une horreur sacrée. Mais, voyez-vous... plus besoin de parler... ni d'en dire plus.

— Mais pourquoi es-tu venu si tôt, Dean ?

— Ah, dit-il en me regardant comme si c'était la première fois, si tôt, oui. Nous... nous saurons... c'est, je ne sais pas. Je suis venu avec un permis de chemin de fer... des fourgons... de vieux wagons aux bancs durs... le Texas... en jouant de la flûte, un oca-rina en bois, tout le long du chemin. » Il sortit sa nouvelle flûte en bois et joua quelques notes criardes, bondissant à pieds joints sur ses chaus-settes. « Voyez ! dit-il. Mais naturellement, Sal, je sais parler comme jamais et j'ai des tas de choses à te dire du fait que, avec mon propre esprit de poney écourté, j'ai lu et lu ce vieux Proust tout le long du chemin en traversant le pays et savouré un nombre grandiose de choses que je n'aurai jamais le TEMPS de te dire, et nous n'avons pas ENCORE parlé du Mexique et de notre séparation là-bas en pleine fièvre... mais, pas besoin de parler. Absolument, eh bien, oui ?

— D'accord, on ne parlera pas. » Et il se mit à me raconter ce qu'il avait fait à L.A. et pendant son voyage avec tous les détails possibles, comment il était allé en visite dans une famille, avait dîné, parlé au père, aux fils, aux sœurs... de quoi ils avaient l'air, ce qu'ils mangeaient, leur ameublement, leurs idées, leurs intérêts, le plus profond de leur âme ; cela lui prit trois heures d'éclaircissements détaillés et, après avoir conclu, il dit : « Ah, mais tu vois ce que je voulais RÉELLEMENT te dire... beaucoup plus tard... dans l'Arkansas, comme je le traversais en train... jouant de la flûte... jouant aux cartes avec des gars, avec mon jeu porno... gagné de l'argent, soufflé un solo dans mon ocarina... pour des marins. Un long et horrible voyage de cinq jours et cinq nuits juste pour te VOIR, Sal.

— Et Camille ?

— M'a donné la permission naturellement... m'attend. Entre Camille et moi, tout est en ordre à tout jamais...

— Et Inez ?

— Je... je... je veux la ramener à Frisco avec moi pour l'installer de l'autre côté de la ville... tu ne penses pas ? Ne sais pas pourquoi je suis venu. » Il dit après, dans un moment subit de ravissement hébété : « Eh bien, oui, naturellement, je voulais voir ta délicieuse fille et toi-même... content de toi... t'aime comme jamais. » Il resta à New York trois jours et fit des préparatifs précipités pour revenir

476

avec ses permis du chemin de fer et retraverser de nouveau le continent, cinq jours et cinq nuits à passer sur les bancs durs et dans la pouillerie de wagons poussiéreux et naturellement nous n'avions pas d'argent pour le camion et ne pouvions revenir avec lui. Avec Inez, il passa une seule nuit à s'expliquer et à suer et à lutter et elle le jeta dehors. Une lettre arriva pour lui, à mes bons soins. Je la vis. Elle était de Camille. « Mon cœur s'est brisé quand je t'ai vu traverser les voies avec ton sac. Je prie et prie pour que tu reviennes sain et sauf... Je voudrais tant que Sal et son amie viennent habiter dans la même rue... Je sais que tu t'en tireras mais je ne peux m'empêcher de me tourmenter... maintenant que nous avons décidé de tout... Cher Dean, c'est la fin de la première moitié du siècle. Nous t'accueillerons avec amour et baisers afin que tu passes l'autre moitié avec nous. Nous t'attendons toutes. (Signé) Camille, Amy et Little Joanie. » Ainsi la vie de Dean trouvait-elle son assiette avec son épouse la plus fidèle, la plus aigrie et la plus roublarde, Camille, et j'en remerciai Dieu pour lui.

La dernière fois que je le vis ce fut dans des circonstances tristes et étranges. Rémi Boncœur était arrivé à New York après avoir fait plusieurs fois le tour du monde en bateau. Je voulus qu'il fasse la connaissance de Dean. Ils se rencontrèrent bien mais Dean ne savait plus parler et il ne dit rien et Rémi lui tourna le dos. Rémi avait pris des billets pour le concert de Duke Ellington au Metropolitan Opera et il insista pour que Laura et moi l'accompagnions, lui et sa fille. Maintenant Rémi était gras et triste, mais toujours ardent et soucieux des formes, et il voulait faire des choses « de manière convenable », comme il disait avec emphase. Aussi avait-il demandé à son bookmaker de nous conduire au concert en Cadillac. C'était une nuit froide d'hiver. La Cadillac était en station et sur le point de partir. Dean était debout devant les carreaux, prêt à rejoindre la gare de Pennsylvanie pour traverser le pays.

— Adieu, Dean, dis-je. Vraiment, j'aurais voulu ne pas devoir aller au concert.

— Tu crois que j'peux aller jusqu'à la Quarantième Rue avec vous ? murmura-t-il. Voudrais être avec toi le plus longtemps possible, mon vieux, et, par ailleurs, il fait si foutrement froid ici, dans ce New York... » Je parlai à l'oreille de Rémi. Non, il ne voulait pas de ça, il m'aimait mais il n'aimait pas mes imbéciles d'amis. Je n'allais pas recommencer à mettre sens dessus dessous ses soirées comme je l'avais fait chez Alfred à San Francisco, en 1947, avec la complicité de Roland Major.

« Absolument pas question, Sal ! » Pauvre Rémi, il s'était fait faire une cravate spéciale pour cette soirée ; on avait peint dessus le fac-similé des billets de concert et les noms Sal et Laura et Rémi et Vicki, sa fille, ainsi qu'un chapelet de plaisanteries sinistres et de quelques-uns de ses adages favoris, tel que : « On n'apprend pas au vieux merle à siffler. »

Ainsi Dean ne put pas nous accompagner dans le centre et il ne me restait qu'à m'installer dans le fond de la Cadillac et à lui faire des gestes d'adieu. Le book au volant ne voulait rien savoir de Dean lui non plus. Dean, déguenillé dans son manteau mité qu'il avait spécialement emporté en prévision des températures glaciales de l'Est, s'en alla tout seul à pied et, au dernier moment où je le vis, il tournait le coin de la Septième Avenue, regardant la rue droit devant lui, et repartait à l'attaque. La pauvre petite Laura, ma chérie, à laquelle j'avais tout dit sur Dean, se mit presque à pleurer.

— Oh, on n'aurait pas dû le laisser partir ainsi. Qu'est-ce qu'on va faire ?

Le vieux Dean est parti, me dis-je, et à voix haute : « Tout ira bien. » Et on partit pour ce concert triste et déplaisant où j'allais à contrecœur, et, tout le temps, je pensais à Dean, je pensais qu'il avait repris le train et se tapait plus de trois mille miles à travers cet horrible pays et ne savait d'ailleurs pas pourquoi il était venu, sinon pour me voir.

Ainsi donc, en Amérique, quand le soleil descend et que je suis assis près du fleuve sur le vieux quai démoli, contemplant au loin, très loin, le ciel au-dessus du New-Jersey, et que je sens tout ce pays brut rouler en bloc son étonnante panse géante jusqu'à la Côte Ouest et toute cette route qui y va, tous ces gens qui rêvent dans son immensité — et, dans l'Iowa, je le sais, les enfants à présent doivent être en train de pleurer dans ce pays où on laisse les enfants pleurer, et cette nuit les étoiles seront en route et ne savez-vous pas que Dieu c'est le Grand Ours et l'homme-orchestre ? et l'étoile du berger doit être en train de décliner et de répandre ses pâles rayons sur la prairie, elle qui vient juste avant la nuit complète qui bénit la terre, obscurcit tous les fleuves, décapite les pics et drape l'ultime rivage et personne, personne ne sait ce qui va arriver à qui que ce soit, n'étaient les mornes misères de l'âge qu'on prend — alors je pense à Dean Moriarty, je pense même au Vieux Dean Moriarty, le père que nous n'avons jamais trouvé, je pense à Dean Moriarty.

# NOTES

Les notes suivantes éclairent les difficultés qu'un bon dictionnaire usuel ne résout pas toujours.

1 *(p. 10). Greyhound :* en anglais, lévrier, chien réputé pour sa vitesse, et adopté comme emblème par la plus connue des compagnies américaines d'autocars, reliant grandes et petites villes des USA.

2 *(p. 11). Gene Autry.* né en 1908, le premier « cow-boy chantant » au cinéma et l'un des plus célèbres. Avec son cheval Champion et son comparse Smiley Burnette, il joua dans de nombreux westerns musicaux pendant les années 30 et 40.

3 *(p. 12). Paterson :* troisième ville du New Jersey et la plus ancienne ville industrielle des USA. Située sur la rivière Passaic à vingt kilomètres au nord de Newark. Industrie textile au XIXe siècle. Dans les années 20, présence de fortes colonies d'Italiens et de Polonais. Si l'on ajoute les inondations, cette ville présente beaucoup de points communs avec Lowell...

4 *(p. 13). Benzédrine :* le mot anglais, Benzedrine, est un nom de marque désignant l'amphétamine, un excitant du système nerveux, classée parmi les toxiques par la dépendance qu'elle entraîne.

5 *(p. 13). La dichotomie de Schopenhauer :* allusion plus ou moins maîtrisée au premier niveau de l'analyse de Schopenhauer : le monde comme représentation subjective à travers le voile de l'illusion. Il y aurait une coupure entre une réalité impossible à atteindre et la représentation humaine, la seule réalité étant, par ailleurs, constituée par le vouloir-vivre, puissance aveugle antérieure au principe de raison.

6 *(p. 15). Herbe :* de l'anglais « grass-weed », pour désigner la marijuana.

7 *(p. 25). Be-bop au Loop :* le be-bop désigne un style de jazz

caractérisé par une grande liberté d'improvisation sur des rythmes très élevés et une grande virtuosité. Il apparaît dans les années 40 grâce à des musiciens tels que Charlie Parker (surnommé « l'Oiseau ». Cf. p. 371) et Dizzy Gillespie. Le Loop, la boucle, est le cœur de Chicago, ainsi appelé car entouré par les voies du train aérien. C'est dans ce quartier que se trouvent les clubs de jazz.

8 *(p. 25)*. *Ornithology* : morceau de style bop, créé au début des années 40 par Charlie Parker, sur le standard *How high the moon*.

9 *(p. 35)*. *Diner* : restaurant du bord des routes, ressemblant à un wagon-restaurant, et comportant un long comptoir et des box.

10 *(p. 61)*. *Dans* La vie au Far West, *de Ruxton* : l'ouvrage de George Frederick Ruxton, *Life in the Far West*, parut en volume en 1849. Dans l'édition de Holyday House, 1966, p. 86, on lit qu'un Indien est intimidé lors d'un rituel de célébration de ses exploits guerriers, mais Ruxton ne dit pas qu'il rougit ! Ajoutons que ce livre ne présente pas toujours les Indiens sous un jour aussi favorable...

11 *(p. 66)*. *W.C. Fields* : ce comédien américain (1879-1946) a créé un personnage comique dont l'humour raffiné prend à partie les mythes hollywoodiens...

12 *(p. 66)*. *À la bourre avec des artistes à la gomme* : l'américain « hung up », que traduit « à la bourre », se rendrait en français standard par « être retardé » ; par « à la gomme » a gardé son sens de « sans valeur ».

13 *(p. 67)*. *Aquaplaniste* : le substantif surfeur est, de nos jours, plus courant.

14 *(p. 85)*. « *Douce Adeline* » : le titre complet de cette ballade sentimentale très populaire dans les années 1900 en reflète bien le style : *You're the Flower of My Heart, Sweet Adeline*. Paroles de Richard Gerard Husch et musique de Harry Armstrong (1903).

15 *(p. 86)*. *Fraternité* : groupe d'étudiants ritualisé et organisé selon des buts de sociabilité, et identifié par un nom comportant habituellement trois lettres grecques.

16 *(p. 87)*. *Divide* : ligne de partage des eaux, est-ouest, dans les Rocheuses.

17 *(p. 112)*. *Un capitaine au regard bleu* : allusion à Wolf Larsen, le personnage du roman de Jack London, *Le loup des mers* (*The Sea Wolf*, 1904).

18 *(p. 124)*. *C'est la ville de Saroyan* : Fresno est en effet la ville natale de l'écrivain d'origine arménienne (1908-1981).

19 *(p. 128)*. *Les voyages de Sullivan* : sorti en 1941, ce film de Preston Sturges est une comédie satirique où Mc Crea incarne un réalisateur de Hollywood, sensibilisé par la guerre, dégoûté par ses films à succès, et décidé à faire une œuvre « sérieuse ». Il part explorer, en compagnie de Veronica Lake et avec dix *cents* en poche, le monde des bas-fonds.

20 *(p. 136)*. *La débâcle de Central Avenue : Central Avenue Break-down* est un morceau de jazz enregistré dans le style swing, au début des années 40, par Lionel Hampton (piano) et Nat King Cole (vibraphone).

21 *(p. 136)*. *Thé :* marijuana.

22 *(p. 139)*. *S.P. :* Southern Pacific, compagnie de chemin de fer où ont travaillé Neal Cassady et Jack Kerouac.

23 *(p. 140)*. *« Des souris et des hommes » :* film de Lewis Milestone, 1939. Burgess Meredith y joue le rôle du travailleur migrant, ami et protecteur du faible d'esprit Lenny.

24 *(p. 144)*. *Okies :* au sens premier, désigne les travailleurs agricoles venus de l'Oklahoma (p. 144, 258), et, au sens élargi, les ruraux migrants venus d'autres États touchés par une crise due à des causes naturelles et économiques (p. 147 et *sq*). En américain, il existe aussi le terme « Arkie » pour désigner les migrants venus de l'Arkansas.

25 *(p. 153)*. *« La fenêtre... rentre dedans » :* Voici le texte complet de la chanson *Mañana is soon enough for me* (1948) : « The window she is broken / And the rain is coming in / If someone does not fix it / I'll be soaking to my skin / But maybe in a day or two / The rain she go away / And then who needs a window / On such a sunny day ! » Musique de Dave Barbour, paroles de Peggy Lee, l'interprétation par cette chanteuse fit vendre le disque à un million d'exemplaires.

26 *(p. 154)*. *Blue Skies :* paroles et musique d'Irving Berlin (1927). Chanson introduite par Belle Baker dans l'opérette *Betsy* (1926) et reprise dans plusieurs films, notamment en 1946 (MGM) dans une comédie musicale du même nom où elle est chantée par Bing Crosby.

27 *(p. 162)*. *Le jour laodicéen :* adjectif formé à partir de Laodicée, ancienne ville d'Asie Mineure détruite par un tremblement de terre en 65 puis à nouveau détruite au xiie siècle.

28 *(p. 172)*. *Le besoin explosif :* besoin traduit ici « yen », désir très fort, aspiration douloureuse, mot chinois pour désigner l'opium et qui a été introduit en américain par la côte Ouest et repris par les « hobos ».

29 *(p. 184)*. *Tel Hart Crane :* le poète américain, un mois après la publication de *The Broken Tower*, en 1932, se suicida en se jetant de l'arrière du navire qui le ramenait du Mexique aux USA, se noyant ainsi dans la mer des Caraïbes, dans un geste rappelant l'inspiration de ses poèmes. L'homosexualité de Hart Crane établit un autre point commun avec le poète Allen Ginsberg.

30 *(p. 197)*. *George Shearing :* musicien anglais, né en 1919, accordéoniste mais surtout pianiste. Il eut sa propre formation où joua notamment, en 1959, Cannonball Adderley.

31 *(p. 227)*. *Benito Cereno :* le récit de Melville ainsi intitulé

comporte en effet la description d'un navire espagnol à la poupe ouvragée : « The principal relic of faded grandeur was the ample oval of the shield-like stern-piece, intricately carved with the arms of Castile and Leon, medallioned about by groups of mythological or symbolical devices. »

32 *(p. 262)*. « *Elle souffle* » : au chapitre LI de Moby Dick, quand la voix d'un homme d'équipage signale « le jet argenté par le clair de lune, tous les matelots qui étaient allongés se mirent sur pied comme si quelque esprit ailé se fût posé dans les gréements pour héler l'équipage mortel : "elle souffle" », p. 254, éd. Mille Soleils, trad. Lucien Jacques, Joan Smith et Jean Giono.

33 *(p. 262)*. *Sam Spade :* célèbre détective de Dashiell Hammett qui apparaît notamment dans *Le faucon maltais.*

34 *(p. 263)*. *Midgets :* autos aux dimensions réduites.

35 *(p. 272)*. *Slim Gaillard :* né en 1916. Guitariste, pianiste, joueur de bongos, vibraphoniste, mais aussi compositeur et parolier ; débuta seul avec sa guitare et un numéro de claquettes.

36 *(p. 274)*. *Doctor Pepper :* soda plus populaire dans le sud des USA que dans le reste du pays où, toutefois, il est aussi en vente.

37 *(p. 281)*. *Softball :* jeu similaire au base-ball, se joue sur un terrain plus petit, avec une balle plus grosse et moins dure, et des règles analogues mais adaptées pour une pratique plus facile.

38 *(p. 310)*. *Est-ce que tu souffles ? :* le verbe « to blow » permet un jeu de mots au sens très libre.

39 *(p. 342)*. *Hillbillies :* au singulier : *hillbilly*, de *hill*, colline. 1) Désigne les chants et la musique folk du sud des USA ainsi que les styles apparentés 2) Toute musique dérivée du style folk ou du style western ou cow-boy.

40 *(p. 346)*. *Dharma :* mot sanskrit, concept central du bouddhisme, utilisé dans des acceptions diverses. Désigne la loi cosmique, la doctrine du Bouddha, des règles de la conduite, etc. Le « prince du Dharma » se réfère au « Bouddha » lui-même, Siddharta Gautama.

41 *(p. 372)*. *Sousa :* John Philip Sousa (1854-1932), musicien blanc : après avoir composé de nombreuses marches pour l'armée américaine, fonde son propre orchestre et contribue à populariser le « brass-band » (orchestre de cuivre), et le « marching-band » (orchestre de défilé). Il introduit dans ses compositions des cakewalks et des formes primitives de ragtime.

42 *(p. 373)*. *Hootchy-Kootchy :* de *cooch*, danse pseudo-orientale aux mouvements lascifs, et utilisée, sur une musique scandée, dans le striptease.

43 *(p. 379)*. *Au double programme... sur Istanbul :* le premier film, qui symbolise l'ouest, est bien *The singing cow-boy* (1936), mis en scène par Mack V. Wright, et produit par Nat Levine pour

Republic Pictures, avec, pour acteur principal, Gene Autry. Kerouac a substitué à ce dernier un acteur fictif, « Eddie Dean », qui fait allusion à Dean Moriarty (comparé à Gene Autry, p. 11) en tant qu'archétype du cow-boy de l'ouest. Le nom du cheval, « Bloop », paraît avoir été obtenu par la contraction de « Be-bop at the Loop »... Le second film, qui symbolise l'est, est une production de la Warner Bros : *Background to Danger* (1943).

44 *(p. 404)*. *Major Hoople* : d'après un article du journal américain *Herald* (18 mai 1996), « Major Hoople » était une bande dessinée d'une page paraissant, à l'époque, dans les journaux du dimanche et le personnage du major, qui lui donne son nom, se présentait comme un vieux gentleman ayant un discours toujours prêt à chaque occasion, ainsi qu'une excuse pour échapper à toute tâche domestique que sa femme pût lui proposer.

# DOSSIER

*par Bernard Nouis*

Ce dossier pédagogique, qui s'adresse à la classe tout entière, professeur et élèves, n'est pas un commentaire complet et dogmatique de l'œuvre. Des informations et des analyses (en caractères maigres) y alternent avec des invitations à la réflexion et des consignes (en caractères gras) pour des travaux écrits ou oraux, individuels ou collectifs. Dans les deux sections principales — « Aspects du récit » et « Thématique » — l'analyse peut laisser une place plus grande à l'initiative et à la recherche du lecteur.

Pour faciliter l'élaboration d'exposés oraux ou la rédaction des travaux écrits (Cf. la dernière section « Divers »), on trouvera en marge les repères suivants :

 renvoie aux sujets concernant les personnages de Dean et de Sal ;

 renvoie aux sujets concernant le descriptif et l'écriture.

# 1. CONTEXTES

**Repères chronologiques** ■ **Genèse** ■ **Place dans l'œuvre** ■ **Contexte historique.**

## Repères chronologiques

(Jusqu'à la parution de *Sur la route* en 1957.)

**1922** Naissance de l'écrivain, Jean Louis « Kéroack » dit « Ti Jean », à Lowell, Massachusetts.

> *Famille de Canadiens français, issue de Québécois émigrés au XIX$^e$ siècle, qui abandonnèrent leurs pauvres villages près de Rivière du Loup, afin de tenter leur chance dans les régions industrielles de la Nouvelle-Angleterre. Ils font partie de la communauté qui parle le français du Québec. Les quartiers français, organisés en paroisses, murmurent, parfois, sous le joug d'une Église catholique, antisyndicale et moralisatrice, mais francophone. Parmi les rebelles, le père, Léon Kéroack, journaliste et imprimeur, refusait d'aller à la messe. Il avait épousé Gabrielle Levesque, ouvrière de la chaussure et catholique dévote. Ils avaient déjà deux enfants : Gérard, né en 1916, et Caroline, en 1918.*

**1926** La mort de Gérard affecte beaucoup Jack.

**1936** Graves difficultés économiques de la famille.

**1939** Études secondaires de Jack, dans une école catholique bilingue, puis dans des établissements anglophones.

**1939-1940** Boursier universitaire grâce à ses dons en football américain. Cours à Horace Mann, école préparatoire chic de New York. Initiation à la culture contemporaine, découverte du monde noir dans les clubs de jazz de Harlem. Publication de deux nouvelles : *Les frères* (1939), *Une veille de Noël* (1940).

**1940-1941** À l'université de Columbia, New York, mauvaise intégration aux intellectuels, et conflits dans le domaine sportif. Abandonne ses études pour être écrivain.

**1941** Écrit *Au-dessus d'une machine à écrire* : nouvelles influencées par la lecture de Saroyan, Thomas Wolfe, Joyce, Dos Passos.

**1942** Journaliste sportif au *Lowell Sun*. Expérience de la guerre dans la marine marchande et nationale. Écrit un roman sur le thème de la « fraternité de la mer »... (*The Sea is my Brother.*)

**1943-1944** Amitié avec Allen Ginsberg et William Burroughs. Partage leur anticonformisme inspiré par Rimbaud et Nietzsche.

**1944** Mariage avec Edith Parker.

**1944-1945** À New York, avec ses amis et Edith, vie communautaire très libre. Burroughs guide le futur romancier dans l'observation de la rue et de la pègre.

**1946** Mort du père. Jack promet de prendre soin de sa mère. Il trouvera chez elle un foyer et un soutien financier constant.

Annulation du mariage de Jack et Edith.

Décembre : **rencontre à New York de Neal Cassady**, originaire de Denver, qui sera le modèle du personnage de Dean Moriarty dans *Sur la route*.

**1947-1950** Nombreuses traversées des États-Unis ; Jack subsiste d'aides diverses et de travaux épisodiques.

**1950** *The Town and the City* : ce premier roman écrit dans le style lyrique et épique de Thomas Wolfe se vendra peu.

Mariage avec Joan Haverty. Échec. Jack refusera de reconnaître Janet, sa fille supposée, et Joan le poursuivra en justice.

**1951** Avril : Kerouac dactylographie en trois semaines la version légendaire de *Sur la route*.

**1952** Travaille à *Vision de Cody*.

Écoute Shorty Rogers, Jimmy Giuffre, Art Pepper, Lionel Hampton, Charlie Parker, Miles Davis, Stan Getz.

Fin de la rédaction de *Docteur Sax*, à Mexico chez W. Burroughs.

**1952-1953** Séjours en Caroline du Nord, Mexico, New York et Californie. Travaille à *Vanité de Duluoz*, *Maggie Cassidy*, *Les souterrains*, sur les thèmes de l'apprentissage, de la perte et de l'illusion. Inspiration bouddhiste.

**1954** Écrit un ensemble de 79 poèmes : *San Francisco blues*, la forme improvisée et le tempo se réfèrent au jazz.

**1955** Début de *Tristessa*, texte écrit sur une Indienne droguée et prostituée.

244 chorus de *Mexico City Blues*. Prise de distance vis-à-vis du bouddhisme.

Rencontre, à San Francisco, de poètes à l'origine de la « Renaissance californienne » : Mc Clure, Ferlinghetti, Lamantia, Rexroth, Snyder, Whalen.

**1956** *Visions de Gérard* : légende dorée et tendre...

Fin de la rédaction de *Tristessa*. Début des *Anges vagabonds*.

**1957** Séjour à Tanger où Burroughs écrit *Le festin nu*.

Juillet : **parution de *Sur la route*** chez Viking Press à New York.

(Kerouac épouse, en **1966**, Stella Sampas, sœur de Sammy, son ami d'enfance de Lowell. Neal Cassady meurt en **1968**, au Mexique, et Jack, en **1969**, usé par l'alcool.)

■ **Se documenter sur Burroughs, Ginsberg, Saroyan et Thomas Wolfe.**

# Genèse

Insistons d'abord sur la rencontre de Kerouac et de Neal Cassady, à New York, en décembre 1946. Âgé de dix-neuf ans, ce « personnage » venu de Denver, Colorado, fascine (chap. i). Jack va être si marqué par ce compagnon de voyage qu'il fera de lui **Dean Moriarty**.

● Une des premières références à un projet de roman intitulé *Sur la route* se trouve dans une lettre de Kerouac de 1948 qui parle d'un roman picaresque portant sur les péripéties de deux auto-stoppeurs se rendant en Californie, l'un pour y trouver la fille idéale, l'autre attiré par le mirage hollywoodien. Pour cette première **version moins autobiographique que celle de 57**, l'écrivain éprouve des difficultés à trouver un style personnel capable de rendre à la fois la folie et le sacré.

▸ **Un nouvel essai, en 1949**, influencé par *Le voyage du pèlerin*, de John Bunyan, raconte une quête spirituelle et représente la perte des valeurs américaines pionnières, causée par le matérialisme et la vitesse.

▸ Un moment important : le 2 décembre 1950 ; dans une longue lettre, Neal Cassady raconte à Kerouac ses amours de décembre 1946, à Denver. Ce récit, que Jack juge très personnel, l'aurait aidé à écrire à partir de sa propre vie. De plus, la lecture de *Junky*, roman de William Burroughs, rédigé dans une prose « directe », l'incite à élaguer sa version en cours de *Sur la route*. Le roman, en janvier 1951, prend la forme d'un récit picaresque, relatant ses aventures avec **Neal Cassady**, auquel il donne **le premier rôle**.

> *Picaresque : ce terme a pour origine l'espagnol « picaro » qui se réfère à un aventurier, de la rue et de la route, assez mauvais sujet, et qui survit grâce à divers expédients que la morale ou la loi n'approuvent pas toujours. L'adjectif sert à désigner des romans, par exemple le* Lazarillo *de* Tormes *ou* Tom Jones *de Fielding, qui racontent, de façon linéaire, les péripéties d'un héros s'inspirant du modèle initial.*

● Le 2 avril 1951 naît la version mythique de *Sur la route*. Kerouac commence à dactylographier, sur un rouleau de papier continu, un nouvel essai, cette fois fondateur, qu'il achèvera en trois semaines. Le manuscrit de 35 mètres de long est jugé impraticable par l'éditeur de Harcourt et Brace, Robert Giroux.

◗ Pendant l'été de 1951 Jack commence à couper et à remanier le manuscrit, qui, tapé à nouveau, et cette fois en 450 pages, est transmis à un agent littéraire qui demande un texte plus court et plus centré sur Neal. Jack se proposa alors de supprimer la plupart des chapitres ne concernant pas Neal, dans les deux premières parties d'un manuscrit déjà divisé en cinq parties, et de développer l'histoire de l'enfance et de la prime jeunesse de Neal à Denver. Cependant, bien que peu équilibrée esthétiquement, l'œuvre avait un cachet d'authenticité, et il ne put se résoudre à la mutiler car cela aurait conduit à l'élimination de l'épisode avec Terry ainsi que des chapitres avec Henri Cru (Rémi Boncœur) à Marin City et à San Francisco. Par contre, il introduit de petits paragraphes de repères pour l'action.

❱ Mais l'histoire des corrections ne s'arrête pas là... En juillet 1955, Malcom Cowley, de Viking Press, ayant accepté le manuscrit de Kerouac, sous le titre d'alors, *Beat Generation*, propose des modifications pour mieux rythmer la narration : réduire le voyage à La Nouvelle-Orléans, supprimer celui de San Francisco à New York par le nord-ouest, condenser le voyage de Denver à San Francisco, couper la visite de Sal à Doris à Detroit. Kerouac accepte ces corrections.

D'autres propositions de corrections éditoriales relèvent de précautions juridiques, ainsi celles consistant à rebaptiser les personnages (Kerouac avait gardé les noms des modèles réels) de crainte de poursuites en justice.

# Place dans l'œuvre

● La place de *Sur la route* dans la progression de l'ensemble de l'œuvre de Kerouac est importante car les blocages d'écriture conduisent Kerouac **à écrire d'autres textes !**

❱ Ainsi le blocage dans la rédaction de son roman *Sur la route*, version de 1949, l'oriente vers une nouvelle histoire d'auto-stop à travers les USA, avec pour narrateur fictif un enfant noir de dix ans, « Pictorial Review Jackson » (*Pic*), et les frustrations ressenties lors des corrections de la version de 1951 destinée à Viking Press, ainsi que son sentiment de ne pas avoir approfondi le personnage de Dean Moriarty, le poussent à rédiger une autre version de *Sur la route*. Ce texte, écrit en 1951-1952, sera publié sous le titre de *Vision de Cody*. Une certaine innovation technique y apparaît.

● *Sur la route* a une place particulière dans l'œuvre, pour une autre raison, car Kerouac concevait le travail de 1949 dans la continuité de son premier roman, *The Town and the City*. Il avait lu *La Saga des Forsyte*, du romancier anglais John Galsworthy, et avait découvert les « romans qui se ramifient pour créer une vaste fresque » (*Vanité de Duluoz*, 10/18, p. 124). Effectivement, les textes à caractère autobiographique marqué seront perçus dans une totalité chronologique, au fil des créations, par un écrivain soucieux de couvrir **sa vie entière**.

◗ Ainsi *Visions de Gérard* raconte la petite enfance de Jack, sa suite et l'adolescence étant narrées dans *Docteur Sax* et *Maggie Cassidy*. *The Town and the City* porte sur les années de formation et les débuts de l'amitié avec William Burroughs et Allen Ginsberg, de 1935 à 1946, à Lowell et à New York. *Vanité de Duluoz* complète certains aspects de la même période. *Sur la route*, *Vision de Cody*, *Les souterrains*, *Tristessa*, *Les clochards célestes* (1957), *Les anges vagabonds*, *Big Sur* (1961) et *Satori à Paris* (1965) accompagnent, avec un délai d'écriture assez rapproché, la vie de l'auteur jusqu'à son voyage en Bretagne.

Kerouac pensait redonner à ses personnages leur vrai nom et faire réaliser une édition d'ensemble de ses textes « autobiographiques ».

◗ Dans cette architecture, la place de *Sur la route* est d'autant moins séparée que le lecteur retrouve, d'un livre à l'autre, des personnages qui reparaissent, ses amis et proches, et bien sûr Jack lui-même, sous le nom de Peter

Martin, dans *The Town and the City*, de Jack Duluoz dans *Vanité de Duluoz*, *Les anges vagabonds* et *Big Sur*, de Sal Paradise dans *Sur la route*, de Leo Percepied dans *Les souterrains*, de Ray Smith dans *Les clochards célestes*.

# Contexte historique

## L'après-guerre aux États-Unis : 1945-1947

Le début du roman se situe peu après la fin de la Seconde Guerre mondiale, la rupture de Sal et de sa femme, celle de Kerouac avec Edith Parker, datant de septembre 1946. La chronologie externe explicite des voyages va de juillet 1947 à l'automne 1950. Kerouac évoque même la cérémonie de l'installation du président Truman lors de son second mandat, datée par les soins du traducteur du 4 mars (1949). Ajoutons que les tempêtes de neige de 1949, que l'auteur présente comme exceptionnelles dans la deuxième partie, ont bel et bien défrayé la chronique...

Le pays est donc sous la présidence de **Harry Truman** qui avait succédé à Roosevelt, à la mort de ce dernier, en avril 1945. C'est un président démocrate qui veut faire une politique sociale : salaire minimum assuré, contrôle des prix, aides diverses aux pauvres, aux Noirs et aux GI's de retour des combats (tel Sal qui touche une pension, p. 21).

■ **Étudier les allusions à cette politique, p. 109, 110, 116.**

■ **Comparer les gains de Sal, cueilleur de coton, avec le salaire minimum, p. 146, 149.**

La **prospérité** se lit dans l'augmentation du PNB

(227 milliards en 1940, 355 en 1945), les revenus des fermiers, dont les exploitations se modernisent (p. 44), les
achats d'équipements ménagers (p. 165, 170). Cependant, Truman se heurtera au mécontentement des syndicats et du patronat, mais il sera réélu en 1948 (p. 208). La
puissance de l'administration fédérale permet d'accomplir
une partie du programme social, tandis que la condition
des noirs s'aggrave, ce dont témoigne le roman.

■ **Étudier les références aux pouvoirs bureaucratiques (p. 229).**

## Guerre froide et maccarthysme. Guerre de Corée

On parle de rideau de fer à partir de 1946, et les USA
décident de contenir le communisme par des alliances
politiques et une aide systématique aux pays « libres », le
plan Marshall visant au redressement des économies
européennes. Une course aux armements s'engage
(p. 208), les USA qui ont déjà utilisé la bombe atomique
contre le Japon (1945), préparent la bombe H, et l'URSS,
en 1949, a sa première bombe. *Sur la route* se fait l'écho
de ce contexte (p. 177, 463).

Dès 1946, le sénateur **McCarthy** organise aux USA une
chasse aux « communistes », de fait, à tous les progres-
sistes, qui se poursuivra jusqu'en 1954. Le conformisme
est alors de rigueur.

■ **Retrouver les passages qui reflètent cette atmosphère de
suspicion.**

La guerre de **Corée** commence le 25 juin 1950, quelques mois après l'épilogue du roman.

# 2. ASPECTS DU RÉCIT

**Titre ▪ Structure ▪ Temporalité interne ▪ L'espace ▪ Narrateur et narration ▪ Présentation des personnages ▪ Quelques pistes pour l'étude d'un personnage ▪ Quelques pistes pour l'étude de l'écriture.**

## Titre

D'autres titres, avant l'adoption définitive d'*On the Road*, avaient été envisagés.

Dans le sillage de la parution de *Go*, roman écrit par son ami John Clellon Holmes, et mettant en scène les mêmes personnages et aventures, connues des deux auteurs, Kerouac aurait nommé son propre texte, *The Beat Generation*, afin de profiter de l'intérêt suscité par le sujet... C'est sous ce titre que son agent littéraire, Sterling Lord, le proposait aux éditeurs en 1954.

Pourtant, dès sa version de 1948, à la suite de discussions avec J.C. Holmes sur les hipsters, Kerouac projetait de prendre pour titre du roman en chantier les appellations suivantes : *The Hipsters, The Gone Ones, The Furtivers* (source : Nicosia : *Memory Babe*, p. 253). Il fut aussi question de *Gone on the road*.

> Le « **hipster** » (ou « hepster ») est un passionné de jazz ; l'adjectif « hep », qui a donné « hip », signifie dès 1903 « très informé, à la mode » ; en 1945, le hipster, adepte du jazz « cool », cultive le détache-

> *ment, la froideur, et, en 1950, le hipster se veut en dehors des liens sociaux usuels.*
>
> *« **Gone** » : adjectif, « parti », en anglais courant. Sens figuré argotique désignant une aliénation, une étrangeté aux normes.*
>
> *« **Beat** » : dès 1834 adj., « épuisé », physiquement et moralement ; au sens d'abattement, Kerouac a ajouté le sens de « béatifique » et en jouant sur les syllabes : « be at it », être « avec », avoir le « it »... Le beat est aussi un rythme, une pulsation...*

Ces titres se réfèrent à des groupes, emblématiques d'**une mutation des mœurs**, avec l'apparition du type du « beat » ou du « hipster ».

Kerouac finalement reprit *On the Road*, dont la correspondance atteste l'usage dès 1948. En 1956, il refuse de le remplacer par *Anywhere Road* : « N'importe quelle route » (expression figurant dans le roman, p. 390).

■ **Trouver ce qui a pu inciter Kerouac à préférer *On the Road* à *Anywhere Road*.**

En 1990, ce titre donne naissance au titre des mémoires de Carolyn Cassady (Camille dans *Sur la route*) : *Off the road, My Years with Cassady, Kerouac and Ginsberg*, éd. William Mirow.

■ **Comment pourrait-on interpréter ce *off* ?**

# Structure

La version en rouleau, d'avril 1951, se présentait sous forme d'un seul paragraphe, sans virgules, avec seulement quelques points. Kerouac dactylographia à nouveau le manuscrit mais sur feuilles standard et avec un découpage en cinq parties. La version actuelle comporte aussi cinq parties, mais modifiées par rapport au manuscrit de 1951. Sur la demande des éditeurs, Kerouac a introduit la division en grandes parties et en chapitres pour restructurer, de façon plus classique, **un flux** à l'image de la continuité de la route et de l'écriture picaresque.

■ **Remarquer et analyser les déséquilibres des proportions des parties du roman.**

■ **Retrouver dans le chap. xi de la deuxième partie les traces d'un voyage de retour par le Nord-Ouest, effectué par Sal, et supprimé en 1956.**

Cependant, l'inégalité des proportions diminue si l'on compare, dans la première partie, le chap. i et, dans la quatrième partie, le chap. vi.

■ **Montrer que ces deux éléments font fonction de prologue et d'épilogue.**

Sans le chap. i, la première partie atteint encore 129 pages. Seules les deuxième et troisième parties s'équilibrent...

■ **Compte tenu des aléas liés à l'histoire de la composition, faire des hypothèses sur les raisons de la tendance au decrescendo dans la longueur des parties.**

● Les quatre premières parties correspondent à quatre périples réels de Kerouac.

1°) New York-Denver-San Francisco-Los Angeles-New York ; départ de Sal en juillet 1947, arrivée en octobre.

2°) Testament (Virginie)-Paterson-(New Jersey)-New York-La Nouvelle-Orléans-San Francisco-New York. Sal et ses amis partent de Paterson juste après Noël 48, Sal revient seul de San Francisco plusieurs semaines après.

3°) New York-Denver-San Francisco-Denver-Chicago-Detroit-New York. Sal part au printemps 49 et séjourne plusieurs semaines à Denver avant de poursuivre.

4°) New York-Washington-Saint Louis-Denver-Mexico. Sal quitte Denver avec Dean Moriarty et Stan Shephard. Le retour à New York est relaté dans la dernière partie. Départ printemps 50, retour à l'automne.

■ **Travaux de groupe : chaque équipe fait un tableau synoptique d'une partie, en faisant figurer en regard des chapitres mesurés en pages, de brèves notes sur l'action (voyage et mode de locomotion par exemple), le lieu, la chronologie, les personnages dominants, les types de textes dominants, et les thèmes majeurs... Mettre en évidence, par un code chromatique, la répartition des voyages et des séjours, sur la route et en dehors de la route.**

■ **À quoi correspondent les chapitres les plus longs ?**

■ **Relever des leitmotivs qui scandent le texte : la nuit, le clochard, le père, Dieu, le spectre, la route, les étoiles, les fleuves, les trains...**

● Voici un schéma narratif analysant une séquence large du roman picaresque :

❱ un **projet** présent (ou absent), orienté dans l'espace et situé dans le temps, avec des personnages motivés au point de départ et anticipant un avenir dans un lieu à atteindre. Un facteur déclenchant.

❱ un **trajet** : pendant lequel les lieux traversés sont perçus selon le point de vue des personnages itinérants et au cours duquel s'effectuent des rencontres de personnages typiques, avec leurs portraits, ou leurs histoires. Les compagnons de route partagent le trajet selon la structure du groupe voyageur. Un seul voyageur parfois.

▶ Des **épreuves** : obstacles physiques, économiques, sociaux, psychologiques, et appartenant au parcours d'apprentissage ou initiatique, avec ses étapes.

▶ Un **séjour** où, après l'accueil, les espoirs seront réalisés ou pas, dans la joie ou la déception selon l'obtention ou non de l'objet de la quête.

▶ Un **départ** et ses motivations, souvent de l'ordre de l'insatisfaction, marquant la fin du cycle. L'adieu.

■ **Essayer de retrouver cette structure dans le chap. ɪɪ de la première partie puis dans les chap. ɪɪ à x qui suivent. Vous pourrez, par exemple, comparer les départs, les arrivées, les moments forts des séjours, etc.**

■ **Travaux de groupe : appliquée à la totalité du roman, cette lecture permet-elle de montrer l'existence d'une structure linéaire ou cyclique ?**

# Temporalité interne

● Peu de précisions temporelles lors des **séjours** « longs ». Dans une estimation de durée globale sont isolés des **temps forts**, aux dates floues, et à l'emploi du temps esquissé.

C'est ainsi pour la fête à Central City lors du premier séjour à Denver. Le séjour où elle s'inscrit est approximativement daté : « une de ces chaudes après-midi de juillet » (p. 64) et globalement évalué : « les dix journées qui suivirent » (p. 66) sans que le lecteur puisse savoir si cela mesure la totalité du séjour. Des repères à effet de réel marquent le début de l'organisation de « l'expédition en montagne » : « puis », « cela démarra le matin »... Or, le lecteur est incapable de préciser la date. L'« emploi du temps » de la journée de la fête et de la nuit qui la suit est donné (p. 82, 83) mais sans indications horaires.

■ **Étudier les repères temporels employés pour le séjour à Mill City chez Rémy Boncœur (p. 93 à 122).**

Autres exemples d'imprécision : le séjour chez Old Bull Lee à Algiers peut-être suivi jusqu'à la seconde journée après l'arrivée (p.238) mais des imprécisions s'installent à la fin : « on attendait (...) quand le mandat arriva »... ? S'agit-il d'une ellipse de plusieurs heures, de plusieurs jours ? (p. 239). La journée à La Nouvelle-Orléans n'est guère plus structurée : « On revint trouver les filles au bout d'une heure » (p. 239), le lecteur ne peut deviner un horaire pour lequel il n'a pas de repère.

● Les **déplacements** peuvent être plus aisément reconstitués par journées si le lecteur vérifie les indications, parvenant ainsi à une évaluation fiable de la durée du premier voyage en auto-stop, de New York à Denver : une semaine. Ou pour le voyage en automobile de La Nouvelle-Orléans à San Francisco : trois jours et trois nuits de voyage (p. 239 à 262). Le narrateur donne parfois des estimations : « promettant d'être de retour dans trente heures, trente heures pour un millier de miles aller et retour. Nord-Sud » (Testament-New York-Testament), p. 179.

Même si les données sont incomplètes dans les dates de départ ou d'arrivée, de **meilleures précisions sont accordées aux déplacements.** Le temps « sur la route » est un temps plus mesurable, il est occupé par des expériences et des moments plus ramassés.

■ **Étudier les repères temporels de datation et de durée dans**

**la narration du voyage en Cadillac, de Denver à San Francisco, et du voyage au Mexique.**

● Le temps de la route, notamment en 2$^e$ et 3$^e$ partie est placé, comme pour certains temps forts des séjours, sous le signe ambigu, voire mortel, de **la vitesse**. Il faut donc rendre cette vitesse sensible au lecteur grâce à différents moyens, dont les bilans : 4 000 miles 4 jours (p. 181) et 1 180 miles en 17 heures exactement (p. 368). Cette fureur sur la route confirme la rigueur et la frénésie de « l'emploi du temps » de Dean (p. 68-70).

Étudions la vitesse en comparant **le temps de l'histoire** du voyage (TH) et le nombre de pages pour la raconter, **temps de la narration** (TN) :

Ainsi le voyage de Sal, de New York à Denver : **TH/TN** = 7 jours / 39 pages (p. 21-60) alors que le voyage de Dean à Testament depuis San Francisco, en passant par Los Angeles et le Nouveau-Mexique, Denver... Memphis... **TH/TN** = 3 nuits ou 4, soit 3 pages (p. 171-174).

■ **Établir cette formule pour les voyages Testament-New York, Denver-Chicago (en Cadillac) et Denver-Mexico. Qu'en conclure ?**

❱ La vitesse, c'est aussi la multiplication des actions dans un texte court : p. 85-86, p. 173-174, p. 176-177, p. 193-194, p. 366, ou le phrasé et le tempo du discours de Dean : p. 68-70 ou p. 288-289.

❱ Les ellipses narratives contribuent à l'accélération : **grandes ellipses** entre les différents périples, ainsi entre 1$^{re}$ et 2$^e$ partie : « Il se passa plus d'une année avant que je revoie Dean » (p. 169), de « Octobre » (1947) p. 165 à « Noël » (1948) p. 169.

■ **Mesurer les ellipses entre 2ᵉ et 3ᵉ partie, entre 3ᵉ et 4ᵉ partie, et entre 4ᵉ et 5ᵉ partie, et étudier leurs fonctions.**

Ellipses plus réduites à l'intérieur des grandes parties et affectant les séjours, et allant dans le même sens : élaguant les temps morts, accélérant les choses, les départs (p. 239-240).

▶ Enfin, notons le caractère systématiquement cosmique de bon nombre de repères temporels : la course du Soleil (aube, après-midi, soleil couchant, nuit) rythmant la narration.

■ **Étudier les nombreux exemples de cette très forte tendance sur l'ensemble du roman. Quels sont les moments qui l'emportent : les moments diurnes ou les temps nocturnes ? Quelle est la place et quelle est la fonction des « soleils couchants » ? Des « nuits » ?**

La course du Soleil se double du rythme temporel plus large des saisons parfois explicitement désignées, comme au début du roman : « hiver 1947 » (p. 13). « Puis vint le printemps, la grande saison des voyages » (p. 17), ou par le moyen d'allusions au beau ou mauvais temps : pluies (p. 114), froid (p. 150) qu'accompagnent les indications de mois.

■ **Étudier ces références. Dans quelle mesure pourrait-on affirmer que ces cycles cosmiques : Soleil, saisons, structurent la narration ? Cela engage-t-il une conception symbolique du voyage ?**

■ **Kerouac utilise deux mesures du temps, une mesure floue du temps humain, « accordée » à la nature, le temps du pionnier ou du fermier, et une mesure plus précise, celle de l'horloge ou de la montre. Dans quels buts et selon quelles visions du monde ?**

Les marqueurs temporels de type cosmique s'intègrent à la symbolique des couleurs. Cette chronologie particulière, de date et de durée, est constituée de signes polysémiques qui participent à un ensemble poétique.

Dans *The Town and the City*, le rouge est le signe de la passion et de l'énergie, mais déjà avec son ambiguïté : le rouge clair diurne, et le rouge sombre nocturne. Le soleil couchant, dans *Sur la route*, ferait ainsi transition entre la lumière du jour et les mystères et les folies de la « nuit américaine » ou mexicaine.

■ **Relever des exemples du même ordre.**

# L'espace

Les lieux sont présentés du point de vue de Sal, Dean Moriarty ne regardant guère le paysage !

● Mais ce cow-boy incarne l'Ouest, sa présence relance le projet du narrateur : « **aller dans l'Ouest** pour voir le pays » (p. 9), projet nourri d'imaginaire (p. 22). L'Ouest, pour Sal, représente un passé glorieux, une identité, un lieu d'énergie non domestiquée, un espace libre : « c'était l'Ouest, le vent de l'Ouest, un hymne jailli des Plaines » (p. 20) et lors du premier voyage, il va vouloir retrouver cette image.

■ **Où se situe, dans le texte, le passage de la « frontière » entre l'Est et l'Ouest ?**

■ **Étudier comment, à partir de là, Sal interprète les signes de l'Ouest, s'enchantant des « vrais » et se désolant des « faux ».**

Son rêve de l'Ouest se heurte à une pénible parodie où

le mythe américain se ridiculise. Cependant, si les faux cow-boys n'égalent pas les pionniers, les plaines de l'Ouest, où la nature garde sa force, ne décevront jamais Sal : « vents géants » (p. 353), « spectacle infini du monde » (p. 354). La poursuite du premier rêve, toujours plus à l'Ouest, conduit Sal vers de puissantes images, et son rêve demeure en partie (p. 87).

■ **Lire cette ambiguïté de l'image de l'Ouest, dans les Rocheuses, à Central City.**

Dans la suite du roman, Denver et la côte Ouest continuent à exercer leur **pouvoir d'attraction**.

Il est vrai que Sal, pour échapper à la solitude, se dirige vers les villes où se trouvent ses amis. Sans eux (p. 279) Denver est un lieu de mélancolie, et il va à San Francisco rejoindre Dean (p. 282).

■ **Illustrer par d'autres exemples ce lien entre l'Ouest et l'amitié.**

Ces villes sont d'ailleurs présentées de façon contrastée, avec leurs couleurs symboliques (p. 121, p. 262, p. 280).

■ **Étudier ces couleurs et comparer Denver, Los Angeles-Hollywood, et San Francisco.**

● Le **Sud** est une autre orientation cardinale de ces voyages. Le rêve du Sud apparaît très tôt dans le texte à Cheyenne (p. 55) et dans la vallée de San Joaquin.

■ **Étudier la poésie de ce lieu (p. 124), en rapport avec l'image du corps de Terry (p. 131).**

Le rêve du Sud, **récurrent**, s'ajoutant au rêve de l'Ouest (p. 206), capte les odeurs de La Nouvelle-Orléans, et, après avoir été caressé d'un désir d'Italie (p. 293-295), origines de Salvatore Paradise, s'étend jusqu'au Mexique... Rêve de Sud qui traverse les lieux réels, toujours plus au Sud, vers l'illimité de l'ailleurs...

▓ **Approfondir le lien de l'imaginaire et des lieux dans cette aspiration au grand Sud, p. 411.**

▓ **Expliquer pourquoi et comment, dans le roman, un lieu en appelle d'autres en imagination (p. 158), ou se nourrit d'un imaginaire littéraire (p. 112, 124)**

● Le rêve de l'Ouest et du Sud s'élance à partir de l'**Est,** lieu, pour Salvatore, de la maison du travail, de la cellule monastique de l'écrivain, du « repli », à l'automne du voyage, auprès de cette tante si maternelle...

▓ **Analyser, p. 21-22, 165, et 381, l'image de la « maison ».**

Mais l'Est est également associé aux amis de Columbia : « intellectualisme assommant » et esprit de critique négative que Sal veut fuir (p. 19-20). L'Est, ramené à New York (p. 122, 164), serait le pôle négatif de l'Ouest, idée énergiquement formulée par Dean Moriarty : « New York, la pédale glaciale » (p. 206). Une telle négativité de l'Est est cependant à nuancer. L'affectivité de Sal comptant pour beaucoup dans les buts et l'orientation de ses déplacements, le voyage vers l'Est, vers **le chez-soi**, en compagnie, peut dans une certaine mesure se présenter de façon positive.

▓ **Retrouver un voyage vers l'Est dont le départ est ainsi positivement orienté.**

● Le **Nord** fait souvent partie des retours ou des erreurs ou des actes manqués...

■ **Retrouver deux « erreurs » d'orientation vers le nord, pourquoi sont-elles significatives ?**

▶ Entre ces deux pôles de l'Est et de l'Ouest, celui de la mère et celui de la liberté, la terre américaine étend son vaste corps, et le texte la chante à la manière de Walt Whitman, le poète américain de *Feuilles d'herbe (Leaves of Grass)*.

■ **Montrer que le texte poétise l'espace par les noms de lieux : p. 124, 241, 245, 396, 397.**

Cette Amérique du rêve et du cœur échappe à la description réaliste. Le caractère « néocélinien » de ce « voyage au bout de la nuit » de l'Amérique joue **des effets d'irréalité**.

■ **Étudier les lieux « de nuit ».**

La rapidité des déplacements ne donne à voir que des synecdoques (parties se substituant au tout) d'une totalité hors d'atteinte et de surcroît métaphorisée. Pensons à Dean Moriarty, aux yeux fixés sur la route, traversant  l'Amérique sans la voir, tandis que l'auto-« mobile » devient le lieu par excellence, la maison des amis, se substituant à la « demeure »... (p. 318).

■ **Montrer comment ce continent est entr'aperçu sur « l'écran du pare-brise ».**

# Narrateur et narration

● **Le pronom « je »** se réfère à Sal Paradise, le personnage, au narrateur dominant et à l'auteur. Ce « je » ambigu n'est identifiable qu'au cours de la lecture.

■ **Quand apparaissent le nom et le prénom pour la première fois ? Pourquoi ce décalage ?**

Le « je » narratif régit l'ensemble de l'œuvre, car même quand Sal est absent de l'histoire qu'il raconte, ce « je » garde le contrôle de la narration.

Ainsi lors du voyage de Dean à Paterson, p. 170-174, le narrateur opère à partir des éléments recueillis.

■ **Montrer comment s'installe un point de vue critique à l'égard de cette odyssée : choix des modalisations, des qualifiants ; présence de jugements explicites.**

■ **Pourquoi le narrateur-régisseur met-il en scène Dean comme locuteur en discours direct et discours indirect libre ?**

Il fait aussi parler certains personnages ainsi privilégiés dans l'accès à la parole directe, tel Old Bull Lee, p. 224-233, ou Dean, p. 285-290, et p. 320-322.

■ **Dans quel but ?**

Cette domination du narrateur est liée à son état de personnage dominé, à sa passivité. Cet effacement s'expliquerait par sa quête de modèles et de miroirs, mais ce témoin fasciné est critique tel le romancier qui observe.

■ **Discuter cette hypothèse de lecture.**

Mais si Sal est surtout un narrateur, un romancier, cela s'explique parce qu'il est en partie le **masque de Kerouac**.

● **L'ordre de la narration** procède avec quelques analepses (retours en arrière) et prolepses (anticipations sur la suite de l'histoire), sur un fond chronologique. Les analepses remplissent les lacunes des ellipses ou forment la biographie éclatée de Dean. Les prolepses : p. 9, 38, 119, 188, introduisent parfois un effet de maîtrise du sens, le narrateur montrant qu'il connaît la suite de l'histoire.

# Présentation des personnages

● **« Les copains d'abord ».**

Les principaux personnages-amis apparaissent dès le premier chapitre-répertoire sous forme de mentions et d'allusions et, à l'exception de Dean Moriarty, objet d'une première biographie et d'une véritable mise en scène, c'est au fil des déplacements du personnage-narrateur que les personnages se précisent.

L'étude du 1$^{er}$ chapitre (p. 16, 17 et 19) permet de dresser deux listes de personnages : Carlo Marx et ses amis, et les amis de Dean.

■ **À quoi correspondent ces deux groupes, d'un point de vue psychologique, social, culturel et géographique ?**

Lors du séjour à Denver (Chap. vi et vii), d'autres amis du narrateur complétant cette dernière liste sont rapidement introduits.

■ **Un clivage apparaît (p. 62). Quelle en est la signification ?**

Le groupe des amis new-yorkais s'enrichit de nouveaux individus lors d'un séjour à Manhattan (p. 192 et *sq*).

■ **Quelle est leur caractéristique commune, justifiant l'intérêt de Sal ?**

● **« Et Dieu créa la femme... »**

Les personnages féminins sont aussi présentés progressivement dans le champ de perception d'un narrateur qui voyage : Terry, Camille, Marylou, Galatea, et bien d'autres !

■ **Où ? Quand ? Comment ? Quel vous semble être leur statut par rapport aux « garçons » dans la présentation qu'en fait Sal ? Observez-vous entre elles, et avec les garçons, des contrastes, des points communs ?**

● **Les noms propres.**

Kerouac qui avait pris pour modèles ses amis et sa famille pour créer ses personnages leur a donné des noms fictifs. On indiquera quelques-uns des modèles.

Le nom du narrateur, Sal Paradise, provient d'une erreur de lecture d'un vers d'Allen Ginsberg où il fallait lire « Sad Paradise » : « Triste Paradis ». Mais Sal est aussi la forme abrégée de Salvatore, le Sauveur !

Le choix du prénom italien et du nom anglais signifie la double appartenance culturelle du personnage, où l'on peut lire la transposition de la situation de Kerouac.

De même, la tante de Sal est à rapprocher de Gabrielle, la mère de Kerouac, avec qui il vivait.

■ **Expliquer en quoi ce nom correspond au personnage et à la thématique de l'œuvre.**

▶ Dean Moriarty fait penser à James Dean, mais aussi au célèbre professeur Moriarty, adversaire principal de Sherlock Holmes. Le choix parodique de Moriarty correspond à l'intention de l'auteur de réfuter le préjugé de « criminalité » attaché à son héros et plus largement aux « Beats ». Dean, en effet, n'est pas dangereux et violent comme, par exemple, Henry Glass (p. 398), sa délinquance est « une sauvage explosion de la joie américaine » (p. 20).

De plus, « Dean » est à rapprocher « d'Eddie Dean le Cow-boy Chantant » (p. 379), d'Eddie le trimardeur (p. 32) et d'une appellation que Carlo Marx se donne : « Œdipe

Eddie » (p. 76), allusion au poème épique grec, l'Œdipo-
die.

■ **Que vous suggèrent ces rapprochements ?**

Dean est aussi comparé à Groucho Marx... ce qui
amène l'association à Carlo Marx...

■ **Quels parallélismes peut-on établir entre un certain trio
d'amis et les frères Marx ?**

▶ Quant à « Carlo Marx », le jeu sémantique repose sur
un triple niveau :

1) référence à l'idéalisme politique d'Allen Ginsberg,
avec l'allusion à Karl Marx.

2) le thème de la fraternité de « sang » des amis.

3) la référence comique introduisant la dérision au
cœur du politique, conformément, par exemple, au style
de Rémi Boncœur et à ses plaisanteries sur Harry Truman.

▶ Autre nom humoristique : Old Bull Lee (William Burroughs), formé d'un nom indien (Old Bull : Vieux Taureau...) et de Lee, allusion au général sudiste Robert
Edward Lee (1807-1870). N'est-il pas un farouche oppo-
sant à la bureaucratie de Washington ? Mais le lecteur
anglophone peut aussi entendre, par paronymie, « old
bully », « vieux brutal »...

▶ Roland Major, lecteur d'Hemingway, fait penser au
major de la nouvelle *In Another Country* (Ernest Hemingway : *The Nick Adams Stories*, 1925-1933). Ce personnage d'Hemingway, à la main atrophiée, rappelle les muti-
lés « beat » du roman (p. 123, 232, 253, 288).

▶ Tommy Snark (p. 16), fait penser au « Snark » de Lewis
Carroll (*La chasse au Snark*, 1885), mais Jack London avait
ainsi baptisé son bateau.

▶ Et que penser de Hyman Salomon (p. 211) ? Ce juif errant qui « regarde » les mots de son livre s'arrête à Testament... Hi man ! « Bonjour Homme ! »...

# Quelques pistes pour l'étude d'un personnage

## Dean Moriarty

● **Les premières images.**

Nommé dans la première et la dernière page du roman, Dean est présenté, chap. I, dans un premier portrait en action, complété par des éléments « biographiques ».

Le descriptif et le narratif construisent une figure originale aux **multiples facettes** et où l'on retrouve certains traits du « picaro » : voleur sympathique, autodidacte, comédien, « truqueur de génie », séducteur. De plus, Dean offre deux aspects complémentaires : une **intelligence** sans « intellectualisme » et **un appétit de vivre** non domestiqué, synthèse kérouacienne des qualités américaines de l'Est et de celles de l'Ouest, au confluent idéal des deux groupes d'amis de Sal.

 ■ Relever et commenter dans le chap. I les éléments du texte concernant les points suivants du personnage : l'âge, l'apparence physique, les vêtements, la gestuelle, le langage : lexique récurrent, rythme des phrases, éloquence ; les modes de sentir et de penser ; les projets et valeurs de référence ; les rapports avec les autres personnages et notamment avec Sal ; les aspects sociaux liés à son histoire personnelle et familiale ; le rapport aux normes (les transgressions, « folie »...) ; la valeur symbolique (p. 19-20)

**de sa virilité, de son appartenance à la géographie de la
rue et de l'Ouest.**

● **Permanence et évolution de l'image initiale.**

Sont souvent décrits la **physiologie** et le vêtement
(p. 169, 291, 292, 478) en rapport avec une « sainteté
déguenillée » (p. 187), expression qui confère à la fripe du
« clochard » une dimension spirituelle. La nudité, ou le
corps rendu visible (p. 195, 248, 249), interprétable en
termes de liberté, s'ajoute aux récurrences de la gestuelle
(p. 176, 238, 314, 343) où se lit le burlesque de Groucho
Marx. Tout son corps parle, y compris son pouce marty-
risé qui s'est meurtri par jalousie d'amour. Sa parole volubile, prolongement de son expression physique, fascine
par un flux dont l'intempérance naît d'un désir de dire la
vie acceptée totalement (p. 174, 175, 185, 186, 207, 208,
286, 288, 289, 321, 322, 323, 324).

■ **Que devient cette parole ensuite (p. 419, 422, 423, 427, 433,
437, 441) ? Interpréter la difficulté de dire, éprouvée par
Dean (p. 311, 478).**

L'évolution de Dean est aussi rendue lisible par le narrateur dans les progrès de sa « folie » (p. 174, 176, 185,
252, 285, 293, 327, 402).

■ **Étudier cette « folie » : pathologie (p. 75), ou frénésie dans
un comportement hors normes, « inspiré » ? (p. 184, 194,
198, 208).**

La « démence de vivre, la démence de discourir », que
recherche Sal, vont de pair chez Dean avec « la démence
d'être sauvé » (p. 16), et une croyance peu orthodoxe
(p. 186, 187) se traduisant par un lexique intensif par
l'emploi de termes tels que : « absolument », « pur »
(p. 187, 189).

517

Cette aspiration au divin se retrouve dans sa faculté « de dire "oui" à tout » (p. 195 et 292).

■ **En quoi le discours des p. 288-290 illustre-t-il cette sacrali-sation du monde ?**

Aux yeux du narrateur, Dean « en vertu de la suite innombrable de ses péchés était en passe de devenir l'Idiot, l'Imbécile, le Saint de la bande » (p. 300). Le sacré se rattache ici à l'abdication de la pensée critique, au-delà de la morale. Lisons, p. 302, « Il était BATTU [...] le sien ? » L'abaissement est le chemin de la rédemption et de la connaissance, et le « clochard céleste », « possédé », humilié, offensé, accède ainsi à l'angélisme, dès cette terre d'amour et de vie dont il rejette les idoles, et qui est, pour lui et pour Sal, le Royaume.

■ **Analyser le champ lexical de l'angélisme (p. 328, 363, 408) et ses significations.**

■ **Que représente, en termes de quête de l'absolu, la recherche du « it », dans le jazz (p. 197, 198, 306, 320, 321), au cœur de « la nuit » américaine ?**

■ **Analyser, de même, la recherche sexuelle (p. 203, et le recours à la marijuana (p. 286, 287) ?**

● **Un personnage problématique.**

Le narrateur est un personnage de **romancier** : il s'intéresse à Dean, de la place distanciée de l'observateur (p. 20, 80, 199), mais, dans le récit, il est aussi **l'ami** de Dean, comme Kerouac celui de Neal Cassady, et le perçoit dans un rapport de proximité qui n'exclut pas la critique.

■ **Retrouver, dans l'œuvre, notamment p. 18-19, des passages illustrant les deux attitudes, soit séparées soit mêlées.**

■ **Montrer que l'ami peut être admiratif face à un héros exceptionnel qui serait son « idéal du moi », et juge indulgent d'un être victime de son destin, à ne pas imiter en tout, mais à comprendre avec compassion (p. 203, 214-215, 321-322).**

Le second aspect de la problématique concerne la mise en cause de Dean, par des personnages autres que le narrateur.

■ **Dean est désapprouvé par ses amis Old Bull Lee (p. 224-227) et Carlo Marx (p. 184) ; par ses anciens disciples ou complices, tels Roy Johnson (p. 297-304), Sam Brady (p. 335 et *sq*) et Ed Wall (p. 355-356), et enfin par les femmes (p. 300-304). Approfondir les raisons de ces critiques et en faire apparaître les enjeux.**

# Quelques pistes pour l'étude de l'écriture

L'écrivain américain Truman Capote (1924-1984) déclarait, en 1959, que le travail de Jack n'était pas de l'écriture mais de la dactylographie ! (Voir l'ouvrage de Gérald Nicosia, *Memory Babe*, p. 588). Pourtant, *Sur la route* a ses qualités d'écriture propres, celles d'une écriture liée à la vitesse, sensorielle et affective.

## L'écriture et la vitesse

● Avec ses nombreuses narrations de voyages et de  séjours, ses itinéraires à la mesure du continent américain, ses « hommes pressés » (cela rappelle le titre d'un roman de Paul Morand) de tout voir et de tout faire, le roman ne saurait flâner en route. Les séquences narratives, saturées d'événements, présentent une succession de phrases assez courtes, juxtaposées, et faiblement coordonnées.

■ **Étudier, p. 17-18 : de « Dean déjà nous avait faussé compagnie » jusqu'à « trop étonnantes pour qu'on les taise », la coordination et la subordination, la ponctuation, et la longueur des phrases, et des parties de phrase (Cf. à titre de référence, les discours de Dean lors de sa première « période » : p. 10, 13, 78).**

■ **Analyser les changements de rythme.**

■ **Rechercher d'autres passages où l'auteur a travaillé les accélérations et les chutes de fin de paragraphe.**

● Les descriptions ne ralentissent pas l'allure générale car les traits descriptifs, de lieux ou de personnages, **condensent** les significations en peu de mots. Par exemple : « [...] ils m'offrirent le sourire lumineux aux belles dents blanches des gens qui se nourrissent de maïs » (p. 44).

■ **Approfondir l'étude des techniques employées : l'adjectif qualificatif, les images, les comparaisons, etc. pour rendre le texte efficace, par condensation, dans les portraits présents aux p. 28, 42, 211, 220, 352, 370, 373, 383, 414 ou les descriptions de lieux des p. 217, 241, 249, 254, 280, 318, 460, etc.**

Dans le cadre d'une écriture de la vitesse, on pourrait distinguer un descriptif à l'arrêt et un descriptif en marche selon que le foyer d'observation est statique ou mobile.

■ **Quelles sont les caractéristiques du premier descriptif ? Cf. p. 59, 122, 218, 243, 254 ; 455 ...**

Le second utilise le fragmentaire, l'instantané, les plans

larges, le panoramique, les travellings, une écriture ciné-
matographique propre à la mobilité de regards véhiculés.

■ **Repérer et commenter ces textes cinématographiques :
p. 30, 45, 50, 93-94, 259, 280, 283, 328, 361, 364, 419, 428-430,
432, 459, 460, etc.**

## Écriture et sensation

À Lowell, un professeur d'anglais de Jack poussait ses
élèves à employer des termes forts et expressifs, et une
méthode qui consistait à « voir, entendre, sentir, et res-
sentir ce qu'ils décrivaient » (Nicosia, *Memory Babe*,
p. 32).

■ **Le « morceau » d'anthologie des p. 267-269 aurait plu au
professeur. Pourquoi ? Comparer avec le texte sur les
odeurs de La Nouvelle-Orléans de la page 216, ainsi
qu'avec le passage sur la jungle mexicaine des p. 454-459.
Étudier le travail sur l'olfactif, le visuel, le thermique, le
tactile, l'auditif.**

Cette sensorialité est un enjeu idéologique majeur dans
une œuvre qui revendique des valeurs de vie à
« rebours » du conformisme de l'après-guerre, et le travail
du son renforce, par l'allitération et l'assonance, une sen-
sualité que la traduction transpose dans la « langue » française, dans un autre corps. Relevons trois exemples de
cette recherche : 1) « mad drunken Americans in the
mighty land » : « ivrognes et dingos d'Américains sur
cette terre puissante » (p. 87) ; 2) « under those soft Southern California stars that are lost in the brown halo of the
huge desert encampment L.A. really is » : « sous les étoiles
pâles du Sud californien, noyées dans le halo brun du
vaste campement désertique qu'est en fait Los Angeles »

(p. 133) ; 3) « they gabble and brawl over brews » : « ils jacassent et braillent en buvant de la bière » (p. 142).

■ **Relever et commenter allitérations et assonances.**

## Écriture et affectivité

Très peu de termes neutres dans l'ensemble du roman, beaucoup de modalisations intenses, une présence constante de l'émotion, en somme, une écriture où l'affectivité paraît dominer l'intellect même dans les textes de réflexion.

■ **Étudier, p. 468-469, l'emploi des adjectifs qui traduisent l'implication du narrateur.**

■ **Retrouver des exemples de ton persuasif, car persuadé, enthousiasmant car enthousiasmé, émouvant car ému.**

# 3. THÉMATIQUE

Une vision de l'Amérique ▪ La quête.

# Une vision de l'Amérique

Nous allons d'abord lire *Sur la route* de façon **synchronique**, et en tant que vision, aux divers plans sociaux, culturels et éthiques, des USA et du Mexique. Commençons en construisant, par référence aux personnages dits secondaires, un ensemble de « figures » très problématiques, voire négatives, et de figures en partie valorisées ou nettement positives. Nous entendons par « figures » des types ou des archétypes symbolisant des attitudes ou des valeurs.

## Les figures problématiques ou négatives

● **Les « squares ».**

Parmi les « squares » (mot américain pour conformistes), les touristes sont pris pour cibles : p. 26, 81-82, 320, 328. Dans *Satori à Paris*, Kerouac écrit, à propos de Brest et sa région :

> « *Je sais bien qu'il y a des tas de belles églises et de chapelles dans le coin, et que je devrais les visiter, et puis il y a l'Angleterre aussi, mais puisque l'Angleterre est dans mon cœur, à quoi bon y aller ? Et d'ailleurs, aussi séduisants que soient l'art et la culture, ils sont inutiles s'il n'y a pas la sympathie* » (Folio n° 2458, p. 121).

523

■ **En vous référant aux p. 26, 81-82, 320, 328, préciser les raisons de ces critiques. En quoi les touristes s'opposent-ils aux pionniers ?**

Les conformistes appartiennent parfois aux notables, tels les « businessmen » de Cheyenne (que la traduction transpose pour le lecteur français de 1960 en « bourgeois »), se conformant au rite grotesque de la fête de l'Ouest (p. 55) ; ou Denver D. Doll à Central City (p. 83, 86). Ils peuvent, cependant, se trouver parmi les ruraux les plus défavorisés, tels les Okies de Californie, cueilleurs de coton (Première partie, chap. XIII).

■ **Commenter le sens de la « figure » de l'Indien, opposée, lors de la fête, aux hommes d'affaires en goguette. Étudier l'art de la caricature tel qu'il s'exerce sur Denver D. Doll.**

■ **Analyser le conformisme des Okies (p. 147-148, 335).**

Les conformistes de l'esprit sont également visés : les amis intellectuels de Sal (p. 20), les snobs d'Hollywood en parallèle avec ceux de New York (p. 134), les étudiants (p. 137), les collégiens (p. 353)...

■ **Quels sont les défauts mis en cause ?**

Les fermiers, pourtant quelquefois valorisés, n'échappent pas à l'ennui de vies sans joie, témoins les fermiers du Sud (p. 169), ou la fille de la campagne (p. 377-378).

■ **En quoi ce dernier personnage est-il victime d'un style de vie aux antipodes de celui des « beats » ?**

D'autres personnages encore, après une jeunesse animée par la sainte fureur de vivre, se « rangent » : Sam Brady (p. 336-337), ancien « champion du whisky » qui « a de la religion maintenant », ou Ed Wall (p. 355-356).

■ **Montrer que le conformisme figure parfois chez les nantis** et les notables, mais que le problème du style de vie, ne dépendant pas directement du niveau de vie, est à analyser en termes de culture (au sens sociologique).

Le conformisme lié au **puritanisme** suscite de plaisantes caricatures de « types » américains (p. 163, 403-404) dans un pays où l'on donne la Bible aux prisonniers mis en cellule d'isolement (p. 397).

● **Figures du pouvoir : les riches et les violents.**

Les fermiers sont parfois perçus comme des exploiteurs, à l'image de Simon Legree (p. 146). D'autres brèves apparitions : « l'organisateur des courses » (p. 115), ou « quelque cabot à lunettes noires » d'Hollywood (p. 134), figurent dans le livre « d'or » de la « réussite » sociale...

■ Comparer le ton de la critique dans ces trois exemples, en les situant dans leur contexte. Quels sont les personnages les plus attaqués ? Pourquoi ?

La figure du pouvoir qui incarne à la fois la norme la plus rigide et la violence de la répression est la police.

■ Analyser la satire sans concession et l'humour vengeur dans les portraits de policiers du chap. xi, première partie, et des p. 188, 209-210, 254-255, 365. Comparer l'image des policiers américains et mexicains (p. 456-457).

La violence est aussi exercée, parfois, par les « Okies » (p. 150), assimilables alors aux « rednecks », ces ouvriers agricoles du sud, blancs, racistes et xénophobes.

■ Analyser les raisons de leur violence.

## Les figures valorisées ou idéalisées

● **Le clochard : misère décrite et errance poétisée.**

« The hobo works and wanders ;
The tramp dreams and wanders,
The bum drinks and wanders—but not far enough. »

Ainsi s'énonçaient les anciennes distinctions... Dans l'usage moderne, « hobo » a perdu son sens de travailleur migrant et pris le sens de chemineau, « tramp » ou, chez Kerouac, de « bum », mais parfois notre auteur le distingue de ce dernier type de clochard, lui laissant un peu du lustre de jadis, notamment à travers la chanson (p. 396), et suivant une tradition littéraire (Jack London : *The Road* [1907], et Dos Passos) qu'illustre par exemple Mississippi Gene.

■ **Analyser l'image du « hobo » : p. 42, 47-49, 141, 156, 367. Comparer avec l'image du clochard donnée par le père de Dean Moriarty : p. 63, 204, 321-322. Qu'en conclure ? Comment articuler les deux aspects de cette figure ?**

■ **Étudier des extraits du roman où Sal s'identifie à un clochard (San Francisco, New York).**

■ **Gary Snyder, poète zen américain, a perçu le clochard comme un des derniers mythes de la liberté des années 50 ? Discuter ce point de vue.**

■ **Retrouver et étudier d'autres figures de l'errance, de la liberté, de l'originalité et de la marginalité où le pathétique se joint à l'humour.**

● **Les Noirs et les Mexicains : pauvreté, authenticité.**

▶ **Les Noirs** : Les Noirs (p. 148, 217, 376) endurent une condition misérable (p. 136, 175, 310), et font l'objet d'une admiration et d'une fascination.

■ Étudier dans la troisième partie, chap. IV, le personnage du ténor et celui du trompettiste (p. 313). Quel est le lien classique entre la musique et la souffrance ? Montrer que cette musique n'est pas perçue sous l'angle d'une spécificité noire (p. 308, 320).

■ Étudier la construction de leur image positive : p. 97, 116, 121, 136, 280-282, 315, 365, 446, et démontrer qu'ils représentent un contre-modèle des valeurs de l'Amérique des « WASP ». Sont-ils idéalisés ?

▶ **Les Mexicains de Californie :** C'est un milieu apprécié par Sal pour son originalité et ses qualités humaines.

■ Quelle image valorisante et empathique le texte donne-t-il à lire de la communauté mexicaine : structure familiale, conceptions du temps, du travail et de la vie, telles qu'elles sont exprimées par Rickey et Ponzo (p. 142-144, 152) ? Le cliché exotique est-il toujours évité ?

■ Pourquoi la famille de Terry est-elle désignée par l'expression : « une famille américaine » ?

D'autre part, cette famille est intégrée à une autre aire de civilisation : « les grands peuples de Fellahs » (p. 152), ce qui la rattache de manière encore plus positive aux Indiens du Mexique (Cf. p. 435).

▶ **Les Mexicains et les Indiens du Mexique :** Les clichés racistes sont balayés par Dean (p. 432), et Sal se joint à lui dans l'éloge d'un peuple (p. 432-433).

■ Étudier dans la quatrième partie, chap. V et VI, la démarche de cette valorisation des Mexicains-Indiens. Comment est comprise la « mendicité » (p. 461-463) ? Les « Indiens des villes » sont-ils présentés de manière négative ?

## Structures du sens

Pour compléter l'approche par « figures », et systématiser les positions du texte, de façon synchronique et binaire, voici une tentative de schématisation.

| valeurs rejetées | valeurs recherchées |
|---|---|
| conformisme, normes | « folie », originalité, marginalité |
| rêve américain | rejet |
| puritanisme | joie de vivre, sensualité, excès |
| richesse, confort | pauvreté, simplicité |
| Amérique d'aujourd'hui | Amérique d'hier |
| ville | terre, authenticité |
| vitesse | le temps qu'il faut |
| racisme, xénophobie | fraternité, accueil |
| violence | pacifisme |
| mensonge, égoïsme | « pureté de cœur » |

■ **Montrer comment cette structure rend compte de la critique de l'Amérique bien pensante et « matérialiste » de l'après-guerre.**

■ **Relever et étudier sur l'ensemble du roman un système des objets qui oppose le « neuf », le confortable, le luxueux, au « cassé », au « vieux », à la ruine, dans un univers où le style bohème et dépenaillé symbolise les attitudes culturelles et spirituelles des « beats ».**

À ce propos, nous vous proposons, **en guise de jeu**, de répondre à la question suivante : retrouver les conducteurs des automobiles citées ci-dessous et essayer de justifier les références du véhicule par rapport au personnage du propriétaire ou de son utilisateur. (Les réponses sont à la fin du dossier, p. 538.)

1) Une vieille Chevrolet dans un style 1910.

2) Une Chevrolet 38.

3) Une automobile très récente avec un nom de rivière.

4) Une Ford 37.

5) Une Cadillac 47 limousine.

6) Une seconde Cadillac.

7) Une décapotable flambant neuve.

8) Une Chrysler neuve.

■ **En quoi, en fait, distingue-t-on, au moins, deux Amériques ?**

■ **Qu'est-ce qui relève des forces de résistance aux modèles américains, sociaux et éthiques, mis en cause ?**

■ **Analyser la nostalgie de l'Amérique de jadis (p. 22, 35, 64-65, 81, 223, 226). Quels sont les liens de ce regard en arrière avec le mythe de la primitivité ?**

■ **Commenter, à titre d'hypothèse, l'antithèse « enfer des villes » et « authenticité de la nature et du sol »**

■ **Discuter du bien-fondé de l'opposition « Amérique d'hier » et « Amérique d'aujourd'hui ».**

## Attitudes et valeurs des personnages principaux

Confirmons les orientations idéologiques du roman, par l'étude des attitudes et des « valeurs » des personnages principaux, envisagés séparément et globalement.

■ **Quelles sont, pour eux, les fonctions économique, culturelle, et symbolique du travail, et comment le narratif et le** descriptif traitent-ils ces aspects sur des tons variés (parodie, humour, poésie) ? (Cf. première et deuxième partie). Confronter le rapport au travail et au loisir à l'éthique puritaine.

■ Quelles sont les attitudes de Sal et de ses amis vis-à-vis de l'argent ? Montrer que le roman repose sur le schéma du don, du vol, de la « perte » et du « manque », et désacralise le dieu dollar.

Remarquons toutefois que Sal gaspille son argent à certaines occasions, mais qu'il sait aussi être économe, et que, de toute façon, sa « tante » le renfloue dans les moments difficiles...

 ■ Quelles sont leurs attitudes à l'égard de la sexualité et de l'amour ? Opposer Dean et Sal Paradise (p. 202-203). Quel est le sens de la « sainteté » du sexe, face au puritanisme ?

# La quête

*Sur la route* doit aussi être lu comme **un mouvement**, car le pèlerin de l'absolu, Sal, rejoint à un moment de sa route par Dean, s'est mis en marche.

● La quête de Sal est d'abord une **recherche du bonheur**, motivée par l'espoir de retrouver **l'ami qui incarne la joie de vivre**, et de savoir « qu'il y aurait des filles », et peut-être « la perle rare » (p. 20), **une femme idéale**.

◗ Or, le premier périple est décevant sur le plan de l'amitié, les chemins de Sal et de Dean ne se rencontrent pas (p. 89, 92), le chassé-croisé de la fin (p. 165) étant particulièrement ironique.

■ Ce premier périple est-il plus fructueux sur le plan de la quête amoureuse ?

■ Le second, assez bien commencé (p. 185), serait pire que le premier. Pourquoi ? (Cf. p. 241-242).

■ Le troisième marque un tournant décisif de l'amitié (p. 284). En quoi la démarche de Sal, parallèle à celle de Dean, deuxième partie, chap. I (p. 171), ouvre, malgré les crises à venir, un nouveau chemin. À partir de là, la quête de l'amitié va provisoirement aboutir. Pour quelles raisons ? Quel est le nouveau rôle de Sal vis-à-vis de Dean (p. 284, 321, 330, 332, 469) ?

Le pathétique de l'épilogue concerne Dean, abandonné de Sal et ses amis, voué à la « route douloureuse », et interdit de Cadillac...

On peut lire dans *Sur la route* le thème de l'abandon réciproque des amis

■ Quelle conception de l'individu expliquerait cela ? Analyser l'ironie du sort dans la recherche de la femme aimée (p. 474).

▶ Sur le plan de l'amour, le roman de la quête, vu du côté de Dean, se lit comme la narration d'une errance angoissée entre Camille, Marylou, Inez et d'autres...

Ce « désordre amoureux » est rendu sensible, jusqu'au vertige, par les récits de la deuxième partie, chap. I (Cf. p. 172), le lieu symbolique « Las Cruces »  et de la cinquième partie.

▶ D'autre part, l'amitié, pour lui, ne fait pas l'objet d'une quête : son charisme attire les autres. Malgré tout, en dépit des abandons, le roman fait l'histoire d'un approfondissement de l'amitié par un personnage qui en connaît le prix.

■ Comment concilier l'abandon des amis avec la volonté de communication (p. 77-80, 301 et *sq*, 321 et *sq*) ?

■ Comment interpréter, p. 331-332, dans le contexte de la troisième partie, chap. IV, V, VI, les réactions émotionnelles de Dean ?

● **La quête de l'identité**, très liée à la quête de modèles de vie, est profondément accordée au voyage, aux expériences qu'il apporte, et aux changements qu'il peut entraîner. À partir d'états initiaux de crise (p. 9, 279), Sal souhaite se renouveler ou se fuir (p. 283), mais essai de reconstruction ou fuite, ce qu'il vit chemin faisant, bonheur ou épreuve, fait « trace » (p. 260, 281, 364-366, 420, 422).

■ En vous aidant des traces, ou d'autres indices, retrouver les moments forts des trois premiers périples. Analyser particulièrement le caractère douloureux des expériences du voyage et de la route, épreuves physiques, épreuves morales : solitude, abandon, idée de mort (deuxième partie, chap. X, troisième partie, chap. IX).

■ Étudier des moments psychologiques déterminants : dans le parcours de Sal : p. 30 et p. 266-267, 379-380.

D'autre part, la recherche identitaire de Sal est organisée par rapport à Dean, son repère majeur. Sans Dean, Sal a le sentiment de son néant (p. 279). Deux « lectures » complémentaires du rôle de Dean dans la quête de Sal sont alors à envisager : ce serait d'abord un modèle fascinant de ce que Sal, en crise au début de la première et deuxième partie, souhaiterait être, et d'autre part, sur le plan symbolique, une figure familiale.

■ Que désirerait devenir et accomplir Sal en imitant Dean ?

■ Montrer que Dean offre, à l'observateur qu'est Sal, des exemples de transgression qui posent problème (p. 172), mais que, finalement, malgré ses défauts, Dean demeure la référence (p. 303, 469).

■ En quoi les dernières lignes du roman donnent une dimension symbolique familiale plus complexe à Dean et à son rôle par rapport à Sal ? Les rapprocher des p. 279-280, et de toute la recherche effectuée par Sal, notamment dans des lieux de mémoire « familiale » à Denver : p. 60-62, 91, 279, 296, 335-336, 399, 408-409. Autres indices : penser à la relation de Gérard et de Jack... et à la mort du père, mentionnée dans la première version du roman.

Ambiguïté de Sal : il recherche le « Père », incitant Dean à le retrouver aussi, il garde le cordon ombilical avec la « tante », mais il continue à viser la liberté incarnée par Dean.

■ Trouver, dans la troisième partie, des exemples de recherche, par Sal, d'une protection familiale, et de pères absents. Que représente donc le « Père », par rapport à la « Mère », au sein de cette tension entre sécurité et liberté ?

À présent, repérons ce que Sal a accompli dans la connaissance de soi et le progrès spirituel. Est-il devenu plus responsable, plus conscient d'autrui ? À sa façon Dean est parfois soucieux de réaliser une prise de conscience.

■ Retrouver des étapes de leur parcours « moral », en vous aidant des références données pour la quête de l'amour et de l'amitié et dans « Étude d'un personnage ». Établir, grâce à l'épilogue, une sorte de bilan spirituel. Peut-on affirmer que chacun a progressé dans sa voie propre ?

● Le roman constitue aussi une **recherche de l'Amérique et de l'ailleurs**, effectuée par Sal, lequel va à la rencontre d'un espace où il espère trouver l'incarnation de ses rêves conçus sur le modèle américain, mais ces « rêves » sont démentis par l'expérience et font l'objet d'essais infructueux ou de représentations parodiques.

▌ Plus largement, le roman ironise sur les différentes facettes du rêve américain.

■ **En vous aidant de « structures du sens » pour repérer les mythes mis en cause, retrouver des exemples de tentatives qui échouent, ou de parodies, où Sal joue le rôle du naïf ou du « démythificateur » : Zorro, le gendarme, le voleur, le scénariste qui écrit pour Hollywood, le cueilleur de coton, l'aristocrate du sud, le gangster de Chicago, etc.**

La quête inclut sa propre mise en question, quand le voyage n'aboutit qu'à constater ses propres limites, soit parce que la vitesse l'a rendu inadéquat à l'objet de sa poursuite, ou que l'espace américain est trop « étroit ».

■ **Étudier des réflexions de Sal exprimant cette stérilité, momentanément ressentie, du voyage : p. 180, 275, 319, 382-383.**

Il arrive même que le voyage, en ce cas, ne soit que pur déplacement dans l'espace fascinant de la route : p. 206, 207, 213...

▌ La quête se poursuit au Mexique, dans l'imaginaire, dans une **autre mythologie**. Après la désillusion des deuxième et troisième parties, globalement interprétables en termes de traversée du négatif, la quatrième partie reprend le langage symbolique de l'espérance du premier voyage, celui de Chicago à Denver : l'illusoire « terre promise » (p. 29, 128) du rêve américain faisant place à « la terre magique au bout de la route » (p. 428).

La description du Mexique des hauts plateaux (chap. v,

p. 464-465) assimile le paysage à une sorte de Palestine de rêve, de désert biblique, à la poésie pastorale et aux vertus primitives : c'est le « monde doré d'où Jésus est sorti ». Le pèlerinage touche à sa fin, dans la mesure où le « Sud » répond aux rêves de pureté que l'Ouest n'avait pas réussi à combler...

■ **Préciser, en diversifiant les exemples, en quoi et comment le Mexique, terre, habitants, et modes de vie, est perçu comme répondant aux aspirations des pèlerins en quête d'authenticité ?**

▶ Mais si le Mexique offre la valeur spirituelle que l'Amérique matérialiste et déchue ne peut plus proposer, c'est aussi le lieu de transmission d'une énergie vitale venue **de plus loin encore**...

■ **Noter et analyser les références à l'Algérie, à l'Arabie, et à l'Afrique dans ce même chap. v (p. 444-448), quelles en sont les significations ?**

■ **Étudier le sens de la fin du voyage au Mexique. Analyser l'épilogue : accomplissement ou résignation, arrêt ou pause ?**

# 4. DIVERS

## Sujets de travail écrit

### Les personnages

◆ En 1969, Gary Snyder, le poète zen, ami de Kerouac, commentait le personnage de Dean Moriarty en le situant par rapport à son modèle dans la vie et dans une tradition : « Cassady, comme tant d'Américains, avait hérité de ce goût pour l'illimité, pour ce qui n'a pas de frontière, et c'est là une expérience typiquement américaine. Mais on peut se faire prendre à la glu, faute de savoir s'adapter à d'autres modes de vie, car une fois disparue la simple matérialité de l'espace, c'est à devenir fou. C'est là toute l'histoire de l'Amérique. » (Anne Charters : *Kerouac le Vagabond*, coll. « Du monde entier », Gallimard, p. 315.)

Cette problématique vous paraît-elle suffisante pour rendre compte de la complexité du personnage dans le roman ?

◆ Dans *Docteur Sax*, Kerouac écrit en parlant de lui-même et à l'occasion d'un voyage dans le New Hampshire : « [...] des pommes, des champs verts comme en Normandie qui s'étendaient à l'infini et se perdaient dans la brume, mystère insondable de la Nouvelle-Angleterre ; à la façon dont les arbres se profilaient dans le ciel, à l'horizon, je me rendis compte que chaque pas que je faisais en direction de l'inconnu m'arrachait un peu plus des entrailles de ma mère, étrange impression d'égarement dont ne s'est jamais départie ma chair meurtrie dans sa quête muette vers la lumière » (*Docteur Sax*, Folio, p. 132).

En quoi cette citation peut-elle faire mieux comprendre le personnage de Sal Paradise et le sens de ses pérégrinations ?

## Le descriptif et l'écriture

◆ Dans *L'insécurité du territoire*, Paul Virilio écrit : « Où sommes-nous lorsque nous voyageons ? Quel est ce "pays de la vitesse" qui ne se confond jamais avec le milieu traversé ? [...] nous sommes emportés, véhiculés vers un but, un lieu, futur objectif de notre trajet, mais l'ici et maintenant de la rapidité et de son accélération nous échappent bien qu'ils lèsent gravement l'image du milieu parcouru [...] les champs animés deviennent cinétiques, et nul ne s'aviserait de confondre ces "séquences" avec leur réalité géographique. »

Dans quelle mesure ces analyses permettent-elles d'affirmer et d'expliquer que l'Amérique, en tant que lieu, est relativement peu décrite, voire absente, dans *Sur la route* ?

◆ Vous justifierez et discuterez ces propos de Philippe Djian : « Je me suis aperçu un jour que je pouvais lire *Sur la route* avec mon corps [...] Je me suis rendu compte par la suite que d'autres livres pouvaient offrir cette particularité. Je crois qu'il faut accepter de céder devant une page, qu'on l'écrive ou qu'on la lise, ne pas être toujours enclin à la bataille. » (Philippe Djian : *Entre nous soit dit, conversations avec Jean-Louis Ezine*, éd. Plon, Pocket, p. 60).

# Réponses au jeu

Qui sont les conducteurs et les propriétaires des automobiles citées ? **1.** Old Bull Lee (p. 235) ; **2.** Rickey, le frère de Terry (p. 141) ; **3.** Dean Moriarty, « propriétaire » de l'Hudson 49 (p. 169) ; **4.** Dean Moriarty (p. 405) ; **5.** Un propriétaire « remonté de Mexico » (p. 348), « notre magnat » (p. 376) et un « chauffeur »... Dean Moriarty, encore lui ! **6.** Le véhicule a été apparemment loué par Rémi Boncœur et il est conduit par son bookmaker (p. 478) ; **7.** Une automobile volée par Dean... (p. 344) ; **8.** Un blond entre deux âges, résidant à Detroit est propriétaire de la Chrysler (p. 381) mais Dean conduit de la Pennsylvanie jusqu'à New York (p. 382).

# Conseils de lecture

◆ Parmi les nombreuses œuvres de Jack Kerouac, le titre suivant permettra de prolonger et d'approfondir la lecture de *Sur la route : Visions de Cody*, Christian Bourgois éditeur, 1990 pour la traduction française par Brice Matthieussent, collection 10-18.

◆ Sur le thème du voyage chez Kerouac :
*Les clochards célestes :* Gallimard, 1963, Folio n° 565.
*Les anges vagabonds :* Denoël, 1965, Folio n° 457.
*Le vagabond solitaire :* Gallimard, 1969, Folio n° 1187.

◆ Des classiques américains de la route ou du picaresque :
Mark Twain : *Les aventures de Huckleberry Finn.*
John Steinbeck : *Les raisins de la colère*, Folio n° 83.

◆ Le grand classique américain de la quête :
Herman Melville : *Moby Dick*. Gallimard, collection Mille Soleils.

◆ **Pour en savoir davantage :**
Sur Kerouac, sa vie, son œuvre, nous conseillons les travaux suivants, que nous avons pu lire et utiliser :

◆ **en langue française :**
— l'ouvrage classique d'Ann Charters, *Kerouac, le vagabond*, Gallimard, 1975, traduction française par Monique Poublain.

— Barry Gifford et Lawrence Lee : *Les vies parallèles de Jack Kerouac*, Henri Veyrier, 1979, traduction française par Brice Matthieussent.

— l'article de Joyce Carol Oates : « *Au bout de la route* », suivi d'un entretien inédit avec Jack Kerouac, Magazine Littéraire, juillet-août 1995.

◆ **en américain :**
— l'ouvrage très complet de Gerald Nicosia : *Memory Babe, a critical biography of Jack Kerouac*, University of California Press, 1983 (« paperback edition » : 1994).

— la partie de la correspondance qui a pu être publiée : *Jack Kerouac, Selected Letters*, edited by Ann Charters, 1940-1956, Viking, 1995.

— l'étude de Tim Hunt : *Kerouac's Crooked Road, Development of a fiction*, rééditée par University of California Press, 1996.